Aus Freude am Lesen

btb

Julia Kröhn

Die Tochter des Ketzers

Roman

btb

Verlagsgruppe Random House FSC-DEU-0100
Das für dieses Buch verwendete FSC-zertifizierte Papier
München Super liefert Mochenwangen.

1. Auflage
Originalausgabe Dezember 2007, btb Verlag
In der Verlagsgruppe Random House GmbH, München

Umschlaggestaltung: Design Team München
Umschlagbild: akg-images
Satz: Uhl + Massopust, Aalen
Druck und Einband: GGP Media GmbH, Pößneck
SR · Herstellung: BB
Printed in Germany
ISBN 978-3-442-73709-3

www.btb-verlag.de

Vorbemerkung

Ich habe die Namen der historischen Persönlichkeiten, die in diesem Roman erwähnt werden, stets dem Sprachgebrauch ihres Ursprungslandes angepasst. So nenne ich z.B. Karl von Anjou entsprechend der französischen Namensform Charles, König Jakob II. von Mallorca und König Peter III. von Aragón Jaume und Pere (katalanisch) oder Raymond von Toulouse Raimon (okzitanisch) usw.

Anders bin ich bei den erwähnten Städten und Orten vorgegangen. Um hier die Orientierung zu erleichtern, habe ich ihnen jene Bezeichnungen gegeben, die gegenwärtig verwendet werden. So heißt Perpignan wie die heutige französische Stadt, obwohl sie damals als Hauptstadt von Mallorca einen katalanischen Namen trug; Gleiches gilt für Carcassonne, Collioure, die Inseln Malta und Sizilien usw.

Klären möchte ich an dieser Stelle auch die Verwendung der Begriffe »Katharer« und »Ketzer«. Das Wort »Katharer« bezeichnet zunächst wertfrei jene Glaubensgemeinschaft, die sich vom 11. bis 14. Jahrhundert vor allem in Okzitanien (Südfrankreich) ausgebreitet hat. Deren Mitglieder sahen sich selbst als die »wahre« christliche Kirche an und grenzten sich deutlich vom Katholizismus ab. Anders als dessen Lehre betrachteten sie z.B. die Welt bzw. den Körper nicht als Schöpfung Gottes, sondern eines bösen Demiurgen, weswegen alles Materielle abzutöten und zu überwinden sei.

Das Wort »Ketzer« leitet sich vom Wort »Katharer« ab, wurde bereits vor dem 13. Jahrhundert ins Deutsche übernommen, impliziert aber zugleich deren Abwertung als Irrgläubige. Da mein Buch in der Zeit nach der massiven Katharerbekämpfung bzw. -verurteilung spielt, sich also im öffentlichen Bewusstsein die Wahrnehmung der Katharer als Irrgläubige durchgesetzt hat, verwende ich beide Bezeichnungen weitgehend als Synonyme.

Die Welt ist ein Buch.

Wer nie reist, sieht nur eine Seite davon.
Aurelius Augustinus

Prolog

Rom, 257 n.Chr.

Sie stieg in die Dunkelheit, Stufe für Stufe, sehr vorsichtig, um auf dem glitschigen Boden nicht auszurutschen. Die Feuchtigkeit hockte hier in jedem Winkel, unbehelligt von der Sonne, deren Strahlen schon lange vor dem geheimen Eingang, den die Frau gebückt durchschritten hatte, versiegt waren. Das magere Leuchten, das übrig blieb, mochte die Ahnung von Licht verheißen, aber keine Wärme. Die Frau fröstelte, presste das Bündel, das sie bei sich trug, enger an ihren Leib, als wollte sie es beschützen und es zugleich als Schutzschild gebrauchen.

Ihr Schatz befand sich darin. Das Teuerste, das Kostbarste, was sie je besessen hatte.

Kurz hielt sie inne, wusste nicht, welche Richtung sie nun einschlagen sollte. Jener Gang – wiewohl bedrückend niedrig, mit rauen Mauern und das Echo ihrer Schritte von allen Seiten wiedergebend – war bislang gerade gewesen, hatte einfach nur nach unten geführt, tiefer und tiefer; nun gabelte er sich in zwei Richtungen, beide so dunkel, dass ihre Augen an deren Enden selbst dann nichts erspähen konnten, als sie sich an die Schwärze gewöhnt hatten.

Doch plötzlich hörte sie etwas, ein fernes Raunen, ein Gemurmel; es schwoll an, legte sich wieder. Gleichwohl sie einzelne Worte nicht verstehen konnte, seufzte sie erleichtert; ihr angespannter Griff lockerte sich ein wenig. Nicht länger wartete ein trübes, feuchtes Nichts vor ihr, sondern die Ahnung von … Heimat.

Unwillkürlich begannen ihre Lippen Worte zu murmeln. Sie musste nicht darüber nachdenken, ganz selbstverständlich perlten sie hervor, und mit jeder Silbe, die wispernd erklang, ging sie wie betäubt weiter. Sie roch den Rauch der Fackeln – von tränenden Augen und einem kurzen, beißenden Schmerz in der Kehle angekündigt –, noch ehe deren rötliches Glimmen sie begrüßte. Dann schließlich, wieder ein paar tastende, vorsichtige Schritte später, ward sie endlich in jenes sanfte, warme Licht getaucht, das aus den glitschigen Wänden eine heimelige Höhle machte.

Das Gemurmel erstarb. Viele Augen richteten sich auf sie, und obwohl sie wusste, dass sie erwartet wurde, fiel es ihr schwer, dieses Ausmaß an Aufmerksamkeit zu ertragen. Beschämt senkte sie den Kopf, ehe sie gewahrte, dass nicht sie es war, die von allen Seiten angestarrt wurde, sondern das Bündel, das sie bei sich trug.

Ihr Schatz.

»Krëusa«, sprach eine Stimme. Sie gehörte zu einem vertrauten Gesicht.

»Quintillus«, erwiderte sie.

Der Mann, der wie die anderen im Kreise gesessen hatte, erhob sich schwerfällig. Wenngleich er es zu unterdrücken suchte, kam ein Ächzen aus seinem Mund, von dem Alter kündend, das seine Tatkraft lähmte und aus dem einstmals kräftigen Leib einen siechen, schmerzenden gemacht hatte. Seine Haut war fleckig geworden, der Bart war noch mehr ergraut, das Haupthaar fast vollends einer Glatze gewichen. Von jener schälte sich die Haut in kleinen, weißen Fetzchen.

Krëusa kannte Quintillus nur als alten Mann, hatte ihn niemals jung gesehen. Und doch erschrak sie über seinen Anblick. Es schien, als wäre er in den letzten paar Wochen noch weiter geschrumpft, als würde er nicht länger in die übergroße Hülle seiner Haut passen. Noch atmete aus ihm nicht der Tod, aber sein Geist war fühlbar im Schwinden begriffen. Sie war froh, nicht länger gezögert zu haben, sondern endlich seiner Einladung hierher gefolgt zu sein.

»Dies also ist Krëusa«, sprach er in die Runde. »Ich habe euch von ihr erzählt. Nehmt sie auf als eure Schwester.«

Wieder brandete Raunen auf, jedoch nicht so gleichmäßig wie vorhin. Jetzt schien jeder etwas anderes zu tuscheln, zu fragen, zu berichten.

Krëusa wusste, dass das Tuscheln nicht ihr galt. Mochte man ihr auch freundlich zunicken, ihr vielleicht sogar ein Lächeln schenken – sie war es nicht, die Bewunderung auf sich zog; ihre Taten wurden nicht besprochen, sondern die einer… anderen.

Zögernd trat sie in den Kreis, betrachtete die Versammelten genauer: Manche trugen edle Gewänder, aus golddurchwirkten Stoffen, mit Fransen verziert. Andere hatten Umhänge aus der groben Wolle, wie sie bei Handwerkern und Sklaven üblich war. Die einen saßen aufrecht wie jene Menschen, die niemals von der Last der Arbeit gebeugt worden sind; in die Züge der anderen hatten des Lebens Mühen tiefe Furchen getrieben. Allen gleich war jedoch die Erwartung, die sie auf Krëusa richteten.

Krëusa beugte sich nieder, senkte das Bündel. Sie fühlte, wie dringend dieser Akt erwartet wurde, und doch scheute sie sich, ihren Schatz loszulassen, ihn den Augen der Versammelten preiszugeben. Erst als das Geraune anschwoll, öffnete sie das Bündel. Einzelne Rufe erschallten, manch einer kniete nieder, andere senkten den Blick, als Zeichen des Respekts.

Krëusa starrte auf ihren Schatz, trat drei Schritte zurück, um wie die anderen Ehrfurcht zu bekunden. Doch tief im Inneren fühlte sie nichts davon. Tief im Inneren war sie von etwas ganz anderem ausgehöhlt. Ihre Augen brannten ob des Rauchs – und ob der Tränen.

»Setz dich zu mir«, murmelte Quintillus.

Wie kann er nur so freundlich sein, ging ihr durch den Kopf. Er weiß doch, was ich getan habe. Er weiß es doch.

Kurz überwältigte sie der Wunsch, es auszusprechen, es sich von der Seele zu reden, ja, zu schreien.

Wenn ihr wüsstet… wenn ihr nur wüsstet, von welcher schlimmen Schuld dieses Heiligtum zeugt, ging ihr durch den Kopf.

Und dass ich sie auf mich geladen habe.

»Ich werde euch die Geschichte erzählen«, sagte sie laut, »… die Geschichte dieses Schatzes…«

I. Kapitel

Languedoc, Frühling 1284

Caterina wusste später nicht mehr, welches Geräusch in jener Nacht das unerträglichste gewesen war. Wenn sie sich nach der Lautstärke entschieden hätte, so wären es gewiss die Schritte der eindringenden Männer gewesen, das Krachen der hölzernen Tore, die unter deren Fußtritten nachgaben, ihr heftiges Gebrüll. Dieses Gebrüll bekundete keinerlei Willen, die schreckliche Anklage, die gegen ihren Vater erhoben wurde, mit Maß und Vernunft zu erforschen, sondern nur die Gier, möglichst viel und möglichst schnell zu zerstören.

Aber der Lärm, den sie dabei machten, war nicht das Schlimmste – nicht das, was Caterina einem immerwährenden Echo gleich die nächsten Tage verfolgte. Die heisere Stimme des Vaters war es, des Grafen Pèire de Mont-Poix, einst zum hohen Adel des Languedoc gehörend, jedoch längst verarmt, geschunden wie sein Land, das die Franzosen vor vielen Jahrzehnten den Ketzern entrissen hatten und das sie seitdem knechteten – ebenso unbarmherzig, wie sich nun die eindringenden Männer gebärdeten. Pèire flüsterte mit Lorda, Caterinas Nutrix, ihrer Amme, die weit über die Zeit, da sie das Kindlein an ihrer dicken, weichen Brust genährt hatte, im Haus geblieben war. Als Witwe hatte sie keinen Ort, an den sie gehen konnte; das Erbe ihres Gatten war nicht groß genug gewesen, um davon den Lebensunterhalt zu bestreiten. Schließlich hatte sie auch Mitleid mit dem kleinen Würmchen gehabt. So nannte sie Caterina noch immer, obwohl jene längst vom pausbäckigen Säugling zur dürren Sechzehnjährigen herangewachsen war. Lorda meinte, dass Mutter und Vater der einzig überlebenden Tochter – all ihre anderen Kinder waren tot geboren oder kaum älter als zwei Jahre geworden – zwar manches geben konnten: eine gute Erziehung, rechtes Benehmen und Frömmigkeit, jedoch nichts von dieser Herzlichkeit, mit der Lorda das Mädchen dann und wann bei seinen Backen fasste. Nicht selten auch, dass sie Caterinas Kopf an ihren Busen presste, auch wenn von diesem nicht mehr die klebrige Milch von einst zu erwarten war.

Lorda hatte ein gutes Herz, hieß es. Offenbar war es zu gut gewesen, wie Caterina jetzt ihren verzweifelten Worten entnahm. Die heiseren Fragen des Vaters suchte Lorda zu beantworten, fast gänzlich von jenem lauten, bösen Überfall übertönt. Doch auch das wenige, das bis zu Caterinas Ohr drang, verhieß Schreckliches.

Ketzer.

Immer wieder war von den Ketzern die Rede.

»Warum hast du das getan?«, stöhnte Pèire entsetzt. »Warum hast du das getan?«

Nie hatte Caterina den steifen Vater derart weinerlich gehört.

»Es sind doch auch Menschen«, klagte Lorda. »Und sie wollten gewiss niemandem etwas Böses tun. Drei Frauen waren es nur. Versteckten sich vor den Franziskanern im Wald und lebten dort ärmlich in einem dieser Cluzel – einem in der Erde eingegrabenen Häuschen. Ich schwör's Euch, Herr, ich habe nicht zugehört, wenn sie predigten. Ich habe mir mein Ohr nicht von ihrem Irrglauben vergiften lassen. Nur Essen habe ich ihnen gebracht ... nichts Feines ... das, was von unserer Tafel übrig blieb. Sie essen ohnehin kaum mehr als Brot und die Früchte des Waldes ... und ich dachte ... ach, sie sahen so hungrig aus, und der

Herr im Himmel erbarmt sich doch auch der Sünder, heißt es, warum also sollte nicht auch ich etwas von diesem Erbarmen zeigen … selbst wenn sie Ketzer sind. Es war doch nur Essen!«

Der klagende Tonfall ihrer Stimme klang vertraut. Caterina hatte zwar noch nie erlebt, dass sie gegen den Vater zu zetern gewagt hätte, aber ihrer Mutter war Lorda mit ähnlichem halb verzweifeltem, halb rügendem Ton oftmals im Ohr gelegen. Meist war es dabei um Caterina selbst gegangen. Dass ein junges Mädchen für gewöhnlich von der Mutter angeleitet werde, die Pflichten eines Haushaltsvorstandes zu lernen. Dass sie, Félipa de Mont-Poix, jedoch leider gar nicht darauf achte, was ihrer Tochter beizubringen wäre. Dass es auf dieser Welt nicht ausreichte, nur im rechten Beten geübt zu sein, sondern dass ein Mädchen im Notfall auch die Dienstboten befehligen müsste.

Lordas Worte hatten die Mutter nie erreicht; gleichgültig war Félipa stets darüber hinweggegangen.

Jetzt brach das Klagen der Amme ab. Zu Caterinas Erstaunen verstummte auch das Brüllen der Männer, die das Haus ihres Vaters gestürmt hatten, die schlimmste Anklage auf den Lippen, die man sich denken konnte: Dass er, Pèire de Mont-Poix, den Ketzern Unterschlupf gewährt hätte. Dass er gewiss selbst einer wäre. Dass man solches immer schon geahnt hätte – und er nun dafür zu zahlen hätte, gemäß den Worten der Bibel, wonach man Unkraut zu sammeln, zu binden und zu verbrennen hätte!

Das ist nicht wahr!, dachte Caterina verzweifelt, wissend, dass niemand sich so redlich und zugleich mit eiserner Verbissenheit bemühte, ein guter Sohn der katholischen Kirche zu sein, wie ihr Vater.

Freilich wagte sie es nicht, sich bemerkbar zu machen, sondern versteckte sich vielmehr hinter der Türe, die ihr Zimmer vom Gang trennte. Es nutzte ohnehin nichts, den Wütenden etwas entgegenzuhalten. Als ihr Vater darauf verwies, dass Lorda allein hinter dem Rücken der gesamten Familie jenen Aposteln des Satans beigestanden hätte, hörte niemand auf ihn.

»Was ihr mir vorwerft, ist falsch!«, rief er vergebens. »Und selbst wenn es der Wahrheit entspräche, so stünde mir in jedem Fall ein Prozess vor dem Inquisitionsgericht zu! Ihr aber dürft ganz gewiss nicht mitten in der Nacht...«

Seine klagenden Worte rissen ab.

Es folgte der Laut, der kaum weniger beängstigend in Caterinas Ohren nachklang als die ungewohnt erregte Stimme des Vaters: das näselnde, zischende Geräusch einer Flamme, die auflodert, um sich durch alles zu fressen, was man ihrem gelbroten Schlund entgegenstreckt.

Caterina zögerte lange, ihr Zimmer zu verlassen. Der Vater hatte es nur zu ausgewählten Stunden gestattet, wenn sie das Mahl einnahmen oder wenn er sie unterrichtete. Auch dann war sie meistens im oberen Stockwerk des nicht sonderlich großen Domus verblieben, wo auch die Eltern schliefen und wo, dies war das dritte Zimmer, gegessen wurde. Jene Räume hatten kleine Luken, die sie erhellten – im Gegensatz zum finsteren Erdgeschoss, wo es nur eine kleine Tür gab und wo die Dienstboten schliefen, Caterinas einstige Amme Lorda, die Mägde und die Pedicessa, die persönliche Dienerin ihrer Mutter.

Caterina hatte Lorda einmal gefragt, ob sie nicht Angst vor der Dunkelheit hätte, doch jene hatte den Kopf geschüttelt und ausgerufen: »Lieber schlafe ich auf dem nackten Holzboden... als in der Nähe der wachsamen Augen deines Vaters.«

Sie hatte kurz gezögert und dann doch der Redelust nachgegeben: »Er kann oft nicht schlafen, weißt du, und dann erhebt er sich von seinem Nachtlager und geht von Zimmer zu Zimmer, um die Schlafenden zu betrachten und um zu überprüfen, ob sie denn tatsächlich schlafen... und nicht etwa Verbotenes treiben. Nur wer schläft, kann nicht sündigen.«

Caterina hatte nicht recht verstanden, was Lorda meinte. In den darauffolgenden Nächten war es ihr dennoch schwergefallen, Schlaf zu finden; sie hatte gelauscht, ob irgendwo Schritte ertönten, ein Knarzen der hölzernen Dielen, und wiewohl sie wusste, dass es der Vater immer nur gut mit ihr meinte, es nichts geben durfte, was sie vor ihm zu verbergen suchte, ja, es tatsächlich auch nichts gab – so war ihr der Gedanke doch unangenehm, dass er sie heimlich beobachten konnte.

Oh, wie sehr wünschte sie sich jetzt, er möge zu ihr kommen, sie mit ernstem Lächeln betrachten, so wie er es oft tat (manchmal war ein wenig Wohlwollen daraus zu lesen, viel häufiger aber Unsicherheit, als wäre noch nicht letztgültig geklärt, ob sie das Kind war, auf das man stolz sein konnte), ja, wenn er nur bei ihr wäre, ihr sagen könnte, dass sie die aufgeregten Worte falsch verstanden hätte, die da ins nächtliche Zimmer geschwappt waren. Unmöglich, dass Lorda so dumm gewesen war, Ketzern, die sich im Wald versteckten, Essen zu bringen! Unmöglich, dass finstere Franzosen das Haus gestürmt hatten, um ... um es anzuzünden!

Freilich – der Vater hatte die Franzosen stets gefürchtet, vor allem einen von ihnen, den Nachbarn, dessen Grundstück man dem früheren okzitanischen Besitzer enteignet hatte. Er hieß Laurent Gui. »Unser Haus deucht ihn gewiss zu ärmlich und zu klein, um es haben zu wollen, sein eigenes hat viel mehr Räume, sogar ein zweites Stockwerk«, hatte Caterina den Vater einmal über den Nachbarn sagen hören, »aber die Wiesen und die Felder ... sie würden seinen Besitz vergrößern ...«

Unausgesprochen ließ er damals, was Caterina jetzo dachte: Dass es am leichtesten war, jemandem den Grund und Boden zu stehlen, ja, ihn aus dem Weg zu schaffen, wenn man ihn der Ketzerei anklagte. Doch hatte der Vater nicht eben noch verzweifelt einzumahnen versucht, dass hierfür ein Prozess vor dem Inquisitionsgericht notwendig wäre?

Niemand hatte sich um seine Worte geschert. Totenstill war es jetzt, nur das Prasseln wurde lauter. Es schien näher zu kommen, sie von allen Seiten einzukreisen; schon vermeinte sie bitteren Rauch in ihrem Mund zu schmecken. Caterina vergrub sich zuerst tief im Bett, hoffte, es möge ihr Zuflucht sein wie stets vor den Ängsten der Nacht. Doch unter der schweren Decke brach ihr der Schweiß hervor. Sie stand auf, zog über ihr dünnes Unterkleid das Obergewand aus Wolle, zögerte wieder eine Weile – schließlich durfte sie das Zimmer nicht ohne Erlaubnis des Vaters verlassen.

Noch während sie unschlüssig verharrte, schwollen die lauten Stimmen wieder an; diesmal kamen sie vom Erdgeschoss. Fremde Stimmen, gereizt und zugleich höhnend, und vertraute Stimmen, nein eigentlich keine Stimmen, Kreischen, schrill und panisch. Die Franzosen waren wohl nach unten gegangen, kaum hatten sie das Haus in Brand gesteckt, und Lorda und Pèire waren ihnen dorthin gefolgt. Lorda war es denn auch, die dieses Kreischen ausstieß, die flehte und bettelte und abstritt … und schließlich verstummte. Zuvor ein polterndes Geräusch, als würde ein Holzscheit entzweigehauen.

Caterina stockte das Herz. Sie wollte der Ahnung nicht nachgeben, die in ihr aufstieg. Nicht Lorda, nicht Lorda, hämmerte es in ihrem Kopf. Bitte lass es eine der Dienstmägde sein.

Lorda war dumm und manchmal dreist, aber zugleich warm und weich, warum sollte man ihr Böses tun?

Ihr Geräusch war kaum verebbt, da ertönten wieder kreischende Laute. Von einem der Knechte? Sie hoffte es, hoffte es so sehr. Es durfte nicht sein, dass der Vater schrie, so hoch, so unbeherrscht, er, der niemals ein lautes Wort sagte, selbst in Augenblicken tiefster Verbitterung nur heiser flüsterte. Wer erhebt seine Stimme, wenn nicht der Sünder, der versucht, sein Unrecht abzustreiten, hatte er stets behauptet. Im Übrigen würde es dem Sünder nie gelingen, seine Sünden zu leugnen. Nichts bliebe Gott verborgen; seine Engel hielten sämtliche Untaten des Menschen in einem ewigen Buch fest. Dagegen solle man nicht anplärren, sondern lediglich Buße tun.

Doch es war tatsächlich der Vater, der ohrenbetäubend brüllte. Caterina glaubte Worte herauszuhören, wonach er erneut die Anklage abstritt, erklärte, dass es nur Lorda war, die mit den Ketzern paktierte, und er selbst einen Prozess…

Dann schien er mit einem Male nicht mehr fähig, irgendetwas zu erklären. Seine Schreie, durchsetzt von dumpfen, wuchtigen Schlägen, verkündeten keine vernünftigen Silben mehr… nur Schmerzen, so heftige, so brutale, dass selbst ein beherrschter Mann wie er jegliche Macht über den zuckenden Leib verlor.

Caterina presste die Hände derart fest ineinander, dass es schmerzte. Sie betete, versuchte es zumindest, doch so wie Pèire keine klaren Worte zustande brachte, verhaspelten sich desgleichen ihre in ihrem Kopf. Nur zu einem Gedanken war sie noch fähig. Gut, dass Mutter das nicht erleben muss. Gut, dass sie gestorben ist.

Das war erst wenige Wochen her – und doch war es, als hätte es sich in einer anderen Welt zugetragen, die mit dieser hier nichts zu tun hatte.

Die Schreie verebbten in einem Ächzen, das das gierige Prasseln der Flammen kaum übertönte. Caterina spürte, wie der Boden immer heißer wurde.

»Weg da!«, schrie einer der fremden Männer. »Wir müssen weg von hier, bevor das Dach über uns einstürzt!«

Das dumpfe Schlagen hatte sein Ende gefunden. Trampelnde Schritte waren das Letzte, was von unten kam.

Zitternd öffnete Caterina die Türe, lugte über die Treppe, an deren Rändern schon die Flammen züngelten. Ohne darauf zu achten, wie heiß der Boden war, stürzte sie hinunter ins Erdgeschoss. Als sie sah, was sich da ereignet hatte, in der Küche, nicht weit von der verwüsteten Herdstelle entfernt, da stieg ein Würgen in ihr auf. Sie beugte sich vor und übergab sich.

»Vater…«, murmelte sie. »Vater…«

In ihrem Mund schmeckte es bitter; wie verätzt fühlte sich die Kehle an.

Mühsam war sie zu Pèire gewankt, die letzten Schritte mehr kriechend als gehend. An den Wänden und an der Decke leckten gierig die Flammen, aber ihre Beine hatten keine Kraft, davonzulaufen, knickten ein. Sie versuchte den Blick starr auf ihn gerichtet zu halten, sich nicht umzusehen – doch allein, was sie aus den Augenwinkeln wahrnahm, reichte, um ihre schlimmsten Befürchtungen zu bestätigen. Die wenigen Dienstboten, die der Vater sich hatte leisten können, waren offenbar rechtzeitig geflohen – Lorda hingegen war zum Opfer des Überfalls geworden. Mit verrenkten Gliedern lag sie da; ihr dicker Leib wirkte so formlos, als wäre er geplatzt und sein Inhalt auf dem Boden ausgeschüttet worden. Ein übler Gestank entströmte ihm, den der Rauch nicht gänzlich zu schlucken vermochte, nach Kot, nach Urin.

Auch ihr Vater stank – nach Angstschweiß und Blut, so viel Blut. Seine Glieder waren nicht minder verrenkt, die Hände zu matschigem Brei geschlagen, die Augen geschwollen, die Stirne blutüberströmt.

»Vater«, schluchzte Caterina. »Vater…«

Sein Leib schien zu zucken. Vielleicht war es nur eine Sinnestäuschung, weil in der heißen Luft jegliches klare Bild verschwamm. Vielleicht waren aber doch noch Reste von Leben in seinem geschundenen Leib.

Tatsächlich war ihr, als würde sie ein Schnaufen vernehmen.

»Vater, was soll ich denn jetzt tun?«

Seine Lider flackerten, öffneten sich, unendlich langsam, als müssten sie sich gegen unmenschliches Gewicht stemmen.

»Caterina«, flüsterte er wieder. »Caterina, du musst fliehen … Sie haben uns Unrecht angetan, schreckliches Unrecht, der Herr selbst wird sie dafür strafen … aber erst in der anderen Welt. Du aber, Caterina … du musst fort von hier!«

Ein neuerliches Würgen stieg in ihr hoch, obgleich sie gewiss war, dass sie sämtlichen Mageninhalt vorhin bereits von sich gegeben hatte.

»Wohin soll ich denn?«, fragte sie verzweifelt. In ihrem Leben hatte es nie einen anderen Ort gegeben als das Domus des Vaters, mochte Lorda auch noch so oft beklagt haben, dass das Mädchen hier wie in einem Gefängnis gehalten würde und doch etwas von der Welt zu sehen bekommen sollte. Ihr Vater hatte darauf nicht geantwortet, sie nur finster gemustert, ihr schließlich untersagt, der Tochter Flausen ins Ohr zu setzen.

»Caterina …«, ächzte er. »Caterina … hör mir zu, vergiss nie, dich an die Gebote des Herrn zu halten. So schmal ist der Weg der Gerechtigkeit. So zahlreich die Sünden, die an seinem Rande lauern …«

»Du hast nichts von den Ketzern gewusst, nicht wahr? Lorda hat hinter deinem Rücken gehandelt. Es war eine Lüge, dass du mit ihnen zu tun hattest!«

»Eine schändliche Lüge, Caterina«, bestätigte er heiser. »Es war nur ein Vorwand von Laurent Gui, um …«

Er sprach nicht weiter, doch Caterina konnte sich ausmalen, was er meinte und dass auch er sogleich an den Nachbarn gedacht hatte, der nach ihrem Besitz gierte und der offenbar nur auf einen Moment der Schwäche gewartet hatte, um sich diesen anzueignen.

Pèire mühte sich ächzend ab, den Kopf zu heben. »Caterina«, sprach er eindringlich. »Caterina, du … du musst es der Welt beweisen, dass wir rechtgläubig sind. Dass ich stets ein treuer Sohn der Kirche gewesen bin.«

»Aber wie?«

»Du musst … unseren Schatz retten, du weißt, was ich meine. Du musst diesen Schatz behüten. Er ist … er ist der Beweis für meine Rechtgläubigkeit, er allein. Denn die Ketzer würden ihn nie so verehren, wie wir es stets getan haben … Du weißt, dass sie keinerlei Respekt haben vor …«

Sie schluchzte auf, als sie fühlte, wie sein Atem schwächer wurde. Er versuchte, weitere Worte zu sprechen, doch sie schienen sich in seiner Kehle zu verfangen und in dem engen Schlund zu ersticken.

»Ja, ich schwöre es«, sprach sie hastig, ohne genau zu wissen, was sie versprach, »ich schwöre, dass ich versuchen werde …«

Sie kam nicht weiter. Pèires Kopf kippte nach hinten, das klare Blau seiner oft so starren Augen verrutschte in ein gelbliches Weiß, und was immer da auf die brennende Decke blickte, war kein menschliches Antlitz mehr, sondern die Fratze des Todes. Caterina folgte seinem leeren Blick. Gerade noch konnte sie sich zur Seite rollen, ehe brennende Holzbalken, die sich gelöst hatten, mit lautem Krachen niederstürzten und den toten Vater unter sich begruben.

So durfte niemand sterben, so nicht.

Caterina wusste später nicht mehr zu sagen, wie sie dem brennenden Haus entronnen war. Mehr instinktiv als willentlich war sie dem schweren Gebälk ausgewichen, und ähnlich gedankenlos musste sie danach ins Freie gekrochen sein, wo sie nach der Hitze des Brandes eine kalte, schneidende Nacht erwartete, von den roten Flammen erhellt, aber nicht erwärmt. Sie blieb am Boden hingestreckt liegen. Noch war das Entsetzen über die Ereignisse verdeckt von einem fast nüchternen Gedanken: So durfte man als guter Christ nicht sterben, so durfte die Todesstunde nicht ausschauen.

Anstatt das Grauen an sich heranzulassen, malte sich Caterina sämtliche Prozeduren aus, die vonnöten gewesen wären, um dem

Vater einen »guten Tod« zu bescheren anstatt einen solch schändlichen.

Menschen, viel mehr Menschen hätten hier sein müssen – nicht nur sie allein hätte an seiner Seite weilen dürfen. Bei manch hochangesehenem Bürger des Landes versammelten sich um die hundert Gäste in seinem Haus, nahmen von ihm Abschied, beteten für ihn. Und wenn er dann gestorben war, so weinten diese Gäste und schrien und zerrissen sich die Kleidung.

Caterina konnte nicht weinen. Ihr Hals war ausgetrocknet vom Rauch, ihre Augen brannten, aber wurden nicht feucht. Nicht einmal bewegen konnte sie sich, wie sie da lag.

Oh, und gewaschen werde der Leib des Toten, mit duftenden Essenzen eingerieben, hernach ins Leichtentuch eingenäht, welches aus edlem Stoffe gefertigt war – am besten aus Seide, die mit Gold- oder Silberfäden durchwirkt war. So war man vor nicht langer Zeit mit der Mutter verfahren. Lorda hatte der Herrin diesen letzten Dienst erwiesen, der Busen wogend vor unterdrücktem Schluchzen, und der Vater war steif danebengestanden und hatte der toten Gattin versprochen, für all ihre Sünden Buße zu tun. Er würde Messen lesen lassen für Félipa, an die dreißig, sodass sie nicht zu lange im Fegefeuer zu verharren hatte.

Unter Pèires strengem Blick hätte Caterina nie gewagt, diese Frage zu stellen – erst jetzt, da sie wie ein gefällter Baum lag und den gefräßigen Flammen zuhören musste, ging ihr durch den Kopf, für welche Sünden die Mutter wohl hatte Buße leisten müssen. Sie konnte sich nicht vorstellen, dass die stille, ernste Félipa jemals etwas begangen hätte, was vor Gottes strengen Augen Ungnade gefunden hätte – schlichtweg, weil es nichts gab, was sie den lieben Tag lang machte oder sagte oder entschied.

Desgleichen ging ihr durch den Kopf, dass bei Félipas Tod –

wiewohl er sich lang im Voraus angekündigt hatte, die Mutter über Monate auszehrte, bis nur mehr ein Gerippe von ihr übrig war, kaum bedeckt von weißer, rissiger Haut – nicht die erforderlichen Gäste da gewesen waren, keine Freunde, keine Familie, keine Dorfbewohner. Wären jene gekommen, wenn der Vater nicht so schrecklich, sondern gleichfalls langsam siechend gestorben wäre? Gab es sie überhaupt – Freunde, Familie? Nun, Menschen aus dem Dorf gab es, das wusste Caterina. Einmal hatte sie sie durch die Ritzen ihrer Fensterbalken beobachtet, wie sie zum Domus des Vaters kamen, um die üblichen Abgaben zu entrichten. Nie hatte sie so viele fremde Gesichter auf einmal gesehen, dunkel und faltig wie die Rinde alter Bäume, mit nackten, verhornten Füßen und groben Händen. Der Vater war wütend gewesen, als er von ihrem unbotmäßigen Verhalten erfahren hatte, hatte sie drei Tage fasten lassen als Strafe für das heimliche Beobachten. Sie sollte nur sehen und hören und riechen, was er ihr vorsetzte – nichts anderes.

Caterina scharrte mit den Füßen, als wollte sie sich tiefer in den Boden graben und Wurzeln schlagen. Dann würde das Gefühl der Leere sie nicht überkommen, nicht diese Ahnung von grenzenloser Einsamkeit.

Sie versuchte all das zu vertreiben, indem sie sich weiter eine würdige Todesstunde ausmalte. Kerzen. Es mussten Kerzen brennen, nicht nur für ein paar Tage, sondern für immer. In der Kapelle, jenem kleinen, runden Gebäude, das der Vater, kaum fünfzehn Schritte vom Domus entfernt, der Gottesmutter Maria zu Ehren hatte errichten lassen und wo die wandernden Prediger, die durch die Lande zogen, manchmal Messen gefeiert hatten, brannte seit Félipas Tod das Lux perpetua, das ewige Licht. Ob sie für den Vater dort auch eines entzünden sollte?

Der Gedanke an ein solches Flämmchen machte ihr Angst. Mochte es auch gut gemeint sein und dem Zwecke dienen, der unsterblichen Seele zu gedenken – es war doch auch aus jenem grässlichen, tötenden, zerstörenden Feuer geboren! Das prasselnde Meer im Rücken empfand Caterina die Vorstellung von ewiger Dunkelheit als tröstlicher.

Freilich, in die Kapelle sollte sie dennoch gehen. Die letzten Worte des Vaters fielen ihr ein und wurden nun, da sie sich nicht länger mit seiner Todesstunde befassen wollte, zur Krücke, um sich über das drohende Gefühl von Verlorenheit hinwegzubewegen. Caterina erhob sich ein wenig, stand zwar nicht gänzlich auf, aber krabbelte – einem Käfer gleich – auf allen vieren in jene Richtung, wo sie die Kapelle vermutete. Nur wenige aufgeregte, unrhythmische Herzschläge später hatte sie sie schon erreicht. Gottlob war sie heil geblieben und nicht von den Franzosen zerstört worden, die den Vater – ihren frommen Vater! – der Ketzerei angeklagt hatten.

Sie richtete sich weiter auf, stieß mit der einen Hand das hölzerne Tor auf, kroch dann den Gang entlang und legte sich schließlich vor dem schmalen, steinernen Altar auf den Boden, flach wie vorhin. Hart war das Holz, bot kein Versteck, erlaubte es ihr nicht, sich einzugraben, zu schrumpfen, zu verschwinden.

Erst nach einer Weile erhob sie sich, wenngleich mit geducktem Kopf und gesenktem Blick, schlich zum Altar, im fahlen Licht halbblind.

Der Schatz – es pochte in ihrem Kopf –, sie musste den Schatz finden, den kostbarsten Besitz der Familie. Sie musste in Sicherheit bringen, was der Vater als Beweis seiner Rechtgläubigkeit benannt hatte, das Zeichen, dass er Katholik war, kein Katharer. Denn keiner von diesen würde den Schatz verehren …

Vorsichtig tastend griff sie zuerst nach dem Psalter, aus Pergament gemacht und mit Holzdeckeln eingebunden; eine Silberplatte, worin das Wappen der Familie von Mont-Poix eingraviert war, befand sich darauf. Caterina strich darüber, suchte kurz Zuflucht bei einem der Gebete, die der Psalter enthielt.

Domine quid multiplicati sunt qui tribulant me multi insurgunt adversum me. Tu autem Domine susceptor meus es gloria mea et exaltans caput meum.

Herr, wie zahlreich sind meine Bedränger; so viele stehen gegen mich auf. Du aber, Herr, bist ein Schild für mich, du bist meine Ehre und richtest mich auf.

Es bot ihr nicht lange Labsal, noch war sie getrieben von der Pflicht, die ihr der Vater aufgetragen hatte – und von der Verzweiflung, der Einsamkeit, die dahinter lauerten.

Lange zögerte sie, den Schatz zu berühren; er befand sich in einem kleinen, gut versiegelten und vergoldeten Kästchen mit einer Inschrift, der *Cedula*, die unter dünnem, mattem Glas unscharf zu lesen war. Das Kästchen war würfelförmig, nur an einer Seite – einem Giebeldach gleichend – liefen die vier Seitenflächen auf eine Spitze zu. Kleine, kostbare Edelsteine waren hier angebracht: blutroter Rubin, matt glänzender Rosenquarz und grüner Malachit. Auf dass sie es nicht mit ihren Fingern beschmutzte – gewiss waren sie rußgeschwärzt, verdreckt von der Erde, vielleicht klebte daran sogar des Vaters Blut –, nahm Caterina einen der Ärmel ab, die an der Schulter an ihr Kleid gebunden waren. Sie verknotete das untere Ende, sodass ein Säckchen daraus wurde, stülpte es über das Kästchen und nahm es so an sich. Wieder knickte sie in sich zusammen, wenngleich sie sich nicht wieder flach auf den Boden legte, sondern – den Schatz an ihren Bauch gepresst – den Kopf auf ihren Knien barg.

So hockte sie Stunde um Stunde in der Kapelle, bis das schaurige Prasseln, das vom nahen Domus kam, verebbt war, das flackernde Licht des Feuers zur Ruhe gekommen war und an seiner statt rötliche Morgendämmerung in die Kapelle fiel.

Caterina blinzelte, als sie aufstand und hinaustrat. Bis auf die wenigen Schritte, die vom Domus zur Kapelle führten, war sie seit zehn Jahren nicht mehr im Freien gewesen, und bei diesen

Anlässen hatte sie niemals hochgeblickt, um – wie jetzt – den beängstigend weiten Himmel zu erschauen.

In der Welt lauerte die Sünde. Mehr als einmal hatte Pèire ihr das eindringlich erklärt. Kaum dass sie das Alter erreicht hatte, da sie die Vernunft gebrauchen konnte und folglich Gefahr lief, ihre Umwelt mit dieser womöglich falsch zu deuten, hatte er sie nicht mehr nach draußen gelassen ist. Verlass dein Zimmer nur, wenn's dir von mir gestattet ist, das Haus jedoch niemals. Die Menschen da draußen sind schlecht. Ein jeder von ihnen könnte ein Ketzer sein – ein Irrgläubiger, der leugnet, dass Jesus Christus der Sohn des göttlichen Vaters ist. Oder es sind Franzosen, die nur darauf warten, uns das Vermögen zu rauben, so wie sie den okzitanischen Adel nun schon seit Jahrzehnten bluten lassen.

Caterina hatte sich darauf eingestimmt, dass das Haus für ewig ihr einziger Aufenthaltsort sein sollte, vor allem, als sich die Pläne zerschlagen hatten, sie ins Kloster zu schicken.

Vor vier Jahren, als sie zwölf Jahre alt gewesen war und damit als erwachsene Frau galt, hatte sie Vater und Mutter darüber reden gehört. Eigentlich sprach nur Pèire. Félipa sprach so gut wie nie.

Ein Kloster wäre besser als die Ehe, hatte Pèire damals beschlossen. Leider gäbe es nur so wenig Frauenklöster im Languedoc, er wüsste von einem Kloster der Benediktinerinnen und zweien der Zisterzienserinnen. Freilich höre man nun auch viel von einem neuen Frauenorden, der sich ausbreitete. So wie die Zahl der Franziskaner, nähme auch die dieser Klarissen zu.

Das Vorhaben, die einzige Tochter zu einer von jenen zu machen, schien Pèire zu gefallen, denn seitdem er es das erste Mal ausgesprochen hatte, verlängerte er die tägliche religiöse Unterweisung um zwei Stunden und lehrte sie außerdem das Lesen. Zwar gäbe es unter den Schwestern auch solche, die das nicht beherrschten – doch nach seinem Wunsch solle sie zu den Sorores litteratae zählen.

Es war nicht Ehrgeiz, der ihn trieb.

»Vielmehr ist es wichtig«, erklärte er ihr eines Tages, »dass du zwischen rechtem Glauben und Häresie unterscheiden kannst. Und zu diesem Zwecke ist es ratsam, die heiligen Schriften zu kennen.«

Auch vier Jahre später hielt er sie noch an, sich weiter zu bilden. Mittlerweile konnte sie nicht nur schreiben, sondern beherrschte obendrein das Lateinische. Die Klosterpläne hingegen hatten sich zerschlagen.

Eines Tages hatte der Vater das Haus verlassen und wiederkehrend der Mutter berichtet, dass die Sanctimonialis, die Subpriorin des nächstgelegenen Klosters, Caterina nicht aufnehmen wollte. Begründet hatte sie die Ablehnung damit, dass das Kloster bereits vierzig Schwestern beherberge, somit jene Zahl erreicht sei, die nicht überschritten werden dürfte. Pèire hatte ihr nicht geglaubt. Caterina hatte ihn selten so wütend, so unbeherrscht erlebt.

»Wenn es nur um die Zahl ginge«, hatte er gesagt, »so hätte sie mir doch in Aussicht stellen können, Caterina später aufzunehmen, wenn eine der anderen Schwestern stürbe … aber nein, sie will sie nicht haben, weil wir die notwendigen hundert Silberstücke nicht aufbringen können, die sie als Mitgift fordert. Aber ich habe Land zu bieten, doch nicht viel Geld! Wer hat das schon?«

Er hatte verzweifelt geklungen, so, als stünde Caterinas ganzes Leben auf dem Spiel, als hätte er ein für alle Mal darin versagt, es zu retten.

Félipa, die Mutter, hatte wie immer kein Wort gesagt. Nur Lorda, mit ihrem Gespür für die schlechte Stimmung des Herrn, hatte vorgeschlagen, es doch bei den Dominikanerinnen zu versuchen.

»Die werden sie noch viel weniger aufnehmen«, hatte Pèire erwidert – und Lorda hatte Caterina später erklärt, dass die Nachfolger des großen Dominikus den Frauen gegenüber sehr feindselig eingestellt seien, Klostergründungen erschwerten oder gar unmöglich machten und Konvente, die es bereits gab, schlossen.

So musste Pèire eben andere Pläne machen.

»Nun«, hatte der eine Woche später der schweigenden Mutter erklärt, »sie muss nicht in ein Kloster eintreten, um ihr Leben Gott zu weihen.«

Er hatte von den Deo devotae gesprochen, Frauen, die zwar keine Ordensschwestern waren, jedoch wie Nonnen lebten, nach jenen Regeln, die der große Kirchenlehrer Cäsarius von Arles für gottgefällige Jungfrauen festgelegt hatte. Zwar hielten sich jene oft in der Nähe eines Klosters auf, bewohnten aber Privathäuser.

Für andere Pläne schien es ohnehin zu spät, denn mit über 16 Jahren war sie zu alt, um noch einen Bräutigam zu finden. Die meisten anderen Mädchen wurden schließlich schon im zarten Kindesalter verlobt. Caterina reute es kaum. Den Preis, in ihrem kargen Zimmer hocken zu bleiben, zahlte sie gerne, wusste sie nur, dass sie solcherart ohne Sünden blieb und den Vater erfreute. Weder konnte sie sich ein Kloster vorstellen, das randvoll mit Weibern war, noch einen Mann, der nicht das Gesicht ihres Vaters trug.

Erst jetzt, da es diese sichere Zuflucht nicht mehr gab, da wünschte sie, sie wüsste ein wenig mehr von dieser fremden Welt, die für den Vater nie anderes gewesen war als ein Sündenpfuhl.

»Was soll ich nur tun?«, jammerte sie. »Was soll ich nur tun?«

Sie hatte unendliche Angst vor der Fremde.

Rom, 251 n.Chr.

Dies ist die Geschichte meines Schatzes, die Geschichte der Schuld, die ich auf mich geladen habe – und die Geschichte meiner Liebe.

Ich heiße Krëusa, ich bin Sklavin, und die Liebe, die ich meine, galt meinem Herrn, Felix Gaetanus Quintus, römischer Ritter, aus altem etruskisch-italischem Adel stammend, verwandt mit Otacilia Severa, der Gattin des Philippus Arabs, das war der römische Kaiser vor Decius. Als Philippus gegen das Volk der Karpen kämpfte, nachdem diese die Donau überquert hatten, stand Gaetanus an Philippus' Seite – was ihm zu dessen Gunst verhalf, nicht zu der seines Nachfolgers.

Ich liebte ihn also und war sehr unglücklich dabei. Ich glaube, Unglück ist eines der vielen Gesichter der Liebe. Manchmal ist die Liebe wollüstig, manchmal zärtlich; manchmal sucht der Liebende nur Schutz. Mir hätte es genügt, von meinem Herrn gesehen zu werden, doch das tat er nicht.

Ich war in seinen Besitz übergegangen, als sein Oheim kinderlos starb. Jener Oheim hieß Silvanus Sextus, hatte dicke Finger und Ringe an jedem von ihnen, mit denen er fortwährend spielte – es sei denn, seine Hände waren damit beschäftigt, nach Sklavinnen zu grapschen. Er war dicklich, ständig rot im Gesicht – und er war gutmütig.

Meine Mutter ist seine Sklavin gewesen, vielleicht hat sie mich von ihm empfangen, vielleicht von einem der Gäste, die gerne zu ihm kamen, um sich an Wein und Gesang zu erfreuen (und gewiss nicht nur daran), vielleicht von einem anderen. In jedem Fall war es Silvanus Sextus' rotes Gesicht, das sich wohlwollend über mich beugte, als ich geboren wurde, während er mit seinen Ringen spielte, gleichwohl es immer schwerer wurde, sie an seinen dicken Fingern zu drehen. Er war es auch, der mir einen Namen gab. (Ich weiß übrigens nicht, wie er darauf kam, mich nach einer Tochter des Priamos zu benennen, vielleicht, weil Vergils Aeneis *gerade zu seiner Lektüre zählte). Silvanus mochte Neugeborene. Nie wäre es ihm in den Sinn gekommen, eines von ihnen aussetzen zu lassen. Er schnüffelte an ihnen, weil er meinte, dass sie gut röchen. Das tat er zwar nicht mehr, kaum dass ich laufen konnte, ein Mädchen wurde, etwas kleiner, etwas draller als die übrigen – aber das Lächeln behielt er stets auf den Lippen.*

Felix Gaetanus lächelte nie. Er hatte Augen, dunkel wie Kohlestücke, aber ohne Glanz. Auch sein Haar war schwarz und glatt nach hinten gekämmt. Nur ein einziges Mal habe ich erlebt, wie sich Strähnen daraus lösten, doch das will ich euch später erzählen. Seine Haut war weiß wie Milch, nur unter den Augen wölbte sie sich, als hockten dunkle Würmer darunter, und mit den Jahren begann sie unter dem Kinn ein wenig schlaff zu werden. Sein Mund war schmal, die Oberlippe ragte ein wenig über die untere – vielleicht war es das, was den Eindruck vermittelte, er wäre trotz aller Gleichgültigkeit, trotz der steifen Haltung, trotz der reglosen Miene ein Leidender.

Nach Silvanus' Tod – er starb in jenem Jahr, als das tausendjährige Bestehen des römischen Reiches prächtig gefeiert wurde – begrüßte er jeden Einzelnen von seinen ererbten Sklaven. Er ließ sich ihre Namen sagen, aber bei keinem hatte es den Anschein, er würde sich diesen auch merken. Seine Brauen hoben sich nicht, seine Stirne runzelte sich nicht, seine dünnen Lippen kräuselten sich nicht. Er war ernst.

»Er lacht nie«, sagte eine seiner Sklavinnen später zu mir. »Er weint auch nie. Er zeigt nicht, was er fühlt. Es lässt sich gut leben, mit ihm als Herrn.«

Ich weiß nicht, ob meine Liebe damals zu wachsen begann, ihre Wurzeln sich festkrallten an eigentlich unwegsamem Gelände, das trotz eifriger Bewässerung kaum Frucht zu bringen vermochte. Ich weiß nur, dass ich dachte – vielleicht hatte ich das rotgesichtige Lächeln meines früheren Herrn im Kopf –: Ich will, dass er mich sieht. Ich will, dass er meinen Namen kennt.

Dies war mein Trachten. Darauf, dass es sich erfüllte, wartete ich lange Jahre. Ich beobachtete ihn ständig; ich sah zu, wie sein Blick den Menschen folgte (meist gleichgültig, manchmal abschätzig, niemals freundlich), ich versuchte, ihm nah zu sein, und es gelang mir, weil ich mich als die herausstellte, die am geschicktesten seinen steifen Nacken zu massieren vermochte. Er litt oft unter Hauptweh und hoffte unter meinen Händen Linderung zu finden, sein Schmerz war der hilfreichste Verbündete meiner Liebe. Aber er lächelte mich deswegen nicht an; er stöhnte nie, weder ob Qualen noch ob Labsal.

»So ist er erzogen worden«, sagte Andromache, meine gleichaltrige Gefährtin, die sich darin hervortat, jenen Kuchen aus Mohn, Rosinen und Mandeln zu backen, den der frühere Herr Silvanus so geliebt hatte. »Schließlich ist er ein römischer Ritter. Doch gleichwohl er so erfolgreiche Schlachten in Moesien schlug, scheint ihm die Politik mehr ihm Blut zu liegen als der Kampf. Es heißt, dass er anstrebt, Senator zu werden. Ich weiß allerdings nicht, ob er im Intrigenspinnen besser ist als im Morden.«

»Warum sollte er Intrigen spinnen?«

»Nun, gegen den Kaiser Decius. Der stammt nicht aus Rom, sondern wurde in Pannonien geboren.«

»Ja und?«

»Er ist der erste seines Rangs, der nur aus der Provinz stammt,

nicht aus der Hauptstadt, verstehst du nicht? Er hat sich unter Kaiser Philippus Arabs hochgedient – und wurde dann dessen schlimmster Feind. Er hat ihn in einer Schlacht besiegt, Philippus fiel samt seinem Sohn, und du weißt doch, Gaetanus war mit Philippus' Gattin verwandt…«

Sie hob vielsagend die Augen. Ich wusste nicht, was ich davon halten sollte. »Du siehst also«, fuhr Andromache fort, die wohl von meiner Besessenheit ahnte, von ihm gesehen zu werden. »Du siehst also – er hat keine Augen für unsereins. Von zu vielen Sorgen ist sein Blick verstellt.«

Da wünschte ich mir zum ersten Mal, ich würde irgendwo ganz allein mit ihm leben, fern von Rom, fern von seinen Pflichten und Nöten. Anders als meine Liebe ging dieser Wunsch in Erfüllung.

Eines Tages war Gaetanus noch bleicher als sonst; sein Haar schien auf den Schläfen angegraut; die Ringe unter den Augen waren geschwollen, schienen erstmals zu pulsieren.

Ich traf ihn im Tablinum, seinem Arbeits- und Schlafzimmer. Ich trat zu ihm, lautlos, wie er es von uns Sklaven wünschte, legte meine Hände auf seine Schultern, im Glauben, dass das, was ihn quälte, nur die üblichen Kopfschmerzen wären.

Da fuhr er gereizt herum, hob die Faust, ließ sie auf mein Gesicht niederknallen. Der Schlag brachte mich zu Fall. Betäubt blieb ich liegen – und war glücklich, so glücklich. Ich hatte ihn gestört, was hieß: Er hatte mich bemerkt. Ich schmeckte Blut auf meinen Lippen, salzig, metallisch, lebendig. Ich wischte es nicht ab, sondern spürte, wie es warm über mein Kinn tropfte. Um jeden dieser Tropfen, der auf den Boden traf, tat's mir leid. In meinen Lippen pulsierte der Schmerz, dem Takt meines Herzschlages folgend.

Doch da senkte er sein Haupt. Seine Miene glättete sich wieder. »Das wollte ich nicht«, sagte er.

Plötzlich spürte ich keinen Schmerz mehr, meine Lippen schwollen an, wurden taub. Kaum gewahrte ich, dass noch weitere Worte aus ihm hervorperlten – von Fall und Zerstörung und Verbannung war die Rede. Ich verstand ihn nicht. Ich suchte keinen Sinn darin, harrte jeder Silbe nur darum, weil er Vergangenheit und Zukunft mit mir teilte; was er an diese Vergangenheit verloren hatte und was die Zukunft an kärglicher Hoffnung verhieß, wollte ich gar nicht genau wissen.

Nur seine letzten Worte erreichten mich. Das Schweigen, das ihnen folgte, kündete nicht mehr von einer wie auch immer gearteten Nähe, sondern von Leere.

»Wir werden Rom verlassen«, sagte er. »Wir werden auf einer einsamen, kargen Insel leben. Ich bin verraten worden.«

Sein Blick war wieder tönern schwarz. Es ging mir auf, dass er nicht mit mir geredet hatte, sondern zu sich selbst, und dass ich nur zufällig zugegen war, als das geschah.

Verraten … aus der Heimat verstoßen …

Eigentlich war es das, was ich mir vor kurzem noch erhofft hatte. Er ganz allein auf der Welt. Und ich, die ich ihm zur Seite stand. Doch nun fühlte ich keine Genugtuung, nur Angst. Ich hatte unendliche Angst vor der Fremde.

Ja, so beginnt die Geschichte meines Schatzes, meiner Schuld – und meiner Liebe.

II. Kapitel

Languedoc, Frühling 1284

Aug in Aug mit der bedrohlichen Welt blieb Caterina nicht lange aufrecht stehen. Erneut sank sie – nur wenige Schritte von der Kapelle entfernt – auf den Boden, dem unsinnigen Wunsch verfallen, sie könne sich auf diese Weise verstecken. Wenn sie nur lang genug so verharrte, würde sie vielleicht mit der fremden Welt verschmelzen, anstatt ihr gegenübertreten zu müssen. Doch die Welt tat ihr den Gefallen nicht, sie zu missachten, sondern ließ die Sonne unbarmherzig auf ihren Nacken brennen. Gleichwohl sie wusste, dass es Menschen gab, die unter freiem Himmel ihr Tagewerk verrichteten, sodenn niemand an den Strahlen des Himmels starb noch am frischen Wind, fragte sie sich doch kurz, ob Gleiches auch für sie gelten würde – oder ob jemand, der sich so lange nur im Inneren aufgehalten hatte, nicht zwangsläufig in Freiheit zugrunde ginge.

Ich darf keine Angst haben, ging es ihr dann aber durch den Kopf. Ich darf keine Angst haben.

Angst war etwas Gefährliches. Der Vater hatte ihr einmal gesagt, dass Dämonen ängstliche und zweifelnde Menschen besonders gerne angriffen, so wie Hase und Hirsch zum Opfer von Hund und Bär werden.

Sie zwang sich, vorsichtig den Kopf zu heben, kniff die Augen zusammen, wagte es, in die Weite zu schauen, eine hügelige, dicht bewaldete Landschaft, jetzt im April von noch etwas bräunlichem Grün. Sie hielt dem Anblick nicht lange stand, suchte lieber Halt an der eigenen Gestalt, betrachtete die Hände, die Beine, das zerfledderte Kleid, erstaunt, dass sämtliche Glieder die letzten Stunden heil überstanden hatten – und dass sie es auch jetzt vertrugen, hier im Freien zu stehen.

Sie würde überleben. Nicht Weite noch Sonne noch der Geruch nach feuchter Erde und nach Verbranntem würden sie fällen.

Zögernd tat sie einige Schritte. Sie drehte sich um – und stöhnte auf. Das Haus, in dem sie seit der Geburt gelebt hatte, war nichts als ein schwarzer, rauchender Schutthaufen. Einzelne verkohlte Balken ragten wie tote Bäume gen Himmel. Darunter die steinerne Grundmauer, fast gänzlich schwarz vor Ruß. Wie viele verkohlte Leichen lagen wohl dort? Nur die von Lorda und dem Vater, oder waren es mehr? Hatten sich die anderen Mägde retten können? Doch wohin? Ins Dorf?

Richtig, das Dorf. Dort arbeiteten und lebten Menschen, die verpflichtet waren, dem Vater Abgaben zu zahlen. Er war ihnen ein strenger Herr gewesen, der ihren Lebenswandel überprüft hatte und stets dort eingeschritten war, wo er nicht dem eines guten Christenmenschen entsprach.

Sollte sie dorthin gehen und um Hilfe bitten? Kannte man sie dort überhaupt? Wusste man, dass der Herr eine Tochter hatte?

Da sie nun erkannt hatte, dass der Boden sich nicht für sie öffnen würde, ging Caterina notgedrungen ein paar Schritte weiter, drängte die lahmen Gedanken dazu, nach allem zu suchen, was das Gedächtnis an Wissen über die Welt bereithielt, außer dass sie ein Sündenpfuhl sei.

Freilich, von der Mutter hatte sie nichts erfahren, was ihr in dieser Stunde das rechte Verhalten vorgab. Félipa wusste, dass man in Gedanken, Worten und Werken sündigte. Die Werke ersparte sie sich, indem sie die Hausarbeit an die Mägde abgab und nichts tat, außer zu beten; die Worte desgleichen, weil sie so gut wie nie sprach, sondern allein mit der Macht ihrer aufgerissenen Augen sämtliche Fragen abschmetterte. Nur wie sie sich vor den Gedanken davonstahl, das ließ sich nicht recht bestimmen, denn niemand kann in eines Menschen Kopf schauen. Aber es mussten wohl wenige sein, weil sich – bis auf diesen ängstlich-starren Blick – kaum jemals eine Regung in ihre Züge stahl. Das war es wohl, was jene jung gehalten hatte. Ihre Haut war straff wie die eines jungen Mädchens gewesen.

Dem Vater schien Félipas Schweigsamkeit recht gewesen zu sein, war es doch ein Verhalten, was Gott dem schwachen Geschlecht abverlangte.

Obendrein sollte das Weib nicht eitel sein. Pelegrina, die Domicella der Mutter, wurde aus dem Haus gejagt, nachdem sie der Herrin bunte Bänder ins Haar geflochten hatte.

Und Frauen sollten keine unnützen Reden schwingen. Das taten nur die Ketzerinnen, die einst predigend wie die Männer durchs Land gezogen waren. Gottlob hatte man die meisten von ihnen ausgerottet. Noch schlimmer war, dass diese Frauen im Krieg gegen die Franzosen auch schon gekämpft hatten wie die Männer.

Ihr Vater hatte nie auf die Predigten der Ketzer gehört – weder auf solche von Männern, noch auf solche von Frauen –, er hatte sich nie gegen die Franzosen erhoben. Und hatte sich doch deren Zorn zugezogen, lag nun unter einem Schutthaufen.

Die Welt ist nicht nur sündig, dachte sie, vor allem ist sie ungerecht!

Tränen standen Caterina in den Augen, obgleich sie wusste, dass nur Sünder weinen durften, die ihre Untaten bereuen. Sünden aber hatte sie heute noch nicht begangen. Würde sie auch frei von ihnen bleiben, wenn sie in diese unheimlich große Welt ging? Hätte der Vater ihr vielleicht geraten, einfach starr sitzen zu bleiben, bis sie des Hungertodes starb, um solcherart rein geblieben in den Himmel einzugehen? Aber nein, er wollte ja, dass sie den Schatz in Sicherheit brachte!

Erst jetzt ging ihr auf, dass sie fortwährend das Bündel an sich gepresst hielt, so fest, dass sie kaum mehr Gefühl in den Händen hatte. Dies war ihre Aufgabe, der Grund, dass sie weiterlebte – und weiterging, Schritt für Schritt.

Wieder beschwor sie Erinnerungen herauf, diesmal nicht an Mahnungen ihres Vaters, wie gute Weiber sich verhielten, sondern an all die Andeutungen, die er jemals über seine Herkunft, seine Familie gemacht hatte. Seine Eltern waren tot, das wusste sie, ihr Haushalt war klein. Aber eines Tages, da hatte Pèire von einem Verwandten gesprochen, nein, es war kein Bruder, auch kein Onkel, ein Vetter war es, jawohl, ein Vetter.

Das Gehen – gleichwohl noch ziellos – machte ihr das Denken leichter. Unwillkürlich schloss sie die Augen, ging blind.

Es gab also einen Vetter ihres Vaters. Freilich hatte Pèire nicht oft von ihm gesprochen, und wenn er es getan hatte, so in einem nörgelnden, ärgerlichen Ton, den er sich sonst verbat. Offenbar stand er nicht gut mit diesem Vetter – vielleicht, weil jener verdorben war? Ein Sünder?

Ein Schreckensschrei entfuhr Caterina. Wiewohl ihre Schritte langsam und vorsichtig waren, stolperte sie über eine Wurzel, die über den Weg gewachsen war.

Er heißt Raimon, ging es ihr im Fallen durch den Kopf; der Vetter meines Vaters heißt Raimon.

Und mit einem tiefen Seufzen schloss sie ihre Augen.

Sie wusste, dass sie aufstehen musste, weitergehen, den Vetter ihres Vaters Raimon de Mont-Poix suchen, aber ein wenig konnte sie doch noch liegen bleiben, nur ein klein wenig rasten von den vielen Eindrücken und den ersten beschwerlichen Schritten.

Da entfuhr ihr ein neuerlicher Schreckensschrei, so schrill, dass sie einen Augenblick kaum glauben konnte, dass er ihrer

Kehle entstammte. Denn während sie mit immer noch geschlossenen Augen dalag, fühlte sie, wie ein Schatten auf sie fiel und ihre Hand von etwas Warmem, Feuchtem berührt wurde.

Caterina riss die Augen auf, starrte in gelbe, höhnisch blickende Augen, auf eine rote, raue Zunge, die ihr übers Gesicht leckte und scheinbar Geschmack daran fand, etwas anderes zu kosten als Kräuter und Gras. Mit einem neuerlichen Aufschrei stieß Caterina die Ziege zurück, die ein beleidigtes Meckern ausstieß, und fuhr hoch. Kaum sitzend überkam sie noch tieferer Schrecken. Zu der Ziege gehörte derer eine ganze Schar, und geleitet wurde diese von einem Jungen, schmächtig, aber zäh, der sich auf seinem schiefen Stock aufstützte und sie mit ausdrucksloser Miene anstarrte.

Der erste Fremde seit Jahren.

Rasch wandte sie sich ab, als könnte sie ihn allein dadurch vertreiben, dass sie ihn nicht anstarrte, wagte dann aber doch, ihn aus den Augenwinkeln zu mustern. Er war kaum größer gewachsen als ein Knabe, und ganz offensichtlich war er ein Hirte. Konnte von jenem Berufsstand Schlechtes zu erwarten sein, wenn Christus sich doch selbst oft mit einem Hirten verglichen hatte? Vielleicht sandte ihr Gott, der sich vor allem jener Schafe annahm, welche sich verlaufen hatten, ein Zeichen, wenn er ihr gerade diesen Jungen hier schickte! Vielleicht konnte er sie aus der Irre führen!

Vorsichtig erhob sie sich, überlegte dann fieberhaft, welches Benehmen angeraten war. Dass der Junge schwieg, machte es ihr leichter, sich zu fassen – schien er sich solcherart an das Gebot zu halten, wonach ein Mann nicht einfach mit einer Frau spricht, wie auch diese Frau ihm nicht ins Angesicht blickt. Letzteres konnte sie freilich nicht ganz vermeiden, wollte sie herausfinden, ob dem Knaben tatsächlich zu trauen, von ihm Hilfe zu erwarten sei. Sie blinzelte, suchte das ausdruckslose

Gesicht zu deuten, immer nur für die Dauer eines Wimpernschlags, da sie ihn offen anblickte, während sie hernach sogleich den Blick senkte.

Seine Haut war gebräunt – offenbar brachte er viel Zeit seines Lebens im Freien zu –, die Nase verkrustet, als wäre er einmal zu oft gestolpert und darauf gefallen, und die Füße nackt, schmutzig und verschorft.

Weil er nichts sagte, sondern sie nur fortwährend schweigend ansah, lediglich die freche Ziege sich wieder an sie heranwagte, mit feuchtem Maul ihre Hand anstupste – Caterina wich zurück –, da nahm sie schließlich allen Mut zusammen, um eine erste Frage zu stellen.

»Wer bist du?«

Ihre Stimme klang rau. Erst jetzt gewahrte sie, wie ihre Kehle schmerzte, verätzt vom vielen Rauch, den sie hatte schlucken müssen.

Er zuckte mit den Schultern, als ob er es selbst nicht wüsste. Erst nach einer Weile kam etwas über seine Lippen, was wie »Isarn« klang.

»Und du?«, fragte er zurück, noch ehe sie ihn bitten konnte, den Namen zu wiederholen.

»Caterina de Mont-Poix«, murmelte sie – und erschrak.

Von dem Schrecklichen, was gestern geschehen war, hatte sie nicht viel verstanden, in jedem Falle aber, dass ihr Vater von den Franzosen gehasst wurde, vor allem von jenem, der sich das Nachbargut angeeignet hatte und seitdem auf Pèires Grund und Boden aus war. Besser war darum wohl, nicht zu viel über sich und ihre Herkunft zu verraten. Für wen zählte ihre Unschuld, wenn selbst ihr Vater, der frömmste aller Männer, für einen Ketzer gehalten wurde?

Isarn, oder wie immer er hieß, reagierte freilich nicht auf den Namen, den sie von ihrer Großmutter aus der Lombardei erhalten hatte und der hierzulande von kaum einem Weib geteilt wurde. Er achtete auch nicht darauf, dass ihr der Kummer und Schrecken Tränen in die Augen trieb. Das machte es ihr leichter, jene zu schlucken.

Nicht jetzt, nicht heute. Erst musste sie entscheiden, wohin sie ihren Schatz bringen konnte. Sie dachte an den Vetter ihres Vaters und dass ihr – stolpernd – wieder eingefallen war, wie jener hieß.

»Wo… wo sind wir hier?«, fragte sie hastig. »Wo ist die nächste Stadt? Kennst du einen Raimon de Mont-Poix?«

Der Knabe zuckte die Schultern und spuckte auf den Boden.

»Du bist hier plötzlich aufgetaucht, nicht ich«, entschied er sich schließlich zu sagen. »Musst also selber wissen, wo du bist. Kannst aber mitkommen. Ich komme dann und wann an einem Dorf vorbei. Weiß aber nicht, ob man dort den kennt, den du suchst.«

Sprach's, pfiff einmal laut und setzte sich in Gang. Er drehte sich nicht nach ihr um, um zu prüfen, ob sie nachkam. So blieb sie denn eine Weile zögernd stehen, rang mit sich. War es richtig, mit ihm zu gehen? Sollte sie nicht doch jenes Dorf aufsuchen, das zum Besitz des Vaters gehört hatte? Vielleicht würde man ihr dort besser helfen können; vielleicht aber hatte der gierige französische Nachbar längst dessen Bewohner für sich eingenommen, ihnen erfolgreich eingepflanzt, dass Graf Pèire ein Ketzer war.

Wieder hätte Caterina weinen mögen, so schwer fiel ihr die Entscheidung, während Isarns schmächtiger Körper immer kleiner und kleiner wurde. Das Meckern der Ziegen klang wie Hohngelächter in ihren Ohren.

Nicht jetzt, nicht hier, unterdrückte sie erneut die Tränen. Sie musste dem letzten Willen ihres Vaters folgen, ihren einzigen noch verbliebenen Verwandten suchen und den Schatz in Sicherheit bringen.

Fest presste sie das Bündel an sich. »Warte!«, schrie sie – und dann lief sie ihm nach.

Montagne Noire. Schwarze Berge.

Sie erfuhr, dass das Gebiet, in dem sie aufgewachsen war, so hieß, wiewohl die Berge kaum mehr als Hügel waren und sie sich auch nicht schwarz gen Himmel reckten, sondern von Wäldern und Gebüsch bewachsen. Der April ging eben zur Neige, das Osterfest, mit dem das neue Jahr begonnen hatte, war gerade zwei Wochen vorbei. Die Sonne jenes wankelmütigen Monats erwies sich desgleichen als launisch, bissig zwar, wenn sie von der Höhe des Himmels fast senkrecht fiel, aber zu schwach, um sich ins Dunkel des Geästs vorzukämpfen. Kaum waren sie in dessen Schatten, war es Caterina eiskalt. Sie fror entsetzlich in dem dünnen Leinenkleidchen und dem aus Wolle, das sie darüber trug, und wunderte sich, dass Isarn, der doch kaum mehr trug als zerfledderte Hosen und ein schmutziges Hemd, keinerlei Zittern zeigte. Munter sprang er über Stock und Stein und hatte keine Mühe, seinen Weg zu finden, indessen sie ihm kaum nachkam.

Seit seinen letzten Worten hatte er sich nicht mehr um sie geschert, auch nicht darauf geachtet, ob sie ihm überhaupt folgte. Nach einer Weile blieb er jedoch stehen, rief einen Namen – offenbar den einer Ziege, obgleich Caterina nicht sicher war, ob es Gott gefiel, dass ein Tier einen Namen trug, und als das Tier nicht kam, so packte der Junge es einfach an den spitzen Hörnern. Dann zog er es zu sich her, legte sich unter den rundlichen Bauch und drückte auf eine der roten Zitzen, bis Milch herausspritzte. Er öffnete gierig den Mund, um die weiße Flüssigkeit aufzufangen, und scherte sich nicht darum, dass manches danebenfloss.

Es war dies ohne Zweifel das Abscheulichste, was Caterina jemals gesehen hatte. Zugleich leckte sie sich ihre eigenen trockenen Lippen.

Isarn hob seinen Kopf.

»Willst auch?«, fragte er.

Wieder war eine unendlich schwere Entscheidung zu treffen, wieder zögerte sie lange. Sie wollte sich nicht von Gier besiegen lassen, weil jene zu den Todsünden zählte – und zugleich sagte sie sich, dass es nicht nur gierig, sondern auch vernünftig wäre, sich zu sättigen, ganz gleich wie, Hauptsache, es brächte genügend Kraft ein, um den anstrengenden Fußmarsch zu überstehen. So legte sie sich schließlich neben Isarn auf den kalten, harten Boden, blickte angstvoll auf die Hufe des Tiers und suchte schließlich gleich dem Hirten mit dem Mund die Milch aufzufangen, die er aus der Zitze presste. Sie war warm und schmeckte säuerlich, und nach wenigen Schlucken dachte sie, sie müsste sich übergeben. Aber sie zwang sich, so lange zu trinken, bis Isarn die Lust verlor, ihr dabei zu helfen.

Die nächsten Stunden verbrachte sie ausschließlich damit, ihres Ekels Herr zu werden, an den sie der säuerliche Geschmack in ihrem Mund fortwährend erinnerte. Sie war unter einem Tier gelegen. Sie hatte von dessen Brüsten getrunken. Sie hatte – ungewollt – Isarns Leib sachte gestreift. Seine Fingerspitzen hatten einmal ihr Gesicht berührt.

Freilich hielt der Tag noch mehr Prüfungen bereit.

Nach weiteren Stunden blieb Isarn wieder ohne Vorankündigung stehen, ließ sich wieder auf den Boden sinken, diesmal jedoch nicht, um von einer Ziege zu trinken, sondern um ein Bündel aufzuschnüren, das er mit sich trug und das ein kärgliches Mahl beinhaltete: Brot, so grau wie Stein, und ein gelbes Stück Käse, an den Rändern verschimmelt und übel riechend.

»Magst was?«, fragte er.

Caterina nahm nur zögerlich von dem Brot, murmelte rasch ein Gebet – und kaute es ergeben. Gottlob war es hart wie Stein – Pèire hatte stets verboten, dass in seinem Haus weiches Brot aus reinem Weizenmehl gebacken wurde, desgleichen wie er nur den Verzehr von Brot erlaubte, das mindestens einen Tag alt war und darum nicht mehr frisch schmeckte. Nur solcherart entginge man der Gefahr, es als Leckerei zu genießen und sich der Sünde der Völlerei schuldig zu machen.

Zufrieden würde er wohl trotzdem nicht sein mit ihrem Mahl hier, wo er doch größten Wert auf Tischsitten gelegt hatte.

Aufrecht und gerade musste Caterina am Tisch sitzen, der stets mit einer Tischdecke bedeckt gewesen war. Die Hände hatte sie sich an der Serviette abzuwischen; getrunken wurde nur aus Silberbechern oder aus einem aus Glas, in den ihr Name eingraviert war. Stets hatte sie von silbernen Tellern gegessen, und nach dem Essen musste sie sich ihre Zähne mit einem Zahnstocher reinigen.

Isarn hingegen schmatzte und spuckte und rülpste, und als Caterina ihn beobachtete, so befiel sie nicht nur Ekel, sondern tiefste Verachtung, ein lautes Gefühl, das ihre Ängstlichkeit kurz übertönte. Was für ein Barbar! Was für ein schmutziger Junge! Wie tief musste sie gesunken sein, um sich in seiner Nähe aufzuhalten!

Sie stand auf, ging ein paar Schritte von ihm weg, um sich möglichst weit entfernt von ihm erneut niederzulassen. Nach Beendigung des Mahls wischte sie sich die Hände an feuchten Blättern ab und begann ihr Haar mit den Fingern zu durchkämmen und zu flechten. So sehr war sie damit beschäftigt, dass sie nicht gewahrte, wie Isarn die Reste der Mahlzeit wieder verschnürte, sich vorbeugte und etwas hochhob, was sie auf ihrem vorigen Platz vergessen hatte.

»Was ist das?«, fragte er.

Sie blickte hoch.

»Nicht!«, rief sie so schrill, dass erschrockene Vögel hochflatterten. Auch Isarn zuckte zurück, doch das genügte ihr nicht. Sie stürzte sich auf ihn, entriss das Bündel mit dem wertvollen Schatz seinen dreckigen Händen.

Mein Gott!, durchfuhr sie der Schrecken, einen kurzen Augenblick lang nicht darauf geachtet, sondern lieber der Eitelkeit gefrönt zu haben.

»Fass … fass es nicht wieder an!«, drohte sie. »Wenn … wenn du es tust, fallen dir sämtliche Finger ab.«

Einen Augenblick lang huschte ihr der beängstigende Gedanke durch den Kopf, dass diese Worte eine Lüge waren, sie sich also einer Sünde schuldig gemacht hatte. Doch dann gedachte sie des letzten Willens, den der Vater sterbend bekundet hatte, und dass sie den Schatz hüten musste.

Nicht jetzt. Nicht heute, ging es ihr wieder durch den Kopf.

Nicht überlegen, was sie an Sünden begangen hatte. Nicht nachdenken, was hinter ihr lag.

Isarn verzog misstrauisch die Stirne.

»Ist's auch wahr?«, fragte er, misstrauisch, und auch ein wenig furchtsam.

Sie konnte nicht antworten. Noch fester presste sie das Bündel an sich, als sie plötzlich Stimmen hörte, mehr als nur eine. Sie kamen näher. Caterinas Atem stockte.

Keine Franzosen, dachte sie verzweifelt, lass es keine Franzosen sein … Und vor allem keine Ketzer.

Es waren weder Franzosen noch Ketzer, sondern Frauen, die da um die Ecke kamen, die einen plaudernd, die anderen singend. Eine von ihnen trug einen Korb auf dem Kopf und hielt ihn mit einer Hand fest. Eine andere versuchte, einen störrischen Esel anzutreiben, der vor einen kleinen Wagen gespannt war, dessen Rad, eher oval als rund, erbärmlich knarzte. Weil der Esel ob des steilen Wegs nicht weiterkam – oder nicht weiterwollte, so zumindest warf es ihm die Frau vor, die an ihm zog und ihn das störrischste Tier nannte, dem sie je begegnet war –, mussten zwei weitere Frauen den Wagen hinten anschieben. Schweißüberströmt waren sie, und als sie Isarn und Caterina entdeckten, wie jene ihnen vom Wegesrand entgegenstarrten, schienen sie das als willkommenen Anlass zu nehmen, endlich eine Rast zu machen.

»Gott zum Gruße!«, rief eine der Frauen dem Hirtenjungen entgegen. »Hast etwas Ziegenmilch für mich? Und was starrst du so, Mädchen?«

Caterina starrte sie tatsächlich unverfroren an, anfangs noch ob ihrer Erleichterung, dass es keine kampfeslustigen, rohen Männer waren, auf die sie da stießen, sondern nur Frauen, dann schließlich, weil sie ein so ungewohnt farbenprächtiges Bild boten wie die blumigen Frühlingswiesen.

Grau und braun waren alle Gewänder gewesen, die der Vater ihr jemals zugewiesen hatte und die zu tragen er auch Lorda und die übrigen Mägde anwies – mochte Lorda ihm auch vergebens entgegenhalten, dass die Lilien auf dem Felde, von Gott persönlich eingekleidet, immerhin auch luftige und helle Stoffe tragen durften. Pèire hatte sie nur finster angestarrt und war nicht von seiner Überzeugung abzubringen gewesen.

Die Stoffe, aus denen die Gewänder dieser Frauen gemacht waren, waren zwar nicht minder grob und rau wie das von Caterina, aber bei der einen ganz in Rot gehalten und bei einer anderen in Grün. Über ihren Hemden trugen sie ähnliche Kleider wie Caterina, mit abnehmbaren Ärmeln und von der Taille aus in Falten zu Boden fallend, doch obendrein besaßen sie Gürtel, nicht nur aus mattem Leder, sondern mit kleinen, funkelnden Steinen besetzt.

»Also, was starrst du so?«, schnaubte die eine wieder.

Der Ausschnitt ihres Kleides offenbarte kleine, feste Brüste, die mit Sommersprossen übersät waren.

Caterina öffnete den Mund, aber war denn doch zu eingeschüchtert, um etwas zu sagen.

»He! Hat's dir die Sprache verschlagen? Wer bist du, Mädchen?«

Isarn antwortete an ihrer statt. »Gehört nicht zu mir. Hab sie gestern hier gefunden. Weiß auch nicht, was sie in der Gegend macht.«

Die Blicke der Frauen verfinsterten sich. Abschätzend trat eine von ihnen näher, umrundete Caterina.

»Es tut mir so leid, dass ich euch angestarrt habe!«, begann sie schnell und sich verhaspelnd zu sprechen. »Aber ... aber ihr tragt so schöne Kleider!«

Noch redend hätte sie sich am liebsten auf die Lippen gebissen. Ihr Vater hätte sicher nicht gutgeheißen, dass sie die Eitelkeit und Prunksucht dieser Frauen auch noch förderte.

»Hör sich das einer an! Schöne Kleider! Willst du uns verspotten?«

Sie hob den Arm, als wollte sie Caterina ins Gesicht schlagen. Schon duckte sich jene, als eine der anderen hervortrat und ihre Freundin davon abhielt. Sie war die Einzige, die nicht mürrisch das Gesicht verzogen hatte, sondern Caterina belustigt betrachtete.

»Ich weiß zwar nicht, aus welchem Loch du gekrochen gekommen bist«, spottete sie gutmütig. »Aber sonderlich viel scheinst du von dieser Welt nicht zu verstehen. Hast du noch nie Damen aus der Stadt gesehen? Mit Hauben und Mänteln und Pelzen? Und immer tragen sie bestickte Handschuhe und kleine, feine Schuhe, aus einem einzigen Stück Leder gefertigt. Das nenne ich schöne Kleidung!« Ihr Blick wurde sehnsüchtig. »Sie wagen es obendrein, Bänder und Ketten zu tragen, auch wenn das gegen die Ordnung ist. Sie frisieren sich die Brauen, feilen die Nägel, und sie kauen Kräuter, um den Atem frisch zu halten.«

»Ach Aiglina«, fiel eine der anderen Frauen ihr ins Wort, »kommst ja gar nicht aus dem Schwärmen raus. Solltest nicht ständig den Platz beklagen, den Gott dir auf dieser Erde zugewiesen hat, sondern dich deinem Stand fügen.«

»Ach, tatsächlich?«, gab Aiglina zurück und klang nun fast ein wenig giftig. »So gefällt es Gott also, wenn die Sonne meine Haut verbrennt und ich bald aussehe wie ein schrumpeliger Apfel?«

Die anderen lachten.

»Nun haben wir immer noch nicht geklärt, wer du bist, Mädchen«, sprach eine in Caterinas Richtung. »Willst uns nicht endlich deinen Namen sagen?«

Caterina zögerte. Sie wagte nicht zu verraten, was ihr und ihrer Familie geschehen war. Doch zugleich wusste sie, dass sie etwas sagen musste, um das Misstrauen der Frauen einzudämmen.

»Caterina ist mein Name«, setzte sie zögerlich an, »mein Vater ist gestorben, und jetzt bin ich auf der Suche nach dessen Vetter.«

»So, so«, nickte Aiglina.

Caterina wich ihrem misstrauischen Blick aus. Unwillkürlich presste sie das kleine Bündel an sich, in dem sich ihr Schatz befand.

»Vielleicht könnt ihr mir helfen, ihn zu finden«, fügte sie flehend hinzu. »Ich kenne diese Gegend nicht.«

»Und wie bist du dann hierher geraten?«, fragte Aiglina streng.

Wieder zögerte Caterina.

»Nun lass das arme Mädchen in Frieden, Aiglina«, kam ihr da schon eine der anderen Frauen zu Hilfe. »Sieht ja völlig verängstigt aus. Wie heißt er denn, der Vetter deines Vaters?«

Dankbar lächelte Caterina sie an. »Er heißt Raimon. Raimon de Mont-Poix.«

Zuerst erwiderte die Frau ihr Lächeln; dann verfinsterte sich ihr Blick. Und schließlich antwortete sie Caterina auf eine Weise, wie diese es weder erwartet hatte noch verstehen konnte.

Corsica, 251 n.Chr.

Corsica und Sardinien bilden eine der ältesten Provinzen des römischen Reichs und werden nebst den üblichen Magistraten und Praetoren von einem Proconsul verwaltet, der stets für ein Jahr berufen wird. Solch ein Amt mag nach Macht und Einfluss klingen, doch für Felix Gaetanus Quintus, der angestrebt hatte, Senator zu werden, war es ein Verlust von beidem, nicht zuletzt, weil es ihn auf eine Insel führte, die schon häufig Ort der Verbannung gewesen war. Und so musste wohl auch Kaiser Decius mehr dem Trachten gefolgt sein, einen Vertrauten des besiegten Vorgängers loszuwerden, als eine unwichtige Provinz gut verwaltet zu wissen.

Wie verloren ich mich fühlte, als wir die Insel Corsica erreichten, genauer: den Hafen von Aleria. Es hießt, dass jene Stadt, die mehrmals zerstört und mehrmals wiederaufgebaut worden war – unter Sulla, unter Caesar, schließlich unter Augustus –, der einzige Ort auf der Insel sei, wo ein Römer vernünftig leben könnte; außerhalb ihrer Mauern gäbe es nur schroffe Felsen und Barbaren, die von magerer Ernte und der Jagd, vom Fisch und von Ziegen leben und die es den Besatzern seit jeher schwer machten, sie zu beherrschen. Den Göttern sei Dank, waren sie jedoch von eigenen Fehden zu zerrissen, als störender zu sein als ein Stein, der sich in die Sandale zwängt. Einzig der Ort Mariana wurde neben Aleria gänzlich von den Römern kontrol-

liert, doch dort lebten nur die Truppen selbst, nicht deren Familien wie hier in Aleria.

Jene Stunde der Ankunft habe ich als farblos in Erinnerung, der Sonne beraubt, die das trübe Meer nicht glänzend und grünlich malte. Ich hatte erreicht, was ich wollte. Auch in der Fremde verzichtete Gaetanus nicht auf kundige Hände, die ihn von den Kopfschmerzen befreien konnten; er hatte mich also wie erhofft mitgenommen. Aber als ich sein Gesicht erblickte, starr wie in Marmor gemeißelt, da fragte ich mich, ob ich meinem Ziel tatsächlich näher gekommen war. Schon jetzt war er von weniger Menschen umgeben als in Rom; er war nichts weiter als Proconsul – ein Amt, kaum mehr als ein Feigenblatt, um aus seiner Vertreibung keinen Skandal erwachsen zu lassen –, aber anstatt mir mehr Aufmerksamkeit zu zollen, schien er nur noch erstarrter zu sein. In Rom hatten ihn seine Pflichten wach gehalten; kaum jedoch hatten wir in Ostia die Galeere bestiegen, so schien er einzuschlafen, ganz gleich, ob er nun die Augen offen hielt oder nicht.

Die Gedanken drehten sich in meinem Kopf, immer schwerfälliger, immer quälender. Ich kaute daran, aber ich schluckte sie nicht. Ausgespien hätte ich sie am liebsten, aber wohin? Ich wollte doch keine Spuren hinterlassen, nicht auf dieser fremden Insel, von der es hieß, sie sei nichts weiter als ein Berg im Meer, doch selbst von diesem war nichts zu sehen, so eingehüllt war er in trübe Wolken. Plötzlich hatte ich Angst, meinen Fuß darauf zu setzen, das Schiff zu verlassen, irgendwo in einem Palast zu leben, der gewiss ärmlicher, kälter, härter war als Gaetanus' römisches Heim. Ich zögerte. Gaetanus auch. Er wurde von einer Legion erwartet, doch anstatt ihr entgegenzutreten, verharrte er am hölzernen Steg, an dem das Schiff angelegt hatte. Ich hatte den Eindruck, als würde er ins Wasser starren, und kurz überkam mich die Angst, er könnte sich einfach fallen lassen, sich in die undurchdringlichen Fluten stürzen.

Aber dann gewahrte ich, dass sein Blick nicht vom Wasser gebannt wurde, sondern von etwas anderem. Ich folgte diesem Blick – und dann sah ich sie.

Sie war groß gewachsen und hager, sie hatte helles Haar, wie es Römerinnen für gewöhnlich nicht haben (gleichwohl manche versuchen, mit einer Seifenpomade aus Birkenasche, Kamillenblüte und Safran solche Farbe zu erreichen); sie trug eine Tunika, die einst blau gewesen sein musste, nun aber zu einem matten Grau verwaschen worden war. Sie war nicht sonderlich schön. Aber sie war anders als alle Frauen, die ich kannte. Sie tat das Ungewöhnlichste, dessen ich jemals Zeuge wurde.

III. Kapitel

Languedoc, Frühling 1284

Später am Tag teilten die Frauen ihr Mahl mit Caterina. Sie war erleichtert, als sie ein zweites Mal Rast machten, denn so dankbar sie auch gewesen war, als die Frauen ihr anboten, sie ins nächste Dorf mitzunehmen, und sie sich leichten Herzens von Isarn verabschiedet hatte, so musste sie alsbald gewahren, wie schwächlich ihr Körper im Vergleich zu den kräftigen Leibern der Frauen war. Sie hatte gelernt, wie man stundenlang kniete, ohne dass man vor Schmerzen umkam. Aber sie hatte nicht gelernt, ebenso stundenlang zu marschieren, obendrein nicht mit richtigen Schuhen, sondern nur mit Leinenfetzen, die sie um die Füße gebunden hatte. Nie war der Weg steil, und doch bereitete ihr jeder weitere Hügel, den sie sich hinaufschleppen musste, größte Anstrengung. Anfangs verkniff sie sich noch ein Keuchen – sie wollte nicht die Aufmerksamkeit der Frauen auf sich ziehen –, später freilich tat sie es hemmungslos, desgleichen wie sie nicht mehr darauf achtete, dass Schweiß aus allen Poren drang und über ihr Gesicht rann.

Aiglina, das Mädchen, das vorhin über die schöne Kleidung der edlen Damen gesprochen hatte, musterte sie manchmal von der Seite, sagte aber nichts. Die anderen drei hingegen – sie hießen Gérauda, Fauressa und Blancha – tuschelten miteinander, wiewohl Caterina nicht hören konnte, ob sie damit gemeint war.

Als sie endlich eine Pause einlegten – die Wolken, bislang feste, runde Bällchen, begannen am matter werdenden Himmel Fäden zu ziehen –, ließ sich Caterina ächzend auf den Boden sinken, bettete den schweren Kopf auf weiches, nach Erde duftendes Moos und genoss es, wie sich langsam ihr Atem beschwichtigte und sämtliche Glieder matt und schwer wurden.

Fauressa – sie war jene der Frauen, mit der sie über den Vetter ihres Vaters gesprochen hatte – kniete sich zu ihr her.

»Solltest etwas essen«, murmelte sie, »so schwach wie du bist, kannst du's gewiss brauchen. Hier, da hast du: getrocknete Äpfel, Birnen, Feigen.«

Caterina starrte die Früchte misstrauisch an. Sie kannte sie, hatte sie aber nur selten gegessen. Süßes Obst war dem Gaumen zu wohlgefällig, um nicht Wollust und Begierde heraufzubeschwören.

Wiewohl sie die Mahnung ihres Vaters im Ohr hatte, aß Caterina dennoch so gierig, dass ihr der Speichel über die Backen rann. Der süße und zugleich herb-säuerliche Geschmack schien ihren dumpfen, müden Kopf zu klären.

Danach reichte Fauressa ihr ein Stück Fladenbrot, das weicher war als das von Isarn, und gepökeltes Schaffleisch. Caterina zögerte kurz, Letzteres zu nehmen. Am Mittwoch und am Freitag, so wusste sie, durfte man kein Fleisch essen. Welcher Tag aber war heute? Ihr Geist war nach dem langen Marsch umnebelt, wollte nicht recht eine Antwort ausspucken.

»Na?«, drängte die Frau da, und es klang nicht nur ungeduldig, sondern plötzlich auch feindselig. »Isst du etwa kein Fleisch?«

Caterina, die bislang zögernd auf das Fleisch gestarrt hatte, hob den Kopf. Die Blicke der anderen trafen sie, nicht minder finster und misstrauisch als der von Fauressa, zwei steckten sogar die Köpfe zusammen, um miteinander zu tuscheln. Caterina verstand das sonderbare Gebaren nicht, aber ehe sie es zu ergründen suchte, fiel ihr wieder ein, dass die Franzosen am Sonntag ins Haus eingedrungen waren. Eine Nacht hatte sie in der Kapelle verbracht, die nächste mit Isarn. Also musste heute Dienstag sein – kein Fasttag.

Erleichtert griff sie nach dem Fleisch, stopfte es so hungrig in sich hinein wie vorhin die Früchte und nahm aus den Augenwinkeln wahr, wie sich die Blicke der Frauen besänftigten, sie einander beruhigt zunickten. Erneut verstand Caterina dieses Gebaren nicht, war auch zu beschäftigt mit dem Essen, um es zu ergründen, und als sie das Mahl beendet hatten, hatte sie es schon wieder vergessen.

Hernach blieben sie ein Weilchen sitzen. Schüchtern fragte Caterina Fauressa, die nicht nur die Älteste zu sein schien, sondern auch die Freundlichste, was sie denn auf diesen Marsch führte.

Fauressa trat stolz zum Wagen, vor den der störrische Esel gespannt war, und schlug das Leinentuch zurück, das die Waren verdeckte, die sich dort befanden: zwei wohlgeformte Kannen aus Ton, desgleichen einige Platten aus einem bronze-funkelnden Material und eine Schüssel aus Keramik, die farbig bemalt war.

»Das verkaufen wir hier auf verschiedenen Märkten zum Preis von sechs Sous!«, rief sie selbstbewusst. »So kann man gut leben. 's gibt viele Herren hierzulande, die Frauen wie unsereins gerne damit beschäftigen, für einen Hungerlohn feines Tuch zu weben und zu färben. Nein, wir haben's da schon besser getroffen, denn wir haben allein vor uns selbst Rechenschaft über unserer Hände Arbeit abzulegen!«

Caterina blickte sie ehrfürchtig an. Frauen, die ihr eigenes Geld verdienten und obendrein ohne männlichen Schutz durch die Lande zogen! Jener Gedanke brachte sie zurück zu dem, was sie Fauressa schon vorhin hatte fragen wollen, sich jedoch nicht getraut hatte.

»Sag, warum hast du gelacht, als ich nach meinem Oheim fragte?«

Der schrille, laute Klang hallte noch in ihren Ohren. Fauressa hatte Speichel gespuckt, so heftig war das Lachen gewesen, in das sie ausgebrochen war, kaum dass Caterina den Namen genannt hatte.

»Dein Oheim?«

»Raimon.«

»Ach … Ray.« Sie machte eine wegwerfende Handbewegung und grinste zugleich halb grimmig, halb wehmütig. »Er ist also dein Oheim?«

»Der Vetter meines Vaters.«

»Merkwürdig«, murmelte Fauressa, aber fügte nicht hinzu, was sie damit meinte.

»Also … er ist doch ein rechtschaffener Mann, oder?«

»Ray?« Sie gackerte auf wie ein Huhn. »Nun hört mal alle her!«, rief sie in die Runde. »Das Mädchen fragt doch tatsächlich, ob Ray ein rechtschaffener Mann ist!«

Die anderen stimmten in das Gackern ein, das in Caterinas Ohren schmerzte. Die Einsamkeit ihrer Jugend hatte sie weder für gut noch für schlecht befunden, sondern sich ihr gefügt. Jetzt dachte sie erstmals, was es für ein Labsal wäre, sich zu verkriechen, nichts mehr zu sehen, nichts mehr zu hören.

»Er … er ist doch kein Ketzer«, stammelte sie.

Das Gackern verlosch augenblicklich. »Mädchen, Mädchen«, murmelte Fauressa kopfschüttelnd. »Weißt nicht viel von dieser Welt. 's gibt doch kaum noch Ketzer. Die Vernünftigen unter ihnen haben längst ihrem Glauben abgeschworen. Denn wer's nicht tat, dem haben sie sein ganzes Hab und Gut genommen, und wen's ganz übel traf, den haben sie verbrannt.«

Meinen Vater haben sie auch verbrannt, ging es Caterina durch den Kopf, aber sie wagte nicht, es laut zu sagen.

»Was trägst du da eigentlich bei dir, Mädchen?«, fragte Fauressa und neigte sich nach vorne, um Caterinas Bündel in Augenschein zu nehmen.

Caterina zuckte zusammen, presste ihren Schatz fester an sich. Rasch überlegte sie, ob sie jene Drohung gebrauchen sollte, mit der sie Isarns Neugierde abgewehrt hatte.

»Das ... das ist von meinem Vater. Mein Oheim Raimon soll entscheiden, was damit geschieht ...«

Tuscheln brandete auf, und wieder hörte Caterina mehrmals zischend den Namen »Ray« heraus.

Doch es wurde nicht lange von ihm gesprochen, und als sie endlich verstummten, ging ihr durch den Kopf, dass es vielleicht auch besser war, nicht zu viel von dem fremden Verwandten zu erfahren.

Es dauerte eine Woche, bis sie Raimon fand. Nach einer klammen Nacht waren sie am nächsten Tag in jenem Dorf angekommen, woher die Frauen aufgebrochen waren – und wo nun manche von ihnen von einer verrotzten, rotwangigen Kinderschar erwartet wurde. Es war nicht gewiss, ob dies die eigenen Bälger waren oder Geschwister, für die sie sorgten – in jedem Falle kehrte eine jede rasch in ihr Haus zurück, niedriger als das Domus, in dem Caterina aufgewachsen war, weil einstöckig.

Einzig Fauressa hatte Mitleid und trat zu Caterina hin, die mit gesenktem Haupt dastand, überrollt von den Gerüchen, den Lauten, den vielen Menschen, die sich auf dem Marktplatz herumtrieben und ihre Sinne in Beschlag nahmen, zu überreizen drohten, erneut die Sehnsucht nach Stille weckten, nach Einsamkeit, wiewohl sie zugleich vor nichts mehr Angst hatte, als allein auf der Welt zu sein.

»Werde mal fragen, ob Ray sich hier in der Nähe aufgehalten hat«, meinte Fauressa aufmunternd. »Der ist schon manches Mal hier vorbeigekommen.«

Caterina starrte sie verwirrt an. Lebte er denn nicht an einem festen Ort? Und ach, warum kannte sie den Namen seines Dorfes nicht? Warum hatte ihr der Vater nie mehr von dem Oheim erzählt, als dass es ihn gäbe und wie er hieße, und selbst das in mürrischem Ton?

»Leider weiß keiner, wo er sich gerade herumtreibt«, erklärte Fauressa schließlich, nachdem sie mit einigen Leuten geredet hatte, wieder mit jenem spöttischen Gackern in der Stimme und zugleich ein wenig verächtlich. »Kommst jetzt erst mal mit zu mir, das ist am besten, dann sehen wir weiter. Gewiss kriegen wir bald Kunde, wo er sich aufhält. Wenn's um Ray geht, spricht sich immer alles rasch herum.«

Caterina zuckte mit den Schultern, wagte wieder nicht, die rätselhaften Worte zu ergründen, und folgte Fauressa ins Innere von deren Heim.

Eine Woche verbrachte sie dort, anfangs erleichtert, dass sie Unterschlupf gefunden hatte, wiewohl Fauressas Haus nur aus einem einzigen Zimmer bestand und jenes nicht nur schwarz war vor Dreck, sondern zudem finster und rauchig und überfüllt von Kindern und Alten. Später war sie beschämt, weil sie Fauressa die Gastfreundschaft nicht lohnen konnte. Offenbar hatte sich jene von dem Mädchen flinke Finger erwartet, die sie bei der Mühsal des Alltags entlasteten – ihr Gatte war vor einigen Monaten gestorben, hatte sie nicht nur mit den Kindern zurückgelassen, sondern auch mit den siechen Eltern. Doch alsbald musste Fauressa feststellen, dass es keine Sache gab, in der sich Caterina geschickt anstellte.

»Sag, Mädchen, was kannst du eigentlich? Stell ich dich an den Herd, so lässt du den Eintopf anbrennen. Lass ich dich Wasser holen, verschüttest du die Hälfte. Du kannst nicht den Boden fegen, du kannst nicht nähen, und mit Kräutern kennst du dich nicht aus. Was hast du denn dein Leben lang gemacht?«

Caterina zuckte wie so oft hilflos mit den Schultern. »Ich

kann lesen und schreiben«, erklärte sie, »mein Vater hat es mir beigebracht. Er wollte, dass ich ins Kloster gehe.«

Fauressa starrte sie abschätzend an, sagte aber nichts mehr. Später hörte Caterina, wie sie mit Gérauda und Aiglina über sie tuschelte, die Frauen, mit denen sie unterwegs gewesen war und die in der Nachbarschaft wohnten.

»Ich hätte sie schon fortgejagt«, meinte Gérauda. »Noch ein hungriges Maul kannst du dir nicht leisten.«

»Weißt ja auch nicht, ob sie dir nicht noch Schwierigkeiten einbringt«, bekräftige Aiglina.

»Ach was«, meinte Fauressa, »'s ist doch nur ein ängstliches Mädchen, und wenn wir erst erfahren, wo Ray …«

»Pah!«, zischte Aiglina.

»Hört, hört!«, lachte Fauressa da. »Wie du da abfälligst schnaufst! Bist doch immer eine der Ersten, die sich von ihm schöne Augen machen lässt.«

Fauressa und Géraude brachen in hämisches Gelächter aus, indessen Aiglina errötete, doch sie verstummten sofort, als sie Caterina in ihrer Nähe gewahrten.

Da Caterina für nichts Nützliches zu gebrauchen war, bat Fauressa sie schließlich, bei den Alten zu sitzen und ihnen die Zeit zu vertreiben. Die Schwiegermutter würde ständig greinen, auch des Nachts, vielleicht würde sie endlich das Maul halten, wenn sie jemanden fände, der ihres Lebens Klagen zuhörte.

Caterina war froh, etwas für Fauressa tun zu können – und zugleich war sie abgestoßen von der zahnlosen Alten, die ranzig wie abgestandene Butter stank und sich im eigenen Kot und Urin wundgelegen hatte. Sie greinte tatsächlich fortwährend, meist dieselben Worte, die – kaum waren sie ausgesprochen – endlos wiederholt wurden. Geschichten aus der Kindheit waren es, triefend vor Unglück und vor Leid, das man ihr zugefügt hatte, aus Gleichgültigkeit oder Boshaftigkeit, was zählte das schon, in jedem Fall war gewiss, dass sämtliche Menschen danach getrachtet hätten, ihr das Leben zu vergällen. Nie wäre einer da gewesen, es ihr zu verschönern. Nie hätte sie einer an der Hand genommen und aus dem Elend gezogen. Zuerst lauschte Caterina voller Mitleid, dann mit Überdruss. Wort für Wort flossen die Geschichten aus der Alten heraus, ein Brei, so zäh und schleimig wie ihr Speichelfluss. Man konnte ihn nicht verdünnen, ihn nicht aufhalten. Heraus musste es wie Unrat, doch anstatt hernach davon befreit zu sein, fing sie von Neuem an, als wolle sie das Unglück nicht nur benennen, sondern sich auch darin suhlen, beinahe boshaft beglückt darüber, dass sie nie rein davon wurde, sondern obendrein noch einen anderen, nämlich Caterina, damit beschmutzen konnte.

Lediglich ein einziges Mal sprach sie Worte, die nicht nur sie selbst und das eigene Geschick betrafen, sondern Caterina. Es war dies eines Abends, als sie beim Essen saßen, der Anblick des zähen Speichelfadens, der über das Kinn der Alten rann, jedoch sämtlichen Appetit Caterinas tilgte. Auf dem Fußmarsch war sie stets hungrig gewesen, hier im stickigen Haus hingegen fühlte sich ihr Magen an, als wäre er mit Steinen gefüllt.

»Sie … sie scheint mir nicht ordentlich zu essen«, hörte sie da plötzlich die Alte knurren und fühlte auch den Blick, den diese auf ihre noch volle Schüssel mit Eintopf warf.

Verwirrt blickte Caterina auf, konnte sich nicht denken, was das die Alte anging – anders als Fauressa, der die Bedeutung dieser Worte wohl nicht entgangen war.

»Hab keine Angst«, meinte sie in Richtung der Alten. »Ich habe schon gesehen, dass sie Fleisch isst.«

Caterina war verwirrt – so wie damals, als das Misstrauen der Frauen sie getroffen hatte, weil sie nicht sofort von dem Schaffleisch genommen hatte –, gleiches Misstrauen, das offenbar auch die Alte zu ihrer Frage bewogen hatte, doch damals wie heute schwieg sie lieber, statt nachzufragen.

Nach all den Tagen war Caterina erleichtert, als es nach einer Woche endlich hieß, dass sie ins nächste Dorf gehen solle, Ray weile dort. Caterina fragte nicht, was er dort machte, packte nur ihr Bündel – Fauressa hatte ihr ein abgetragenes Kleid von sich selbst überlassen, ebenso ein wärmendes Plaid – und verabschiedete sich von der gastfreundlichen Frau, die den zehnjährigen Sohn schickte, Caterina zu begleiten.

»Ich weiß zwar immer noch nicht, wer du bist und was genau du willst«, meinte Fauressa zum Abschied, »aber ich wünsch dir, dass Ray sich ein Herz fasst und dir hilft. So wie du dich benimmst, hast du es bitter nötig.«

Fauressas Sohn erwies sich als wortkarg; offenbar war er verärgert darüber, dass er das absonderliche Mädchen begleiten musste. Mit Absicht ging er so schnell, dass sie kaum nachkam. Gänzlich auf das eigene Keuchen konzentriert, blieb ihr keine Zeit, sich auf das einzustellen, was sie erwartete, vor allem aber: wer.

Das Dorf, in das sie kamen, glich jenem, in dem sie die letzte Woche zugebracht hatte; die Häuser waren aus Holz gebaut, nur die Kirche aus rötlichem Stein. Vor ihr war der Marktplatz und in der Nähe des Marktplatzes jene Stätte, wohin Fauressas Sohn sie nun führte und wo er sie stehen ließ.

Caterina atmete tief, riss die Augen auf. Üble Gerüche schwappten ihr vom Inneren dieser niedrigen Spelunke entgegen, und als sie vorsichtig daran klopfte und eintrat, wurden ihre schlimmsten Befürchtungen noch übertroffen.

Ein Sündenpfuhl, ganz ohne Zweifel. Eine Stätte des Weins und des Glücksspiels. Ein Ort, wohin sich kein Gerechter jemals begeben würde.

Berauscht euch nicht mit Wein, das macht zügellos, sondern lasst euch vom Geist erfüllen. So stand es in der Bibel – die hier freilich kein Gewicht zu haben schien.

Caterina widerstand nur mit Mühen dem Verlangen, augenblicklich umzukehren und hinauszustürmen. Sie hätte es getan, wenn sie sich hätte sicher sein können, dass Fauressas Sohn noch auf sie wartete, sie wieder zurückbringen würde zu seiner Mutter, sie dort bei ihr leben könnte. Oh, wie gerne würde sie nun bei der klagenden, spuckenden Alten sitzen, und wär's auch in einer raucherfüllten Stube – nur nicht in einer, die stank wie diese: nach Wein, nach Schweiß, nach dicht aneinandergedrängten, johlenden Leibern. Zumindest kam es ihr vor, als wären die Münder sämtlich geöffnet und man würde schreien.

Caterina hielt sich die Ohren zu, drang jedoch beherzten Schrittes tiefer in den niedrigen Raum vor. Nein, Fauressas Sohn würde nicht draußen warten, sie nicht zurückbegleiten, und Fauressa selbst würde sie nicht ewig durchfüttern. Sie musste den Vetter ihres Vaters finden, auch wenn dies bedeutete, dass nun einige der hier Sitzenden, Würfelnden auf sie aufmerksam wurden, grinsend die schiefen Mäuler verzogen, ihr manches Wort zuriefen.

»Hast dich verlaufen, Kleine? Oder kommst du, um uns zu unterhalten?«

Irgendeiner streckte die Hand nach ihr aus, berührte sie sacht an der Schulter. Es traf sie wie ein Keulenschlag. Die Menschen, denen sie in den letzten Wochen begegnet war, hatten ihr mit ihren Stimmen, ihren Gerüchen zugesetzt – aber sie niemals angefasst. Das hatte auch der Vater nie getan, zumindest nicht in der Zeit, an die sie sich erinnern konnte, desgleichen nicht die Mutter. Nur an Lordas dickem Leib hatte sie manchmal den Kopf ausgeruht – wenn die gutmütige Frau sie an sich presste, überzeugt, dass man ein Kind nicht nur mit religiöser Unterweisung und Unterricht im Schreiben und im Lateinischen aufzieht, sondern auch mit Umarmungen und Liebkosungen.

Nun zuckte sie zusammen, riss die Hände von den Ohren, fuchtelte damit um sich, um der Berührung zu entgehen – ziellos, denn die Luft war zu dick und diesig, als dass sie etwas hätte erkennen können.

»Hehe, Mädchen! Nicht so wild! Schütt mir meinen Wein nicht aus!«

»Das wäre gar nicht mal das Schlechteste! Hast eh schon zu viel gesoffen!«

Jene Stimme gehörte der einzigen Frau in der Spelunke, der Statur Lordas gleichend, aber ohne deren warmen, zugleich immer ein wenig empörten, weil verständnislosen Blick. Blaue Augen, fast ins Weiße übergehend, als wäre sie blind, richteten sich auf Caterina, stechend und verächtlich.

»Was willst du, Mädchen?«, fragte sie streng.

Caterina war so abrupt dem Mann ausgewichen, der nach ihr gefasst hatte, dass sie unversehens an eine andere Gruppe der hier Sitzenden stieß. Jene hatten das Mädchen kaum beachtet, aber drehten sich jetzt belustigt nach ihr um. Wieder erreichten sie zotige Wortfetzen, doch diesmal verstand sie sie nicht. Auch ohne dass sie sich schützend die Hände davor hielt, schienen die Ohren mit einem Male taub zu werden, desgleichen wie das Bild vor ihren Augen in viele kleine, unzusammenhängende Pünktchen zerstob. Der lange Fußmarsch bis zu diesem Dorf und die stickige, schlechte Luft hier drinnen ließen sie schwindeln. Obwohl sie wusste, dass dies nicht der richtige Augenblick war, um ohnmächtig zu werden, deuchte es sie zugleich doch auch verheißungsvoll, solcherart von diesem Ort zu entfliehen.

Die Wirtin ließ es freilich nicht zu, kam schweren Schrittes auf sie zugetrabt, packte sie am Arm und wiederholte die Frage. »Was willst du, Mädchen!«

Die Haut ihres Gesichts war so bläulich hell wie die Augen, eingefallen um Nase und Mund, aufgeschwemmt am Kinn. Ihr harter Griff brachte Caterina wieder zur Besinnung, sie schüttelte den Kopf, hörte ein Rauschen, und das Bild vor ihren Augen klärte sich wieder.

»Fasst mich nicht an!«, schrie sie panisch. »Fasst mich nicht an!«

»Ich schmeiß dich gleich raus, du! Das ist kein Ort für dich!«

»Wo … wo ist Raimon de Mont-Poix? Er ist der Vetter meines Vaters, und ich suche ihn!«

Mit einem Mal wurde es sehr still in der Gaststätte. Das belustigte Rufen erstarb, desgleichen das stetige Gemurmel, nur das Klappern von Würfeln war nun zu hören.

Die Wirtin, die Caterina immer noch gepackt hielt, musterte sie von oben bis unten. Ihr stechender Blick wurde ungläubig. »Das glaub ich ja nicht, dass eine wie du Rays Geschmack trifft«, meinte sie abfällig. Offenbar hatte sie von Caterinas Worten nur jene wahrgenommen, wonach sie Ray suchte, nicht, dass er ihr Verwandter wäre.

Caterina schoss das Rot ins Gesicht.

»Ray!«, rief da jedoch schon jener Mann, der sie zuerst berührt hatte. »Ray! Ich wusste gar nicht, dass es dich derzeit nach solch sperrigen, kratzbürstigen Dingern verlangt? Ich dachte immer, dir gefielen blonde Weiber!«

Unwillkürlich griff sich Caterina an den Kopf, ihre Haare waren dunkel, tiefschwarz sogar, wie die der italienischen Großmutter, deren Namen sie trug. Indessen ließ die Wirtin sie los, die Reihen lichteten sich. Sie konnte nicht glauben, wen sie da sitzen sah.

Er war jung, viel zu jung, um der Vetter ihres Vaters zu sein. Vielleicht ein wenig älter als sie, gewiss aber nicht älter als zwanzig.

Dies allein war es nicht, was den Ausdruck des Entsetzens auf Caterinas Gesicht schrieb. Vielmehr die Tatsache, dass der fremde Verwandte vornübergebeugt saß – und sich übergab.

»Ray, du Dreckskerl! Kotz mir ja nicht die Bude voll!«, keifte die Wirtin.

Krampfhaft wischte er sich über die Lippen, als würde dies ausreichen, den Mageninhalt dort zu belassen, wohin er gehörte. Dann aber würgte er weitere übel riechende, klebrige Brocken heraus, ehe er sich stöhnend und mit geschlossenen Augen zurücklehnte.

Caterina trat zögernd an ihn heran, musterte ihn genauer, um noch mehr zu gewahren als nur, dass er jung war.

Sie hatte noch nicht viele Männer in ihrem Leben gesehen, doch jener Raimon war wohl auch nach den Maßstäben der abgebrühten Welt sehr sonderlich gekleidet.

Das Erste, was sie wahrnahm, war eine Hasenpfote, die er mit einem ledernen Band um den linken Unterarm festgebunden hatte, und ein Amulett, das er um den Hals trug. Caterina hatte so eines schon einmal gesehen: Lorda hatte es getragen und ihr erklärt, dass es aus Alraune wäre, eine Pflanze, die Schutz vor den bösen Mächten dieser Welt verspräche.

»Nichts als Aberglaube!«, hatte der Vater geschimpft und Lorda strengstens verboten, solchen Schmuck zu tragen.

Trotz des Ekels vor dem Gestank, den das Erbrochene ausströmte, tat Caterina einen weiteren Schritt in seine Richtung. Bartlos war ihr Vater gewesen, so wie es die Mode verlangte; Ray hingegen trug ein Kinnbärtchen, das sehr unregelmäßig zurechtgestutzt war: An manchen Stellen waren kaum Stoppeln davon zu sehen, an anderen erwuchs ein richtiger Bart. Er war von ähnlicher Farbe wie sein Haar, wenngleich dieses so verdreckt war, dass sich die Farbe nur erahnen ließ, In der Sonne würde es womöglich rötlich-blond glänzen. Darüber trug er eine Calotte, eine knapp anliegende Kopfbedeckung aus Leder, die unter dem Kinn zugeschnürt wurde, ihm jedoch vom Haupt in den Nacken gerutscht war.

Caterinas Blick glitt tiefer, nahm die absonderliche Kleidung in Augenschein. Jene schien nicht aus einem einheitlichen Stück Stoff genäht, sondern aus vielen verschiedenen Gewändern zusammengestückelt. Das eine Hosenbein war rot, das andere grün. Beide waren obendrein mit vielen Lappen verunstaltet, die an mancher Stelle darübergenäht waren – wohl dort, wo der ursprüngliche Stoff rissig und löchrig geworden war. Merkwürdig waren auch die Ärmel seine Hemdes – bis zum Ellbogen nämlich in Streifen zerrissen, so gleichmäßig, dass sie nicht sicher war, ob es nur ein Missgeschick gewesen war oder aber so gewollt.

So gebannt starrte sie auf sein ungewöhnliches Gewand, dass sie nicht gewahrte, wie er sich aufrichtete und seine Augen zu einem schmalen Spalt öffnete. Die Übelkeit schien ihn sehr zu schwächen, doch musterte er sie nun.

»Und wer bist du?«, stöhnte er.

Caterina zögerte mit der Antwort, erleichtert, dass bereits die Wirtin dazwischenkeifte: »Ganz gleich, ob du ihn ausgespien hast … für den Wein bist du mir einen halben Sous schuldig, und den zahlst du!«

»Ja, ja«, winkte Ray unwirsch ab. »Bring dich schon nicht um die Zeche.«

»Würd ich dir auch nicht raten, Bürschchen. Und denk auch nicht, ich wär vor einem wie dir nicht gewarnt.«

»Also«, Ray setzte sich ächzend auf und wandte sich wieder an Caterina. »Wer bist du?«

»Sie sagte vorhin, du wärst der Vetter ihres Vaters!«, rief einer der betrunkenen Männer dazwischen.

Caterina bestätigte es nicht. »Raimon von Mont-Poix?«, fragte sie ihrerseits.

Langsam nickend schien Ray zu begreifen. »So überrascht, wie du mich angaffst, hast du mit meinem Vater gerechnet, nicht mit mir«, begann er, um dann gar nicht wieder aufzuhören zu sprechen. »Nun, es tut mir leid, Mädchen, aber der ist mausetot.

Schon seit Jahren. Gott hab ihn selig. Ich bin sein Fleisch und Blut, aber leider nicht ehelich geboren, was heißt, ich dürfte gar nicht seinen Namen tragen, tu's aber trotzdem, wen kümmert's. Statt der Uxor hat mich die Concubina geworfen. Gute Frauen, alle beide. Leider auch mausetot. Und mit ihnen hinüber ist all das Geld, das wir noch hatten. Meinem Alten wollte der fromme König Louis ja nichts wiedererstatten. Er hat's nicht so gut getroffen wie deiner. Irgendwas musste der angestellt haben, dass man ihm die Rückkehr zur heiligen Kirche glaubte. Nun gut, die Weiber, so sie denn brav waren, wurden vom Urteil der heiligen Inquisition gerne mal ausgespart. Und darum bekam meine Muter eine Rente, von der sich leben ließ ... äh, meine Stiefmutter natürlich. Sagt man so zur Gattin seines Vaters, dessen Bastard man ist? ... Oh, ich sehe schon, der Wein macht mir das Sprechen schwer. Ich sollte nichts trinken. Man denkt ja gern von einem wie mir, dass ich ein Säufer wär, so liederlich, wie ich daherkomme. Aber soll ich dir etwas verraten, liebe ... wie heißt du noch? Bist du eigentlich meine Base? Oder meine Tante, meine Nichte? Sei's drum. Jemand wie ich also ...«

Er machte eine Bewegung, als würde er sämtliche Knochen durcheinanderschütteln, um sie hernach neu zu erheben, wie eine Marionette, deren Fäden eine Weile lasch hängen, ehe sie wieder gezogen werden.

Immerhin brachte jene Geste den munteren Fluss an Worten zum Versiegen. Caterina schüttelte sich, als wäre sie klatschnass davon. Unmöglich war es ihr, jedem einzelnen Satz nachzugehen, wiewohl er so viele Fragen forderte.

»Ich ... ich brauche deine Hilfe«, stammelte sie, hoffend, dass er schweigen würde, wenn sie nicht in den Tiefen des Gesagten stocherte. Sie wollte auch gar nicht wissen, was darunter vergraben war. Genug zumindest, was nach Unanständigem, Gottlosem, Sündigem schmeckte. »Mein Vater ... sie haben meinen Vater der Ketzerei bezichtigt. Sie sind gekommen, mitten in der

Nacht, die Männer … und auch Lorda ist tot … sie haben das Haus über unserem Kopf angezündet.«

Die Worte brachen aus ihr heraus, aber schienen ihn nicht zu erreichen, sondern sich in der dunstigen Luft zu verfangen.

»Bitte!«, klagte sie. »Bitte, du musst mir helfen!«

Jetzt endlich zog Ray die rechte Augenbraue ein wenig nach oben.

»Das trifft sich gut«, raunte er plötzlich und grinste verschwörerisch. »Ich brauche nämlich unbedingt jemanden, der mich hier rausholt.«

Sie verstand weder seine Worte noch das Augenzwinkern, das ihnen folgte. Sie hatte auch keine Zeit, es zu deuten, denn plötzlich stöhnte Ray in einem fort »O Gott, o Gott, o Gott!«, kippte nach vorne, um sich gequält den Leib zu halten, und wurde so leichenblass, als würde er augenblicklich sterben.

»Ist es besser? Geht es dir wieder gut?«

Die Fragen klangen mäßig besorgt. Auf dass sie keine Fontäne seines restlichen Mageninhalts treffen könne, blieb Caterina Ray fern, kaum dass sie das Wirtshaus verlassen hatten. Beim Weg hinaus hatte sie ihn noch gestützt, schwankend, ob es besser war, die Berührung mit einem Mann zu meiden, gleichwohl er ein Verwandter war, oder ob sie das Mindestmaß an gebotener Fürsorglichkeit für einen ganz offensichtlich Leidenden aufbringen sollte.

Schließlich entschied sie sich für das Zweite, weil keiner der anderen in der Wirtsstube bereit war zu helfen, lediglich die Wirtin – offenbar einzig an ihrer Zeche interessiert – zu brüllen begann, dass Ray sich hüten möge, ihr erneut den Boden vollzuspucken oder womöglich gar vor ihren aufgeschwemmten Füßen zu krepieren.

»Frische Luft!«, hatte Ray gestöhnt. »Ich brauche frische Luft! Sonst sterbe ich!«

So hatte ihm Caterina denn den Arm geboten und er ihn genommen, beängstigend weiß im gelblichen Licht. Draußen war der Tag – fast ohne Dämmerung – vom matten Nachmittagslicht in den schwarzen Abend verrutscht, erhellt einzig vom Mond. In dessen gebrochenem Schein war Ray kaum mehr ein dunkler Schatten. Immerhin schien er allein stehen zu können, ja, wurde von Atemzug zu Atemzug kräftiger.

Also stirbt er nicht, dachte Caterina erleichtert.

Freilich erklang da schon ein Laut aus seinem Mund, der jeglicher Ahnung widersprach, wonach es um seine Lebenskraft knapp bestellt gewesen wäre. Anstatt erneut zu würgen, warf Ray den Kopf in den Nacken und kicherte los. »Gut gemacht, Base! Bist vorzüglich auf mein Spiel eingegangen!«

»Aber ...«

Aus dem leisen Kichern wurde ein lautes Lachen, gefolgt von kecken Sprüngen im Kreis, von denen Caterina vermeinte, dass solche nur eine Höllenkreatur vollziehen könne.

Noch ehe ihr freilich die ganze Schändlichkeit seines Tuns aufging, hatte es bereits eine andere erfasst. Ein feister Schatten erschien in der engen Tür, und in Rays Hohngelächter hinein tönte wieder die misslaunige, zeternde Wirtin: »So hast du's dir also gedacht, du Hundsfott! Den Kranken spielen, um mich um mein Geld zu bringen!«

Anstatt sich ertappt zu geben, vollführte Ray wieder einige seiner Bocksprünge. »Fang mich doch, wenn du willst, du fette Sau!«, rief er schrill. »Schaffst es ja doch nicht!«

Caterina stand starr.

Mein Gott, ein Betrüger und Lügner! Ein Taugenichts! Und mich hat er zur Helfershelferin gemacht!

Manche Sünden straft der Herr nicht sogleich, hatte ihr Vater gepredigt, was nicht heißt, er würde sie vergessen ... für alle gilt es, Buße zu tun.

Nur, welche Art der Buße? Caterina wusste, dass für jedes

Vergehen eine Läuterung im schrecklichen Fegefeuer vorgesehen war, doch während sie noch fieberhaft überlegte, wie viele Tage oder gar Jahre für einen Betrug wie diesen zu zahlen wären, packte Ray sie schon am Arm, zog sie mit sich und raunte ihr ins Ohr: »Lauf, Base! Willst doch gewiss nicht in der Taverne meine Zeche abdienen, oder?«

Sie starrte ihn verständnislos an, während sich die wuchtige Wirtin näherte, einen Holzprügel in der Hand, mit dem sie auf Ray einschlagen wollte. Jener duckte sich wenig, und noch ehe sich Caterina willentlich dazu entschieden hatte, tat sie es ihm gleich. Keuchend lief sie ihm hinterher; die kalte Nachtluft biss sich so schmerzend in ihre Kehle, dass sie vergaß, sich die notwenige Sühnezeit für sein Vergehen auszudenken, und als sie endlich zu stehen kamen, irgendwo dort, wo die letzten Häuser des Dorfs in bewaldete Hügel übergingen, war es zu spät, ihre Flucht rückgängig zu machen.

»Wie konntest du! Wie konntest du!«, zischte sie.

Vor lauter Empörung stiegen ihr Tränen auf, just als Ray sich zu ihr umdrehte. Wiewohl sie immer noch kaum mehr sah als den dunklen Umriss seines Gesichts, vermeinte sie, dass der Spott aus der Miene geschwunden sei.

»Hör auf zu flennen!«, sprach er da schon rau.

»Ich flenne nicht!«, erwiderte sie heftig. Mochte Gott ihre Tränen auch als Zeichen der Reue geltend machen – er würde gewiss nur spotten und damit seine Sünde vergrößern.

»Das ist gut«, meinte er leichtfertig. »Das Leben ist ein Spiel, mal verlierst du, mal gewinnst du – wenn du flennst, dann verpasst du den nächsten Zug.«

»Wie konntest du, wie konntest du das tun?«, wiederholte sie die erste Frage.

»Die Alte betrügen? Lieber Himmel, so viel ist ein Humpen Wein nicht wert, dass die nun verarmt. War ohnehin schlechter Wein, der keinem bekommt!«

»Was säufst du ihn dann, du ... du Sünder!«

»Welch edles Wort! Gewöhnlich nennen mich die unschuldigen Mädchen, wie du eins zu sein scheinst, einen üblen Dreckskerl und Hundsfott!«

»Bist du ... bist du wirklich mein Vetter, Raimon?«

Sie wusste nicht, auf welche Antwort sie hoffen sollte.

»Ach, Base ... wie war noch mal dein Name? Hast ihn schon erwähnt? Gesichter vergesse ich nie, die Namen, die dazugehören, schon. Du wirst ihn mir also noch ein paar Mal sagen müssen. Nun, weil wir aber gerade bei den Namen sind: Nenn mich nie, nie wieder Raimon! Glaub mir, in dem Land, in dem wir leben, hatten jene, die so hießen, schon viel Unglück zu erleiden. Nicht auszudenken, dass die Schicksalsmächte mich womöglich mit diesen verwechseln und ich ihr Elend auf mich ziehe!«

»Was ... was meinst du damit?«, fragte sie verständnislos.

»Solche Frage aus deinem Mund?« Er grinste verächtlich. »Sagtest du nicht, dass die Franzosen deinen Vater als Ketzer verbrannt hätten? Seit sich die Grafen von Toulouse – allesamt auf diesem Vornamen getauft – mit ihnen angelegt haben, denken sie, dass jeder, der Raimon heißt, ein Ketzer ist. Wobei dein Vater, glaube ich, ja nicht Raimon hieß, nicht wahr? Nun, erwischt hat's ihn trotzdem. Den letzten Raimon von Toulouse ja nicht ganz so schlimm. Den haben sie, glaube ich, nur ausgepeitscht und ins Gefängnis gesteckt, anstatt ihn zu meucheln. Und seine Tochter mit einem der ihren verheiratet. Weswegen es keine Grafen Raimon mehr in Toulouse gibt, sondern nur mehr Franzosen, die uns knechten und treten. Die Franziskaner und die Domini canes – ach vergib, es sind ja keine Hunde, sondern Dominikaner – stehen auf ihrer Seite, auch wenn sie gern behaupten, dass sie einzig im Namen Gottes alle Ketzer totmachen. Ein Wunder, dass dein Vater es so lange geschafft hat!«

Caterina hatte ihm schon vorher ins Wort fallen wollen, doch dass er Silbe an Silbe zum stetigen Fluss aneinanderreihte, hatte ihr das nicht möglich gemacht. »Mein Vater ist kein Ketzer!«, rief sie nun empört.

Ray schüttelte den Kopf, weniger verneinend, sondern vielmehr so, als wolle er seine Gedanken zurechtrücken oder den steifen Nacken geschmeidiger machen.

»Wenn du es sagst«, meinte er. »Kann vielleicht so sein. Ich glaube mich zu erinnern, dass mein Vater über deinen Vater sagte, dass er der Sohn eines Feiglings und Kriechers sei, weil wiederum dessen Vater – anders als der Vater von meinem Vater – König Louis unter den Rockzipfel gekrochen sei und wahrscheinlich noch ein Stück tiefer. Gott im Himmel, von wie vielen Vätern hier die Rede ist! Es wird immer verwirrender! ... In jedem Fall hat ihm jener all die konfiszierten Güter wieder zurückgegeben. Glück gehabt. Nun, ich würde auch in jeden reinkriechen, der's will. Aber da gibt's leider kein Vermögen mehr zum Wiedererlangen. Also bleiben nicht viele, bei denen ich mich anbiedern könnte, womit wir übrigens wieder bei meinem Namen wären: Denn das kann ich eben schon tun – vermeiden, dass ein jeder erkennt: Huch!, das ist ein Edler aus dem Languedoc.«

Als er diesmal endigte, war Caterina nicht mehr bestrebt, den Vater zu verteidigen, sondern fühlte sich nur unendlich müde.

Er schien denn auch genug vom Sprechen zu haben, schüttelte wieder seinen Kopf und obendrein alle Glieder und drehte sich dann von ihr weg.

»Wohin ... wohin willst du denn?«, fragte sie entgeistert, als er sie einfach stehen ließ und fortging.

»Ich kann doch nicht mehr zurück ins Dorf«, warf er ihr über die Schultern zu. »Hab zu viele Schulden dort, nicht nur bei der Wirtin.«

Schweren Schrittes eilte sie nach. »Aber wo lebst du denn? Wo ist dein Zuhause?«

»Geht's dich was an? Ach ja ... stimmt ... du hast mich ja gesucht. Was willst du eigentlich von mir, Base?«

Unwillkürlich stöhnte sie auf. Sie wusste nicht, was sie sich genau von Raimon erwartet hatte – in jedem Fall aber, einen älteren Mann zu treffen, der ihrem Vater glich, nach ähnlich strengen Regeln lebte wie jener und genau wissen würde, was zu tun war. Nun hatte sich herausgestellt, dass dieser ältere Mann tot war und sein Sohn ein Bastard, Taugenichts und Sünder.

Durfte sie überhaupt an seiner Seite bleiben? War es nicht dem Heil der Seele abträglich, sich auch nur in der Nähe von einem solchen Unhold aufzuhalten?

Sie blieb stehen, blickte ratlos auf seine sich entfernende Gestalt, dann hoch zum dunklen Himmel, der ihr freilich seinen Ratschlag schuldig blieb.

»Aber ich muss … ich muss doch unseren Schatz in Sicherheit bringen«, rief sie kläglich.

Ray blieb stehen und drehte sich wieder zu ihr um.

»Welchen Schatz?«, fragte er.

»Wirst du … wirst du mir helfen?«, gab sie zurück.

Corsica, 251 n.Chr.

Die Menschen in der Welt, wie ich sie kenne, helfen einander nicht. Sie tun ihre Pflichten, die einen besser, die anderen schlechter. Manchmal findet man jemanden, der mehr zu geben hat als der Rest – mehr Mütterlichkeit, mehr Leibeskraft, mehr Verstand, und im Dunstkreis eines solchen Menschen kann es sein, dass ein wenig von dem, was er im Übermaß hat, auf dich schwappt, sofern du daran Mangel leidest.

Julia Aurelias Gestalt war zu dürr, und ihre Tunika war zu einfach, um den Verdacht zu erwecken, dass sie von irgendetwas zu viel haben könnte, und doch hatte sie – hier im Hafen von Aleria – etwas zu verschenken, das Einfachste nämlich und zugleich das Kostbarste: frisches Brot und Wasser. Eine Gabe, die wenig kostet und für die doch manche das Augenlicht geben würden, Schiffbrüchige zum Beispiel, die nach Sturm oder Krieg ihr ganzes Vermögen an die dunkle Meerestiefe verloren und einzig ihr Leben gerettet haben, was nicht viel wert ist, wenn man fortan als Bettler in jenem Hafen zu hocken hat, an dem man gestrandet ist. Auch in Aleria gab es solche Unglücklichen, die – umgeben von den Trümmern ihres Schiffbruchs – verzweifelt auf Almosen warteten.

Die Welt ist gemeinhin verstörend grausam zu solchen, die entweder Besitz oder Kraft verloren haben. Wer Pech hat, wird für gewöhnlich gemieden. Julia Aurelia – ihren Namen erfuhr ich später, desgleichen ihren Status – brachte jenen armseligen Kreaturen jedoch zu essen und zu trinken, eine sichtbare Anstrengung, ihre hellen Haare waren nass vor Schweiß und ihre Miene verzerrt. Sie schien es nicht mit Freude zu tun, nur mit Sturheit und Verbissenheit. Ich weiß nicht, was mich mehr verwirrte, dass sie half oder dass sie so ernst dabei aussah. Ich war nicht vertraut mit dieser Art von Hilfe – und dachte mir doch, dass man solches entweder erhabenen Herzens tun müsste oder eben gar nicht, gewiss mit Entschlossenheit, jedoch nicht mit solch einer grimmigen.

Sie ist eine Frau, die zupackt, war eins der ersten Urteile, die ich je über sie fällte. Und sie ist eine, die nicht lacht.

So wenig wie Gaetanus jemals lachte. Rasch blickte ich nun zurück zu ihm, wollte wissen, ob er nur zufällig auf jene Frau geblickt hatte oder willentlich, nahm wahr, irgendwie erleichtert – ich wollte nicht, dass irgendetwas seinen Gleichmut erschütterte, wenn ich es schon nicht konnte –, dass er sein Interesse verloren hatte, sich schon wieder abwandte. Doch just in diesem Augenblick wurde der Anführer der Legionäre, die zu Gaetanus' Empfang gekommen waren, auf die junge Frau, die da Brot verteilte, aufmerksam. Dieses Gebaren musste ihm so fremd sein wie mir, denn er furchte die Stirne, bellte einige Worte in ihre Richtung, schickte schließlich, da sie nicht reagierte, sondern einfach fortfuhr, das Brot zu verteilen, zwei Legionäre aus.

Da stellte sich heraus, dass sie die Stimme eines Marktweibes hatte, laut und schrill. Das passte vielleicht zu ihrer hageren Gestalt, zum finsteren Gesichtsausdruck, nicht aber zu ihrer offensichtlichen Jugend. Kein Faltennetz verzerrte ihre Züge, die, wenn auch nicht ebenmäßig, so doch fein waren. Aber dann dieses Gekreische, als man sie von ihrem Werk abhalten wollte! Es traf die beiden Legionäre so unerwartet, dass sie zusammenzuckten, ihre Fassung verloren, zu lachen begannen. Der Haupt-

mann brüllte ihnen erneut etwas zu, vergaß Gaetanus, wegen dem er doch hier war, und jener wiederum – er blickte nun erneut auf Julia, aus starren, schwarzen Augen – wirkte irgendwie verstört. Seine Lider zitterten.

Ich wusste nicht, worauf ich mehr achten sollte, auf seine veränderte Mimik – oder auf das Mädchen, das nun tatsächlich mit den Legionären zu rangeln begann. Dann freilich war der Spuk schon beendet. Ein dritter Mann kam nun auf sie zugelaufen, älter, dickleibig und schnaufend. Er schien ihr nahezustehen, weswegen man ihn wohl geholt hatte, als ihr unbotmäßiges Benehmen im ganzen Hafen ruchbar wurde.

Bei seinem Erscheinen hörte sie auf zu kreischen. Sie runzelte nur die Stirne und verdrehte die Augen, um solcherart zwar Missfallen auszudrücken, bei ihrem Werk gestört worden zu sein, sich zugleich jedoch der Gewissheit fügend, dass sie diesem Mann Folge zu leisten hatte.

Gaetanus wandte sich nun endgültig ab, um sich in der neuen, schon jetzt verhassten Heimat begrüßen zu lassen.

Drei Tage später war's, da sprach ich mit Thaïs, einer Sklavin, die in dem Palast lebte, den ich in Gaetanus' Gefolgschaft bezogen hatte. Sie war neugierig, fragte viel, und wiewohl ich ihr erst nur einsilbige Antworten gegeben hatte, nicht willens, eine nahezu Fremde in die Gesetzmäßigkeiten jenes Lebens einzuweihen, das Gaetanus gehörte – und irgendwie auch mir, weil ich ja wiederum ihm gehörte –, so nutzte ich denn doch aus, dass sie gern redete.

Ich erzählte ihr von dem, was im Hafen geschehen war, und ohne dass ich die junge Frau beschreiben musste, rief sie sogleich: »Das war Julia Aurelia.«

»Und wer ist diese Julia, dass sie sich so absonderlich gebärdet?«

»Sie ist die Tochter des Eusebius. Er ist ein Kaufmann aus

Carthago, und es heißt, er habe dort mit teuersten Waren gehandelt: Purpur aus Syrien, Wachs vom Schwarzen Meer, Austern aus Ephesus, Trüffel aus Mytilene... Ich habe keine Ahnung, was ihn hierher nach Corsica getrieben hat, wo man doch weiß, dass es hier nichts anderes zu kaufen und zu verkaufen gibt als Wachs, Honig und Fisch. Vielleicht noch Marmor...«

Das alles erklärte nicht, warum sie bettelnden Schiffbrüchigen zu essen brachte. Doch ehe ich erneut fragen konnte, neigte sich Thaïs mit verschwörerischem Blick zu mir. »Nun, ganz gleich, was Eusebius nach Corsica geführt hat. Seine Familie scheint außergewöhnlich reich zu sein, auch wenn sie es nicht zeigen.«

»Woher weißt du das?«, fragte ich und scheute mich, der Geschwätzigen ganz zu trauen.

»Ich habe einmal mit Julia gesprochen«, erklärte Thaïs. »Und da hat sie mir erzählt, dass ihre Familie einen Schatz von unschätzbarem Wert besäße.«

Nun wurde ich neugierig.

»Was für einen Schatz?«, fragte ich.

IV. Kapitel

Languedoc, Frühling 1284

Caterina folgte Ray, anfangs ohne zu wissen, wohin die Reise führte, später mit der Einsicht, dass er kein Ziel hatte, weil es für ihn so wenig ein Zuhause gab wie für sie. Während sie darob hätte verzweifeln wollen und es einzig nicht tat, weil sie sämtliche Kräfte zur Erfüllung ihrer Pflicht zu bündeln suchte, schien er damit zufrieden, all den Besitz, den er hatte, in einem kleinen Holzwägelchen mit sich zu führen: Es waren dies schmutzige und vielfach geflickte Kleidungsstücke, ein wenig zu essen (wiewohl das Brot reichlich hart geworden war), viele kleine Ledersäckchen, nach dessen Inhalt sie gar nicht erst fragte, sondern lieber vermied, viele Worte mit ihm zu machen, und Musikinstrumente. Zu welchem Zwecke er diese gebrauchte, erfuhr sie erst später.

Vorerst erklärte er – wie üblich wortgewaltig, viel Nichtiges in seine Rede aufnehmend und solcherart eine Menge sprechend, ohne eigentlich etwas zu sagen –, dass einst ein Maulpferd zu diesem Wagen gehört habe, ihm dann aber eines Tages im Schnee stecken geblieben und dort erfroren wäre. Seitdem habe das Geld nicht gereicht, um ein neues zu kaufen; er müsse das quietschende und ächzende Gefährt selbst ziehen, und es sei nur gut, dass sie jetzt mit ihm ginge, um ihm dabei zu helfen.

Und das tat sie auch, wenngleich sie nicht recht wusste, ob es sich lohnen würde.

Am ersten Abend hatte sie ihm die Geschichte ihres Schatzes erzählt, und er hatte ihr aufmerksam zugehört, ohne das spöttische Grinsen, das sonst immer auf seinen Lippen erschien, ohne lästige Fragen. Leider hatte er auch dann nichts gesagt, als sie geendigt hatte.

»So sag mir doch, was ich tun soll!«, drängte sie, als er sich gelangweilt abwandte. »Mein Vater hat mich im Sterben gebeten, den Schatz zu retten – ist er doch ein Zeichen für seine Rechtgläubigkeit, kein Katharer würde ihn besitzen – und ihn an einen würdigen Bestimmungsort …«

»Und was hast du davon?«, fiel er ihr prompt ins Wort.

»Was meinst du?«, fragte sie verwirrt.

»Nun, was dein Vater wollte, das habe ich verstanden. Was es dir jedoch bringt, noch nicht. Du könntest«, er verzog abschätzend die Stirn, »du könntest diesen Schatz teuer verkaufen, und so wie's ausschaut, ist er das Einzige, was du noch hast. Glaub mir, für eine anständige Mitgift langt's vielleicht. Wenn der Alte ohnehin tot ist, kann er doch nicht mehr prüfen, was sein Töchterlein hier auf Erden treibt.«

Caterina starrte ihn fassungslos an. Dass er ein liederlicher Schuft war, glaubte sie bereits zu wissen – doch solch abscheuliche Worte übertrafen die schlimmsten Erwartungen.

»Gott im Himmel würde es ja doch sehen! Nichts bleibt ihm verborgen, jede einzelne Sünde wird in das Buch des Lebens eingetragen. Und nie würde ich das Heiligtum meiner Familie beschmutzen, dem Willen meines Vaters entgegenhandeln, wo es doch heißt, dass man Vater und Mutter zu ehren hat, solange man lebt und …«

Er hob abwehrend seine Hände, kniff seine Stirne noch tiefer in Falten, als bereiteten ihm ihre Worte Schmerzen, und unterbrach sie wiederum: »Halt ein! Halt ein! Es reicht für heute. Wir wollen später weiterreden. Jetzt ist es Zeit, uns ein Plätzchen für die Nacht zu suchen.«

Sie musste hinnehmen, dass er sowohl ihre Worte abwürgte als auch die Zusage schuldig blieb, ihr zu helfen. Nichts anderes blieb ihr übrig, als ihm zu folgen, aus dem Dorf mit seinen heimeligen Lichtern hinaus in die Dunkelheit.

»Ich such mir immer ein wenig abseits einen Schlafplatz«, erklärte er. »Es heißt zwar, dass in den Wäldern das Diebespack lauere, aber in Wahrheit wirst du doch viel häufiger in den Dörfern bestohlen. Der Erste, der da am Morgen über dich stolpert, wirft gerne einen gierigen Blick auf deinen Besitz – wohingegen dir im Wald zwar manche Nachteule mit ihrem Gekreisch den Schlaf raubt, es den Räubern aber viel zu dunkel und zu einsam ist.«

Jene Dunkelheit und Einsamkeit schienen ihm keine Angst zu machen. Vor sich hin pfeifend stapfte er in den Schatten eines groß gewachsenen Baums – wohingegen Caterina vor Angst beinahe verging. Eben noch hatte sie mit sich gerungen, überhaupt an seiner Seite zu bleiben, jetzt hätte sie sich am liebsten an ihn gekrallt und ihn nicht wieder losgelassen.

Misstrauisch sah sie ihm zu, wie er das Nachtlager bereitete, indem er ein großes Stück Leder auseinanderrollte, über den Wagen spannte und mit glatt geschliffenen Ästen feststeckte.

»Was schaust du denn so?«, fragte er belustigt, als er ihren Blick bemerkte. »Hast du Angst, ich könnte über dich herfallen, wenn wir das Lager teilen?«

Röte schoss ihr ins Gesicht. Allein daran zu denken war unsittlich – um wie viel mehr darum, es auszusprechen. Die Wahrheit war auch: Dies hatte sie nicht im Sinn gehabt, jedoch die Ahnung, dass es unanständig war, allein bei einem Mann zu schlafen. Ihr Vater hätte das nicht gutgeheißen. Allerdings hatte der Vater ihr eine Pflicht aufgetragen, die sie ohne Hilfe niemals würde erfüllen können.

»Wir machen's so«, sagte er indes lachend und schien ihre stummen Nöte zu erahnen. »Ich leg mich auf den kalten Boden und sehe zu, dass ich dort nicht erfriere. Und du legst dich in den Wagen und hast es dort kuschelig warm.«

Sie folgte seinem Vorschlag nur allzu bereitwillig, obwohl sie von besagter Wärme nicht viel zu spüren bekam in ihren dünnen Kleidern.

Keine der letzten Nächte war so kalt gewesen wie diese; das über sie gespannte Leder vermochte sie vor dem pfeifenden Wind nicht zu bewahren, und als sie Stunden später von einem unruhigen Schlaf erwachte, war ihr Nacken steif und schmerzte.

Pèire hatte die Tochter bescheiden erzogen und jegliche Bequemlichkeit abgelehnt. Anstelle von Seide, wie andere feine Herrschaften sie verwendeten, waren ihre Kissenbezüge aus grobem Leinen gewesen; die Kissen selbst waren nicht mit Federn gefüllt gewesen, sondern mit Wolle. Und doch verhieß die kärgliche Bettstatt ihres einstigen Zimmers, obendrein gewärmt vom Kohlebecken, das auf drei Füßen stand, einen nun unerreichbaren Himmel. Schwer fiel es, am nächsten Morgen nicht verzagt zu sein, als ihr Blick auf den zerschlissenen Mantel fiel, den Ray ihr zum Zudecken überlassen hatte. Sie wusste nicht, wovor ihr mehr grauste: vor dessen unergründlichen Flecken, die erst jetzt bei Tageslicht sichtbar wurden, oder vor der Pflicht, ihm dankbar zu sein, weil sie sich damit hatte zudecken können.

Ächzend erhob sie sich, trotz Schmerzen und Müdigkeit zumindest klar genug, um ihre morgendlichen Pflichten zu erfüllen, und dazu gehörte das Gebet.

»*Pater noster, qui es in caelis, sanctificetur nomen tuum …*«

Sie war so versunken – genau betrachtet nicht in die Worte, sondern einzig darin, den Schmerz in ihren Knien zu vergessen –, dass sie kaum gewahrte, wie Ray sich fröstelnd hin und her wälzte, um hernach mit einem Fluch hochzufahren.

»Herrgott, verdammt! Ich vertrag das Saufen nicht! Mein Schädel platzt gleich!«

Sie erschauderte, dass er mit einem Fluch ihr Gebet unterbrach. Er achtete nicht darauf, sondern sprang – zwar ein wenig schwerfälliger als gestern, aber immer noch wendig wie eine Katze – vom frostigen Boden hoch.

»Los, weiter!«, rief er ihr über seine Schultern zu und rieb seine zu Fäusten geballten Hände aneinander. »'s ist ja kein Aushalten hier in der Kälte. Lass uns zusehen, dass wir aus dem Schatten der Bäume kommen!«

Sie reagierte nicht, sondern blickte starr auf den Boden.

»*Panem nostrum quotidianum da nobis hodie…*«

»Hast du mich nicht verstanden? Auf geht's!«

»*… et dimitte nobis debita nostra, sicut et nos dimittimus debitoribus nostris. Et ne nos inducas in tentationem.*«

Er verdrehte die Augen und schnaufte. »Eine Frömmlerin! Hab's ja gestern schon befürchtet, als du von deinem seltsamen Schatz berichtet hast.«

Langsam hob sie den Blick und starrte ihn kalt an. Sie nannte ihn kein weiteres Mal einen Sünder – es schien sich nicht zu lohnen –, aber ihre Augen ließen keinen Zweifel daran, was sie über ihn dachte.

Sie nahm das Bündel mit dem Schatz und drückte es an sich.

»Du… du hast mir gestern nicht gesagt, ob du mir helfen willst…«

»Und du hast mir noch nicht verraten, was mit einem würdigen Bestimmungsort gemeint ist. Das wollte dein Vater doch… dass du ihn irgendwohin schaffst, wo die Leute ehrfürchtig davor auf die Knie sinken… so wie er's immer getan hat, oder? Nun, es wird ihn nicht wieder lebendig machen, mag sein Name auch als der eines edlen Gönners in irgendeinem Kirchenbuch festgehalten werden. Was also willst du machen?«

Sie senkte den Blick. Die Wahrheit war, dass sie gehofft hatte, in ihrem Oheim Raimon den Mann zu finden, der ihr die Antwort auf diese Frage würde geben können.

»Nun gut«, meinte er da schon, und wieder einmal ging dieser Ruck durch seinen Leib, als würde er alle Glieder ausschütteln und sie neu zusammenfügen. »Jetzt wollen wir erst mal sehen, wie wir zu Geld kommen!«

»Aber wovon lebst du? Wer bist du?«, entfuhr es Caterina. Sie konnte sich nicht vorstellen, dass Ray einer Arbeit nachging, die ihr Vater für ein ehrliches Tagewerk befunden hätte.

»Wart es ab«, lachte er und rollte die Lederdecke zusammen. »Wart es ab.«

»Manch einer sagt, ich sei ein Niemand«, erklärte Ray später, als sie sich einem Dorf näherten. »Ich hingegen meine, dass ich all das bin, was die Menschen gerade von mir wollen.«

Für Caterina war es immer noch anstrengend, längere Strecken zu gehen, fast unmöglich wurde es bald, obendrein den Wagen zu ziehen. Dennoch hielt sie verbissen daran fest, wollte weniger Ray ihre Hilfsbereitschaft bekunden, als sich vielmehr eine Buße auferlegen, weil sie ihn begleitete und ihm zuhörte und auch dann nicht wagte, von ihm abzurücken, als sie das Dorf erreichten (weit genug von dem gestrigen entfernt, wo sicherlich die Wirtin nach ihm Ausschau halten würde, wie er erklärt hatte).

Sie hätte im Boden versinken wollen ob all der Blicke, die auf sie beide fielen, neugierig, entblößend, verächtlich. Um ihnen zu entgehen, ließ sie dann doch den Wagen los, starrte lange Zeit auf ihre Handflächen, wo sich Blasen zu bilden begonnen hatten – und blickte erst dann wieder hoch, als Rays peinliches Schauspiel bereits begonnen hatte.

»Bin ein Homo viator«, hatte er erklärt – und sie hatte nicht gewusst, was er meinte. Nun gedachte sie einer Rede des Vaters, als dieser über ehrliche und unehrliche Berufe gesprochen hatte und zu letzteren, welche nicht Gottes Wohlgefallen fänden, sondern des Teufels wären, die Spielleute und Gaukler gezählt hatte.

Lorda hatte damals eingewendet, dass eine schöne Stimme schließlich auch eine Gottesgabe sei – doch der Vater hatte sie wütend angefahren, dass diese allein in der Kirche zum Lobpreis Gottes dienen solle, jedoch nicht zur Unterhaltung der Leute.

Nun, Ray war gewiss nicht mit einer schönen Stimme gesegnet, sondern eher mit einer krächzenden. Er stand in der Mitte des Dorfplatzes; in den Händen hielt er ein rundes Instrument, über das ein paar Saiten gezogen waren, doch anstatt daran zu zupfen – sie waren lose und ausgeleiert –, schlug er einfach nur einen passenden Rhythmus wie auf einer Trommel.

Ein Canso hatte er den Menschen angekündigt, ein Liebeslied.

Jenes handelte von der unglücklichen Jeanne, Schwester des großen Richard Löwenherz und Gattin von Raimon de Toulouse, die einst gegen die Franzosen ihre Burg zu retten versuchte, jedoch von den eigenen Leuten verraten wurde. Verzweifelt suchte sie Zuflucht beim geliebten Bruder, doch der war schon vom tödlichen Pfeil getroffen und starb in ihren Armen. Sie selbst – guter Hoffnung und vom Kummer gefällt – überlebte ihn nicht lange und schwand tieftraurig dahin.

»Maul halten!«

»Willst du wohl still sein!«

»Hat man denn keine Ruhe hier!«

In Rays Gesang mischten sich alsbald mürrische Stimmen – von Weibern kommend, die am Brunnen Wasser holten, einem Zimmermann, dessen Werkstatt zum Platze hin geöffnet war, und einer Tuchmacherin, die nebst der üblichen Ware auch kostbare Stickereien herstellte und dafür das Tageslicht nutzte.

»Hab mich wohl geirrt«, murmelte Ray in Caterinas Richtung. »Ist gar kein Markttag heute. Pech gehabt. Wären ansonsten mehr Leute hier und was zu holen.«

Er ließ sich jedoch nicht wirklich entmutigen, sang beherzt weiter, und als ihn wieder Schmährufe trafen, hielt er den Menschen keck entgegen:

»Na gut, na gut, ich bin nicht so begabt wie ein Raimon Jordan, Garin le Brun oder Amanieu de Sescars. Die würdet ihr euch auch gar nicht leisten können!«

»Vor allem nicht leisten wollen!«

»Das glaube ich nicht! Guiraut Riquier sagt man nach, dass er mit seinen Gesängen, seien es nun Sirvetes, Tenzones oder Pastorelles, Menschen zum Weinen bringen kann, selbst König Alfons konnte seinerzeit die Tränen nicht zurückhalten.«

»Wenn du weiterplärrst wie ein läufiger Kater, dann wein ich auch bald, aber weil ich's nicht ertrag!«, entgegnete der Zimmermann mürrisch.

Mittlerweile hatten sich Kinder um sie geschart und fanden es lustig, Ray und Caterina nicht nur zu bestaunen und mit Fingern auf sie zu deuten, sondern sie obendrein mit kleinen, spitzen Steinen zu bewerfen.

»He!«, schimpfte Caterina.

Ray schüttelte die Steine einfach ab und ließ sich nicht davon beirren.

»Lacht ihr nicht auch über einen Pèire Cardenal?«, rief er. »Von dem habe ich übrigens folgende Geschichte: Gibt's doch tatsächlichen einen Pfaffen, der hinter jedem Rock her ist und sogar in der Weihnachtsnacht hurt. Sagt man ihm: Weh, Sünder! Schlimmer ist's, wenn eine Frau mit einem Priester sich vereinigt als mit vier Männern. Sagt er: Aber für mich ist's eine geringere Sünde, mit einer Frau nur Liebe zu machen als mit deren vier!«

Es war dies kein Lied, was er vorbrachte, jedoch alles in einem Singsang gehalten.

Caterina starrte ihn mit aufgerissenem Mund an. Gift!, ging es ihr durch den Kopf. Es ist Gift, was er in meine Ohren träufelt...

»Was ist?«, grinste er in ihre Richtung. »Habe ich dich erschreckt? Nun, offenbar habe ich heute mit dem Singen kein Glück. Mittag ist's, und noch habe ich keinen Sous verdient, nicht mal einen Denar. So muss ich eben was anderes versuchen.«

Sprach's und begann prompt mit fünf Messern zu jonglieren.

»Bist du wahnsinnig?«, entfuhr es ihr.

»Ach wo! Ich tu mir schon nicht weh! Einmal habe ich mir fast einen Finger abgeschnitten, aber jetzt fange ich sie sicher an den Griffen.«

Caterina konnte kaum hinschauen; die verlumpten Kinder hingegen starrten nun mit offenen Mündern und vergaßen, Steine auf sie zu werfen.

Irgendwann verlor Ray die Lust daran, ließ die Messer zu Boden sausen, bückte sich und stand blitzschnell wieder auf, allerdings auf den Händen, auf denen er ein paar Schritte ging.

Gebannt schaute der Zimmermann ihm nunmehr zu – und auf den Marktplatz strömten jetzt auch ein paar der Alten, die ansonsten vor den Hauseingängen ihren Tag verhockten.

»Wie wär's mit einem Spiel?«, lud Ray sie ein und hatte alsbald einen Würfel, aus Knochen gemacht, in der Hand, sowie drei Becher. Unter einem wurde der Würfel versteckt und die Becher danach so schnell von ihm verschoben, dass es schwer zu erraten war, wo sich der Würfel am Ende befand. Ray lud die Menschen ein, darauf zu wetten, ihn zu besiegen, und nachdem der Erste sich darauf eingelassen hatte, folgten ihm weitere.

»Siehst du!«, prahlte er eine Stunde später in Caterinas Richtung. »Bald habe ich einen Sous beisammen. Heute müssen wir nicht im Freien schlafen, und einen Festschmaus gibt es obendrein.«

Sie hatte längst davon abgesehen, mahnend den Kopf zu schütteln, saß nun auf die Knie gesunken, als könnte sie sich so dagegen wehren, was Ray da trieb. Sie konnte es nicht in Worte fassen.

Das Würfelspiel war wohl die schlimmste Sünde von allen, galt es doch als Zeitvertreib des Teufels, und ein Betrug war es obendrein. Freilich: All die Männer, die sich darauf einließen, wussten um die Möglichkeit zu verlieren. Ray belog sie nicht, was seine Absichten – nämlich zu gewinnen – anbelangte, er machte ihnen nichts vor … er brachte es nur irgendwie fertig, zu Geld zu kommen, ohne eine redliche Arbeit zu tun, und war das nicht eine Form von Betrug?

»Was ist«, drängte er schließlich, »hast du keinen Hunger? Ich in jedem Fall! Hörst du, wie mein Magen knurrt? Dann will ich uns also etwas zu essen kaufen.«

Mit fuchtelnden Händen erklärte er das Würfelspiel als beendet, stand auf und schüttelte wieder all seine Glieder.

Dass er vom Kaufen redete, beruhigte Caterina. Zumindest hat er nicht vor, etwas zu stehlen, dachte sie erleichtert.

Starr blieb sie beim Holzwagen stehen, während er in Richtung des Marktplatzes verschwand, schüttelte wieder den Kopf, diesmal, um ihre Gedanken zu ordnen.

Wein, Zechprellerei, Glücksspiel, Gesang.

Nichts von dem würde vor den strengen Augen ihres Vaters Gefallen finden. Doch anstatt sich dessen verächtlichen Blick zu vergegenwärtigen, hatte sie plötzlich jenes Bild im Sinn, wie sein Kopf nach hinten gekippt war und er reglos vor ihr gelegen hatte, ehe die brennenden Balken ihn unter sich begraben hatten.

Pèire würde kein Urteil über Ray mehr fällen können, sie selbst musste es tun.

»O Vater im Himmel«, begann sie unwillkürlich zu beten, »sei mir armen Sünderin gnädig und ...«

Ihre Worte erstarben in lautem Gegackere. Es klang ein wenig wie Rays Gelächter, nur stammte es diesmal nicht aus seinem Mund, sondern von einem leibhaftigen Huhn, das er ihr in den Schoß geworfen hatte. Wiewohl an seinen Füßen gebunden, vermochte es mit den Flügeln zu schlagen und suchte Caterina zu entkommen.

Erschrocken schrie sie auf, sprang hoch und störte sich nicht daran, dass das Vieh deswegen zu Boden ging und dort verzweifelt im Kreise hopste.

»Na los!«, forderte Ray ungeduldig. »Bist doch ein Mädchen! Hast du nicht gelernt, wie man solche Tiere tötet, rupft und brät?«

Unscharf erinnerte sich Caterina daran, wie Lorda der Mutter in den Ohren gelegen hatte. Die Küche sollte sie kennenlernen, die Getreidekammer, das Waschhaus – und natürlich auch den Stall, auf dass sie wisse, womit man die Tiere füttere. Doch Lordas Worte hatten – wie so oft – keine Folgen gezeitigt.

»Verlang das nicht!«, schrie Caterina plötzlich, um nicht nur diesen Wunsch, sondern die ganze Zumutung seines Lebenswandels von sich zu weisen. »Ich schlacht dir ganz gewiss kein Huhn!«

Sie erbleichte, kaum dass sie es gesagt hatte. Ein Weib hatte niemals seine Stimme zu erheben, vor allem nicht gegen einen Mann, auch wenn jener ein Lump war.

Verlegen senkte Caterina den Kopf. Auch Ray schwieg nun – und genau genommen auch all die anderen Menschen am Marktplatz, die sich noch nicht wieder verstreut hatten. Alle hatten sie Caterinas Worte gehört; und alle waren sie stehen geblieben.

Unbehaglich blickte Caterina hoch, verstand weder die gaffenden Blicke noch Rays bleiches Gesicht. Kein Spott stand mehr darauf geschrieben, und es folgte auch nicht eine seiner wendigen, halb hüpfenden Bewegungen. Er packte sie am Arm, dass sie vor Schmerzen aufschrie.

»Sag, hast du den Verstand verloren, Mädchen?«, herrschte er sie an.

Irgendwie musste es ihm gelungen sein, sie mitsamt Huhn und Wagen vom Marktplatz zu bringen. Sie verstand kaum die Worte, mit denen er die Gaffer einlullte. Nicht nur neugierig waren deren Blicke, sondern einige offen feindselig, und es war Caterina unmöglich zu begreifen, warum ihre Weigerung, ein Huhn zu schlachten, derartiges Misstrauen erzeugte.

Der Griff, mit dem Ray sie fortführte, war ihr dennoch nicht unangenehm. Dass er nicht nur ein Spötter und Spieler war, sondern beizeiten ein strenger Mann, deuchte sie wohltuend und vertraut, und sie fügte sich ohne Widerstand.

»Hört nicht auf meine dumme Base!«, rief er zuletzt in die Runde. »Ein dummes Mägdelein ist's, das ich mir erst erziehen muss.«

»Hoho!«, grölte einer, immerhin nicht länger feindselig gesinnt. »Das kann ich mir schon denken, wie du dir ein Mädchen erziehst, Ray!«

»Und ehe sie sich's versieht, bringt deine Erziehung Lohn, und sie trägt einen Bastard im Bauch!«, keifte eine der Frauen.

»Ach wo!« Das altbekannte Grinsen erschien wieder auf Rays Gesicht, jedoch flüchtiger als sonst; es erreichte nicht seine Augen. »Ach wo! Ich bin doch selbst ein Bastard. Da seh ich mich schon vor, die Welt nicht mit weiteren zu bevölkern.«

Sie hatten das Ende des Platzes erreicht, und gleichwohl sie immer noch von allen Seiten angestarrt wurden, trat ihnen niemand in den Weg. Mit einem erleichterten Seufzen ließ Ray Caterina endlich los, auf dass sie ihm hülfe, den Wagen zu schieben. Kein klärendes Wort sagte er dabei – nur seine schweißbedeckte Stirn zeugte von dem Schrecken, den er gerade durchgestanden hatte.

»Was ... was habe ich denn getan?«, stotterte Caterina schließlich, die kaum fassen konnte, dass sie es war, die offenbar gegen ein Verbot verstoßen hatte.

Lange sagte er nichts. Dann packte er plötzlich das Huhn, als könnte er all seine Furcht und sein Unbehagen mit einer raschen, kraftvollen Bewegung tilgen, und indessen es noch ein letztes Mal aufgackerte, hatte er ihm schon den Hals umgedreht.

»Hör mir jetzt gut zu, Caterina«, murmelte er schließlich, und seine Stimme klang ernst und heiser. »Menschen, die heimatlos sind wie ich, die ohne Behausung herumziehen und von Dorf zu Dorf wandern, werden von den Leuten gern gesehen, weil sie Abwechslung, Unterhaltung und Spaß bringen. Aber das bedeutet nicht, dass nicht manche die Augen misstrauisch zusammenkneifen und sich denken: ›Wer ist denn dieser Ray? Und wer dieses ernste, starr blickende Mädchen, das ständig den Kopf schüttelt und den Mund nicht aufkriegt?‹«

Er zuckte mit den Schultern. »Die Inquisitoren haben in diesem Land nicht mehr so viel zu tun. Sie haben die Ketzerei fast an allen Ecken und Enden ausgemerzt, König Louis war sogar bereit, sich mit dem hiesigen Adel zu versöhnen, auf dass jener ihn zum Kreuzzug ins Heilige Land begleitete. Und Philippe, der jetzige König, hat manchen Ketzer aus dem Kerker befreit, um ein Zeichen zu setzen, dass Frieden hier eingekehrt wäre.«

»Ich verstehe nicht ...«

»Du musst aber verstehen!«, rief er eindringlich. »Nur weil die Dominikaner und Franziskaner nicht länger von Dorf zu Dorf ziehen, um gegen den Irrglauben zu wettern – so gilt doch immer noch das alte Gebot, das beim Konzil von Toulouse festgelegt wurde: Jeder Bürger dieses Landes wurde damals darauf verpflichtet, jegliche Ketzerei sofort anzuzeigen.«

»Aber ich habe doch nichts getan außer …«

»Du hast dich lautstark geweigert, ein Huhn zu schlachten. Die Katharer essen kein Fleisch, verstehst du? Sie richten ihre Ernäherung nach strikten Geboten aus, verweigern obendrein Fisch, Meeresfrüchte, Öl, Wein. Dies war immer das einfachste Mittel, sie auf die Probe zu stellen. Wenn Fremde in ein Dorf kamen, so bot man ihnen Fleisch an, und wenn sie es nicht nahmen, dann bat man sie um Hilfe bei der Schlachtung eines Tieres, und wenn sie auch das verweigerten, so wusste man … verstehst du?«

»Ich bin doch keine Ketzerin! Und mein Vater war auch keiner!«

Die Strenge schwand aus seiner Miene; nachdenklich verzog er seinen Mund, schien mit sich zu ringen, ob er das, was ihm auf der Zunge lag, tatsächlich sagen sollte.

»Dein Vater war …«, setzte er schließlich an – und brach ab.

»Was war mein Vater?«, drängte sie, bereit, Pèire zu verteidigen, wenn nur ein lästerliches Wort über Rays Lippen käme.

Ray schien ihre Kampfeslust zu erahnen. Seine Anspannung schwand, machte dem Überdruss Platz. »Das Schicksal deines Vaters zeigt«, fuhr er fort, anstatt den vorigen Satz wieder aufzugreifen, »dass der Kampf der Franzosen um dieses Land noch nicht vorüber ist. Das Feuer brennt nicht mehr an allen Orten, aber es lodert dann und wann noch auf. Hab unlängst davon gehört, dass sie im Süden von Albi, in den Cabardès und bei Toulouse noch immer manches Ketzernest vermuten und es ausräuchern wollen. Ich für meinen Teil will nicht der Fraß von Flammen werden, also gib acht, dass du dich unauffällig verhältst!«

Seine Worte beschworen eine Erinnerung herauf, nicht nur an den sterbenden Vater und das brennende Haus, sondern auch an Aiglina, Fauressa und die anderen Frauen. Wie misstrauisch sie sie angestarrt hatten, als sie ihr seinerzeit das gepökelte Schaffleisch gereicht hatten und Caterina erst überlegen musste, ob denn kein Fastentag war! Wie erleichtert sie gewesen waren, als sie das Fleisch schließlich doch gegessen hatte! Und dann die Alte, die bei Fauressa lebte und die eines Abends gefragt hatte, warum Caterina nichts äße. Sie hatte erst geschwiegen, als Fauressa sie damit beschwichtigt hatte, dass Caterina sehr wohl Fleisch zu sich nahm. Nun erst verstand sie es, dass all diese Frauen den Verdacht geteilt hatten, das heimatlose Mädchen könnte eine Ketzerin sein

»Gottlob, dass du eine Frau bist«, murmelte Ray. »Selten kommt's bei den Katharern vor, dass Frau und Mann gemeinsam durch die Lande ziehen. Haben sie erst einmal den Status erreicht, der sie zu Perfecti macht, das heißt zu Vollkommenen, dürfen Mann und Frau einander nicht mehr berühren.«

»Ich wollte nicht…«

»Ist gut.« Er schüttelte seine Glieder aus und fuhr sich mehrmals nervös mit der Hand durchs Haar. »Jetzt bring ich dir erst mal bei, wie man ein Huhn rupft.«

Ray verdiente sich nicht nur als Glücksspieler und Jongleur sein Geld. Im Laufe der nächsten Tage erfuhr Caterina, dass er noch eine dritte Einnahmequelle hatte, deren Ergiebigkeit ebenso unsicher war wie deren Rechtmäßigkeit.

Im nächsten Dorf pries er sich selbst als Apothecarius und Barberius an, und Caterina, die weder den einen noch den anderen Titel kannte, erfuhr auf äußerst unangenehme Weise, was darunter zu verstehen war. Ray zog aus seinem hölzernen Wagen einige vergilbte Beutel, um aus deren Inhalt absonderlich stinkende Mixturen herzustellen, und schwatzte dabei fortwährend auf die Leute ein.

»Das«, rief er, »ist das beste Mittel, das man sich gegen Haarausfall denken kann. Habt ihr wirklich Lust, euch das glatzköpfige Haupt von der Sonne verbrennen zu lassen? Wollt ihr teures Geld für Seidenfäden ausgeben, auf dass es fülliger wirke? Nein!

Nehmt dieses Wundermittel, ach, was sage ich: Zaubermittel, und euer Haupthaar wird sprießen wie jetzo im Frühling das frische Gras!«

In Windeseile hatte sich ein Grüppchen um ihn gebildet und bestaunte die Ampulle, in der er den Inhalt dreier Säckchen vermengt hatte.

»Und was soll dies Zaubermittel sein?«

»Ein Geheimnis, selbstverständlich!«, lachte Ray selbstbewusst zurück.

Caterina gegenüber war er auskunftsfreudiger. Als sie ihn fragte, welche Rezeptur er denn anwende, bekannte er freimütig, dass sich jene Tinktur aus Brennnesseln, Klettenwurzeln und Blutegeln zusammensetze, wobei Letztere zu einem Pulver gebrannt worden waren.

Sie verzog angewidert das Gesicht.

»Das ist ekelhaft, Ray!«

»Ach, das ist noch gar nichts. Gegen unerwünschten Haarwuchs auf Rücken und Arsch nehme ich anstelle der Egel Fledermausblut.«

Gleichwohl die Dorfbewohner die abscheulichen Zutaten nicht kannten und Ray neugierig lauschten, wenn er die Mittelchen anpries, zeigten sie sich nicht bereit, sie zu erproben. Keine einzige Ampulle mit der Haarkur brachte er an den Mann, sodass er nach der Mittagszeit seine Taktik änderte und die Menschen nicht länger an der Eitelkeit zu packen versuchte, sondern an ihren Schmerzen.

»Hier habe ich getrocknete Maulbeeren gegen die Mundfäule! Und wenn ihr an Kopfweh leidet, dann kann ich euch diese Arznei empfehlen: Wurzeln des Ginsters, Spargelspitzen und getrocknete Gräser, vermischt mit anderhalb Handvoll Anis, Fenchel und Kümmel. Ist denn keiner von euch krank? Ich könnt euch sämtliche faulen Zähne ziehen, und ich schwöre, es tut kaum weh!«

»Mit diesen Worten kannst du Jungfrauen einlullen, ehe du sie ins Bett zerrst!«, höhnte einer der Männer. »Vor einem wie dir aber öffne ich ganz bestimmt nicht das Maul.«

Die Beleidigung prallte an Ray ab. »Aber, aber«, spottete er gutmütig. »Ich habe schon schlechtere Ärzte gesehen, als ich einer bin.«

»Was davon kommt, dass es keine echten Ärzte waren. Genauso wenig wie du einer bist.«

Er zuckte leichtfertig die Schultern, nur das kecke Lächeln um seinen Mund glättete sich kaum merklich. »Ich für meinen Teil hätte gern in Montpellier studiert. War eben kein Geld dafür da... Aber was ist nun? Keine Krankheiten? Wo sind die Damen, die sich nach einem Liebsten sehnen und mit ein wenig Zauber nachhelfen wollen?«

»Ha!«, schrie eine der Angesprochenen. »Das letzte Mal als sich hier einer wie du herumtrieb, hatte der ein Mittelchen mit Nieswurz bei sich. Sagte, es mache Männer geil. In Wahrheit hat manch gutes Weib den Gatten fast damit vergiftet!«

»Was manche von diesen Weibern auch nicht sonderlich gereut hätte...«, sprach der Alte von vorhin.

»Ach du!«, schimpfte das Mädchen. »Du verstehst doch gar nichts.«

Der Nachmittag schritt voran, ohne dass sich Rays Geschäft als gewinnbringend erwies. Als die Neugierde nachließ und seine Stimme rau vom Rufen wurde, stieg er vom Holzkarren, von dessen erhöhter Position aus er geworben hatte, und wischte sich den Schweiß von der Stirne.

»Wart mal hier«, sprach er zu Caterina. »Ich brauch eine Pause.«

Unverhofft fand sie sich allein mit dem Wagen. Angewidert wandte sie sich von den Beutelchen und Ampullen ab, gewiss, dass allein deren Anblick ihre reine Seele schmutzig machte.

Kaum besser als Spiel, Tanz und Gesang konnte sein, was Ray

hier trieb. Zweifelnd nahm sie ihr Bündel, presste den Schatz an sich.

»Heilige Jungfrau, was soll ich nur tun«, flüsterte sie. »Geh ich von ihm, bin ich ganz alleine! Bleib ich bei ihm, wird er mich noch mit ins Verderben reißen!«

Gefährlich hoch stiegen die Tränen, die sie seit dem Tod des Vaters stets bezwungen hatte. Um ihrer Herr zu werden, ließ sie sich auf die Knie fallen, wollte ein Pater noster anstimmen.

Doch ehe sie die ersten Verse murmeln konnte, wurde sie gestört – diesmal jedoch nicht von Ray, sondern von spitzen, gequälten Schreien.

Corsica, 251 n.Chr.

Als ich Julia Aurelia wiedertraf, sah sie vollkommen verwandelt aus. Die Tunika, die sie diesmal trug, war nicht von verwaschenem Blau, sondern strahlend weiß und mit schmalen goldenen Bändern verziert. Ihre Augen glänzten in einem kräftigen Blaugrün, dem Meere gleichend, das sein Antlitz änderte, sobald die Sonne es blendet. Julias Augen waren mir unheimlich, nicht der ungewöhnlichen Farbe wegen, sondern weil sie auf mich gerichtet waren. Es war dies bei einem Abendessen, zu dem der neue Proconsul auf Corsica Felix Gaetanus geladen hatte. Es mag euch erstaunen zu hören, dass Julia Aurelia bei diesem zugegen war. Doch ich wusste damals bereits von ihrem Reichtum und dass sie die Tochter des Eusebius war, eines wohlhabenden Kaufmanns, im Übrigen jener rotgesichtige Mann, der seiner Tochter Werk damals am Hafen beendet hatte.

Sie saß auf einem Stuhl mit hoher Lehne, wohingegen die Männer auf Sofas lagen; ich hatte nicht gesehen, dass sie sich vor dem Mahl die Füße hatte waschen lassen wie die meisten anderen der Gäste. Fast misstrauisch starrte sie auf die köstlichen Speisen, die auf edlen Bronze- und Silberplatten gereicht wurden: zuerst Schnecken, Eier und gesalzene Fische, später Seeigel, Muscheln und Tintenfisch in Dillsauce, Wildschweinrippen und Leber von mit Feigen gemästeten Gänsen, zuletzt Granatäpfel und kleine Honigküchlein.

Julia aß fast nichts davon, sie hatte auch den üblichen Mulsum zu Beginn verweigert – einen mit Honig gesüßten Wein –, nahm nur ein wenig von dem Eintopf aus Linsen und Kastanien und aß – anders als die Übrigen – mit einem kleinen, silbernen Löffel anstatt mit den Fingern. Kein Wunder, dachte ich zuerst, dass sie so mager war. Und dann fiel mir auf, dass sie auf mich blickte.

Gaetanus tat das nicht. Seit Wochen wartete ich. Darauf, dass er sich in sein neues Leben fügte und von ihm verändert wurde. Darauf, dass er sich mir – nun, da er von einer knapperen, übersichtlicheren Dienerschar umgeben war – aufmerksamer zuwandte. Darauf, dass er eines Abends, wenn ich ihm den Nacken massieren würde, wieder mit mir spräche, sehnsuchtsvoll von alten Zeiten und von Rom, dass er hochblicken, mich wahrnehmen und fragen würde: »Du vermisst die Heimat auch, nicht wahr?«

Doch es hatte sich nichts zum Guten gewandelt. Nur Unkraut war gewachsen, im Gärtlein meiner Liebe. Sie konnte sich nicht gen Himmel recken, sondern musste am trockenen, staubigen Boden wuchern. Die Traurigkeit hatte ihre dunklen Flügel über mich gebreitet, auch bei jenem illustren Mahle – und ich wusste nicht, was ich tun sollte, um sie abzustreifen.

Julia Aurelia also, die Tochter des Eusebius, sah mich an. Es muss Zufall sein, dachte ich, sie kann nicht mich meinen. Oder sie will, wiewohl bislang den Speisen gegenüber so enthaltsam, dass ich ihr etwas bringe, was ihren Gaumen erfreut. Freilich zögerte ich, zu ihr zu treten, sie zu fragen, und senkte stattdessen meinen Blick.

Ob Gaetanus überhaupt wusste, dass diese Frau mit dem geraden Mittelscheitel, den kleinen Löckchen an den Schläfen und den glänzend gekämmten Haaren, die im Nacken zu einem Knoten geschlungen und von einem Haarnetz zusammengehal-

ten waren, die gleiche war, die er damals ungläubig am Hafen gemustert hatte?

Vorsichtig sah ich ihn an, wusste nicht, was ich mir erhoffen sollte. Dass die junge Frau sein Interesse geködert hätte, was hieße, dass er nicht gänzlich blind, nicht gänzlich taub für seine neue Welt war und mir die Hoffnung bliebe, auch selbst seine Achtsamkeit zu erlangen? Oder dass er von ihr so unberührt, so gelangweilt war wie von allen Menschen, was wiederum bedeute, dass ich vielleicht irgendwann die Einzige wäre, die ihn zu rühren verstand? Doch würde das jemals sein?

Da traf mich wieder Julias Blick – wieder oder immer noch? Er war klar und irgendwie stechend, unangenehm, aber gerade darum kraftvoll. Er forderte mich auf, zu ihr zu gehen.

»Soll ich dir frische Feigen bringen, Herrin?«, fragte ich.

»Wie heißt du, Mädchen?«, fragte sie zurück.

Ich hob erstaunt die Brauen. Danach war ich noch nie von ihresgleichen gefragt worden. »Krëusa«, murmelte ich, »mein Name ist Krëusa.«

»Krëusa«, wiederholte sie, und dann fragte sie erneut etwas. »Krëusa, warum bist du so traurig?«

Später fing sie mich auf dem Weg zur Küche ab. Ich hatte ihr nicht geantwortet, wie könnte ich auch! Mochte ihre Frage schon seltsam sein, wie missliebig wäre es aufgefallen, wenn ich mit ihr gesprochen hätte! Ich wollte das auch gar nicht, was ging es sie denn an, warum ich traurig war, wie hatte sie es zudem bemerkt? Ich fühlte mich nicht nur beobachtet, sondern zugleich ertappt, und ich verbrachte den restlichen Abend damit, nicht wieder hochzusehen, möglichst unauffällig zu huschen und nicht in ihre Nähe zu kommen.

Ein wenig länger als erlaubt war ich im Peristylium verblieben, dem kleinen Garten, hier schlichter als in Rom, weil nur von Säulen, nicht von Statuen geschmückt. Man passierte ihn auf dem Weg zur Küche, und wohingegen diese so klein war, dass sich zwischen Herd, Backofen und Wasserabfluss kaum mehr als fünf Menschen bewegen konnten, labte ich mich hier an der herberen Luft, vor allem aber am Alleinsein. Manchmal war es leichter, meine Hoffnungen zu beleben, wenn ich nicht in Gaetanus' Nähe war, sondern fern von ihm. In der Erinnerung war sein Blick nie so blank gescheuert, seine Lippen nie so schmal, sein Gesicht nicht so tönern weiß. In meinem Kopfe begann er eher zu atmen und zu leben als in Wirklichkeit.

Da trat Julia Aurelia plötzlich auf mich zu. Ihre Augen glänzten nun matter; auf ihren Lippen kräuselte sich ein Lächeln, ebenso mitleidig wie warm.

»Ich wollte dich nicht verschrecken, Krëusa«, sagte sie. Ihre Stimme klang zärtlich; nichts hatte sie mit dem schrillen Geschrei eines Marktweibes gemein, dem sie damals am Hafen geglichen hatte. Gleichwohl sie flüssig sprach, klang in manchen ihrer Worte ein merkwürdiger Akzent durch. Erst später erfuhr ich, dass dieser von der punischen Sprache rührte, mit der sie in Carthago aufgewachsen war und die von den dortigen Kaufleuten gesprochen wurde.

Ich schüttelte den Kopf. »Du darfst nicht mit mir sprechen, Clarissima, ich bin eine Sklavin. Die anderen sehen durch mich hindurch.« Die Worte kamen rau aus meiner Kehle. Ich sprach von allen Menschen – aber ich meinte Gaetanus.

»Ich aber sehe dich«, sagte sie da. »Und ich kenne nun auch deinen Namen.«

Ich zuckte zusammen, erschauderte, wurde von etwas gerüttelt, das ich nicht kannte. Es stellte sich als Zorn heraus, wilder, glühender Zorn, ein Bruder der Ohnmacht und der Verzweiflung. Ihre Worte verhießen keinen Trost, eher eine Beleidigung. Wie konnte sie wagen, etwas zu sagen, was ich mir doch so sehnlichst von Gaetanus erwünschte? Der Zorn trieb Tränen in meine Augen.

»Weine nicht«, meinte Julia, trat dichter zu mir her, legte ihre Hand auf meine Schultern. Ihre Finger waren lang und dünn, wiewohl aufgeraut. »Du musst doch nicht weinen!«

»Du weißt doch nicht, warum ich weine!«

»Nun, warum weinst du?«

Ich sagte es nicht laut. Weil ich mich einsam fühlte. Weil ich nicht wusste, was ich tun sollte, um Gaetanus' Achtsamkeit auf mich zu ziehen.

»Was ist es, was du dir erhoffst… und offenbar nicht bekommst?«, fragte sie weiter.

Was für eine merkwürdige Frau! Die Wahrheit lag mir auf den Lippen; sie wollte aus mir heraus, sich vor ihr entblößen. Ich vertraute ihr nicht, doch ich hatte das Gefühl, dass sie mit meinem Bekenntnis anders umgehen würde als jeder andere Mensch. »Erhofft sich nicht jede Frau die Liebe eines Mannes?«, fragte ich. »Vor allem… wenn sie selbst diesen Mann liebt?«

»Und warum liebt sie ihn?«, gab sie schlicht zurück.

Was für eine Frage! Meine Liebe für Gaetanus war einfach da gewesen, ohne dass sich mir deren Grund erschlossen hätte. Ich glaube nicht, dass Liebe einen Grund braucht – wie sie auch ganz ohne jede Aussicht auf Erfüllung wächst.

»Eine jede Frau wünscht sich doch einen Mann… der zu ihr gehört.«

Julia lachte auf. Da war er wieder – dieser schrille, ein wenig blecherne Ton, der so gar nicht zu einem Mädchen passte. Er klang, als hätte sie des Lebens Mitte längst überschritten und wäre in dessen Verlauf zu oft enttäuscht worden, um noch irgendetwas mit gutmütiger Leichtgläubigkeit und Offenheit anzuhören.

Ihr Lachen verstummte, als sie sah, wie ich gekränkt die Lippen zusammenkniff. Dann sagte sie etwas ebenso Absonderliches wie Erschreckendes.

V. Kapitel

Languedoc, Frühling 1284

Der schrille Schrei, der Caterina so erschreckt hatte, tönte aus der Kehle eines Mädchens, und im Leib von diesem musste der Satan hocken. Gewiss schlitzte er es von innen her mit seinem Dreizack auf, um ihm die Seele zu rauben – wobei diese Seele nicht allzu rein sein konnte, wenn sie des Satans Angriff mit derartiger Wucht herausforderte. Wahrscheinlich war diese Seele längst verloren – so wie das Leben des Mädchens.

Das dachte Caterina, als sie das ebenso bedauernswerte wie abstoßende Geschöpf betrachtete, das – getrieben von seinem Leiden – bis zum Marktplatz gelaufen gekommen war, um hier zusammenzubrechen und sich stöhnend den Leib zu reiben. Jener zuckte und verzerrte sich, rollte auf dem staubigen Boden hin und her, ein groteskes Schauspiel, das nicht nur Caterina herbeilockte, sondern manchen Gaffer. Schon stand ein kleines Grüppchen kreisrund um die Kranke, die Gesichter mal voll Erbarmen, mal voll Abscheu.

»Die ist hinüber!«, stellte ein älterer Mann schließlich fest – und sprach aus, was Caterina dachte. »Die kann man nicht mehr retten! Holt den Pfarrer!«

Als ob ein Pfarrer jetzt noch helfen könnte, wenn der Teufel schon von ihr Beschlag genommen hatte, dachte Caterina und trat sicherheitshalber ein paar Schritte zurück.

»Vielleicht ist es ein Fieber«, schlug eine der Frauen vor.

»Mein Neffe litt unlängst auch daran. Alle drei Tage überkam's ihn aufs Neue …«

»Das klingt mir mehr nach Wollust, nicht nach Fieber.«

»Ach red du nur!«

Ein müdes Gelächter flammte auf.

Ein gleichaltriges Mädchen beugte sich schließlich zu der Leidenden herunter. »Mein Gott, es ist Faïs. Die Tochter des Schmieds.«

»Dann sollten wir vielleicht den Vater holen, dass er sie sterben sehen kann …«

Trotz der Worte löste sich niemand aus dem Halbkreis, denn just in diesem Augenblick gab das Mädchen den schrillsten und gequältesten Schrei von sich. Weitere Gaffer wurden angelockt – aber nicht nur diese.

Caterina hatte Ray nicht kommen sehen. Er musste sich von hinten genähert haben, beugte sich schon über den verkrampften Leib, prüfte zuerst die Stirne, tastete dann den aufgeblähten Bauch ab.

Weder Mitleid noch Ekel standen in seiner Miene, auch kein Spott. So nüchtern und beherrscht ging er vor, als wüsste er, was er täte.

Nicht länger von der unselig wirkenden Macht des Bösen abgeschreckt, trat Caterina wieder nach vorne, um ihm genauer zuzusehen. Ihr Erstaunen, dass er tatsächlich etwas von Heilkunst verstehen könnte, wurde offenbar von den anderen geteilt. Schon hörte sie die Menschen raunen, ob Ray vielleicht doch ein Apothecarius sei, wie er sich selbst bezeichnet hatte, anstatt ein Quacksalber, für den man ihn gehalten hatte.

»Weißt du … weißt du, was sie hat?«, fragte die junge Frau, die das Mädchen als Faïs erkannt hatte. Kurz ließ Ray von dem gequälten Körper ab, blickte hoch und verzog nachdenklich die Stirne in Runzeln. Das Sonnenlicht blendete ihn, dass er seine Augen zu schmalen Schlitzen zusammenpresste.

»Eine fürchterliche Krankheit, die in den Gedärmen hockt und für gewöhnlich den Menschen dahinrafft, den sie befallen hat. Doch gottlob führe ich ein Heilmittel mit mir, welches der große Apotheker Pere Jutge von Barcelona selbst in solchen Fällen anrät«, begann er nachdenklich.

Der Name, den er erwähnte, schien den Menschen nicht vertraut zu sein, aber sein fremdländischer Klang verstärkte das respektvolle Murmeln.

Ray murmelte nun auch, schien eher sich selbst als den Menschen noch genauer zu erklären, welche Krankheit es war, an der das Mädchen litt. Caterina hatte den Eindruck, dass diese Bezeichnung nach Latein klang, doch sie war von seinem Nuscheln so gedämpft, dass sie sie nicht ganz verstand und nicht übersetzen konnte. Offenkundig schien nur, dass sie irgendetwas Verdorbenes gegessen hatte. Nicht minder geheimnisvoll raunte Ray nun von der Rezeptur, die dagegen hülfe: »Das Heilmittel, welches ich meine, ist Süßholzsaft, den man mit dem Mark der Cassia vermischt – das heißt dann Lakritze und könnte vielleicht helfen.«

»Nun und?«, fragte einer der Umstehenden ungeduldig. »Du hast doch gesagt, du hättest etwas davon bei dir!«

Da war Ray schon aufgesprungen – nicht ohne vorher den bleichen Kopf des Mädchens vorsichtig auf dem Boden zu betten –, zu seinem Holzwagen gelaufen und kehrte von dort mit einer seiner vielen Ampullen wieder.

Der Inhalt roch nicht weniger ekelerregend als die Medizin, die er bereits am Vormittag angepriesen hatte. Doch diesmal wandte sich keiner spöttisch ab, sondern jeder neigte sich noch dichter über das Mädchen, um mitzuerleben, wie Ray ihm die Medizin verabreichte.

Auch Caterina hatte nun endgültig ihren Abstand aufgegeben, war nah an die kranke Faïs herangetreten und vergaß fast das Atmen, indessen sich die Ampulle leerte.

Fast augenblicklich hörte nun das Zucken des gequälten Leibes auf, die Krämpfe schwanden, und die Glieder des Mädchens sanken schlaff zu Boden.

»Lasst sie jetzt in Ruhe!«, rief Ray in die Runde. »Sie muss sich ausruhen.«

Vor seiner abwehrenden Hand traten alle ein wenig zurück, aber waren nicht bereit, den Platz zu verlassen. Ein jeder wollte – so wie Caterina – wissen, ob jene geheimnisvolle Rezeptur tatsächlich einen Nutzen erbrachte und ob man Ray vielleicht Unrecht getan hatte, als man ihn nur für einen Gaukler und Betrüger gehalten hatte.

Nicht lange blieb Faïs' Kopf am Boden ruhen. Zwar rastete sie noch ein Weilchen, kaum waren die üblen Krämpfe verschwunden, doch alsbald – die Menge raunte erregt – war sie kräftig genug, um sich aufzusetzen, sich schließlich sogar, wiewohl noch bleich, zu erheben. Stöhnend murmelte sie Ray ein paar Worte zu, und als sie geendigt hatte, war sie erfrischt genug, um ihm obendrein ein scheues Lächeln zu schenken. Er erwiderte es auf gewohnte Weise, spöttisch, überlegen und mit anzüglich hochgezogenen Brauen. Die Grimasse störte Caterina nicht – zu sehr war sie im Stillen damit beschäftigt, Abbitte zu leisten, dass sie von dem Vetter nichts Gutes erwartet und er sich nun doch als solch erfahrener Heilkundiger erwiesen hatte. Dass das Mädchen so eindrucksvoll schnell gesundet war, ließ sie sogar vergessen, dass Krankheiten für gewöhnlich nicht die Falschen trafen, sondern Werkzeug des Allmächtigen waren.

Nicht nur sie schien bereit, ihr Urteil zurückzunehmen. Noch während Ray ihr zuflüsterte, was Faïs ihm zum Dank für die wundersame Heilung versprochen hatte – dass sie nämlich diese Nacht ein Dach über den Kopf bekommen könnten, es gäbe einen Schuppen gleich neben der Schmiede, in den Faïs obendrein ein paar wärmende Decken bringen wollte –, so stellte sich heraus, dass sie heute nicht nur nicht frieren, sondern auch nicht hungern mussten.

Vergebens hatte Ray am Vormittag seine Arzneien angepriesen – nun freilich machte die Runde, dass er eine vermeintlich Sterbende in wenigen Augenblicken geheilt hatte. In den Stunden, die folgten, wurde diese Geschichte nicht nur immer ausführlicher und wundersamer ausgeschmückt (am Ende mochte man meinen, Ray hätte Faïs direkt vom Totenreich zurückgeholt, so wie Jesus Christus am Karsamstag dorthin stieg, um die Seelen der Gerechten dem Teufel wegzuschnappen), sondern es wurden ihm obendrein sämtliche Tinkturen, Mixturen, Ampullen entrissen, die er mit sich führte.

Da hatte einer ein Furunkel, das nicht heilen wollte, ein anderer ein Hühnerauge. Da litt eine Frau unter Krämpfen während der monatlichen Blutung, und ein Alter meinte zu erblinden.

Ray gab Ratschläge, suchte immer sorgfältig in seinem Holzkarren nach dem geeigneten Mittel und warf – kaum sichtbar für die anderen – dann und wann einen triumphierenden Blick auf Caterina.

Für diese war es erstmals keine Überwindung, ihm zu helfen. Sie ordnete die zusammenströmende Menge, wies sie in eine lange Reihe und nahm für Ray den Lohn entgegen.

»Sieh zu, dass wir was Anständiges zu essen kriegen dafür«, sagte er am Abend, als der Strom der Menschen langsam abriss.

Knurrend zog sich ihr Magen zusammen, als sie zu den Marktständen aufbrach. Wenig zu essen war sie gewohnt, denn der Vater bestand in den Fastenzeiten stets darauf, dass sämtliche Mitglieder seiner Familie nur ein einziges Stück Brot am Tag bekommen sollten. Der Hunger dieser Tage – verstärkt durch langes Gehen, frische Luft und allerlei Aufregung – war ihr jedoch fremd. Sie mochte die mahnende Stimme nicht zum Schweigen bringen, wonach übermäßiger Appetit verboten wäre. Aber letztlich blickte sie doch auch stolz auf die Gaben, die sie zusammentrug: ein Stück in Öl gebratene Forelle, ein Brotlaib aus dem feinen, seltenen Weizenmehl, eine Paste aus Linsen und Zuckererbsen und ein paar getrocknete Feigen.

Langsam ging sie zu Rays Holzwagen zurück. Die nahende Finsternis hatte nun sämtliche Menschen in ihre Häuser getrieben. Einzig eine junge Frau stand bei Ray. Da sie den Rücken zu Caterina gedreht hatte, erkannte diese sie erst, als sie kaum fünf Schritte von den beiden entfernt war; Faïs war es, offenbar wieder gänzlich erholt, denn ihre Wangen waren gerötet.

Ray streichelte über eine dieser Wangen, und wiewohl Caterina ihm gerne den Dank gönnen mochte, den das Mädchen ihm nun schon ein zweites Mal überbrachte, so schlug sie doch die Augen nieder angesichts solch wenig sittsamer Geste.

Faïs schien die Berührung freilich nicht abstoßend zu finden. Eben warf sie den Kopf in den Nacken und brach in ein glucksendes Lachen aus.

»Fabelhaft warst du, liebste Faïs! Erinnerst du dich noch an Sainte-Anne? Kein Mensch wollte damals glauben, du seist tatsächlich krank, doch diesmal …«

Caterina erstarrte.

»Hab eben dazugelernt«, meinte Faïs keck. »'s genügt nicht, sich mit verzerrtem Gesicht auf dem Boden zu wälzen. Hab mein Gesicht vorher ins Mehl getaucht, damit es ordentlich blass ist. Und habe die Augen so lange über den Rauch gehalten, dass sie tränten.«

»Könnt keine bessere Helfershelferin haben. Ich meine nur, wir müssten noch daran arbeiten, wie die Genesung vorangeht. Ging mir doch ein wenig zu schnell heute. Du hattest kaum meine Arznei geschluckt, da warst du schon wieder auf den Beinen.«

»Ach geh!«, rief sie lachend. »Gab's einen, der dem nicht

traute? Haben sie dir das nutzlose Zeug nicht umso schneller aus den Händen gerissen? Möchte ja nicht wissen, wie viel Möwenscheiße du heute an den Mann gebracht hast.«

»Kaum zu glauben, wie dumm das Pack ist. Du könntest ihnen selbst Pisse andrehen, und sie wären dir noch dankbar dafür!«

Faïs brach wieder in glucksendes Lachen aus, das etwas rauer klang, nun, da Rays Hand langsam ihre Wange verließ und tiefer über ihren Nacken, dann über den Ansatz ihrer Brüste glitt.

Noch immer stand Caterina wie erstarrt. Sie gewahrte kaum, wie eine Feige auf den Boden plumpste.

Nachlässig drehte sich Ray zu ihr um und schien sich nicht zu schämen, ertappt worden zu sein.

»Na, liebste Base? Können wir uns nun den Wanst vollschlagen?«

Verbrauchte Luft stand in dem niedrigen Verschlag. Die Ritzen waren zu klein, um sie daraus zu verscheuchen. Es roch nach Schimmel, der sich in den feuchten Ecken eingenistet hatte, und nach Rauch, der von der angrenzenden Schmiede kam. Die dortige Glut schien freilich schon länger kein Metall geleckt zu haben. Als Caterina, daran vorbeigehend, einen Blick auf den Schmied erhascht hatte – oder zumindest auf jenen Mann, den man so nannte –, so war dieser wie ein Häuflein Elend in der Ecke gehockt, hatte weder aufgeblickt noch auf Faïs' Worte geantwortet. Eine Träne war ihm über die eine Wange gerollt, ohne dass er danach trachtete, sie fortzuwischen, und seine Hände hatten gezittert.

»So geht es immer mit ihm, wenn er nichts zu saufen hat«, hatte Faïs kühl festgestellt. »Aber ich bringe ihm ganz gewiss keinen Wein. Soll er doch selber schauen, wie er sein Geld verdient!«

Bei diesen Worten hatte sie Ray angegrinst. Dass sie selbst an diesem Tag sehr viel Geld verdient hatten, erfüllte sie ganz offenbar mit Stolz, und dass Caterina von ihrem scheußlichen Betrug erfahren hatte, bekümmerte weder sie noch Ray.

Vorhin war Caterina zu empört gewesen, um Ray anzuklagen. Sie hatte ihn sprachlos angestarrt; eine weitere Feige war zu Boden geplumpst, aufgeplatzt und ihr roter Saft in den Staub geflossen, doch er hatte nur gelacht.

»Was willst du noch alles fallen lassen?«, hatte er sie geneckt und dann hinzugefügt: »Ja, hast du ernsthaft geglaubt, ich sei nun doch ein brauchbarer Heiler?«

Ja, das hatte sie geglaubt, und sie schalt sich nun selbst dafür, als sie sich unruhig hin und her wälzte. Die Strohmatte, auf der sie lag, war nicht minder feucht und gewiss ebenso verschimmelt wie die Ecken des Verschlags. Sie war froh gewesen, sich hierher zurückziehen zu können, indessen Faïs und Ray beschlossen hatten, noch draußen sitzen zu bleiben. Ich muss von ihm weg, so schnell ich kann. Ich riskiere das Heil meiner Seele, bleibe ich bei ihm. Aufspringen muss ich, fliehen. Nie hätte ich noch diese Nacht bei ihm zubringen dürfen!

Sie starrte in die Dunkelheit, ein Ort raunender Schatten – und Ängste. Sie lagen miteinander im Widerstreit, bildeten ein Knotenwerk von Widersprüchen.

Schlecht sei die Welt, hatte der Vater gesagt und ihr im Sterben den Auftrag erteilt, den Schatz zu retten, der die Rechtgläubigkeit der Familie unter Beweis stellte. Aber er hatte ihr nicht gesagt, wie sie das anstellen sollte. Die Wand, die er zwischen sich und die Sünde geschoben hatte, war eine ebenso unverrückbare wie glatte. Nichts war darauf eingeschrieben, was mehr erklärte als nur, dass es am besten war, sich vor der Welt zu verstecken. Keinen Sprung gab es, hinter den man lugen und mehr Ratschlag erhaschen konnte. Sie durfte nicht mit einem wie Ray zusammen sein. Aber sie wusste nicht, was sie ohne ihn machen sollte. Und flüchtig streifte sie die Ahnung eines Gefühls gegen den Vater, das sie ebenso verboten wie berechtigt deuchte: Wut. Wut, dass er ihr nicht mehr Rüstzeug mitgegeben hatte, um des Lebens Tücken Herr zu werden.

Caterina zuckte zusammen. Ein leises Ächzen war von draußen zu vernehmen, kaum lauter als ein Vogelgezwitscher, ungewöhnlich jedoch, weil es – anders als dieses – von der Schwärze der Nacht verkündet wurde. Sie hätte es überhören können – und biss sich doch daran fest, erleichtert, dass die nichtige Frage, wovon es wohl erzeugt wurde, sie von der viel schwierigeren Frage, was sie morgen tun sollte, befreite.

Sie setzte sich auf, lauschte. Kam es aus Tiermäulern oder aus Menschenmündern? Ein wenig klang's, als hätte jemand Schmerzen. Vielleicht war der trübsinnige Schmied zu sich gekommen, anstatt fortwährend mit tränenden Augen ins Leere zu starren.

Caterina stand auf, suchte sich in dem engen Verschlag zu orientieren, zog ihren Plaid über, weil sie trotz der stickigen Luft fröstelte. Sie ertastete im rauen Holz die Türe, öffnete sie, bedingte ein Quietschen, das so laut war wie die absonderlichen Geräusche. Nun endlich erkannte sie, woher jene stammten, und was sie sah, deuchte sie das Abscheulichste zu sein, was sie jemals in ihrem jungen Leben erblickt hatte.

Leiber, sich windende Leiber. Nein, eigentlich nur einer, der sich bewegte, jener von Ray, auf Faïs liegend. Sie hatte die Beine gespreizt, die Knie angehoben; ihr Kopf ruhte auf ihren ausgebreiteten Haaren, und der Blick war entrückt gegen den Himmel gerichtet. Ray hielt sie an den Kniekehlen, drückte sie nach hinten und drängte seinen Leib mit ruckartigen Stößen an ihren. Seine Hosen rutschten dabei langsam immer tiefer, entblößten sein Hinterteil, prall und kräftig, im Mondlicht gelb glänzend. Indessen Faïs manches Mal den Blick vom Himmel löste und auf ihn blickte, lächelnd, gierig und irgendwie auch ein bisschen verloren, starrte er geradeaus, die Stirn in Runzeln gelegt, als würde er nicht nur Lust erleben, sondern auch Mühe. Sein Mund, bar des üblichen spöttischen Lächelns, schien grimmig entschlossen.

Als er den Rhythmus seiner Stöße beschleunigte, begann sie spitz zu schreien, doch auf eine Weise, die nicht zu seinem Tempo passte, gleich so, als hinkten ihre Empfindungen den seinen hinterher. Sein Gesicht verdunkelte sich, sein Ächzen wurde tiefer. Schließlich riss er mit einem letzten lauten Aufstöhnen seinen Kopf zurück, verharrte nunmehr steif und presste seine Augen zu Schlitzen. Faïs hingegen blieb ganz ruhig liegen, den Blick nun wieder auf ihn gerichtet, diesmal nicht mit jenem sachten Anflug von Wehmut, sondern voller Stolz.

Sie hob die Hände, um ihn an sich zu ziehen, doch Ray schüttelte nur den Kopf, löste sich von ihr und ließ sich auf sein Hinterteil fallen, über das er schnell wieder seine Hosen gezogen hatte.

Erst in diesem Augenblick vermochte Caterina ihren Blick von ihm zu lösen. Sie wusste, sie hätte früher wegsehen müssen, hätte ihre Augen nicht vergiften lassen dürfen von diesem teuflischen Spiel der beiden Leiber.

Doch sie war erstarrt gewesen, dem Anblick ebenso ausgeliefert wie der Hitze, die unerträglich und beschämend, berauschend und erregend, von ihren Fußspitzen aufsteigend über ihren ganzen Körper geklettert und – im dunkelroten Gesicht angekommen – langsam, schaudernd langsam über den Rücken gerieselt war.

Erst als Ray hochblickte und sie gewahrte, erst als auf seinen Lippen das übliche Grinsen erschien und die Falten von seiner Stirne verschwanden, da vermochte sie sich wieder zu regen.

»Wie kannst du nur?«, rief sie. »Wie kannst du nur?«

Dann hatte sie sich umgedreht, war durchs Dorf gelaufen

und beinahe über einen schlafenden Hund gestolpert, in der farblosen Nacht kaum mehr als ein dunkler Schatten.

»Lauf nicht weg!«, rief Ray, der alsbald ihre Verfolgung aufgenommen hatte, ihr lachend nach. »Lauf nicht weg.«

»Maiorem inimicum non habeam corpore!«, rief sie empört.

»Häh?«

»Einen größeren Feind als meinen Körper habe ich nicht«, übersetzte sie erbost. »Weißt du das denn nicht, Ray? Alle Übel, Laster und Sünden gehen vom Körper aus! Und du Schwächling bist ihnen erlegen!«

»Ach, Caterina...«

Sie ging nun etwas langsamer. »Und obendrein ist sie deine Helfershelferin!«, fiel sie ihm ins Wort. »Ich habe euch durchschaut! Ihr habt den rechtgläubigen Menschen einen... scheußlichen Betrug vorgespielt!«

»Dies, fromme Base, solltest du dir zum Anreiz nehmen, nicht allzu rechtgläubig zu sein.«

»Hör auf, über mich zu spotten! Wie kannst du dich selbst als Heilkundigen bezeichnen, und...«

»Hab's doch schon gesagt: Ich hätte eine Menge dafür gegeben, wenn ich in Montpellier hätte studieren können. Aber mein Vater hatte kein Geld dafür. Dieses Geld haben ihm die Franzosen genommen, weil sie ihn für einen Ketzer hielten, ganz gleich ob er einer war oder nicht. Schade eigentlich. Nicht, dass er kein Ketzer war. Jedoch, dass ich kein Medicus geworden bin. König Jaume von Mallorca bietet einem Arzt, wie's heißt, 3000 Sous Jahresgehalt. Das ist das Dreifache von dem, was ein Handwerksmeister im Jahr verdient. Wär doch ein schönes Leben!«

»Wie kannst du nur!«

»Wie kann ich was? Wessen klagst du mich an: Dass ich bedaure, kein Arnau de Vilanova geworden zu sein, welcher ein berühmter Mediziner aus Valencia ist, und dass ich trotzdem versuche, das Beste daraus zu machen? Oder dass ich dieses Mädchen beglückt habe… wie hieß sie noch gleich? Faïs? Ich habe ihr übrigens keinerlei Gewalt antun müssen, denn sie war geil auf mich und wär es noch, hättest du uns nicht gestört.«

»Sie kann nie wieder eine ehrbare Frau werden.«

»Ach was! Soll sie sich eben eine Schweineblase zwischen die Beine stecken, wenn sie dereinst heiraten will!«

Caterina wusste nicht, was er damit meinte, hatte jedoch die schwache Ahnung, dass dies mit Abstand das Schändlichste war, was er jemals zu ihr gesagt hatte – und was er sogleich zu überbieten gedachte, denn schon fuhr er fort: »Du brauchst auch keine Angst haben, dass sie ein Kind von mir bekommen könnte. Ich gebe schon Obacht. Siehst du…«

Gewiss wäre es besser gewesen, den Blick vor dem zu senken, was er da von seinem Körper abnahm und ihr unter die Nase hielt. Trotzdem konnte sie nicht umhin, es neugierig zu betrachten. Es war ein Stückchen Stoff, hauchdünn, nicht größer als ein Daumen und zu einem kleinen Hütchen geformt. Daran hing ein langer Faden, den Ray nun gemächlich aufrollte.

»Das ist dünnes Leder. Der Mann trägt's über dem Geschlecht, wenn er sich mit einer Frau vereinigt«, erklärte er ohne jegliche Scham, »und auf dass er seine Hände frei hat, bindet er es mit den beiden Fäden fest.«

Caterina wandte sich ab, rot vor Scham, dabei hätte eigentlich er Scham empfinden müssen.

»Noch sicherer wirkt's, wenn man dieses Teil hier mit Minze einreibt«, rief Ray ihr lachend zu. »Merk dir's, vielleicht kannst du's eines Tages brauchen!«

Sie konnte nicht fassen, was er da sprach.

»Sag, hast du keine Angst, dass du in die Hölle kommst? Weißt du denn nicht, dass die Zahl der Verdammten viel größer ist als die der Seligen?«

»Pah!«, lachte Ray. »Ich halt's mit dem Dichter Aucassin. ›Was hab ich im Paradies zu tun?‹, fragte jener. ›Es kommen dahin jene alten Priester, Krüppel und Lahmen, die Tag und Nacht vor den Altären hocken. In die Hölle hingegen kommen die Meister und Ritter … und die schönen höfischen Damen … Mit diesen will ich gerne gehen …‹«

Sie hob die Hände, um sich die Ohren zuzuhalten, begann zu laufen, immer weiter von ihm fort.

Er folgte ihr behände, rief ihr etwas zu, was sie trotz allen Trachtens, keines seiner Worte an sich heranzulassen, doch verstand und was sie zum Innehalten brachte.

»Ich dachte, du wolltest deinen Schatz in Sicherheit bringen?«, fragte er plötzlich.

Das grässliche Ding war aus seinen Händen verschwunden und das Grinsen aus seinem Gesicht. Fast lauernd starrte er sie nun an.

»Bislang hast du nicht den Anschein erweckt, dass du mir dabei helfen willst!«, rief sie anklagend.

»Nun, und wer soll dir dann helfen? Kennst du noch einen anderen Menschen auf der Welt außer mir? Wohin willst du überhaupt mitten in der Nacht? Ich will dir ja keine Angst machen. Aber wenn ein Mägdelein wie du, das nichts von der Welt weiß, kopflos wie ein geschlachtetes Huhn rumrennt, dann kann es sein … nun, die meisten Menschen sind Sünder, wie du ganz richtig erkanntest, und haben Übles im Sinn – vor allem mit einer wie dir.«

Sie blieb stehen. Eben noch hatte ihr vor ihm gegraut. Doch nun war die Dunkelheit, die vor ihr aufragte, durchbrochen nur von magerem Licht, das manchen Häusern entströmte, eine noch größere Bedrohung.

Er kam gemächlich näher. Um keinen Preis wollte sie ihn sehen lassen, welcher Widerstreit da in ihr tobte.

»Hab's dir schon mal gesagt«, meinte er. »Flennen bringt

nichts. Das Leben ist ein Spiel. Manchmal verlierst du, manchmal gewinnst du …«

»Ich flenne nicht!«, unterbrach sie ihn scharf.

»Also gut. Willst dich nicht schwach geben. Das gefällt mir an dir. Bist ein Mädchen ganz ohne Erfahrung, läufst durch die Welt, als wärst du bislang taub und stumm und blind gewesen. Und doch hast du genug Mut in dir, um mich stets aufs Neue einer noch verderbteren, noch unappetitlicheren Sünde zu bezichtigen. Also – soll ich dir nun helfen … mit diesem Schatz?«

Seine Augen blickten im fahlen Licht ausdruckslos. »Warum solltest du das tun?«, fragte sie. »Wieder und wieder hast du den Anschein erweckt, dass dir nichts heilig ist. Warum dann dieser Schatz?«

»Sagte ich, dass er mir heilig wäre? Vielleicht will ich dir einfach nur helfen, weil du die einzige Verwandte bist, die ich kenne. Und vielleicht, wer weiß, gibt es in meinem bösen Herzen doch ein kleines Fleckchen, das an den Herrn im Himmel glaubt und an all die Heiligen, die in Scharen um Ihn herum hocken und Ihn beseelt angaffen … Genau genommen habe ich nichts gegen den Allmächtigen. Ich will nur einfach keine Schwierigkeiten bekommen, und glaub mir, die sind schneller da, als man denkt, kaum ist der Herrgott im Spiel.«

Aus seinem Mund klang es wie eine Beleidigung.

»Ich muss … ich muss diesen Schatz an einen würdigen Bestimmungsort bringen. Vielleicht … vielleicht zu einem Bischof … gewiss war es das, was mein Vater wollte. Wer, wenn nicht ein Bischof könnte entscheiden, dass mein Vater kein Ketzer war?«

»Nun, der nächste Bischof hierzulande hockt meines Wissens in Toulouse«, murmelte Ray nachdenklich.

»Wirst du mich dorthin begleiten?«, fragte sie hoffnungsvoll.

»Gesetzt, du findest ein Plätzchen, wo dein Schatz künftig

von allen Menschen angebetet wird – ich denke doch, das ist's, was du mit würdevoll meinst –, was wird dann eigentlich aus dir?«

Caterina senkte ihren Blick. Jene Frage verfolgte sie drängend – und sie hatte bislang keine Antwort darauf gefunden, hatte sie nur aufgeschoben, hoffend, dass irgendjemand ihr schon den Weg weisen würde, wenn nur erst der letzte Wille ihres Vaters erfüllt wäre.

Ray zuckte mit den Schultern. »Aber bleiben wir erst mal beim Bischof, der nicht nur deinen Schatz entgegennimmt, sondern obendrein eine Seelenmesse für deinen Vater liest – das hast du doch gewiss auch im Sinn, oder? Nun, welchen du aufsuchst, will gut überlegt sein. Nach den Kriegen war's üblich, sämtliche Kleriker, die aus den großen Familien des Languedoc stammten, durch romtreue Franzosen zu ersetzen. Und Franzosen waren's doch auch, die deinen Vater meuchelten, oder nicht?«

Erstmals war Caterina wirklich zum Weinen zumute: »Aber was soll ich denn sonst tun?«, rief sie verzweifelt. »Wohin soll ich gehen?«

Ray suchte den steifen Nacken aufzulockern, indem er den Kopf erst nach links, dann nach rechts drehte, die Schultern hob und wieder fallen ließ.

»Ich habe da eine Idee«, meinte er schließlich.

Immer noch konnte sie kaum glauben, dass er es plötzlich ernst meinen sollte mit seinem Hilfsangebot. Doch ehe sie ihre Zweifel bekunden konnte, fuhr er schon fort.

»Ja, ich habe eine Idee – auch, was aus dir werden könnte. Du musst mir mehr von deinem Schatz erzählen ... Aber nicht mehr heute, morgen reicht.«

»Aber ...«

»Dann sage ich dir auch, was wir tun können.«

»Aber ...«

»Es ist zu kalt, um hier draußen herumzustehen.«

Er streckte sich ein letztes Mal, dann wandte er sich ab und ging, ohne sich zu vergewissern, dass sie ihm folgen würde. Sie erschauderte bei der Ahnung, wo er Wärme suchen würde.

Corsica, 251 n.Chr.

»Ich werde niemals eines Mannes Weib.«

Das war es, was Julia Aurelia sagte. Wiewohl sie mir diese Worte nur zuraunte, klang doch jenes schrille Zischen durch, das ihr wohl eigentümlich war, wenn sie sich erregte. Ich starrte sie verwundert an, wie sie da vor mir im Peristylium stand, nicht nur bereit, mit einer Sklavin zu sprechen, sondern dieser obendrein etwas anzuvertrauen, was schlichtweg absonderlich war.

Kurz drängte alles in mir, mich von ihrem beharrlichen festen Griff loszumachen, zu gehen, nichts mit ihr zu tun zu haben. Aber etwas hielt mich zurück – Neugierde und auch ein wenig Bewunderung für eine Frau, die sich, seitdem ich sie das erste Mal erblickt hatte, ganz anders verhielt als alle Menschen, die ich kannte.

»Was redest du da?«

»Ich werde niemals eines Mannes Weib.«

»Aber jede Frau schließt den Bund der Ehe! Es ist ihr Geschick!«

Zumindest das Geschick jeder freien Frau. Sklavinnen durften ohne Einverständnis ihres Herrn nicht heiraten. Aber da sie Tochter eines Kaufmanns war und offenbar reich, würde es genügend Anwärter geben.

»Wer sagt, dass es auch mein Geschick sein muss?« Ihr hei-

ßer Atem traf mich. Ihre Augen begannen zu glühen und schienen dennoch zugleich hart. Ich hielt ihrem Blick gebannt stand und hatte doch nicht das Gefühl, ich könnte jemals darin versinken. Mochten ihre Augen auch wasserblau sein, ihre Oberfläche schien nicht widerstandslos wie dieses.

»Dein Vater…«, setzte ich an, »dein Vater wird es wünschen!«

Gewiss, dachte ich mir, war sie nicht mehr weit vom zwanzigsten Lebensjahr entfernt – und ungern nahmen Männer Frauen, die es überschritten hatten; die Zeit drängte also.

Ihre Stimme wurde weicher, sie sprach, ohne lange nachzudenken, wohl weil ihre Entscheidung schon lange zuvor festgelegt worden zu sein schien, unerschütterlich, unzweifelhaft.

»Mein Vater ist manchmal ein feiger Mann. Er will nicht, dass wir… auffallen. Aber pah! Er würde mich niemals zu etwas zwingen, was ich nicht selbst wünsche. Im Gegenteil. Er weiß wie ich…«

Jetzt erst zögerte sie kurz. »Mein Vater weiß wie ich«, sprach sie schließlich fort, »dass es besser ist, unverheiratet zu bleiben. Wem es nicht gegeben ist, die Triebe seines Körpers zu beherrschen, der sollte schlimmsten Schaden für seine Seele meiden, indem er einen rechtmäßigen Bund eingeht. Doch alle, die darauf zu verzichten mögen, treffen gewiss die bessere Wahl. Die Lust dient dazu, Kinder zu zeugen – doch was braucht es Kinder in einer solchen Welt?«

Unbehagen kroch an mir hoch, als wäre es womöglich nicht nur befremdlich, sondern auch gefährlich, Derartiges zu hören. »Wie kannst du so etwas sagen? Es ist doch nichts Schlechtes, wenn Mann und Frau…«

»Es ist dem Menschen angeraten, sich vor der Unzucht zu hüten!«, fiel sie mir ins Wort. »Denn wer Unzucht treibt, handelt wider den eigenen Leib, und jener ist doch ein Tempel des Geistes, oder nicht?«

Ich schüttelte den Kopf. Ich hatte noch nie bei einem Mann gelegen, doch wann immer ich es mir vorgestellt hatte, so war es mir selbstverständlich erschienen, nicht unrecht.

»Ich verstehe dich nicht ...«, murmelte ich.

»Ja!«, rief sie aus. »Lasst euch vom Geist leiten, und erfüllt nicht das Begehren des Fleisches. Geist und Fleisch stehen sich als Feinde gegenüber, und die Werke des Fleisches, das sind Unzucht, Eigennutz, ein ausschweifendes Leben, Eifersucht, Streit ...«

Ihren Leib, dessen Regungen sie so verächtlich benannte – ich spürte ihn ganz deutlich. Nicht mehr nur ihren heißen Atem, nicht mehr nur ihren harten, fordernden Blick. Ich schmeckte – offenbar ob des Mangels an Riechwasser – den Anflug von Schweißgeruch, säuerlich und ranzig süß zugleich. Und indessen sie mich fester an der Schulter hielt, so streifte ich auch kurz ihre sehnige Gestalt. Nichts Weiches, Rundes war an dieser zu erahnen.

»Ist es wahr, dass du ... einen Schatz besitzt?«, fragte ich, um das Thema zu wechseln.

Sie musterte mich, anfangs noch kühl berechnend, dann schließlich mit jener warmen Freundschaftlichkeit, die mir zuvor kein Mensch jemals entgegengebracht hatte.

»Ich bin sehr reich«, sagte sie. »Wenn du willst, dann könnte ich dich freikaufen.«

Es gab Sklaven, die sehnten sich nach Freiheit. Vor allem die Begabteren, die einen Beruf erlernt hatten und damit Geld verdienten, sparten dieses oft, um sich irgendwann den Freibrief zu kaufen, und trugen hernach stolz den Pilleus, die Kopfbedeckung der Freigelassenen. Wieder andere taten – aus Furcht, nach dessen Tod auf einem Sklavenmarkt zu landen – alles, um den Herrn zumindest so geneigt zu stimmen, dass er ihnen in seinem Testament die Freiheit versprach.

Aber ich – ich wollte nicht Freiheit, ich wollte Gaetanus.

Nun, wie sie da vor mir stand, auf eine Antwort wartete, mir aufmunternd zulächelte, da fragte ich mich, ob größtmögliche Freiheit für mich vielleicht bedeutete, ihn nicht mehr zu lieben. Ich erwiderte ihr Lächeln, traurig, trostlos. Diese Art der Freiheit konnte sie mir mit keinem Schatz der Welt schenken.

VI. Kapitel

Languedoc, Frühling 1284

Wortkarg verlief der nächste Morgen. Caterina weigerte sich, von dem Fladenbrot zu nehmen, das Faïs ihr anbot. Jene warf dann und wann einen verschwörerischen Blick auf Ray und grinste, doch kaum sah er sie nicht mehr an, wirkte sie verkniffen und traurig.

Als Ray den Weg zum Markt nahm, um dort weiteren Proviant für die Reise zu kaufen, wandte sich Faïs an Caterina.

»Trägst dein Näschen ganz schön hoch, Mädchen!«, höhnte sie bitter. »Ich merke doch, dass du mich nicht mal anschauen magst! Aber glaub mir… zu dieser Sache gehören immer zwei!«

Caterina zuckte unwirsch mit den Schultern. Erst als Faïs sie am Arm packte und sie zwang, ihr ins Gesicht zu blicken, da meinte sie streng: »Glaub nicht, dass ich dir mehr Schuld gebe als Ray. Ihr werdet beide in der Hölle braten, wo der Sünder den Wein des Zornes Gottes trinken muss. Und er wird mit Feuer und Schwefel gequält vor den Augen der heiligen Engel!«

»Ha!«, lachte Faïs. Sie machte eine lange Pause, zeigte dann auf die Schmiede, wo der Vater tatenlos in einem Winkel hockte. Seine Augen waren trocken, aber über seine Lippen trat ein dünner Faden gelblichen Speichels. »Ha, die Hölle! Die macht mir keine Angst! Was glaubst du, wie es ist, wenn man mit einem Menschen zusammenleben muss, der ständig trübsinnig vor sich hinstarrt, nichts isst, nur trinken will, der weint, obgleich er ein Mann ist? Ray kann man nicht trauen. Aber er weiß zu leben, und wenn er dann und wann vorbeikommt, will ich ihm was geben … dafür, dass er mich aufheitert. Das lass ich mir von dir nicht vermiesen, Mädchen!«

Caterina ging, ohne sich noch einmal nach Faïs umzudrehen, aber der gerechte Zorn, den sie bis eben noch verspürt hatte, zerfiel in der lauen Luft. Erst nach einem kleinen Stückchen konnte sie frei und in vollen Zügen atmen. Es war ihr nicht nur, als würde sie von einer Stätte schlimmster Unzucht fliehen, sondern von einer der Trostlosigkeit, der aufreibenden Stille, nicht unähnlich jener, die manchmal über dem eigenen Heim gelegen hatte, ehe es die Franzosen gestürmt und verbrannt hatten. Niemals war diese Stille von der Stimme ihrer Mutter durchbrochen worden, die meist nicht minder ausdruckslos blickte als Faïs' stumpfsinniger Vater. Einzig Lordas Klagen über diesen seltsamen Haushalt und Pèires strenge Worte, mit denen er sie zu schweigen hieß, hatten die Stille manchmal aufgelockert.

Caterina schüttelte den Kopf, um die verräterischen Gedanken zu zerstreuen. Sie hätte es nie laut zugegeben, aber insgeheim war sie froh, dass es – trotz der gemeinsam verbrachten Nacht – Faïs war, die zurückblieb … und dass sie selbst mit Ray gehen konnte.

Sie hatten das Gebiet der Montagne Noire verlassen und zogen weiter, nicht immer allein, sondern manchmal in Begleitung anderer Menschen, deren Arbeit an keinem festen Ort stattfand, sondern sie von Dorf zu Dorf führte: Handwerker waren ebenso dabei wie Kessler und Hafner, auch Steinhauer und Steinmetze, Markthändler und Gesellen schließlich, die einen Beruf erlernt, nun aber nicht länger im Haushalt ihres Meisters leben konnten und nach einem Ort suchten, wo sie sich niederlassen konnten. Auch in den einsamen Gegenden stießen Caterina und Ray immer wieder auf Menschen: Harzsieder, Schindelmacher und Laubsammler, Brenner von Pottasche und natürlich Hirten.

All jene mochte Caterina ertragen – strikt hatte sie sich jedoch geweigert, noch einen Schritt an seiner Seite zu gehen, als Ray eines Tages von drei Mädchen in gelben Kleidern gebeten wurde, sie ein Stück zu begleiten, auf dass sie nicht ganz ohne männlichen Schutz ziehen mussten. Nicht nur an den schrillen Gewändern, sondern auch an ihrem Kichern sowie dem seinen erkannte sie, dass jene keiner rechtschaffenen Arbeit nachgingen.

»Das sind ehrlose Frauen«, schimpfte sie. »Sie haben den Bösen Blick, der guten Menschen schadet!«

»Na und?«, lachte Ray. »Zählte die Heilige Maria Magdalena nicht auch zu ihrer Zunft, ehe sie Christus folgte?«

»Jene hat bitterlich über ihre Sünden geweint und ihr restliches Leben Buße getan. Diese … diese … Frauenzimmer sehen mir aber nicht aus, als würden sie von ihrer Sündenlast erdrückt. Weh denen, die das Böse gut und das Gute böse nennen, die die Finsternis zum Licht und das Licht zur Finsternis machen!«

»Also gut«, nickte Ray grinsend den Mädchen zu, »ihr habt's gehört. Meine strenge Base will mich nicht teilen, sondern ganz allein besitzen. Wir wollen sie nicht eifersüchtig machen, wo wir doch wissen, dass Neid eine der grässlichen Todsünden ist!«

Caterina ballte die Hände zu Fäusten, als Gelächter aufbrandete, aber ließ es schweigend über sich ergehen, weil Ray sich ihrem Willen gefügt hatte und die liederlichen Frauen ihren eigenen Weg gegangen waren.

So ging es weiter auf ihrer Reise. Sie führte in Richtung Carcassonne, jener Stadt, die einst eine Hochburg der Ketzer gewesen war. Die Franzosen hatten sie nach langer Belagerung eingenommen und trotz erbitterter Widerstände – Raimon Trencavel hatte vor einigen Jahrzehnten vergeblich versucht, sie zurückzuerobern – gehalten. Heute bewachten die Franzosen hier die Grenze zum Nachbarland, dem Königreich Aragón, und ebenjene Grenze – dies war der Plan, den Ray ihr vorgeschlagen hatte – wollten sie überschreiten.

Caterina wusste nicht recht, was von seinem Rat zu halten war, sie sollte ihren Schatz keinem französischen Bischof anvertrauen, sondern einem im benachbarten Aragón. Nicht nur, dass einem solchen ihre Herkunft gleich sein mochte – obendrein würde man ihren Schatz, so sie ihn denn einer Kirche stiftete, vielleicht als Mitgift anerkennen und sie in einem Kloster aufnehmen. Das war es doch, was sie wollte?

Caterina hatte genickt – gleichwohl nicht ganz beschwichtigt. »Ich sollte doch aller Welt beweisen, dass mein Vater ein guter Katholik war. Und dafür soll ich in die Fremde gehen?«

Ray hatte ungeduldig geschnaubt. »Ja, denkst du, in Frankreich schert sich eine Seele darum, ob dein Vater fromm war oder nicht? Im Zweifelsfalle, denke ich, wird sich ein Bischof von drüben eher erbarmen, ihm eine Seelenmesse zu lesen oder gleich derer mehrere, als einer von hier! Und damit sollte seinem Seelenheil doch Genüge getan sein!«

Caterina war sich nicht sicher, aber wollte sich nicht auch noch diesem Zweifel aussetzen. Es gab genügend andere Fragen: Warum Ray plötzlich bereit war, ihr zu helfen, und ob es gut war, sich solcherart fester an ihn zu binden.

Seinen liederlichen Lebenswandel behielt er in jedem Falle bei. In der nächsten Ortschaft – entweder in der Höhe von Corbières oder Carcassès (Caterina war das Land zu fremd, um die Lage dieser Städte zu wissen) – pries er sich erneut als Heilkundiger an, und da ihm die Geschichte von Faïs' Heilung schon vorausgeeilt war, war es ein Leichtes, die Mixturen zu verkaufen.

Ehe sie das Dorf erreichten, erlebte Caterina, wie Ray auf der Suche nach Kräutern und Pflanzen den Wald durchstreifte. Unbekümmert pflückte er alles zusammen, was farbenprächtig war – und machte nicht den Eindruck, als wüsste er, was er da tat.

Er gab es sogar unbekümmert zu. »Hoffentlich«, meinte er, »vergifte ich niemanden!«

Caterina schüttelte finster den Kopf, so wie es ihr zu eigen geworden war, seitdem sie mit ihm zusammenlebte.

»Pah!«, stieß er leichtfertig aus. »Dann sage ich den Menschen eben, sie sollen sich die Mixturen nur auf die Haut reiben, anstatt sie zu schlucken!«

Das tat er dann auch. Nicht alle hatten Geld, um ihn damit zu bezahlen. Manche gaben ihm Eier, Käse und Brote, andere Tuch, auf dass er sich daraus ein neues Hemd schneidern könnte.

Jetzt erst verstand Caterina, warum seine Kleidung aus unterschiedlichen Stoffen und Farben zusammengestückelt war.

»Magst du's haben?«, Ray reichte ihr den Stoff.

Sie schüttelte erneut den Kopf, doch da hatte er sich bereits einer Bäuerin zugewendet. Jene fragte, ob er auch für die Kranken Blei gießen würde – so würde es die bekannte Wunderheilerin Béatris de Malbons, welche man la Divina nannte, halten.

Ray schien nicht abgeneigt, gleichen Weg zu beschreiten, um noch mehr zu verdienen.

Behalt dir deinen Stoff, dachte Caterina düster. Mag ich auch deinem Plan folgen – wenn er tatsächlich aufgeht, so werde ich den Rest meines Lebens Gott dafür danken, dass ich nie wieder auch nur einen Tag an deiner Seite verbringen muss.

Wie sich herausstellte, hatte Ray das Königreich von Aragón nicht nur um Caterinas willen als Ziel auserkoren, sondern verfolgte dort eigene Pläne.

»Ich kann genauso gut ein Remendador sein«, hatte Ray erklärt und auf Caterinas fragenden Blick geantwortet: »So heißen dort die Possenspieler, wenngleich ich meine, dass man es mir Schuft kaum erlauben wird, mich für einen solchen auszugeben. Wahrscheinlich zählt man mich eher zu den Cazuros – so werden die Künstler genannt, die nur auf den Straßen spielen, nicht aber in den Kirchen oder bei Hofe.«

»Und wie nennt man in Aragón Betrüger?«, warf Caterina trocken ein.

Ray hob amüsiert die Brauen. »Oh, meine Base zeigt Humor! Gut, gut, alles ist erlaubt, wenn man darüber lachen kann.«

»Ich lache nicht!«

»Gewiss nicht!«, rief er im Brustton der Überzeugung. »Lachen ist ja Teufelswerk! Freilich scheint mir unsere Sache nicht so todernst zu sein wie die der vielen anderen Menschen, die einst vom Languedoc nach Aragón flohen, um ihr Leben zu retten, sofern sie's nicht rechtzeitig in die Provence oder Lombardei schafften. Katharer darunter …«

»Wage nicht, meine Gründe mit denen der Ketzer zu vergleichen, denn …«

»Nein, gewiss nicht! Du bist eine gute Katholikin! Und weil wir den Pfaffen hierzulande nicht trauen, heißt es, Frankreich zu verlassen.«

Dass er so plump ins Wir wechselte, störte Caterina. Freilich war sie Ray inzwischen auch dankbar, dass er stets ohne Bedacht und Planung sprach, alles erzählte, was er irgendwo aufgeschnappt hatte, nichtiges an wichtiges Detail fügte. Ohne Zweifel wusste er viel, und wenngleich sie es nicht überprüfen konnte, so begann sie doch, möglichst viel von seinen Worten zu bewahren. Vielleicht würde es ihr eines Tages von Nutzen sein, in jedem Fall machte es die fremde Welt ein wenig durchschaubarer.

So erfuhr sie durch Ray mehr vom fremden Aragón. Bis vor einigen Jahren hatte Jaume I. dort geherrscht, welchen man el Conqueridor, den Eroberer, nannte. Als Kind hatte er – mehr als Geisel denn als Gast – in der Obhut von Simon de Montfort leben müssen, jenem großen französischen Ritter, der sich im Krieg gegen die Katharer verdient gemacht hatte. Erwachsen und König geworden, suchte Jaume sich Frankreich gegenüber jedoch stark und selbstbewusst zu geben und sich nicht von der Drohung einschüchtern zu lassen, die über ihm hing: Einst hatte Aragón nämlich den fränkischen Königen gehört, und darum war nicht undenkbar, dass des Nachbarn Appetit auf dieses Land erneut erwachen könnte. Jaume el Conqueridor suchte dem vorzubeugen, indem er sein Land stärkte und es vergrößerte – um einige Inseln im Mittelmeer, die Mallorca, Menorca und Ibiza hießen und die er der Hand der heidnischen Almohaden entriss …

Nun, die Franzosen hatten nicht gewagt, an dem brüchigen Frieden zu rütteln, der zwischen den beiden Ländern herrschte. Und auch unter den Söhnen von Jaume – Pere III. und Jaume II., die sich das ererbte Land teilten – schienen die Grenzen gewahrt zu bleiben.

»Dennoch«, hatte Ray seine Erzählungen beschlossen, »wenn du berichtest, dass du vor der Willkür der Franzosen fliehst, bist du dort ein gern gesehener Gast. Und wie dankbar wird man erst sein, deinen Schatz verehren zu dürfen!«

Sie hatte sich an seinen beißenden Spott schon gewöhnt.

»Und was willst du dort machen?«, fragte sie misstrauisch.

»Bin nicht zum ersten Mal dort drüben«, erwiderte er leichtfertig. »Auch dort lässt sich etwas Geld verdienen, weißt du? Und manchmal tut's gut, sich ein paar Monate aus der Heimat zurückzuziehen. Die Leute gewöhnen sich sonst zu sehr an mein Gesicht und finden es schließlich nicht mehr lustig, wenn ich sie besuche, sondern nur noch langweilig.«

»Könnt mir nicht vorstellen, dass dir die Ideen ausgehen, wie du sie an der Nase herumführen kannst«, warf Caterina mürrisch ein.

»Oho! Schon wieder dieser Anflug von Spott! Das mag ich

so an dir, liebste Base, dass du nicht aufhörst, mir meine Art zu leben madig zu machen!«

Diesmal schüttelte sie nur düster den Kopf. Auch das schien ihn zu amüsieren, er öffnete schon den Mund, um den Spott auf die Spitze zu treiben. Doch noch ehe er ein erstes Wort sagte, zuckte er zusammen – und lauschte angestrengt.

Vom nächsten Dorf her wehte Lärm zu ihnen, und er zeugte nicht vom üblichen Marktgeschrei, sondern von einem außergewöhnlichen Tumult.

Beschämend war für Caterina, wessen sie hier Zeuge wurden. Und zugleich war sie in den letzten Tagen selten mit solch tiefer Genugtuung erfüllt wie in jenem Augenblick, da sie den Marktplatz erreichten und begriffen, was dort vor sich ging.

Ehe sie Ray und Faïs gesehen hatte, wie sie miteinander Unkeuschheit trieben, konnte sie sich nicht erinnern, jemals einen nackten Leib betrachtet zu haben. Hochgeschlossen waren die Kleider der Mutter gewesen, und Lorda war vom Vater stets aufs Strengste angewiesen worden, den wogenden Busen ausreichend zu verbergen, kaum war Caterina dem Alter entwachsen, da sie noch von diesem genährt wurde. Sich selbst, das hatte sie gelernt, durfte man nicht mustern, geschweige denn berühren.

An jenem Tag freilich lernte sie, dass Nacktheit – so der Mensch ihr denn unfreiwillig ausgesetzt war – auch ein Mittel zur Strafe war.

König Philippe III., der in Frankreich regierte und den man »den Kühnen« nannte, hatte ein Gesetz erlassen, wonach ein Paar, das beim Ehebruch ertappt würde, hundert Sous Strafe zahlen müsste (bei König Louis waren es noch fünfzig gewesen). Andernfalls sei die Schuld abzutragen, indem die Ehebrecher nackt durch die Straßen gejagt würden.

In jenem Dorf, wo sich eben die Menschen zusammenrotteten, die geöffneten Münder roten Löchern gleichend, aus denen gespuckt und gelacht, gezetert und gehöhnt wurde, fehlte dem sündigen Paar offenbar das Geld, um sich die entwürdigende Behandlung zu ersparen. Schon brandete Gejohle auf, als sich auf der einen Straßenseite etwas tat – und Caterina, die bislang nicht begriffen hatte, was sich hier zutrug und zur Belustigung des Volkes diente, konnte nicht umhin, den Kopf in diese Richtung zu drehen, um alsbald etwas ebenso Schauerliches wie Armseliges zu betrachten.

Ray pfiff durch die Lippen, ein wenig belustigt und zugleich, wie Caterina befand, angespannt.

Anfangs senkte sie noch den Blick, weil der Anblick des ehebrecherischen Paars sie zu anstößig deuchte, und hob ihn dann doch, als sie spürte, wie Ray gebannt glotzte. Schau du nur!, dachte sie grimmig, dann siehst du, was dir blüht!

Den nackten Ehebrechern war nicht auch nur der kleinste Fetzen Stoff gegönnt, um sich damit ihr Geschlecht zu bedecken. Einzig die Hände blieben zu diesem Zwecke, doch mit jenen mussten sie sich gegen mehr als nur anzügliche Blicke schützen, prallten doch auf die nackten, weißen und wabbeligen Glieder faules Obst und Gemüse, ja sogar stinkende Eier. Die unglückselige Frau suchte ihre wogenden Brüste unter dem langen offenen Haar zu verbergen, doch weil sie so schnell lief, um den Augenblick größter Schande möglichst rasch hinter sich zu bringen, rutschten die aufgelösten Strähnen ständig über ihre Schultern. Auch die Hand, mit der sie ihre Scham bedeckte – unter gekräuseltem dunklem Haar krebsrot –, ließ manchmal davon ab und fuchtelte hilfesuchend durch die Luft, wenn sie auf den fauligen Schalen hinzufallen drohte. Dem Mann erging es anfangs besser – musste er doch auf weniger intime Körperstellen achten. Gekrümmt ging er, um sein Geschlecht mit beiden Händen zu bedecken, doch plötzlich rutschte er auf dem glitschigen Weg aus und fiel zu Boden. Gerade noch stützte er sich ab, um sich den Kopf nicht aufzuschrammen, doch musste er nun erdulden, dass der Blick der Gaffer auf sein müde baumelndes, dünnes Geschlecht fiel.

»So schnell also schrumpft die Manneskraft!«, höhnte einer der Umstehenden.

»Und wegen dieses armseligen Würmchens hat die dumme Gans ihre Ehre aufs Spiel gesetzt?«

»Wenn Gott gerecht ist, kriegst du ihn niemals wieder steif!«

Eine Weile blieb der Mann hocken, ein dürftiges Menschenhäuflein, sich windend vor Ekel und Beschämung. Doch das Obst, das gnadenlos auf ihn einschlug, bedrängte ihn, sich wieder zu erheben und die Strafe abzudienen.

Sein Anblick stimmte Caterina jäh unbehaglich. Anstatt sich grimmig an der Strafe zu erfreuen, geriet ihr ein Bild in den Kopf – das von Rays prallem, festem Hinterteil und wie es sich auf Faïs' Schoß auf und ab bewegt hatte. Nichts hatte jenes Bild mit dem schlotternden, kümmerlichen Mann hier zu tun.

Caterina schüttelte den Kopf, um sich gegen die Erinnerung und gegen die Hitze, die jene mit sich brachte, zu wehren – und ausnahmsweise tat Ray es ihr gleich, wiewohl aus anderem Grunde.

»Eine wirklich schlimme Sünde, wenn zwei Menschen Spaß haben!«, murmelte er, und es klang nicht spöttisch, sondern ärgerlich. »Haut nur ordentlich drauf, wenn man nichts weiter tut, als seiner Lust zu frönen!«

Seine Worte vertrieben die Erinnerung an seine Nacktheit.

»Sie haben Ehebruch begangen!«, zischte Caterina. »Das ist eine Sünde wider ein heiliges Sakrament, und dafür müssen sie büßen!«

Ray spottete immer noch nicht. Seine Stirne war in tiefe Falten verzogen, und seine Augen zeigten keinen Hohn, sondern nur Überdruss. Fast angewidert wandte er sich von den beiden nackten Unglücksraben ab.

»So, so«, murmelte er. »Derart schwer ist diese Sünde also, dass man sich nur mit hundert Sous freikaufen kann. Erstaunlich: Wenn eine Frau geschändet wird, so hat der Täter nur dreißig Sous zu bezahlen, sofern sie denn gleichen Standes ist wie er.«

Ohne Hast, aber entschlossen, nicht hierzubleiben, trat er zum Holzwagen hin.

Caterina vermochte nichts zu sagen.

»Ach ja«, fuhr er da schon fort, »die geschändete Frau, deren Leid ja bei weitem nicht so viel zählt wie das des betrogenen Gatten, hat obendrein die Möglichkeit, ihre Ehre wiederherzustellen, indem sie den Täter heiratet. Ist ja auch ein rechtes Vergnügen, mit einem Mann vermählt zu sein, der einem so viel Gewalt angetan hatte. Aber ich vergaß! Wenn sie erst vor dem Altar stehen, ist es ja ein Sakrament, und wenn er sie später womöglich wieder und wieder verletzt und demütigt, kann ein Pfaffe sein Kreuzchen drüber schlagen.«

Caterina wollte aufbegehren, sich über seine lästerlichen Worte erzürnen. Doch plötzlich schmeckte es nur schal in ihrem Mund, als hätte sie von jenem faulen Obst gekostet, das auf die beiden Ehebrecher niedergegangen war.

»Freilich ist es so«, fuhr Ray da schon fort, und seine Stimme klang nicht mehr nur grimmig, sondern jäh hoffnungslos, fast traurig, »dass man ohne Zeugen keine Schändung beweisen kann. Im Zweifelsfalle ist also ohnehin das böse Weib an dem schuld, was ihm geschehen ist. Hat wahrscheinlich zu keck seinen Blick gehoben. Hat wahrscheinlich den rechtschaffenen Mann verführt, so wie ja von der Frau alle Sünde in die Welt kam.«

Das hatte ihr Vater auch gesagt. Nicht, dass der Mann weniger anfällig für den Teufel sei. Aber dass doch Eva die Erste war, die dessen Verlockungen erlegen war. Die Mutter hatte das ausreichend erschüttert, um nicht mehr zu reden. Auch Caterina fiel nichts zu sagen ein, wenngleich ihr in diesem Augenblick nicht die Angst vor der Sünde den Mund verschloss, sondern die wachsende Beklemmung darüber, dass das, was der Taugenichts da sagte, zutiefst richtig war, dass die Bestrafung, die sich die Menschen für die beiden Ehebrecher ausgedacht hatten, Gott nicht gefallen konnte ... ja, und selbst wenn es Ihm gefiele, so änderte sich nichts daran, dass sie jenes Vorgehen nicht länger für gut, sondern einfach nur für erbärmlich befand.

Jener Gedanke war so plötzlich in ihr aufgestiegen, dass sie keine Worte fand, sich rechtzeitig dagegen zu wappnen. Erschrocken fiel ihr nichts anderes ein, als rasch ein Kreuzzeichen über ihre Brust zu schlagen.

Rays flüchtiger Blick streifte sie. »Ja, ja, bete du nur«, murmelte er, und erstmals ließ sich wieder vertrauter Hohn daraus hören. »Dann hat schon alles seine Ordnung in dieser Welt.«

Sie betete nicht, sie schwieg nur. Und schweigend erreichten sie das nächste Dorf, wo sie erleben mussten, dass es viel schlimmere Verbrechen als den Ehebruch gab – und viel grausamere Strafen als erzwungene Nacktheit.

Diesmal stand die Menge nicht höhnisch und johlend am Richtplatz, sondern so starr, als wären die Menschen im Boden verwurzelt und dürften sich erst wieder lösen, wenn das Urteil vollstreckt wäre. Erbost war Ray, nachdem sie angekommen waren und gewahren mussten, dass sich erneut etwas in einem Dorf zutrug, was dem Verkauf von Arzneien ebenso abträglich war wie jedweder anderen Art, Geld zu verdienen, sei es als Possenreißer oder Gaukler oder Musikant.

Doch nachdem er gefragt hatte, was sich zutrüge, und eine der Frauen ihm flüsternd geantwortet hatte, sah Caterina ihn kalkweiß werden. Als müsste er sich gleich übergeben, krümmte er sich mit elender Miene, und kurz dachte sie, dass ihn der gerechte Gott mit einer Krankheit geschlagen hätte.

Der Anflug eines Lächelns erschien in ihrem Gesicht. Ray jedoch stützte sich auf den hölzernen Wagen. »Weg!«, murmelte er. »Weg von hier.«

»Was ist denn geschehen?«, fragte Caterina verwirrt, und das Lächeln schwand von ihren Lippen.

Es war nicht Ray, der ihr antwortete, sondern jene Frau, die auch ihm von der Hinrichtung berichtet hatte, die heute hier stattfinden würde. Sie tat es raunend, als gäbe sie nicht nur Wissen weiter, sondern spräche einen geheimen Zauberspruch.

Ein Urteil würde heute hier vollstreckt werden, das im Kreuzgang der Kirche von Sernin verkündet worden war, und jene wiederum befände sich in Toulouse. Da könnte man sich schon denken, was das für ein Urteil wäre.

Caterina hob fragend die Augen.

»Hast keine Ahnung, Mädchen?«, raunte die Frau. »Scheinst ja nicht sonderlich viel von der Welt zu verstehen.«

In Toulouse, so erklärte sie, säße seit vielen Jahrzehnten das Inquisitionstribunal. Einst hätte es vor der Kathedrale Saint-Étienne die Katharer verurteilt – zum Tod auf dem Scheiterhaufen, zur Konfiskation ihrer Güter oder zur Exhumierung ihrer Leichname, wenn sie denn schon tot waren. Seitdem die üble Ketzerei fast ausgemerzt worden war, waren diese öffentlichen Urteile seltener geworden, was nicht gleich hieß, es gäbe keine Deliquenten mehr. Der heutige Tag würde es beweisen. Dieser Mann hier, Richarz Marty, über den sie in Toulouse die damnatio mortuorum ausgesprochen hätten, das Todesurteil, würde aus diesem Dorf stammen.

»Was für eine Schande!«, zischte die Frau, und erstmals gewann ihre raue Stimme einen lebhaften Klang. Um ihren Abscheu zu unterstreichen, spuckte sie auf den Boden. Ob seiner Herkunft würde man ihn hier verbrennen und nicht in Toulouse, an einem Freitag, wie es üblich war, und in aller Öffentlichkeit, auf dass alle, die mit ihm womöglich heimlich sympathisierten, erführen, was mit den Aposteln des Satans geschehe.

»Und ... und er hat nicht widerrufen?«, fragte Ray, der unbemerkt an Caterinas Seite getreten war, immer noch blass und mit zuckenden Augenbrauen. Er hatte von der Stätte forteilen wollen, doch längst standen so viele Menschen in dichten Reihen um ihn, dass er mit dem Wagen nicht mehr durchkommen würde. »Es ist doch so leicht, dem Tod zu entkommen«, setzte er hinzu. »Sie müssen doch nur dem Glauben abschwören, sich zu Christus als dem Sohn Gottes bekennen und dazu, dass er tatsächlich gekreuzigt wurde, gestorben ist und auferstanden.«

»Nun«, murmelte die Frau, »jener Mann hält offenbar daran fest, dass die einzig wahre Taufe, die er empfangen hat, jene auf den Heiligen Geist war. Denn diese üblen Gesellen glauben nur an diesen Geist und nicht an Gottes Sohn. Der ist für sie nichts weiter als ein Engel. Und einzig den Heiligen Geist rufen sie darum im Gebet an, nicht Gottes Namen!«

»Aber ...«, versuchte Caterina zu fragen.

»Außerdem hat dieser Mann schon einmal abgeschworen. Man hat ihn zu Kerkerhaft bei Wasser und Brot verurteilt und nach fünf Jahren wieder freigelassen. Hernach freilich wurde er rückfällig. Und du weißt ja, Rückfällige finden keine Gnade ...«

Sie nickte düster, Ray senkte seinen Blick. Noch schwerer stützte er sich auf seinen Wagen. Mit einer schwachen Handbewegung winkte er Caterina zu sich, doch jene stand so steif wie all die anderen Anwesenden.

So oft hatte sie gehört, wie ihr Vater den verdammenswerten Glauben der Ketzer verurteilte, doch erst jetzt bot sich erstmals die Möglichkeit, einem solch lästerlichen Menschen von Angesicht zu Angesicht gegenüberzustehen. Als plötzlich ein Ruck durch die starre Menge ging, riss auch sie den Kopf in jene Richtung, in der sich ein Wagen in Bewegung gesetzt hatte, nicht unähnlich dem, mit dem Ray seinen Besitz durch die Lande führte, aus Holz zusammengehämmert und mit schlichten Scheibenrädern ausgestattet. Sie hatten Richarz Marty darauf festgebunden und fuhren ihn damit zum Scheiterhaufen. Auch jenen sah Caterina aus dem Augenwinkel, doch das hochgeschichtete Holz vermochte sie nicht so zu bannen wie der Verurteilte.

So wie ihr Vater über die Ketzer gesprochen hatte, hatte sie stets vermeint, es müssten dies dreckige, hässliche Kreaturen sein.

Richarz Marty war jedoch eine der vornehmsten Gestalten, die sie je gesehen hatte. Sein Gesicht war glatt rasiert, seine Haare gekämmt, er trug einen schwarzen, mönchsähnlichen Rock, von einem Gürtel zusammengehalten, an dem eine Ledertasche mit dem Johannesevangelium hing. Auf seiner Kleidung waren zwei gelbe Kreuze eingenäht – eins auf der Brust und eines zwischen den Schultern.

»Es heißt, er sei nicht nur ein gewöhnlicher Gläubiger, sondern einer der Vollkommenen, ein Perfectus«, raunte die Frau eben. »Das ist so etwas wie ein Bischof.«

Caterina wusste das Grummeln in ihrem Magen nicht zu deuten. Das Bild ihres sterbenden Vaters geriet plötzlich vor ihre Augen, als sie in das graue, ausdruckslose Gesicht des Verurteilten blickte, und noch ehe er den Scheiterhaufen erreicht hatte, schien ihr schon der Geruch verbrannten Fleisches in die Nase zu steigen.

»Oh, diese üblen Ketzer!«, schimpfte sie jäh laut, um zu vermeiden, dass sie das eine Ereignis mit dem anderen verglich. »Wenn es sie nicht gäbe und ihre falschen Lehren, mein Vater könnte noch leben!«

Die Frau warf einen verwunderten Seitenblick auf sie.

»Ja«, wiederholte Caterina fest, »ja, soll dieser Verdammte nur brennen!«

Die Flammen, die ihr Gedächtnis durchzuckten, hatten erstmals etwas Wärmendes. Ungerecht und erbärmlich war der Tod ihres Vaters gewesen. Hier und heute aber traf es nicht den Falschen. Hier und heute ward dem Willen Gottes nicht zuwidergehandelt, indem man einen seiner standfesten Gläubigen verleumdete.

»Ja, soll er nur brennen!«

Sollte sein schreiender Körper nur jene Laute ausmerzen, die immer noch in ihrem Ohr nachklangen: das Krachen des Gebälks, Lordas Flehen, die spitzen Schreie ihres Vaters – und schließlich sein schwächer werdendes Flüstern, mit dem er seinen letzten Auftrag an sie kundtat: Du musst unseren Schatz in Sicherheit bringen. Du musst solcherart aller Welt bekunden, dass wir treue Katholiken sind. Niemals würde ein Ketzer diesen Besitz heiligen!

Ein Raunen ging durch die Menge, als der Karren den Scheiterhaufen erreicht hatte und der Verurteilte vom Wagen losgebunden wurde. Jetzt sah Caterina, dass seine Lippen sich bewegten.

»Die Ketzer beten das Pater noster wie wir«, murmelte da die Frau, »doch sie sagen nicht: unser täglich Brot gib uns heute, sondern unser überirdisch Brot gib uns heute.«

Caterina verstand nicht recht, was damit gemeint war. »Abscheulich!«, murmelte sie dennoch.

Ihre Augen glänzten nun fiebrig, als hätte jetzt schon der beißende Rauch sie zum Tränen gebracht.

»Das Haus, in dem er hier einst gelebt hat, haben sie schon niedergerissen«, setzte die Frau hinzu, noch heiserer flüsternd. Wohingegen anfangs alle wie im Boden verwachsen gestanden hatten, stieß nun ein jeder vor Aufregung die Füße in den Dreck, als wäre es nicht genug, den Übeltäter nur brennen zu sehen, sondern als würde man ihn am liebsten vorher schlagen und treten und zu Brei zerstampfen.

Schon banden sie ihn an dem Pfahl fest, um den das Holz gestapelt war.

»Das hat er nun davon«, zischte die Frau, »dass er glaubte, sein Körper wäre nicht von Gott gemacht, sondern vom Teufel! Nun, dann soll er eben brennen, dieser Körper! Würde mich nicht wundern, dass er Schmerzen spürt wie unsereins, wenn die Flammen seine Haut zu lecken beginnen!«

Caterina verkrampfte ihre Hände, rieb ihre Lippen aufeinander. Ja, sie wollte ihn schreien hören und verbrennen sehen, sie wollte … So gebannt starrte sie in seine Richtung, dass sie Ray nicht kommen hörte. Dann jedoch hatte er sie schon gepackt, zerrte sie mit einem heftigen Ruck nach hinten, und noch ehe sie gegen ihn anzukämpfen vermochte, hob er sie hoch und stieß sie in den Holzwagen. Eben noch hatte er sich gescheut, sich einfach durch die Menge zu drängen, nun schob er den Wagen einfach an und störte sich nicht daran, dass er damit die Gaffenden fast umfuhr.

»Wir fahren!«, entschied er so streng, wie einst nur Pèire zu ihr gesprochen hatte. »Das siehst du dir nicht an!«

Über Stunden sprachen sie nicht miteinander.

Caterina hatte anfangs nicht an keifenden Worten gespart, um ihn für seine rüde Vorgehensweise zu tadeln, hatte auf ihr gutes Recht verwiesen, diese Hinrichtung zu bezeugen, doch anstatt ihr zu antworten und sich ihren Anklagen zu stellen, hatte er sich einfach als der körperlich Stärkere erwiesen. Nicht nur, dass er sie in den Wagen geschleudert hatte. Obendrein hielt er sie mit einer Hand dort fest, während er jenen ächzend weiterzog, sodass sie nicht wieder herauskriechen und zurück zur Stätte der Hinrichtung eilen konnte. Ohne sich darum zu scheren, wie sehr sie sich wand und einforderte, selbst über ihr Tun zu bestimmen, hielt er sie gefangen und zerrte sie mitsamt dem Wagen über die Straße, auf der sie gekommen waren. Am Ende war sein Gesicht nicht mehr bleich, sondern rot und schweißnass ob der Anstrengung.

Jetzt erst ließ er sie los, doch wiewohl sie nun die Wahl gehabt hätte, zurück zum Scheiterhaufen zu rennen, der gewiss schon zu brennen begonnen hatte, besagte seine verhärtete Miene, dass es besser wäre, ihm zu folgen. Wenn nicht, so bekundete jede Geste, würde er allein weiterziehen, und sie musste sehen, wo sie blieb. So viel war es ihr denn doch nicht wert, einen Ketzer sterben zu sehen. Also fügte sie sich ihm, jäh fröstelnd, kaum dass die fiebrige Erregung von vorhin von ihr abgefallen war. Auch damit haderte sie, als sie seinen raschen Schritten folgte – dass seine Sturheit sie der Lust beraubt hatte, sich noch einmal umzudrehen, zu lauschen, was sich da tat und ob der Ketzer tatsächlich schrie. Irgendwie wollte sie es nicht mehr. Würde sie seine Gestalt betrachten können, dann hätte sie Gewissheit, dass da einer zu Recht brüllte. Doch das Gesicht von Richarz Marty, das sich ihr nur vage eingeprägt hatte, war jetzt kaum mehr als ein gräulicher Schatten, ihren Erinnerungen an den Vater bedrohlich nah, und sie gewahrte zu ihrem eigenen Entsetzen, dass die Erkenntnis, den Mann in seinen Todesqualen nicht schreien hören zu wollen, viel tiefer kratzte, als es ihren ansonsten doch so festen, aufrechten Überzeugungen guttat. Sie hatte sie nicht stellen wollen, doch nun waren sie einfach da, die Fragen: War es ein Glaube überhaupt wert, dafür zu sterben? War es richtig, einen Menschen wegen seines Bekenntnisses zu töten? War der Tod dieses Mannes nicht ebenso sinnlos wie der ihres Vaters? Und war es vielleicht auch sinnlos, dass ihr sämtliches Trachten darauf hinauslief, den Schatz ihrer Familie …

Überzeugt schüttelte sie den Kopf und setzte den verstörenden Gedanken sämtlichen Willen entgegen, sie zum Schweigen zu bringen.

Trotzig kniff sie den Mund zusammen – so wie Ray es tat. Erst nach Stunden hielt er es offenbar nicht aus, mit seinen Gedanken allein zu sein, und beendete das unangenehme Schweigen, das über ihnen hing wie eine graue Wolke.

»Eigentlich war dieser Mann ein Dummkopf«, brach es aus ihm hervor, eher missmutig als schockiert, als nehme er dem Ketzer zwar nicht seine Sünden übel, sehr wohl aber, dass dessen Hinrichtung seinen lauen Lebensfluss gestört hatte. »Was musste er seinen Glauben auch hier ausleben? Die meisten seiner Brut haben sich ins Hochland von Foix oder nach Pamier zurückgezogen. Dort sind sie halbwegs sicher.«

Caterina schwieg trotzig. Sie wollte nicht mit Fragen bekunden, dass sie ihm sein rüdes Verhalten verziehen hatte.

»Die Grafschaft von Foix ist weitgehend unabhängig geblieben«, fuhr er da schon nachdenklich fort. »Sie sind zwar franzosentreu, aber Graf Roger Bernard, so heißt's, duldet die Katharer in seinem Gebiet. Bertrandus de Taxio ist dort ein angesehener Ritter – und zugleich einer der Credentes, der Gläubigen der katharischen Lehre. Warum, frage ich mich, gehen sie nicht dorthin? Warum wagen sie sich in die Nähe von Carcassonne?«

Jetzt vermochte sie es nicht länger, den Mund zu halten. »Du tust grade so, als wäre es richtig, sich der Gerechtigkeit zu entziehen!«, rief sie entschlossen. »In Wahrheit verdienen sie's doch zu sterben.«

»So wie's dein Vater verdient hat?«

»Mein Vater verachtete die Ketzerei, man hat ihn zu Unrecht ...«

»Ha«, unterbrach er sie, und der alte spöttische Ray kehrte zurück. »Ha! Dein Vater mag sich zwar alle Mühe gegeben haben, den rechtgläubigen Katholiken zu mimen, doch im Grunde seines Herzens war er, nach allem was du von ihm erzähltest, den Katharern sehr ähnlich.«

Es war dies das Empörendste, was sie jemals aus seinem Mund vernommen hatte. »Das ist nicht wahr!«, rief sie zornig.

Er schüttelte nur den Kopf. »Hast du dir schon einmal überlegt, warum er dich und deine Mutter derart von der Welt abgeschottet hat? Was weißt du eigentlich von deinem Vater, Caterina, was von seiner Vergangenheit, und warum hat er alles so sehr gescheut, was nach den Katharern riecht?«

»Weil jene Sünder sind!«, entgegnete sie rasch, all das wiederholend, was sie von ihnen wusste. »Sie glauben nicht an die Sakramente, und sie glauben nicht, dass Jesus Christus wirklich Mensch war und am Kreuz gestorben ist. Sie glauben, dass er nur ein Engel war, so wie die Jungfrau Maria, und dass …«

»Vor allem glauben sie«, fiel er ihr ins Wort, »dass die Welt durch und durch schlecht ist, ein Werk des Teufels, welcher einst die Engel zu Fall brachte und ihre Seele in den menschlichen Leib einsperrte. Aber dachte das dein Vater nicht auch – dass die Welt schlecht ist? Warum sonst hat er dich eingeschlossen? Denn das hat er doch! War er wirklich ein Vater oder vielmehr ein Kerkermeister?«

»Du bist ein gemeiner, liederlicher, sittenloser …«

»Das mag alles sein, aber hast du dir jemals überlegt, wer dein Vater war? Hast du ihn tatsächlich gekannt?«

»Oh, du gemeiner …«, setzte sie erneut an.

Wieder fiel er ihr ins Wort und tat noch mehr als das: Stellte sich vor sie, packte sie an der Schulter, zwang sie, ihm ins Gesicht zu sehen. Sie wünschte, Spott darin aufblitzen zu sehen, denn jener hätte seine Worte entkräftet. Doch er blickte ernst, todernst – ebenso wie vorhin, da man den Mann zum Scheiterhaufen gekarrt hatte.

»Du weißt es nicht«, stellte er ruhig fest. »Man hat es dir nie gesagt, nicht wahr?«

Sein Blick deuchte sie jäh stechend, sie versuchte ihm auszuweichen, wand sich in Rays Griff.

»Was?«, schrie sie schließlich zornig. »Was hat man mir nie gesagt?«

Ray schwieg einen Augenblick, schien nachzudenken, schüttelte dann – fast bedauernd – den Kopf.

»Es tut mir leid, Caterina«, setzte er an, »aber dein Vater …«
Wieder machte er eine lange Pause. Dann sagte er, aus dessen Mund sie schon so viele unflätige Worte vernommen hatte, das Gemeinste und Bösartigste, was ihr jemals zu Ohren gekommen war.

Corsica, 251 n.Chr.

Mein Leben kreiste niemals um mich selbst. Ich war gewohnt zu beobachten. Und so wie ich Gaetanus' Tagesablauf verfolgte – wusste, wann er Briefe nach Rom schrieb und empfing, wann er nach Mariana zu den Truppen ritt oder die Ausbesserung der großen Straße kontrollierte, die den Norden mit dem Süden der Insel verband, wann er Pläne gegen die Piraten ausheckte, die manchmal Küstendörfer überfielen, oder wann er Beschwerden entgegennahm, weil die Wasserleitungen nicht funktionieren wollten –, ja, so wie ich wusste, was er trieb, begann ich nun Julia Aurelias Leben zu erforschen. Ich wollte nicht hinnehmen, dass sie sich so rätselhaft gab. Ich wollte wissen, wer sie war und was sie den Tag lang machte.

Es war dies nicht sonderlich schwierig. Aleria ist verglichen mit Rom nur ein Dorf. Gewiss, es hat ein Forum, einen Triumphbogen, einige Tempel, ein Aquädukt und Thermen – Letztere nicht lange vor der Zeit erbaut, da Gaetanus Proconsul wurde –, doch die Zahl an Einwohnern, die höheren Standes waren, war überschaubar, sodass es leicht war, ihr Leben zu belauern.

Aus Freundschaft allein hätte sie mir wohl nie geholfen, aber ob ihrer Neugierde war die Sklavin Thaïs eine Verbündete für mich. Es wurde zwischen uns Gewohnheit, uns über Julia Aurelia auszutauschen, der anderen jeweils mitzuteilen, was man selbst gesehen und gehört hatte. Und so wurde aus vielen kleinen Steinchen ein Mosaik, nicht sonderlich farbenprächtig und doch brauchbar, die Konturen der Frau erkennbarer zu machen.

Da war Eusebius, ihr Vater, der Kaufmann aus Carthago, der seltsamerweise nun hier auf Corsica lebte, obgleich es doch lange nicht so kostbare Waren bot als jene, mit denen er zu handeln gewohnt sein musste. Rasch hatte ich herausgefunden, dass er eine Villa besaß, die nicht weit vom Hafen lag. Julias Mutter lebte nicht mehr; offenbar gab es einen jüngeren Bruder, Aurelius. Es hieß, dass ihn kaum jemand vor Augen bekommen habe, das Kind lebe zurückgezogen, weil es ein lebloses Beinchen hätte, das es hinkend hinter sich herschleifte. Dass Julia – so wie am ersten Tage, da ich sie sah – armseligen Kreaturen in irgendeiner Weise half, war offenbar Gewohnheit. Einmal beobachtete ich sie, wie sie einschritt, als ein Sklave geschlagen wurde. Ein andermal verteilte sie Kleider an arme Kinder, die in Fetzen herumliefen. Dann wiederum bezahlte sie einen Medicus dafür, dass er die Wunde eines Bettlers ansah, die jener sich in einem Kampf mit seinesgleichen zugezogen hatte. Selten hingegen war sie dort zu treffen, wo sich Frauen ihres Standes und ihres Alters ansonsten versammelten – zum Beispiel in den Bädern, wo sie sich ausruhten und reinigten und wo sie Klatsch verbreiteten.

Freilich: In solch schlichtem, verwaschenem Gewande wie damals am Hafen wagte Eusebius sie niemals ins Haus des Gaetanus zu bringen. Zwar trug sie stets dieselbe Tunika, doch jene war sauber weiß. Wann immer ich hier auf sie traf, suchte ich ihr so geschickt auszuweichen, dass wir nie alleine waren. Doch obwohl ich den Blick vor ihr gesenkt hielt, entging mir wenig von dem, was sie tat. Und eben das war bei einem dieser Mahle verstörender als sonst.

Sie schien gelangweilt zu sitzen, sie beteiligte sich nicht am

Gespräch, sie nippte kaum am Kelch. Nur dann, als sie sich unbemerkt fühlte, da tat sie etwas Merkwürdiges.

Ich folgte ihr ins Freie, wollte wissen, was sie vorhatte. Noch ehe das Mahl beendet war, hatte sie den Raum verlassen und offenbar nicht wieder vor zurückzukehren. Kaum einer mochte sie vermissen, und vielleicht war ihr Vater von der Tochter gewohnt, dass sie wortlos verschwand – und doch hatte ich noch nie erlebt, dass einer, der Gaetanus' Gast war, ohne Abschied und vor dem Ende einfach ging. Ich empörte mich darüber. Auch wenn's ihm gleich sein mochte, es war nicht recht, Gaetanus derart zu beleidigen.

»Sag… sag, dass Julia mich brauchte«, raunte ich Thaïs zu.

»Du willst ihr nachgehen?«

»Stell dir vor«, tuschelte ich, »sie hat zwei Stücke Brot an sich genommen, in ihre Serviette gewickelt und unter ihrer Palla verschwinden lassen.«

Thaïs riss die Augen auf, wohl nicht nur aus Überraschung, sondern auch aus Neid. Thaïs verzehrte sich nach dem feinen Panis siligneus, das an der Tafel des Herrn gereicht wurde und flaumig im Mund zerging (wohingegen wir an schmutzig-dunklem Brot mühsam kauen mussten oder an der Puls, dem morgendlichen Dinkelbrei).

»Ich kann mir nicht denken, dass es an der Tafel von Eusebius nicht genügend zu essen gibt«, murmelte sie verdutzt.

»Und ich kann mir nicht denken, dass sie's selber essen will, so mager, wie sie ist!«

Julia drehte sich nur ein einziges Mal um, nachdem sie den Palast des Proconsuls verlassen hatte, zu halbherzig, um mich zu bemerken. Sie trat zu den Sänftenträgern ihres Vaters, die im Schatten eines Olivenbaumes warteten, sprach kurz auf sie ein, bis jene widerstrebend nickten. Offenbar hatte sie ihnen gesagt, dass sie ihrer Dienste nicht bedurfte. Denn sie ging zu Fuß wei-

ter, zielsicher und gehetzten Schrittes. Ich musste zusehen, dass ich ihr nachkam.

Dann plötzlich war sie verschwunden. Ich rannte die Straße auf und ab, doch sie schien nicht auf jener weitergegangen zu sein, sondern eines der Häuser betreten zu haben – keine herrschaftliche Villa, sondern eines jener mehrstöckigen, einfachen Mietshäuser, wie ich sie auch aus Rom kannte.

Ich presste mich an eine Wand, suchte durch die Ritzen der Holzbalken etwas zu erkennen, fühlte mich unbehaglich. Eben noch hatte ich sie bei etwas Unbotmäßigem beobachtet – nun hatte ich Angst, dass ich selbst in jedem Augenblick ertappt werden könnte, wie ich in fremde Räume zu spähen versuchte. Ob's überhaupt das richtige Haus war, das ich da belauerte?

Die Spalte war zu schmal, um mehr zu erkennen als Schatten. Doch Stimmen – zumindest Stimmen hörte ich jetzt, die eines alten Mannes, gefolgt von der heftigeren eines jungen, und dann, dann war es Julia Aurelia, die sprach.

»Mein Vater versucht die Freundschaft des Felix Gaetanus zu erringen. Jener scheint ein einsamer Mann zu sein – und traurig.«

Mir stockte das Herz, die Kehle wurde mir ganz eng vor lauter Zorn. Wie konnte sie über Gaetanus ein Urteil sprechen? Vor allem eines, auf das ich selbst, die ich ihn kannte wie keine Zweite, nicht teilte. Erstarrt kam er mir stets vor – aber traurig?

»Ist es wirklich klug…«, setzte einer an.

»Glaubt mir«, unterbrach Julia ihn herrisch, »ich wünschte, ich könnte sein Haus meiden. Es ist mir unerträglich. Und doch erfahren wir nur auf diese Weise, was Decius plant.«

»Ich glaube nicht, dass es dazu kommt…«, erwiderte der andere, und ich wusste weder, wen er meinte, den Kaiser oder Gaetanus, noch, wozu es kommen könnte.

»Und wenn es so wäre!«, hörte ich Julia leichtfertig ausrufen.

»Ich bin allzeit bereit! Wir wissen: Die Stunde mag kommen wie ein Dieb in der Nacht, und…«

Immer rätselhafter wurde das Gerede. Ich konnte mir keinen Reim darauf machen – und hatte auch keine Zeit mehr dazu.

Denn just, als ich mein Ohr noch dichter an die Ritze presste, um deutlicher zu verstehen, da fühlte ich, wie eine fremde Hand mich packte, fortriss, mich anherrschte: »Was hast du hier zu suchen, Mädchen?«

VII. Kapitel

Languedoc, Frühling 1284

Caterina konnte nicht glauben, dass Ray so etwas zu ihr sagte. Mochte er verderbt und skrupellos sein – unmöglich war's, dass er das Gedenken an ihren Vater derart beschmutzte.

»Dein Vater«, hatte er gesagt und blickte sie nun mitleidig an, »dein Vater hat nur darum stets danach getrachtet, ein frommer Katholik zu sein, weil er bereits lange Zeit, ehe er den gewaltsamen Tod starb, im Verdacht stand, zu den Katharern zu gehören.«

Eine Weile starrte Caterina ihn nur schweigend an. Dann hob sie die Faust.

»Du widerlicher, erbärmlicher, verlogener ...«

»Gemach, gemach«, fast lachte er, als er ihre Hand festhielt, aber er wurde schlagartig wieder ernst, kaum dass sie die Faust sinken ließ, »ich mag vieles sein und ein Lügner manchmal auch, in dieser Sache aber nicht. Ganz offenbar hat's niemand für wert befunden, es dir zu sagen. Und doch verhält es sich so, dass unsere Großväter, welche Brüder waren, zeit ihres Lebens im Verdacht der Häresie standen. Der deine ist zwar dem Tod auf dem Scheiterhaufen entgangen, weil er Reue zeigte, aber man hat ihn all seiner Güter beraubt und ihn vor die Wahl gestellt, entweder in die Verbannung zu gehen oder ein gelbes Kreuz zu tragen.«

Immer noch mitleidig blickte er auf sie herab, indessen sie fortwährend den Kopf schüttelte.

»Das ist nicht wahr!«, rief sie.

Es konnte gar nicht wahr sein! War nicht alles, was aus seinem Mund floss, Lug und Betrug? War er nicht einer, der von der Unehrlichkeit lebte?

»Es tut mir leid«, sagte er leise, um ihr – wennschon mit schonungslosen Worten – nicht auch noch mit einer lauten Stimme zuzusetzen. »Hast du dir nie überlegt, woher der Schatz stammt, den du bei dir trägst? Oder nein, jetzt fällt's mir ein, du hast sehr wohl erwähnt, dass ihn deine italienische Großmutter mit in die Familie brachte. Sie stammte aus der Lombardei, aus einem Dorf in der Nähe von Brescia – und dorthin war dein Großvater geflohen, so wie viele andere Katharer auch. Er hat gut daran getan, in der Fremde nicht der verderbten Lehre weiter anzuhängen wie manch dümmere, sondern sich im Exil darum zu mühen, in den Schoß der heiligen Kirche zurückzukehren. Ich denke mir, dass dies der Grund ist, warum er sich ein frommes Weib genommen hat, wie deine Großmutter es offenkundig war.«

Caterina rang nach Worten. Allerdings konnte sie ihm keine entgegensetzen. Manches Mal hatte sie Pèire von seiner sanften Mutter sprechen hören, die hier in Frankreich niemals heimisch wurde und zeit ihres Lebens an der Muttersprache festhielt. Caterina hatte ihren Namen erhalten – und hatte über Pèire diese Sprache gelernt. Doch über deren Gatten, den Großvater, kam nie auch nur ein Wort.

»Mein Vater war kein Ketzer!«, schrie sie nun, um zumindest an dieser einen unumstößlichen Wahrheit festzuhalten.

»Aber er war das Kind von einem solchen. Und in dessen Geist erzogen. Dein Vater hütete sich vor den Katharern, weil er wusste, dass ihre Zeit vorüber ist. Aber im tiefsten Inneren muss er geahnt haben, wie nah er ihnen trotz allem stand. Wie auch immer: Dein Großvater hat sein Vermögen wiedererlangt, nachdem er aus der Lombardei zurückgekehrt war. Es war zu jener Zeit, als der heilige König Louis Erbarmen zeigte, Gnade vor Recht walten ließ und manch einem die Güter wiedergab, wenn er sich nur vom Bekenntnis seiner Vorfahren distanzierte. Dein Großvater hat sogar die alten Rechte der Noblesse zurückgewonnen: das Recht zu richten, zu strafen, Truppen zusammenzurufen und diese zu befehligen.«

Caterina schwieg nun trotzig.

»Mein Großvater hingegen – er hatte sich seinerzeit gegen die Flucht entschieden und lieber das gelbe Kreuz getragen – war so dumm, sich an der Revolte in Avignonet zu beteiligen, an einem der letzten großen Aufstände gegen die Franzosen. Deswegen konnte er nicht auf Restitution – die Wiedererlangung seiner Güter – hoffen. Freilich frage ich mich, ob er es wirklich so übel getroffen hatte. Die Franzosen haben deinen Großvater und später deinen Vater um ihr Land beneidet, hielten ihre Frömmigkeit für Heuchelei und nutzten die erste Gelegenheit, ihnen den Besitz zu rauben, den ihnen die Inquisition zurückgegeben hatte. Mein Vater hingegen war zwar arm, aber zumindest hat er mit Freude gehurt und gesoffen und Bastarde gezeugt. Vielleicht ein schöneres Leben, als ständig Angst vor Missgunst haben zu müssen.«

»Wie kannst du so etwas nur aussprechen!«, empörte sich Caterina.

»Weil die Dinge so sind«, gab er schulterzuckend zurück. »Soll ich dir die Wahrheit verschweigen, nur weil du sie nicht vertragen könntest? Ich habe es bisher getan, weil ich dachte, dass es genug gäbe, woran du zu kauen hast. Doch so selbstgerecht, wie du dich benimmst, denke ich nicht, dass du der Schonung bedarfst … Übrigens, wo ich gerade darüber nachdenke, ich glaube, wir haben noch eine Großtante, die wie dein Vater gewissen Reichtum bewahrte. Meines Wissens hat ihr König Louis eine Mitgift zugesichert. Ganze achttausend Sous, stell sich das einer vor! Weil man sie schließlich nicht für die Sünden ihres Vaters verantwortlich machen könne. Ich weiß gar nicht, was aus ihr geworden ist. Schade, dass ich mich nicht einmal ihres Namens entsinnen kann. Sonst könntest du bei ihr Zuflucht suchen und wärst von mir befreit. So hast du freilich Pech gehabt, musst weiter bei mir ausharren und drauf hoffen, dass meine Sünden nicht auf deine reine Seele abfärben!«

In den letzten Worten klang Hohn mit.

»Ich verstehe nicht«, sagte sie bitter, »warum du alles mit Füßen trittst, was mir heilig ist?«

»Ich trete nichts mit Füßen«, antwortete er leichtfertig, »es ist mir schlichtweg gleich. Denn eines habe ich gelernt von der Geschichte dieses Landes und unserer Familie: Es lohnt sich nicht, für den Glauben zu sterben.«

»Es lohnt sich nicht, ohne Glauben zu leben! Und du ... sag mir nicht, du glaubst an gar nichts. Zumindest abergläubisch bist du doch, wenn du fortwährend diese grässliche Hasenpfote trägst.«

Er hielt grinsend jene Hand hoch, an dessen Gelenk sie baumelte. »Ach das ... ein Spiel ... aber wer weiß, vielleicht hat das Pfötchen mich schon vor den vielen Flüchen bewahrt, die du gegen mich aussprichst.«

»Ich bin nicht die, die über dich richtet. Aber der Allmächtige wird's tun. Wart nur! Wart nur ab!«

»Und du wirst dann danebenstehen und dich daran erfreuen, wie ich im Höllenfeuer brenne, nicht wahr?«, scherzte er, aber es klang auch ein wenig bitter.

Sie wollte grimmig nicken, als sie plötzlich erstarrte. Seine Worte ließen sie wieder an den Mann denken, den ketzerischen Richarz Marty, der gewiss schon auf dem Scheiterhaufen umgekommen war. Ob Gott ihm einen gnädigen Tod geschenkt hatte und er rechtzeitig erstickt war? Oder ob die Flammen grausam an ihm geleckt hatten?

Sie schauderte. Nun, da es vorbei war, war sie Ray dankbar,

dass er sie fortgezerrt hatte, dass sie dem Spektakel doch nicht zugesehen hatte.

Er merkte nichts von ihrem Unbehagen, zog ruckartig am Wagen, zum Zeichen, dass das Gespräch beendet war. »Nicht stehen bleiben. Wir müssen weiter. Morgen kommen wir nach Carcassonne.«

Im Jahre 1258 war im Vertrag zu Corbeil am Pas de Salses die Grenze zwischen Aragón und Frankreich festgelegt worden. Alles, was südlich davon war, blieb katalanisch, alles nördliche Gebiet wurde französisch, mit Ausnahme von Montpellier.

Ray berichtete Caterina davon, nicht nur, um ihre Neugierde zu stillen, denn nach der Verbrennung des Ketzers stellte sie kaum mehr eine Frage an ihn, sondern weil er in jenen Momenten, da er nicht seinen Betrügereien nachging, alte Bekannte traf, um mit ihnen zu schwatzen, zu trinken und zu spielen (den Männern) oder sie zu umwerben und zu verführen (die Frauen), die Stille schlecht ertrug.

Caterina sah er beim Reden kaum an, und manchmal dachte sie, dass er auch mit Bäumen sprechen würde, wäre sie nicht vorhanden, desgleichen mit den Felsen und den Büschen, wenn er solcherart nur nicht zum Schweigen verdammt wäre.

So erfuhr sie also, dass Carcassonne eine der Grenzstädte zwischen Aragón und Frankreich war. Ausführlich schilderte er die Besonderheit dieser Stadt – dass nämlich rund um sie ein riesiger Mauerring errichtet worden war, mit runden Türmen und einem tiefen Graben davor. Das war 1226 geschehen, und seitdem waren die Bauarbeiten immer wieder aufgenommen worden, um anfangs – nach der Belagerung des Raimon Trencavel – allen die bedrohliche Größe und Mächtigkeit der Burg vor Augen zu führen, und später – unter König Louis und jetzo unter König Philippe – deren Schönheit hervorzuheben.

Caterina verdrehte einige Male die Augen, gewiss, dass auch

für den Fall, dass jene Burg das größte aller möglichen Gebäude wäre, Gott keinen Gefallen daran finden würde. Hatte jener nicht bereits den dreisten Turmbau zu Babel seinem verdienten Ende entgegengeführt?

Als sie jedoch die Stadt erreichten – in Wahrheit eigentlich nur die Vorstadt, die Bastide, so stockte ihr doch der Atem. Trübe war der Tag, das rötlich-gelbe Land unter einem grauen Schleier versunken, den der trockene Wind nur zu kitzeln, nicht zu vertreiben mochte. Und doch trotzte das mächtige Mauerwerk mit klaren Formen dem unreinen Himmel, ließ sich von ihm nicht verschlucken – und offenbarte sich als nahezu riesig.

»Hab's dir doch gesagt«, meinte Ray, als er ihren Ausruf der Überwältigung vernahm, »dass es dir gefallen wird.«

»Ich habe nicht gesagt, dass es mir gefällt«, antwortete sie schnell.

»Wie auch? Ist ja Teil der schlechten Welt. Wenn ich ehrlich bin, ist's wohl auch nicht angeraten – das mit dem Gefallen. Denn die Franzosen, die hinter diesen Mauern hocken, sind ein arrogantes Pack. Hoffe, wir kommen heil nach Aragón.«

Er schüttelte einmal seine Glieder durch.

»Könnte … könnte es sein, dass man uns aufhält?«, fragte sie bang.

Er winkte ab. »Lass mich nur machen. Aber zuvor muss ich noch ein paar Einkäufe tätigen, bei denen ich dich nicht brauchen kann. Und ich weiß auch schon, wo ich dich am besten warten lasse.«

Gemeinsam mit der Menschenmenge, die tagsüber die Burganlage am Hügel erklomm, machten sie sich auf den steilen Weg und gerieten mitten in das allgemeine Gehetze, Gekeuche, Geschiebe. Längst achtete Caterina nicht mehr auf die Burg, sondern auf den eigenen sicheren Tritt, auf dass sie im allgemeinen Kommen und Gehen Ray nicht verlöre. Manch ein Ellbogen traf sie, manch Schulter schrammte schmerzhaft an ihrer. Sie war angewidert von so vielen menschlichen Leibern, von ihrem Gestank, ihrem Ächzen, ihren vielfältigen Lasten: Früchte, Gemüse und Fleisch, Waffen und Werkzeuge, Baumwolle und Tuch, das sowohl in das eine wie das andere Land transportiert wurde. Nie war es ihr angenehm gewesen, fremde Leiber zu erfühlen – doch der Ekel war heute so groß, dass sie mit sich zu kämpfen hatte, sich nicht augenblicklich umzudrehen, in einen stillen Winkel zu flüchten und dort zu warten, bis sich die Welt von so vielen Menschen gereinigt hätte.

Ray schien ihren Wunsch erahnt zu haben, noch ehe er in ihr gereift war, denn er führte sie geradewegs zur Kirche Sainte-Nazaire.

»Willst sicher ein Stündlein beten, während du auf mich wartest, habe ich recht?«

Dies war ihr lieb – desgleichen nicht zu fragen, was genau er zu erledigen gedachte.

So betrat sie die Kirche, finster und kühl und gefüllt mit jenem stickigen Kerzenqualm, der vertraut in Mund und Nase biss. Nicht nur, dass sich richtig anfühlte, was sie tat – es hüllte sie ein in jene Selbstverständlichkeit, die ihr in den letzten Wochen verloren gegangen war. Das hiesige Tun drängte nicht nach Entscheidung, noch zwang es Caterina Zweifel und Ängste auf.

Sie kniete direkt auf dem nackten Stein, sprach einige Pater noster und blickte sich erst dann, als der Rhythmus ihres Herzens sich auf vertraute Langsamkeit eingestellt hatte, genauer im Kirchenraum um. Trotz Rauch und Finsternis gewöhnten sich die Augen an das mangelnde Licht. Die Konturen wurden klarer und – nach ihrem Gefühl – sauberer, als wäre sie endlich wieder in einer Welt angekommen, wo alles Trübe kein Schmutz war, sondern nur die ehrfurchtsvolle Verschleierung des Höchsten.

Sie seufzte, presste das Bündel mit ihrem Schatz an sich, das sie nicht in Rays Wagen hatte lassen wollen, wiederholte die Gebete. Wie angenehm wäre es ihr gewesen, jetzt auch noch die stärkende Kommunion zu empfangen.

Ihr Vater hatte öfter als nur einmal im Jahr – zu Ostern, wie es beim gemeinen Volk üblich war – darauf gedrängt, desgleichen wie er vorher den Gang zur Beichte bestimmt hatte.

»Alle sollen sehen«, so wiederholte er häufig, »dass wir die Pflichten eines guten Katholiken wahrnehmen und regelmäßig anstatt nur jährlich vom Leib Christi nehmen.«

Caterina gedachte dieser Worte, suchte Frieden daraus zu ziehen wie aus dem Aufenthalt in dem heiligen Haus – und geriet plötzlich ins Stocken. Anders als ähnliche Erinnerungen an Pèires Weisungen schien sich diese gegen den Vorsatz zu sperren, ihrem ins Wanken geratenen Leben alte Gewissheiten zu beteuern.

… dass wir die Pflichten eines guten Katholiken … die Pflichten eines guten Katholiken …

Ihre Gedanken verknüpften diese Worte schließlich mit anderen. Mit Rays Worten. Wonach ihrer beider Großväter Ketzer gewesen wären und deren Söhne gegen dieses Erbe zu kämpfen versuchten – am Ende beide vergebens und vom beschädigten Ruf der Vorfahren zu Fall gebracht. Wonach die Frömmigkeit des einen nicht nur vom steten Bemühen um das Seelenheil zeugte, sondern von der Furcht, die Schatten der Vergangenheit nicht loszuwerden.

Mein Vater hasste die Ketzer, dachte sie entschlossen, er hat sie aus tiefstem Herzen verachtet, alles, wovon jene überzeugt waren, war für ihn Irrglauben, wie kann es sein, dass …

Doch da hatte Caterina plötzlich nicht nur die Mahnung des Vaters, regelmäßig zur Kommunion und zur Beichte zu gehen, im Ohr – sondern auch andere Worte, diesmal von Lorda gesagte.

»Ich habe Angst, was aus dir wird«, hatte die dickleibige

Amme oft gesagt. »Was, wenn deine Eltern nicht mehr für dich sorgen können? Ich weiß ja: Hätte er das Geld, dein Vater würde dich sogleich einem Kloster anvertrauen. Und wie gerne würde er selbst dort eintreten!«

»Aber er führt doch eine Ehe«, hatte Caterina überrascht geantwortet – nur mit dem ersten Teil seiner Pläne vertraut, »wie kann er ins Kloster gehen wollen?«

»Deine Eltern haben schon längst vor Gott gelobt, dass sie nur wie Bruder und Schwester zusammenleben«, hatte Lorda – freimütig wie stets – berichtet. »Josefsehe nennt man das, denn auch die Jungfrau Maria wurde von ihrem Gatten Josef nie berührt… und solcherart beschmutzt. Und ins Kloster will dein Vater gehen, um seine Sünde abzubüßen.«

Damals hatte sich Caterina diese Sünden nicht vorstellen können. Heute fragte sie sich, ob er nicht die Vergehen seiner Vorfahren meinte. Und war es ihm überhaupt gelungen, sich von ihrem Bekenntnis zu lösen?

Wieder hatte sie Rays spöttische Worte im Ohr. Dein Vater gleicht doch den Ketzern. Er hasst die Welt wie sie.

Und hatte nicht Lorda einmal gesagt, dass auch bei den Ketzern Mann und Frau nicht beieinanderlagen, weil es Sünde wäre, Kinder zu zeugen? Diese Kinder galten, solange noch im Leib der Mutter gefangen, obendrein als Dämonen. Die katholischen Priester stritten dies aufs Heftigste ab, erklärten vielmehr, dass ein jedes neue Menschenkind vierzig Tage nach der Zeugung seine unsterbliche Seele erhalte.

Wem hatte ihr Vater geglaubt? Wem ihre Mutter? Hatte Lorda nicht von den Ängsten Félipas erzählt, als diese mit Caterina schwanger ging? Wenn sie stürbe, so hatte sie geklagt, so würde sie vielleicht nicht zu retten sein. Der Dämon in ihrem Leib würde sie ins Verderben reißen.

Caterinas Augen begannen ob des Rauchs zu tränen. Angestrengt stierte sie um sich, hoffend, sie könne in diesem Raum

Antworten finden auf die Fragen, die sie kaum zu stellen wagte.

Wenig hatte sie von ihrem Vater gewusst. Und wer war eigentlich ihre Mutter gewesen?

Stammte auch sie … von Ketzern ab?

Caterina konnte es nicht glauben, wollte es nicht. Nein, nein, den Ketzern hatte man sämtliches Vermögen genommen, ihre Mutter aber war mit reicher Mitgift in die Ehe eingetreten. Auch das hatte sie von Lorda erfahren. Zwar hatten dazu nicht, wie üblich, Felder, Weinberge, Gärten und Mühlen gehört, jedoch das Silbergeschirr, von dem sie später aßen, die Becher, aus denen sie tranken, auch Betten, deren Garnitur und Kleider schließlich, alles zusammen im Wert von dreihundert Sous.

Doch besagte diese Mitgift wirklich, dass Félipa aus gut katholischer Familie stammte?

Vielleicht war Félipa in ihrem Trachten, jegliche Sünde zu vermeiden, indem sie nichts tat, nichts entschied, nichts sprach, vom gleichen Wunsch getrieben wie ihr Vater – sich nämlich reinzuwaschen von den Sünden der Vorfahren!

Plötzlich hätte Caterina Ray verfluchen mögen für sein ständiges Geplapper, die vielen Worte, die manches verrieten, anderes andeuteten – in jedem Fall nun aber diesen gärenden Zweifel gesät hatten, dem sie an diesem Ort doch hatte entkommen wollen.

Hastig suchte sie ein neuerliches Gebet zu murmeln, doch die Worte gerieten ihr durcheinander, und noch ehe sie sie an rechter Stelle zu packen bekam, ward sie von einem Stöhnen gestört, das vom Portal kam.

Caterina blickte sich um, so wie die anderen auch, die hier Zwiesprache mit Gott suchten – und schrie leise auf, als sie die blutüberströmte Gestalt gewahrte, die sich kaum aufrecht halten konnte und schließlich mit einem neuerlichen Ächzen direkt am Eingang der Kirche zusammenbrach.

Es war Ray, der da lag.

Das erkannte sie erst, nachdem sie auf ihn zugestürzt war – gemeinsam mit zwei anderen Frauen, die mit ihr in der Kirche gebetet hatten. Anders als jene, die abwartend vor dem Verletzten stehen blieben, kniete sich Caterina zu ihm hin.

»Ray!«, rief sie entsetzt.

»Nicht anfassen!«, riet eine der Frauen mit hörbar angewiderter Stimme.

»Aber …«

»Es heißt, wer hier im Gotteshaus mit Blut in Berührung kommt, darf die Kommunion nicht empfangen«, erklärte die Frau ernsthaft.

»Aber …«, wandte Caterina wieder hilflos ein.

»So ist's«, stimmte die andere zu, nicht bereit, sonderlich viel Mitleid für den Verletzten zu zeigen. »Béatris hat mir von einer schwangeren Frau erzählt, die eben noch in der Kirche war, als ihre Wehen einsetzten. Rasch ist sie heimgeeilt, doch noch ehe sie's nach Hause schaffte, ist sie auf offener Straße mit dem Kindlein niedergekommen.«

»Das hat doch nichts damit zu tun …«

»Und all die Frauen, die mit ihr zuvor in der Kirche gebetet hatten und von dieser Schande hörten, fühlten sich selbst so beschmutzt, dass sie ein halbes Jahr nicht zum Tisch des Herrn gingen! Will nur sagen: Blut macht unrein, ob's nun von dir oder einem anderen stammt.«

Für Caterina war es freilich zu spät, sich rein zu halten. Unwillkürlich hatte sie den stöhnenden Ray am Nacken gestützt. Aus langsam blau anschwellenden Augen blickte er sie an.

»Wir müssen weg, Base, wir müssen eilig von hier weg!«, brachte er mühsam nuschelnd aus den aufgeplatzten Lippen hervor.

»Was ist geschehen?«, fragte sie verwirrt.

»Später … ich erzähl's dir später, aber jetzt müssen wir fort!«

Caterina sah sich um. Die beiden Frauen hatten das Weite gesucht, und auch sonst wollte sich niemand hilfreich zeigen. Sich selbst freilich traute sie es nicht zu, Ray aus eigenen Kräften aufzurichten. Sein Leib war um vieles größer gewachsen und schwerer als der ihre.

Wenn er doch nur nicht hier am Kirchenportal liegen würde!, ging ihr unwillkürlich durch den Kopf. Gewiss hatten die Frauen recht, und er würde mit seinem Blut den heiligen Ort entweihen!

»Ach Ray«, schimpfte sie hilflos. »Was soll ich nur tun?«

»Geh… geh zu meinem Wagen«, stöhnte er. »'s ist vielleicht noch etwas Leinen da… und Medizin, um mein Blut zu stillen.«

Sie bezweifelte ernsthaft, dass sich in seinem Besitz Nützliches befinden könnte, ganz zu schweigen von einem echten Heilmittel, wo sie ihn doch mit solchem nur hatte betrügen sehen.

Dennoch war es ihr lieb, seiner Aufforderung folgen und ihn liegen lassen zu können. Hastig rieb sie sich die fleckigen Hände an ihrem Kleid ab und seufzte erleichtert, als sie halbwegs rein schienen.

Der Wagen, wo war der Wagen?

Sie hatte sich die Suche schwerer vorgestellt, doch was immer Ray auch geschehen sein mochte – es hatte sich nicht weit von Saint-Nazaire zugetragen, denn dort hinten erkannte sie schon das Gefährt, in dem sich sämtlicher Besitz befand.

Kurz wunderte sie sich, es unbeschadet vorzufinden, anstatt von seinen Angreifern geraubt. Dies musste doch der Grund für seine Verletzungen sein? Dass Diebespack ihn überfallen hatte?

Sie verschob den Gedanken daran, begann fieberhaft den Wagen zu durchstöbern, nicht gewiss, wonach sie eigentlich suchen sollte. Längst waren fast sämtliche Ampullen, die er mit sich geführt hatte, aufgebraucht, desgleichen die Ledersäckchen, in denen sich übel riechende, vertrocknete Krümel befanden, die Caterina gar nicht erst ansehen wollte.

Zu ihrem Erstaunen fand sie in der Tiefe des Wagens ein paar Streifen Pergament – obendrein beschrieben. Sie hatte nicht gewusst, dass Ray des Schreibens mächtig war – desgleichen, wie sie nicht wusste, welchem Zweck diese Seiten dienen sollten. Flüchtig überflog sie eine davon, erkannte eine Rezeptur gegen Bauchschmerzen und generelles Schwächegefühl: geriebene Mandeln, Anis und »Pinyonat« – gestampfte Pinienkerne – dazu ein wenig »rosata novella«, eine Mischung aus gezuckerten Rosen und Süßholz, Zimt, Muskat und Ingwer.

Sie hatte keine Zeit zu ergründen, ob dieses Rezept von einem ernst zu nehmenden Apothecarius stammte oder ob Ray es selbst – in Unkenntnis der wahren Heilkräfte der benannten Zutaten – zusammengestellt hatte. Sie kramte weiter, stieß auf einen weiteren Fetzen Pergament, diesmal war von Zitronenschale die Rede, die man in Wasser einweicht und danach in Rosenwasser kocht, bis sich diese Mixtur verdickt. Anschließend wurden einige Gewürze hinzugefügt – und was dabei herauskäme, hülfe gegen Schmerzen im Magen, ein unruhiges Herz und cholerische Anwandlungen des Gemüts.

Unnützes Zeug! Wenn er doch ein sauberes Leinentuch hätte, auf dass sie damit seine Wunden reinigen könnte! Doch ihr geriet nichts anderes in die Hände als zwei durchgeschwitzte Hemden, obendrein zerrissen und fleckig. Und hier ... war dies zu gebrauchen? Ein Gürtel, mit einer gar seltsamen Schnalle, viel größer, als sie üblich waren. Sie hatte nie gesehen, dass Ray dergleichen trug.

Caterina hatte noch nicht entschieden, ob sie tatsächlich mehr darüber wissen wollte, als sie sie schon instinktiv öffnete. Ein Hohlraum befand sich in dieser Schnalle, und jener war nicht leer, sondern beinhaltete ein kleines Lederbeutelchen –

ähnlich jener, in denen er die vermeintlichen Heilmittel aufbewahrte.

Neugierig öffnete sie das Ledersäckchen – und erstarrte. Sie hörte sich aufschreien, als sie dessen absonderlichen Inhalt erkannte.

Corsica, 251 n.Chr.

Sie starrten mich an, die Menschen, die sich in jenem Haus versammelt hatten. Es war karg, der Boden steinig und voller Schmutz. Es gab keine Sofas, nur dünne Matten, auf denen sie saßen. In der Mitte war ein nicht minder schlichtes Mahl bereitet; ich erblickte die Brotlaibe, die Julia im Haus des Gaetanus an sich genommen hatte. Julia selbst wagte ich nicht anzuschauen – ich, die ich von diesem fremden Mann ertappt worden war. Er hatte mich hineingezerrt und erklärte nun laut und erbost, dass ich heimlich am Fenster gelauscht hätte.

Nur aus den Augenwinkeln nahm ich wahr, wie Julia sich erhob.

»Lass sie los, Marcus!«, befahl sie.

Sein Griff wurde schmerzhafter, anstatt sich zu lockern.

»Was wäre geschehen, wenn sie …«, setzte der Mann an, und der Grimm wollte nicht aus seiner Stimme weichen.

Nun schien auch Julia Aurelia wütend zu werden. Als sie entschlossenen Schrittes auf uns beide zutrat, nahm ihre Stimme wieder jenen altvertrauten schrillen, unangenehmen Ton an. »Menschen wie wir brauchen vor nichts und niemandem Angst zu haben«, erklärte sie heftig. »Ich kenne dieses Mädchen. Sie ist eine Sklavin des Felix Gaetanus. Und nun lass sie los!«

Die Finger lockerten sich ein wenig.

»Eine Sklavin!«, rief er aus.

»Was klingt deine Stimme so verächtlich, Marcus?«, fuhr Julia ihn an. Ihre Hände durchfuchtelten die Luft. »Stört dich etwas daran? Es gibt nicht mehr Sklaven noch Freie, Männer noch Frauen, Juden noch Heiden, sie sind alle eins… Ist einer Sklave, so trage er sein Joch; ist jedoch einer frei, so rühme er sich nicht dafür.«

»Und was ist, wenn sie uns an ihren Herrn verrät? Was ist, wenn…«

»Feigling!«, zischte Julia. »Was für ein Feigling du doch bist!«

»Julia! Marcus!« Eine mahnende Stimme unterbrach den Streit der beiden. Wem immer sie gehörte, er schien Macht genug zu haben, dass sowohl Marcus als auch Julia beschämt zusammenzuckten und herumfuhren. Endlich wurde ich losgelassen, wenngleich dabei so heftig gestoßen, dass ich quer durch den Raum stolperte. Gefangen fühlte ich mich nun im Kreise dieser Menschen, die mich anstarrten – die einen unbewegt, die anderen misstrauisch, wiederum andere sogar freundlich.

»Bringt nicht Streit und Zwist in unsere Mitte«, fuhr jene Stimme fort. Sie gehörte einem älteren Mann, graubärtig, aber mit forderndem Blick und rüstiger Haltung. »Gebt euch brüderlich die Hand zum Zeichen der Versöhnung.«

Gleichwohl sich sichtbares Unbehagen in seine Miene schlich, kniff Marcus die Lippen zusammen. »Nicht bevor diese… diese Fremde verschwunden ist.«

»Wie?«, fuhr Julia ihn da schon wieder an, sie sprach so heftig, dass der Schleier, den sie sich offenbar vor Betreten des Hauses über den Kopf gezogen hatte, verrutschte. »Willst du sie nicht willkommen heißen in unserer Mitte? Willst du sie nicht als Gast aufnehmen?«

»Damit sie hernach zu Gaetanus rennt und ihm erzählt…«

»Das wird sie nicht tun!«

»Woher weißt du das?«

»Weil ich sie kenne!«

»Ach, du kennst sie? Du kennst ja alle Menschen. Bist ja nicht wie unsereins ein Leben lang auf dieser Insel gehockt, sondern hast die große weite Welt erforscht. Aber nur weil du persönlich die Gemeinde des Cyprianus …«

Diesmal unterbrach der alte Mann nicht mit seinem Rufen ihren Streit, sondern mit seinem Seufzen. Zu meinem Erstaunen vermochte dieser Laut mehr auszurichten als sämtliche Worte. Eben noch hatten sie sich angefunkelt, nun blickten Julia und Marcus beschämt auf die hängenden Schultern des Alten. Stille senkte sich über den Raum, bleiern und schmerzhaft. Die Blicke, die eben noch mir gegolten hatten, fielen nun auf die beiden. Auch ich harrte ungeduldig, dass einer das Schweigen unterbrechen möge, den Streit beenden.

Marcus war es, der nachgab. Er wich zwar Julias Blick aus, und um seine Lippen lag ein trotziger Zug, doch er senkte leicht den Kopf und murmelte: »Vergib mir.«

Julia antwortete mit gleichen Worten – ich hätte schwören können, dass sie ihr nur widerwillig über die Lippen kamen, und dann traten sie aufeinander zu, um sich rasch zu umarmen und sich ebenso rasch wieder voneinander zu lösen.

Gleichwohl der alte Mann nicht zusah, schien er doch zu erahnen, was hinter seinem Rücken vorging. Mit einem freundlichen Lächeln wandte er sich den beiden zu, nickte bekräftigend und ging zurück zu seinem Platze, um sich dort wieder hinzuknien.

»Wir wollen nun gemeinsam …«

Ich lauschte seinen Worten nicht mehr. Längst hatte ich das Gefühl, mehr gehört zu haben, als mir zustand – und als es gut für mich war. Rasch drehte ich mich um, und ehe Marcus' rohe Hände erneut nach mir fassen konnten, war ich schon ins Freie gelaufen und stürmte davon.

»Krëusa!«, rief sie. »Krëusa, lauf nicht fort von mir!«

Julia musste mir sofort gefolgt sein, doch erst nach einer Weile rief sie meinen Namen. Ich zuckte zusammen, fühlte mich ertappt.

»Lass mich in Ruhe!«, rief ich, und meine Stimme klang nicht minder schrill als ansonsten die ihre. »Lass mich einfach in Ruhe!«

Trotz meiner heftigen Worte fehlte mir die Kraft weiterzulaufen. Langsam kam sie auf mich zu.

»Krëusa, du warst es doch, die mir gefolgt ist…«, sprach sie ruhig.

Erst jetzt, in diesem Augenblick, gestand ich mir ein, dass sie mir Angst machte. Ja, ich war ihr gefolgt; ich hatte mir gewünscht, sie bei irgendetwas zu ertappen, das sie zur gewöhnlichen Frau gemacht hätte. Doch wie sie da vor mir stand, vermeintlich voller Mitleid und zugleich mit jenem Blick, der mir so hart, so unbeugsam erschien, da war sie mir unheimlicher als je zuvor.

»Wer sind die Menschen, mit denen du zusammensitzt?«, fragte ich krächzend. »Was ist das für ein Schatz, den du besitzt? Wer bist du, Julia?«

Ich hätte weinen können, gleichwohl es keinen rechten Grund dafür gab.

»Ich bin eine, die dich bei deinem Namen ruft«, antwortete sie schlicht. Sie hob ihren Arm, schien mich wieder streicheln zu wollen, wie damals, da sie mich im Garten abgefangen hatte.

Unwirsch wich ich zurück.

»Fass mich nicht an!«, rief ich. »Ich muss zurück zu meinem Herrn.«

»Wirst du… wirst du ihm erzählen, was du gesehen hast?«, fragte sie. Sie klang nicht lauernd, nicht ängstlich.

Vielleicht war es ihre Gleichgültigkeit, die es mir leicht machte, eine Entscheidung darüber zu fällen, was ich tun würde.

VIII. Kapitel

Languedoc und Roussillon, Frühling 1284

Caterina starrte in den absonderlichen Inhalt des Lederbeutels, als sie in den Augenwinkeln eine Bewegung wahrnahm. Sie fuhr herum und erblickte Ray, immer noch mit blutüberströmtem Gesicht und geschwollenen Augen, doch stark genug, um aus eigenen Kräften zum Wagen zu humpeln. Offenbar hatte nicht nur sein Gesicht Faustschläge abbekommen, sondern auch sein Magen, denn nach jedem dritten Schritt krümmte er sich und stieß unverständliche Flüche aus.

»Ray ... Ray, was ist das?«, fragte Caterina und hielt ihm den Lederbeutel vors Gesicht. Der Klumpen darin sah wie ein Stück verdorbenes, eigentlich schon verwestes Fleisch aus – und roch ebenso. Schon all die anderen Arzneien, die er verkauft hatte, hatten oft ekelhaft gestunken, doch waren sie meist so klein gerieben, dass man die eigentlichen Inhaltsstoffe nicht mehr erkennen konnte. Unter das übliche Mahl vermischt oder mit einem Schluck Wasser eingenommen, war es wohl denkbar, dass einer sie schluckte, der an ihre Wirkung glaubte. Caterina konnte sich jedoch nicht vorstellen, dass irgendjemand freiwillig diesen üblen, gerunzelten Bissen zu sich nehmen würde.

»Das geht dich nichts an!«, schnaubte Ray ungewohnt streng. »Und wir müssen fort von hier! Schnell!«

»Aber ...«

»Leg es dahin zurück, wo du es herhast. Und beeil dich!«

Seine Miene war so grimmig verschlossen und immer noch von Schmerzen entstellt, sodass Caterina keine Widerworte wagte. Hastig steckte sie den Lederbeutel wieder in die Gürtelschnalle, warf alles in den Wagen zurück und schob jenen in die Richtung, die Ray vorgab. Zu ihrem Erstaunen war es nicht der Weg über die Grenze, sondern jener zurück auf französischen Boden.

»Ich dachte, wir wollten hier in Carcassonne über die Grenze nach Aragón!«, warf sie verwirrt ein.

Ray stützte sich mehr auf den Wagen, als dass er ihn schob. Jeder Schritt schien seine Schmerzen zu vergrößern.

»Geht nicht! Das dauert jetzt zu lange!«, murmelte er knapp und duckte sich plötzlich halb unter den Wagen, damit er nicht gesehen werden konnte. Schon hatten sie das Stadttor erreicht, durch das sie gekommen waren. »Ich darf mich hier nicht wieder blicken lassen«, fügte er hinzu.

»Warum nicht? Wer ist es denn, vor dem du davonläufst und der dich nicht sehen darf? Und wer hat dich überhaupt so zugerichtet?«

Er zögerte, schien damit zu ringen, ob er ehrlich sein sollte oder ob es besser war, sie anzulügen.

»Also – wer?«, drängte sie erneut.

Erst als sie am Fuß der Anhöhe ankamen, auf der die Feste errichtet war, setzte er zu weiteren Erklärungen an, wenngleich er – anders als sonst – an Worten sparte und seine Sätze so knapp wie nur irgend möglich ausfielen.

»Hatte mal ein Mädchen hier. Ist lange her. Sein Vater hat mir aufgelauert. Denkt wohl, ich hätte der Tochter ein Kind gemacht. Stimmt aber nicht. Ich pass doch auf. War gewiss ein anderer, für den diese Schlampe ihre Beine spreizte. Verflucht! In jedem Fall war er drauf aus, mich zu erschlagen. Grade noch konnte ich davonlaufen, mich in Sicherheit bringen, aber wenn wir noch einen Augenblick länger in Carcassonne bleiben oder wenn ich jemals wieder hierhin zurückkehre, dann…«

Seine Worte rissen ab. Er hielt sich wieder ächzend die Leibesmitte, aber Caterinas Mitleid – oder zumindest jener Anflug davon, der sie vorhin bei Rays blutüberströmtem Anblick befallen hatte – verlosch augenblicklich.

»Wie viele Mädchen hast du eigentlich schon entehrt, du übler Schuft?«, stieß sie verbittert hervor.

»Geht dich nichts an«, schnaubte Ray. Die Schmerzen hatten all seinen Spott vertrieben, ähnlich, wie Caterina kurz vergaß, dass es dem Allmächtigen selbst obliegt, Gerechtigkeit walten zu lassen. Irgendwie traute sie dem fernen Weltenrichter in diesem Augenblick zu wenig, denn jäh zog sie mit einem kräftigen Ruck an dem Wagen, sodass Ray den Halt verlor und sein geschundener Körper zusammenklappte und auf den Boden fiel.

»He!«, rief er ebenso gequält wie übellaunig.

Caterina vermochte sich ein grimmiges Lächeln nicht zu verbeißen.

»Hast noch viel schlimmere Strafe verdient«, sprach sie streng und würdigte ihn keines Blickes mehr.

Als sie wieder bereit war, mit ihm zu reden, und ihn sein Gesicht nicht mehr zu sehr schmerzte und er wie gewohnt viele Worte machte, hatte sie das absonderliche Lederbeutelchen in der Gürtelschnalle vergessen.

Rasch hatte Ray seine Pläne den neuen Umständen angepasst.

»Ist eigentlich gut, dass wir nicht in Carcassonne nach Aragón gingen. Ziehen wir eben nach Peyrepetuse – das ist eine andere Grenzfeste, und ich kenne den dortigen Kastellan.«

Caterina fragte nicht, woher. Seitdem er die Prügel eingesteckt hatte, suchte sie den Anblick seines Gesichts zu meiden. Die blauen Schwellungen und das getrocknete Blut schienen nur noch augenscheinlicher zu machen, welch gebrochene, liederliche Existenz sich da durchs Leben schleppte und ächzte. Sie tröstete sich damit, ihm entfliehen zu können, kaum dass sie den Bestimmungsort erreicht hatten – und suchte nicht daran zu denken, welche anderen Herausforderungen dort warten mochten.

In der Nähe der Pyrenäen traf sie ein klammer, feuchter Wind, der eine noch klebrigere Nebelwand als in Carcassonne zwischen den Hügeln und Bergen hin und her trieb, ohne sie verscheuchen zu können. Nie wurde aus den paar einzelnen Tropfen, die der bleiche Himmel spuckte, ein echter Regen – und doch hatte Caterina den Eindruck, der Nässe nicht entkommen zu können. Klamm fühlte sich ihr Gewand an, wenn sie am Abend rasteten, und klamm war es, wenn sie sich mit steifen Gliedern am nächsten Morgen erhob. Der Weg war rutschig, und mehr als einmal musste sie sich an den rauen Zweigen festhalten, die ihr das Gebüsch und die Bäume am schlammzerbissenen Rande des Weges entgegenstreckten.

An jenem Tag, da sie Peyrepetuse erreichten, hing der Nebel besonders dicht, noch nicht in den Tälern, deren ansonsten grüne Heide und Weinberge grau wie Asche waren, jedoch mit jedem Schritt, der weiter in die Höhe führte. Das Grau wurde undurchdringlich und verschluckte schließlich gänzlich die Burg auf dem schroffen Hügel, zu der Ray wollte.

Einst war Peyrepetuse ein Rückzugsort des ketzerischen Grafen Guillaume gewesen. Doch nachdem die Franzosen Carcassonne erobert hatten, unterwarf sich der Graf und überließ sämtlichen Besitz König Louis. Jener ließ die ungerade Treppe bauen, die nun zur Burg hochführte und über die sich der Holzwagen nur mit bedrohlichem Knirschen schieben ließ.

»Verflucht!«, knurrte Ray. Alle Anstrengung fiel ihm nach den Prügeln, die er hatte einstecken müssen, schwerer, und wie Caterina drohte er ständig auszurutschen. Sie verstand seinen Überdruss, zumal sie mehr und mehr das Gefühl hatte, in ein ödes Nichts zu wandern, anstatt an einen menschlichen Ort, und sprach doch streng: »Hör zu fluchen auf!«

»Droben in Sainte-Marie kannst du beten«, gab Ray unwirsch zurück.

Grau wie das Wetter schien seine Laune und gewann erst wieder an Farbe, als aus dem wabernden Nebel eine Wand hochragte, schmucklos und rau, aber doch verheißend, dass es hier etwas gab, was von Menschenhand errichtet worden war. Und Ray hatte nicht gelogen – tatsächlich kannte er den hiesigen Kastellan, der den unerwarteten Besuchern zwar misstrauisch entgegenblickte, aber dessen Miene sich sichtlich erhellte, als aus dem grauen Schatten ein vertrautes Gesicht wurde, das Unterhaltung verhieß.

Ray hatte, als er das letzte Mal von Frankreich nach Aragón gezogen war, offenbar bleibenden Eindruck hinterlassen, denn die Handvoll Soldaten, die sich hier zu Tode langweilten und angesichts derer Caterina vor Angst verging, da es Franzosen waren, fingen sogleich an, jene Possen und Scherze, jene Kunststücke und schließlich auch das Würfelspiel einzufordern, mit denen Ray sie das letzte Mal unterhalten hatte.

Caterina blieb mit gesenktem Kopfe stehen, während der munteren Begrüßung ebenso wie im Laufe des Nachmittags, einmal mehr verwundert, wer Ray war und wie viele Menschen er auf dieser Welt kannte.

Immerhin konnte sie tatsächlich in der Kapelle Sainte-Marie beten. Und später im kargen Palas – dem Saal der Burg – trocknete der Qualm, der aus dem Kamin kam, erstmals seit Tagen die klamme Kleidung. Endlich erwärmt wagte sie aufzublicken – und errötete, als sie die Blicke sämtlicher Männer hier auf sich ruhen fühlte. Ihre Gesichter waren allesamt dunkel, nicht nur von der Sonne gegerbt, sondern von jenem Ruß verschmutzt, der auch die Decke geschwärzt hatte. Weder schien es hier kundige Frauenhände zu geben, die den hohen Saal manchmal reinigten oder die Männer zu mehr Körperpflege anhielten, noch solche, mit denen sie sich vergnügen konnten.

Dass sich dieser Umstand nun für kurze Zeit geändert hatte, schien den Männern erst jetzt aufzugehen, zumindest einem. Nicht ganz so groß gewachsen war er wie der Rest, aber nicht minder unheimlich. Sein Gesicht war nicht nur von schwarzen Krusten übersät, sondern auch noch von roten Geschwüren. Er hustete und spuckte, indessen er langsam näher trat. Ray ignorierte er, Caterina jedoch unterzog er einer aufmerksamen Musterung. Mit seinen schwieligen Händen fuchtelte er in der Luft herum, als müsse er erst den dichten Rauch vertreiben, um überhaupt einen anständigen Blick auf das Mädchen werfen zu können.

Sein Gesichtsausdruck war gleichgültig, und Caterina, die sich unwillkürlich dichter an Ray gepresst hatte, hoffte schon, er möge sein Interesse alsbald wieder verlieren und an seinen Platz zurückkehren. Doch just in diesem Augenblick schnellte seine Hand vor und kniff ihr in die Wange, nicht unbedingt schmerzhaft, aber beschämend vertraulich. Sie schrie entsetzt auf. Der Mann grinste nur, kniff noch beherzter zu, diesmal vom Rest der Männer, die in Gelächter ausbrachen, wohlwollend beobachtet. »So, so, Ray«, knurrte einer von ihnen, indessen auch er sich nun langsam erhob. »Hast uns also diesmal ein Mädchen mitgebracht.«

Caterina presste sich noch enger an Ray, doch jener schüttelte sie ab. Schon dachte sie, er würde sie im Stich lassen, sie den Männern überlassen, ganz gleich, was diese planten – die stierenden Blicke zumindest verhießen nichts Gutes –, als er plötzlich aufsprang. Er riss Caterina mit sich und solcherart weg von dem Mann, der da ihre Wangen befingerte, und stellte sich vor sie.

»Hört mir gut zu!«, mahnte er gutmütig, aber doch mit festem Blick in die Runde. »Das hier ist meine Verwandte; sie gehört zu mir, also fasst sie nicht an!«

Einige der Männer grölten wieder vor Lachen, andere jedoch

kniffen die Augen zusammen. Ihr Blick, eben noch gierig, wurde finster, und Caterina spürte zu ihrem Entsetzen, wie Ray sich anspannte, langsam gewahrend, dass er wohl doch weniger Herr der Lage war, als er eben noch geglaubt hatte. Ihr Herz pochte bis zum Hals. Oh, wenn sie doch niemals diese rauchige Burg betreten hätten!

»Als ob du Lump uns was verbieten könntest«, knurrte da schon einer der Männer.

»Wie willst du halbe Portion sie vor uns bewahren, wenn wir sie denn wollten?«, rief ein anderer dazwischen.

Und wieder ein anderer rief kreischend – entweder vor Spott oder vor Zorn: »Was glaubst du, wie langweilig es hier ohne weibliche Gesellschaft ist? Vor einem halben Jahr starb die Kastellanin, und ihre Mägde wollten nicht bleiben.«

»Was Wunder, so wie du ihnen nachgestiegen bist!«

»Tja, ich bin ein Mann. Und wenn ich hätte Mönch werden sollen, dann hätte man mir schon die Eier abschneiden müssen. So lassen die mir keine Ruhe.«

Ungeniert fasste er sich zwischen die Beine, um sich dort zu reiben.

Caterina umschlang mit neuerlichem Schreckensschrei Rays Leib.

»Also gut«, meinte jener schließlich mit kaum merklichem Zittern in der Stimme. »Also gut: Ich verstehe, was ihr wollt und braucht, und ihr sollt es ja auch bekommen, nur eben nicht von diesem Mädchen hier. Ich kann mir auch nicht denken, dass sie euch wirklich gefällt, ist doch ohnehin zu wenig Fleisch dran, um lustvoll zuzupacken, oder?«

»Und wo sollen wir deiner Meinung nach dann hingreifen? Etwa nach deinem Arsch?«

Er lachte schrill; Ray stimmte halbherzig mit ein.

»Ganz sicher nicht«, meinte er – und dann unterbreitete er ihnen einen Vorschlag, den Caterina zu jeder anderen Stunde als anstößig und sittenlos empfunden hätte. Heute freilich erfüllten Rays Worte sie nur mit Erleichterung. Sie schloss die Augen und legte beruhigt den Kopf auf seinen Rücken.

In der Nacht bekam sie kein Auge zu.

Auf dass die Männer von ihr abgelenkt wären (das war das Lohnenswerte an seinem Vorschlag) und er sich auch selbst der Lust hingeben konnte (dies war das Schändliche daran), hatte Ray für ein paar Mädchen aus dem Dorf bezahlt. Es war nicht gewiss, ob diese Frauen in Wahrheit ehrbare Bäuerinnen waren, die sich solcherart ein Zubrot verdienten, oder aber jene liederlichen Frauenzimmer, die einzig davon lebten, den Körper zu verkaufen. In jedem Fall kamen sie mit großzügig ausgeschnittenen Kleidern, mit offenem Haar, wie es eigentlich nur Jungfrauen tragen durften, und setzten sich bereitwillig zu den Franzosen, um zuerst das Mahl, dann den Wein, schließlich das Lager – kaum mehr als verlauste Strohmatten – zu teilen. Am liebsten von allem schien ihnen das Trinken zu sein. Eine von ihnen war lange stumm geblieben, kurz hatte ihr toter Blick den von Caterina getroffen. Doch nachdem sie einige Schlucke des säuerlich riechenden Weins in sich hineingeschüttet hatte, so gierig, als wäre sie am Verdursten, da begann sie laut zu lachen, sogar zu singen, und ihre Augen glänzten mit einem Male.

Dieses Mädchen machte sich an Ray heran, und wiewohl jener anfangs steif stehen blieb und nicht auf ihre Umarmungen reagierte, so grinste er schließlich doch belustigt, ließ sich verleiten, sich hinzulegen, und schon setzte sie sich auf ihn drauf.

Caterina schüttelte nur stumm den Kopf. Ein Wort aus der Bibel fiel ihr ein: Tötet, was irdisch an euch ist: die Unzucht, die Schamlosigkeit, die Leidenschaft, die bösen Begierden. Doch der vorige Schrecken saß ihr noch zu sehr im Leib, um es auch auszusprechen.

»Sieh zu, dass du dich in irgendeiner Ecke verkriechst!«, rief

Ray ihr schon nachlässig zu, indessen seine Hand in den Ausschnitt des Mädchens fuhr, das ihm da neckisch und zugleich mit ausdrucksloser Miene seine Brüste entgegenreckte.

Caterina folgte seinem Befehl schweigend, durchwachte die Nacht, nicht nur vom Stöhnen – manchmal sanft, manchmal ächzend, manchmal so schrill, als würde Lust zugleich schmerzen – am Schlaf gehindert, sondern auch von eigenen Gedanken.

Wie gerne hätte sie Ray beschimpft und getadelt! Und wie dankbar war sie ihm insgeheim, dass er es verstand, sie zu schützen!

Wie verderbt war es, Geld für Frauen zu verschwenden! Und zugleich wie großzügig von ihm, es nicht zuletzt zu ihrem Wohle zu zahlen!

Irgendwann versank sie doch in unruhigen Schlummer, erwachte mit schmerzendem Hals ob des Rauchs.

Ray schien es nicht sonderlich besser zu gehen. Blass war er und hatte obendrein tiefe Ringe unter den Augen, gleichwohl er behauptete, sich beim Wein zurückgehalten zu haben.

Erst im Gespräch, das er zum Abschied mit dem Kastellan führte, schien Ray wieder zu erwachen. Caterina, erleichtert, dass keiner der Männer ihr mehr Beachtung schenkte, hörte anfangs kaum zu und wurde dann doch aufmerksam, als mehrere Mal der Name Aragóns fiel, jenes Landes, in das sie ziehen würden.

»Ich würde nicht nach drüben gehen«, riet der Kastellan. »Ich riech's, es liegt schon in der Luft: Bald gibt es Krieg zwischen Frankreich und Aragón. Schon jetzt streiten sie sich im Mittelmeer andauernd um irgendwelche Inseln. Würde mich nicht wundern, wenn die Fehde demnächst aufs Festland schwappt. Es heißt auch, der Papst wäre dem dortigen König nicht wohlgesonnen und plane, die Krone einem französischen Prinzen zu übertragen.«

»Ach was!«, winkte Ray ab. »Beide Länder sind gut beraten, sich an den Vertrag von Corbeil zu halten.«

»So wär's, wenn drüben alles recht liefe. Aber du weißt: Aragón ist geteilt zwischen zwei Brüdern. Und jene leben in solchem Unfrieden, dass dieser sich schnell über die Grenze hinweg ausbreiten könnte, wenn du verstehst, was ich meine!«

Ray nickte wissend, Caterina jedoch begriff nichts.

Später, nachdem sie aufgebrochen waren, mühselig den Wagen über die Steine hievten, die noch glitschig im Morgentau lagen, und schließlich einen ebeneren Weg auf der anderen Seite der Grenze erreichten, konnte sie nicht umhin, Ray danach zu fragen.

»Wenn... wenn es Krieg zwischen Frankreich und Aragón gibt«, fragte sie, »was machen wir dann hier? Wer wird uns helfen, wenn wir doch vom Feindesland kommen!«

»Ach was!«, wiederholte er leichthin. »Zum einen gelten wir dort drüben nicht als Franzosen, sondern als Okzitanier. Und die sind dafür bekannt, dass sie Frankreich hassen und sich gerne mit Aragón verbünden. Und zum anderen: Du hast es doch schon gehört! Ist Bruderzwist dort angesagt. Dies Gebiet hier, wo wir nun sind, ist eigentlich nicht Teil von Aragón, sondern vom Königreich Mallorca, und hier herrscht Jaume. Jener wiederum hasst seinen Bruder Pere von Aragón, und das so sehr, dass er im Zweifelsfalle den Franzosen hilft. Offenbar hat er zu diesem Zwecke sogar ein geheimes Abkommen mit dem französischen König geschlossen.«

Caterina begriff noch weniger. »Ich verstehe kein Wort von dem, was du sagst!«

Ray schnaubte ungeduldig. »Siehst du nicht, wie müde ich bin?«

»Das ist gewiss nicht meine Schuld«, konnte sie sich die Antwort nicht verbeißen.

Er schnaubte wieder. »Sei du nur froh, dass...«, setzte er

an, aber ließ den Rest offen. Sie verstand auch so, was er meinte, gleichwohl sie sich jeden Anflug von Dankbarkeit untersagte.

»Was ist nun mit den beiden Königsbrüdern!«, bedrängte sie ihn nach einer Weile des Schweigens.

Er griff sich an den Kopf.

»Lass mich einfach in Ruhe«, bellte er unwirsch. »Mir platzt gleich der Schädel. Morgen sag ich dir mehr.«

Er hielt sich an dieses Versprechen, und in den nächsten Tagen erfuhr Caterina noch mehr von dem fremden neuen Land, in dem sie sich nun befanden.

Von Jaume el Conqueridor, hatte ihr Ray schon einmal berichtet, von dem Misstrauen, das die Franzosen lange Zeit ihm gegenüber hegten, und schließlich von dem Frieden, den Jaume mit König Louis geschlossen hatte und der die Hoffnung der Okzitanier zerschlug, mit Jaumes Hilfe wieder die Unabhängigkeit von Frankreich zu erlangen.

Nach seinem Tod hatte Jaume sein Reich auf seine zwei Söhne aufgeteilt: Pere, der dritte Aragónische König seines Namens, el Gran genannt, erhielt das Kernland Aragón, dazu Katalonien und Valencia. Sein Bruder Jaume, nunmehr König Jaume II., die Baleareninseln und obendrein Territorien auf dem Festland: Cerdagne und das Roussillon mit Collioure, Conflent, Vallespir und obendrein Monpellier.

»Und hier«, sprach Ray, »kommen wir zu dem Bruderzwist. Denn wohingegen der Vater seine beiden Söhne als gleichberechtigte Könige sah, fühlte sich Pere als der Ältere zum eigentlichen Herrscher berufen, zwang Jaume, sich ihm zu unterwerfen und den Lehnseid zu leisten. Seitdem mag sich Jaume zwar König nennen, aber letztlich kann er keine freien Entscheidungen treffen. Es heißt, dass obendrein der katalanische Adel, seit jeher mit dem Aragónischen verfeindet, über die Unterwerfung

Jaumes so verbittert war, dass sie ihm irgendeinen Vertrag – weiß der Teufel, worüber – abzwangen, sodass sie ihn fast sämtlicher Gewalt beraubten. Kein Wunder also, dass Jaume hofft, die Franzosen mögen seinem Bruder den Krieg erklären und ihn bezwingen, was folglich heißt, dass wir in seinem Gebiet – und dort befinden wir uns – nicht Angst haben müssen, dass man uns für Feinde hält. Puh! Welch schwere Worte, wir sollten rasten!«

Der Himmel war grau wie gestern, die Luft jedoch nicht mehr neblig, sondern schwül.

»Wie kommt's, dass du so viel weißt von dieser Welt, Ray?«, fragte sie.

Wiewohl er bessere Laune hatte als gestern, wirkte er doch nachdenklich, wartete lange mit der Antwort.

»Bin eben schon eine Menge herumgekommen«, meinte er schließlich, um dann hinzuzufügen: »Mehr als du, Base, wie man sieht. Macht ja nichts! Ich helf dir gerne!«

Es klang spöttisch – und ein klein wenig ärgerlich.

»Pah!«, entfuhr es ihr. »Dass du's gerne tust, kann ich nicht recht glauben.«

»Aber, aber, ich kann doch meine liebe Base nicht im Stich lassen«, höhnte er. »Und obendrein könnte ich nie ein frommes Werk versäumen.«

Unwillkürlich presste sie den Schatz an sich.

»Wir sollten nicht zu lange rasten!«, drängte sie ihn. »Sagtest du nicht, wir würden bald nach Perpignan kommen – und dort könnte ich mich an den Bischof wenden?«

Er schüttelte seine Glieder, sie schienen wieder heil geworden zu sein, lachte grell wie eh, aber wich Caterinas Blick plötzlich aus. Kaum fiel es ihr auf. Nur kurz durchzuckte sie die Frage, ob er etwas zu verbergen hatte, wenn er, der ihrer strengen Miene so gern gespottet hatte, jene plötzlich mied.

Ray blieb merkwürdig verschlossen.

Immer weiter kamen sie nun in den Süden, wo die Frühlingssonne die klamme Nebelwand versengte und selbst Caterina dazu verleitete, manchmal den starr gesenkten Blick, den sie sich angewöhnt hatte, um möglichst wenig erschauen zu müssen, gen Himmel zu heben und sich von ein paar der kitzelnden Strahlen necken zu lassen. Die feuchten Kleider trockneten, und sämtliche Lasten schienen leichter zu werden.

Nur Ray wirkte betrübt. Kaum, dass er ihr mehr über die hiesigen Könige erzählte noch von der nächsten Stadt verriet, die sie erreichen würden. So blieb's ihr selbst überlassen, die Landschaft zu mustern und zu gewahren, wie sie sich – in Meeresnähe – langsam wandelte. Die Bäume ihrer Heimat waren gerade gewachsen – wie aufrechte Männer, die ihren Kopf forsch und stolz gen Himmel strecken. Nicht weit von der Küste jedoch schienen sie sich zu krümmen, auf allen vieren zu gehen, sodass nicht nur die Beine, sondern auch die Hände in den Boden verwurzelt schienen. Und immer wieder ward der Wald glatzig; bräunlich-rote Erde klaffte zwischen dem dunklen Grün.

Schließlich gab's nicht nur Natur zu erschauen, sondern dichter werdende Häuserketten, deren Dächermeer schon von ferne die Stadt ankündigte.

Erst jetzt war Ray bereit, wieder zu sprechen.

»Kann sein, dass unsere Wege sich bald trennen, Base«, spottete er, ohne erkennen zu lassen, ob ihn dies mit Wehmut oder Erleichterung erfüllte.

»Das heißt, wir sind in Perpignan?«

»Oder Perpinyà, wie's die Katalanen nennen.«

Schon in Carcassonne war Caterina von dem Gewühle verstört gewesen, das in der Nähe des Stadttors immer dichter und drängender wurde. Hier freilich schien jene Geschäftigkeit noch schriller, noch lauter, noch schmutziger zu sein. Nicht nur, dass die üblichen Händler und Bauern mit ihren Waren auf der Generalis via, der größten Straße, zum Marktplatz zogen. An jeder Ecke schien obendrein gebaut zu werden: Da wurde in den ärmlichen Vierteln Holz geschleppt und notdürftig aneinandergezimmert. Da wurde anderswo Lehm gestampft, und wieder anderswo schlichtete man graue Steine, wie sie hierzulande üblich waren, übereinander, in der Eile und Hektik oft so schief, dass Caterina sich fragte, wie solch ein Bauwerk auch nur einen Tag überstehen konnte. Dunkler sahen die Menschen hier aus als in ihrer Heimat, und alles, was sie taten, wurde von aufgeregten Worten verfolgt, in denen der Schalk ebenso plötzlich hervorblitzen konnte wie der Zorn. Ihre Laute waren anfangs fremd, doch Caterina, der Sprache ihrer lombardischen Vorfahren mächtig, glaubte mit der Zeit manches Wort zu verstehen.

Obwohl alsbald erschöpft von dem Lärm, den Gerüchen und den vielen Leibern, hielt sie allem besser stand als damals in Carcassonne.

»Warum werden hier so viele Häuser errichtet?«, stellte sie eine der seltenen Fragen an Ray, zu denen sie sich von sich aus entschließen konnte.

Er zuckte die Schultern. »Als ich das letzte Mal hier war, zählte die Stadt kaum mehr als zwölftausend Seelen. Müssen jetzt fast doppelt so viele sein, Bauern in der Umgebung, die's leid sind, den harten Boden zu beackern, und lieber weben und spinnen wollen, auch wenn sie dann oft in einer stinkenden Gerberei landen, wo sie so lange das Leder beizen, bis sie von den Dämpfen blind werden.«

»Das muss schlimm sein«, murmelte Caterina. Sie konnte nicht verstehen, dass jemand dieses Gewühle hier freiwillig suchte, sein bisheriges Leben auf dem Lande aufgab und eine ungewisse Zukunft in der Stadt wählte. Gewiss, auch sie hatte von der Heimat lassen müssen – jedoch erzwungenermaßen, nicht aus freien Stücken.

»Trotz allem Elend ist's wohl richtig, dass man die Zukunft

hier nicht nur in bäuerliche Hände legt«, meinte Ray jedoch. »Es heißt, das Land hier ist so viel ärmer als sein Nachbar Frankreich. Nun sucht der arme König Jaume, der von seinem Bruder so geknebelt wird, wohl alles zu tun, um zumindest die Hauptstadt seines Reichs Mallorca zu beleben, indem er die Herstellung und den Handel mit Stoffen ausbaut.«

Hernach schwieg er wieder. Erst als sie – an der großen, dicken Stadtmauer entlang – mühsam den Hügel bestiegen hatten, der im Süden die Stadt überragte, fügte er hinzu: »Hier baut man auch… seit vielen Jahren schon an einem neuen Schloss, dem Castell Rei. Am besten, du wartest hier auf mich.«

Caterina war von dem riesigen, würfelförmigen Gebäude aus rotem Stein so abgelenkt, dass sie kaum auf seine letzten Worte achtete. Nichts war hier von den Türmen und Erkerchen der Burganlage von Carcassonne zu erkennen. Die Mauern, die wie eine Wand vor ihr aufragten, waren ebenso glatt wie schmucklos. Winzig klein waren die Gucklöcher, von denen sie dann und wann durchbrochen war, ohne dass jene freilich den Blick ins Innere freigegeben hätten.

»Und wo residiert der Bischof?«, wollte Caterina fragen, verstand sie doch nicht, warum Ray sie ausgerechnet hierher geführt und obendrein verlangt hatte, sie möge auf ihn warten. Als sie sich nach ihm umdrehte, entfuhr ihr ein leiser Schrei, denn ohne weitere Vorwarnung war er verschwunden – in jenes Menschendickicht, das eine einzelne Gestalt nur allzu schnell verschlucken konnte.

»Ray!«, schrie sie in höchster Aufregung. »Ray!«

Er antwortete nicht. Er war wie vom Erdboden verschluckt.

Über Stunden kehrte er nicht wieder. Dass er den Holzwagen zurückgelassen hatte, erfüllte sie anfangs mit Erleichterung, verhieß es doch, dass er gewiss nicht lange fortbleiben wollte. Doch als er auch am späten Nachmittag, da die Sonne abendlich errötete, nicht zurückkam, so begann sie sich immer weiter von dem Gefährt zu entfernen und an die fünfzig Schritte unruhig spähend auf und ab zu laufen. Wo blieb er nur? Was hatte er so plötzlich zu erledigen?

Sie haderte mit dem Umstand, dass sie so wenig über seine wahren Motive wusste, dass so vieles rätselhaft gewesen war – sein Schweigen in den letzten Tagen, auch der Vorfall in Carcassonne, als er vorgab, der Vater eines entehrten Mädchens hätte ihn zusammengeschlagen. Das mochte vielleicht der Wahrheit entsprechen, doch nun, da sie daran dachte, fiel ihr wieder das absonderliche Lederbeutelchen samt seines Inhalts ein, das sie damals in seinem Wagen gefunden hatte und nach dem sie ihn nicht gefragt hatte. Vielleicht war das ein Fehler gewesen, vielleicht hätte sie versuchen müssen, mehr aus ihm herauszulocken – dann würde sie womöglich nicht so ratlos hier stehen und über Stunden auf ihn warten müssen!

Stiller war's nun geworden. Ins Gesumme der Menschen mischte sich das Rauschen der Olivenbäume, der Steineichen und des Judendorns, die hier, in der Nähe des Palastes wuchsen. Wiewohl sie hier nicht im Marktbereich war, ging mancher Handwerker in zur Straße hin geöffneten Werkstätten seiner täglichen Arbeit nach: Zimmerleute, die offenbar am meisten am Wachsen der Stadt verdienten, desgleichen Besitzer von Webereien, Waffenschmieden und Mühlen.

Nirgendwo wagte Caterina lange stehen zu bleiben, um nicht als einsames Mädchen die Blicke auf sich zu ziehen. In einer dieser offenen Werkstätten jedoch erblickte sie so Absonderliches, dass sie nicht umhinkonnte, innezuhalten und kurz zu vergessen, dass sie nach Ray Ausschau zu halten hatte.

Da war ein riesiges Stück Kalbspergament aufgespannt – so hoch, wie sie selbst groß war, und kaum weniger breit, doch anstelle von Buchstaben malte der Mann, der davor saß, eigentümliche Formen darauf, verwackelte Kreise und schiefe Striche.

Dies nun deuchte sie die größte Verschwendung von Pergament, die sie je erleben musste. Ihr Vater war stets so stolz auf die wenigen Bücher gewesen, die sich in seinem Besitz befanden, dass er sie nur ehrfurchtsvoll und vorsichtig berührte. Pergament zu beschreiben hielt er für ein ganz außergewöhnliches Privileg, das nur den wichtigsten Mitteilungen vorbehalten war, und auch jene blieben meist nur für kurze Dauer festgehalten, ehe sie zugunsten neuen Textes abgeschabt wurden.

Dieser Mann jedoch wagte es, Pergament in großen Mengen zu verprassen, und das obendrein für unnütze Zeichnungen!

Er schien ihren vorwurfsvollen Blick zu bemerken, denn nun hob er sein verrunzeltes, längst vom Leben verdörrtes Gesicht und rief ihr fremd klingende Worte zu – offenbar die Frage, warum sie ihn so aufdringlich anstarrte. Caterina zuckte zusammen, hob abwehrend die Hände und murmelte eine Entschuldigung auf Okzitanisch, danach auf Französisch.

Zu ihrem Erstaunen schien der Mann sie zu verstehen, denn schon sagte er in gleicher Sprache: »Du weißt nicht, was ich hier tue, nicht wahr?«

Caterina hätte vor Scham in den Boden versinken mögen, da sie allein mit einem Mann sprach. Doch dieser schien sich nicht um die Gebote des Anstands zu scheren, sondern sich einzig an der Abwechslung zu erfreuen, denn er redete weiter – und entfachte ihre Neugierde noch mehr, als er die merkwürdigen Gebilde auf der riesigen Karte zu erklären suchte.

»Das ist der Versuch einer Mappa mundi«, sprach er mit starkem Akzent, wiewohl verständlich, »einer Karte der ganzen Welt, so wie sie schon der große Ptolemäus zu zeichnen getrachtet hat.«

»Ihr malt die ganze Welt?«, fragte Caterina verständnislos.

»Das ist keine Malerei, sondern eine Karte, so wie sie wir Kartographen herzustellen wissen. Verkleinert dargestellt ist das, was Gott selbst sieht, wenn er vom Himmel herabschaut. Das soll dem Zwecke dienen, sich auf langen Reisen zu orientieren.«

Caterina verstand nicht, was er meinte, jedoch, dass es sehr anmaßend klang, dem Menschen die gleiche Perspektive wie Gott zu erlauben. Wiewohl sie gerne weitergefragt hätte, hielt sie es für besser zu schweigen.

Den Mann störte es nicht. »Hier, siehst du? Dies ist Asien, dies ist Ifriqua, und dies ist Europa«, sprach er und deutete auf drei große Flecken, deren Umrisse Caterina an monströse Tiere erinnerten. »Dazwischen – da ist das Mittelmeer. Und dort, wo die Kontinente aufeinandertreffen, liegt Jerusalem, die Stadt Christi und der Apostel.«

Ob dieser Worte trat Caterina staunend näher. Jerusalem, obwohl noch immer in Heidenhänden, war die heiligste Stadt der Welt. Es konnte kein Unrecht sein, sie auf einer Karte ehrfürchtig zu bestaunen.

»Und hier«, sprach der Mann schon fort und deutete auf einen kleinen Punkt inmitten jener Fläche, die er zuvor als Mittelmeer ausgewiesen hatte, »hier ist meine Heimat.«

»Du stammst nicht von hier?«

»Ich bin fürwahr viel herumgekommen. Meinen Knochen hat's geschadet, das schwör ich dir, aber die Welt habe ich dabei doch so gut kennengelernt, dass ich sie jetzo aufzuzeichnen vermag. Mallorca heißt die Insel, von der ich komme, wiewohl freilich nun das ganze Königreich diesen Namen trägt, dem der große Jaume sie einverleibt hat. Gott gebe, jener würde noch unter den Lebenden weilen. Es ist eine Schande, dem Tun seiner Söhne zusehen zu müssen. Die Mutter der beiden war Ungarin, und ich sage dir: Es ist nicht gut, wenn sich das Blut des Nordens mit dem des Südens vermischt. Jaume II. hört nicht auf zu zetern, dass er dem Bruder den Lehnseid schwören musste. Pere hingegen will das ganze Mittelmeer unterwerfen und bekriegt sich deswegen mit den Franzosen. All diese Inseln hier hat er sich erkämpft, oder er will sie sich noch erkämpfen: Sizilien und Malta …«

Seine fleckige Hand fuhr die riesige Karte auf und ab, ohne dass Caterina seinen Worten recht folgen konnte. Immer noch fiel es ihr schwer zu begreifen, wie ein Strich und ein Kreis das sein sollte, was Gott vom Himmel aus von der Erde zu sehen bekam.

»Und Frankreich und Aragón sind nicht die Einzigen, die sich ums Mittelmeer streiten. Wie vielen Seeschlachten bin ich gerade so entkommen! Genua und Pisa liegen sich seit Jahrzehnten, was sage ich, seit Jahrhunderten in den Haaren. Hier: Siehst du – Sardinien! Und weiter nördlich Korsika! Beide Inseln haben Pisas und Genuas Begehrlichkeiten erweckt und nun … ach, du hörst mir ja gar nicht richtig zu. Verstehst du nicht, was ich sage?«

Caterina zuckte etwas beschämt die Schultern.

»Was rede ich auch mit einem dummen Mädchen«, sagte der gefurchte Alte mit unverkennbarem Überdruss. »Schaust mir nicht aus wie eine, die etwas von der Welt versteht. Nun, vielleicht verstehe auch ich nicht sehr viel. Nur eines weiß ich ganz genau: Die Welt ist sehr schön … würden nicht so viele Menschen drauf leben.«

Caterina wusste nichts zu antworten – und war sogleich davon entbunden. Nach langen Stunden stand – ebenso plötzlich und unangekündigt, wie er entschwunden war – Ray vor ihr, staubig und verschwitzt, doch ohne Erklärung, was er in den letzten Stunden getrieben hatte.

»Was tust du denn hier?«, fragte er gereizt und zog sie von dem Kartographen weg, ohne einen Blick auf dessen Karte zu werfen. »Besser, du hättest auf unseren Wagen aufgepasst!«

»Ist das meine Aufgabe, wo er doch dir gehört?«, gab Caterina barsch zurück und wollte ihm nicht zeigen, wie unendlich erleichtert sie über seine Rückkehr war.

Er gab keine Antwort, zuckte nur mit den Schultern.

»Wir müssen noch weiter gehen«, fügte er schlicht hinzu. »Hab mich geirrt. Nicht Perpignan ist Sitz des hiesigen Bischofs, sondern Elne.«

»Aber…«

»Tut mir leid! Tut mir leid!«, kam's wieder gereizt. »Was weiß ich, wo die Pfaffen hocken. Also los!«

Sprach's, wandte sich um und ging zum Wagen. Vielleicht hat er etwas getrunken, und es bekommt ihm nicht, suchte Caterina sich sein sonderliches Gebaren zu begründen. Eine andere Erklärung hierfür fand sie nicht – weder an diesem Abend noch in den nächsten Tagen.

Nach Elne ging es also, nebst Urgel das zweite katalanische Bistum. Für den Anfang gab sich Caterina damit zufrieden. Erst am nächsten Tag fragte sie Ray, wo es läge und wie lange sie von Perpignan aus dorthin bräuchten.

»Weiß nicht«, antwortete er knapp. »War noch nie dort.«

»Und woher kennst du dann den Weg?«

»Kenne ihn nicht. Ich rate ihn nur. Außerdem… außerdem…«, ein kurzes Zögern schlich sich in seine Worte. »Außerdem muss ich vorher noch nach Collioure.«

»Aber du hast doch…«

»Reg dich nicht auf!«, fiel er ihr ungewohnt scharf ins Wort. »Ich habe dir versprochen, dich zu deinem Pfaffen zu bringen. Schön und gut. Aber ich darf doch noch meine eigenen Geschäfte verfolgen, oder nicht?«

Sie gab keine Antwort, sondern presste nur die Lippen aufeinander, verwirrt über den Aufschub, vor allem aber über seine schlechte Laune, seine Ungeduld. Derart hatte er sich noch nie gebärdet.

Freilich, versuchte sie sich zu trösten, war von ihm niemals Gutes zu erwarten gewesen. Gewiss war es besser, er verbarg seine Machenschaften vor ihr, solange er sich nur an sein Versprechen hielt.

So schwieg er eben – nun gut. Ebenso wortlos trottete sie hinter ihm her.

Collioure stellte sich als Hafen direkt am Meer heraus, versunken zuerst in dichte Nebelwolken, doch plötzlich von einem schmalen Sonnenstreifen getroffen wie von einem Blitz.

Ein Laut der Bewunderung entfuhr Caterinas Mund. »Ich sehe zum ersten Mal das Meer«, bekundete sie und versank eine Weile in den Anblick jenes Tuchs, welches Gott über die flüssigen Teile seiner Erde spannte. Im wechselnden Licht geriet es fleckig: Dort, wo die Schatten dunkler Wolken darauf fielen, war es von schlammigem Grün; dort, wo die Sonne sich durch jene zwängte, von hellem Türkis. Am Ufer war es träge wie eine dicke Brühe, weit draußen am Horizont warf es, vom Wind gekitzelt, spitze, weiße Wellen.

»Na komm schon«, drängte Ray sie, indessen sie schwankte – zwischen Respekt vor Gottes Schöpfung und Furcht vor dem Tiefen, Weiten, Unergründlichen. Gewiss nährte das Meer den Menschen wie das Land, wenn auch mit Fischen, nicht mit Ähren, und doch ging ihr kurz durch den Kopf, dass das Wasser ihr nichts zu geben hatte, sie jedoch mit Haut und Haar verschlingen würde, setzte sie nur den Fuß hinein. Unwillkürlich fröstelte sie.

»Also los«, drängte Ray wieder und zog sie weiter.

Im Hafen, wo, wie es hieß, täglich Dutzende von Schiffen anlegten, die das Mittelmeer durchkreuzten, roch es beißend nach altem Fisch und Seetang. Wohin sie auch schaute, erblickte sie geschäftiges Treiben: Da waren Schmiede, die Lanzen, Wurfmesser und Anker herstellten, und Zimmermeister, die am Skelett neuer Schiffe hämmerten, an mächtigen Galeeren oder aber an kleineren Schiffen, Naus oder Taride genannt.

Ray folgte ihren Blicken. »König Pere ist vor einigen Jahren zu einem Kreuzzug in ein heidnisches Land, welches Ifriqua heißt, aufgebrochen. Seitdem geht's hier immer so zu. Die Küstenstädte rivalisieren sich darum, seine Flotte auszustatten und dabei reich zu werden – auch wenn Collioure nicht unter seinen Herrschaftsbereich fällt, sondern unter den seines Bruders.«

Sie wollte mehr darüber wissen, etwas fragen, vor allem, was ihn hierher getrieben hatte, doch mit einer unwirschen Handbewegung würgte er auch schon wieder ab, was ein Gespräch hätte werden können.

Ihr Blick fiel sehnsüchtig auf die Kirche, nicht weit von jener schroffen Burg, in der der König von Mallorca seinen Sommer zubrachte. Sie war aus gelblichem Stein errichtet, klein und rund.

»Willst wieder Zwiesprache mit deinem Herrgott halten?«, fragte er, der ihrem Blick gefolgt war.

»Du brauchst mich doch nicht, oder?«, fragte Caterina. »Ich könnte doch … beten.«

Ray kniff die Augen zusammen. »Heute nicht. Es ist besser, wenn du mitkommst.«

»Mit … wohin?«

Er zuckte unschlüssig mit den Schultern, als wäre er nicht gewiss, ob er ihr das Ziel tatsächlich benennen sollte oder nicht.

»Argèles«, knurrte er schließlich unwillig.

Dies nun überstieg endgültig ihr Fassungsvermögen. »Noch ein Ort?«, brach es aus ihr hervor. »Ich dachte, du wolltest hierher, nach Collioure. Zu welchem Zwecke, verrätst du mir ja nicht, es geht mich auch nichts an. Nur will ich endlich nach Elne, wo der Bischof residiert, und nicht auch noch …«

»Ach, halt den Mund!«, fiel er ihr scharf ins Wort. »Dein Gezeter kann ich heute am allerwenigsten gebrauchen!«

So gereizt hatte sie ihn selten erlebt. Verängstigt zuckte sie zusammen.

Er fasste sich schnell wieder, durchpflügte mit seinen Händen das Haar.

»Meinetwegen«, meinte er schließlich, »meinetwegen ... wenn du willst, dann geh eben in die Kirche beten.«

Die Ruhe, die sie suchte, fand sie nicht. Sie konnte sich nicht vorstellen, dass Ray ihr zuliebe seine Pläne so plötzlich umgestoßen hatte. Was ging ihm durch seinen Sinn? Was trieb er – damals in Perpignan, als er so plötzlich verschwunden war, und jetzo am Hafen, wo er sie nun doch nicht dabeihaben wollte? Hatte es – dieser Verdacht kam ihr zum ersten Mal –, hatte es womöglich etwas mit dem zu tun, was ihm in Carcassonne geschehen war? Hatte seine schlechte Laune nicht an jenem Tag begonnen, da er verprügelt worden war?

Gott schien ihr keinen Trost schenken zu wollen, sondern schwieg sie an, und kurz mischte sich in ihre Verzagtheit echter Ärger. In den letzten Wochen hatte sie sich so verbissen darum bemüht, sämtliche Gebote zu befolgen, nicht nur den Willen des Vaters zu erfüllen, sondern vor allem den des Allmächtigen. Warum aber griff jener nicht ein für alle Mal helfend in ihr Leben ein und führte es wieder in beschauliche Bahnen? Was hatte es für einen Sinn, ihm zu dienen, wenn sich doch immer wieder neue Hindernisse aufrichteten ... wenn man am Ende vielleicht sogar – wie ihr Vater – als Ketzer verbrannt wurde? Zu Unrecht. Oder vielleicht doch ...?

Caterina floh vor dem Gedanken und verließ die Kirche vorzeitig. Draußen fand sie den Himmel als Spiegel ihres Gemüts vor. Die vormals grelle Sonne hatte ihr Licht bereits verschleudert. Grau und farblos lag das Meer nun vor ihr, schlug lustlose Wellen, und das, was ihr vorhin noch Zeichen der Erhabenheit von Gottes Schöpfung war, vergrößerte nun ihre Verwirrung und Furcht.

Sie rang mit dem Gedanken, ob es nicht besser wäre, sich von Ray zu trennen und sich selbst nach Elne durchzuschlagen, nicht länger auf ihn zu setzen also, wo bislang doch selten Gutes dabei herausgekommen war.

Noch ehe sie sich tatsächlich überwinden konnte zu fliehen, kam Ray auf sie zugeeilt. Die üble Laune war wie weggeblasen, der umwölkte Blick wieder frei. Auf seinem Mund das altvertraute Lächeln, spöttisch und herablassend und doch auch voller Lebensfreude.

»Es hat sich alles geklärt!«, rief er mitreißend. »Es hat sich alles geklärt! Nun komm schon, Base!«

Er hatte sie am Arm gepackt, zog sie von der Kirche fort wieder in Richtung Hafen, sein Griff war fest und ungeduldig.

»Was … was redest du denn da, Ray?«, rief sie verständnislos. »Was hat sich geklärt?«

Kurz ließ er sie los, hob abwehrend die Hände.

»Ich habe dir doch schon gesagt, dass ich noch nach Argèles muss«, drängte er sie. »Das ist ein kleiner Ort an der Küste, nicht weit von hier. Ein Boot wird uns dorthin bringen; so kommen wir viel schneller dorthin.«

»Ein Boot?«

Anstatt zu antworten, zog er sie nur umso energischer den Hafen entlang. Mürrisch wie der Himmel zeigten sich die Menschen hier. Nur Ray konnte von seiner diebischen Freude nicht ablassen.

»Aber Ray, wir können doch nicht einfach …«

»Glaub mir, auch dir wird's lieber sein, wenn ein anderer rudert, als dass du selber gehen musst.«

»Und den Wagen? Du kannst doch nicht den Wagen hierlassen …«

»Das Wichtigste ist schon verstaut«, fiel er ihr ungeduldig ins Wort.

»Und was machen wir in jenem Ort?«

Ray lachte abfällig. »Sieh dich doch an, Base. Willst du so

tatsächlich vor einen Bischof treten? Mit fleckigem, zerrissenem Kleid? Wir kaufen dir einen Stoff, und dann …«

»Das ginge an jedem anderen Ort nicht minder gut! Warum nicht hier?«

Sie hatten das armselige Boot erreicht, es wackelte in den trüben Wellen, die an seinem Bug grünlich aufspritzten.

Ratsuchend blickte sich Caterina um, als gäbe es hier irgendjemanden, der über Rays so wundersam gewandelte Laune urteilen könnte, der ihr sagen würde, was er ausheckte oder ob er schlichtweg den Verstand verloren hatte. Doch die Blicke, die sie trafen, blieben verschlossen, und das Land hinter Collioure – die schroffen Ausläufe der Pyrenäen, die Weinberge, die Wachtürme, die errichtet worden waren, um den Bewohnern rechtzeitig einen Angriff von Piraten anzukünden, gerade eben war einer von diesen im Bau – gab nichts von dem preis, was vor ihr liegen mochte.

Zweifelnd blickte sie zurück zum Boot. Kaum hob es sich vom Wasser ab, glich einem dunklen Loch, das sie, wenn sie es bestiege, womöglich nicht tragen würde, sondern in eine noch unergründlichere Welt reißen würde als die hiesige.

Der Zweifel von vorhin kehrte zurück, das tiefe Verlangen zu fliehen. Diesmal war es nicht zögerlich, sondern ergriff mit aller Macht Besitz von ihrem Geist und befahl ihr, ein lautes »Nein!« zu rufen.

Ray fuhr herum, und das Lächeln schwand von seinem Gesicht.

»Nein, ich begleite dich ganz sicher nicht!«, rief Caterina.

Der Klang ihrer Stimme entsetzte sie. Nichts Geringeres schien er zu verheißen, als dass sie fürchtete, Ray würde sie ermorden, anstatt sie nur an einen fremden Ort zu bringen, um ihr dort ein neues Kleid zu kaufen.

»Ach, Base«, meinte er – halb mitleidig, halb gereizt. »Stell dich doch nicht so an, ich will dir doch nicht …«

Sie hörte ihm gar nicht mehr zu. Sie presste das Bündel mit ihrem Schatz fest an sich, machte kehrt und lief mit eiligen Schritten davon.

Mühelos holte er sie ein.

»Ich hätte nicht mit dir gehen dürfen«, zischte sie atemlos über ihre Schultern, »dir niemals vertrauen! Du bist nicht zu durchschauen! Ich verstehe einfach nicht, was dich antreibt!«

»Nun, bleib doch stehen!«, rief er ungeduldig.

»Ich steige nicht in das Boot! Ich…«

»Caterina! Nun hör mir doch zu! Du hast doch keine Angst vor mir, oder? Du musst doch nicht von mir weglaufen!«

Kurz blieb sie stehen, starrte ihn an. Sein Ton war werbend geworden, als wolle er eines jener Mädchen einlullen, mit denen er sich des Öfteren vergnügte. »Ich verstehe einfach nicht, was dich antreibt«, wiederholte sie hilflos und setzte entschlossen hinzu: »Du musst allein dieses Boot hier besteigen.«

Ein unsicheres Grinsen schlich sich kurz auf seine Züge.

»Dann tut es mir leid, Base«, sagte Ray.

Sein Tonfall, der ehrlich bekümmert klang, ließ sie zaudern. Der Spott war aus seinen Zügen geschwunden, auch der Überdruss ob ihres störrischen Gebarens, nur mehr ein Anflug ehrlichen Bedauerns huschte über seine Miene. Sie stutzte.

»Was tut dir leid?«, fragte sie verwirrt.

Anstelle einer Antwort sah sie aus den Augenwinkeln einen schwarzen Schatten. Noch ehe sie auch nur daran denken konnte, ihm auszuweichen, krachte etwas gegen ihre Schläfen, ihr Schädel schien zu zerbersten.

Ihr Kopf drehte sich. Das Bild vor ihren Augen verrutschte. Ohnmächtig sank sie vornüber.

Corsica, 251 n.Chr.

Ich erzählte Gaetanus nichts.

Nichts davon, dass Julia Brot von der Tafel genommen hatte; nichts davon, dass sie sie vorzeitig verlassen hatte, und ebenso wenig, dass ich sie in dieser Runde angetroffen hatte, in der sie selbst mich willkommen heißen, jener gewisse Marcus aber lieber vertreiben wollte.

Einzig mit Thaïs sprach ich darüber.

»Vielleicht… vielleicht ist es eine Verschwörung!«, meinte sie.

»Unsinn!«, herrschte ich sie an.

»Doch, doch!«, bestand Thaïs, »man hört immer wieder, dass jene Menschen, die hier auf der Insel lebten, ehe die Römer kamen, sich gegen die Besatzung wehren.«

»Aber Julia ist die Tochter von Eusebius, einem Bürger Roms. Und jener Marcus trägt doch auch einen römischen Namen.«

Thaïs zuckte die Schultern. »Wer weiß, wer weiß…«

Wir kamen zu keinem endgültigen Urteil. Mehrere Tage zogen ins Land, und schließlich geschah etwas, was mich derart aufwühlte, dass ich alle Überlegungen vergaß.

Gaetanus rief mich eines Morgens zu sich, zu einer unüblichen Tageszeit und offenbar nicht mit dem Willen, sich von mir massieren zu lassen. Sein Blick war ungewöhnlich wach: Als er kam, musterte er mich, erstmals nicht gleichgültig, sondern for-

schend. Meine Handflächen wurden schweißnass, mein Herz tat einen freudigen Satz. Er sah nicht durch mich hindurch. Ich war nicht länger unsichtbar für ihn.

Doch dann sagte er etwas, was meine Freude augenblicklich versiegen ließ: »Krëusa«, fragte er, »du bist doch Krëusa?«

Ich stand wie betäubt. Schon früher hatte ich gezweifelt, ob er wohl meinen Namen kannte. Aber dass er tatsächlich erst raten musste, sich nicht sicher war, wie das Mädchen hieß, dem er täglich begegnete, ließ eine Woge der Enttäuschung hochschwappen – und zu meinem Erstaunen auch etwas Ärger. Kurz ging mir durch den Sinn, dass Julia Aurelia – wäre sie denn hier – ihm wohl mit ihrer schrillen Stimme entgegenhalten würde: »Warum kennst du den Namen deiner Sklavin nicht?«

In diesem Augenblick, dachte ich erstmals von ihr als meiner Fürsprecherin.

»Also, Krëusa«, setzte Gaetanus an, während sein Blick schon nicht mehr auf mir ruhte; er hatte einen Brief erhalten und löste nun dessen am Ende versiegeltes Band, das die Rolle aus gefaltetem Papyrus zusammenhielt. »Du kennst doch des Kaufmanns Eusebius' Tochter, nicht wahr?«, fragte er beiläufig.

Wieder tat mein Herz einen Sprung, diesmal nicht freudig, sondern weil ich mich ertappt fühlte. Offenbar wusste er von Julias sonderlichen Gewohnheiten und auch, dass sie mir nicht fremd geblieben waren. Vielleicht wusste er sogar, dass ich ihr gefolgt war, und würde mich danach fragen.

Doch indessen er mit dem Papyrus raschelte, benannte er ein ganz anderes Anliegen als das Erwartete. Ich riss erstaunt die Augen auf, ehe ich nickte und ihm versprach, seinen Auftrag sogleich zu erfüllen.

Ich traf Julia in ihrem Gemach nicht an. Eine Sklavin hatte mich in der Villa des Eusebius willkommen geheißen und mich dorthin geführt, aber der Raum war leer. Bevor ich das Haus betreten hatte, war ich mir nicht sicher gewesen, was ich erwarten sollte – jene Reichtümer des Eusebius, über die so oft getuschelt wurde? Oder jene Armseligkeit, die Julia meist zur Schau stellte?

Ihr Gemach war weder das eine noch das andere. Edel wirkten das Mosaik, die Malereien und die Teppiche an Wänden und Böden. Schlicht hingegen das Mobiliar: das Lectus, gleichzeitig Bett und Sofa, sowie mehrere Stühle, die – anders als bei guten Familien – nicht mit weichen Kissen ausgestattet waren. Ein kleines Tischchen befand sich zudem im Raum, und darauf waren Dinge, die jede andere Frau ihres Standes wohl auch besaß: ein runder Spiegel, aus polierter Bronze gearbeitet, ein Kamm aus Buchsbaum, kleine Döschen schließlich, vielleicht mit Schminke darin, mit Bleiweiß, Purpurfarbe, zermahlenem graublauem Eisenstein, vielleicht mit Parfüms, mit Myrrhe, Narde oder Rosenöl, vielleicht gefüllt mit jenen Zutaten, die Frauen verwendeten, um sich verjüngende Gesichtsmasken zu brauen, mit Narzissenzwiebeln oder Hirschhorn.

Irgendwie war ich erleichtert, auf Gewohntes zu stoßen, nicht auf neue Rätsel. Ich trat zu dem Tisch, hob eine der Haarnadeln hoch, nicht eine aus Knochen, wie ich sie kannte, sondern aus Bronze mit einem funkelnden roten Stein an ihrem runden Ende.

Wie würde ich aussehen, steckte diese Nadel in meinem Haar? Würde ich in feineren Kleidern einer römischen Edelfrau gleichen, oder würde mir stets die Sklavin anzusehen sein?

»Willst du sie haben?«

Ich schrak zusammen, ließ beinahe die Nadel fallen. Ich hatte nicht gehört, dass Julia kam. Nun stand sie an der Türe, sah mir zu.

»Du kannst sie gerne nehmen«, bekräftigte sie und trat näher zu mir. »Ich brauche sie nicht.«

»Aber Herrin, du …«

»Nenn mich Julia.«

Ich zögerte, sie beim Namen zu nennen. »Warum trägst du sie nicht?«

»Nutzloser Plunder. Vergängliche Welt«, murmelte sie verächtlich. »Sammelt nicht Schätze hier auf der Erde, wo Motte und Wurm sie zerstören.«

»Aber ich dachte, du wärst reich und stolz darauf. Ich dachte, du würdest einen Schatz besitzen!«

Nachdenklich schaute sie mich an, aber sagte nichts.

Entschlossen legte ich die Nadel zurück, wollte mich nicht mit einem Geschenk ködern lassen, wollte eigentlich gar nichts mit ihr zu tun haben. Freilich – diesmal hatte ich nicht freiwillig ihre Nähe gesucht. Gaetanus hatte mich geschickt. Eusebius hätte ihn im Namen seiner Tochter gebeten, mit einer römischen Sklavin auszuhelfen. Die seinen wären so ungeschickt, wüssten nichts von der derzeitigen Mode, der Art, wie die Römerinnen zurzeit die Haare trügen. Dieses eine Mädchen, Krëusa mit Namen, könnte vielleicht hin und wieder Julia zu Diensten sein?

Es war mir merkwürdig vorgekommen, dass Julia Interesse an der römischen Mode haben sollte. Und nun war ich darin bestätigt, dass dies offenbar nur ein Vorwand war, mich hierher zu locken.

»Was willst du von mir?«, fragte ich barscher, als es mir eigentlich zustand.

Es störte sie nicht. Sie trat auf mich zu, nahm die prächtige Haarnadel, fuhr mir damit mehrere Mal durchs Haar, ehe sie einen Knoten aus meinen Strähnen schlang und sie darin feststeckte. Diesmal wagte ich es nicht, das Geschenk abzulehnen, gleichwohl ich ihr auch nicht dafür dankte. Sie schien keinen Dank zu erwarten.

»Ich will, dass du mir Gesellschaft leistest«, erklärte sie ruhig.

»Warum?«

Sie gab keine Antwort, ging zu ihrem Tisch, rollte Papyrus auf. »Als wir in Carthago lebten, da kannte ich einen Mann mit dem Namen Thascius Caecilius Cyprianus, wir nannten ihn Cyprian. Er hat mir einen Brief geschrieben. Willst du ihn hören?«

Ich wurde immer widerwilliger. Doch ehe ich mich weigern konnte, ehe ich sie bitten konnte, mich doch gehen zu lassen, ehe ich auch die Nadel aus den Haaren reißen konnte, da hatte sie schon zu lesen begonnen.

»Die Welt ist alt geworden, steht nicht mehr in ihrer früheren Kraft und erfreut sich nicht mehr derselben Frische und Stärke, in der sie ehemals prangte. Nicht mehr reicht im Winter des Regens Fülle aus, um die Samen zu nähren, nicht mehr stellt sich im Sommer die gewohnte Hitze ein, um das Getreide zur Reife zu bringen…«

Dieser Satz war mir als einziger in Erinnerung geblieben. Er ging mir durch den Kopf, als ich das Haus verließ, mich wieder auf den Heimweg machte. Nicht dass mich der Brief sonderlich berührt hätte, mich noch mehr aufgewühlt, als ich durch ihre Gesellschaft ohnehin war. Doch die Ahnung von Traurigkeit, von Resignation, die ich daraus zu verstehen glaubte, deuchte mich irgendwie vertraut.

Ich dachte freilich nicht lange darüber nach, denn als ich nach Hause kam, wurde ich bereits erwartet. Es fällt mir damals wie heute schwer zu glauben, von wem…

Es ist wohl dieser Moment gewesen, da sich meine Welt, bereits von Julia sachte in Bewegung gebracht, endgültig drehte, und als sie später wieder stehen blieb, so war sie aus den Fugen geraten.

IX. Kapitel

Roussillon, Frühling 1284

Das Schaukeln weckte Caterina sanft; es hielt sie so lange in Schläfrigkeit gefangen, dass sie sich langsam daran gewöhnen konnte, wie aus der abgründigen Schwärze ein Grau wurde, wie jenes Grau Gerüche enthielt nach Salz, nach Holz, nach Teer, wie es von Lauten durchsickert wurde, dem spitzen Gekreisch der Möwen, dem sanften Wellengesang und Stimmen, vielen Stimmen. Sie lullten sie ein, aber sie verstand sie nicht, noch nicht, noch nicht ... Es war so angenehm, einfach nur zu liegen, matt, weich, die Welt zu erfühlen, aber nicht deuten zu müssen, das Schaukeln mit jeder Faser des Körpers wahrzunehmen, aber sich nicht selbst zu regen.

Es war so angenehm, sich auszuruhen ... alle Glieder zu entspannen ... den Kopf zu betten ... auf ein weiches Kissen, mit Daunen gefüllt. Sie streckte sich wohlig aus, und just in diesem Augenblick störte ein greller Schmerz ihre Ruhe, durchzuckte ihren Kopf, blieb im Nacken hängen. Sie stöhnte auf, fühlte plötzlich kein weiches Kissen mehr, sondern nur hartes Holz, auf dem sie lag. Die Glieder, gerade noch so entspannt, schienen plötzlich verrenkt; im Magen grummelte Übelkeit.

Sie versuchte sich zu erheben, die Augen zu öffnen, und wieder durchfuhr sie Schmerz. Jene Laute, die sie sanft geweckt hatten, verstärkten ihn, waren plötzlich aufdringlich und störend. Das Schreien der Seemöwen tönte wie Hohngelächter.

Das Wellenrauschen verhieß bedrohliche Tiefe. Und die Stimmen… jetzt vermochte sie endlich die Stimmen zu ergründen.

»So wie ich dich kenne, Ray«, sagte jemand, »so wie ich dich kenne, willst du mich gewiss übers Ohr hauen.«

Die Stimme klang nicht vorwurfsvoll, sondern nörgelnd und irgendwie beleidigt.

»Aber, aber«, wandte eine andere Stimme ein – eine, die sie kannte. »Wer will da von Betrug reden? Bin doch eine ehrliche Haut, zumindest in gleicher Weise, wie du eine bist! Sieh denn auch: Für jedes dieser Stücke habe ich beglaubigte Echtheitszeugnisse.«

Ray, dachte sie, Ray…

Eine Weile war es nur ein leerer Name, der in ihren trägen Gedanken spukte, verband sich später erst mit seinem Gesicht, dem grinsenden, dann mitleidigen, verband sich schließlich mit seiner Faust, die auf sie niedergesaust war, mit der Schwärze, in die sie so plötzlich versunken war.

»Ha!«, lachte der Fremde. »An jeder Ecke kannst du solche Authentiken fälschen. Wundert mich allerdings, dass du's zustande gebracht hast. Wie bist du überhaupt an das Pergament gekommen?«

Caterina blinzelte wieder. Das Licht traf sie erneut wie ein Schlag, aber war weniger grell, gab Konturen frei, jene von Ray und jene von dem Mann, mit dem er sprach. Trotz des gekränkten Tonfalls leuchtete in den Augen dieses Mannes etwas auf, eine gewisse Lust an diesem Handel – und Gier. Seine Lippen hoben sich kaum merklich über spitze Zähne, brachten zwar kein echtes Lächeln zustande, jedoch den Anflug von Genugtuung, da es nun ans Preisdrücken ging. Das wiederum schien sein eigentlicher Genuss beim Geschäftemachen zu sein.

»Ich würde doch niemals solch ein wichtiges Dokument fälschen!«, erklärte Ray eben im Brustton der Überzeugung. »Hier:

Die Unterschrift des Bischofs von Toulouse. Und hier – von einem Papst höchstselbst ausgestellt.«

»Und wie soll das in deine Hände gelangt sein?«

»Was für eine Frage? Willst du etwa, dass deine Kunden diese Frage an dich richten, Davide?«

Der Mann schnaufte gereizt.

»Im Zweifelsfall«, fuhr Ray dann schon werbend fort, »kannst du die Reliquien gerne der Feuerprobe unterziehen. Man sagt, die Flammen könnten ihnen nichts anhaben, wären sie denn echt.«

»Ha!«, lachte Davide freudlos. »Und wenn sie's nicht sind? Dann stehen wir beide ohne da!«

Erstmals entblößte er mit jenen Worten deutlich, dass seine Motive nicht besser wären als die von Ray und dass er nicht weniger gewillt war zu betrügen.

Reliquien, ging Caterina durch den Kopf, sie sprechen von Reliquien … mein Schatz … wo ist er hin … wer hat ihn mir gestohlen?

Diesmal war sie auf den gleißenden Schmerz vorbereitet, der ihren Schädel durchzuckte; sie wartete ab, bis er verklang, suchte dann tastend nach dem Beutel, den sie stets mit sich getragen hatte – vergebens, wie sie alsbald feststellte. Er war fort.

»Also, pack aus! Zeig mir, was du hast!«, forderte Davide indessen und verdrehte ungeduldig die Augen.

Ray grinste. »Ich dachte, beim Konzil im Lateran wäre verboten worden, Reliquien außerhalb des Reliquiars zu zeigen. Und ich soll's tun?«

Wieder hoben sich Davides Lippen über die spitzen Zähne. »Glaub mir, Ray, jemand wie du wird für viel schlimmere Sünden in der Hölle schmoren.«

»Worin ich dir natürlich den Vorrang lasse, Davide. Aber natürlich zeige ich dir gerne, was ich für dich habe. Beginnen wir mit dem Üblichen, das Besondere wollen wir uns doch bis zum Schluss aufheben: Fingernägel vom Heiligen Dominikus. Ein Stück der Kohlen, auf denen der Heilige Laurentius geröstet wurde. Und zuletzt ein Bissen Fleisch, den unser König Louis persönlich kaute – und ausspuckte.«

»Dann muss es ein ziemlich zäher Brocken gewesen sein.«

Caterinas Kopf war wieder schwer auf das harte Holz gesunken. Dennoch vernahm sie jedes Wort, verknüpfte es mit Erinnerungen. Carcassonne, der verletzte Ray – und sie selbst, die verzweifelt seine Sachen durchstöbert hatte, auf der Suche nach etwas, mit dem sie seine Verletzungen versorgen konnte. Die vielen Ledersäckchen und ihr absonderlicher Inhalt. Sie hatte sie alsbald vergessen, beschwichtigt von der Annahme, dass dieses Ding in der Schnalle wohl eines seiner absonderlichen Heilmittel gewesen sei. Wie dumm sie gewesen war, wie blind! Wie hätte sie Ray freilich die Abscheulichkeit zutrauen können, nicht nur mit Heilmitteln zu betrügen, sondern auch ... mit Reliquien? Mit dem Vermächtnis großer Heiliger, das von so vielen Menschen verehrte wurde – wie auch ihr Schatz?

»Hier hast du auch einen Gürtel dazu, worin man die Reliquie aufbewahren, ja in Leibesnähe tragen kann«, erklärte Ray eben. »Das vergrößert ihre heilende Wirkung ...«

Er schürte damit keine Begeisterung. »Du wirst auch nicht gerade einfallsreicher«, nörgelte Davide. »Beim letzten Mal wolltest du mir immerhin noch den Schädel der heiligen Martha von Bethanien andrehen, aus dem sich Wasser schöpfen lässt.«

»Dann wär's auch flugs geweihtes Wasser. Der Gürtel, von dem ich hier spreche, ist übrigens jener, den der Heilige Antonius getragen hat, als er die Dämonen erschlagen hat!«

Caterina versuchte sich zu bewegen, ächzte, aber niemand hörte sie. Was für ein Unsinn! Unmöglich konnte es der echte Gürtel sein! Jener, den sie damals in der Hand gehalten hatte, glich solchen, die die Frauen hierzulande trugen.

Aber längst war ihr aufgegangen, dass es sich hier nicht um echte Reliquien handelte, sondern um gefälschte. Sie hatte nicht gewusst, dass jemand dazu fähig war – auch eine verkommene Seele wie Ray nicht.

»Pah!«, rief Davide indessen verächtlich. »Dämonen haben keine Leiber! Wie will man sie also mit einem Gürtel erschlagen?«

Ray grinste.

»Jetzt hab dich doch nicht so, Davide! Für solch ein Geschäft braucht's Fantasie. Ist's übrigens nicht lange her, da habe ich einem Priester einen Fisch verkauft, und zwar einen von jenen, die den Kopf aus dem Wasser streckten, als der Heilige Antonius am Ufer von Rimini gepredigt hat.«

»Und du hast tatsächlich einen Dummen gefunden, der dir das glaubte?«, höhnte Davide.

»Du darfst nicht vergessen«, erklärte Ray keck, »dass nach dieser Predigt des Antonius die ganze Bevölkerung den Katharern abgeschworen und sich bekehrt hat. Jener Priester hoffte offenbar, er könnte mit dem Fisch Gleiches hier im Süden Frankreichs bewirken.«

Davide lachte, doch es klang eher verdrießlich als spöttisch. »Wahrscheinlich hast du auch noch eine verfaulte Pestbeule des Heiligen Salvius von Albi im Angebot?«

Ray lachte. »Mitnichten, denn jetzt kommt das Eigentliche! Wir wissen schließlich, welche Reliquien den höchsten Rang einnehmen. Nicht die von irgendwelchen Heiligen. Sondern alle Stoffe, die mit Christus selbst in Berührung gekommen sind.«

»Ha, und wir wissen auch, dass das kirchliche Recht uns Katholiken den Handel mit ebensolchen Reliquien verbietet und dass wir verpflichtet sind, sie zu verschenken!«

»Und natürlich, Davide«, lachte Ray wieder, und es klang in Caterinas Augen dreckig, »sind du und ich die Richtigen, um uns daran zu halten. Also – willst du sehen, was ich für dich habe?«

»Nun sag schon«, drängte Davide mürrisch, »was hast du für Christusreliquien? Glaub mir, ich nehme nicht alles. Und wag es nicht, mich für dumm zu verkaufen! Das letzte Mal wolltest du mir Stücke vom Tischtuch des letzten Abendmahls Jesu verkaufen. Wahrscheinlich war's nichts anderes als das Leinentuch, auf dem du dich in Wollust mit irgendwelchen Weibern gewälzt hast.«

»Wart's ab!«

Ray löste seine Hände vor der Brust, drehte sich um, schien in jenem großen Leinensack, in dem er all seinen Besitz von dem Holzwagen hierher auf das Schiff geschafft hatte, lange und umständlich zu kramen, um schließlich ein vertrautes Bündel hervorzuziehen.

Caterinas schlimmste Ahnungen wurden wahr. Bestohlen. Ray hatte sie bestohlen, hatte das offenbar von Anfang an geplant, hatte sie mit falschen Versprechungen hierher gelockt, um sich rücksichtslos an ihr zu bereichern, ja um sie zu verraten. Er wusste doch, welchen Wert ihr Schatz für sie und ihre Familie hatte! Er wusste, dass ihn der Vater ihr anvertraut hatte – zum Beweis seiner Rechtgläubigkeit, denn die Ketzer verehrten keine Heiligen und darum auch keine Reliquien! Ja, er wusste es und war doch bereit, ihren Schatz an diesen übellaunigen, gierigen Kaufmann zu verschachern!

Ihre Übelkeit verstärkte sich. Enttäuschung, Empörung, vor allem aber Zorn machten sie würgen.

»Was ist da drin?«, höhnte Davide indes, als Ray keine Anstalten machte, das Bündel zu öffnen. »Der Schwamm, mit dem Christus der Essig gereicht wurde? Oder das Rohr, mit dem dieser gehalten wurde?«

»Ach Davide … unterschätz mich nicht. Wenn's denn so ist, dass unter den Reliquien jene den meisten Wert haben, welche mit Christus zu tun haben, so gibt es unter jenen wiederum solche unterschiedlichen Ranges.«

»Willst du mit mir handeln oder mich belehren!«

»Nein«, erklärte Ray, »jedoch bekunden: Den höchsten Rang unter den Reliquien nimmt das Holz vom wahren Kreuz Christi ein, nicht wahr? Und hier nun habe ich… Teile jenes Kreuzes, das die heilige Helena unter dem Hadrianstempel gefunden hat, als sie die Stätten der Passion Christi besucht hat.«

»Und das soll auch nur annähernd echt sein?«

»Nun, Helena stand Bischof Makarios zur Seite, und jener hat mit einem Heilungswunder das wahre Kreuz ermittelt…«

»Dummkopf, das meine ich nicht. Ich frage dich nur, wie ich ernsthaft einem möglichen Käufer weismachen soll, dass diese Splitter vom Kreuze Jesu…«

Er brach ab, musterte jetzt immerhin das Kästchen genauer, das Ray ihm präsentierte und dessen kostbare Steine sein Interesse köderten.

Mehrmals hatte Caterina versucht, sich aufzurappeln. Der Schmerz im Kopf hatte sie immer davon abgehalten. Doch ihr Hass auf Ray war noch greller als dieser. Sie stützte sich mit aller Macht auf ihre Hände, erhob sich schwankend.

»Nein«, schrie sie, und ihre Stimme wurde mit jedem Wort lauter und ärgerlicher. »Nein, nein, nein! Du lügst, Ray, und wie du lügst!«

Ihr Kopf schien sich zu drehen, schneller, immer schneller. Vielleicht war es auch nicht der Kopf, sondern die ganze Welt, die sich drehte. Dennoch konnte sie sich aufrecht halten, konnte sogar einige Schritte auf dem schwankenden Schiff machen, mit erhobenen Fäusten auf Ray losgehen. Sie kämpfte gegen die Schwärze, in die er sie mit seinem gezielten Faustschlag befördert hatte, und diesmal blieb diese löchrig; sie konnte ihn sehen, wie er halb entsetzt, halb überdrüssig zu ihr herumfuhr, abwehrend die Hände hob, sie schließlich an den Schultern packte.

Sie hatte keine Chance, ihn zu schlagen, ihm gar den Schatz zu entreißen, jedoch dazu, weitere wütende Worte zu bellen.

»Du Betrüger! Oh, du elender Betrüger! Hast es von Anfang an geplant, mich zu hintergehen, nicht wahr? Nie wolltest du mir helfen; immer nur deine schmählichen Geschäfte machen, und ich dummes, dummes Mädchen bin auf dich hereingefallen! Oh, die Hölle wird dich dafür verschlingen und dich nie wieder ausspucken, du gemeiner, du abscheulicher...«

Sie fand keine Worte, die schlimm genug waren, seine Untat zu beschreiben.

Ray wich ihrem Blick aus, so wie schon oft in den letzten Tagen. Jetzt verstand sie es, wiewohl sie in diesem Zeichen kein schlechtes Gewissen erahnen wollte – nur Feigheit.

»Ich würde sagen, das Mädchen kennt dich gut!«, ertönte hinter ihnen Davides Stimme, erstmals des Nörgelns bar.

Caterina fuhr herum, missachtete die spitzen Zähne, die unter einem schiefen Lächeln sichtbar wurden, und suchte Hilfe bei dem Kaufmann.

»Ich bitte Euch... ich flehe Euch an! Ihr dürft dieses Geschäft nicht eingehen. Diese Reliquie gehört mir... sie ist ein wohlbehüteter Schatz meiner Familie. Meine Großmutter aus der Lombardei hat sie mit in die Ehe gebracht; einer ihrer Vorfahren hat sie wiederum von einem Kloster in Brescia erhalten, nachdem er dort ein neues Kirchendach gestiftet hat. Und diese Reliquie ist ganz sicher kein Splitter vom Kreuze Christi, das ist gelogen! Sie ist vielmehr ein Vermächtnis der Heili...«

Gleichwohl anfangs erleichtert, dass sie von ihm abgelassen hatte, wurde Rays Blick schnell wieder hellwach ob der verräterischen Worte.

»Still!«, fiel er ihr ins Wort. »Sei still, Base! Hier mischst du dich nicht ein! Und du, Davide, glaub ihr kein Wort. Sie ist nur ein verwirrtes Mädchen, das nicht weiß, was es sagt, zumal man ihren Vater als Ketzer verbrannt hat.«

»Mein Vater war kein Ketzer!«, brüllte Caterina mit kippender Stimme. »Er war ein guter Katholik und als solcher…«

»Hörst du nicht, wie sie von Sinnen ist?«, fiel Ray ihr wieder ins Wort. Er packte sie, versuchte, seine Hand vor ihren Mund zu legen, um sie am weiteren Reden zu hindern, und obwohl sie sich kräftig dagegen wehrte und ihn zu beißen versuchte, so gerieten alle Worte doch zu nuschelnd, um verstanden zu werden.

»So ist das also«, sprach Davide indessen nachdenklich, und seine dunklen Augen blitzten, als sein Blick zurück zu dem funkelnden Kästchen ging. Gier troff heimlich in seiner Stimme, auch wenn er gleichgültig zu klingen suchte. »So ist das also. Es sind gar nicht die Splitter vom Kreuze Christi. Hab mir doch gleich gedacht, dass es wieder mal eine Fälschung ist!«

»Es ist keine Fälschung!«, nuschelte Caterina. »Es ist sehr wohl eine echte Reliquie, nur stammt sie nicht vom Kreuze Christi, sondern von der Heil…«

Die letzten Worte erstickten unter Rays Hand, die sich noch fester um ihren Mund legte.

»Ja?«, fragte Davide gemächlich. »Ach, Ray, lass doch das Mädchen mit mir reden. Würde mich denn doch interessieren, was sie von dir zu berichten weiß.«

»Komm schon, Davide«, knurrte Ray gereizt. »Willst mir doch nicht sagen, du genuesisches Schlitzohr, dass du an ehrlicher Auskunft interessiert wärst. Du bist ein Betrüger… nun gut, ich bin's eben auch. Ich finde, wir sollten beide etwas davon haben.«

Davides Augen funkelten noch mehr. Rachsüchtig klang seine Stimme, als er nun sprach, nicht unbedingt allein gegen Ray gerichtet, sondern gegen alle Welt, bei der er noch etwas gutzuhaben schien.

»Das finde ich auch«, sagte er, »nur denke ich, dass ich den größeren Teil erhalten sollte. Ich biete dir fünfzig Sous.«

Ray war über das Angebot so entsetzt, dass er kurz vergaß, Caterina zu knebeln. »Was redest du da?«, stieß er aus. »Solch ein Preis ist lachhaft! Ich will mindestens zehn Goldstücke!«

»Ha! Die Währung der Heiden!«

»Nun und? Auch König Jaume der Große hat sie benutzt. In Montpellier wird sie gern genommen, und selbst die Kaufleute von Marseille ziehen mittlerweile das Gold dem Sous vor, ob's nun von den Muselmanen stammt oder nicht. Kurz und gut: Ich will zehn Goldstücke!«

»Und du glaubst dich in der Lage, Forderungen zu stellen?«, fragte Davide. »Du bist auf meinem Schiff, Ray, wo jeder einzelne Mann mir gehorcht. Und du hast recht: Ich bin ein genuesisches Schlitzohr, und gerade deswegen habe ich keine Scheu, dich zu erpressen. Kannst du schwimmen, Ray? Wenn ja, hast du Glück gehabt, die Küste ist gleich dort hinten. Falls nicht, hättest du ein Problem für den Fall, dass ich dich von meinen Männern über Bord werfen lasse.«

Ray lachte nervös auf. »Davide, nun sei doch nicht ...«

»Du Schuft!«, schrie Caterina, nachdem sie ihren Mund endlich freibekommen hatte. »Du dreckiger, nichtsnutziger Schuft! Du hast es von Anfang an geplant, nicht wahr? Das allein war der Grund, warum wir nach Aragón aufgebrochen sind! Nicht, weil du mich zu einem Bischof bringen wolltest, sondern nur weil du dieses scheußliche Geschäft ...«

Wieder versuchte sie, auf ihn einzuschlagen, und diesmal gelang es ihr, ihn mit der Faust auf der Brust zu treffen, ehe er sie wieder festhielt. Eine Weile rangelten sie keuchend miteinander.

»Caterina«, versuchte er sie zu mäßigen, »Caterina, jetzt hab dich nicht so. Ich brauch das Geld. Noch mehr als du. Hab in der Heimat Schulden gemacht. Dachte, ich könnte vor diesen Wucherern davonlaufen, aber sie haben mich bis nach Carcassonne verfolgt. Und ewig will ich nicht in Aragón oder Mallorca weilen. Wenn du so dumm warst, ernsthaft zu glauben, dass irgendein Gottesmann sich um ein dahergelaufenes Mädchen scheren würde…« Er wandte sich wieder an den genuesischen Kaufmann. »Also Davide, du hast's gehört, sei kein Geizhals! Wie lange kennen wir uns jetzt? War ich nicht immer der, der dir selbst die absonderlichsten Dinge besorgt hat? Nichts ist einem wie mir unmöglich!«

»Grade weil ich dich kenne«, setzte Davide ungerührt an und achtete nicht auf das tobende Mädchen, »biete ich dir fünfzig Sous anstelle von gar nichts. Ich will meine Seele schließlich dereinst weich im Himmelreich betten und nicht neben dir in der dreckigen Hölle hausen.«

Er warf den Köpf zurück und lachte. Für einen Augenblick schwankte Caterina darin, wen der beiden Männer sie mehr verachten sollte, den selbstsüchtigen Kaufmann oder den betrogenen Betrüger Ray.

Ehe sie sich entscheiden konnte, riss Davides Lachen ab. Es verstummte nicht einfach nur, es schien zu ersticken.

Niemand hatte den Pfeil kommen sehen, der direkt auf Davides Hals zielte – weder er selbst noch Ray noch Caterina. Mit einem leisen Zischen flog er an ihnen allen vorbei und wäre fast eine Sinnestäuschung geblieben – wenn sich Davide nicht plötzlich japsend an den Hals gegriffen hätte und totenbleich in die Knie gesackt wäre.

Caterina fühlte, wie Ray zuerst erstarrte, sich dann sein Griff lockerte, gleich so, als wäre er auch getroffen worden. Sie blickte in sein Gesicht, um das, was da unverhofft geschehen war, zu deuten. Zuerst dachte sie noch, dass Ray selbst unzweifelhaft etwas mit diesem Pfeil zu tun haben müsste, dass er ihn – wenn schon nicht selbst abgeschossen – irgendwie befohlen haben müsste.

Doch in Rays Blick spiegelte sich das Gleiche wie in den Gesichtern von Davides Männern, die nach den Waffen griffen – Verwirrung, Furcht, zuletzt tiefes Entsetzen, weil sich jener Griff zu den Waffen nicht mehr lohnte. Lautlos und ohne Vorwarnung hatte sich der Pfeil genähert, und mit ihm kamen Boote, hatten schon Davides Schiff umkreist; dunkel gewandete Männer entstiegen ihnen, zogen sich geschickt an jenen Stricken herüber, die sie mit silber glänzenden Haken an der Reling festgemacht hatten, und spannten, kaum dass sie – mehr tänzelnd als mit ernsthafter Leibesmühe – das Deck erreicht hatten, ihre Bogen. An die zwanzig Pfeile waren nun auf Davides Mannschaft gerichtet.

Vorhin, in Collioure, hatte sich Caterinas Unbehagen langsam angedeutet. Nun traf sie die Furcht wie jener Faustschlag, den Ray ihr versetzt hatte, noch schmerzhafter, noch wuchtiger.

»Ray … was … was …«

Sie brachte es nicht fertig, die Frage stammelnd zu vollenden; noch während sie sich am letzten Funken Hoffnung festkrallte, dass alles, was geschah, von Ray so bezweckt war, ertönte von Davides Richtung ein Schnaufen.

Sie war sicher gewesen, dass der nörgelnde Kaufmann tot sein müsste, vom Pfeil mitten in die Kehle getroffen. Doch als er sich nun ächzend erhob, seine Hände vom Hals löste, so zeigte sich, dass das Wurfgeschoss seinen Leib nur geschrammt hatte. Er blutete zwar heftig, aber er lebte, und er vermochte sogar zu reden, wenngleich nicht minder stotternd als Caterina.

»Verflucht, was … was geht hier vor?«

In seinen dunklen Augen war sämtliches Blitzen erloschen. Hilfesuchend blickte er sich um, erhoffte sich Schutz von seiner Mannschaft, doch jene Männer standen vollkommen erstarrt, den Blick nicht minder ängstlich auf die Bogenschützen gerichtet, die sie umstellt hatten und sich stetig mehrten. Von allen

Richtungen schienen weitere der dunklen Angreifer zu kommen.

Caterina versiegten die Worte ebenso wie die Hoffnung, dass Ray ihr erklären könnte, was geschah. Unwillkürlich drängte sie sich an den eben noch so Verhassten.

Davides Blick, der eben noch suchend herumgeirrt war, erfror indes plötzlich. Die schwarzen Bogenschützen schienen einander bis aufs Haar zu gleichen. Doch nun löste sich eine Gestalt von ihnen, größer gewachsen als der Rest, dürr und als Einziger unbewaffnet. Bis auf wenige Meter trat der Fremde an Davide heran, blickte auf den immer noch halb Knienden herab und verschränkte abwartend seine Arme über der Brust.

Kurz erhaschte Caterina einen Blick auf sein Gesicht, das zwar gegerbt war, aber doch nicht tiefbraun, sondern von einem käsigen Gelb; seine Augen waren so dunkel wie Davides, doch erloschen. Schmal war der Kopf und spitz sämtliche Züge; er hatte dünne, bläulich schimmernde Lippen und hervorstehende Wangenknochen. Selbst die Kopfbedeckung, aus der einige dunkle Haarsträhnen hervorlugten, mochte dem Antlitz nichts Weiches, Warmes zu schenken.

»Davide«, sprach der Fremde nun des Kaufmanns Namen aus. Seine Stimme war schneidend, jedoch nicht laut. Sie zitterte nicht vor Aufregung, sondern war kalt. »Davide, ich habe dir doch gesagt, dass du mir nicht entkommst … Der Tag der Abrechnung ist da.«

Caterina wusste nicht, wie lange Davide den Fremden anstarrte, ein zähes Schweigen hatte sich über die Szenerie gelegt. Als die Blutung an seinem Hals nachließ, kehrte ein wenig Farbe in Davides Gesicht zurück.

»Gaspare, du Hurensohn …«, begann er mit gleichem Nörgeln, das schon zuvor in seiner Stimme gelegen hatte.

»Nenn mich nicht so!«, fiel ihm der andere ins Wort.

»Ha!«, lachte Davide rau. »Du bist des Teufels! Du und dein verfluchter König, dem du dienst. Es wird schon seinen Grund haben, dass dich die heilige Kirche aus ihrer Gemeinschaft ausgeschlossen hat.«

Dem spitzgesichtigen Fremden, dessen Name offenbar Gaspare war, entfuhr ein zischender Laut, doch diesmal bekundete er keinen Ärger, sondern ein freudloses Gelächter.

»Ich kann mir nicht denken, Davide«, sprach er kühl, »dass du, ein Betrüger und Gauner, ein geliebter Sohn dieser Kirche wärst.«

»Mag ich auch ein Betrüger sein – du bist es, der eben mein Schiff gekapert hat. Hast nur darauf gewartet, dass ich den Hafen von Collioure verlasse, nicht wahr? Wie lange hast du mich dort heimlich belauert?«

Jener Gaspare machte sich keine Mühe, den Vorwurf zu bestreiten. »Der Hafen fällt unter die Herrschaft des Königs Jaume, und mit dem lege ich mich gewiss nicht offenkundig an, auch wenn er sich nicht die Mühe macht, den Strand so zu schützen, wie's die Grafen von Barcelona klugerweise tun. Aber die Meere, Davide – die Meere sind frei.«

»Du widerwärtiger … elender … Pirat!«, zischte Davide.

»Ich glaube, in diesem Urteil irrst du dich. Die Piraten kämpfen wie die Tiere, brutal und stark, doch ohne Form und Führung. Bei meinen Männern ist das anders.«

»Pisaner Bogenschützen!«, rief Davide verächtlich.

»Als solche in der ganzen Welt berühmt. Wenn ich mich recht erinnere, hast du mir bei unserer letzten Zusammenkunft einige dieser Männer abgenommen. Wollen wir sodenn Gerechtigkeit walten lassen: Du gibst sie mir zurück – und rettest damit dein Leben.«

»Glaubst du tatsächlich, ich hätte auch nur einen von euch verfluchten Pisanern an Bord gelassen? Hab sie schon längst als Sklaven verkauft!«

Nun schien sich Gaspares Körper noch stärker anzuspannen. Seine Stimme jedoch nahm an Lautstärke nicht zu.

»Von einem gottverdammten Genuesen ist wohl auch nichts anderes zu erwarten«, kam es fast tonlos über die schmalen Lippen.

Gelähmt war zwar Caterinas Geist, doch fähig, jener Hoffnung Nahrung zu geben, dass Ray und sie nur durch Zufall an diesen falschen Ort geraten waren, mit jener Feindschaft, die offenbar zwischen den beiden Männer hier herrschte, jedoch nichts zu tun hatten und alsbald der Stätte unbeschadet entkommen könnten. Und ihre Gedanken waren rege genug, um das eben Gesagte mit den Worten des Kartographen aus Mallorca zu verknüpfen. Von der Feindschaft zwischen Frankreich und Aragón war da die Rede gewesen, von einem Kampf um die Inseln des Mittelmeers. Und ebenso von einer Feindschaft zwischen den Stadtstaaten Genua und Pisa, die sich in ihrem nicht geringeren Trachten nach Einfluss gegenseitig auszustechen versuchten.

»Reg dich nicht auf, Gaspare!«, sprach Davide indessen. »Die Männer habe ich dir beim letzten Mal nur gestohlen, weil du mir ein Jahr zuvor zwei Schiffe abgenommen hast. Saettie übrigens, Blitze, solche Schiffe, wie sie nur Genuesen erfinden können. Wundert mich, dass du bereit warst, von einer unserer Errungenschaften zu profitieren, wo du doch alles hasst, was von uns kommt.«

»Aus gutem Grund«, murmelte Davide. »Aus gutem Grund.« Eine Weile schien er in Gedanken um seine verlorenen Männer versunken, dann jedoch fuhr ein Ruck durch seinen Körper. »Wenn ich nicht meine Männer kriege, dann will ich andere dafür. Und anders als du verspreche ich, dass ich sie am Leben lasse und auch nicht in die Sklaverei verkaufe, wenn sie bereit sind, an Bord meiner Bonanova zu gehen und mir dort zu dienen.«

Davide strich sich mit der Hand über den verwundeten Hals, blickte danach prüfend auf seine Finger – offenbar suchte er nach Aufschub, um auf Gaspares Forderung nicht sogleich antworten zu müssen.

Jener freilich gab ihm diesen Aufschub nicht. »Willst du, dass ich Gewalt anwende?«, fragte er heiser.

Zuerst starrte Davide ihn nur voller Hass an, dann schüttelte er zögernd den Kopf. »Wie viele willst du?«, knurrte er.

»Nicht weniger als fünfzehn.«

»Bist du wahnsinnig geworden? Du kriegst fünf!«

»Zwölf!«

»Acht!«

»Zehn!«

»Gut«, erklärte Davide beleidigt. »Also zehn. Aber ich suche sie aus, nicht du.«

Gaspare blickte nicht hin, als Davide jene Männer bestimmte, die fortan ihm zu dienen hatten.

Davides Entscheidungen wurden mit Wehklagen beantwortet, mit Betteln, dass die Wahl auf einen anderen fallen möge. Doch Davide nahm keine der Entscheidungen zurück. Wiewohl sie schnell ausfielen, schienen sie wohl durchdacht, denn die Männer, die er benannte, waren die jeweils ältesten, schwächsten.

Als acht feststanden, drehte sich Gaspare erstmals wieder um.

»Sollen das Seeleute sein?«, murrte er verächtlich.

Davides Lippen hoben sich über die spitzen Zähne. Es amüsierte ihn ganz offensichtlich, dass er – wiewohl dem anderen unterlegen – diesem doch ein Mindestmaß an Rache zufügen konnte. »Wir haben es vereinbart – ich wähle sie aus. Und wenn du sie nicht fürs Schiff gebrauchen kannst – nun, meinetwegen musst du dich nicht an dein Versprechen halten, ihnen die Sklaverei zu ersparen. Dann schneide ihnen eben die Eier ab und verkauf sie als Eunuchen. Segelst du nicht regelmäßig in die Länder, wo die Heiden hausen?«

Caterina fühlte, wie Ray zusammenzuckte. Sein Schlottern hatte nicht nachgelassen. Sie hörte sogar, wie seine Zähne klapperten.

»Ray...«, stotterte sie, »Ray...«

Sie wusste nicht, was sie ihm sagen wollte. Vielleicht, dass er keine Angst zu haben brauchte. Sogleich würde es doch ausgestanden sein. Dann hätte dieser Gaspare mit Davide abgerechnet, würde das Schiff verlassen, und sie selbst könnten ans sichere Land zurückkehren.

Doch Ray schien früher erfasst zu haben, was Caterina erst jetzt gewahrte.

Davides Blick streifte sie beide flüchtig.

»Und diese zwei... diese zwei Gestalten kannst du auch haben«, setzte er hinzu. »Das macht dann zehn.«

»Verflucht, das ist ein Mädchen!«, knurrte Gaspare.

»Na und«, Davide verbarg sein Grinsen nicht. Ray wurde noch blasser. Caterina hingegen hatte das Gefühl, sie müsse sich augenblicklich übergeben.

»Na und«, wiederholte Davide. »Dann können sich deine Männer auf den langen Fahrten ein wenig die Zeit vertreiben.«

Corsica, 251 n.Chr.

Als ich von Julia heimkehrte, blickte ich in Gaetanus' Augen, wie er da stand, auf mich herabsah, unergründlich wie immer, aber nicht blind. Ich spürte, wie mir die Röte ins Gesicht schoss, und unwillkürlich griff ich zu der kostbaren Nadel, die Julia mir geschenkt hatte. Ob er sie bemerkte? Ob er mich zur Rede stellen würde, weil ich solchen Schmuck nicht besitzen durfte? Aber er blickte nicht streng oder abweisend.

Vielleicht machte mich diese Haarnadel schön. Vielleicht dachte er, was für ein hübsches Mädchen sie geworden ist. Oder er dachte: Diese Krëusa. Er kannte ja jetzt meinen Namen.

Ich weiß nicht, wie lange wir so voreinander standen, er, der mich anstarrte, ich, die dieses Glück kaum fassen konnte. Genau besehen war es nicht wirklich angenehm, diese Hitze in meinem Gesicht, dieses Grummeln in meinem Magen, dieses heftige Herzpochen.

»Du warst… du warst bei ihr?«, fragte er da. Er erhob seine Stimme kaum, flüsterte nur.

»Ja, mein Herr«, erwiderte ich schlicht.

»Das ist gut«, sagte er, erklärte nicht weiter, warum er auf mich gewartet hatte, und wandte sich ab, um mich wieder allein zu lassen.

In den nächsten Wochen wiederholte sich alles stets aufs Neue. Ich war bei Julia, sie sprach viel, weigerte sich, mich tun zu lassen, wozu ich hergekommen war, erlaubte jedoch, dass ich mich an ihrer statt frisierte. Sie schenkte mir schön verzierte Fibeln, eine Halskette aus blauen Saphiren, eine silberne Brosche, ein grün funkelndes Amulett.

»Das darf ich nicht annehmen, Clarissima«, sagte ich.

»Du sollst mich Julia nennen.«

Natürlich nahm ich es am Ende doch an. Denn nicht selten geschah's, dass Gaetanus mich erwartete, mir schon von weitem entgegenblickte, mir Fragen stellte, sobald ich eingetreten war – und ich wollte doch schön sein für ihn.

»War sie zufrieden mit dir?«, fragte er eines Tages, und an einem anderen: »Worüber habt ihr miteinander gesprochen?«, und an einem wieder anderen Tag, da wollte er wissen, welchen Menschen ich in Eusebius' Villa begegnet war.

Ich wusste Gaetanus' Aufmerksamkeit nicht zu deuten. Doch ich versuchte es auch gar nicht. Es zählte doch nur eines: dass er mich erwartete, dass er mich ansah, dass er meinen Namen aussprach, dass er mit mir redete.

Eines Tages berichtete ich, dass ich Julias Bruder getroffen hatte. Manches Gerücht war mir über jenen bereits zu Ohren gekommen. Nun sah ich es selbst – dieses unglückliche Kind. Er humpelte herzerweichend, aber er schien keine Schmerzen zu verspüren und hatte eine Technik entwickelt, möglichst schnell voranzukommen. Als Julia seiner ansichtig wurde, wallten kurz Zärtlichkeit und Milde in ihrem Gesicht auf, befremdlich an ihr, wo jede Regung meist viel schriller, viel schroffer, viel herber ausfiel. Sie presste den Knaben an sich, streichelte über seinen Kopf. Manchmal schien es mir, es könnte niemanden geben, der wacher seinen Mitmenschen gegenüber war als sie, die sich selbst solchen zuwandte, die weit unter ihrem Stand waren. Und dann wiederum war sie so fern und fremd, in Gedanken vertieft und Reden spinnend; nur zufällig schienen diese Reden an mich gerichtet, weil ich nun eben gerade da war, aber ob ich zuhörte und begriff oder nicht, das schien ihr gleich zu sein.

»Seine Mutter ist bei der Geburt gestorben«, erzählte ich Gaetanus vom kleinen Aurelius. »Der Kaufmann Eusebius ist hernach unverheiratet geblieben. Man sagt, seine Trauer sei unermesslich gewesen, und auch, dass er die Ärzteschar verfluchte, die seine Frau nicht retten konnte.«

Ich hielt kurz inne, rang mit mir, ob ich fortfahren sollte. Gaetanus nickte bekräftigend. »Dann sagte Julia, von dieser Welt und wie sie jetzo noch wäre, unvollendet und in vielem schlecht, stünde nicht zu erwarten, dass Lahme auf ihr gehen und Blinde sie sehen könnten.«

Beinahe unmerklich verzerrte sich sein bleiches Gesicht, ich konnte gar nicht sagen, ob durch ein Runzeln der Stirne, ein Beben seiner Nasenflügel oder weil er die Augen zusammenkniff. »Man hat sich dem Willen der Götter zu fügen«, sprach er nachdenklich.

Ich zuckte die Schultern, plötzlich schien er unendlich weit fort zu sein.

»Das hat Julia auch gesagt«, fügte ich schnell hinzu, um ihn wieder zu erreichen, obwohl ich mir nicht sicher war, ob tatsächlich solche Worte über ihre Lippen geflossen waren.

Sein Gesicht glättete sich wieder. »Eusebius wird morgen mit seinen Kindern mein Gast sein«, sagte er abschließend und ließ mich stehen.

Wann mich die bittere Erkenntnis traf? Ob am kommenden Abend oder einem der anderen, die folgten?

Es war noch vor diesem Mahl – schon verbreitete sich der Geruch der Speisen im ganzen Haus; heute sollten gewürzte Honigsuppe, Lukanische Fleischwürste, Austern in Kümmelsauce und Spanferkel gereicht werden – da wurde ich von Thaïs dabei ertappt, wie ich sämtliche Dinge, die mir Julia geschenkt hatte, vor mir verstreute und sie beglückt ansah.

»Das hat sie dir alles gegeben?«, fragte sie neidisch. »So muss sie tatsächlich reich sein, wenn sie darauf verzichten kann! Hat sie jemals von ihrem Schatz gesprochen?«

Ich schüttelte den Kopf. Ja, es war ungewöhnlich, solche Kostbarkeiten einer Sklavin anzuvertrauen – aber offensichtlich hatte mich dieser Schmuck so schön gemacht, dass Gaetanus mich bemerkte.

»Du könntest mir auch etwas davon geben«, drängte Thaïs, und ihr Blick wurde immer gieriger. Sklavinnen wie unsereins kannten nur Schmuck aus billigen Glasperlen.

Hastig sammelte ich alle Stücke in meinen Schoß. »Das brauche ich alles selbst!«, zischte ich grimmig und verscheuchte sie.

Nur widerwillig fügte sich Thaïs, und kaum allein gelassen, begann ich alles anzulegen: die Ketten und das Amulett und die Brosche.

Bislang hatte ich nie alles gleichzeitig getragen. Doch wenn ich Gaetanus schon auffiel, sobald ich nur eine der Haarnadeln trug, wie würde er mich wohl ansehen, wenn ich ihm überreich geschmückt entgegentrat?

Schüttelt den Kopf nicht über mich, lacht nicht! Was war ich für ein dummes, leichtgläubiges Mädchen, die ich ihm mit roten Wangen die Speisen servierte!

Ihr müsst mir eines zugutehalten. Ich brauchte nicht lange, mich selbst des großen Irrtums zu überführen. Anders als die anderen Frauen sprach Julia mit mir, als ich mich über sie beugte und ihr einen Kelch mit Rosenwein reichte.

»Geht es dir gut, Krëusa?«, fragte sie, »du siehst aus, als hättest du Fieber.«

Sie strich mir sanft über den Arm. Ich lächelte verlegen, schüttelte den Kopf, wollte ihr andeuten, dass es nicht richtig wäre, hier mit ihr zu sprechen. Nicht vor Menschen, die uns beobachteten.

So wich ich von ihr zurück, und als ich mich kurze Zeit später wieder umdrehte – ja, da ereignete sich dieser kleine Zwischenfall, der mir ein für alle Mal die Augen öffnete. Ich erkannte die Wahrheit. Meine Welt zerbarst.

X. Kapitel

Mittelmeer, Frühling 1284

Caterina schlug die Augen auf, die Welt war zerborsten. Nicht einfach nur in zwei Teile gebrochen wie in jener Nacht, da man den Vater erschlagen und das Haus angezündet hatte, sondern in viele kleine Splitter. Sie hatte damals gedacht, dass ein Zerstörungswerk nicht heftiger ausfallen könnte, doch nun wurde sie von einem Schmerz erfasst, der so viel unerträglicher war, so viel grausamer als ihr damaliger Kummer.

Sie begriff nicht, wo sie war. Jedes einzelne Glied ihres Körpers tat weh… und zeugte von dem, was geschehen war.

»O nein!«

Sie wusste nicht, ob die Worte aus ihrem Mund gekrochen gekommen waren. Sie klangen nicht menschlich, sondern wie ein verwundetes Röhren. Überall schienen Wunden zu klaffen, selbst in ihrer Kehle. Sie hatte nicht geahnt, dass es so viele Arten von Schmerzen gab. Zerfetzende, als würde ihr der Leib entzweigerissen; dumpf pochende, als hätte man ihr den Schädel eingeschlagen; brennende, als läge sie in einer sauren Lache, die ihre Haut zerfraß.

»O Gott, nein!«

Doch auch das Reich der Gedanken bot dem geschundenen Leib kein sicheres Asyl. Die Schmerzen zu missachten, den Rückzug zur unsterblichen Seele zu wagen hieß, dort in ein nicht minder schwarzes Loch zu starren.

Schande.

Verlust.

Zerstörung.

Inmitten der Finsternis ein Schatten, nicht Helligkeit verheißend, nur, dass sie die zersplitterte Welt mit jemandem teilte. Sie sah ihn kaum. Ein riesiges Spinnennetz war über die Welt geworfen, nicht aus Fäden zusammengeflickt, sondern aus den vielen, vielen Scherben. Diese lagen nicht säuberlich ausgebreitet. Ihre spitzen Ränder rieben aneinander, erzeugten ein scheußliches, röhrendes Geräusch. Oder war es ihr eigener Atem, der so klang?

Wieder der Schatten in ihrer Nähe. Gefolgt von einer Stimme, die einen Namen sprach.

»Caterina?«

War das ihr Name?

Seiner war Ray, das wusste sie noch. Ein nackter Name. Das, was mit ihm verknüpft war, Sünde, Betrug, Skrupellosigkeit, war von ihm abgetrennt – vielleicht von einem der scharfen Splitter.

»Caterina, was haben sie mit dir gemacht?«

Seine Stimme kroch langsam zu ihr. Sein Körper war schneller. Sie spürte Wärme, zittrig und feucht. Von seinen Händen kam sie, die davon zeugten, dass er das Angstschlottern nicht hatte ablegen können.

Sie wusste nicht, wo diese Hand sie betastete, ob sie sie prüfend befühlte oder tröstend streichelte. Sie wusste nur, dass sie unerträglich war.

»Fass mich nicht an!«

Er zuckte augenblicklich zurück. Doch der Klang der eigenen Stimme war erschreckender als seine Nähe. Am liebsten hätte sie sie erbrochen – diese röhrende Stimme, diese Schmerzen, von denen sie zeugte, überhaupt den ganzen Rest, der von ihr verblieben war, kümmerlich und gallig.

»Es tut mir so leid«, murmelte Ray. »Es tut mir so leid.«

Es tut ihm leid, aber er trägt Schuld, dachte Caterina. Er hat es nicht gewollt, aber wenn es ihn nicht gäbe, wäre mir das alles nicht passiert. Ich hasse ihn. Ich werde ihm nie verzeihen können.

»Fass mich nicht an!«, wiederholte sie, aber es klang zaghafter, schon nahm sie das eben gefällte Urteil zurück.

Ich hasse ihn nicht, ich darf ihn nicht hassen. Ich verzeihe ihm, ich muss es tun.

Zerstörung, Schande, Schmerz, Erniedrigung – alles prasselte auf sie ein, ohne Schonung, ohne Pause. Nur eine der zerstörerischen Mächte hielt sie noch nicht in ihren Fängen. Die Einsamkeit wurde von jenem Schatten, der nicht weit von ihr saß, in Schach gehalten.

Nicht beides, durchfuhr es sie. Ich kann nicht beides ertragen. Nicht diese Schande – und die Einsamkeit.

»Geh nicht weg!«, hörte sie sich murmeln. »Fass mich nicht an… aber geh nicht weg!«

Sie wusste nicht, ob er neben ihr hockte, ob er saß oder stand. In jedem Falle war er so nah, dass sie die Wärme seines Körpers fühlen konnte, ohne zugleich berührt zu werden. Nichts Tröstendes hatte die Wärme, nichts Fürsorgliches seine offensichtliche Bereitschaft, ihrem Wunsch zu folgen. Doch seine Wärme verlieh ihr zumindest das Vermögen, sich ächzend aufzurichten, linderte zwar nicht die Schmerzen, aber ließ es zu, dass sie diese Schmerzen beschreiben konnte, langsam erkennen, woher sie kamen, wovon sie ausgelöst wurden.

Erstaunlich nüchtern fiel es ihr wieder ein. Man hat mich geschändet, man hat mir meine Jungfräulichkeit, meine Ehre geraubt. Rasch zerfiel diese große Wahrheit in lauter kleine Sätze, die für sich betrachtet nichts mit ihr zu tun zu haben schienen.

Sie haben mich herumgeschubst.

Sie haben mich prüfend befingert.

Sie haben gelacht und gegrölt.

Es waren viele. Unzählbar viele.

Caterina fühlte, wie der warme Schatten neben ihr neuerlich erbebte. Vielleicht brachten ihn Furcht und Verzweiflung dazu. Vielleicht das Schaukeln des Schiffes, auf dem sie sich befanden und das dessen Kapitän Bonanova genannt hatte. Vielleicht weinte er. Absonderlich schien es ihr, dass jemand wie Ray weinte.

Sie hatten ihr das Kleid zerfetzt. Sie hatte gespürt, wie es riss, wie die feuchte Meerluft die nackte Haut traf. Sie hatte gefröstelt und sich so geschämt, dass sie dachte, sie müsse augenblicklich sterben. Nie hatte sie sich selbst nackt betrachtet, vielmehr stets die Augen geschlossen, wenn sie ein Kleid wechselte, so wie es auch die Jungfrau Maria stets getan hatte, das zumindest hatte der Vater ihr erzählt. Nun hingegen wurde sie von vielen fremden Augenpaaren in ihrer Blöße angestarrt, und niemanden strafte Gott mit Erblindung, so wie er all jene gestraft hatte, die sich an der erzwungenen Nacktheit der Heiligen Agnes geweidet hatten, ehe jene das Martyrium erlitt.

Ich ertrage das nicht, hatte sie gedacht, ich ertrage das nicht.

Erst dann hatte sie begreifen müssen, dass man zwischen Wachheit und Ohnmacht nicht selbst wählen darf. Umsonst wartete sie darauf, dass das jeweils Schrecklichere, was man ihr zufügte, den Geist endgültig umnebeln würde. Doch der gnädige Schleier senkte sich nicht über sie, selbst jetzt nicht. Die Splitter kündeten von Gebrochenheit, aber jeder für sich war glasklar.

Holz. Raues Holz. Viele kleine Splitter, die in ihr Fleisch schnitten, als man sie auf den Boden drückte, am Rücken, an den Armen, an den Beinen. Man hielt sie an den Handgelenken gepackt und an den Fußfesseln, zerrte den Körper auseinander, als wolle man sie vierteilen. In diesem Augenblick hatte ihre Angst erstmals nicht der Schande gegolten, sondern der Möglichkeit zu zerreißen. Doch man hatte sie nicht zerrissen. Man hatte ihr ein Schwert in den Leib gestoßen, eines und dann immer mehr. Es hatte für sie keinen Unterschied gemacht, ob es eines aus Eisen oder aus Fleisch und Blut war. Erst später hatte sie erkannt, dass man an Letzterem nicht stirbt und dass das Blut, das zwischen ihren Beinen hervorquoll, nicht reichen würde, damit sämtliche Lebenskraft aus ihr herausfloss.

Der Schatten neben ihr – er schien nicht nur zu zittern, er schien geschüttelt zu werden. Sie hörte ein Schluchzen.

»Hör auf zu flennen«, murmelte sie plötzlich, sie wusste nicht, woher sie die Kraft dazu nahm. »Das Leben ist ein Spiel. Mal gewinnst du, mal verlierst du. Das hast du selbst gesagt.«

Das Schluchzen erstarb. Ray hob verwirrt sein Gesicht. »Mein Gott, Caterina«, klagte er hilflos, »mein Gott, was haben sie mit dir gemacht?«

Am Ende hatte sie nicht mehr vor Scham und Kälte gezittert. Die Lache, in der sie gelegen hatte, war warm gewesen. Eine Lache aus eigenem Blut und fremdem Samen. Und die Hände, die rauen, schwieligen Hände, die sie betatschten, ihr Gesicht und ihre Brüste, selbst ihre Achselhöhlen, ihren Bauch und ihren Nabel, hatten gewärmt, hatten ihre Haut zum Glühen gebracht. Leider verbrannte sie ebenso wenig, wie sie verbluten durfte. Von jedem Stoß der vielen auf ihr Liegenden erhoffte sie, er möge endgültig ihren Bauch zerfetzen, ihren Leib meucheln, ihr Bewusstsein trüben. Doch es blieb die Kraft, sie zu zählen, jeden Einzelnen. Eins, zwei, drei, vier. Jener war schnell. Er ergoss sich. Wieder lief es warm über ihre Schenkel. Ungeduldig wurde er zurückgezerrt. Der Nächste. Neue Hände auf den Brüsten. Sein Geschlecht, dünner, aber länger. Eins, zwei, drei, vier, fünf, sechs. Die anderen grölten, applaudierten. Sieben, acht, neun. Ein gurgelndes Geräusch aus seiner Kehle. Neuerliche Nässe zwischen den Beinen.

Vielleicht zerreiße ich nicht, dachte sie. Vielleicht pumpen sie mich voll, bis mein Leib zerplatzt…

Der Nächste. Immer gab es einen Nächsten. Ihre Hände waren taub, weil man die Handgelenke so fest packte; ihre Zehen eiskalt. Ihre Brustwarzen verwundet, als hätte man nicht nur danach gegriffen, sondern sie zerkaut.

»Caterina«, raunte Ray neben ihr. »Ich wollte das nicht. Ich wollte doch nur…«

Sie hob ihre Hand. Der letzte Faden ihrer Erinnerung war dünner als die anderen. Er kündete vom Entschluss, den sie gefasst hatte, ehe sie schließlich doch in eine Ohnmacht gesunken war, eher erstickend als gnädig.

Ich will sterben, hatte sie kraftlos gedacht.

Nun kam er wieder, der Gedanke, diesmal kalt und nüchtern wie ihre Stimme, mit der sie zu ihm sprach.

»Ray«, sagte sie. »Ray… töte mich!«

Sie spürte ihn nicht nur, sie roch ihn, sie roch seine Angst. Und erstmals sah sie mehr von ihm als nur einen Schatten. Als sie ihre Forderung aussprach, blickte sie in seine Richtung, und nach einer Weile hatten sich ihre Augen so sehr an die Finsternis gewöhnt, dass sein Gesicht Konturen gewann.

Sie musterte es – mit gleicher Kühle, wie sie sich vorhin den Erinnerungen gestellt hatte, so erstarrt und so nüchtern, dass sie nicht entsetzt war über seinen Anblick, über den Wandel, der in diesen gelblich-bleichen Zügen stand. Da war nichts mehr von Leichtlebigkeit. Kein Spott. Kein Übermut. Nur Grauen, nackt, schrumplig verfallen, als wäre das Kleinmachen die letzte Möglichkeit zum Überleben.

»Was redest du da?«, stammelte er.

Kurz wusste sie nicht, was er meinte, als hätte sie die Bitte zu sterben bereits wieder vergessen. Er erinnerte sie schnell wieder daran. »Warum denn … sterben?«

Sein Blick flackerte. Er sprach das Wort mit solcher Furcht aus, als gelte ihm ihr Todesurteil, nicht ihr selbst.

»Ich sterbe …«, murmelte sie, »ich sterbe ohnehin. Ich sterbe, wenn sie es wieder machen. Und sie werden es tun. Niemand wird sie abhalten. Also töte du mich. Es wär ein ehrenvollerer Tod.«

»Das kann ich nicht.«

Er wich ihrem Blick aus, wie in den letzten Tagen, da er den gemeinen Plan ausgeheckt hatte, sie um ihren Schatz zu bringen, und ein Rest an sittlichem Gefühl es ihm unmöglich gemacht hatte, in ihre Augen zu schauen.

»Du weigerst dich, mich zu töten, weil du Angst hast, allein zu sein!«, verkündete sie kalt. »Weil du selbst Angst vor dem Tod hast. Deswegen soll ich nicht einmal davon sprechen. Wie erbärmlich, Ray, wie erbärmlich!«

Überrascht blickte er hoch. Sie erwartete Widerworte, seine Verteidigung oder ein weinerliches Kleinbeigeben. Stattdessen war das namenlose Entsetzen in seinen Zügen noch gewachsen, gleich so, als blicke er nicht sie an, sondern einen bösen Geist. Und vielleicht sprach sie ja auch nicht selbst, sondern eben jener Geist. Wie anders konnte es ihr gelingen, inmitten jenes Grauens so überlegte, so bedächtige, so gnadenlos kalte Worte auszusprechen?

»Caterina«, flehte er eindringlich. »Du hast dich seinerzeit an mich gewandt, weil du eine Pflicht zu haben glaubtest. Den Schatz deiner Familie in Sicherheit zu bringen.«

»Du hast ihn mir gestohlen!«, unterbrach sie ihn, wieder ganz ohne Leidenschaft und Gefühl.

»Ich … ich habe das Kästchen bei mir. Ich kann es dir geben. Du darfst doch nicht von dieser Welt gehen, ohne …«

»Nicht!«

Erstmals klang ihre Stimme schrill vor Furcht. »Nicht! Du darfst es mir nicht geben. Ich bin unrein, unrein!«

»Hör auf! Das ist Unsinn! Dich trifft keine Schuld. Mich allein trifft sie.«

»Ich bin unrein!«, schrie sie wieder.

So plötzlich, wie sie vorhin erkaltet waren, kehrten die Schmerzen zurück, jene an ihrem Leib und auch jene an der Seele. Sie japste nach Luft. »Caterina!«

Sie spürte seine Hände, doch diesmal störte sie sich nicht an seiner Berührung, suchte vielmehr Schutz darin. Sie fand ihn nicht lange, schon kehrte das Entsetzen zurück, als sie neben Rays verzweifelten Rufen und ihrem erstickenden Keuchen plötzlich Schritte vernahm, die langsam näher kamen.

Was sie eben zu Ray gesagt hatte, kam ihr erneut in den Sinn: Ich sterbe. Ich sterbe, wenn ich Gaspares Mannschaft noch einmal in die Hände falle.

Doch die Schritte, die sich näherten, kündeten nicht von einer Horde, sondern nur von einem einzigen Paar Füße. Als jemand den Verschlag öffnete, sahen sie keinen furchterregenden, grobschlächtigen Mann, sondern einen jungen Burschen, kaum der Kindheit entwachsen, zumindest zierte sein glattes Gesicht kein einziges Barthaar.

Als Caterina gewahrte, dass niemand gekommen war, um ihr erneut Gewalt anzutun, sondern fast noch ein Kind, ausgestattet mit einem Krug Wasser und einem Laib Brot, sackte sie in sich zusammen, als wäre Erleichterung ein nicht minder gewalttätiges Gefühl als der Schrecken.

Ray hingegen sprang auf, stellte unruhige Fragen ohne Zusammenhang.

»Was geschieht mit uns? Wer … wer ist dieser Teufel? Dieser Gaspare? Wie kommt der Kaufmann Davide dazu, uns ihm zu übergeben? Ist es wahr, dass er Pisaner ist? Was habt ihr mit uns vor? Ihr … ihr dürft euch nicht an diesem Mädchen vergreifen. Sie ist meine Verwandte!«

Während all der Fragen war der Knabe steif geblieben. Auch ob Rays Feststellung tat er vorerst nichts anderes, als Wasser und Brot auf dem leise schwankenden Boden abzustellen. Als er sich aufrichtete, glitt jedoch ein vorsichtiger Seitenblick über Caterina, in dem Unsicherheit stand, vielleicht sogar ein wenig Erbarmen.

»Bitte!«, flehte Ray. »Bitte! Sag mir, was mit uns geschieht! Wird man uns tatsächlich als Sklaven verkaufen?«

Er wiederholte die Worte mehrmals, in sämtlichen Sprachen, derer er mächtig war, so eindringlich, dass selbst Caterina wieder den Kopf hob. Einen Augenblick trafen ihre Augen die des Knaben, und ob nun davon oder von Rays Worten gnädig gestimmt, murmelte jener ein paar Wortfetzen, alle mit starkem Akzent.

Die Worte erreichten Caterina nicht.

Doch Ray wiederholte sie, wieder und wieder, als könnte er sie, wenn er sie nur lang genug zerkaute, noch sättigender machen.

»Gaspare stammt also tatsächlich aus Pisa. Aus einer Patrizierfamilie. Was ihn von Geburt wegen zum Erzfeind eines jeden Genuesen wie Davide macht. Allerdings ist er um sein Erbe gebracht worden und musste die Heimat verlassen. Steht jetzt im Dienst von König Pere von Aragón. Wird von jenem gerne auf Botengänge geschickt und ermächtigt, an den Ufern von dessen verachtetem Bruder Jaume zu wildern. Mit Davide ist er schon lange persönlich verfeindet. Ist er wirklich ein … Pirat? Was wird er mit uns tun? Mit Caterina? … Mit mir?«

Flüchtig kamen Caterina Davides Worte in den Sinn, der Vorschlag, Gaspare könne Ray doch als Eunuch verkaufen. Sie wusste das Wort nicht zu deuten, aber was immer sich dahinter verbarg, es schien die Furcht in Rays Stimme zu schüren, nun, da er wusste, dass Gaspare einer war, der ein junges Mädchen kaltherzig einer Horde Männer auslieferte.

Der Knabe antwortete kein zweites Mal. Mit einem Schulterzucken, das entweder Bedauern oder Gleichgültigkeit verhieß, wandte er sich zum Gehen.

»Hör mal!«, rief Ray ihm nach, und sein Tonfall geriet ähnlich fordernd wie in den Stunden, da er an Marktplätzen stand und etwas anpries – nur handelte er diesmal um sein Leben und konnte im Gegenzug keine Ware verheißen. »Hör mal! Ich will mit diesem Gaspare reden! Davide hätte uns nicht an ihn verschachern dürfen, er begeht ein schreckliches Verbrechen, uns einfach mitzunehmen! Wohin überhaupt? Und dieses Mädchen, siehst du dieses arme Mädchen! Sie ist nicht irgendjemand! Sie ist die Tochter eines Grafen. Sie… sie ist wohlerzogen, gebildet! Sie kann sogar lesen und schreiben. Verdammt! Verdammt! Geh nicht weg! Hör mir zu!«

Doch der Knabe drehte sich nicht um. Schon schlug er das hölzerne Brett wieder vor den Verschlag, in dem sie hockten, und seine leiser werdenden, schlurfenden Schritte kündeten davon, dass er sich entfernte.

»Verdammt!«, stieß Ray aus und trat in den Boden, nicht nur ärgerlich, sondern ohnmächtig, weinerlich.

Ähnlich kraftlos wie sie sackte er schließlich zusammen, kauerte sich neben sie.

»Was geschieht nur mit uns? Was geschieht nur?«, hörte sie ihn ein ums andere Mal fragen.

Er vermied, sie zu berühren, doch kam nahe genug an sie heran, auf dass sie wieder seine Wärme spürte. Vielleicht, um ihr Trost zu schenken. Vielleicht, um selbst welchen zu erhaschen.

Es war ihnen nicht lange gegönnt, so zu verharren. Denn schon kurze Zeit später ertönten wieder knarzende Schritte von draußen, zu laut, um von dem dürren Knaben zu stammen.

Sie kamen wieder.

Sie kamen, um sie zu holen, zu packen, hinauszuschleifen. Um sie erneut zu schänden, bis sie genug von ihr hatten und sie wieder wegwerfen konnten.

Das wusste sie sofort, sah es an den Gesichtern, die nicht einmal sonderlich böse waren oder verunstaltet, zwar vom Wetter gegerbt, aber nicht vernarbt. Eine gewisse Gier stand darin eingeschrieben, aber sie schien nicht sonderlich tief zu gehen, nicht die Seele der Männer zu berühren. Dahinter lag Gleichgültigkeit, eine schlichte Ergebenheit an die naturbedingten Gelüste des Körpers: sei es zu essen und zu trinken, sich zu entleeren und sich forzupflanzen. Das alles gehörte eben zum Leben, und manchmal machte es auch außergewöhnliche Freude. Caterina machte keine Freude. Die Blicke, die auf sie fielen, zeugten nur von einem laschen Hunger – nicht vom leeren Magen verursacht, sondern weil zufällig ein Stück Brot vorhanden ist. Warum es verschimmeln lassen?

Die Blicke, die ihren Leib auf und ab wanderten, waren darum nicht wohlgefällig, nicht begehrend – eher abschätzend, ob sie überhaupt wiederhergestellt war und man sich an ihr laben konnte.

Nach einer Weile stellte sich heraus, dass Caterina ihnen wach genug schien. Einer der beiden – es waren zwei Männer, vielleicht hatten die anderen sie hergeschickt und warteten droben – trat zu ihr hin, packte sie am Arm, zog sie hoch, als hätte sie kein Gewicht.

Beim Anblick der Männer hatte sie sich versteift. Jetzt ließ sie sich hängen, nicht nur, weil es sie so nutzlos deuchte, sich zu wehren, auch weil sie hoffte, dass wenigstens diesmal die Ohnmacht sie nicht im Stich lassen würde. Dass sie sich tot stellen könnte, dass sie nicht noch einmal alles erfahren, alles erfühlen müsste. Bitte nicht. Bitte nicht.

Stoßweise wie der Atem kamen ihr diese Worte in den Sinn.

Doch so, wie ihr Atem sich kaum durch die erstickend enge Kehle plagen konnte, erreichte diese Beschwörung kein Fünkchen Hoffnung.

Warum hat Ray mich nicht getötet? Warum…

Erstmals ging ein Ruck durch ihren Körper, ein letzter Versuch, sich zu wehren, ein viel zu zaghafter. Sie erreichte nichts anderes, als dass der Mann sie noch fester packte, so wie der zweite sich nun bückte, sie an einem der Beine hochzerrte.

Dann plötzlich eine dritte Hand, viel schwächer als die anderen, sie gehörte Ray, der aufgesprungen war, sie hilflos zurückzuziehen versuchte.

»Nicht!«, rief er. »Lasst sie in Ruhe!«

Diese Stimme kannte sie an ihm nicht, weibisch hoch war sie, quietschend.

Dann hörte sie einen dumpfen Schlag, wusste nicht, was ihn bedingte: der eigene Leib, der zu Boden geplumpst war, weil der Mann sie einfach losgelassen hatte? Oder der wuchtige Schlag, der Ray in den Magen traf, ausgeführt von ebenjenem?

Ersticktes Gurgeln. Erneut war nicht gewiss, woher es kam, von ihr oder von ihm.

Nun ließ auch der andere ihr Bein los, trat desgleichen zu Ray, der schon am Boden lag, trat auf ihn ein, so wenig lustvoll, wie er sie holen gekommen war, lediglich darauf eingeschworen, was man bei Widerstand zu tun hatte, und es befolgend.

Caterina rappelte sich auf, gewahrte, dass beide Männer ihr den Rücken zuwandten, dass sie selbst beide Hände frei hatte, und für einen Augenblick dachte sie, was es für ein Vergnügen wäre, sie zur Faust zu ballen, damit zu schlagen und zu verwunden. Und nicht nur das. Oh, wenn sie einen Dolch hätte! Oh, wenn sie damit aufschlitzen und abschneiden und zerstückeln könnte!

Die Ahnung einer Lust überkam sie, die ebenso unpassend wie flüchtig war. Noch ehe sie zu fassen vermochte, dass ein

Augenblick wie dieser eine so mächtige Gier erzeugen konnte, fiel diese schon in sich zusammen.

Die Männer wandten sich von Ray ab, kamen zu ihr, nicht schneller als vorhin, die Mienen nun jedoch gereizt.

Warum hat Ray mich nicht getötet?, dachte sie wieder, schloss die Augen, wollte nicht sehen, wie die Hand sie erneut packte. Sie rüstete sich gegen den schmerzhaften Griff – doch er blieb aus.

Eine sanfte Stimme ertönte hinter ihnen.

»Lasst sie in Ruhe!«, sprach jene Stimme – genau jene Worte, wie sie auch Ray gesagt hatte.

Caterina fuhr herum, die Männer auch. Es war der Knabe, der ihnen vorhin Brot und Wasser gebracht hatte. Erst jetzt, bei hellerem Licht, fiel auf, wie dunkel die glatte Haut seines Gesichts war.

»Was willst du, Akil?«, schnaubte einer der Männer verächtlich.

Der Anflug eines stolzen Lächelns huschte über das Gesicht des Knaben. »Ich will gar nichts«, sagte er mit seinem starken Akzent. »Aber Gaspare will etwas. Er lässt euch sagen, dass ihr sie nicht wieder anrühren sollt. Ich muss sie zu ihm bringen.«

Corsica, 251 n.Chr.

Meine Welt lag in Trümmern, aber der Abend ging vorüber, als wäre nichts geschehen. Ich verbarg meine Stimmung, und das fiel nicht schwer, hatte sich doch bis auf Julia keiner jemals für den Zustand meines Gemüts interessiert. Die Röte musste aus meinem Gesicht geschwunden sein; ein leichtes Frösteln war alles, was mich von vollkommener Erstarrung abhielt, ansonsten kam ich meinen Aufgaben gewissenhaft und unauffällig wie immer nach. Aus den Augenwinkeln nahm ich manchmal wahr, dass Julia fragend auf mich sah, doch ich konnte ihren Anblick nicht ertragen, nicht heute, vielleicht nie mehr.

Thaïs war die Einzige, die in mein Schweigen drang. Später, als das Mahl beendet war, die Gäste den Palast verlassen hatten, fing sie mich ab.

»Hast du es gesehen? Ist es dir aufgefallen?«

»Was?«, gab ich barsch zurück.

»Es kann dir doch nicht entgangen sein. Gewiss hast du es auch bemerkt – so wie wir alle. Unmöglich, dass sich unser Herr derart verhält! Aber er hat's getan!«

Sie grinste mich keck an, und dann sprach sie die bittere Wahrheit aus.

Ihre Worte trafen mich ins Mark. Es war schlimm genug, wie plötzlich mich die Erkenntnis getroffen hatte – die Erkenntnis, was hier nun schon seit Wochen vorging –, doch es war unerträglich, die Wahrheit aus dem Mund einer dreisten, neugierigen Schwätzerin zu hören, anstatt jene Szene beim Mahl, derer wir alle Zeugen geworden waren, so rasch wie möglich vergessen zu können.

»Halt's Maul!«, fuhr ich sie unwirsch an.

Thaïs fuhr ob meines rüden Tons zusammen, aber sie verzichtete nicht darauf fortzufahren. »Willst es nicht hören? Ich aber sage dir: Es wird Zeit. Dringend Zeit. Was soll er denn sonst machen auf einer Insel wie dieser? Ich habe mich ja schon lange gewundert, weil er so gar nicht daran zu denken scheint... Ich hätte freilich nicht vermutet, dass eine Frau wie Julia...«

Endlich hatte sie Erbarmen, zuckte mit den Schultern und schwieg. Vielleicht ahnte sie etwas von dem unglaublichen Weh, das hinter meiner erstarrten Miene wütete.

Er sieht nicht mich, dachte ich. Er sieht nur... sie. Er hat niemals wirklich mit mir gesprochen. Sondern nur über... sie.

Eine der Sklavinnen war gestolpert, die silberne Platte mit kleinen Honigküchlein aus ihren Händen geglitten und mit einem lauten Klirren aufgeprallt. Darob ungewohnt erschrocken war Gaetanus aufgefahren, hatte bereits die Hand gehoben, um das tollpatschige Mädchen zu schlagen. Doch dann hatte plötzlich Julia auf dem Boden gekniet, hatte rasch die Honigküchlein aufgesammelt und währenddessen tröstende Worte zu dem Mädchen gemurmelt. Es sei nichts Schlimmes geschehen, sie solle sich keine Sorgen machen.

Das allein war noch nicht schockierend, es passte zu Julia, der Art, wie sie sich gewöhnlich Menschen näherte, ohne Rücksicht auf ihren Stand, stets helfend, stets bereit, Verständnis zu zeigen. Doch dann – dann war plötzlich auch Gaetanus auf seine Knie gesunken. Er hob die Hand nicht mehr, um die Sklavin zu schlagen, sondern streckte sie nach einem der Küchlein aus, um Julia Aurelia zu helfen.

Dieses Bild und auch, wie er sie dabei ansah, hatte sich in mein Gedächtnis gebrannt und trieb mir nun Tränen in die Augen. Ich riss eine der Nadeln aus meinem Haar, die Julia mir geschenkt hatte, scherte mich nicht darum, dass sich einige Strähnen schmerzhaft darin verfingen. »Hier«, sagte ich kalt, »hier… das wolltest du doch haben.«

Thaïs' Überraschung war größer als ihre Freude. »Vorhin noch hast du strikt abgelehnt, mir etwas von deinem Schmuck zu schenken.«

»Ich brauche es nicht mehr«, murmelte ich, »es zählt nicht mehr, nichts zählt mehr.«

»Aber…«

»Nichts, Thaïs! Sag kein Wort mehr!«

Sie beugte sich dem Befehl nicht – noch nicht. »Warum bist du so hart zu mir, Krëusa? Was ist mit dir geschehen?«

Oh, ich fühlte mich nicht hart. Es gab kein schützendes Schild zwischen mir und der Welt, das die vielen kleinen Pfeile hätte abhalten können, die mein Herz trafen.

Sie war ihm also aufgefallen, damals am Hafen; er hatte nicht einfach durch sie hindurchgesehen, wie ich es vermutet hatte. Vielleicht war sie der eigentliche Grund gewesen, warum er den Kaufmann Eusebius so häufig einlud. In jedem Falle wollte er ihr offenbar Gutes tun, als er mich zu ihr schickte, um sie zu schmücken, nicht ahnend, dass eine wie Julia keinen Gefallen daran fand. Nun, er kannte sie nicht, aber das hatte ihn nicht abgehalten, mich jedes Mal zu erwarten, wenn ich von ihr wiederkehrte, und mich nach ihr auszufragen. Und es hatte ihn nicht abgehalten, sie heute so auffällig anzustarren, dass selbst Thaïs es bemerkte.

Unerträglich, mich von diesen Schmerzen fällen zu lassen und tatenlos dabei zuzusehen. Ich ließ Thaïs stehen und verließ den Raum.

Dieser Schmerz, diese Ohnmacht, diese Enttäuschung – ich musste ihnen irgendetwas entgegensetzen.

XI. Kapitel

Mittelmeer, Frühling 1284

Das Gehen war unendlich schmerzhaft. Auch liegend und hockend hatte Caterina um den geschundenen Körper gewusst, doch nun war ihr, als würde bei jedem Schritt die Haut zwischen den Beinen zerreißen. Sie fühlte, wie sie blutete, viel stärker, als sie es ansonsten monatlich gewohnt war. Nutzlos deuchte es sie, sich das Stöhnen zu verbeißen und zu versuchen, halbwegs aufrecht zu gehen, anstatt wie ein waidwundes Tier zu hinken, wenn sie doch ohnehin eine rote Spur hinterließ. Deswegen und auch weil der Knabe sie zwar aus sanften, aber nicht sonderlich mitleidigen Augen anblickte, trachtete sie gar nicht erst nach Verstellung.

»Was … was will dieser Gaspare von mir?«, fragte sie zwischen dem Stöhnen.

Akil war so höflich, sich ihrem langsamen Tempo anzupassen, aber er antwortete nicht, sondern zuckte nur mit den Schultern, während er sie durch das Schiff führte. Offenbar befand sich die Kammer, in der man sie und Ray eingesperrt hatte, an dessen Bug, indessen Gaspare seine Kajüte am hinteren, breiter werdenden Ende hatte. Das Schiff durchquerend musste Caterina manches Mal den Kopf einziehen, um nicht an den Nägeln, Ketten und Eisenstückchen hängen zu bleiben, mit denen die Holzbalken zusammengefügt waren, desgleichen wie sie darauf achtete, nicht über die Taue und Dielen zu stolpern, die auf dem Boden lagen. Die ersten Räume, die sie durchschritten, waren eng, finster und voll üblem Gestank – nach Teer, mit dem das ganze Schiff eingestrichen war, um das Wasser abzuhalten, und nach dem Schweiß von jenen Mitgliedern der Mannschaft, die hier schliefen. Noch grässlicher wurde der Gestank, als sie das Vorschiff verlassend in den Ruderraum kamen, mit schmalem Mittelgang und Bänken rechts und links, auf denen jeweils vier Ruderer hockten, keine Galeerensklaven, wie sie später erfuhr, sondern freie, wiewohl schlecht bezahlte und als Pack verschriene Männer, und von dem Rudermeister angetrieben wurden. Der Gang war erhöht, weil von Kisten übersät, wohl mit Proviant oder Handelsgütern gefüllt, die aus Platzgründen hier gelagert wurden. Caterina zuckte zusammen, hielt inne, als sie die Männer sah, und der Schmerz zwischen ihren Schenkeln begann noch heftiger zu pochen.

Doch Akil zog sie weiter, und die Männer blickten nicht auf – entweder weil sie ob des eintönigen Tagewerks längst abgestumpft waren für alle Reize oder weil sie die Peitsche des Aufsehers fürchteten. Nicht alle ruderten, manche schliefen, was offenbar bedeutete, dass sie hier nicht nur schufteten, sondern auch lebten. Wahrscheinlich betraten sie das Deck nur selten und waren deswegen nicht zugegen gewesen, als die anderen über Caterina hergefallen waren. Ein wenig leichter fielen ihr nach dieser Erkenntnis die Schritte, gleichwohl sie erst wieder befreit atmen konnte, als sie den Raum verlassen hatte.

Im Heck roch es nicht minder nach Teer, Schweiß und Salz, jedoch vermischte sich der Gestank mit dem kräftigen Geruch nach Fleischbrühe. Caterina hatte nach dem Schrecklichen gedacht, nie wieder Hunger haben zu können, und hob nun doch schnuppernd die Nase.

»Neben den Wohnräumen am Heck ist die Küche«, gab Akil endlich sein Schweigen auf, »unter freiem Himmel, damit es nicht qualmt. Darunter ist der Keller und daneben der Stall mit ein paar Schafen und Ziegen. Und wir, wir müssen hier hoch.«

Er drängte sie zu einer Holzleiter, die sie nach oben stiegen. Höher als das restliche Schiff war der Aufbau – das dreistöckige Kastell. Auf der untersten Ebene waren weitere Kisten gelagert – offenbar Wertgegenstände, die nicht mit dem übrigen Handelsgut aufbewahrt werden sollten, sondern in der Nähe des Herrn. Im obersten Stockwerk, so sagte Akil, war der Steuermann mit seinen Matrosen untergebracht. Und im mittleren wohnte Gaspare.

Nunmehr wieder schweigend stieß Akil die Tür auf, um dann zurückzutreten und sie eintreten zu lassen, während er selbst draußen verharrte. Sie zögerte kurz, hoffte, der Knabe würde sie mit seinem Herrn nicht allein lassen, denn seine leisen, gleichwohl bestimmten Bewegungen verhießen ein Mindestmaß an Ordnung. Doch als sie ohne ihn den Raum betrat, bemerkte sie, dass sich die eigentümliche Nüchternheit von vorhin wieder über sie gesenkt hatte. So sehr damit beschäftigt, den Gang hinter sich zu bringen, ohne zu zerreißen, hatte sie die Furcht vor jenem Gaspare vergessen. Zu ihrem Erstaunen blieb sie auch jetzt aus, gleich so, als gäbe es in ihrem Leben nur mehr zweierlei Zustände – den der nackten, ungezähmten Angst und den der kühlen Beherrschung, aber nichts dazwischen.

Ihr eben noch schmerzender Leib war wie abgestorben. Ihre Augen nahmen im trüben Licht, das einzig von einer schmalen Luke an der Decke des Raums und einem brennenden Kienspan gespeist wurde, diesen dürren, spitzen Mann wahr, den freudlosen Zug um die bläulichen Lippen, die ungesunde, gelbliche Gesichtsfarbe und den verschlossenen Blick.

Davide hatte gesagt, dass Gaspare des Teufels sei wie sein verfluchter König, dem er diente. Das war Pere von Aragón, wie sie wusste, nicht nur der Feind Frankreichs, sondern auch seines eigenen Bruders Jaume.

Doch das machte – zu ihrem eigenen Erstaunen – aus seinem Gesicht noch keine Fratze. Auch dass er es war, der sie seinen Männern ausgeliefert hatte, gleichwohl er sich selbst nicht dazu herabgelassen hatte, sich an ihr zu vergreifen, zeugte in diesem Augenblick weder Empörung noch Grauen, nur jene Kälte, die sämtliche Gefühle hatte erfrieren lassen.

Sie senkte den Blick nicht vor seinen Augen. Sie waren schmal und dunkel, blitzten weder wie jene von Davide, noch verhießen sie die Sanftmut des Knaben Akil, der sie zu ihm gebracht hatte. Hart war der Blick, aber nicht eigentlich böse, eher so, als würde er nicht dazu dienen, selbst zu schauen, sondern dem Gaffer nur ein Spiegel zu sein, an dem jener abprallt.

Noch immer fühlte Caterina, wie warmes, klumpiges Blut über ihre Schenkel rann, eine Pfütze neben ihren Füßen bildete. Doch auch die Scham schaffte es nicht, sie zu erreichen, sondern perlte an ihr ab wie das Blut, vielleicht, weil Gaspare durch sie hindurchstarrte, anstatt sie interessiert zu mustern. Ob seiner Gleichgültigkeit fand sie auch den Mut, sich ein wenig in der niedrigen Kammer umzusehen. Einige Karten waren auf seinem Tisch ausgebreitet, ähnlich jenen, wie sie sie bei dem mallorcinischen Kartographen in Perpignan gesehen hatte, nur viel kleiner, und neben ihnen stand ein sonderbares Gerät, von dem sie später erfuhr, dass es ein Astrolabium war, mit dem man den Stand der Sterne messen konnte.

»Ist es wahr, dass du schreiben kannst?«, fragte er da plötzlich. Die Stimme verhieß nicht mehr Lebendigkeit als sein Antlitz. Ob sie jemals laut werden konnte? Mit Davide hatte Gaspare nur geraunt, und auch als er sie den Männern mit den Worten »Macht, was ihr wollt!« überlassen hatte, hatte er kaum mehr als geflüstert. Leise wie die Worte war die Erinnerung daran; doch gerade weil sie so unaufdringlich schien, vermochte sie es, sich unter der Nüchternheit durchzuschummeln, und durch jene kleine Lücke kroch auch ein wenig Furcht. Caterina fühlte ihre Hände schweißnass werden, und diesmal musste sie ihre Lippen aufeinanderpressen, um weiterhin ausdruckslos in sein Gesicht starren zu können.

»Hast du nicht gehört, was ich dich gefragt habe? Verstehst du meine Sprache?«

Er klang nicht mehr ganz so gleichgültig wie eben noch, sondern ein wenig ungeduldig und gereizt. Sie duckte sich unwillkürlich, aber wagte nicht, ihm eine Antwort schuldig zu bleiben.

»Ich verstehe deine Sprache. Es ist die meiner Großmutter.«

Zumindest ihre Stimme ward von der aufsteigenden Furcht noch nicht verzerrt.

»Also, ist es wahr, dass du schreiben kannst?«

Mit einem Ruck stand Gaspare auf. Erst jetzt gewahrte Caterina, dass er überhaupt gesessen hatte. Er war viel größer als sie, größer noch als Ray.

Sie schlug die Augen nieder, nickte.

»Wenn das stimmt, trifft es sich gut«, sprach er nunmehr gehetzt, wenngleich nicht lauter. »Beim letzten Sturm ist der Scribe, mein Schreiber, über Bord gegangen. Du wirst künftig die Eintragungen ins Bordbuch machen. Und meine Geschäftsbücher führen.«

Sie starrte auf den hölzernen Boden. Wie viel von ihrem Blut darin schon versickert war?

»Wer sagt dir, dass ich es tue?«, fragte sie leise.

Sie fühlte sich selbst zusammenzucken ob der vorlauten Worte. Eine andere musste sie gesprochen haben, nicht sie, eine Macht von ihr Besitz ergriffen haben, die sie nicht kannte und die ihr unheimlich war. Jene Macht kannte weder Furcht noch Grauen, vielleicht, weil ihr das Schlimmste bereits zugestoßen war.

Er kam einen Schritt näher, langsam, aber nicht minder bedrohlich.

»Sieh dich vor, dass ich es nicht erzwingen muss.«

Er kniff die Augen zusammen; aus den schwarzen Löchern wurde ein Spalt.

Wieder stieg Furcht in ihr hoch, zog ihr die Kehle zusammen. Doch wieder wehrte jenes fremde Ich sie ab. Wie hatte dieses Ich es geschafft, dem tiefsten Seelenkerker zu entkommen, wie, von ihr Besitz zu ergreifen? Vielleicht, weil es eine Leere gewittert hatte, die sich umso leichter erobern ließ, weil sie ihm nichts entgegensetzen konnte. Vielleicht, weil es gar nicht so fremd war, vielmehr schon einmal ihr Handeln bestimmt hatte, damals, als sie ihren Vater sterben sah, sich selbst jedoch rechtzeitig vor den herunterkrachenden Balken schützen konnte, als sie ob der großen Welt beinahe zu Tode erschrocken war, aber doch genug Mut fassen konnte, um ihren Weg zu gehen und sich auf die Suche nach Ray zu machen.

»Du kannst es erzwingen«, gab sie tonlos zurück, fast gleichgültig. »Aber kannst du mir dann auch trauen? Hasse ich dich, würden mir womöglich Fehler unterlaufen. Bin ich dir dankbar, werde ich sorgfältiger arbeiten.«

Er beugte den Kopf ein wenig vor, als wäre sie es jetzt erst wert, betrachtet zu werden. Seine Lippen verrutschten zu einem schmalen Lächeln. »Wenn du mich betrügst, hack ich dir die Hand ab, erst die eine, dann die andere.«

Caterina fühlte, wie ihre Knie bebten. Gewiss würden sie sogleich derart schlottern, dass sie sich nicht länger aufrecht halten konnte. In ihrem Bauch entstand ein Kribbeln, drohte, die Erstarrung aufzuwärmen. Doch sie antwortete, noch ehe es bis in ihren Kopf gestiegen war, diesmal der Fremden dankbar, die aus ihr sprach.

»Wenn du mich vor deinen Männern schützt, mich und Ray, wenn du mich ihnen nicht wieder preisgibst, werde ich dich nicht betrügen.«

Die Schlitze, zu denen er die Augen gepresst hatte, wurden

noch schmaler. Er sagte kein Wort, nickte nicht, hob lediglich die Hand, um mit den Fingern zu schnipsen. Augenblicklich erschien Akil und begriff, was sein Herr wollte, auch ohne dass jener Worte machen musste. Er packte Caterina am Arm, um ihr anzudeuten, dass es Zeit zu gehen war, und als sie sich nicht selbst rührte, so verstärkte er den Griff und zog sie einfach mit sich hinaus.

Schweigend legten sie anfangs jenen Weg zurück, auf dem sie gekommen waren. Caterina fühlte sich von dem Gespräch mit Gaspare zu benommen, um den Blick wahrzunehmen, den Akil ihr dann und wann von der Seite zuwarf.

Erst als er stehen blieb, sie wieder am Arm packte, jedoch nicht fest wie vorhin, sondern sehr vorsichtig – er ließ sie auch gleich wieder los –, da gewahrte sie, dass er etwas fragen wollte.

»Ist es wahr, dass du lesen kannst?«, sprach er da schon.

So verschlossen und unberührt sein Blick auch war, anders als Gaspares strahlte er keine Kälte und Gleichgültigkeit aus, sondern eine ebenso stille wie tiefe Traurigkeit. Sie war nicht bereit, sein Wesen zu ergründen, aber sie stellte fest, dass er sogar noch jünger war, als sie vorhin vermutet hatte, höchstens zwölf Jahre alt.

Ein Kind noch. Kein Mann.

Sie antwortete nicht auf seine Frage. »Dass du ... dass du vorhin gekommen bist, um mich vor den Männern zu schützen ... Gott wird es dir lohnen.«

Seine Augen, dunkel wie die von Gaspare, schienen warm zu werden, feucht.

»Mein Gott ist nicht der deine«, erklärte er schlicht.

Caterina riss die Augen auf. Bei aller Benommenheit, bei aller Taubheit sämtlicher Gefühle war diese Offenbarung doch überraschend ... und beängstigend.

Ein Heide, durchfuhr es sie, und sie schlug die Augen nieder, um ihn nicht ansehen zu müssen, als ob sein Blick – nun, da sie wusste, wer er war – ein Gift verströmen könnte. Akil freilich schien sich nicht daran zu stören, sondern blieb einfach stehen, und da sie den Weg nicht kannte, musste sie wohl oder übel auch verharren. Zögerlich blickte sie schließlich wieder hoch, musterte ihn aus den Augenwinkeln, sah den gleichen, schmächtigen, dunklen Knaben wie vorher, still, sanft und doch bereit einzuschreiten, wenn es darauf ankam.

Nein, ging ihr auf, nein, sie wollte ... sie durfte ihn nicht mit Abscheu kränken.

»Also«, wiederholte er leise und stieß sie wieder vorsichtig an den Schultern an, »kannst du lesen?«

Durfte sie sich von ihm berühren lassen? Wie abträglich mochte das ihrem Seelenheil sein? Und was hatte der Vater über die Heiden gesagt?

Sie wusste es nicht – und eigentlich war es ihr auch gleich. Was immer Akils Bekenntnis ausgelöst hatte, war nicht kraftvoller als ein Echo. Er zog sein Gewicht aus der Vergangenheit, nicht aus der Gegenwart. In der Vergangenheit galt es, ein frommes, gottgefälliges Leben zu führen – in der Gegenwart jedoch, dass ein Heide dieses Leben gewiss nicht mehr beschmutzen konnte als das, was ihr geschehen war und an dem sich fortan alles andere zu messen hatte.

»Ja, ich kann schreiben«, sagte sie dann.

»Kannst du es mir zeigen?«

»Warum«, fragte sie zurück, »warum lebst du an der Seite von Gaspare?«

Er seufzte wehmütig. »Weil ich muss.«

Ein zweites Mal seufzte er, ging nun endlich weiter und begann, da sie schon meinte, er würde nichts weiter als diese knappen Worte offenbaren, seine Geschichte zu erzählen, stockend, ein wenig jenem Rhythmus folgend, dem ihre Schritte unterlagen. Immer noch fühlte sie sich zu wund, um schnell und aufrecht zu gehen. Und so wie sie hinkte, von Schmerz und grauenvoller Erinnerung beschwert, so berichtete auch er gequält.

Er kam aus der Nähe einer Stadt, die Collo hieß und an der Nordküste Ifriquas lag, nicht weit von Tunis, wo das Geschlecht der Hafsiden herrschte. In jenes Gebiet war König Pere vor einigen Jahren auf seinem Kreuzzug vorgedrungen, mit dem er aller Welt – vor allem einem feindlich gesinnten Papst – bekunden wollte, dass er nicht nur gierig nach Eroberung war, sondern vor allem ein guter Christ.

»Zwar wollte er nicht das Heilige Land erobern, aber zumindest Tunis, um dort die Heiden zu bekehren.«

Akil machte eine kurze Pause. Nein, berichtigte er sich, eigentlich wär's dem König nicht darum gegangen, die Heiden zu bekehren, sondern sie auszurauben, zu verjagen oder in Stücke zu hauen.

»Seine Armee war jedoch nicht stark genug, um Tunis einzunehmen. So besetzte er eben Collo. Dort sind all jene meines Volkes, die nicht rechtzeitig ins Hinterland fliehen konnten, entweder versklavt oder abgeschlachtet worden.«

Akil schloss seine Erzählung, als wäre damit alles gesagt, als wären sämtliche Ereignisse – Angriff, Kampf, Plünderungen, Raub, Schändung, Ermordung – abgehandelt. Einzig das leise Grauen in seiner Stimme kündete davon. »Ich hatte damals das Glück, dass ich Gaspare in die Hände fiel.«

Caterina, bislang auf ihre Schritte achtend, blickte hoch. »Gaspare? Aber er hat doch kein Herz!«

Akil zuckte die Schultern.

»In jedem Falle aber viel Verstand … meine Familie bringt … brachte seit Jahrhunderten Meister des Schiffsbaus hervor. Einst waren es Dromonen, die sie bauten, schon Kriegsschiffe, aber noch unausgereift, mit zwei Ruderreihen und Rahsegeln … du weißt schon.«

Caterina wusste es nicht, aber irgendwie war sie erleichtert, dass Akil nicht länger düster klang, sondern kurz von echter Begeisterung belebt war.

»Mein Volk hat mit solchen Dromonen große Teile des Mittelmeers erobert. Doch dabei blieb es nicht. Sie entwickelten sie weiter, bauten Schiffe mit stark ausfallenden Steven, schließlich die ersten Galeeren, ähnlich wie diese, auf der wir uns befinden, schnell und wendig, mit Heckruder und mehrmastigen Takelagen und einem zweiten, kleineren Mast am Heck des Schiffes.«

»Du scheinst viel davon zu verstehen«, warf Caterina ein.

Ob seines Redeflusses war Akil stehen geblieben.

»So ist es«, fuhr er fort. »Mehr als manch Schiffbauer in Tortosa, die berühmt für ihre Fertigkeiten sind. Das hat Gaspare erkannt. Hab ihm versprochen, ihm sieben Jahre zu dienen und ihn alles zu lehren, was ich über die Schiffe weiß. Vor allem, wie man jene Segel herstellt, welche Lateiner heißen und mit denen man gegen den Wind kreuzen kann, anstatt nur vor ihm zu fahren. Werd mir mit meinem Wissen die Freiheit erkaufen, nach und nach. Und wenn es ausreicht, wird er mir die Talla, den Freibrief ausstellen. Er hat's versprochen.«

Caterina lachte bitter auf. »Und du vertraust ihm?«

»Gaspare steht zu seinem Wort«, antwortete er ernsthaft. »Er ist ein gerechter Mensch. Ich habe nie gesehen, dass einen so sehr nach Gerechtigkeit dürstet wie ihn.«

Seine Worte über die Schiffe hatten sie kurz ihre Lage vergessen lassen. Die jetzigen drohten freilich all ihre Ängste und Verzweiflung hochzuspülen – gefährlich hoch, über jene unsichtbare Grenze hinweg, mit der sie sie in den letzten Stunden im Zaum gehalten hatte. »Was für ein Unsinn!«, entfuhr es ihr. »Ist denn gerecht, was mir widerfahren ist?«

Sein Blick schien zu flackern. »Nein«, erwiderte er jedoch mit fester Stimme, »aber Gaspare ist deinem Wohlergehen nicht verpflichtet. Euch beide bindet kein Abkommen. Du stehst nicht in seiner Schuld… so wie ich. Warum hätte er dir helfen sollen?«

»Vielleicht aus Mitleid?«

»Erwarte kein Mitleid«, gab Akil zurück, »es ist aufgebraucht. Was hinter ihm liegt, ist bitter wie mein Geschick. Aber wenn du Gaspare Nutzen bringst, das kann ich dir versprechen, wird er es dir lohnen und dich nicht in den Staub treten.«

Ray erwartete sie ungeduldig. Seit Akil sie geholt hatte, schien er fortwährend auf die Tür gestarrt zu haben, und als sie endlich eintrat, stürzte er auf sie zu.

»Wo warst du? Was ist dir geschehen? Hast ... hast du diesen Gaspare getroffen? Was hat er zu dir gesagt?«

Caterina winkte müde ab. Der Schmerz zwischen ihren Beinen war vom glühenden Brennen in ein dumpfes Pochen übergegangen. Das Blut war verkrustet, es kam kein neues mehr hinzu.

»Ich kann es dir nicht sagen«, murmelte sie, als wäre es gänzlich widersinnig, dass er von ihr etwas zu erfahren begehrte – wo es doch bislang stets umgekehrt war: Ihm war die Welt vertraut, ihr hingegen fremd. Er wusste sich durchzuschlagen, kannte viele Menschen, trickste und betrog, um durch die Tage zu kommen. Und sie war ihm mit gesenktem Kopf hinterhergeschlichen, bereit, sich das Notwendigste an Wissen anzueignen, doch strebsam darauf bedacht, nicht zu viel von seinem Leben zu begreifen.

Und nun war er's, der von der Welt weggesperrt war, und sie, die von dieser Nachricht bringen konnte.

»Was war der Grund, warum er dich zu sich holte? Hat ... hat er dir Gewalt angetan? Caterina, wie ist dir? Du zitterst, du bist leichenblass! Was hat er dir getan?«

Sie zuckte zusammen. Das Grauen hatte nicht vermocht, sie einzuholen, als sie mit Gaspare und Akil gesprochen hatte. Es hatte sich um ihre Beine geschlungen, war grummelnd im Magen gehockt, doch die ruhigen Worte, die sie gesagt hatte, hatte es nicht anzukratzen vermocht. Nun sackte sie in die Knie, konnte nicht antworten, sondern nur aufschluchzen.

»Mein Gott!«, entfuhr es Ray, als könnte er sehen, wie der gnädige Zufluchtsort, in dem sich sämtliche Gefühle verkrochen hatten, überflutet wurde.

»Er hat mir nichts getan«, war das Letzte, was sie stammelnd zu sagen vermochte. »Ich soll … ich soll für ihn schreiben.«

Gleichwohl dieses Geschäft damit verbunden war, dass Gaspare kein weiteres Mal seine Männer auf sie losließ, verstärkte sich das Schluchzen. Es blieb rau, trocken – bar der Tränen. Es klang, als würde sie sich übergeben, doch es trat nichts über ihre Lippen, nicht einmal Speichel. Was immer sie da schüttelte und beutelte und zu Boden drückte – sie schaffte nicht, es auszuspucken.

Ray stellte keine Fragen mehr. Nicht minder zitternd, jedoch erahnend, dass er ihr nicht mit weiteren Fragen zusetzen durfte, hockte er sich zu ihr, umgriff sie mit beiden Armen, presste sie an sich. Er war nicht stärker als sie, nicht furchtloser, nicht gelassener. Aber wer immer er auch war und was er getan hatte – er war einer, der es gewohnt war, Frauen zu halten, zu liebkosen, zu begehren.

Diesmal wehrte sie sich nicht gegen seine Berührung, sondern ließ sich darein fallen. Da war nichts von dem Starren, Kalten, tödlich Gefährlichen, das Gaspare verströmt hatte, nur die Ahnung von Wärme, von Vertrautheit. Langsam wurde ihr Atem ruhiger, ihr tränenloses Schluchzen leiser. Zuletzt blieb als dritter Zustand neben Nüchternheit und Verzweiflung, die eine so erhaben und erkaltet, die andere so abgrundtief und schmerzhaft, eine Erschöpfung, größer als gewöhnliche Müdigkeit, doch nicht so dunkel wie die Ohnmacht.

Sie wurde taub für die vielen Geräusche des Schiffes – das Ächzen seines hölzernen Bauches, das Klatschen der Wellen, die gegen den Rumpf aufschlugen, das Huschen der Ratten. Sie lehnte ihren Kopf an Rays Brust, die weich war, und ehe sie einschlief, spukte ein letzter, schon träger Gedanke durch ihren Kopf: Ich will nicht sterben… trotz allem will ich nicht sterben…

Wenig von dem, aus dem sich ihr Alltag aneinanderstückelte, schuf neue Gewissheiten oder bekräftige alte. Caterina und Ray wussten nicht, wohin es ging und was sie erwartete. Sie erfuhren die Namen der Häfen nicht, an denen sie ankerten, fühlten nur jedes Mal, wenn die Bonanova weitersegelte – oft nicht bei Tag, sondern bei Nacht, wie es im Mittelmeer üblich war.

Und doch setzte Gewöhnung ein an das wenige, was ihrem Tag eine Ordnung schenkte. Aus Akils anfänglich fremdem Gesicht wurde ein vertrautes, denn er war es, der ihnen Tag für Tag zu essen und zu trinken brachte, desgleichen wie er Caterina zu Gaspare führte, damit sie für diesen schrieb.

Sie war erleichtert, dass ihre Wunden langsam heilten, ihr das Gehen zwar auf lange Zeit noch Schmerzen bereitete, aber sie irgendwann zu bluten aufhörte, und sie war dankbar für das Gefühl, nicht länger bedroht zu sein, nicht unmittelbar zumindest, nicht stündlich. Jedes Mal, wenn sie auf dem Weg zu Gaspare einem Mitglied seiner Mannschaft begegnete, so setzte ihr zwar der Herzschlag aus, und jene völlig steuerlose Furcht schabte an ihren Sinnen. Doch ehe sie sich vollends darein fallen ließ, war der schreckliche Moment schon ausgestanden. Bis auf Akil und Gaspare sah fortan jeder durch sie hindurch, als würde es sie nicht geben – was hieß, dass er sich an ihre Abmachung hielt, gleichwohl er sie mit keinem Wort bekräftigt hatte. Genau genommen blickte auch Gaspare selbst durch sie durch. Sie lernte, dass er nie laut wurde, dass er selten die Anspannung seines Leibes aufgab, dass er jeglichen Befehl sofort und ohne Umschweife ausgeführt sehen wollte. Caterina konnte sich nicht vorstellen, wann und wie er schlief oder dass ihm irgendetwas,

was sich auf seinem Schiff zutrug, entging. Und doch war diese stete Wachsamkeit nicht Ausdruck regen Anteils. Er kontrollierte, was er sah – aber es schien ihm eigentümlich gleichgültig zu sein. Sie war sich nach den ersten Tagen gewiss: Wenn sie danach getrachtet hätte, nach seinem Dolch zu greifen und ihn zu meucheln, so hätte er ihr die Hände bereits auf dem Rücken gefesselt, noch ehe sie die erste Regung hätte ausführen können. Doch hätte sie den Dolch genommen, um ihn sich selbst in den Leib zu rammen, so hätte er mit seinem starren Blick dabei zugeschaut und schließlich wortlos mit den Fingern geschnipst, auf dass Akil die nun wertlose Leiche fortschaffe.

Nie vergaß sie, dass er da war, und zugleich gewöhnte sie sich an seine Nähe, weil sie so unaufdringlich, so unauffällig war. Ihr Unbehagen wuchs, aber ihre Furcht mäßigte sich.

Das, was sie für ihn schreiben sollte, folgte einer klaren Ordnung. Entweder ging es um Eintragungen ins Bordbuch, das, wie sie lernte, nur in Gegenwart des Kapitäns geöffnet werden durfte und worin der Reiseverlauf und sämtliche Vorkommnisse, die sich während der Fahrt zutrugen, festgehalten wurden, desgleichen die Reisezeit, welche je nach Witterung schwankte: aus früheren Einträgen konnte sie ablesen, dass die Strecke von Barcelona nach Messina einmal in acht Tagen zurückgelegt wurde, ein andermal in drei Wochen. Oder sie schrieb in Gaspares Geschäftsbücher: Jeweils zwei Seiten Pergament lagen dann vor ihr, wobei auf dem einen das Wort »dare« stand und auf dem anderen »avere«. Sie wusste anfangs nicht, was das genau zu bedeuten hatte, bekam von Gaspare jedoch die Anweisung, diverse Waren und deren Menge – es waren dies Silber, Salz, Holz, Fisch, Wolle und Käse – sowie Geldbeträge, in französischen Sous oder in pisanischen Silbermünzen gerechnet, im Genovino, der Währung Genuas, oder in Fiorini d'auro, wie sie in Florenz üblich waren, entweder auf die eine oder andere Seite zu schreiben. Nach und nach erkannte sie, dass er auf diese

Weise festhalten wollte, wie viel er eingenommen und ausgegeben, gekauft und verkauft hatte.

Dass er derart auf Ordnung erpicht war, verwunderte sie. Doch wer er nun wirklich war – ob Verbündeter des Königs Pere von Aragón, wie Akil ihn bezeichnet, oder ob der Pirat, für den sie ihn hielt und als den ihn Davide bezeichnet hatte –, so schien er in jedem Falle richtige Geschäfte abzuschließen wie jeder Kaufmann, wenngleich die Grenzen zwischen Handel und Raub wohl mal weiter, mal enger gezogen wurden.

Sie kam nicht umhin, sich zu fragen, warum er selbst – der einen steten Überblick über seine Handelsgüter zu haben schien und diesen ohne nachzudenken benannte – weder lesen noch schreiben konnte. Dumm war er wohl nicht; und Pere von Aragón hätte ihn nicht in seinen Dienst genommen (worin immer dieser auch bestehen mochte), wenn er nicht einen entsprechenden Namen, eine entsprechende Herkunft vorzuweisen gehabt hätte. Doch warum hatte er nicht gelernt, was sämtliche Söhne großer Familien beigebracht bekamen? Zur Perfektion brachten jene es gewiss nicht, viel wichtiger war das Beherrschen der Waffenkunst – aber jeder seines Ranges hätte zumindest überprüfen können, was Caterina da aufschrieb. Gaspare tat es auch, indem er dann und wann aufstand, seinen Blick über die Bögen streifen ließ, aber er blickte dabei nicht sonderlich verständig drein.

»Warum«, fragte sie Akil, »warum kann er selbst nicht lesen und schreiben? Hieß es nicht, er stammt aus einer pisanischen Patrizierfamilie?«

»So ist's«, erwiderte Akil. »Doch wenn ich richtig verstanden habe, hat er seine Kindheit im Kerker verbracht.«

»Kann mir nicht denken, dass er sich schon als Kind der Piraterie schuldig gemacht hat«, bemerkte Caterina erstaunt.

»Er ist kein Pirat«, bekräftigte Akil. »Er ist Verbündeter von Pere von Aragón im Krieg gegen Charles d'Anjou.«

»Das sagtest du bereits, obwohl ich immer noch nicht verstehen kann, warum ein Pisaner dem König von Aragón dient. Hat das mit seiner Vergangenheit im Kerker zu tun?«

Akil nickte schweigend.

»Aber wenn er nichts mehr mit seiner Heimat Pisa zu tun haben will«, fuhr Caterina fort, »weil er dort in einen Kerker geworfen wurde und sich lieber einem fremden König unterwirft – warum ist er dann mit Davide verfeindet, weil jener Genuese ist? Was schert er sich um dessen Herkunft, wenn ihm die eigene gleichgültig ist?«

»Dass sie ihm gleichgültig ist, habe ich nicht gesagt. Im Gegenteil. Und Gaspare – er war auch nicht in einem pisanischen Kerker gefangen, sondern in einem genuesischen. Aber das ist eine lange Geschichte.«

Manchmal war Caterina erstaunt, dass sie überhaupt mit Akil redete, dass sie zur Neugierde fähig war, dass nach dem schrecklichen Ereignis nicht jedes Wort längst zersplittert war, bevor es aus ihrem Mund treten konnte. Doch so wie sie einst nach dem grausamen Tod des Vaters weitermachen konnte und eine Pflicht zu erfüllen bestrebt war, wie sie zwar ohne Planung, aber doch mit ausreichend Findigkeit Ray gesucht und sich von ihm die Welt hatte erklären lassen, so gab es auch jetzt Stunden, die losgelöst schienen von ihrem Geschick und wie gefährdet es war, Stunden, in denen sie einfach Eindrücke sammelte, ohne sie zu deuten.

»Woher rührt jener Streit zwischen Pisa und Genua?«, fragte sie ein anderes Mal.

»Sie leben beide vom Handel im Mittelmeer«, antwortete Akil, »und wollen hierfür die besten Stützpunkte haben. Seit Jahrhunderten bekriegen sie sich deswegen. Und außerdem herrscht in Europa Streit zwischen den Welfen und den Staufern. Das sind Familien, aus denen die deutschen Kaiser stammen. Frankreich und Aragón bekriegen sich nicht zuletzt deswegen. Und auch die Städte Italiens unterstützen entweder die einen oder die anderen. Pisa ist eher ghibellinisch, also stauferfreundlich. Genua weitgehend guelfisch, also welferfreundlich.«

»Und wie«, fragte Caterina weiter, »fanden Gaspare und Pere zueinander?«

Er zuckte mit den Schultern. »Weiß nur, dass Gaspare irgendwann aus dem Kerker fliehen konnte, als er erwachsen war, dass er schließlich ein Handelsschiff übernahm und auf dessen Fahrten Vergnügen daran hatte, Genuesen auszurauben, aus Rache, dass sie ihn so lange gefangen gehalten hatten.«

»Also ist er doch ein Pirat«, stellte Caterina nüchtern fest.

Akil lachte freudlos auf. »Wer ist das nicht im Mittelmeer? Wie auch immer: In Collo, der Stadt, wo ich aufgewachsen bin und die König Pere mehrere Monate lang besetzt hat, gab's eine Niederlassung pisanischer Kaufmänner. Gaspare meidet seine eigentliche Heimat – dort aber hielt er sich oft auf. Wie viele seinesgleichen machte er Geschäfte mit meinem Volk. Er teilte sich mit einem meiner Verwandten sogar den Besitz eines Handelsschiffes. Als Pere mit seiner Flotte kam, waren es die Pisaner, die ihm alles über das Land erzählten. In seinem Namen verhandelten sie mit unseren Stammesführern, boten ihnen an, ihnen Collo wiederzugeben, wenn sie nur ausreichenden Tribut dafür zahlten. Gaspare hat König Pere wohl beeindruckt, denn seit damals währt ihre Freundschaft. Im Krieg um Sizilien, der bald folgte, hat ihm König Pere sogar eine eigene Galeere anvertraut. Dies war ein großer Beweis seines Vertrauens.«

Akil zuckte mit den Schultern, als wollte er bekunden, dass er von den Ereignissen nur berichtete, sie nicht beurteilte.

»Sizilien?«

»Eine Insel. Im Süden. Nicht weit von meiner Heimat.« Seine Augen glänzten kurz wehmütig. »Charles d'Anjou hat sie besetzt, auf Wunsch des Papstes, doch gegen den Willen ihrer Bewohner. Sein Regiment schürte Hass, und alsbald verbündeten sich die Insulaner mit Pere von Aragón. Vor zwei Jahren, da lehnten sie sich mit seiner Unterstützung auf, massakrierten jeden Franzosen. Aus Rache griff Charles d'Anjou Aragón darauf an, doch Peres Flotte erwies sich als überlegen, für kurze Zeit fiel Charles sogar in ihre Hände. Eigentlich ist diese Flotte klein gewesen. Er besaß nur zweiundzwanzig Galeeren – eine ordentliche Flotte zählt üblicherweise bis zu achtzig.«

Caterina bedeuteten die Zahlen nichts, wohingegen er – für seine Verhältnisse – außergewöhnlich begeistert klang.

»Du weißt so viel, Akil. Weißt du auch, wohin wir segeln – und was uns am Ende erwartet?«

»Ich weiß nur, dass Gaspare mir eines Tages den Freibrief, die Talla, schenken wird«, murmelte er. »Und ich wünsche dir Gleiches.«

Caterina senkte den Blick. Mehr über Gaspare zu erfahren deuchte sie lebensnotwendig, die eigene Zukunft zu überdenken aber zu gefährlich. Während sie in Augenblicken der Furcht oder der völligen Nüchternheit davor gefeit war, drohten sie seine warmen Worte in jenes Zwischenland zu treiben, das inmitten äußersten Gefühls und völliger Erstarrung lauerte. Vielleicht brachte es die Antwort darauf, was sie noch vom Leben erhoffen konnte und ob nicht ihre ganze Welt zerstört war, doch zugleich kratzte es in ihrem Gedächtnis hervor, was ihr geschehen war. Sie zuckte zusammen, keuchte schwer, als würde ihr der Atem fehlen, und beugte sich unwillkürlich vor, als könne sie nur geduckt, nicht aufrecht stehend, die Erinnerung ertragen.

Dumpf pochte der Schmerz, nicht nur zwischen ihren Beinen, auch in ihrem Kopf, als würde jeder einzelne Gedanke auf sie einstechen und -schlagen.

»Wie ist dir?«, fragte Akil gleichmütig.

Sie schüttelte den Kopf, als hätte sie ihn nicht verstanden. Langsam schwanden ihre Schmerzen, ließen Gedanken zurück, die sich, losgelöst von sämtlicher Erinnerung, irgendwie nackt anfühlten – und heimatlos.

Corsica, 251 n.Chr.

Ich handelte wie im Traum – aber noch führte es zu nichts. Ich wusste, dass ich etwas tun musste gegen den Schmerz – aber noch fiel mir nichts anderes ein, als ihn auf Abstand zu halten, indem ich mich einfach abwandte.

Ich hatte gedacht, dass ich nie wieder Julias Anblick ertragen könnte, aber als sie in den nächsten Tagen nach mir schickte, ging ich zu ihr, zu betäubt, um mich offen zu widersetzen, vielleicht auch einfach nur zu einfallslos.

Im Atrium stand an eine der Säulen gelehnt Aurelius, ihr kleiner lahmer Bruder, und betrachtete mich aus seinen dunklen Augen. Bei seinem Anblick dachte ich daran, was Julia mir über seine Geburt erzählt hatte. Dass er dabei nicht nur seine Gesundheit verloren hatte, sondern auch seine Mutter.

Ob dies der Grund war, warum Julia sich selbst hartnäckig einer Ehe verschloss, die womöglich gleiches Schicksal mit sich brachte?

Ich werde nie eines Mannes Weib, hatte sie gesagt. Ich hatte diese Worte ganz deutlich im Ohr, nun, da ich sie aufsuchte. Als ich sie das erste Mal gehört hatte, so verhießen sie nur ungeheuerliche Auflehnung gegen selbstverständliche Pflichten. Nun verhießen sie Hoffnung.

Gaetanus mochte sie mit dieser matten, dunklen, traurigen Sehnsucht anglotzen, soviel er wollte. Aber es war doch eigent-

lich unmöglich, dass sie sich davon rühren ließ. Nicht, wenn ich ihr rechtzeitig davon kundtat, sie warnte, sie aufforderte, seine Nähe zu meiden. Erstmals ging mir durch den Kopf, dass dies ein Ausweg war, eine Möglichkeit zu handeln und etwas gegen den Schmerz zu tun.

»Willst du zu meiner Schwester?«

Ich hatte nicht gehört, dass Aurelius mir gefolgt war, langsam und schleppend, aber beharrlich. Gleichwohl sie einander im Aussehen nicht glichen, zeugte diese Eigenschaft – die Sturheit – vom gleichen Blut, das in ihren Adern floss.

Ich nickte.

»Sie ist nicht allein«, sagte er da rasch. »Sie hat eben Besuch empfangen. Du … du solltest sie nicht stören …«

»Es wird ihr nichts ausmachen«, gab ich zurück.

Ich ging noch schneller, schüttelte Aurelius ab, erreichte ihr Gemach – und wollte schon eintreten.

Da hörte ich Stimmen, vertraute Stimmen. Ich hatte sie schon einmal vernommen.

»Wir müssen uns vorbereiten«, sagte die eine. »Wir müssen uns überlegen, was wir im Ernstfall tun, wenn auch hier auf Corsica …«

Der Satz wurde nicht zu Ende gebracht. Er stammte aus dem Mund jenes alten Mannes, der einst bei der sonderbaren Versammlung zugegen gewesen war und sich bemüht hatte, Julias und Marcus' Streit zu beenden.

Ich erkannte ihn an seiner Stimme, noch ehe ich durch den Türspalt spähte. Etwas gebückt, wenngleich mit kraftvollem Schritt ging er in Julias Zimmer auf und ab, die Stirne in nachdenkliche Runzeln gelegt.

»Ich habe gehört … Ich habe gehört, dass manche an ihrer statt Sklaven schicken, dass wiederum andere die Priester bestechen.« Es war Marcus' Stimme. Gleichwohl ich nur seinen Rücken sah, erkannte ich ihn wieder.

»Das ist Heuchelei!«, fuhr Julia dazwischen. »Nur wer mit dem Herzen glaubt und mit dem Mund bekennt, wird Gerechtigkeit erlangen!«

Ihre Augen funkelten, ihre Stimme klang heftig.

»Und was willst du tun, Julia, wenn… wenn es auf diese Insel schwappt?«, zischte Marcus, offenbar gereizt von ihrem Widerspruch. »Was, denkst du, wird Gaetanus entscheiden, wenn er die Neuigkeiten aus Rom hört, wenn… wenn er den Befehl erhält, wie alle anderen Statthalter vorzugehen?«

»Er scheint mir nüchtern, nicht grausam«, erwiderte Julia gefasst. Allein sie über ihn sprechen zu hören versetzte mir einen Stich ins Herz. Doch ich gab mich nicht zu erkennen. Wie einst vor dem ärmlichen Haus lauschte ich auch heute heimlich – diesmal erfolgreicher, denn Marcus spürte mich nicht auf.

»Viele sind nicht grausam – und wollen uns dennoch vernichten«, klagte jener eben. »Sie verzichten auf keine Folter, drohen uns mit schrecklichen Martern, bringen uns auf unmenschliche Weise zu Tode! Warum, warum? Warum lässt man uns nicht in Frieden leben? Haben wir etwas getan in den letzten Jahrzehnten, das nach Auflehnung roch, nach Revolte? Wir waren doch anständige Bürger, wir haben unsere Steuern bezahlt, gebt des Caesars, was des Caesars ist, und…«

»Pah!«, rief Julia, und ihre verächtliche Stimme war von einer wegwerfenden Geste begleitet. »Vielleicht haben wir es uns zu bequem gemacht, uns eingerichtet in dieser Welt. Das ist nicht, was von uns gefordert wird. Marcus, Quintillus, ich bin bereit für den Kampf, und ich bin bereit zu sterben, wenn das von mir verlangt wird. Wenn der Kaiser uns nicht in Frieden lässt, so wollen wir ihm nicht die Genugtuung gönnen, lautlos und ohne Protest einfach aufzugeben und zu verschwinden. Wir müssen ihm etwas entgegensetzen!«

Jetzt wusste ich, wie jener alte Mann hieß. »Ich schätze deine Stärke, Julia«, gab Quintillus nachdenklich zurück. Er sah sie nicht anklagend an, wie Marcus es tat, sondern durchschritt weiterhin unruhig den Raum. »Dich ehrt deine Entschlossenheit. Doch wenn man dich reden hört, so denkt man, du legst es darauf an, gewaltsam unterzugehen. Dein Vater ist anders, das weißt du.«

Wieder entfuhr ihr ein verächtlicher Ton. »Mein Vater ist ein Feigling, der gern den Kopf einzieht. Doch das ist nicht, was unser Herr von uns verlangt. Ich bin gekommen, um das Feuer auf die Erde zu werfen, hat er gesagt. Und auch: Wie wünschte ich, sie würde schon brennen!«

»Julia!«

»Es ist doch wahr! Es wurde uns kein Frieden auf dieser Welt versprochen. Nur das Schwert, das sich gegen uns richtet, uns zu fällen sucht…«

»Hast du überhaupt eine Ahnung, wie schmerzhaft dieses Schwert zustechen kann?« Diesmal war es Marcus, der sie anschrie. »Der Tod ist nicht ehrenvoll«, fügte er gemäßigter hinzu, »er ist schmutzig und qualvoll und blutig…«

»Aber er spricht nicht das letzte Wort!«, entgegnete sie ihm heftig. »Er ist nicht das Ende, sondern nur der Beginn von etwas Neuem, etwas viel Großartigerem, als diese elende Welt bieten könnte! Und deswegen sollten wir uns nicht vor ihm fürchten, sondern ihm freudig und entschlossen entgegengehen!«

Der schrille Klang in ihrer Stimme war mir vertraut. Und dennoch machte er mir in diesem Augenblick Angst. Es lagen nicht nur übliche Auflehnung und Empörung darin; es brach zudem etwas wie Lust aus Julia hervor, Lust zu zerstören, Lust, bis zum Äußersten zu gehen, gleich, welches Opfer es erforderte. Ihre Augen glänzten, schienen aber für die anderen gänzlich blind zu sein.

Sie lässt niemanden an sich heran, ging mir plötzlich auf. Sie sieht keinen Menschen.

Nie hätte ich gedacht, dass sie Gaetanus so ähnlich sein konnte.

Eine Weile rang ich mit mir, mich nun doch verspätet zu erkennen zu geben, schüttelte dann den Kopf, trat von der Türschwelle zurück.

Es war mit einem Mal so klar, was zu tun war.

XII. Kapitel

Mittelmeer, Frühsommer 1284

Caterina versuchte wieder zu beten – und es gelang ihr in den nach Schlaf schmeckenden Morgenstunden, da ihr Geist noch schlaff war.

Dann folgte sie jenem Ritual, das über alle Schande, über den Dreck und den Gestank hinweg erstaunlich selbstverständlich zu befolgen war. Sie kniete sich hin; sie faltete die Hände, sie sprach das Pater noster. Sie fühlte nichts als Gleichgültigkeit dabei – doch gerade jene Empfindung wurde zum größten Labsal.

Nach ein paar Tagen fühlte sie sich von der Gleichgültigkeit ausreichend gereinigt, um sich von Ray ihren Schatz wiedergeben zu lassen, und sie starrte das vergoldete Kästchen nicht ehrfürchtig an, sondern fast verwundert darüber, dass es etwas gab, was am heutigen Tag genauso aussah wie in der Zeit vor der Schändung, dass es offenbar zu heilig war, um von ihrem Leben angetastet zu werden. Vielleicht war alles nur eine vorübergehende Prüfung, ging ihr unwillkürlich durch den Kopf. Hatte ihr Vater nicht einst den irdischen Menschen mit einem Seefahrer verglichen, der im schwankenden Kahn auf stürmischem Meer den Gefahren trotzen muss, die ihn umlauern? Und hatte er nicht geraten, nicht nach dem eigenen Weg zu suchen, sondern sich treiben zu lassen und sich auf die rettende Hand Gottes zu verlassen?

Wenn sie sich nur lange genug leblos stellte, wenn sie nur lange genug alte Hoffnung beschwor, dass ein Mensch, war er nur fromm genug und ohne Laster, vor allem Ungemach geschützt sei – vielleicht würde sie dann irgendwann den sicheren Hafen erreichen.

So schleppte sich Tag um Tag an ihr vorbei; ihre Schmerzen vergingen, ihre geschundene Haut wurde heil. Akil kam regelmäßig mit dem Essen, und während er ihnen anfangs noch Tonvasen gebracht hatte, damit sie sich erleichtern konnten, führte er sie nunmehr einmal am Tag zum Lokus des Schiffs – nichts weiter als eine Holzbank, an der einen Seite des Vorderschiffs angebracht, durch die ein Loch zum Meer hinunter durchgeschlagen worden war. Anfangs war es für Caterina peinvoll, sich von dem Knaben stützen zu lassen, wenn sie die rutschige Leiter dort hinaufkletterte, und umso grauenhafter war jener Akt, da die kaum vernarbte Öffnung ihrer Scham beim Wasserlassen wie Feuer brannte, aber mit der Zeit ließ diese Qual nach, und der Gang zum Lokus wurde zur Gewohnheit.

Jenes Gleichmaß freilich, das in ihr dumpfe, leblose Gleichgültigkeit zeugte, begann Ray aufzureiben. Schlotternd, zitternd, bleich hatte er die ersten Tage zugebracht, hatte sämtliche Ängste benannt, die er ausstand, und Caterina zugleich durch die schlichte Anwesenheit seines warmen Körpers getröstet. Immer noch konnte sie nur an ihn gepresst einschlafen, obwohl sie nie darüber sprachen, niemals klärten, ob er es ihr oder sich selbst zuliebe tat. Eines Morgens nun, da sie betete und er wie üblich seine Klagen anstimmte: Wohin segelten sie? Was plante Gaspare mit ihnen?, so hörte sie, wie die Panik langsam aus der Stimme wich und statt ihrer ein Ton durchklang, der sie an Davide erinnerte: Beleidigt und nörgelnd klang er, gereizt.

Und gereizt blieb er. Er schimpfte über das Essen, das sie bekamen, über das Wasser, das faulig schmeckte, und den Zwieback, der entweder steinhart oder halb von Maden zerfressen war. Nicht auszuhalten auch jener Gestank, der vom Wasser, das sich im Schiffsrumpf sammelte, hochstieg. Schließlich sprang er auf, anstatt ruhig in der Ecke zu kauern wie bisher, schüttelte seine Glieder durch und begann, auf und ab zu wandern wie ein gefangenes Tier. Er ging nicht einfach nur, er hieb seine Fersen in den Boden, als könnte er solcherart das Gefängnis durchlöchern. Jedes Mal, wenn er an eine hölzerne Wand stieß, schlug er mit der Faust dagegen, begleitet oft von einem grimmigen Brummen, wenn er sich einen Schiefer einzog.

Lange missachtete Caterina ihn. Doch ihre Gleichgültigkeit mäßigte ihn nicht, sondern schien ihn nur noch mehr anzustacheln, ihr die eigene üble Laune aufzuzwingen. Anstatt auf und ab zu gehen, umkreiste er sie mehrmals, und als sie, eher verwundert als neugierig, aufblickte, ließ er sich vor ihr auf die Knie fallen und schrie ihr anklagend ins Gesicht: »Glaub nicht an den falschen Gott, dann bist du sicher! So bin ich doch auch immer durchgekommen! Bekenn dich zu nichts, und du wirst niemals ein Ketzer sein und brennen! Es war so einfach. Und jetzt ist mir das geschehen …«

Sein Speichel traf sie; seine Augen hingegen wichen ihr aus. In tiefe Höhlen schienen sie versunken zu sein.

Wie erbärmlich er aussieht!, ging ihr durch den Kopf.

»Es ist deine Schuld«, sagte sie nüchtern.

»Ach was!«, gab er unwillig zurück, schüttelte seinen Kopf, stand wieder auf. »Ja, ich habe dich hintergangen! Ja, ich wollte deine Reliquie teuer verkaufen! Und ja, Davide ist ein Schlitzohr wie ich, und es war vielleicht leichtgläubig, mit ihm Geschäfte zu machen. Aber das hier … das …«

Er ächzte die letzten Worte mehr, als dass er sie sagte.

Unwillkürlich erhob auch sie sich, blickte ihm wieder ins Gesicht.

»Und das sagst du … mir?«, fragte sie.

Er zuckte zusammen, senkte den Kopf. »Ja, ja«, gab er gereizt zurück, »ich weiß, ich bin der größere Schuft, du bist die Unschuldige, und dich hat's trotzdem härter getroffen. Aber was kann ich denn anderes tun, als zu bekunden, wie leid es mir tut, wie gerne ich es dir erspart hätte? Geht es dir dann besser?«

»Nein«, bekannte sie kalt.

»Ach, hätte man mich doch ins Meer geworfen! Ersoffen wäre ich lieber, als in dieser engen Kammer langsam zu ersticken!«

»Wenn du stirbst, kommst du in die Hölle – nach all dem, was du getan hast.«

Sie sprach es ohne Überzeugung, so selbstverständlich und gleichgültig wie ihre Gebete.

Durch seine Gestalt fuhr ein Ruck, er blickte hoch, und inmitten des Trübsinns, des Überdrusses blitzte etwas auf, was an den früheren Ray erinnerte, etwas Lebendiges, Spöttisches.

»Ha!«, stieß er aus, und sein Mund verzog sich zu einem Grinsen. »Ha! Hätt' mir nicht vorstellen können, dass mich solch Worte je erfreuen würden. Kann dir gar nicht sagen, wie froh ich bin, aus deinem Mund zu hören, dass ich ein Sünder bin. Hast dich also doch nicht verändert. Bist immer noch die Alte.«

Sie sagte nichts darauf, und er vermied augenscheinlich, in ihrem Schweigen nach etwas zu stöbern, was seiner Annahme widersprechen könnte. Wieder strich er unruhig auf und ab, doch er hieb seine Fersen nicht mehr so gewaltsam in den Boden wie vorhin, sondern folgte gehend dem Takt der Worte, die aus ihm heraussprudelten.

»Gut, gut«, setzte er an, »wir dürfen hier nicht irre werden. Wir dürfen uns nicht erlauben, langsam zu verfaulen. Wir … wir müssen unseren Geist beschäftigen.«

Um Zustimmung heischend blickte er auf Caterina, doch jene war wieder auf ihre Knie gesunken, und ihre Augen waren so leer, als wäre darin nichts von jenem Geist, den er beschwor, verblieben. Er schien sich nicht daran zu stören.

»Ja!«, bekräftigte er sich selbst. »Wir müssen uns unterhalten, müssen uns die Zeit sinnvoll vertreiben. Das sollte keine Schwierigkeit sein, wo ich doch ein Jonglar bin!«

Sie gab nicht zu erkennen, ob sie seinen Worten lauschte, aber er fuhr fort: »Ich kenne Geschichten, viele Geschichten. Ich werde sie erzählen... ich kann gut erzählen, weißt du das? Die Leute haben mir gerne zugehört, nicht alle, aber viele. Ich kenne den ganzen Flamenca. Weißt du, was das ist? Ein alter okzitanischer Roman, der an sämtlichen Höfen gelesen wurde. Fast auswendig kann ich ihn sprechen. Und auch ›Erec und Enide‹ oder den Arthur-Roman von Chrétien de Troyes; ›Cléomades‹ von Adenet le Roi schließlich.«

Seine Schritte beschleunigten sich, er begann wieder, sie zu umkreisen.

»Soll ich erzählen? Soll ich?«

Sie sah nicht einmal hoch.

»Ich kann ebenso die verschiedenen Musikinstrumente nachmachen. Die wenigsten konnte ich mir selber leisten, aber weißt du: Wenn ich die Lippen gekonnt bewege, so klingt es alsbald wie die Harfe, Drehleier, Flöte und Pfeife, ich kann die Geige nachmachen und auch die Rotte; und vielleicht bringe ich obendrein die Hirtenflöte zustande, die Schalmei oder die Mandoline. Soll ich? Ich habe so viel Musik gemacht... du hast es gar nicht ausreichend erlebt an meiner Seite. Ich kann auch singen und gleichzeitig Purzelbäume machen; ich kann mit einem vollen Becher in der Hand tanzen, und ich kann durch brennende Reifen springen.«

Seine Worte wurden immer schneller, immer hektischer. Er verschluckte viele von ihnen, sodass Caterina ihn kaum mehr verstehen konnte – wenn sie es denn überhaupt versucht hätte.

»Das alles weißt du nicht, weil... weil ich in der Zeit, da ich mit dir zog, eben lieber Arzneien verkauft habe. Das kann ich nun mal auch. Und man muss vieles können, um sich durchzubringen. Ich habe mich auch immer durchgebracht, verstehst du?« Er schrie nun. »Ja, ich habe mich durchgebracht. Überall kannte ich Menschen. Auch wenn man mich mal aus einem Dorf vertrieben hat – es ging doch immer weiter. Verdammt! Es ging immer irgendwie weiter! Immer ist mir etwas eingefallen, um nicht zu hungern! Es war so leicht, jeder kann sich durchbringen ... nur an einen falschen Glauben darf man nicht zu viel Zeit verschwenden, sonst landet man auf dem Scheiterhaufen. Das ist alles, was zählt, das ist alles. Ansonsten gibt's so viele Tricks, so viele Ränke, um zu überleben. Verdammt! Verdammt! Ich will hier endlich raus!«

Er war vor einer der Wände stehen geblieben, schlug dagegen, diesmal nicht nur einmal, sondern mehrmals. »Verdammt, verdammt, verdammt! Ich will hier raus! Ich will frei sein! Man soll mich von diesem Schiff lassen, sonst verliere ich den Verstand! Verdammt! Verdammt!«

»Hör zu fluchen auf«, sagte sie kalt.

»Ich fluche, so viel ich will!«, schrie er.

»Machst du unsere Lage besser, wenn du dich wieder gegen Gott versündigst?«

Er trat von der Wand zurück, schritt wieder auf sie zu und beugte sich zu ihr herab. Vorhin war er ihrem Blick ausgewichen, jetzt schien er mit glühenden Augen durch sie hindurchzustarren, ein wenig so wie Gaspare, den nichts erreichte.

»Warum sollte ich mich nicht gegen Gott versündigen? Würde er mir helfen, täte ich es nicht? Du hast dich nie gegen ihn versündigt. Du hast ihn gefürchtet, hast zu ihm gebetet, hast sämtliche Gebote eingehalten. Aber hat er dich etwa bewahrt vor den Männern, die dir die Kleidung vom Leib gerissen haben und ihre geilen Schwänze in dich gestoßen? Hat er das?«

Leise, wie von weiter Ferne begann es in ihren Ohren zu rauschen. Ihr Magen zog sich schmerzhaft zusammen.

Trotzdem blieb ihre Stimme kalt. »Sprich es nicht aus, Ray. Sprich es nicht aus.«

Sein Blick wurde weich und feucht.

»Es tut mir so leid«, murmelte er, »es tut mir so leid.«

Er fiel in sich zusammen, ließ seinen Kopf in ihren Schoß sinken, klagte nicht mehr – sondern weinte einfach nur.

Das Grummeln in ihrem Magen beschwichtigte sich, das Rauschen in ihren Ohren auch. Deutlich konnte sie nun sein Schluchzen hören, und wiewohl ihre eigenen Augen trocken blieben, drang es durch ihre Starre und Nüchternheit. Sie hob die Hand. Diese fühlte sich taub an, als flösse kein Blut darin, aber sie beherrschte sie doch ausreichend, um sie auf Rays verschwitztes, klebriges Haar zu senken und vorsichtig zu streicheln.

Lange erlebte Caterina Gaspare ausschließlich so verschlossen und unbeteiligt wie an jenem ersten Nachmittag, da er sie zu sich gerufen hatte. Er diktierte, und anschließend musterte er das Geschriebene misstrauisch, wiewohl nicht in der Lage, es zu überprüfen. Nie bekundete er, wie lange er sich an das Versprechen halten würde, dass Ray und ihr keine Gewalt geschehe, und sie wagte nicht, danach zu fragen – ebenso wenig wie nach dem Reiseziel oder den Plänen, die er mit ihnen hatte.

Auch ohne dass Gaspare Worte machte, vermochte sie freilich allein aus den Geschäftsbüchern manches von dem abzulesen, was er trieb. Ungeachtet der Kriege, in die er verwickelt war und die er selbst gegen alles Genuesische führte, schien er viel von der Welt gesehen zu haben oder zumindest Kaufleute zu kennen, die lange, bedrohliche Reisen in fremde Länder unternommen hatten. Von vielen Orten – er nannte sie immer dann, wenn die Herkunft einer Ware deren Wert erhöhte – hatte sie noch nie gehört, und sie klangen so exotisch, dass Caterina sie außerhalb der ihr bekannten Welt vermutete.

Kreta und Konstantinopel waren darunter, Zypern und Chios,

Alexandrien und Trapezunt, Caffa und Tabriz. Von dort kamen Tücher, Metalle und Waffen, Gewürze und Seide, Eisen, Kupfer und Zink und vieles mehr.

Ohne Zweifel musste Gaspare ein reicher Mann sein, wenngleich ihm das nicht sonderlich wichtig zu sein schien. Nie sah sie ein Glänzen in seinen Augen, wenn er über Geld und Besitztümer sprach, nie jene Gier, die sie am Kaufmann Davide gewittert hatte. Was immer ihn angetrieben hatte, Genuesen zu überfallen oder mit Pere von Aragón zu kämpfen – es schien von dem, was er ergattert hatte, nicht befriedigt worden zu sein.

Er hatte Caterina anfangs gemahnt, keine Fehler zu machen. Doch mit der Zeit dachte sie manchmal, dass es ihm nichts ausmachen würde, wenn sie es täte. Der Unterschied zwischen fünfzig und fünfhundert Sous schien für ihn nichtig, hätte wohl seine reglose Haltung nicht auflockern können, seinen toten Blick nicht beleben.

An einem Tag dann traf sie ihn erstmals in einer Befindlichkeit an, die sie an ihm nicht kannte. Akil, weiterhin ebenso höflich wie zurückhaltend, hatte versucht, sie darauf einzustimmen: »Er hat offenbar Nachricht aus seiner alten Heimat Pisa erhalten«, wusste er zu berichten, »und irgendetwas daran erzürnt ihn. Eigentlich ist er immer erregt, wenn er etwas aus Pisa erfährt, egal was es ist. Nun, heute eben auch.«

Es fiel Caterina schwer, sich einen zürnenden Gaspare vorzustellen, einen Gaspare gar, dessen Stimme nicht vom Flüstern verhangen war. Doch als sie mit Akil seine Kajüte betrat, wurde sie tatsächlich Zeugin von lauten, wütenden Worten, die Gaspare mit zweien seiner Vertrauten tauschte – jenen Männern, die auf dem Schiff den Rang des Copatrons einnahmen, wie sie später erfuhr.

Deren Anblick erschreckte Caterina zutiefst. Ihre Gesichter waren ihr zwar fremd, aber sie konnte sich nicht sicher sein, ob sie nicht doch zum Rudel gehörten, das wie hungrige Wölfe über sie hergefallen war, sodass sie vor Aufregung kaum den Inhalt von Gaspares Tirade verstand. Doch da weder er sie beachtete noch diese beiden Männer, entspannte sie sich ein wenig und begann genauer zuzuhören. Wahrscheinlich hatte eine der Tauben die Nachricht überbracht, die regelmäßig vom Schiff aus verschiedene Orte anflogen. Caterina hatte zwar nie einen dieser Vögel gesehen, jedoch die Briefe, die oft auf seinem Tisch lagen, von denen freilich keiner je ihn derart erbost hatte wie die Nachricht heute.

»Ugolino della Gherardesca also!«, zischte er. »Ha! So haben die Pisaner also wieder einen Dummen gefunden, der sie aus der Misere führen soll!«

Ob seiner Worte zuckten die beiden Männer zusammen – und schienen ihm dann doch nahe genug zu stehen, um ein Widerwort zu wagen.

»Was spricht dagegen?«, fragte einer. »Gherardesca entstammet dem uralten Maremma-Adel. Er wird ein würdiger Podestà sein – und einen solchen braucht Pisa in diesen schwierigen Zeiten.«

»Ei, gewiss braucht man den starken Mann!«, sagte Gaspare, ein wenig gemäßigter als vorhin, aber immer noch ungewöhnlich geifernd. »Man wird sich auch gerne von ihm helfen lassen! Doch die Pisaner sind treulos. Brauchen sie ihn morgen nicht mehr, so rotten sie sich zusammen, um ihn zu bekriegen. Ich habe immer schon gemeint, es würde mehr Frieden versprechen, wählte man einen gebürtigen Pisaner für dieses Amt anstelle eines Fremden. Aber natürlich kann man das nicht machen, weil sich die jeweils benachteiligte Familie niemals einem solchen Machthaber fügen würde.«

Die Männer blickten einander wissend an, offenbar an Worte wie diese gewöhnt. Dennoch bemerkte der eine erstaunt: »Wenn man dich reden hört, könnte man glauben, du verachtest alle Pisaner! Ich dachte, den Genuesen allein gelte dein Hass?«

Gaspare war vorhin aufgesprungen. Nun ging er zurück zu seinem Stuhl, ließ sich nieder, presste zwar nicht die ganzen Handflächen, jedoch die Fingerspitzen aneinander.

»Ja gewiss«, sagte er finster, »ich hasse die Genuesen. Es war ihr Gefängnis, in dem ich schmoren musste. Aber es wäre nicht so weit gekommen, wenn Pisa zu diesem Zeitpunkt seinen größten Feind längst besiegt gehabt hätte. Es gab eine Zeit, da war Pisa Genua bei weitem überlegen, das hätten sie nutzen sollen – aber was taten sie stattdessen? Die großen pisanischen Familien haben sich untereinander bekriegt! Sie haben sich von der Plattform ihrer Türme aus bekämpft – mit Steinschleudern und Bogenschützen. Hab einst oft erlebt, wie diese Türme zusammenfielen und auf ihren Trümmern die Schwertkämpfer aufeinander losgingen und sich bis zum Tod bekriegten. Ich kann bis heute nicht begreifen, warum diese Gewalt das Eigene treffen muss, nicht das Fremde.«

»Nun, Gherardesca könnte es gelingen, die Pisaner hinter sich zu einen«, meinte einer der Männer. »Er sucht die endgültige Entscheidung um Korsika herbeizuführen.«

»Ja, ja«, murrte Gaspare; es klang beinahe höhnend, in jedem Fall aber tief verbittert, »und wenn's ihm nicht gelingt, die Insel endgültig den Genuesen abzuluchsen, dann bringen sie ihn um. Und lassen seine Söhne verhungern. Junge Wölfe erschlägt man, bevor sie zu beißen beginnen. Wenn er Glück hat, kann er vielleicht noch fliehen.«

»Und warum erbost dich das derart, Gaspare?«, fragte einer kopfschüttelnd. »Warum regst du dich darüber auf, dass Pisa einen neuen Podestà hat? Ganz gleich, ob er die Stadt zu ihrem Wohle oder ihrem Verderben führt – dir kann es doch gleich sein! Was bindet dich überhaupt an deine alte Heimat? Wie lange warst du nicht mehr dort? Zehn Jahre, fünfzehn Jahre? Ach Gaspare, es ist ein Spaß, genuesische Schiffe zu überfallen und auszurauben … doch schert's dich wirklich, was sich in Pisa zuträgt, nun, wo du in Pere von Aragóns Gefolgschaft stehst und er dir ein Lehen auf Malta versprochen hat? Du tust, als wäre diese Nachricht eine persönliche Beleidigung!«

»Das ist es nicht! Es macht mich einfach krank, an Pisa zu denken … und dass es den Krieg gegen Genua nicht geschlossen und unbeirrt führt. Ich habe meinen Feinden nicht verziehen!«

Wieder blickten die beiden Männer einander an, diesmal nicht wissend, sondern ratlos.

»Aber wer sind deine Feinde?«, fragte einer. »Die Genuesen, die dich in ihrem Kerker schmachten ließen? Die Pisaner, die dich nicht daraus retteten? Die Franzosen, die du für Pere tötest? Oder die Aragóneser rund um Pere, die dir als Ausländer nicht trauen? Du kannst nicht gegen die ganze Welt kämpfen, Gaspare!«

»Kann ich nicht?« Seine Lippen, bläulicher als sonst, erzitterten sachte, ehe sie sich verzogen. Es war nicht gewiss, ob er lächelte.

»Ich weiß, du suchst Abrechnung …«

»Nicht Abrechnung! Gerechtigkeit!«

»Nun gut, also Gerechtigkeit. Aber wie willst du sie kriegen, wenn …«

»Halt dein Maul!«

Verärgert schüttelte der Mann den Kopf, drehte sich um, gewahrte jetzt erst Caterina hinter sich stehen. Akil hatte sie wie immer allein gelassen und war selbst verschwunden, während sie starr dem Gespräch zugehört hatte. Nicht alles machte einen Sinn für sie, vor allem die Andeutungen, was Gaspares Vergangenheit betraf, vermochte sie nicht zu deuten – und doch hatte sie gelauscht, nicht nur, um Wissen zu sammeln, sondern auch, um nicht durch eine unbedachte Bewegung die Aufmerksamkeit auf sich zu ziehen. Nun freilich war es trotzdem geschehen. Der Mann, der sie zuerst erblickt hatte, grinste, der zweite, der seinem Blick gefolgt war, tat es ihm gleich.

»Warum so schwere Gedanken, Gaspare!«, meinte er. »Vergnüg dich lieber mit dem Mädchen. Es könnte einem gefallen, wär's nur anständig gewaschen!«

»Als ob dich das abgehalten hätte«, fiel der andere ihm lachend ins Wort.

»Dich doch genauso wenig!«

»Willst du sie uns eigentlich immer noch vorenthalten? Willst du uns foltern, indem du sie uns nur einmal gibst und danach nie wieder?«

Raues Lachen. Warmer, feuchter Atem. Sie konnte ihn ganz deutlich spüren, wie er näher kam, immer näher, ihr Gesicht traf, ihren Hals. Ihr Haar erzitterte – nur ihr Leib nicht. Wie starr stand sie, wie in Stein gehauen – und kurz hoffte sie, sie möge darum auch nichts spüren, als schließlich der eine seine schwielige Hand erhob und ihre Haut berührte. Aber ihr Leib war nur reglos, nicht tot. Er fühlte die Berührung, und mehr als das. Er fühlte die Schmerzen, die Erniedrigung, das Ausgeliefertsein von damals, von jenem Tag.

Der Griff verstärkte sich, das Lachen wurde lauter.

Wie einst hoffte sie verzweifelt auf die erlösende Ohnmacht, aber es wurde nicht schwarz vor ihren Augen, vielmehr war ihr, als würde ein greller Blitz aufzucken, in dessen hellem Licht sie plötzlich erkannte, was sie zu tun hatte. Sie plante es nicht, überlegte nicht, wie sie es anstellen sollte – sie tat es einfach.

Während sich die schwielige Hand um ihren Nacken legte, der Mann ganz dicht an sie herankam, sie seine Ausdünstungen förmlich schmecken konnte – da erblickte sie den Dolch, der in seinem Gürtel steckte, erblickte ihn und hatte ihn plötzlich in den Händen, gleich so, als hätte Magie gewirkt und sie nicht wirklich selbst zugepackt.

Beinahe erstaunt sah sie auf die Waffe, indessen der Mann erkannte, was geschehen war, zurückzuckte, halb ärgerlich, halb ängstlich sein Gesicht verzog.

Der andere brach in ein Kichern aus.

»Lass das, Mädchen!«, rief der Bestohlene.

Da packte Caterina den Dolch noch fester an seinem Griff; schlicht war jener, nicht mit Edelsteinen geschmückt, sondern aus einfachem Holz. Mit der scharfen Klinge durchschnitt sie die Luft, nicht mit sinnlos fuchtelnden Bewegungen, sondern klar und bestimmt.

»Fasst mich an, und ihr seid tot!«, rief sie.

»Raus, alle beide!«

Die Stimme durchschnitt die Stille wie der Dolch die Luft. Caterina konnte den Befehl nicht gleich deuten, wusste nicht, wer gemeint war, umkrampfte nur noch fester den Griff der Waffe.

Die beiden Männer fuhren herum, blickten Gaspare erstaunt an. »Aber ...«

»Ich sagte: Raus! Alle beide!«

Er meinte die Männer, nicht sie. Caterina dachte, ihre Knie würden vor Erleichterung einknicken. Das Bild verschwamm, kaum sah sie, wie die beiden Männer gingen, der eine knurrend, der andere beschämt. Ihr Geruch wurde schwächer, ihre Stimmen leiser. Weg, nur weg. Dann war sie in Sicherheit, in Sicherheit ...

Der Dolch begann in ihren Händen zu zittern. Sie wusste nicht, wohin damit, wollte ihn nicht hergeben und hatte doch plötzlich Angst vor der scharfen Klinge, eine Angst, die gerade noch von der viel größeren Furcht überdeckt gewesen war, die Männer könnten sich erneut an ihr vergehen.

Fast hoffte sie, Gaspare möge ihr die Waffe abnehmen, doch jener tat nichts dergleichen. Als sie zögernd hochblickte, gewahrte sie, dass er ihr den Rücken zugewandt hatte, kaum hatten die beiden Vertrauten den Raum verlassen.

»Lass den Dolch fallen!«, sagte er lediglich.

Der Stimme fehlte wieder alles Laute, wiewohl nicht das Schneidende. Caterina wusste nicht, ob es diese Stimme war oder die Tatsache, dass sie wieder mit ihm allein war – in jedem Falle begannen ihre Hände noch stärker zu zittern; augenblicklich entglitt ihnen der Dolch wie von selbst und ging krachend zu Boden.

Gaspare sagte nichts, drehte sich nicht einmal um.

»Warum«, fragte sie stammelnd, »warum hast du mir den Rücken zugewandt, obwohl ich noch diese Waffe hielt?«

Wieder blieb er stumm. So unbeweglich waren sein Rücken, seine Schultern, seine Hände, dass sie vermeinte, er würde nicht einmal atmen, und wiewohl sie wusste, dass kein Mensch ohne Luft zu leben vermochte, so dachte sie doch, dass es irgendwie zu ihm passen würde, nicht einmal das von der Welt zu nehmen.

Zögernd blickte sie auf den Dolch, den sie zu Boden hatte fallen lassen. Er war mit seiner Spitze stecken geblieben.

»Du glaubst doch nicht ernsthaft, dass ein Mädchen wie du mich meucheln könnte – und sei's auch hinterrücks«, sprach er plötzlich, als wüsste er, wohin ihr Blick ging und dass sie zwar kein weiteres Mal nach der Waffe greifen würde, aber doch irgendwie bedauerte, sich nicht mehr mit ihr schützen zu können. Vorhin, als sie sich verteidigt hatte, so war dies unwillkürlich geschehen, der Kopf frei von sämtlichen Gedanken gewesen. Erst jetzt, da sie den Dolch abgegeben hatte, fühlte sie die Macht, die sie in diesem kurzen Augenblick in den zitternden Händen gehalten hatte.

»Im Kerker war es oft finster«, fuhr Gaspare fort, drehte sich nun endlich zu ihr um, bückte sich, um die Dolchspitze aus dem Boden zu ziehen. »Ich habe gelernt, mich nicht nur auf meine Augen zu verlassen, sondern auf sämtliche meiner Sinne. Wenn du gewagt hättest, mir mit dem Dolch in der Hand auch nur einen Schritt zu nahe zu kommen, so wärst du jetzt tot.«

Er warf einen abschätzenden Blick auf die Schneide. Sie glänzte nicht, wirkte stumpf – und war dennoch so furchterregend, wie er sie mal in die eine, mal in die andere Richtung hielt, als suchte er sich darin zu spiegeln.

Wie viele Menschen er wohl mit ähnlichen Waffen getötet hatte? Ihre Leiber aufgeschlitzt? Ob er es mit gleicher undurchdringlicher Miene getan hatte?

»Du hast mir nicht verboten, mich zu verteidigen«, murmelte sie. »Ich hätte einen deiner Männer töten können.«

Seine Mundwinkel zuckten verächtlich – und vielleicht ein ganz klein wenig spöttisch. »Wenn jemand aus Blödheit sterben will – dann soll er es meinetwegen gerne tun. Glaub mir, ein Mann, der so geil ist, dass er die Selbstverteidigung vergisst, auf den könnte ich gut und gerne verzichten.«

Er legte den Dolch zurück auf den Tisch, für sie ein Zeichen, dass er die Episode als beendet ansah. Schnell setzte sie sich auf den ihr üblicherweise zugewiesenen Platz, um nach seinem Diktat zu schreiben.

Er aber sagte nichts, sondern ging gedankenverloren auf und ab.

»Soll ich gehen?«, fragte sie, als sie die Anspannung nicht mehr ertrug.

Er beachtete sie weiterhin nicht, griff plötzlich zu einer braunen Stange, die auf seinem Tisch lag, direkt neben einem leeren Kelch. Was immer es war – Caterina hatte dergleichen noch nie gesehen –, so schien es doch essbar zu sein, denn er begann langsam daran zu kauen.

Caterina wurde immer unbehaglicher zumute, sie konnte sich nicht denken, dass er sie hatte kommen lassen, damit sie ihm bei der Mahlzeit zusah. Irgendwann schien er ihren verwunderten Blick zu spüren, hob eine weitere dieser seltsamen Stangen auf und warf sie ihr in den Schoß. Wieder zuckten seine Mundwinkel, als sie erschrocken zusammenfuhr.

»Zuckerrohr«, erklärte er. »Aus Sizilien. Es heißt, dass es den Geist beruhigt, wenn man nur lange genug daran kaut. Und es heißt auch, es würde die Verdauung fördern und die Zähne reinigen.«

Zögernd starrte sie auf die seltsamen Stangen. War das Obst? Gemüse?

»Probier doch!«, forderte er sie auf.

Sie wagte nicht, ihm zuwiderzuhandeln, nahm die Stange in die Hand, blickte sie prüfend an und versuchte schließlich hineinzubeißen. Es schmeckte zäh, hölzern, und doch war ihr nach dem kargen Mahl der letzten Wochen so, als würde ihre Zunge förmlich explodieren ob dieses heftigen, befremdenden Geschmacks, ein wenig bitter, ein wenig süß, auf jeden Fall stark und belebend. Speichel füllte ihren Mund, der eben noch trocken gewesen war vor Furcht und Unbehagen. Sie schluckte hastig, wollte vermeiden, dass er ihr über das Kinn rann. Wiewohl Gaspare sie nicht mehr anblickte, sondern versunken weiterkaute, fühlte sie sich von ihm beobachtet, und das verdarb ihr den Genuss.

Schließlich ließ sie die Stange sinken.

»Willst du … willst du mir nicht diktieren?«, fragte sie.

Sie hatte den Eindruck, dass sich nun hinter jener glatten, harten, unsichtbaren Wand, die er zwischen sich und die Welt geschoben hatte, etwas regte, ein Anflug von Wehmut vielleicht, der für gewöhnlich bezähmt war.

Gaspare rang mit dieser Anwandlung, gab ihr schließlich nach, wenn auch nur widerstrebend. Die Worte, die er sagte, schienen nicht aufrecht aus seinem Mund zu kommen, sondern wie geduckte, gekrümmte Gestalten, er schien sie nicht auszuspucken, um Caterina an seinen Gedanken Anteil nehmen zu lassen, sondern einzig, damit er sie los wäre.

»Ich erhalte regelmäßig Nachricht, was sich in Pisa tut«, sagte er. »Auch heute. Nur lass ich meinerseits nie von mir hören.

Manchmal verlangt es mich so sehr danach, einen Brief an meine Mutter zu schreiben.«

Caterina schwieg. Sie wagte nicht, sich zu rühren. Vielleicht konnte sie so vorgeben, ihn nicht gehört zu haben. Doch er begnügte sich nicht mit diesem einen Bekenntnis.

»Meine Mutter lebt noch … in Pisa«, fügte er hinzu. »Ich habe sie nicht mehr gesehen seit dem Tag, an dem mich die Genuesen verschleppten.«

Sie fühlte ein Zittern in sich aufsteigen, viel tiefer, viel bedrohlicher als jenes, das von ihrer üblichen Furcht stammte. Zuerst hielt sie ihr Unbehagen noch für die Ahnung, dass er sie später bestrafen könnte, weil sie – auch ohne Zutun, nur durch ihre Gegenwart – aus ihm herausgelockt hatte, was ein Geheimnis bleiben musste. Doch dann fragte sie sich, ob sie nicht noch viel mehr die Erkenntnis erschreckte, dass Gaspare ein gewöhnlicher Mann war, einer, der geboren worden war. Gewiss war es widersinnig, anderes anzunehmen. Doch sie konnte sich diesen starren, schwarz gekleideten Mann mit dem gelblichen Gesicht, seinen spitzen Zügen und blauen Lippen unmöglich als einen vorstellen, der aus einer Mutter Leib gekrochen war, als ein greinendes Kind aus Fleisch und Blut, das gehalten, liebkost, gefüttert worden war. Unmöglich, dass ihn jemand freiwillig oder gar gerne berührt hatte! Er war sicher nicht hässlich, aber irgendetwas stieß sie ab – und das war nicht nur das Wissen, wer er war und was er ihr angetan hatte. Als er von seiner Mutter sprach, hatte sie an die eigene denken müssen und daran, wie jene nach ihrem Tod aufgebahrt in der Kapelle gelegen hatte. Der Vater hatte verlangt, sie müsse bei ihr knien und beten, und wiewohl sie sich ohne Aufbegehren gefügt hatte, so hatte doch jeder Blick auf Félipa ein tiefes Unbehagen, ja einen Grusel in ihr erweckt. Es war dies nicht bloß Ekel gewesen, sondern der Wunsch, vor etwas Namenlosem, Unheimlichem, Gefährlichem zu fliehen. Vor etwas, das nicht nur den fremden, sondern auch den eigenen Tod vor Augen führt, so, als wäre man selbst schon in dessen süßlichem Gestank gefangen.

Bei Gaspares Anblick befiel sie unwillkürlich ein ähnliches Gefühl.

»Was soll ich schreiben?«, fragte sie. Das Zittern hatte ihre Stimme nicht erreicht. Gottlob. Vielleicht konnte sie ihn wieder zur Vernunft bringen, ihn an die eigentliche Aufgabe gemahnen, die sie zu ihm geführt hatte.

Er blickte sie fragend an, als wäre für einen kurzen, gestohlenen Augenblick tatsächlich sie es, die sein Handeln bestimmte, und nicht er selbst.

»Ja … was?«, fragte er.

Die Frage deuchte sie nicht minder bedrohlich als sein vorhergehendes Bekenntnis. Gleich, dachte sie, gleich wird er sein Gebaren als Schwäche deuten und sich dafür schämen und mich bestrafen oder zum Schweigen bringen oder beides.

Doch anstatt etwas zu sagen, blickte er nur auf sein Hände, gleichgültig zuerst, dann mit einem Anflug von Erstaunen, als gehörten sie nicht zu ihm.

»Weißt du, wie man in Pisa und Genua Piraten bestraft?«, fragte er, als sie schon nicht mehr mit Worten gerechnet hatte. »Man hackt ihnen die Hände ab.«

Er hob den Blick. »Einmal, ich war noch ein Kind, habe ich davon gehört, dass man dieses Urteil auch gegen Edelleute ausgesprochen hat, die auf den falschen Weg geraten waren. Wiewohl die Strafe eigentlich nicht unüblich war, so erregte man sich doch, weil sie nun feine Männer treffen sollte. Sämtliche Frauen der Familie, so erzählte man sich, haben den Podestà aufgesucht und haben für die Männer gefleht. Es heißt, dass die jüngste Schwester eines Delinquenten sogar ihre Jungfräulichkeit geboten hatte für den Fall, dass er ihren Bruder begnadige. Er hat es nicht getan.« Trocken lachte er auf. »Offenbar war das Mädchen zu hässlich.«

Wieder trat eine lange Pause ein, in der Caterina vergebens zu ergründen suchte, warum er ihr das erzählte.

»Ich frage mich«, setzte er unwillkürlich hinzu. »Ich frage mich, ob meine Mutter sich in einem solchen Fall für mich einsetzen würde …«

Caterina starrte unbehaglich zu Boden. »Warum sollte sie nicht?«, fragte sie schließlich.

»Wenn sie von mir Nachricht bekäme«, fragte er zurück, »würde es sie trösten, weil ich noch lebe, oder vernichten, weil ich ein Gesetzloser geworden bin, ein Gottloser?«

Caterina erinnerte sich, dass Davide Gaspare ebenso genannt hatte und dass Akil ihr später erklärt hatte, dass Papst Martin – als treuer Verbündeter von Charles d'Anjou – Pere von Aragón nach dessen Eroberung Siziliens exkommuniziert habe … und mit ihm alle Getreuen, die daran beteiligt waren.

Als Gaspare nichts mehr sagte, ergriff Caterina möglichst lautlos die Feder.

»Soll ich … soll ich ihr in deinem Namen schreiben?«

Keine Antwort.

»Was … was genau würdest du ihr denn schreiben wollen?«

»Das geht dich nichts an«, kam es schroff.

»Nun«, murmelte sie, »wenn du mir einen Brief an sie diktieren willst, werde ich es so oder so erfahren.«

Er zögerte, schien mit sich zu ringen.

»Ich könnte dir aber auch das Schreiben beibringen, damit du selbst den Brief verfassen kannst«, schlug sie leise vor. »Das würde ich gerne tun … wenn du mich freilässt, mich und Ray.«

Sein erstaunter Blick traf sie. War er über den Vorschlag verwundert, darüber, dass sie es wagte, einen solchen zu machen, oder darüber, dass er ihr überhaupt so viel anvertraut hatte?

Er schien etwas sagen zu wollen, doch ehe er den Mund auftat, ertönte von draußen ohrenbetäubendes Geschrei.

Corsica, 251 n.Chr.

Ich blickte Gaetanus an, und etwas war anders. Ich war gewohnt, darauf zu hoffen, dass er mich erkannte, und ich hatte gedacht, dass sich daran nie etwas ändern würde. Ich hatte auch gedacht, dass – wenn ich Julia nur vertreiben, wenn ich sie schlecht machen könnte – diese Hoffnung ausreichend zusammengeflickt wäre, um sie wie gewohnt lebendig zu halten.

Doch irgendetwas war befremdlich, nicht an seinem Anblick, aber an der Art, wie ich darauf reagierte. Ich fühlte mich nicht traurig, sondern wütend.

»Ich muss mit dir reden, Herr, ich muss dir etwas über Julia Aurelia erzählen.«

Er blickte langsam hoch, ein Ausdruck von Überdruss umschattete sein Gesicht. Seine Augen waren zusammengekniffen, waren nur noch Spalten. Er sah nicht aus, als ob er Schmerzen hätte, jedoch, als ob er fürchtete, welche zu bekommen.

Und wenn's so wäre – würde Julia dir etwa gekonnt den Nacken massieren, so wie ich es kann?, dachte ich, verwirrt von der Wucht des Zorns, den dieser Gedanke zeugte. Ich hatte bislang alles Trachten darangesetzt, jenen herzlichen, warmen, neugierigen Blick auszumerzen, mit dem Gaetanus Julia gemustert hatte, dass ich erst jetzt gewahrte, wie sehr mich jener nicht nur verzweifeln ließ, sondern empörte.

Nicht gerecht. Es war einfach nicht gerecht.

Sie war doch nicht einmal eine schöne Frau.

»Nicht jetzt«, murmelte er knapp und wedelte unwillig mit der Hand durch die Luft, wie um mich zu verscheuchen.

Meine Empörung wuchs. Julia würde niemals mit mir so umgehen, würde mich nicht einfach wegschicken. Sie würde meinen Namen sagen, weil sie ihn kannte, sie würde lächeln, sie würde mit mir sprechen. Wie kannst du Julia so anschauen und nicht wissen, wie sie ist? Wie kannst du… sie begehren und mich nicht so behandeln wie sie?

»Julia Aurelia, ihr Vater Eusebius und viele andere Bürger hier in Aleria sind Mitglieder einer Gemeinschaft, die nichts Geringeres plant als die Revolte gegen den Kaiser«, sagte ich da.

Die Wut färbte meine Worte entschlossen. Ich hatte nicht geplant, meinen vagen Verdacht, mit dem ich ihn gegen sie aufbringen wollte, so klar zu benennen. Alles, was ich gehört hatte, schien zwar darauf hinzudeuten – aber in nüchternen Worten ausgesprochen, war es plötzlich erschreckend. Erschreckend und irgendwie auch beschämend. Was, wenn ich mich irrte? Was, wenn ich Julias Aussagen falsch gedeutet hatte?

Doch schon hatten sich meine Worte gelohnt. Gaetanus trat auf mich zu, viel dichter, als er es jemals getan hatte, blieb vor mir stehen, riss die eben noch zusammengekniffenen Augen auf. Wenn ich seinen Nacken massiere, spüre ich seine Haut. Doch jetzt spürte ich zum ersten Mal seinen Atem.

»Was redest du da?«

»Herr, ich weiß nicht, wie ich es dir sagen soll. Ich wollte es schon lange tun, aber ich brachte es nicht über mich. Julia Aurelia war immer gut zu mir, und ich will auch nicht sagen, dass sich das geändert hat. In jedem Fall aber scheint sie mir nicht aufrichtig zu sein. Sie dient einem Mann, der nicht auf der Seite des Kaisers steht. Sie treffen sich – Julia und viele Anhänger, die dieser Mann hier in der Stadt hat, und sie machen Pläne, wie gegen den Kaiser vorzugehen sei. Nicht alle suchen den

Kampf gegen ihn, aber falls es dazu kommen sollte, so scheint manch einer von ihnen bereit zu sterben. Ich… ich weiß nicht, was das Ziel ihres Anführers ist, nur dass er offenbar Worte voll lodernden Zorns gegen den Kaiser gesagt hat. Er sprach von Feuer, das auf die Erde käme, und dass Rom brennen möge.«

Als ich angefangen hatte zu reden, hatte Gaetanus seine Stirn gerunzelt, nun glättete sie sich langsam.

»Was weißt du noch?«, fragte er kalt.

Ich zauderte, es war nicht Neugierde, die mir von ihm entgegenschlug, eher Misstrauen. Kurz fürchtete ich, es könnte mir selbst gelten, nicht den Menschen, die ich denunzierte, doch da es zu spät war, die Worte wieder zurückzunehmen, sprach ich beherzt weiter: »Ich bin mir nicht sicher, wie lange Eusebius oder wie lange Julia Aurelia Teil dieser Verschwörung sind, doch in jedem Fall gehören sie dazu – und haben sie sich nicht längst durch absonderliches Verhalten verdächtig gemacht? Es heißt, sie wären dank eines kostbaren Schatzes unermesslich reich, doch sie stellen diesen Reichtum nicht wirklich zur Schau. Vielleicht ist's so, dass sie sämtliches Vermögen dem Aufrührer übergaben, auf dass es dieser zu seinem Nutzen gebrauchen kann und…«

»Du kannst gehen!«

Die Stimme durchschnitt ganz unerwartet meine Rede. Er hatte sich wieder abgewandt, sodass ich die Bewegung seiner Lippen nicht gesehen hatte.

»Aber…«

»Ich sagte, du kannst gehen!«

»Ich wollte nichts Schlechtes über Julia Aurelia sagen«, stammelte ich. »Sie ist… sie ist immer freundlich zu mir gewesen. Aber ich dachte, du solltest wissen, was hier vorgeht…«

Er hatte mir seinen Rücken zugewandt, stand starr und aufrecht wie immer, und als ich vergebens auf eine Regung wartete, da beschlich mich das unangenehme Gefühl, mich noch nicht ausreichend erklärt zu haben, dass irgendetwas fehlte, ein wichtiges Detail, das ich ihm noch mitteilen sollte, wiewohl ich es selbst nicht kannte. Doch schließlich, nach unerträglich langem Schweigen, gewahrte ich, wie er den Kopf sinken ließ.

»Scher dich fort!«, murmelte er.

Offenbar wusste er genug.

XIII. Kapitel

Mittelmeer, Frühsommer 1284

Das schauerliche Gebrüll, das ihr Gespräch unterbrochen hatte, klang unmenschlich. Es ließ selbst einen beherrschten Mann wie Gaspare zusammenzucken. Noch ehe Akil den Raum betrat, um – gelassen wie stets – zu berichten, was geschehen war, war er schon aufgesprungen, ließ sich von den Worten des Knaben nicht aufhalten, sondern ging mit zügigen Schritten hoch zum Deck.

Caterina folgte den beiden, ohne darüber nachzudenken. Größer noch als der Widerwille, jene Stätte wieder aufzusuchen, wo die Männer sie geschändet hatten, war die Angst, ohne Gaspare oder Akil zurückzubleiben.

Wieder durchquerte sie jenen knirschenden und ächzenden Schiffsbauch, nur dass sie diesmal nicht bis zum Vorderschiff gelangte, sondern schon früher eine Luke aufgestoßen ward. Augenblicklich breitete sich über ihr – erstmals seit Wochen – der blaue Himmel aus, glasklar und schneidend. Caterina zuckte zusammen. Der frische Meeresodem, die gleißende Sonne, die endlose Weite eines faltenlosen Meeres, auf dem Gaspares Galeere fast still zu stehen schien – desgleichen wie die zwei kleineren Schiffe, die Naves, die sie begleiteten und einen Teil der Handelswaren trugen –, all das traf sie mit ganzer Wucht. Nie hatte sie ihr Gefängnis als so beengend und nervenaufreibend empfunden wie der hin und her irrende Ray. Zu sehr war sie daran gewöhnt gewesen, über Jahre einen bestimmten Raum kaum zu verlassen. Jetzt plötzlich aber überkam sie eine Gier: die Gier zu schauen, endlich wieder Farben zu erfassen, nicht nur des Himmels Blau, auch das Rot und Grün, mit dem Teile des Schiffes bemalt waren, wie sie jetzt gewahrte. Gier schließlich nach dieser frischen, freien Luft, der unbefleckten Weite, dem Wärmenden, Lebendigen. Sie konnte kaum genug bekommen, tiefe, lange Atemzüge zu machen, ohne dass ihre Kehle von irgendetwas zusammengepresst war. Das Sonnenlicht, das sie heftig blendete, schien die grausamen Schreie, die jetzt noch lauter tönten als in Gaspares Kajüte, ebenso abzuwehren wie die Erinnerung an das, was hier mit ihr geschehen war.

Vor aufdringlichen Blicken war sie obendrein gefeit, denn sämtliche Mannschaftsmitglieder bildeten einen Kreis um einen sich erbärmlich Windenden. Erst als sich ihre Augen an das pralle Licht gewöhnt hatten und ihre Lungen von der frischen Luft gesättigt schienen, vermochte Caterina zu erfassen, was geschehen war – und was Akil auch Gaspare zugetragen hatte. Es hätte keiner erklärenden Worte bedurft. Neben dem Hauptmast, groß und fest wie ein Baum gewachsen, der die Rah mit dem Großsegel trug und der an seiner Spitze von dem Mastkorb gekrönt ward, gab es einen zweiten, kleineren Mast am Vorderschiff, der jenes Segel trug, welches die Richtung anzeigte. Je nach Wetterlage wurde es ausgetauscht, und bei ebenjener Arbeit war es geschehen, dass das morsche Holz ob einer unbedachten, zu heftig ausfallenden Regung gebrochen und auf einen der Männer gefallen war. Offenbar hatte es ihm die rechte Schulter ausgerenkt, denn der Arm lag seltsam verdreht auf dem Boden.

»Verdammt!«, zischte Gaspare. Es war nicht ersichtlich, was ihm die größere Unbill war: der gebrochene Mast oder die ausgerenkte Schulter.

Aufgeregt sprachen die Männer durcheinander, ohne dem Unglückseligen zu helfen. Es war ein wirres Sprachgemisch – erst jetzt stellte Caterina zum ersten Mal fest, dass die Besatzung aus aller Herren Ländern stammte, wie es bei Schiffen, die im Dienste König Peres von Aragón segelten, üblich war. Da waren Sizilianer darunter, wie Caterina später erfuhr, Katalanen und Pisaner, sogar einer aus Marseille und ein anderer, der von der Insel Korsika stammte. Aufgrund ihrer Pflichten und ihres Ranges ansonsten strikt getrennt, standen sie nun einträchtig beisammen – die Armbrustschützen ebenso wie die Ruderer, der Steuermann wie seine Gehilfen, die einfachen Matrosen, der Koch und auch die Knechte, die für die drei Pferde verantwortlich waren, die in einem kleinen Verschlag im Schiffsrumpf untergebracht waren.

Unter den vielen Stimmen hörte sie schließlich eine heraus.

»Der ist hinüber«, sagte jemand dicht neben ihr. Sie hatte kaum gewahrt, dass Akil neben ihr stehen geblieben war und aus gleichem Abstand wie sie die Aufregung verfolgte.

»Gibt es denn niemanden an Bord, der ihm helfen könnte?«, fragte Caterina.

Die Schreie quälten sie nicht nur. Sie schienen vielmehr aus jener Hölle zu kommen, in der sie sich den Unglücksraben gerne vorstellen wollte, zählte er doch vermutlich zu jenen, die sich an ihr vergangen hatten, wurde solcherart also bestraft.

»Gaspares Männer müssen hart arbeiten können und bedingungslos gehorsam sein«, meinte Akil eben. »Davon, wie man gebrochene Beine schient und Wunden heilt, müssen sie jedoch nichts verstehen. Noch letzten Monat geschah Ähnliches, Mastbrüche sind häufig. Der Arme, den's damals getroffen hat, hat drei Tage durchgeschrien, bis ihn das Wundfieber stumm gemacht hat.«

Eine leise Brise erfasste Caterinas Haar und ließ es, wiewohl strähnig und schwer, tanzen, es schien dem Takt des Gebrülls zu folgen, jener süßen Melodie der Rache. Kurz regte sich ein wenig Scheu angesichts der eigenen tiefen Genugtuung, desgleichen überkam Caterina eine Ahnung, wie verroht ihre Seele sein musste, um an einer Sache Vergnügen zu finden, die noch wenige Wochen zuvor nur Grauen erzeugt hätte, vielleicht sogar Mitleid.

Aber lauter als das Unbehagen war jene Schadenfreude, mit der sie – sich mühsam ein Lächeln verkneifend – auf den sich Windenden herabstarrte: Schrei du nur! Dann weißt du, wie's ist, wenn du Schreckliches erleiden musst und niemand dir hilft, wenn quälende Schmerzen dich peinigen, aber die Ohnmacht zögert, dich zu erlösen!

»'s ist besonders schlimm für Gaspare, dass es ausgerechnet den da getroffen hat«, durchbrach Akils Murmeln ihre Gedanken.

»Warum?«

»Er ist einer der Gehilfen des Steuermanns und – wie man sagt – erfahrener als dieser. Kann nicht nur von Wolken und Wind, Sonne und Sternen und dem Treibgut ablesen, wo wir sind, sondern auch von der Farbe des Wassers. Muss auch nur schmecken, wie salzig es ist, um den Ort zu bestimmen.«

In diesem Moment sah der Unglückselige freilich nicht aus, als würde er je wieder etwas schmecken. Schrill und hoch wurden die Schreie, als man ihn – offenbar das Einzige, was man zu tun wusste – vom schnabelförmigen Bug hin zur freien Fläche rund um den Hauptmast, dem Schiffsforum, trug, und noch lauter brüllte er auf, als man ihn dort niederlegte.

Genau hier, dachte Caterina, genau hier muss es geschehen sein, dass auch ich gelegen habe ...

Sie erinnerte sich an den harten, rauen Boden, doch erstmals nicht an die eigenen, gequälten Laute, die sie ausgestoßen hatte, denn jene wurden vom Toben des Gequälten übertönt. Erst jetzt sah sie, dass die Schulter nicht nur ausgerenkt war, sondern obendrein heftig blutete. Einige der Splitter vom Mast hatten sich wohl in sein Fleisch gebohrt.

Schrei du nur!, dachte sie wieder. Schrei du nur!

Sie wusste nicht, wie lange sie da gestanden hatten, sie selbst befriedigt, Gaspare und seine Männer hilflos, Akil schließlich gleichmütig, wie es ihm eigentümlich war. Sie merkte auch kaum, dass er sich von ihrer Seite löste, vom Deck verschwand, nach einer Weile wiederkehrte, diesmal nicht allein.

Caterina zuckte erst zusammen, als sie eine unerwartete Stimme hörte.

»Gaspare«, sprach jene forsch, »Gaspare, wenn du willst, kann ich versuchen, ihn zu retten.«

Nachdem Ray ins Freie getreten war, ward er nicht minder heftig von dem Licht und dem blauen Himmel getroffen als Caterina. Anders als sie, die sich beidem entgegengestreckt hatte, krümmte er sich jedoch, als würde es ihm Schmerzen bereiten. Dass sein Anblick erbärmlich sein musste, hatte Caterina auch im Grau ihres Gefängnisses erkannt. Erst jetzt wurde jedoch das ganze Ausmaß sichtbar: Sein Haar, schon immer ein wenig farblos, hatte jeden Glanz verloren und stand struppig vom Kopf weg wie ein Igelfell. Auf seinen Schläfen pochten Adern wie dunkle Geschwüre, und gleiche wucherten – wiewohl weniger runzelig – unter den Augen. Spitz stachen unter der löchrigen Kleidung seine Knochen hervor.

Er legte schützend die Hände über die Augen, als er erneut in Gaspares Richtung rief: »Ja, ich könnte ihm helfen, wenn du willst!«

Gaspare fuhr herum, musterte ihn erstaunt, schien erst innewerden zu müssen, wen er da vor sich hatte.

»Was verstehst du davon?«, fragte er unwirsch.

Caterina trat vorsichtig näher, erstmals von Blicken getroffen, freilich misstrauischen statt anzüglichen.

Ray reckte seine schmerzenden Glieder und kniete sich zu dem röhrenden Mann, ohne auf Gaspares Frage zu antworten.

Wiewohl noch immer bleich, war er imstande, jene fachkundige Miene aufzusetzen, mit der er einst die vermeintlich kranke Faïs betrachtet hatte.

»Haltet ihn fest, damit ich ihn untersuchen kann!«, wies er die Männer an.

Unschlüssig blickten diese auf Gaspare, und auch jener zögerte lange, ehe er nickte und ihnen mit einer flüchtigen Handbewegung den Befehl gab, Rays Worten Folge zu leisten.

Ray befingerte abschätzend die ausgerenkte Schulter des Mannes, betrachtete dessen Wunden, wo ihn der berstende Mast getroffen hatte. Sie bluteten nicht nur, sondern zeigten obendrein offenes Fleisch.

»Sieht übel aus«, stellte er fest, kaum hörbar, weil der Leidende immer noch erbärmlich brüllte.

Caterina trat näher. Rays unerwartetes Erscheinen hatte ihr die Genugtuung angesichts der Schmerzen des Mannes zwar nicht gänzlich madig gemacht, aber mit Verwirrung durchsetzt. Sie begriff nicht, warum er gekommen war, und noch weniger vermochte sie zu entscheiden, ob er tatsächlich etwas von der Heilkunst verstand, wiewohl er sie doch ihres Wissens nach nur zum Betrug genutzt hatte. Konnte es sein, dass er in all den Jahren, da er sich wechselnd Apothecarius, Barberius oder Medicus nannte, etwas gelernt hatte?

So schnell wie Ray hier aufgetaucht war, hatte er wohl nicht lange darüber nachgedacht, was er tat. Was immer er sich davon erhoffte, konnte zugleich das Gegenteil bewirken.

Doch Ray schien von jenem Zweifel nicht berührt zu sein. Nachdem er erneut die ausgerenkte Schulter abgetastet hatte, blickte er zu Gaspare hoch. Seine Augen lagen in tiefen Höhlen, doch als er zu sprechen begann, klang er ein wenig wie der alte Ray – gewitzt, verschlagen und auf den eigenen Vorteil bedacht.

»Also, was ist? Soll ich ihm nun helfen, oder willst du lieber zuschauen, wie er verreckt?«, fragte er mit altbekannter Dreistigkeit. »Ich tu's, wenn du mir und Caterina die Freiheit versprichst!«

Gaspares Blick, eben noch aufgebracht ob des Zwischenfalls, hatte sich wieder verschlossen, sein Körper in die starre, aufrechte Haltung zurückgefunden.

Leise, fast raunend gab er zurück: »Scheinst mir nicht in der Lage, Forderungen zu stellen. Wenn du weißt, was zu tun ist, dann fang damit an. Weigerst du dich, werfe ich dein Mädchen eigenhändig über Bord. Und dich gleich hinterher. Überleg dir's also gut.«

Rays Lider zuckten unmerklich, und doch unterließ er das Reden nicht, nun, da er sich das erste Mal direkt an Gaspare wenden konnte.

»Es war nicht recht, uns zu versklaven. Die Kirche verbietet's obendrein, Christen an Heiden zu verkaufen. Nur für den Fall, dass es das ist, was du planst.«

Gaspare blieb ausdruckslos. »Dann habe ich ja Glück, dass ich als König Peres Gefolgsmann bereits exkommuniziert bin. Weißt du übrigens, dass der König ein Fünftel des Gewinns als Steuer bekommt, wenn ich dich verkaufe?«

Langsam richtete sich Ray auf und starrte Gaspare ins Gesicht. »Schwöre, dass du's nicht tust, und ich rette diesen Mann.«

»Du tust gut daran, diesen Mann so oder so zu retten«, erwiderte Gaspare mit gefährlichem Zischen.

Eine Weile maßen sie einander schweigend, ehe Ray schließlich als Erster seinen Blick senkte. »Nun gut, ich werde alles versuchen. Doch wenn er mit meiner Hilfe genesen sollte, so hoffe ich auf deine Dankbarkeit.«

Gaspare nickte wortlos und wandte sich ab. Nicht sonderlich anders war das Gespräch verlaufen als jenes erste, das Caterina mit ihm geführt hatte. Nicht das geringste Entgegenkommen hatte Gaspare gezeigt, nur grausame Worte gesprochen, um am Ende doch so etwas wie ein Versprechen abzugeben und sich – zumindest in ihrem Fall – daran zu halten.

Caterina neigte sich zu Ray. »Ray … Ray … weißt du, was du tust? Kannst du ihm tatsächlich helfen?«, raunte sie.

Er zuckte mit den Schultern. Seine Stirne glänzte, und sie glaubte jenen Schweiß nicht nur von der Sonne bewirkt, sondern von leiser Furcht. Zugleich aber witterte sie an ihm jenen Willen, sich über sämtliche Hindernisse des Lebens zu schwindeln, lieber einen aussichtslosen Kampf zu führen, anstatt eingesperrt auf fremdes Tun zu warten, ja lieber seine Lage zu verschlimmern, als gar nicht erst zu versuchen, sie zu verbessern.

»Ich hoffe es«, murmelte er kaum hörbar. »Ich hoffe es.«

Sein Blick war konzentriert, seine Hände zitterten nicht. Nur dass er fortwährend sprach und seine Behandlung erklärte, bekundete seine Unsicherheit.

»Also gut«, meinte er, »hab mal gesehen, wie ein Barberius eine Schulter wieder einrenkte. Sah gar nicht schwer aus. Der Mann bekam zwanzig Sous dafür. Und der Verletzte konnte schon nach einem Monat wieder seine Arbeit tun.« Er blickte hoch. »Wäre gut, wenn ihr einen Schlauch Wein auftreiben würdet!«, rief er den Männern zu. »Der hier kann gewiss brauchen, dass seine Sinne betäubt werden.«

Gaspare, der abgewandt von ihnen stehen geblieben war, nickte einem der Männer zu, und jener verschwand hastig.

»Und Leinen«, befahl Ray. »Ich brauche ein großes Stück Leinen. Sollte nicht gleich reißen.«

Indessen sie warteten, hob er den gesunden Arm des Verletzten und befühlte sein Handgelenk.

»Was tust du da?«, fragte Akil neugierig.

Ray grinste selbstbewusster, als ihm in diesem Augenblick wohl zumute war. »Den Puls fühlen, was sonst?«

»Und was sagt der dir?«

Rays Grinsen schwand, er wurde nachdenklich. »Tja, ich weiß nur, dass das alle großen Ärzte zu Beginn einer Behandlung so machen. Pocht das Herz zu langsam, ist es nicht gut. Pocht es zu schnell, was bei unserem Patienten der Fall ist, desgleichen nicht.«

»Und was willst du dagegen tun?«

»Tja«, wiederholte Ray schulterzuckend. »Wenn ich's nur wüsste!«

»Verdammt, Ray!«, fuhr Caterina ihn an und gewahrte in der Aufregung gar nicht, dass sie fluchte. »Das ist hier kein Spiel! Wenn du ihm nicht helfen kannst, dann hättest du's auch nicht sagen dürfen.«

»Gemach, gemach!«, beruhigte er sie, wiewohl er nun einen unbehaglichen Seitenblick auf Gaspare warf und erleichtert feststellte, dass jener seine Worte nicht gehört zu haben schien. »Ich kriege ihn schon wieder hin!«

Schwer war es, dem Verletzten Wein einzuträufeln. Zwar war sein Schreien leiser geworden, doch als man seinen Kopf festhielt und versuchte, ihm ein paar Tropfen einzuflößen, schlug er mit der gesunden Hand wild um sich. Das rote Gesöff floss über sein ganzes Gesicht anstatt in seine Kehle. Beim nächsten Versuch schließlich verschluckte er sich daran und begann so heftig zu husten, dass Caterina schon meinte, er würde ersticken.

»Das muss reichen«, meinte Ray, um nun sein weiteres Vorgehen zu erklären.

»Hör gut zu«, sprach er zu Akil. »Wir müssen ihn aufsetzen. Dann nimmst du das Leinen, wickelst es um seinen Leib und hältst es an seinen beiden Enden fest. Du darfst nicht locker lassen, sondern musst es in die eine Richtung ziehen, während ich seinen Arm in die andere zerre, so lange, bis sich die Schulter wieder einrenkt.«

Wieder wurde aus dem Schreien des Mannes ein unmenschliches Röhren. Diesmal fand Caterina kein Vergnügen daran, sondern hätte sich am liebsten die Ohren zugehalten, desgleichen wie sie kaum wagte hinzusehen. Akil tat, wie Ray ihm geheißen hatte, hielt das Leinen fest, das den Mann stützte, und wurde schweißnass im Gesicht, indessen Ray – zunehmend verzweifelt – am kaputten Arm zog. Es sah eher aus, als würden sie den Mann in zwei Teile reißen wollen, anstatt ihm zu helfen, und je länger die Prozedur dauerte, desto misstrauischer knurrten die umstehenden Männer.

Auch Gaspare hatte sich wieder umgedreht, war näher getreten, schüttelte schließlich den Kopf, da Ray hilflos weiter zog und zerrte.

Doch just als er gereizt eingreifen wollte, weitere Stümperei verbieten, ertönte plötzlich ein seltsames Geräusch, halb knirschend, halb schmatzend. Der Gequälte schrie ein letztes Mal auf, ehe er ohnmächtig nach hinten sank. Vorsichtig ließ Ray den verwundeten Arm sinken und nickte Akil zu, dass der nun auch das Leinen lockern möge.

»Das wäre geschafft!«, stieß er aus und wischte sich erschöpft den Schweiß von der Stirne. Kurz spiegelte sich echte Erleichterung in seinem Gesicht, ehe er ein dreistes Lächeln aufsetzte, bekundend, dass er selbst sich seiner Sache immer gewiss gewesen wäre.

Akil nickte bewundernd, indessen Ray sich erneut zum Verletzten kniete und nun mit dem Leinen mehrmals die Schulter umwickelte, schließlich einen Knoten machte und diesen um das Handgelenk schlang, sodass der wehe Arm im richtigen Winkel heilen konnte.

»Ich habe Heilkundige in meinem Land Ähnliches machen sehen«, sagte Akil bewundernd. »Ich wusste nicht, dass auch die Christenmenschen davon Ahnung haben.«

»Die Universität von Montpellier wird im ganzen Land gerühmt«, gab Ray zurück. »Was hätte ich seinerzeit gegeben, dort studieren zu können!«

Sehnsüchtig wurde kurz sein Blick, doch rasch verbat er sich diese Anwandlung, als Gaspare zu ihm trat.

»Die Schulter ist eingerenkt«, erklärte Ray stolz. »Jetzt muss ich mich um seine Wunden kümmern. Bin mir noch nicht sicher, aber ich glaube, er könnt es überstehen.«

Gaspares Nasenflügel bebten ein wenig, desgleichen seine Hand. Offenbar hatte ihn tatsächlich nicht nur der Mastbruch erregt, sondern auch die Sorge um einen seiner Männer.

»Gut, das ist gut.«

Er wandte sich endgültig zum Gehen.

»He!«, rief Ray ihm nach. »Was kriege ich nun dafür?«

Gaspare drehte sich um, den Anflug eines Lächelns in seinem Gesicht. »Du lässt nicht locker, oder?«

»Droh ruhig, dass du uns über Bord wirfst! Solch ein Geschick wär mir lieber als die fortwährende Ungewissheit. Lässt du uns frei?«

»Sei froh, wenn ich dich nicht zum Eunuchen mache und auf dem Sklavenmarkt verkaufe«, sprach Gaspare barscher, als es seine unmerklich belustigte Miene verhieß. »Wir kommen bald nach Malta«, fuhr er dann jedoch fort. »Dort kann ich euch ganz gewiss nicht freilassen, die Insel ist erst seit kurzem in aragónesischer Hand. Aber vielleicht später, ich überleg's mir.«

Noch ehe Ray etwas hinzufügen konnte, ließ Gaspare ihn stehen und verschwand im Inneren. Ray seufzte auf – vielleicht aus Enttäuschung, weil er sich größeren Lohn erhofft hatte, vielleicht einfach nur, weil die Anspannung ein wenig nachließ.

»Das … das hast du gut gemacht«, murmelte Caterina anerkennend.

Er nickte, und dann plötzlich stützte er sich auf sie, als fehlte ihm die Kraft, selbst zu stehen. Während der Behandlung waren seine Hände ruhig gewesen, nun gewahrte sie, wie ein Zittern seinen ganzen Körper überlief. Sie fühlte sich unbehaglich, so dicht an ihm zu stehen. Es war das eine, in der Sicherheit seiner Arme schlafen zu können, wenn die Kreaturen der Nacht sie jagten. Doch unter freiem Sternenhimmel war es beschämend, dass er ausgerechnet sie für alle Augen sichtbar zu seiner Verbündeten erklärte.

»Ist's nicht widersinnig«, murrte sie und stieß ihn grob zurück, »dass wir durch deine Heilkunst Vorteil erfahren – obwohl jene immer nur ein Spiel für dich war?«

Er zuckte mit den Schultern, furchte die Stirn. »Nicht nur ein Spiel«, gab er erstaunlich ernst zurück. »Hab's doch eben gesagt: Ich wäre wirklich gerne nach Montpellier gegangen, aber es war mir nicht möglich, du weißt warum. Hätt ich mich ständig darüber beklagen sollen? Das Leben vergällt dir doch am liebsten das, woran dir am meisten liegt ...« Seine Stimme klang plötzlich grimmig. »Und eins weiß ich vom Glücksspiel«, setzte er zischend hinzu, »hoher Einsatz kann dich ruinieren. Setz lieber grade so viel, damit du das Nötigste gewinnst ... Wir müssen den Mann hineinschaffen. Die Sonne hier draußen ist nicht gut für seine Verletzung.«

Nachdem nun die Schulter eingerenkt war, behandelte Ray die Wunde. Sein Vorgehen schien denn doch nicht so willkürlich zu sein, wie Caterina befürchtet hatte. »Wein«, beschied er, nachdem er vorsichtig die Holzsplitter aus dem blutenden Fleisch gezogen hatte, »wir müssen sie mit Wein auswaschen. Ich habe mal gehört, dass dies den Wundbrand verhindert.«

Akil erhob sich willig, um lautlos und schnell mit dem Gewünschten wiederzukehren.

»Rosenwasser wäre auch nicht schlecht«, meinte Ray, »aber davon werden wir hier nichts haben. Gibt es Mehl?«

Akil zuckte die Schultern.

»Was willst du denn damit?«, fragte Caterina.

»Nun, es wäre möglich, aus Mehl, Honig und dem Weißen der Eier einen Brei zu rühren und damit die Wunden zu verschließen. Freilich bleiben solcherart große Narben zurück.«

»Frische Eier gibt's hier ganz gewiss nicht«, beschied ihm Akil.

»Hab ich schon befürchtet«, meinte Ray nachdenklich, indessen er Leinen sich mit Wein vollsaugen ließ und hernach die Wunde reinigte. Der Unglückselige hatte das Bewusstsein verloren, doch jedes Mal wenn er stöhnte, träufelte ihm Ray ein paar Tropfen auf die Lippen. »Eier wären auch gut gewesen, um einen festen Verband für seine Schultern zu machen. Nun, wir könnten es mit Salzwasser probieren. Es macht das Leinen ein wenig steifer, und heilsam für die Wunde ist es obendrein, auch wenn es brennt.«

Fachmännisch besah er die Wunde, drückte das Fleisch darum herum, sodass neues frischrotes Blut hervortrat. Caterina wandte sich mit Grausen ab, aber er nickte zufrieden. »Es ist gut, solange es blutet. Das reinigt die Wunde – und sauber muss sie bleiben. Wir müssen sie immer wieder mit Wein auswaschen, und wenn sie zu heilen beginnt, mit Olivenöl. Das sollte doch hier zu kriegen sein, oder?«

»Ich denke schon«, nickte Akil. Der Blick, den er auf Ray richtete, war sichtlich bewundernd. »Ich habe gesehen, wie man Wunden mit heißem Eisen ausbrennt«, fügte er hinzu.

Ray nickte zuerst wieder, erneut nachdenklich, aber schüttelte dann den Kopf. »Weiß es nicht genau, aber ich glaube, das macht man nur, wenn es gar nicht zu bluten aufhört. Man verschließt solcherart die Adern. Aber sieh nur … der Kerl hier hat's nicht nötig.«

Später, als nichts anderes mehr zu tun war, als zu warten – entweder auf Heilung oder das böse Wundfieber, das diese bedrohte –, blieben Ray, Caterina und Akil beisammen sitzen, zunächst in einträchtigem Schweigen, unterbrochen nur vom leisen Stöhnen des Verwundeten, der in einen unruhigen Schlaf gesunken war, dann essend – Akil hatte etwas eingelegten Fisch beschafft, woher, das wusste Caterina nicht, aber sie war dankbar für den salzigen Geschmack, der erfrischte und belebte –, schließlich im gemurmelten Gespräch.

Ray fragte, warum es Gaspare zu jener Insel zog, welche Malta hieß, und Akil berichtete von einer siegreichen Seeschlacht, bei der Aragón erst kürzlich die Franzosen geschlagen hatte. Nachdem König Pere ihnen schon Sizilien abgeluchst hatte, wollten Letztere sich zumindest jene kleine Insel, kaum eine halbe Tagesreise südlich davon, bewahren. Der Papst hatte sie einst an Frankreich übergeben, und seitdem war sie ein wichtiger Stützpunkt für die Flotten. Doch Pere von Aragón befand es für zu gefährlich, den Erzfeind in solcher Nähe zu haben, gewann die Schlacht, die ihm obendrein die Inseln Gozo und Ischia einbrachte, und verteilte Malta in Form von Ritterlehen an treue Sizilianer, Katalanen – und auch Gaspare wurde bedacht.

»War er bei der Schlacht um Malta dabei?«, fragte Caterina.

Kaum merklich zuckte Akil zusammen – Ray gewahrte es gar nicht, sie selbst hingegen ganz genau.

»Was … was hast du?«, fragte sie.

Akil wich ihrem Blick aus.

»Nach der Eroberung von Sizilien hat sich Gaspare nicht oft in diesem Raum hier aufgehalten. Er steht nicht gut mit einem gewissen Ruggiero di Loria – seines Zeichens Admiral der katalanischen Flotte von König Pere.«

»Obwohl die beiden Männer doch dem gleichen König dienen?«

Wieder zuckte Akil zusammen.

»Also … warum die Feindschaft?«, drängte Caterina, als Akil nicht fortfuhr.

Der zuckte freilich nur mit den Schultern. »Das ist eine lange

Geschichte«, murmelte er mit abgewandtem Gesicht. »Zu lang für heute…«

Abrupt und ohne Aufforderung wechselte er das Thema, sprach nicht länger vom Krieg zwischen Frankreich und Aragón, sondern jenem zwischen Genua und Pisa, der Gaspares Leben nicht minder geprägt hatte und der vom uralten Streit der beiden Stadtstaaten um Handelsprivilegien in fremden Häfen oder um Sardinien und Korsika rührte.

»Eigentlich gibt es ständig Kriege zwischen den italienischen Kommunen… Es sei denn, sie kämpfen gemeinsam gegen die bösen Heiden.«

Sein Mund verzerrte sich – es reichte zwar nicht für ein spöttisches Lächeln, aber seine Stimme troff doch von Ironie. »Doch kaum haben sie einen Ort, ein Land, eine Insel besetzt, um dort fortan nur mehr die wahrhaft Getauften zu dulden, so schlagen sie sich gegenseitig die Köpfe ein. Ob das freilich gut christlich ist?«

Caterina mochte ihm nicht antworten. Sie verstand Akils Hader – und doch: Wenn er nicht von sich selbst sprach, sondern von Heiden, so wähnte sie hinter diesem Wort etwas Schreckliches verborgen, Menschen ohne jeglichen Anstand, noch grausamer, als es Gaspares Männer sein konnten, noch viel gottloser.

»Was weißt du von Gaspares Mutter?«, lenkte sie ab.

Eben noch in seinen Gedanken brütend, blickte Akil überrascht hoch. In der Schwärze des Raumes schien die Haut seines Gesichts noch dunkler zu werden.

»Er hat von ihr gesprochen?«, fragte er erstaunt.

»Ja«, erklärte Caterina, immer noch von Gaspares absonderlicher Offenheit verwirrt, derer sie Zeugin geworden war, »ja, er hat überlegt, ihr einen Brief zu schreiben. Aber dann war er sich nicht sicher, ob sie sich darüber freuen würde.«

Akil zuckte die Schultern. »Seltsam«, murmelte er. »Sehr seltsam … Für gewöhnlich spricht man in seiner Gegenwart nicht über sie. Er hat's verboten. Ich habe nur einmal gehört, wie über sie getuschelt wurde. Es heißt, sie stamme aus Lerici. Und es heißt, sie habe nach dem Tod von Gaspares Vater ein zweites Mal geheiratet … und dass dieser zweite Gatte etwas mit Gaspares Kerkerhaft zu tun hätte.«

»Was hat es damit auf sich, dass er im Kerker war? War er damals tatsächlich noch ein Kind? Und wie kann es sein, dass man ein Kind nicht aus dem Kerker befreite?«

Akil lächelte schal. »Auf dieser Welt gibt es keine Grausamkeit, die nicht denkbar ist.«

»Er … er deutete an, dass er lange Zeit im Dunkeln gehockt hat. Und das als Knabe!«

Akil nickte betrübt; Ray hingegen, der sich bisher nicht an der Unterhaltung beteiligt hatte, fuhr mürrisch auf: »Sag, bist du verrückt geworden, Caterina? Du klingst so, als hättest du Mitleid mit dieser Ausgeburt der Hölle. Pah!«

Überrascht wandte sie sich ihm zu. »Aber er war damals doch ein Knabe, Ray! Ein unschuldiges Kind!«

»Ja, und?«, rief Ray giftig. »Was ist er jetzt, wenn nicht unser schlimmster Feind? Er ist ein Ungeheuer, ein schreckliches Ungeheuer! Obgleich ich heute so viel für ihn getan habe, hat er uns nicht endgültig die Freiheit versprochen, sondern die Entscheidung darüber aufgeschoben. Und er hat dich seinen Männern zum Fraß vorgeworfen wie …«

Caterina erstarrte. »Nicht!«, fuhr sie dazwischen.

»Wenn du nicht willst, so werde ich es nicht aussprechen. Aber du solltest nicht vergessen, was Gaspare dir angetan hat«, beharrte Ray grimmig.

Sie vergrub ihren Kopf zwischen den Knien, so wie Akil es nun tat. »Das werde ich nicht«, murmelte sie leise. »Aber ich werde auch nicht vergessen, dass du es warst, der mich auf Davides verfluchtes Schiff geschleppt hat.«

»Hört, hört, meine fromme Base flucht!«

Es war ihr gleichgültig. Wie sie da saßen, im Finstern und in abgestandener Luft, mit einem schwitzenden Verwundeten und selbst klebrig, weil sie sich seit Wochen nicht gewaschen hatten, da hatte sie das Gefühl, dass ein Fluch sie nicht noch mehr beschmutzen könnte. Freilich wollte sie Ray keinen Spott erlauben.

»Ich wollte nicht fluchen. Gott vergib mir.«

Rays Spott verflüchtigte sich. »Und ich… ich wollte nicht, dass dir… das geschieht. Ich hätte alles getan, um es zu verhindern. Gaspare hingegen nicht. Du warst… du bist ihm völlig gleich. Du musst kein Mitleid mit ihm haben, du ganz gewiss nicht.«

Sie hatte kein Mitleid. Sie durfte keines haben. Nicht aus den Gründen, die Ray benannte, sondern weil es nach einem viel zu weichen Gefühl schmeckte. Würde sie erst einmal davon zu kosten beginnen und seine sanfte Süße erfassen – wer sollte sie vor all dem Bitteren, Salzigen, Sauren bewahren, das ihr das Leben noch auftischen würde? Nein, sie wollte an dieser Tafel gewiss nicht Platz nehmen, verschloss ihre Lippen, nickte nur.

Ray schien noch etwas sagen zu wollen, doch just in diesem Augenblick regte sich der verwundete Mann und stöhnte erbärmlich.

»Hoffentlich kommt kein Fieber«, murmelte Akil.

Das Fieber verschonte den Unglückseligen zwar nicht, aber es brachte nur Schwäche und Müdigkeit, keinen Kampf um Leben und Tod. Ray fuhr damit fort, seine Wunde zu reinigen, seine Stirn zu kühlen, und am dritten Tage stand fest, dass er die Verwundung überstehen würde.

Als Gaspare Caterina zu sich rief, erwartete sie, dass er darüber erleichtert sein würde, dass er seine Zusage bekräftigen würde, über ihre Freilassung nachzudenken, wenn auch noch nicht auf Malta.

Doch von all dem kein Wort. Verschlossen wie eh und je, mit toten Augen und starrer Haltung, gebot er ihr, sich zu setzen und mit der Buchhaltung fortzufahren. Sie fügte sich darein, begann schweigend zu schreiben, doch als er eine lange Pause machte, in Gedanken versunken zu sein schien, blickte sie hoch und musterte sein verschlossenes Gesicht, suchte es zu deuten.

Anfangs dachte sie, dass sie das Unbehagen dazu trieb, ein stetes Auf-der-Hut-Sein, weil man nie wissen konnte, was von ihm zu erwarten stand; vielleicht auch Sorge, was er mit ihnen plante. Doch als ihm ein Laut entfuhr, ein missglücktes Räuspern, mehr nach einem Seufzen klingend, so merkte sie, dass sie kaum Unbehagen verspürte – jedoch Neugierde.

Keine große, gierige. Nichts, was sie zu einer Frage getrieben hätte. Nur ein vorsichtiges Verlangen, hinter den toten Augen ein wenig Leben zu erhaschen. Dass ihr eigener Blick womöglich ähnlich dumpf war wie der seine, wollte sie gewiss nicht ergründen, desgleichen nicht die eigene Starre und Nüchternheit, beides viel zu wohltuend, viel zu willkommen. Aber sie wünschte insgeheim, zumindest seine Ausdruckslosigkeit brüchig werden zu sehen, zu erfahren, was geschah, wenn eine geschundene Seele nach frischem Atem ringt.

Die Pause schien endlos. Schließlich winkte er unwillig, ohne dass sie es zu deuten wusste: Wollte er damit seine Gedanken klären? Oder sie fortschicken?

»Ich dachte, du willst das Lesen lernen«, setzte sie vorsichtig an. »Damit du selbst deiner Mutter schreiben kannst. Damit du die Worte, die du an sie richtest, nicht mir anvertrauen musst.«

Er blickte auf, als begriffe er erst jetzt, dass sie da war – jedoch nicht, was sie meinte.

»Bevor … bevor dieser Mann verletzt wurde, haben wir darüber gesprochen«, fuhr sie vorsichtig fort. »Du hast über deine Mutter erzählt und dass du …«

»Das geht dich nichts an!«, fiel er ihr barsch ins Wort.

Sie zuckte zusammen, doch die Furcht, die seine laute Stimme erzeugte, war nichts, verglichen mit all der Angst der letzten Wochen. Sie wusste nicht, woher sie die Gewissheit nahm, dass er nicht sogleich aufspringen, auf sie einschlagen oder ihr sonstwie Gewalt antun würde – in jedem Falle war diese Gewissheit da.

Er tut mir nichts, dachte sie, er tut mir nichts, ich bin nicht wichtig genug für ihn, um ihn ernsthaft zu verärgern.

»So ist es, es geht mich nichts an«, sagte sie schnell. »Aber willst du nun, dass ich dir das Schreiben beibringe? Oder willst du mir einen Brief diktieren?«

»Weißt du, was man in Pisa mit Verrätern am Vaterland macht?«, fragte er unvermittelt zurück.

Er stand auf, trat zu ihr hin. Verwirrt begriff sie nicht, was er da sagte und warum er es zu ihr sagte.

»Weißt du es?«

Er schrie nicht, aber es klang nicht minder bedrohlich.

»Nein, ich weiß es nicht«, sagte sie schließlich nach langem Zögern. Immer noch fühlte sie keine Furcht, war jedoch erschöpft von all den Überlegungen, ob ihr jeweiliges Verhalten seinen Launen angemessen war. Wie erstarrt hatte er sie stets gedeucht – doch nun gewahrte sie, dass hinter dieser Starre seine Stimmungen rasch wechselten, so auch jetzt, als sein eben noch aufgewühltes Gesicht sich schlagartig wieder glättete. Wie hatte ein Mann, ging ihr durch den Kopf, dessen Verhalten derart schwankte, einem König Zuverlässigkeit garantieren können?

Freilich – König Pere war es gewiss gleich, was hinter der leicht gerunzelten Stirn schlummern mochte. Vor jenem hatte Gaspare wohl nichts weiter zu sein als einer der namenlosen, mutigen, unbarmherzigen, kampfbereiten Krieger, getrieben von Rache, abgehärtet gegen die Tücken des Lebens, brauchbar für den Kampf.

»Urteile gegen Volksverräter werden oft vom Volk selbst vollstreckt«, erzählte er unvermittelt. »Je nachdem, wie viele Verurteilte es gibt, werden Gruppen gebildet und die Übeltäter auf sie aufgeteilt. Und dann erschlägt man sie, mit Fäusten, mit Stöcken, mit Steinen. Manche werden auch zertrampelt. Und die Häuser der Verurteilten werden schwarz angestrichen, als Zeichen für ihren Verrat. Ich kann mich erinnern, dass ich einmal, als kleines Kind, an einem solchen Haus vorbeigegangen bin. Ich hatte unendliche Angst. Ich dachte, der Teufel selbst würde hier wohnen. Damals kannte ich meinen Stiefvater noch nicht.«

Er schwieg einen Augenblick. »Ich glaube, in Genua verfährt man nicht anders«, sagte er dann. »Die beiden Städte hassen sich, sie bekriegen sich. Aber ihre Sitten sind einander so ähnlich.«

»Ich kenne diese Sitten nicht«, sagte Caterina. Bei der Erwähnung des schwarzen Hauses hatte sie an das eigene Heim denken müssen und an die rauchende Ruine, zu der es zerfallen war.

»Das ist auch besser so«, murmelte Gaspare grimmig. »Ich habe dieses Verfahren immer für grausam befunden. Auch wenn alle Welt behauptet, dass Gott selbst seine Freude daran hätte. Denn Gott, so sagt man doch, erhöht die Niedrigen und stürzt die Mächtigen vom Thron. Ich freilich meine, dass solch ein wüstes Morden nur gerecht wäre, wenn es auch wirklich alle treffen würde, die es verdienen. Warum, frage ich mich, warum stürzt Gott nicht endlich meinen Stiefvater? Jener ist doch auch ein Vaterlandsverräter, ein viel schlimmerer – doch er soll damit durchkommen? Warum ist es ihm erlaubt, als ehrbarer Mann in Pisa zu leben, ja, als Gatte meiner Mutter?«

Sie erinnerte sich an Akils Worte, als dieser von Gaspare berichtet hatte. Dass sein Vater gestorben war, seine Mutter ein zweites Mal geheiratet hatte und dieser Gatte dem Stiefsohn Schlimmes angetan hatte.

»War es seine Schuld, dass du im Kerker gelandet bist ... als Knabe?«, fragte sie vorsichtig.

»Das geht dich nichts an!«, fuhr er wieder hoch. »Schreib weiter!«

»Was soll ich schreiben?«

Er stierte sie an, ein wenig verächtlich – und todtraurig. Einen Moment lang, kaum für die Dauer eines Wimpernschlags, da fühlte sie sich ihm nicht ausgeliefert, sondern stärker als er. Irgendwie musste sie ihn, der an die Gesellschaft gehorsamer Männer oder fordernder Herrscher gewöhnt war – Menschen, denen er nie auf Augenhöhe begegnete, weil die einen unter ihm, andere wiederum über ihm standen –, ja, musste sie ihn dazu gebracht haben, sich einem Mädchen anzuvertrauen, das ob seiner Bedeutungslosigkeit und zugleich ob seines Geschlechts andere Gesten, andere Worte heraufbeschwor als jene, mit denen er sein Leben bislang gängelte.

»Ich bin ein reicher Mann«, sagte er. »Ich bin so reich geworden, zuerst als Kaufmann, dann an Pere von Aragóns Seite. Aber ehrbar bin ich nicht geworden. Für Peres Feinde ist der König ein Gottloser. Und was für ihn gilt, gilt noch viel mehr für mich, zumal man einen König vieles schimpft, nur nicht Pirat. Onorio Balbi hingegen ist ein ehrbarer Mann. Auch wenn ich gewiss bin, dass seine Sünden nicht weniger schwer wiegen als die meinen. Es kann so nicht sein. Es darf so nicht sein. Mag Gott uns beide in die Hölle schicken – ich hoffe, ihn erwarten schlimmere Qualen, denn ich habe meine schon hier auf Erden abgebüßt.«

Es klang befremdlich, dass jemand wie er einem anderen die Hölle wünschte, gleichwohl konnte sie ihn gut verstehen. Hatte sie doch gehofft, Gottes Strafe möge die Männer treffen, die den Vater gemeuchelt und ihr Heim verbrannt hatten. Sie hatte diese Strafe Ray prophezeit und schließlich Gaspare und Davide an den Hals gewünscht. Doch seine Worte kündeten von kleinmütigem Trotz, anstatt die Herrlichkeit des gerechten Gottes zu preisen, von einer tiefen, niemals heilenden Wunde, die zwar riesig nur für den Einzelnen sein mochte, aber mickrig für den Weltenlauf.

»Meine Mutter war eine schöne Frau«, fuhr er plötzlich fort. »Etwas dick, aber schön, ihre Haut war prall und rosig. Ich habe sie das letzte Mal gesehen, da war ich noch ein Kind.«

Er blickte auf, wieder so, als würde er erst jetzt innewerden, dass sie da war. »Warum erzähle ich das?«

»Weil ich dich fragte, ob ich dich das Schreiben lehren soll oder einen Brief in deinem Namen verfassen.«

»Du musst nicht um deine Freiheit betteln. Ich mag sie deinem Verwandten nicht deutlich genug versprochen haben, aber ich halte mein Wort. Nur weiß ich noch nicht, wann und wo ich euch freilassen werde.«

Sie erwartete, Erleichterung zu fühlen.

»Bis dahin ist noch Zeit«, murmelte sie. »Was willst du bis dahin von mir?«

»Und was willst du?«, schnaubte er zurück. »Was stellst du mir Fragen? Was hörst du mir überhaupt zu?«

Sie senkte den Kopf.

»Was soll ich anderes tun, wenn du von mir verlangst, hier zu sein – und dann sprichst?«

Ein Lächeln erschien auf seinen Lippen, schal, gepresst und nicht weniger leer als sein Blick. Doch es kündete davon, dass er sie wahrnahm, anstatt durch sie durchzusehen.

»Ich lass euch frische Kleidung bringen«, meinte er unwillkürlich. »Und einen Kamm. Du stinkst.«

Erst jetzt merkte sie, wie sauber er war. Er hatte keine schwarzen Halbmonde unter den Fingernägeln, kein verklebtes Haar, seine Haut war glatt rasiert, und auf seiner dunklen Kleidung waren keinerlei Schweißflecken zu sehen. Freilich machte das seine Erscheinung nur tadellos – nicht vertrauenerweckend oder gar anziehend. Unheimlich, fast abstoßend war vielmehr, dass er nach gar nichts roch, dass er nicht schwitzte. Wieder dachte sie unwillkürlich an den Leichnam ihrer Mutter. Auch jener war gründlich gewaschen worden und darum sauber. Doch auch um ihn schien ein Bannkreis gezogen worden zu sein, den kein Lebender überschreiten sollte, wollte er nicht von seinem kalten Hauch vergiftet werden.

Caterina gab keine Antwort, und er erwartete offenbar keine. Erst nach einer Weile verkündete er ihr, ob er nun schreiben lernen wollte oder nicht.

Corsica, 251 n. Chr.

Viele Tage vergingen, und nichts geschah. Weder erfuhr ich, was Gaetanus mit meiner Information anzufangen gedachte, noch hörte ich Neuigkeiten von Julia. Sie rief nicht nach mir, sie war nicht mehr Gast in diesem Haus – beides Zeichen dafür, dass mein Verrat offenbar jene Früchte trug, die ich mir gewünscht hatte. Ich hatte Julia nicht ernsthaft gefährden wollen, sie keines wirklich üblen Verbrechens beschuldigen, jedoch ihren Ruf zerstören und solcherart das Band kappen, das zwischen ihr und Gaetanus bestand. Wenn das schlicht, leise, unauffällig geschah – umso besser. Gut auch, dass ich nichts mehr damit zu tun hatte, dass ich mich vor niemandem mehr erklären musste.

Thaïs war die Einzige, die mich eines Tages fragte, ob ich etwas von Julia wüsste, doch ich verneinte und erklärte, dass sie offenbar ihr Interesse an meiner Gesellschaft verloren hätte – und Gaetanus das seine an ihrer.

»Merkwürdig«, murmelte sie, »merkwürdig.«

»Hast du wirklich ernsthaft gedacht, er könnte sie zu seiner Frau machen wollen?«, fragte ich ungehalten.

»Manch einer hier vermutete es. Es wäre… es wäre doch auch an der Zeit gewesen. Es ist nicht üblich, dass ein Mann seines Standes so lange unverheiratet bleibt.«

»Aber warum sollte seine Wahl ausgerechnet auf sie fallen?«

Jene Frage nagte immer noch an mir. Je mehr ich darüber nachdachte, desto absonderlicher schien es mir, dass ein kühler, ausdrucksloser Mann wie Gaetanus, stets Herr seiner Regungen, so selbstvergessen, so sehnsuchtsvoll auf eine Frau wie Julia Aurelia hatte starren können. Ich hatte sie stets für eine ungewöhnliche Frau gehalten, jedoch niemals für eine, die Männer fesseln könnte.

Es gibt Männer, die lieben das Elegante, Feine, und andere bevorzugen das Derbe, Geschwätzige. Es gibt Männer, die verehren hoheitsvolle Damen, und andere, die sich nach schamlosen Mädchen mit breiten Hüften und großen Brüsten verzehren. Es gibt Männer, die Frauen zum Zeitvertreib heiraten, und andere, die ihre Stellung festigen wollen, indem sie eine nehmen, die aus guter Familie stammt.

Wie aber war es Julia gelungen, Gaetanus zu fesseln? War sie nicht viel zu schrill, zu stark, zu aufrührerisch für ihn? Viel zu laut auch, zu fordernd, zu selbstbewusst?

»Was weißt du von Gaetanus' Vergangenheit?«, fragte Thaïs indes.

»Nur dass er mit dem toten Kaiser Philippus über dessen Gattin verwandt war. 's war dies offenbar auch einer der Gründe, warum Kaiser Decius ihn fürchtete, ihn nicht in Rom haben wollte.«

»Ich habe gehört, er war im Krieg«, sagte Thaïs da, »lange Jahre. Irgendwo an den Grenzen des Reichs, wo die wilden Germanen hausen. Ganze zehn Jahre ist er offenbar dort gewesen, vielleicht sogar fünfzehn, ehe er zurück nach Rom kehrte und die Laufbahn eines Senators anstrebte.«

Ich hob den Blick, verwundert, dass sie mehr wusste als ich, dass sie sich offenbar dafür interessierte, andere Sklaven ausgehorcht hatte – wohingegen ich mich nie sonderlich um Gaetanus' Vergangenheit geschert hatte. Nie hatte ich mich gefragt, was seinen dunklen Blick hat ersterben lassen, was seinen schmalen Lippen das Lächeln geraubt hat, warum er wohl dachte, er könnte nur leben, wenn er sich der Welt möglichst unangreifbar darbot. Gewiss, ich wollte dies Verhalten aufbrechen, auf dass er mich nicht länger missachtete – aber es war mir nie daran gelegen, es zu ergründen.

»Vielleicht kann er auch Julias Mitgift brauchen«, murmelte ich, um abzulenken.

Thaïs ging nicht darauf ein. »Ich habe mit dem Sklaven gesprochen, der ihn am längsten kannte, schon damals, als seine Eltern noch lebten. Seine Mutter Felicia, so sagt man, sei eine schöne Frau gewesen. Er hätte ihr geglichen – als er noch jung war, noch voller Lebenslust, noch wach. Lange bevor der Krieg ihn lehrte, unnahbar zu sein. Vielleicht muss man so sein, um seine Pflichten zu erfüllen.«

Ich zuckte mit den Schultern, aber sagte nichts.

»Julia Aurelia ist ganz anders als er – ist dir das nicht aufgefallen?«, fragte sie da. »Ist man mit Gaetanus in einem Raum, so scheint's mir manchmal, man würde ihn nicht spüren. Doch sie… sie ist einfach… da.«

»Vielleicht«, sagte ich schnell, um das Gespräch solcherart abzubrechen.

Doch sie hörte nicht auf zu sinnieren. »Es mag sein«, murmelte sie, »es mag sein, dass er gar nicht sie sieht… gar nicht sie als Frau, sondern nur sich selbst, wie er sein könnte, wenn eine wie sie ihm nur ein wenig von dem fordernden, forschen Wesen einhauchen würde…«

Wieder zuckte ich nur mit den Schultern, doch ihre Worte bewegten mich tiefer, als ich zugeben wollte. Nachts lag ich wach, dachte darüber nach, nicht nur über Julias vermeintliche Lebendigkeit, sondern über meine. Wenn sich Gaetanus tatsächlich nach einer Frau verzehrte, die ein Leben abseits von Regeln und Pflichten verhieß – warum sah er dann sie und nicht mich? Konnte ich sein wie sie… und wie es lernen?

Ich war so erleichtert gewesen, sie los zu sein, doch jetzt… jetzt fehlte sie mir plötzlich. Jetzt dachte ich an sie und wünschte, ich könnte mit ihr reden und ihr Wesen erforschen und… und etwas von dem erhaschen, was mich Gaetanus näherbringen würde.

Unruhig wälzte ich mich umher. Ich war nicht die Einzige, die nicht schlafen konnte. Auch unter den übrigen Sklaven schien Verwirrung zu herrschen. Es schien auf den Fluren mehr getuschelt zu werden als sonst, man sah aufgewühlte Gesichter, und manchmal hatte ich des Nachts, in jenem Schlafraum, den ich mit Thaïs und zwei weiteren Mädchen teilte, das Gefühl, mehr Schritte zu hören als sonst – Schritte, die kamen und gingen.

Nun, mich hatten die anderen Sklaven nie sonderlich interessiert. Mein Leben war auf Gaetanus ausgerichtet. Und so beschäftigte mich noch mehr als diese Unruhe, dass er mich nun schon seit zwei Tagen nicht mehr hatte kommen lassen, damit ich ihm den Nacken massierte. Anfangs suchte ich es mir damit zu erklären, dass er vielleicht beschäftig war oder frei von Schmerzen, am dritten Tage aber begann ich in Aufruhr zu geraten. Was, wenn er mir nicht verzeihen konnte, dass ich ihm die Wahrheit über Julia gesagt hatte? – Oder zumindest das, was ich dafür hielt?

Eines Tages schließlich weckte mich Thaïs, und ihre Augen waren rot geweint. Sie, die ansonsten so geschwätzig war, konnte lange Zeit kein Wort sagen, mich nur schweigend anstarren, anklagend und zugleich verständnislos.

»Was willst du?«, schnaubte ich, weil sie mich aus dem Schlaf gerissen hatte.

»Ist es wahr, dass du etwas damit zu tun hast, Krëusa?«, stammelte sie da.

»Wovon redest du?«, fragte ich schlaftrunken.

»Man sagt, du hättest dem Herrn davon berichtet.«

»Wovon?«

Sie antwortete nicht. »O, Krëusa«, klagte sie. »Was hast du getan? Was hast du nur getan?«

XIV. Kapitel

Mittelmeer und Malta, Frühsommer 1284

Gaspares Mutter hieß Leonora.

Sie hatte dichtes, rotbraunes Haar, dessen Glanz und Farbe sie verstärkte, indem sie es regelmäßig in einer roten Essenz spülte, die aus der Schildlaus gewonnen wurde. Sie parfümierte sich mit Ölen, die nach Lavendel und Rosen dufteten. Um blass zu sein, rieb sie das Gesicht mit weißer Schminke aus Weizenschrot ein, und sie badete in Mandelmilch, so wie es einst Eleonore von Aquitanien gemacht hatte, desgleichen in Eselsmilch wie die alten Römerinnen, um ihre Haut geschmeidig zu halten. Ihre Zähne rieb sie mit einem kleinen Säckchen aus porösem Leinen ab, welches mit gebranntem Hirschhorn, gestoßenem Marmor und Wurzeln gefüllt war, damit sie weiß und gesund blieben.

Gaspare erzählte Caterina von seiner Mutter, nie planmäßig, eher nebenbei, als würde der Zufall ihn zu seinen Worten verleiten, nicht die Absicht.

Es hatte damit begonnen, dass sie ein Wort für ihn aufschrieb, auf dass sie ihm einzelne Buchstaben erklären konnte. Lange hatte sie überlegt, wie sie es am besten anstellen sollte, ihm das Lesen beizubringen. Pergament war viel zu kostbar, um es zu solchem Zwecke zu verschwenden. Jene Wachstäfelchen, mit denen der Vater ihr das Schreiben beigebracht hatte, gab es hingegen nicht auf dem Schiff. Schließlich hatte sie den Einfall, von jenem Sand zu nehmen, mit dem der Hohlraum im Schiffsbauch unterhalb des Mastes gefüllt war und in dem manche Kiste lagerte, diesen Sand auf den Tisch zu streuen und mit einem Stäbchen die Buchstaben einzuritzen.

»Sag mir einen Namen, damit ich ihn aufschreiben und dir danach erklären kann«, forderte sie ihn auf.

Gaspare überlegte eine Weile, verzog unwillig die Stirne, als reute ihn der Entschluss, sich von dem Mädchen etwas lehren zu lassen.

»Leonora«, sagte er schließlich. »So hieß meine Mutter.«

Caterina schrieb zuerst den Namen jener Frau, später die ihrer beiden Schwestern, Bianca und Bonaventura.

»Hast du… hast du deine Tanten gut gekannt?«, fragte sie.

Wieder furchte er die Stirne, als würde er sie gleich für solch eine taktlose Frage rügen. Doch dann platzte es aus ihm heraus: »Ich habe sie mein Leben lang nie gesehen. Ich habe… sie… meine Mutter nur von ihnen sprechen hören. Sie hat sie vermisst, obgleich sie als Kinder stets gestritten hatten.«

Er blickte starr auf die Buchstaben, die sie gemalt hatte.

»Ein A ist das. Zweimal kommt's in Bianca vor, und das hier ist ein I…«

»Meine Mutter hatte bereits meinen Vater geheiratet, als die Genuesen Lerici einnahmen«, fiel er ihr ins Wort, »in Pisa war sie sicher. Ihre Schwestern hingegen hat man nach Genua verschleppt, wo die eine geheiratet hat und die andere die Kurtisane eines Bischofs wurde. Meine Mutter hat sich unendlich dafür geschämt.«

»Es war doch nicht ihre Schuld!«

»Natürlich nicht!«, erklärte er streng. »Aber fortan war sie entehrt. Meine Mutter hat um beide Schwestern getrauert, als wären sie tot. So wie ich wohl tot bin für sie.«

Er tat eine unwillige Bewegung mit der Hand, als wollte er die Erinnerung verscheuchen, und tatsächlich schien es ihm zu gelingen, denn er wandte sich nun aufmerksam den Buchstaben zu.

Mit der Zeit lernte Caterina, mit seinen wechselnden Launen umzugehen, auch damit, dass nach Augenblicken vollkommener Beherrschung plötzlich etwas Wehmütiges, Sehnsuchtsvolles durchblitzte, dass er sie stundenlang wie eine Fremde behandelte, um unvermittelt eine Vertraulichkeit zu erzeugen, die zu dem starren, kalten Mann nicht zu passen schien. Erst nach einer Weile begriff sie, dass beides kein Widerspruch war. Nie hätte er einem seiner Männer leichtfertig sein Innerstes dargeboten. Sie hingegen stand ihm weder nahe, noch diente sie ihm aus freien Stücken; er musste nicht um ihre Freundschaft werben noch ihren Gehorsam einfordern, wo sie doch zu machtlos war, um jenen verweigern zu können.

Es war nicht sie, der er Nähe schenkte, sondern nur sich selbst Augenblicke der Gefühlsanwandlung, gerade weil sie ihm nicht nah war und nicht nah sein wollte. Furcht und Scheu und das Wissen um das, was ihr seinetwegen widerfahren war, hielten sie davon ab, auch der anhaltende Ekel vor seinem Körper – aber sie lauschte aufmerksam, was er zu erzählen hatte. Es deuchte sie gefahrloser für das Wohl der eigenen Seele, sein Wesen zu erforschen und die vielen Narben, die es zeichneten, als die eigene Vergangenheit. Auch war ihr Dienst mit manchen Annehmlichkeiten verbunden, denn in den Tagen, da sie ihm das Schreiben beibrachte, lud er sie oft ein, das Mahl mit ihm zu teilen, so wie er ihr schon einmal vom Zuckerrohr gegeben hatte, und obwohl es ihr anfangs schwerfiel, in seiner Gegenwart mit gutem Appetit zu essen, drängte ihr hungriger Magen alsbald auf sein Recht und ließ sie zulangen.

Nicht üppig war, was seine Tafel hergab, und doch um vieles genießbarer als der ständige Schiffszwieback: gepökeltes Rind- oder Schweinefleisch, ein Brei aus Bohnen, Linsen und Sardinen, Fladenbrote, die mit Zwiebeln und Knoblauch in Olivenöl gebacken wurden. Einmal wurde auch eine Frucht serviert, die man vor dem Verzehr schälen musste und die sauer schmeckte.

»Es ist gut, auf hohe See Orangen mitzunehmen«, erklärte ihr Gaspare. »Manche Seeleute werden so krank, dass ihnen das Zahnfleisch fortwährend blutet und ihre Haut von einem grässlichen Ausschlag befallen wird, doch sobald man diese Früchte isst, ist man geheilt.«

Auch getrocknete Pflaumen wurden gereicht, und jene Mandeln, in deren Milch seine Mutter zu baden pflegte.

»Ich glaube, er hat seine Mutter sehr geliebt«, sagte sie zu Ray, um mit jemandem zu besprechen, was sie von Gaspare erfuhr. »Und wurde doch von ihr getrennt, als er in den Kerker gesperrt wurde, ich weiß immer noch nicht recht, warum, nur, dass sein Stiefvater dahintersteckte. Gaspare hat seine Mutter nicht mehr gesehen, seit er ein kleiner Knabe war.«

Sie erzählte es ihm, während sie sich erstmals nach langen Wochen wusch. Akil hatte – Gaspares entsprechenden Auftrag befolgend – zu jenem Zweck einen Eimer abgestandenen Regenwassers gebracht. Es war nicht genug, um den ganzen Körper zu baden, also tauchte sie einen Fetzen Leinen darin ein und rubbelte damit sämtliche Glieder ab. Sie tat es so lange, bis ihre Haut rosig war und brannte.

Ray hatte ihr den Vortritt gelassen, wollte das schon schmutzige Wasser nach ihr benutzen. Doch ob ihrer Worte wartete er nicht länger geduldig, sondern sprang auf. »Und das berührt dich?«, schrie er gereizt. »Darüber denkst du ernsthaft nach? Hast du etwa Mitleid mit ihm? Was für ein Unsinn! Bislang hast du jeden Menschen, der nicht deinen hehren Ansprüchen genügte, als Sünder verdammt. Und er soll plötzlich keiner sein? Nur ein bedauernswerter Knabe?«

Sie zuckte zusammen. Sie wusste um seine Gereiztheit, doch so viel Ärger hatte sie nicht erwartet. Sie senkte den Kopf – ihr

Haar tropfte, als sie versuchte, es in den Eimer zu tauchen, es ihr jedoch nicht gelang, mit dem Wasser ihre Kopfhaut zu nässen.

»Er scheint grausam und unbarmherzig zu sein«, meinte sie leise, »aber ich weiß nicht, ob er es durch und durch ist.«

»In jedem Falle gilt, dass er unser größter Feind ist!«, murrte Ray grimmig.

»Er hat versprochen, uns freizulassen.«

»Und das glaubst du ihm?«

»Er hat es versprochen«, bekräftigte sie. »Und Akil sagt, dass Gaspare sich an seine Versprechen hält. Er weiß nur noch nicht, wie und wo er es tun wird.«

»Wie leichtgläubig bist du eigentlich, Caterina?«

Seine Stimme war etwas leiser geworden. Indessen sich Caterina mit ihren verfilzten Haaren quälte, kniete er sich zu ihr, deutete mit einer Berührung an, sie möge sich von ihm helfen lassen, und stützte sie schließlich am Nacken, um selbst das Wasser zu schöpfen und über ihre Strähnen zu gießen. Wiewohl ihm solcherart ausgeliefert, konnte sie es nicht lassen, ihm zu antworten. Zu viele Nächte lang hatte sie dicht an ihn gepresst geschlafen, um jetzt von seiner Nähe verstört zu sein.

»Du hast recht«, sagte sie. »Ich bin leichtgläubig – so leichtgläubig, dass ich auf einen Betrüger wie dich gesetzt habe. Noch weiß ich nicht, ob sich Vertrauen in Gaspare lohnt – in jedem Falle aber, dass du meines nicht verdient hast.«

»Vergleich mich nicht mit ihm! Ich hätte niemals zugelassen, dass dir so etwas Schreckliches passiert! Ich habe …«

Vorhin noch hatte sie seine Berührung ganz selbstverständlich hingenommen, ob seiner unwirschen Worte freilich deuchte sie der Druck seiner Hände auf ihrem Nacken zu vertraulich. Sie fuhr hoch, ungeachtet, dass das Wasser ihr nun kalt und schmutzig über den Rücken lief. »Halt dein Maul, Ray!«, unterbrach sie ihn schroff, um gemäßigter hinzuzufügen: »Mit jedem

Wort, das Gaspare zu mir spricht, bröckelt seine starre, kalte Haltung. Erforsch ich sein Wesen, vermag ich es vielleicht zu durchschauen… und zu leiten. Und das ist doch zu unser beider Nutzen, obwohl ich wahnsinnig sein muss, irgendetwas zu tun, was nicht nur mir selbst, sondern auch dir dienen könnte.«

Er ließ sie los, trat zurück, schüttelte den Kopf.

»Das habe ich nicht gewollt«, murmelte er, »… dass du so hart wirst. Du warst immer streng zu mir, du warst verächtlich, aber nicht so… gefühllos.«

»Hättest vielleicht damit rechnen sollen, als du mich gegen meinen Willen auf Davides Schiff verschleppt hast.«

»Und soll ein dummes Mädchen wie du etwa mehr von der Welt verstehen als ich?«, fragte er, ohne auf ihre Worte einzugehen.

»Ich verstehe die Welt nicht«, gab sie bitter zurück, »aber das war dieser Welt völlig gleich. Ich habe sie trotzdem mit all ihrer Wucht zu spüren bekommen!«

Unruhig begann er auf und ab zu schreiten.

»Ich ertrage es nicht!«, brach es plötzlich aus ihm hervor. »Ich halte es hier nicht mehr aus, ich werde verrückt hier unten!«

Sie wand das Haar aus, von dem eine schwarze Brühe tropfte, versuchte es zu entwirren, aber es war zu verklebt. »Hör endlich zu jammern auf«, erklärte sie mitleidlos. »'s hat ja doch keinen Sinn. Nutz lieber die Zeit, um Buße zu tun.«

»Ich weiß, ich weiß, Buße für meine vielen Sünden. Denkst du tatsächlich, Gott straft mich dafür? Wenn es so wäre, dann hieße das doch, er hätte bei allem, was geschieht, seine Hände im Spiel. Dann hieße das auch, er hätte seelenruhig zugesehen, wie man dich geschändet hat. Ist das etwa seine Strafe gewesen? Vielleicht, weil du die Tochter eines Ketzers bist?«

Im Reden blickte er sie nicht an. Erst als er wieder schwieg und sie in ihrer Bewegung innehielt, totenbleich wurde, sich abwendete, hob er den Kopf, suchte verlegen ihren Blick. Mit steifen Schritten ging sie zu der kleinen Türe, klopfte daran, um Akil herzulocken, auf dass er sie herauslassen möge.

»Nicht!«, rief er ihr nach, kleinlaut nun, beschämt. »Nicht! Geh nicht weg! Ich wollte nicht, dass …«

Als sie sich nicht umdrehte, lief er ihr nach, packte sie vorsichtig an der Schulter, drehte sie zu sich um. Das nasse Haar hing ihr ins Gesicht. Er streifte es zurück, durchkämmte es mit seinen Fingern, nicht so ungeduldig, wie sie selbst es getan hatte, sondern behutsam, bedächtig, fast liebevoll. Die einzelnen Strähnen glätteten sich.

»Caterina …«

Sie sträubte sich gegen seinen Blick, der so flehend war, so um Versöhnung heischend, sie schloss die Augen, um sich davor zu schützen, nicht nur, weil sie ihm die Vergebung verweigern wollte, sondern weil der Blick etwas in ihr berührte, was jäh ihre Lippen beben, ihre Knie erzittern ließ. Da beugte er sich vor, schüchtern und ungelenk, und plötzlich spürte sie seine Lippen auf ihrer Stirne und wie sie zaghaft einen Kuss darauf hauchten. Kurz erstarrte sie noch mehr, fühlte sich entblößt, ertappt, dann schien sie zu erweichen, von jener Wärme bestochen, die sie von den Nächten her kannte, da sie bei ihm lag, und die diesmal doch fordernder war, hitziger. Sie befahl ihr nicht einfach nur, sich zurückzulehnen, sich bei ihm auszuruhen. Sie drängte sie, die Hände zu heben, seine Umarmung zu erwidern, vielleicht auch den Kuss, noch unschuldig, noch brüderlich. Doch die Wärme war es nicht. Sie fühlte seinen Körper, groß und fest – er war plötzlich viel mehr als nur ein weiches Bett für ihren Schlaf –, fühlte seine Finger, wie sie über ihre Wangen streichelten, rau, schwielig. Nicht länger war die Wärme ein weiches Licht, grell wurde sie, verräterisch. Sie suchte nicht nur ihr Gesicht zu besitzen, das Ray geküsst, über das er gestreichelt hatte, sondern schien den ganzen Körper zu inspizieren, ob er sich etwa erregen ließ. Caterina zuckte zusammen. Nicht länger als wohlig empfand sie, was sich da um sie legte, nicht länger als schützend. Es kratzte an ihr, schien noch tiefer graben zu wollen.

»Nicht!«, schrie sie.

Sie wusste nicht mehr, ob sie Ray zurückgestoßen hatte oder ob er von sich aus zurückgewichen war. Plötzlich stand sie vor der engen Kammer, in der sie hausen mussten, und da erst gewahrte sie, dass Akil sie unversperrt gelassen hatte. Keuchend blieb sie stehen, spürte, wie das Schiff wankte, aber vielleicht war es nur sie selbst, die da hin und her gerissen war, nicht etwa sanft schaukelnd, sondern gestoßen. Jede einzelne Bewegung tat ihr weh.

Über Wochen hatte sie sorgfältig die Grenze vor dem Zwischenland gescheut, das zwischen Nüchternheit und Aufruhr erwuchs. Jetzt wurde sie plötzlich von Fragen bestürmt, denen sie bislang erfolgreich ausgewichen war. Warum konnte sie Nacht für Nacht in den Armen eines Schufts wie Ray liegen, seine Nähe genießen und jetzt sogar dieses Gefühle von Wärme und ... Erregung? Warum war sie so neugierig auf Gaspare, gleichwohl er sie zugleich abstieß?

Diese Fragen wuchsen nicht sorgfältig auf ihr Terrain begrenzt, sondern verflochten sich zu einem Gestrüpp, das Altes, beinahe schon Vertrocknetes mit Neuem, frisch Sprießendem verband: Warum musste ihr Vater sterben und sie ganz allein auf der bedrohlichen Welt zurücklassen? Warum hatte er nie zugegeben, dass er selbst aus einem Geschlecht von Ketzern hervorging? Was war das überhaupt – ein Ketzer? Und auch ihr Schatz – wie konnte es jemals von Bedeutung gewesen sein, eine Reliquie zu bewahren, wie ihr innigliches Lebensziel? Doch wie sollte sie ohne ein solches weitermachen, worauf ihr Trachten ausrichten?

Sie hatte das unbändige Verlangen zu weinen, und zugleich

fühlte sie sich nicht stark genug für Tränen. Fortspülen würden sie sie, sie mitreißen in die Meerestiefe. Und mit jeder Träne würde sie es wieder fühlen – die Hände, die festhielten, die Stöße, die ihren Leib zerfetzten, die dumpfen Schmerzen, die zurückblieben.

»Verflucht!«, schrie sie auf, und es war ihr gleich, dass sie fluchte.

Gerne wollte sie noch schlimmere Worte schreien, wenn jene sie nur vor den Tränen bewahrten, wollte den fernen Gott anklagen, weil er sie im Stich gelassen hatte. Doch dann hörte sie Schritte, die sich näherten. Sie war nicht mehr allein.

Caterina spürte einen Atem in ihrem Gesicht, erspähte einen Schatten. Ihr ganzer Leib spannte sich an, erwartete, dass sie gepackt würde, doch auf wen sie da in der Dunkelheit auch gestoßen war – er hatte anderes im Sinn.

»Was machst du hier?«

Als sie erkannte, wem die Stimme gehörte, atmete sie heftig aus vor Erleichterung. Keiner von der Mannschaft, sondern Gaspare.

Sie hatte in den vielen Stunden, da sie bei ihm gehockt war, von seiner Mutter erfahren und ihm das Schreiben beigebracht hatte, die wilde Furcht vor ihm verloren, wenngleich nie die Scheu. Erst jetzt, in ihrer Erleichterung, dass er es war, auf den sie gestoßen war, erkannte sie, wie vertraut ihr seine Gegenwart war. Gewiss, er schüchterte sie ein; sein Verhalten war oft unergründlich. Wenn sie in sein Gesicht sah, war's ihr oft, als würde sie einen Toten anblicken, dessen Verwesungsgeruch nur allzu schnell auf sie schwappen würde, käme sie ihm zu nahe. Aber zugleich… zugleich war da jene Zuversicht, dass er ihr nichts Schlimmes antun würde, dass sie bei ihm sicher war, nicht nur vor anderen – vor allem auch vor ihm selbst.

»Also«, drängte er, »was machst du hier?«

»Die Türe war offen. Akil hat offenbar vergessen …«

Sie hielt inne, zu spät begreifend, dass sie den Knaben mit solchen Worten vielleicht in Schwierigkeiten brachte.

»Was machte es auf einem Schiff wie diesem Sinn, euch einzusperren«, murmelte er da jedoch schon leichtfertig.

Sie zuckte mit den Schultern, verlegen nun. Was immer ihn hierher getrieben hatte – vielleicht ein nächtlicher Rundgang, vielleicht Unruhe, die ihn nicht schlafen ließ –, schien ihn nun nicht zum Gehen zu veranlassen; er blieb stehen und machte zugleich keine Anstalten, das Schweigen, das sich zwischen ihnen ausbreitete, zu durchbrechen.

Caterina zögerte. Vielleicht sollte sie einfach zurückkehren in ihr enges, kleines, dumpfes Gefängnis. Fast sehnte sie sich nach Ray. Obgleich er all diese Zerrissenheit in ihr ausgelöst hatte, seine Nähe ihr ebenjene unerträgliche Wärme aufgezwungen hatte, so hatte sie doch mit einem Male das Gefühl, es wäre vielleicht … gesünder, bei ihm zu sein, als bei diesem steifen, unheimlichen Gaspare.

»Hast du geweint?«, fragte er da unvermittelt.

»Ich … nein, gewiss nicht!«

»So, so«, murmelte er, »ich dachte, ich hätte ein Schluchzen gehört.«

»Nein«, bekräftigte sie, »nein, ich habe nicht geweint.«

Sie hatte weinen wollen, aber sich so sehr vor dem geängstigt, was ihre Tränen hochspülen mochten, dass sie es sich nicht gestattet hatte.

»Ich sollte … zurückgehen«, murmelte sie, als von ihm wieder nichts anderes kam als jenes dumpfe Schweigen. Er nickte; zumindest glaubte sie, das zu sehen. Doch kaum drehte sie sich von ihm fort, so fragte er: »Hat dir jemand etwas getan?«

Erstaunt fuhr sie wieder herum. »Wie kommst du darauf? Du hast doch deinen Männern verboten, mich …«

Sie konnte es nicht aussprechen.

»Ich dachte nur«, erwiderte er, »weil du so… aufgebracht schienst.«

Bislang hatte sie stets geglaubt, dass er so offen mit ihr reden würde, weil sie ein Niemand war, über den er hinwegsah. Erst jetzt ging ihr auf, dass er trotz seines toten Blicks die Regungen der Menschen zu erforschen trachtete, nicht nur das, was sie willentlich von sich preisgaben, sondern auch, was ihre unwillkürlichen Gesten zeigten. Vielleicht war er nur darum selbst so reglos, so verschlossen, weil er sich ängstigte, ein anderer könne diese Gabe teilen und in seinen Tiefen bohren.

»Nein«, bekräftigte sie, »nein, man hat mir nichts getan.« Und dann fügte sie plötzlich hinzu, nicht gewiss, woher sie den Mut dazu nahm: »Heute zumindest nicht.«

Kaum merklich trat er einen Schritt zurück. Ob es ihn jemals gereut hatte, dass er sie seiner Mannschaft vorgeworfen hatte? Ob er es überhaupt noch wusste, jemals ernsthaft darüber nachgedacht hatte?

»Warum«, hörte sie sich fragen, »warum warst du nicht dabei… damals?«

Dass sein Gesicht im Dunkeln verborgen war, machte es ihr leichter, die Worte auszusprechen, gleichwohl sie sie nicht minder irrsinnig deuchten als die vorigen. Doch irgendwie war es ihr erträglicher, womöglich seinen Zorn heraufzubeschwören, das strenge Gebot, den Mund zu halten, als dieses rätselhafte Schweigen, von dem sie nicht wusste, wofür er es gebrauchte: ihr Verhalten zu erforschen oder sich in Gedanken zu ergehen.

Als er endlich sprach, klang es nicht streng oder gereizt, sondern einfach nur nüchtern.

»Frauen ekeln mich an«, erklärte er schlicht.

Er hatte also sofort gewusst, wovon sie gesprochen hatte. Und schien weder sie noch das eigene Verhalten ausreichend zu bedauern, um entweder sein Mitgefühl auszusprechen oder sich zu entschuldigen.

»Ich dachte, du verehrst deine Mutter?«

Ein sonderbarer Laut entfuhr ihm. Ein Knurren, weil sie mehr von ihm wusste, als er ihr zugestehen mochte? Ein spöttisches Lachen ob ihrer Dreistigkeit? Ein Schluchzen, von Wehmut gezeugt?

Ehe sie den Laut ergründen konnte, mischten sich andere darein. Stimmen kamen von oben, verfolgt von Schritten. Irgendetwas schien an Deck für Aufregung zu sorgen. Schnell duckte sich Caterina, auf dass sie von keinem der Männer gesehen wurde, indessen Gaspares Körper sich anspannte, jene Haltung einnahm, die seine Untergebenen von ihm gewohnt waren – und gewiss auch erwarteten.

Ehe sie wieder die kleine Kammer betrat, hörte sie noch den Grund für den Aufruhr.

»Land in Sicht!«, rief eine der Stimmen. »Land in Sicht!«

Sie legten bei Morgengrauen in Malta an. Caterina erwachte von dem Ruck, der durch das Schiff ging, als der Anker heruntergelassen wurde. Schläfrig hob sie den Kopf, um ihn alsbald wieder sinken zu lassen.

Ray hingegen sprang ungeduldig auf. Sie hatten in der Nacht nicht mehr miteinander gesprochen, und sie hatte sich geweigert, bei ihm zu liegen wie sonst.

»Endlich«, hörte sie ihn murmeln, »endlich …«

Jetzt konnte sie nicht mehr schlafen. »Was bringt's dir, hier zu sein?«, fragte sie und setzte sich auf. »Gaspare hat gesagt, dass er uns auf Malta nicht freilassen kann. Er wird das erst tun, wenn er es für richtig hält.«

Ray murmelte Unverständliches; es klang abfällig, und sie wollte nicht ergründen, ob es gegen Gaspare oder sie selbst gerichtet war.

In den nächsten Stunden beobachtete sie, wie Ray auf und ab wanderte, ungeduldig wie sonst auch, doch diesmal, als ob er auf der Lauer läge und sich rüstete, einstige Tatkraft zurückzuerobern.

»Lass es sein!«, forderte Caterina, als sie seine Ruhelosigkeit nicht länger ertrug. Die Nähe des Landes bedeutete ihr nicht so viel wie ihm. Sie fühlte sich unendlich müde nach der Nacht und dem unruhigen Schlaf, der ihr gefolgt war. Feuchte Hitze schien sich durch alle Ritzen zu drängen und staute sich in dem engen Verschlag, wo der Gestank des Hafens die frische Luft der hohen See verscheuchte und sich in jedem Winkel eingenistet hatte.

»So lass es doch sein!«, wiederholte sie.

Ray hatte aufgehört, hin und her zu wandern, rutschte mit seinem Gesicht an der Wand entlang. Eine Weile mochte sie sein Tun nicht zu deuten, bis sie erkannte, dass er durch eine der Ritzen zu spähen versuchte.

»Das Schiff wird entladen«, berichtete er ihr. »Offenbar hat Gaspare Tagelöhner angeheuert. Sie haben vorhin noch am Hafen herumgelungert, aber jetzt sind sie flink und wendig und schleppen sich den Buckel krumm. Sollen sie sich nur vorsehen, dass er ihnen den gerechten Lohn nicht vorenthält.«

»Wie kommst du darauf?«, fragte sie, nunmehr nicht minder gereizt als er. »Müssen alle Betrüger sein, nur weil du einer bist?«

Er achtete nicht auf sie. »Dort drüben wird gebaut«, fuhr er fort, »hörst du, wie die Steinmetze klopfen? Offenbar soll's ein Fort werden. Das Meer ist hier dünn wie ein Fluss, rechts und links das Land. Wie viele Menschen sich da zusammenrotten… verdienen alle an der Schifffahrt. Riemenmacher, Segelmacher, dort drüben hat ein Zimmermann seine Werkstatt.«

Caterina seufzte und wischte sich den Schweiß von der Stirne.

»Was geht es dich an?«

»Was es mich angeht? Wir sind nur mehr ein knappes Stück vom Land entfernt, und ...«

»Gaspare wird uns freilassen, Ray, aber nicht hier. Wir sind hier Fremde, wir wüssten nicht, wie wir nach Hause kämen. Also müssen wir warten und ihm vertrauen.«

Ray antwortete nicht, aber begann wieder, auf und ab zu gehen, auf und ab, auf und ab. Irgendwann störte sich Caterina nicht mehr an seinen Schritten; ihr Kopf kippte zur Seite, und sie nickte ein. Sie dämmerte vor sich hin, um dann und wann die Augen zu öffnen, der Tag ging auf diese Weise schneller vorüber, als wäre sie wach, und als sie schließlich wieder einmal die Augen aufschlug und stöhnte, weil ein Schmerz durch den Nacken fuhr und im Kopf weiterpochte, so gewahrte sie, dass die Luft, die durch die Ritzen strömte, kühler geworden war. Sie setzte sich auf, suchte nach Ray, erkannte zu ihrem Entsetzen, dass er nicht hier war.

»Ray!«, rief sie. »Ray!«

»Hier bin ich!«

Seine Stimme kam nicht aus ihrem engen Gefängnis, sondern von draußen. Auch heute hatte sich Akil nicht die Mühe gemacht, sie einzusperren – wohl wie Gaspare darauf vertrauend, dass sie nicht wagen würden, freiwillig in die Nähe von Gaspares Mannschaft zu geraten.

»Was machst du da draußen? Komm wieder zurück!«

Ray antwortete nicht auf ihre Forderung. »Ich hab ... ich hab Gaspares Männer den ganzen Nachmittag beobachtet. Sie sind fast alle von Bord gegangen, wohl um zu saufen oder sich mit Huren zu vergnügen.«

»Ray ...«

»Sei still! Kein Laut! Wenn wir fliehen wollen, dann ...«

»Ich will nicht fliehen!«, begehrte sie auf. Die Kopfschmerzen wurden unerträglich, als sie sich aufrappelte. Dennoch fiel die Trägheit des Tages von ihr ab, als sie in den Gang trat.

»Caterina! Wir müssen weg von hier, das weißt du so gut wie ich. All das Gerede, von wegen Gaspare vertrauen! Ha! Den Fehler mache ich ganz bestimmt nicht. Nein, nein, wir müssen fort von hier, je eher, desto besser. Und heute ist unsere Gelegenheit. Ich habe es mir genau überlegt. Wir müssen nicht bis ans Deck, sondern nur bis ans Ende des Vorschiffs. Dort ist ein kleiner Raum mit den Tauen und Segeln, das weiß ich genau, ich habe achtgegeben, als Akil mich seinerzeit an Deck geholt hat, um den Verletzten zu retten. Und wiederum daneben ist jener Raum, wo ansonsten der Anker liegt, verstehst du?«

Erwartungsvoll starrte er Caterina an, und als sie nicht antwortete, so rief er selbst überzeugt: »Der Anker wurde durch eine der beiden Luken rechts und links des Vorschiffs ins Wasser gelassen. Von dort aus können wir ins Meer springen; die Luken sind groß genug, damit wir uns durchzwängen können.« Seine Stimme überschlug sich, so schnell sprach er.

Caterina rieb sich die schmerzenden Schläfen. »Bist du wahnsinnig? Ins Meer springen? Wir werden beide ersaufen!«

»Ich kann schwimmen – und ich kann dich über Wasser halten, hab keine Angst. Hehe! Damit hat keiner gerechnet, dass ich schwimmen kann. Davide hat's nicht geglaubt, und Gaspare wohl auch nicht. Wenige können's, oft nicht mal Fischer. Aber ich kann alles, was man braucht, um durchzukommen. Und ich schwöre dir, heute hat es endlich ein Ende mit dem dummen Herumsitzen und Warten!«

Er schüttelte seine Glieder durch, wie's ihm eigentümlich war, und als er zu ihr trat, um sie an der Schulter zu packen und mit sich zu ziehen, so waren seine Schritte nicht schwer, sondern behände.

»Komm schon!«

»Ray, ich will das nicht! Gaspare hat uns versprochen, dass …«

»Mein Gott, bist du dumm und leichtgläubig! Hast du dir

schon einmal überlegt, was mit uns geschieht, wenn Gaspare etwas zustößt? Er könnte wie jeder andere von einem gebrochenen Mast getroffen werden – und was geschieht wohl, wenn er sich nicht seine Schulter ausrenkt, sondern das Genick bricht? Niemand wird sich dann um uns scheren, keiner sich an sein Versprechen halten – das ich im Übrigen nicht aus seinem Mund zu hören bekam. Wir müssen jetzt handeln, Caterina, jetzt! Verdammt, nun komm schon!«

Halb zog er sie, halb folgte sie ihm freiwillig. Das schmerzhafte Pochen in ihrem Kopf schwoll ab, das in ihrem Herzen schien jedoch die Brust zu zersprengen. Wo er sie auch hinzerrte – sie witterte keine Freiheit dort, nur Bedrohung und Schwärze.

»Ray…«

»Wenn du schreist, wird man uns hören. Was glaubst du, was geschieht, wenn man uns hier entdeckt?«

»Ray, wir müssen zurück…«

Sie hatten jenen Punkt erreicht, den er für ihre Flucht vorgesehen hatte. Er musste sie schon länger geplant haben, musste sich an dem Gedanken daran aufgerichtet haben, seitdem er erfahren hatte, dass es nach Malta ging.

Caterina steckte den Kopf durch das Loch, das er ihr zeigte. Die Nacht war sternenklar, aber ansonsten tiefschwarz; der Mond war zu einer schwachen Sichel geschrumpft und gab nur fadendünnes Licht. Glatt war das Meer, ein dunkles Tuch, das sich fast nahtlos an den Horizont anschloss. Erstmals erblickte sie den Schnabel des Bugs, der mit einem eisernen Drachenkopf geschmückt war, und tatsächlich waren da auch die Ankertaue zu sehen, die stramm gespannt von ihrer Öffnung in das schwarze Wasser ragten.

»Ray, ich…«, versuchte sie einzuwenden.

Sie kam nicht dazu, den Satz auszusprechen. Während sie noch zögerte, ob es ratsam war, tatsächlich zu fliehen, oder ob sie ihn besser davon abbringen sollte, hatte er ihr bereits einen Stoß versetzt. Sie kippte nach vorne, verlor den festen Halt unter den Füßen und ward vom schweren Oberkörper in die Tiefe gezogen. Noch ehe sie aufschreien konnte, klatschte sie ins kalte, finstere Wasser. Jeder Laut verstummte, salziges Wasser drang in ihren geöffneten Mund, und während sie verzweifelt strampelte und um sich schlug, spürte sie, wie ihr zerfetztes Kleid sich mit Wasser vollsog und sie hinabzog ins Bodenlose.

Noch am Ufer schmerzten ihre Lungen. Zwar war ihr Ray eilig nachgesprungen und hatte sie an die Oberfläche gezogen, noch ehe sie völlig in der kalten Tiefe versinken konnte. Und doch hatte sie das Gefühl, als würde das eisige Wasser ihr sämtliche Luft zum Atmen nehmen. Prustend und keuchend hockte sie schließlich auf festem Boden, fror entsetzlich in der nassen Kleidung und suchte sich ihr Haar zurückzustreichen, das wirr ins Gesicht geklatscht war.

Ray kam früher zu Kräften als sie, sprang auf und schüttelte sich wie ein Hund.

Als sie die nassen Tropfen wie ein feiner Regen trafen, begann sie japsend zu klagen: »Und jetzt? Was tun wir jetzt? Wo sind wir überhaupt?«

Ray pflügte ein paar Mal mit den Händen durch sein nasses Haar. Anstatt struppig hochzustehen, lag es hernach platt gepresst am Kopf.

»Wir sind am Hafen, weiß der Teufel, wie er genau heißt! Aber keine Angst! Wir werden uns durchschlagen, ich schaffe das, und …«

»Oh, mein Gott!«

Ihr Schreckensruf galt nicht seinen Worten. Eben noch hatten Kälteschauer sie geschüttelt – nun durchfuhr sie siedend heiß eine schreckliche Gewissheit.

Der Schatz.

Sie hatte den Schatz auf dem Schiff vergessen, den ihr der Vater sterbend anvertraut hatte. Kaum hatte sie in den letzten Tagen seiner und der Pflicht, die damit verbunden war, gedacht, hatte die kostbare Schatulle zwar beim Beten angestarrt, doch keinen echten Trost daraus gezogen, nur jene beschwichtigende, wiewohl nicht eben stärkende Gleichgültigkeit. Doch jetzt deuchte sie der Verlust ein übles Omen für ihre Flucht, und der Grimm auf Ray, vorhin einzig gezeugt von seinem rücksichtslosen Drängen, das Schiff zu verlassen, verstärkte sich ob der Einsicht, dass er sie nun bereits zum zweiten Mal um ihren Schatz gebracht hatte – diesmal wohl für immer.

»Die Reliquie!«, klagte sie. »Ich habe die Reliquie vergessen!«

»Ach, komm mir jetzt nicht wieder mit deiner Frömmigkeit!«, murrte er. Die Gereiztheit in seiner Stimme bekundete, dass die Flucht ihm nicht nur die geliebte Freiheit verhieß, sondern eine Gefahr, die noch lange nicht ausgestanden war. »Wir müssen weg von hier, schnell!«

»Aber mein Vater hat doch …«

»Du solltest mir dankbar sein, dass ich dich aus den Fängen dieser rohen Männer befreit habe. Dein Schatz hat dich nicht davor geschützt!«

»Was hast du getan, Ray? Was hast du nur getan?«

»Nun sei doch …«

Er hielt mitten im Satz inne, aber nicht weil sie ihn unterbrach. Eben noch hatte er seine feuchten Glieder geschüttelt, nun stand er wie starr. Die Trauer um den verlorenen Schatz verging Caterina augenblicklich, als sie seinem schreckgeweiteten Blick folgte.

Nicht weit von ihnen stand ein Mann, groß, beleibt, mit vielen Warzen auf der dicken Nase – sie waren selbst im schwachen Sternenlicht sichtbar. Er kreuzte die Hände über seinem Bauch, als wäre es ganz gemütlich, hier zu stehen und auf sie herabzuschauen, gewiss, dass sie ihm nicht davonlaufen könnten.

Alsbald verstand Caterina auch, warum. Denn hinter ihm regten sich weitere Schatten und gehörten zu einigen Männern, deren Gesichter nicht weniger finster dreinblickten als jene von Gaspares Mannschaft.

Ray fasste sich als Erster wieder. Unwillkürlich stellte er sich schützend vor Caterina, doch der Mann voller Warzen starrte auch weiterhin genüsslich vor allem auf sie.

»Ei, was ist denn da für ein hübsches Mädchen den Meeresfluten entstiegen?«, fragte er. Seine Augen mochten freundlich blicken, seine Worte hingegen klangen wie das Knurren eines hungrigen Hundes.

Corsica, 251 n.Chr.

»Was hast du getan?«, fragte Thaïs ein ums andere Mal. »Was hast du getan?«

»Ich habe Gaetanus doch nur erzählt, dass sie womöglich eine Revolte gegen den Kaiser planen und dass es ratsam wäre, dem nachzugehen, ich glaube ja nicht wirklich, dass Julia…«

»Aber sie sind doch Christen, Krëusa«, fiel Thaïs mir ins Wort. »Sie sind Christen.«

Sie schüttelte immer noch den Kopf; ich begriff nicht recht, worauf sich ihr Unverständnis bezog. Darauf, dass ich jene Wahrheit nicht längst erkannt hatte, obwohl sie doch – zumindest für sie selbst – so augenscheinlich war. Oder auf meinen verkniffenen Mund, der vorgab, dass mich ihre geröteten Augen kaltließen. Um ehrlich zu sein, begreife ich ihren Kummer bis heute nicht. Thaïs schien mir nicht zu jenen zu gehören, die des Mitleids und der Anteilnahme fähig sind und die darum mit Recht um Julia weinten. Vielleicht aber weinte sie auch nicht um ihretwegen, sondern nur, weil das ansonsten kleingeistige Gemüt von der allgemeinen Aufregung überfordert war.

»Julia Aurelia, ihr Vater Eusebius und ihre Gefährten sind Christen«, sprach sie auf mich ein. »Auch manche der Sklaven hier. Weißt du, was das bedeutet?«

Nun war ich es, die den Kopf schüttelte. »Was sind Christen?«, fragte ich verständnislos.

»Du hast noch nie davon gehört? Lange hieß es, nur Gesindel und Arme gehörten dazu. Es ist … es ist ein ganz absonderlicher Irrglaube. Sie verehren einen Gott, der gekreuzigt wurde. Sie sagen, dass er ihnen ewiges Leben schenkt, auch wenn sie sterben. Und sie werden sterben, wenn sie nicht von ihrem Glauben abschwören, das ist gewiss.«

Ich schüttelte nun immer heftiger den Kopf. »Julia war Teil einer Verschwörung. Sie hat doch nicht …«

»Sie weigert sich, das Opfer darzubringen, das Kaiser Decius von allen Bürgern fordert«, fiel Thaïs mir ins Wort. »Überall im Reich. Er hat ein Edikt erlassen, wonach jeder den Göttern für sein Wohlergehen zu opfern hat. Danach erhält man ein Zeugnis. Wer dieses nicht besitzt, ist des Todes.«

Ich versuchte mich zu erinnern, doch meine Gedanken waren plötzlich lahm. Seit ich mit Gaetanus gesprochen hatte, hatte ich instinktiv auf etwas gewartet, nicht sicher, was es wäre – doch nun, da mein Verrat Folgen zeitigte, so schenkte das weder Befriedigung noch die beschwichtigende Gleichgültigkeit, mit der ich in den letzten Tagen den Schmerz von mir gehalten hatte. Stattdessen empfand ich Unbehagen, als bliebe ich von nun an einer Sache unwiederbringlich beraubt, von der ich nicht sicher war, wie kostbar genau sie mir gewesen ist.

Vielleicht war es das Gefühl, Julias Gunst verloren zu haben. Vielleicht die Ahnung, Gaetanus' Aufmerksamkeit niemals zu erlangen. Oder vielleicht fehlte mir einfach nur die Gewissheit, dass ich Letztere wollte – und Erstere mir gleich war.

Ich schluckte unbehaglich. »Aber warum?«, fragte ich. »Warum hat der Kaiser das verordnet?«

»Was weißt du von Decius?«, fragte sie zurück.

Pannonien. Mir fiel ein, was mir einst Andromache erzählt hatte – dass Decius kein Römer sei, sondern aus der Provinz Pannonien stammte. Misstrauisch sei er, so misstrauisch aufgrund seiner Herkunft – Gaetanus hatte es am eigenen Leib er-

fahren müssen – und gerade darum erpicht, alte römische Traditionen und Tugenden aufrechtzuerhalten. Niemand sollte ihm nachsagen können, er falle gegenüber den vielen Amtsvorgängern ab, wäre ein schlechterer Kaiser als diese.

»Es gibt so viele Kriege an den Grenzen, Barbaren, die verwüstend und plündernd vordringen«, erklärte Thaïs. »In vierzehn Jahren hat man sieben Kaiser gezählt, und immer, wenn einer von ihnen starb, gab es Aufruhr und Krieg. Der Kaiser hat Angst, dass Rom die Gunst der Götter verliert – und er darum die Gunst des Volkes, darum … darum dieses Edikt. Er sucht die Menschen zu einen. Und verfolgt all jene, die sich außerhalb der Gemeinschaft stellen. Verstehst du nun?«

Ich hörte auf, den Kopf zu schütteln.

»Gaetanus …«, setzte ich langsam an, nicht wissend, was ich sagen sollte.

»Gaetanus ist ein Verwandter des vorigen Kaisers gewesen, Philippus Arabs«, fuhr Thaïs an meiner statt fort. »Jener hat die Christen geduldet, es geht sogar das Gerücht, dass er selbst einer war. Ich glaube das nicht, in jedem Falle aber gilt: Gaetanus hat lange gezögert, das Edikt des Kaisers umzusetzen, vor allem dessen Willen, die Vorsteher der christlichen Gemeinden auszuforschen. Aber nun bleibt ihm nichts anderes übrig.«

»Pah!«, stieß ich barsch aus. »Pah! Er wird Julia Aurelia gewiss zu schützen wissen!«

»Das kann er nicht«, verneinte Thaïs. »Das kann er nicht, Krëusa. Einst stand es dem Statthalter zu, über die Christen zu richten oder aber sie zu begnadigen. Doch nun muss er sich dem Kaiser fügen, der in allen Christen seine persönlichen Feinde sieht. Er kann ihren Tod hinauszögern, er kann versuchen, sie durch strenge Haft zu beugen. Aber … aber am Ende gilt doch: Wenn sie nicht opfert, wird sie sterben.«

Die Aufregung in ihrer Stimme hatte sich gelegt. Fast nüchtern klang sie jetzt, als wäre ihr – wenngleich verspätet – in den

Sinn gekommen, dass es um Julias Leben ging, nicht um ihres, und jenes bereits verloren war, sich echte Trauer wohl nicht lohnte.

Es wurde uns kein Frieden auf dieser Welt versprochen. Nur das Schwert, das sich gegen uns richtet, uns zu fällen sucht – das hatte Julia gesagt. Und auch, dass sie bereit wäre zu sterben. Dass die Welt ja ohnehin ihrem Ende entgegenginge. Sie sei längst alt geworden, stehe nicht mehr in ihrer früheren Kraft…

»Gaetanus kann das nicht zulassen«, behauptete ich erneut.

»Gaetanus hat bislang offenbar geglaubt, es würde hier auf Corsica keine Christen geben und dass er davon wüsste, wenn es anders wäre. Es machte folglich keinen Sinn, die Bevölkerung zu prüfen. Ach Krëusa, warum hast du nur…«

Ich wusste doch nichts davon, wollte ich mich rechtfertigen, wusste nichts vom Ausmaß meines Verrats.

Aber ich sprach die Worte nicht mehr aus. Noch während wir zusammenstanden, waren plötzlich aus dem Atrium die schweren Schritte eines Besuchers zu hören, und sie wurden alsbald von dessen jämmerlichem Geheule begleitet.

XV. Kapitel

Malta, Frühsommer 1284

Nicht noch einmal. Bitte. Nicht noch einmal.

Niemand hörte auf ihr stummes Flehen; niemandes Erbarmen erwachte ob ihres verzweifelten Blicks. Rasch hatten die Männer Ray und Caterina umstellt, es ihnen unmöglich gemacht fortzulaufen. Ray fuhr herum, schien noch nach einer Lücke zu suchen, doch da war er schon gepackt und wurde von zweien festgehalten. Sie sah, dass er zu kämpfen versuchte, verzweifelt gegen die übermächtigen Gestalten rang, doch es war hoffnungslos und brachte ihm nur einen schmerzhaften Faustschlag in den Bauch ein. Ächzend krümmte er sich.

Caterina hingegen war zu keiner Regung fähig, als man sie zu dem Mann mit den Warzen schleifte. Ihre Füße waren zu taub, als dass sie selbst hätte gehen können. Eigentlich war alles taub; selbst das Gefühl der Kälte schwand aus ihrem Leib. Doch allein die Erinnerung an vergangene Schmerzen schürte eine Furcht, die sie nicht minder verzweifelt stöhnen ließ als Ray.

Immer noch hielt der dicke Mann seine Arme über dem Leib gekreuzt. Nur einen Schritt trat er vor, gemächlich, ohne Eile.

»Sieh an, sieh an!«, wiederholte er knurrend. »Dem Meer entstiegen wie eine Seejungfrau! Oder vielleicht doch von einem Schiff geflohen?«

Sein Mund verzog sich zu einem Grinsen, und auch diese Regung fiel unendlich langsam aus. Offenbar gab es nichts im

Leben dieses Mannes, was ihn zur Eile drängte, hatte er doch die Erfahrung gemacht, dass Hast sich nicht lohnte. Vielleicht konnte er es sich auch schlichtweg leisten, für jede Geste mehr Zeit zu verschwenden als die übrigen Menschen. Weil diese Zeit ihm nichts wert war. Oder er sie nicht dafür verwenden musste, mühsam zu überleben. Sowohl sein wohlgenährter Leib als auch seine Kleidung deuteten auf gewissen Wohlstand, die Sicherheit, mit der er seine Männer befehligte, auf Macht, wenngleich Caterina nicht wusste, von welchem Amt diese genährt wurde.

Es war ihr gleich. Jeder Gedanke verrutschte, als er unendlich langsam seine Hand hob, nicht minder von Warzen überwuchert als seine bleiche Nase, er damit zu ihrem Gesicht fuhr, kurz davor verharrte, als wüsste er, dass dieses Zögern sie am meisten quälte. Und schließlich streichelte er über ihre Wangen, über ihren Hals, fuhr tiefer. Es bedurfte wenig, um ihre nassen Kleider aufzureißen. Schon spürte sie, wie kalte Nachtluft ihre Brust traf.

Nicht noch einmal. Bitte. Kein zweites Mal. Das überlebe ich nicht.

Sie konnte es nicht aussprechen, sie konnte nicht flehen. Ray tat es für sie.

»Lasst sie in Ruhe, das dürft ihr nicht tun, sie ist …«

Ein zweiter Faustschlag traf ihn in den Leib, und er krümmte sich noch tiefer als zuvor.

Für einen Augenblick zog der Mann seine Hand zurück.

»Eigentlich ist mir gleich, woher du kommst, Seejungfrau! Sei willkommen, sei willkommen! Wenn du nur wüsstest, wie sehr ich mich hier zu Tode langweile. Jahrelang bin ich selbst aufs Meer gefahren. Bis der verdammte König meinte, ich sei auf dieser elenden Insel besser aufgehoben. Pah!«

Er gurgelte, als müsste er erst wieder Speichel sammeln, um fortfahren zu können. Wieder kam ihr seine Hand zu nahe, strich diesmal das feuchte Haar aus dem Gesicht.

»Lass sie in Ruhe!«, hörte Caterina Ray stöhnen.

Es hat keinen Sinn.

Inmitten ihrer Panik ging ihr das erstaunlich klar auf. Es hat keinen Sinn. Rays rücksichtsloses Handeln hatte erneut jene Situation heraufbeschworen, da sie beide machtlos und der Willkür einer Horde roher Männer ausgeliefert waren.

Caterina schloss die Augen, gab auf. Nicht einmal im Stillen konnte sie noch flehen, konnte sie bekunden, dass sie's kein zweites Mal überleben würde.

Sie vernahm Rays rasselnden Atem – oder war es der des dicken Mannes? Wieder glitt seine Hand tiefer – da hörte sie plötzlich Ray schreien, viel lauter, viel durchdringender, als sie es ihm ob der Faustschläge zugetraut hatte. Mit aller Kraft schrie er, die ihm verblieben war, mit sämtlicher Inbrunst, zu der er imstande war.

»Gaspare!«, schrie er. »Gaspare! Helft uns! ... Helft Caterina!«

Gaspare war stets eine dunkle Erscheinung – doch im Finstern der Nacht war er kaum mehr als ein Schatten. Seine Lippen leuchteten bläulich aus dem grauen Gesicht hervor, ohne dass sie sich für lange Zeit öffneten. Von Rays Geschrei herbeigelockt, war er zwar mit einigen seiner Männer zügig zu ihnen gekommen – doch kaum hatte er die Situation erfasst, schienen sich all seine Regungen ebenso zu verlangsamen wie die des dicken Warzenmannes. Jener hatte mit vermeintlich ungerührtem Gesicht Gaspare kommen sehen. Nichts deutete darauf hin, dass er sich von ihm bedroht fühlte, nur als er flüchtig die Augenbrauen hob, da war Caterina, als würde er ihn erkennen. Kaum merklich trat er einen Schritt zurück, eher gelassen als vorsichtig, und verkreuzte danach wieder seine Arme über den Leib.

Gaspare tat es ihm gleich, und eine Weile standen sie einander wie Statuen gegenüber, ohne sichtbares Interesse an Ray und Caterina.

Gaspare war der Erste, der sich rührte. Er schnipste mit dem Finger, so ähnlich, wie Caterina es ihn hatte tun sehen, wenn er einen seiner wortlosen Befehle an Akil richtete. Auch die Männer, die ihn heute begleiteten, verstanden ihn ohne Erklärung. Ohne Hast, wiewohl nicht minder bedrohlich, umstellten sie jene drei, die Ray festhielten und ihn geschlagen hatten. Diese wollten sich nicht davon einschüchtern lassen, traten keinen einzigen Schritt zurück, sondern warfen lediglich ihrem Herrn einen fragenden Blick zu.

Jener räusperte sich verdrießlich – offenbar das Zeichen, Ray freizugeben, denn nun ließen ihn seine Männer ohne weiteren Widerstand fallen. Mit einem leisen Stöhnen sank Ray auf seine Knie und hielt sich den Bauch.

»Gaspare!«, stieß der Dicke schließlich aus, endgültig bekundend, dass sein Gegenüber ihm nicht fremd war. »Hatte dich nicht so früh hier erwartet. Hab mir gedacht, du würdest auf der Fahrt hierher noch ein paar verhassten Genuesen den Leib aufschlitzen. Wär mir auch lieber gewesen. Dann könntest du mir hier nicht lästig werden.«

Gaspare ging nicht darauf ein. »Die beiden gehören mir, Ramón!«, sagte er.

Der Feiste lachte freudlos. »Hast du tatsächlich genug vom Morden, dass du hier auftauchen musst?«, fuhr er fort, nunmehr sehr langsam, als stellte er sich auf ein gemütliches Plauderstündchen ein, für das sie alle Zeit der Welt hätten. »Oder hast du Angst gehabt, dass du nicht immer im Vorteil sein könntest? Dass du irgendwann durch der Genuesen Hand krepierst?«

Gaspare schnaubte. »Das hättest du gerne, nicht wahr?«, zischte er. »Dass ich irgendwo verrecke und niemand davon erfährt. Aber König Pere hat mir hier ein Lehen zugesichert, und du wirst es mir nicht streitig machen, Ramón.«

»Pah!« Ramón schnaubte, halb knurrend, halb verdrießlich. »Ich habe mich stets gefragt, warum Pere Leute wie dich in seinen Dienst nimmt. Können die Katalanen nicht alleine kämpfen? Brauchen sie tatsächlich Lateiner zu ihrer Unterstützung?«

Er erwartete wohl keine Antwort, sondern spie voller Verachtung auf den Boden. »Du bist keiner unseres Volkes, Gaspare. Sollen die Aragóner mit den Franzosen kämpfen. Und die Genueser gegen die Pisaner. Warum aber jene Kriege miteinander verbinden?«

Das Licht der Mondsichel fiel auf Gaspare, nicht strahlend, sondern schmutzig. Wie Staubfäden zogen Wolken daran vorbei, zu dünn, um es zu verstellen, aber ausreichend, um Schatten in Gaspares Gesicht tanzen zu lassen.

»Das weißt du so gut wie ich«, erwiderte jener. »Jeder Krieg dieser Welt hat mit irgendeinem anderen zu tun. Die Franzosen stehen auf Seite der Welfen und folglich auf der Seite Genuas. König Pere hingegen ist ein Schwiegerenkel des Staufers Friedrich, was ihn zu dessen Parteigänger macht, und die Pisaner...«

Er brach ab, als wäre damit genug gesagt. Er hatte ruhig gesprochen, erklärend wie zu einem Kind. Und doch verriet sein heiserer Tonfall höchste Anspannung, desgleichen, dass seine Worte nicht Vorspiel eines seichten Geplänkels über die großen Ereignisse der Zeit waren, sondern unterdrückte Drohung.

»Pah!«, rief Ramón abfällig aus. »Komm mir nicht mit Politik. Die interessiert mich nicht. Hier auf der Insel zählt auch nicht, was die hohen Herren tun und denken und planen. Hier geht es um Macht und um Land. Und du, Gaspare, du bist zu spät gekommen. Wir haben gemeinsam mit Corrado de Lancia die Franzosen ganz ohne dein Zutun von Malta vertrieben!«

»Dein Pech nur, Ramón«, gab Gaspare leise zurück, »dass der König mir das nicht vorwirft, weil er selbst mich schließlich just in dieser Zeit an seinen Hof geschickt hat. Er weiß genau, dass er auf mich zählen kann – ich war in Collo sein wichtigster Verbündeter, habe damals fast sämtliche Verhandlungen mit den Muselmanen geführt. Und später in Sizilien habe ich ausreichend bewiesen, dass ich keinen Kampf scheue. Ja, der König weiß, dass sich sein Vertrauen in mich lohnt!«

»Und ich weiß, dass du hier nichts verloren hast! Genauso wenig wie die Sizilianer, die sich hier mehr und mehr breitmachen, weil sie denken, Pere hätte nicht nur ihre eigene Insel für sie befreit, sondern diese hier gleich mit. Alle miteinander habt ihr sie nicht verdient!«

Seine Stimme wurde nicht lauter, aber giftiger.

»Darüber hast du ganz gewiss nicht zu entscheiden«, entgegnete Gaspare mürrisch. »Ich mach dir freilich gern ein Angebot: Ich bin nicht gekommen, um mich mit dir zu bekriegen, Ramón. Dieses karge Fleckchen Erde ist gewiss nicht groß, sollte aber für uns beide langen. Also mag gelten: Ich mache dir nichts streitig. Tu du es desgleichen nicht. Dieser Bursch und dieses Mädchen gehören mir. Sie haben den Rang von Sklaven – und Sklaven, die ihrem Herrn davongelaufen sind, dürfen von niemandem anderen aufgenommen werden. So ist das Gesetz, und das weißt du so gut wie ich.«

Ramón löste seine Arme von der Brust, langte mit einer Hand nach Caterina, ohne sie freilich anzufassen.

»So soll ich dir also die Seejungfrau wiedergeben? Nicht wirklich hübsch, aber jung. Gefällt sie dir? Das sollte mich wundern. Man sagt dir nach, dass du noch nie eine Frau hattest – dich nur nach deiner schönen Mutter verzehrst.«

Caterina sah aus den Augenwinkeln kaum mehr als einen Schatten huschen. Dann stand Gaspare schon direkt vor Ramón: Er hatte lautlos seinen Dolch gezückt und hielt die silbrig glitzernde Waffe an des Fetten Kehle. So viel Schnelligkeit schien jener seit langem nicht mehr erlebt zu haben, denn kurz schwand seine Gelassenheit, und seine Augen weiteten sich schreckerfüllt.

»Gemach, gemach«, murmelte er, nicht länger knurrend, sondern kieksend. »Ich habe ihr nichts getan. Und der Bursche ist kräftig. Der verträgt ein paar Fauststöße. Wenn du unbedingt willst – dann behalte sie eben!«

In Gaspares Miene regte sich nichts. Nur die Lippen schienen noch bläulicher zu glänzen.

»Gut«, sagte er leise, zog den Dolch zurück und drehte sich um, ohne noch länger auf Ramón zu achten. Mit starrem Rücken ging er zurück zum Boot und blickte sich selbst nicht um, als er seinen Männern den Befehl zurief: »Fesselt sie an Händen und Füßen und bringt sie zurück aufs Schiff.«

Schmerzhaft schnitt das Hanfseil in Caterinas Gelenke. Eben noch für die wundersame Rettung dankbar, ward sie so roh zum Boot geschleift, dass erneut nichts anderes ihren Geist ausfüllte als Schmerz und Furcht.

Ray schien es ähnlich zu ergehen, denn er war bleich und stumm wie sie. Erst als sie das Deck erreicht hatten und die Männer – offenbar einem unausgesprochenen Befehl Gaspares folgend – die Gefesselten an den Mast banden, fing er wieder zu schreien an.

»He, Gaspare! Nicht sie! Es war meine Schuld, nicht ihre! Ich habe sie zur Flucht gezwungen, also lass mich allein die Verantwortung dafür tragen!«

In jeder anderen Lage wäre Caterina erstaunt gewesen, dass er so viel Anstand hatte, sich für sie einzusetzen, hätte ihn dafür vielleicht sogar bewundert. Wenig hatte dieser Mann hier mit dem selbstsüchtigen Ray gemein, den sie kannte. Doch in ihrer Not vermochte sie keinen Gedanken an sein Handeln zu verschwenden. Gequält schrie sie auf, als man sie an den Armen hochriss und sie so weit droben festband, dass ihre Fußspitzen kaum den rauen Boden berührten.

»He! Lasst sie in Ruhe!«, rief er wieder.

Verzweifelt blickte Ray sich um, aber von Gaspare war nichts zu sehen, nicht einmal ein Schatten, nur Akil erschien, wenngleich er mit ausreichendem Abstand stehen blieb.

»Akil, so hilf uns doch!«, rief Ray in seine Richtung. »Hilf zumindest ... ihr!«

Caterina japste. Nicht nur die gestreckte Haltung presste ihr alle Luft aus dem Leib, sondern auch neuerliche Kälteschauder. Ihre Kleidung war klamm, und der Nachtwind ließ sie unangenehm an der Haut festkleben – freilich nicht überall. Die eine Brust, eben noch gierig von Ramón befühlt, war nackt. Vorhin hatte sie Ray verfluchen wollen für seine unsinnige Flucht – doch nun, da sie so hilflos und gebunden stand, schmeckte auch sie jenen unbändigen Freiheitsdrang, der ihn angetrieben hatte und der jegliche vernünftige Überlegung außer Kraft gesetzt haben musste, seine Panik, die ihn wohl bei dem Gedanken befallen hatte, noch länger ein Gefangener zu bleiben. Sie wusste nicht, ob sie ihm verzieh – aber kurz konnte sie zumindest verstehen, warum er es nicht länger auf dem Schiff ausgehalten hatte.

»Bitte ...«, stammelte sie.

»Nun hilf ihr doch, Akil!«, hörte sie Ray neben sich ächzen, dem ihre Notlage nicht entgangen war.

Akil blickte sich mehrmals um, dann wagte er, näher zu treten. Er sagte nichts, schüttelte nur schicksalsergeben den Kopf, ohne das stolze, feine Lächeln zu zeigen, das ihn auszeichnete. Die einzige Hilfe, zu der er sich überwinden mochte, galt Caterina. Mit gesenktem Kopf trat er zu ihr, um ihr zerfleddertes Kleid über ihre Blöße zu ziehen.

»Hab Dank«, murmelte sie kraftlos.

Er nickte, senkte mit einem Mal verlegen den Kopf und trat rasch zurück, nun freilich nicht länger schweigend.

»Ach Caterina«, seufzte er. »Wusstest du nicht, wie gefährlich es ist, was ihr da tatet? Eben noch war diese Insel in Franzosenhand. Wer weiß, in welchen Höhlen sie noch verkrochen hocken, um Menschen wie Gaspare das Leben schwer zu machen. Stell dir nur vor, du wärst in deren Hände gefallen!«

Caterina konnte sich schwer vorstellen, dass es noch Schrecklicheres hätte geben können, als jenem Ramón ausgeliefert zu sein. Freilich – er hatte am Ende nachgegeben, hatte sie Gaspare überlassen. Allerdings stand noch nicht fest, ob das sonderlich Gutes verhieß, schien jener doch ob ihres Fluchtversuchs derart aufgebracht, dass er sie nicht einmal zur Rede stellen wollte. Ihre Hände begannen zu schmerzen, sie stöhnte vor Qualen.

Wieder zuckte Akil ergeben die Schultern.

»Caterina … bitte«, hörte sie Ray neben sich sprechen. »Ich wollte dich nicht in Gefahr bringen, das musst du mir glauben … Ich … ich wollte dich retten.«

Sie verzichtete auf die verächtliche Bemerkung, die ihr auf der Zunge lag. Vielleicht, weil das Reden zu mühselig war, vielleicht, weil sie ihm glaubte. Schweigend nickte sie. Dann begann eine lange Nacht.

Als das Morgenlicht kam, dunstig und feucht und später ein paar zerfledderte Sonnenstrahlen, die Kälte nicht vertreibend, sondern nur dann und wann dareinstechend, so wusste Caterina nicht mehr, was am unerträglichsten war: die tauben Hände, der schreckliche Durst, die schmerzende Brust, die – in gedehntem Zustand – nie ausreichend Atem schöpfen konnte.

Sie verlor den Blick für die Umgebung, wusste später nicht mehr, wie lange Akil in ihrer Nähe ausgeharrt hatte, und auch nicht, wann Rays Murren und Klagen, durchsetzt von Flüchen wider Gaspare und an sie gerichtete Bitten um Vergebung, erloschen waren.

Auch bemerkte sie erst verspätet, dass Gaspare wieder aufs Deck gekommen war, käsig bleich wie gestern, nur seine Lippen waren röter. Er starrte anfangs gleichgültig an ihnen vorbei, teilte Befehle aus, die nichts mit ihnen zu tun hatten, und schien einzig daran interessiert zu sein, dass diese ausgeführt wurden. Erst nach einer Weile blieb er vor ihnen stehen und musterte sie gedankenverloren, als müsse er tief im Gedächtnis schürfen, um sich zu vergegenwärtigen, dass Ray zu fliehen versucht hatte – und schändlich gescheitert war.

Caterina suchte seinen Blick, doch jener deuchte sie noch erloschener als sonst. Noch ehe sie es versuchte, ging ihr auf, dass es keinen Sinn hatte, ihn anzuflehen. In einer Stimmung wie dieser würde sie ihn gewiss nicht erreichen können.

»In unserem Land«, begann er da schon mit kalter Stimme zu sprechen, »in unserem Land gibt es Gesetze, wie sich Sklaven zu verhalten haben und wie nicht. Eines dieser Gesetze verbietet ihnen strengstens, dass sie sich des Nachts im Freien herumtreiben.«

»Wir sind nicht deine Sklaven, wir sind …«, versuchte Ray mit gepresster Stimme einzuwerfen.

»Solch Vergehen kostet zwei Denare!«, fiel Gaspare ihm ins Wort. »Hast du die?«

Zornig rüttelte Ray an seinen Fesseln, von der langen Nacht nicht des aufrührerischen Willens beraubt. »Du weißt ganz genau, dass …«

»Gut«, unterbrach Gaspare ihn wieder; in seinem Blick regte sich immer noch nichts, nicht das leiseste Funkeln. »Gut, dann wirst du mit Peitschenhieben dafür bezahlen.«

Ray wurde noch bleicher, aber war nicht bereit zu schweigen.

»Mach mit mir, was du willst, aber lass Caterina frei!«, krächzte er. »Ich hab's dir gestern schon gesagt: Sie trifft keine Schuld! Ich habe sie gezwungen, habe sie gewaltsam ins Meer gestoßen, weil sie nicht mitkommen wollte!«

Gaspare stand stocksteif. Caterina rechnete nicht damit, dass er auf die Worte antwortete, eher damit, dass er sich schweigend umdrehen und wieder ins Innere verschwinden würde. Doch nach einer unerträglich langen Pause hob er die Finger, schnipste.

Es war Akil, der sogleich nach vorne stürzte und mit einem raschen Dolchschnitt ihre Fesseln löste. Sie war zu kraftlos, um sich nach der langen Tortur auf den Beinen zu halten, sondern plumpste wie ein Mehlsack auf den harten Boden. Augenblicklich begann das Blut wieder in ihre tauben Hände zu strömen. Zuerst kribbelte es nur; dann hatte sie den Eindruck, sie würden brennen. Ihr Mund verzerrte sich zu einem lautlosen Schrei. Erst nach einer Weile verging der stechende Schmerz, und sie konnte wieder aufblicken, erkennen, dass Gaspare immer noch hier stand – und dass Ray sich nicht damit begnügen wollte, nur sie von dem üblen Los befreit zu haben.

»Du kannst sagen, was du willst, aber wir sind dir keinen Gehorsam schuldig! Kein Gesetz der Welt verbietet uns, unsere eigenen Entscheidungen zu treffen!«, ächzte er. »Tu also nicht so, als hätten wir ein Unrecht getan – wo es doch Davide war, der uns an dich ausgeliefert hat, obwohl er dazu nicht befugt war!«

Etwas huschte über Gaspares Gesicht – ein höhnisches Lächeln, echter Grimm, einfach nur Überdruss?

»Kein Gesetz der Welt erlaubt dir ...«, setzte Ray wieder stöhnend an.

»Und selbst wenn es so wäre«, erklärte der andere bedrohlich raunend. »Ich habe euch beiden die Freiheit versprochen – und du hast mich hintergangen. Ich habe mit dir einen Pakt geschlossen – und du hast ihn gebrochen. Wisse, ich lasse nicht zu, dass man über mich spottet, weil ich meine Gefangenen nicht ausreichend bewachen kann!«

Er drehte sich um, verharrte so eine Weile. Er war wohl unschlüssig, was nun zu tun sei, dann – es klang wie ein Fauchen – befahl er: »Zwanzig Peitschenhiebe!«

Caterina sah, wie Ray zusammenzuckte. Er öffnete den Mund, wollte etwas sagen, aber brachte keine Silbe zustande. Akil kam ihm zuvor.

»Das ist zu viel«, murmelte er, eher abschätzend als mit echter Anteilnahme. »Schaut ihn Euch an! Er ist geschwächt, abgemagert, das überlebt er nicht!«

»Das ist nicht mein Problem! Dieses Strafmaß hat König Jaume el Conqueridor so vorgeschrieben!«, zischte Gaspare, aber immerhin blieb er stehen, überlegte wieder.

»Nun gut«, knurrte er schließlich. »Dann eben nur fünfzehn. Seht zu, dass ihr ihn nicht immer auf der gleichen Stelle trefft.«

Akil zuckte gleichmütig mit den Schultern, warf Caterina einen Blick zu, den sie nicht zu deuten wusste. Offenbar wollte er ihr damit sagen, dass er alles versucht hatte. Sie wusste freilich nicht, ob sie ihm dafür dankbar sein sollte. Sie wusste nicht einmal, wie sie zu Rays Strafe stand.

Als drei der Männer auf ihn zutraten, ihn von den Fesseln befreiten, um sogleich noch roher an den Stricken zu reißen und ihn zu Boden zu werfen, als sie ihm das Gewand aufrissen und mit ihren Fußspitzen in sein nacktes Fleisch traten, nicht grob, aber demütigend, da überkam sie einen Augenblick lang kein Entsetzen, sondern nur Genugtuung, umso mehr, als er aufschrie, sich verzweifelt zu wehren versuchte.

Es geschieht dir recht, hämmerte es durch ihren Kopf, das hast du verdient, so oft, wie du mich in Schwierigkeiten gebracht hast, und das nicht nur gestern Nacht.

Doch dann, als er immer noch wehrlos dalag, als einer der Männer eine Peitsche in die Hand bekam, sie mehrmals surrend durch die Luft schwang und schließlich mit aller Wucht auf Rays Rücken hinabsausen ließ, da zuckte sie zusammen, als wäre sie selbst getroffen.

Sie hörte Rays Brüllen kaum, hörte aber sich selbst aufschreien – und es klang unerträglich vertraut.

Ohnmacht. Schmerzen. Rohe Hände, die packten, festhielten. Mitleidslose Gesichter.

Wie oft hatte sie Ray in die Hölle gewünscht! Wie oft sich an der Vorstellung gelabt, was einem Sünder wie ihm widerfahren würde! Und sie wusste ja, was in der Hölle auf ihn wartet, ein übel riechendes Schwefelmeer, Qualen, die die hinterlistigen Dämonen ihm zufügen, die unerträglich heiße Glut des nie verlöschenden Feuers …

Doch die Strafe, die Ray ereilte, das grässliche Geräusch, als seine Haut riss – es kündete nicht von Gerechtigkeit, sondern nur vom Grauen jenes Tages, da sie selbst Gaspares Männern ausgeliefert war.

»Nicht!«, schrie sie verzweifelt. »Nicht!«

Niemand hörte auf sie; einzig Akil trat zu ihr hin, versuchte sie wegzuziehen.

»Du kannst nichts für ihn tun«, erklärte er undurchdringlich. »Er muss es allein durchstehen.«

Was er sah, gefiel ihm nicht, aber es gehörte zu einer ihm vertrauten Welt, der man sich fügen musste, um nicht daran verrückt zu werden.

»Geh hinein!«, bekräftigte er. »Schau nicht hin!«

Wieder tänzelte die Peitsche in der Luft, verspielt beinahe, als sei sie keine gefährliche Waffe, sondern das Werkzeug eines Gauklers, wie Ray einer gewesen war, als er auf den Marktplätzen Kunststücke vollführt und die Menschen unterhalten hatte.

Dann sauste sie nieder, traf Ray zum zweiten Mal, schlug wieder eine blutende Strieme. Er brüllte wieder, heiserer nun. Offenbar biss er sich in die Schulter, um den Laut ein wenig zu drosseln.

Da machte Caterina kehrt, lief fort, entkam zwar der grauenhaften Stätte, dem Dunst von Schweiß und Blut, den summenden Fliegen, die davon angelockt wurden – dem gequälten Geschrei aber entkam sie nicht.

Sie nahm den Weg zu Gaspares Kajüte, ohne sich von Akil aufhalten zu lassen, der – kaum, dass er ihr Ziel erkannte – heftig den Kopf schüttelte.

»Tu das nicht…«, rief er ihr nach, doch da stand sie schon vor Gaspare.

»Lass das nicht zu!«, schrie sie ihn an. »Mach, dass es aufhört!«

Gaspare saß in sich versunken da. Ein verwirrter Blick traf sie – entweder weil er sich längst von dem abgeschottet hatte, was da draußen geschah, und darum gar nicht wusste, was sie meinte. Oder weil solch ein Maß an Dreistigkeit und sinnlosem Mut sogar einen Unberührbaren wie ihn erstaunte.

Er fing sich schnell, lehnte sich zurück, musterte sie kalt. »Er hat es verdient. Es ist nur gerecht. Was hätte dir alles geschehen können… seinetwegen!«

Sie konnte sich der Wahrheit seiner Worte nicht verschließen. Wieder ging ihr für einen kurzen Augenblick durch den Kopf, dass sie sich an Rays Strafe erfreuen sollte, doch dann ertönte, wiewohl gedämpft, erneut das Zischen der Peitsche, Rays Geschrei.

»Es wundert mich, dass du von Gerechtigkeit sprichst, wenn du dich doch selbst für einen Gesetzlosen hältst!«, hielt sie ihm entgegen. »Oder vielmehr Furcht hast, deine Mutter könnte dich für einen solchen halten!«

Seine Augen wurden schmal. »Schweig!«

»Ray ist ein Betrüger, er kennt keinen Anstand, er handelt nur zu seinen Gunsten. Doch er ist kein Verbrecher.«

Wieder ertönte der zischende Laut der Peitsche. Wieder seine Schmerzenslaute.

»Ich bitte dich…«

»Hau ab!«, unterbrach Gaspare sie ungeduldig. »Glaub nicht, ich würde mich scheuen, auch dich auspeitschen zu lassen!«

Caterina trat unwillkürlich zurück. Sein Tonfall war so scharf, dass er keine Zweifel an seinen Worten offenließ. Und doch hörte Caterina auch Ärger und Wut heraus, die sie zu ihrem Erstaunen nicht ängstigten, sondern ermutigten. »Ich weiß sehr wohl, dass du dessen fähig wärst«, setzte sie vorsichtig an. »Aber womit du mir auch drohen magst – das Schrecklichste hast du mir schon angetan. Du hast mich deinen Männern ausgeliefert. So wie jetzt Ray. Du zeigst weder Mitleid noch Gnade… Doch sag mir: Würde das deiner Mutter gefallen? Würde sie das auch für… gerecht befinden?«

Er sprang auf, viel ruckartiger, als es ihm eigen war. »Wage nicht, über sie zu sprechen!«

Erstmals sah sie einen Glanz in seinen Augen, der nicht kalt war, sondern glühend. Nicht nur von Zorn kündete er, auch von Lebendigkeit, in einem solchen Maße, wie sie das Gaspare nie zugetraut hätte. Sie wusste, dass jedes weitere Wort ein Fehler war – und fühlte doch keine Furcht, nur eine widersinnige Erleichterung, dass einer, der so verschlossen, so gebrochen, so erstarrt schien, noch fähig war zu diesem Pulsierenden, Frischen, Atmenden. Kurz fühlte sie das gleiche heftige Gefühl auch durch sich selbst fließen, reinigend und glättend; es spülte einen Teil des Scherbenhaufens, der ihre Seele umlagerte, einfach weg. Es schnitt sich nicht daran – wie Wasser, dem man keine Wunden zufügen kann. Die Scherben waren auch viel zu klar, um es zu beschmutzen.

»Gaspare!«, rief sie eindringlich und wiederholte ihre Frage: »Würde das deiner Mutter gefallen? Würde Leonora das gerecht finden!«

Sie hatte kaum geendigt, da hob er die Hand, schlug ihr ins Gesicht, so stark, dass sie taumelte und fiel. Es war, als würde ihre Haut zerreißen, als hätte nicht nur eine Faust sie getroffen, sondern eine lodernde Fackel sie verbrannt. Trotzdem rappelte sie sich auf, starrte ihm herausfordernd ins Gesicht.

»Ich werde nicht schweigen, nur weil du mich schlägst!«

»Es war ein Fehler, mich vor dir schwach zu zeigen«, zischte er, und seine Verachtung traf nicht nur sie, sondern auch ihn selbst. Sie sah zu, wie er begann, auf und ab zu schreiten, viel gehetzter, als sie ihn jemals erlebt hatte, beinahe so wie Ray in den letzten Wochen, dazu getrieben, sich mit dem Leben anzulegen, anstatt es über sich ergehen zu lassen.

Sie hielt sich das schmerzende Gesicht, ohne sonderlich darauf zu achten. In Gaspares unruhige Schritte hinein tönte Rays Gebrüll, hemmungslos, entfesselt, nicht länger gedämpft von zusammengebissenen Lippen.

»Das hat er nicht verdient«, sagte sie. »Nicht das. Akil sagte, du bist ein gerechter Herr. Aber das ist nicht wahr. Du bist willkürlich und grausam.«

Seine Schritte verlangsamten sich, hielten inne.

»Ich habe euch nicht erlaubt, vom Schiff zu gehen. Und darum habe ich das Recht zu strafen.«

Wieder ein Klatschen der Peitsche. Caterinas Hand sank vom wehen Gesicht, krallte sich unwillkürlich an die andere. Sie wappnete sich gegen Rays neuerlichen Schrei – und war umso entsetzter, als dieser ausblieb. War er ohnmächtig geworden? War er …?

Sie wagte nicht, den Gedanken zu Ende zu bringen.

»Du tust es nicht, weil du das Recht dazu hast«, sagte sie verzweifelt. »Du tust es, weil du die Macht hast. Nur weil du dich auf diesem Schiff vor niemandem zu verantworten hast, heißt das nicht, dass richtig ist, was du entschieden hast.«

»Was nimmst du dir eigentlich heraus, Mädchen?«, fauchte er heiser.

»Schlag mich doch noch einmal – vielleicht hast du dann deine Ruhe! Du kannst mir das Maul stopfen, du bist so viel stärker als ich, dann tu es doch!«

Endlich ertönte wieder Rays Gebrüll. Es schien nurmehr

vom Schmerz gezeugt, wo zuvor noch Ärger über die eigene Ohnmacht, Enttäuschung über die missglückte Flucht mitgeschwungen hatten. Ein wenig klang Ray wie der Gequälte, der sich die Schulter ausgerenkt hatte – ob alle Geschundenen dieser Welt gleich tönten?

»Ja«, bekräftigte sie, die Grenze noch weiter überschreitend. »Stopf mir doch das Maul!«

»Verschwinde!«

Caterina regte sich nicht.

»Ich habe gesagt, du sollst verschwinden!«

Diesmal schrie er, und wiewohl sein Schreien leiser ausfiel als das Schmerzgebrüll von Ray, war es nicht minder durchdringend, vielleicht, weil es aus seinem Munde so ungewohnt klang.

Als Caterina sich wieder nicht rührte, hob er erneut die Hand, diesmal zur Faust geballt, und schlug zu. Sie fühlte, wie sie durch den halben Raum fiel, zu Boden stürzte, wie warmes Blut über ihre Lippen floss, deren Haut noch tiefer riss. Diesmal spürte sie keinen brennenden Schmerz, nur dumpfes Pochen.

»Wie ich sagte«, stellte sie ein wenig nuschelnd fest. »Willkürlich und grausam. Nicht gerecht.«

Als Gaspare vor sie trat, drohte er ihr nicht mit der Faust, sondern blickte nur erstaunt auf sie herab.

»Bist du von Sinnen, Mädchen? Was nimmst du dir heraus? Warum tust du das?«

Die Peitsche knallte wieder.

Caterina blickte zu Gaspare hoch, aber versuchte nicht, sich aufzurappeln.

»Was habe ich zu verlieren?«, fragte sie zurück. »Was?«

Es war schwer, die Worte auszusprechen. Ihre Lippen begannen anzuschwellen, sie spuckte noch mehr Blut, das ihr über den Hals floss. Ihr Blick ließ sich davon nicht berühren. So starr war er auf Gaspare gerichtet, dass jener schließlich zuerst die Augen senkte.

»Ja, ich habe Macht«, gab er plötzlich zu, wieder leiser, aber diesmal nicht bedrohlich flüsternd, sondern irgendwie kleinlaut. »Und ja, manchmal gebrauche ich sie willkürlich. Aber ich habe diese Macht nie um ihrer selbst willen gesucht. Ich habe sie gebraucht, um Gerechtigkeit herzustellen. Und jetzt verschwinde endlich. Ich werde meine Männer nicht zurückpfeifen.«

Er wandte sich ab, ging zurück hinter seinen Tisch, um dort die übliche starre Haltung einzunehmen, indessen sich Caterina auf den Bauch rollte, sich mit den Händen aufstützte und alle Kraft darein legte, sich zu erheben. In ihrem Kopf schien sich alles zu drehen. Die Schwärze, die kurz vor ihren Augen tanzte, schien auch die Geräusche zu mildern. Kurz war weder das Zischen der Peitsche zu vernehmen noch Rays Geschrei.

Als sie sich endlich aufgerichtet hatte, blieb sie eine Weile stehen, um sicher zu sein, dass sie sich gerade halten konnte. Sie wischte ihr Blut nicht ab, als sie zu Gaspare trat. Es rann ihr über das Kinn, befleckte ihr Kleid.

»Du strebst also Gerechtigkeit an«, murmelte sie. »Wie anmaßend. Warum steht sie dir zu? Warum dir mehr als mir? Du hast zugelassen, dass ich entehrt und geschändet wurde. Du hattest keine Freude daran, aber du hattest auch nichts dagegen. Wer macht denn mein Elend wieder gut? Wer rächt mich und bestraft die Übeltäter? Für mich gibt es keine Gerechtigkeit – warum also für dich?«

Kalt begann sie zu sprechen. Erst gegen Ende ihrer Rede hörte sie, wie ihre Stimme zitterte, und mit ihr wurden auch die Beine schwach. Sie schmeckte das Blut in ihrem Mund, salzig, metallisch, als hätte sie an Eisen geleckt.

Wieder war Gaspares Blick eine Weile nur erstaunt. Dann verhärtete er sich, sprang mit einem unwilligen Schrei auf, um sie zu packen und aus dem Raum zu stoßen. Ihre Kraft reichte gerade aus, um es ihm schwer zu machen. Sie krallte beide Hände in seine Arme, schwankte, aber verlor nicht den Halt.

»Lass mich los!«, rief er gereizt.

»Lass Ray los!«

Die Peitsche knallte wieder. Vielleicht hielten sich die Männer nicht an die Vorgaben, sondern schlugen öfter zu, als Gaspare es ihnen gestattet hatte.

Schmerzhaft bog er ihre Finger zurück, um sich von ihrem Griff zu lösen. Sie hielt ihm nicht lange stand, schon gaben ihre Hände nach. Doch selbst jetzt gab sie nicht auf, sondern umschlang seine Füße. Seine Nähe hatte immer leises Grauen ausgelöst, den Wunsch, ihm fernzubleiben, ihn nicht zu berühren. Stets hatte sie Angst gehabt, dass jenes Leblose, das in seinem starren Blick, seinem gelblichen Gesicht und in seinen bläulichen Lippen hockte, sich erstickend auf sie legen könnte, wenn sie keine klare Grenze zwischen ihm und sich zog. Jetzt war ihr die Wahrung dieser Grenze egal. In ihren von seinen Schlägen benommenen Kopf mochte das Gefühl von Ekel und Scheu nicht vordringen, wurde vielmehr gebremst von jenem Rausch, in den sie geraten war und der sie dazu trieb, sich immer fester an ihn zu krallen.

Mehr panisch als verärgert schleuderte er sie erneut quer durch den Raum, und noch ehe sie sich aufrappeln konnte, war er über ihr, presste ihre Hände auf den Boden. Sie fühlte seine Finger, lang, dünn – und kalt. Sie erschauderte.

»Halt endlich dein Maul! Halt endlich dein verdammtes Maul!«

»Tötest du mich, wenn ich's nicht tue?«

»Ist es das, was du willst?«

Sie dachte an die Bitte, die sie an Ray gerichtet hatte, nachdem die Männer sie geschändet hatten. Dass er sie umbringen sollte, hatte sie gefordert. Er hatte sich geweigert – und sie hatte ihm das später niemals vorgeworfen, denn bald darauf war jener Lebenswille erwacht, der sich als stärker erwies als das Gefühl der Schande.

Auch jetzt wollte sie nicht sterben. Aber sie wollte das Maß an Zerstörung, das sie traf, selbst bestimmen. Sich nicht nur von Ray in die Fluten stoßen lassen. Sich nicht nur von Ramón befingern lassen. Sich nicht nur eine ganze Nacht über fesseln lassen. Nicht nur zuhören und zuschauen, wie Ray blutig gepeitscht wurde.

»Du kannst mich gerne töten!«, forderte sie ihn auf, und gleichwohl sie sich unter seinem harten Griff kaum rühren konnte, hatte sie sich in all den letzten Wochen nie so machtvoll gefühlt, nie so fähig, einem anderen zusetzen zu können. Sie konnte sich eigene Qualen nicht ersparen. Aber sie konnte ihn quälen. »Ja, töte mich, und vielleicht kann ich dir sogar vergeben! Aber es ist nicht gerecht, was mir passiert. Es ist nicht gerecht.«

Sie hielt ihre Augen geschlossen. So fühlte sie zwar, dass Gaspares Hände sich von ihren Handgelenken lösten, wusste aber nicht, wo er als Nächstes zupacken würde.

Vielleicht würde er ihr an die Kehle gehen. Vielleicht würde er sie mit seinen kalten Händen erwürgen.

Corsica, 251 n.Chr.

Das Geschrei, das vom Atrium her tönte und das Gespräch zwischen Thaïs und mir störte, stammte von Eusebius, dem Kaufmann aus Carthago, Julias Vater, von dem sie gesagt hatte, dass er ein Feigling wäre. Ich hatte ihn mehrmals gesehen, aber nie sonderlich wahrgenommen. Gerötet war meist sein Gesicht, er war ein stiller Mann – nur heute nicht. Sein Mund gab klagende Laute von sich. Mit jedem Geräusch, das er tat, schien auch die Lebenskraft aus ihm zu entschwinden, denn wiewohl offenbar gewillt, Gaetanus aufzusuchen, schaffte er es nun nicht über das Atrium hinaus. Seine Schritte wurden anfangs immer kleiner, dann blieb er stehen, und ich erwartete, dass er alsbald auf die Knie niedersinken würde.

»Wo ist Julia?«

Wohingegen Thaïs in ausreichendem Abstand stehen blieb, war ich zu ihm hingetreten, suchte seinen Blick, suchte die Bestätigung, dass das, was sein Anblick und seine Laute verhießen, nur auf einem Irrtum beruhte, dass es aus der Welt geschafft werden könnte, wenn man es nur lange genug leugnete. Ich fand jedoch nichts, was Hoffnung machte, ich fand nur Entsetzen.

»Ich musste es tun, verstehst du?«, klagte Eusebius, ohne auf meine Frage zu antworten. »Ich musste! Und wenn ich auf ewig mein Heil verlöre – ich habe doch meinen Sohn, er ist so klein,

so krank, er kann nicht leben ohne mich. Ich bin nicht der Einzige, es fallen so viele vom Glauben ab.«

»Wo ist Julia?«, wiederholte ich.

Erst jetzt schien er mich überhaupt zu bemerken, wiewohl er mich die ganze Zeit über angestarrt hatte. »Bist du ... bist du auch ...«, stammelte Eusebius.

»Nein, ich gehöre nicht zu den Christen«, sagte ich rasch. Was für ein absonderlicher Gedanke! »Aber ich kenne deine Tochter.«

Er schluckte schwer. Seine Augen schimmerten feucht, als würden Tränen darin stehen, obgleich es sich für einen Mann nicht ziemt zu weinen.

»Sie wurde festgenommen«, sagte er, so hoffnungslos, als wäre damit ihr Schicksal nicht nur vorläufig, sondern endgültig entschieden. »Sie ist verhaftet worden ... Gaetanus hat mit ihr gesprochen. Er hat versucht, sie zu bewegen, den Göttern zu opfern – oder es wenigstens einen der Sklaven in ihrem Namen tun zu lassen. Schon allein dadurch würde sie den Opferschein erhalten.«

»Aber sie hat sich geweigert, nicht wahr?«

Meine Stimme klang erschreckend kalt – und schien ihn zu fällen. Ja, er fiel auf seine Knie, brach einfach zusammen, und niedersackend streckte er seine Arme nach mir aus, packte mich, vergrub seinen Kopf an meinem Bauch, ich konnte seinen heißen Atem spüren.

»Sie hat keine Bande, die sie an diese Welt flechten, so wie ich«, stammelte er. »Die hatte sie nie. Schon ... schon in Carthago war sie bereit, für ihren Glauben zu sterben. Selbst große Männer der Gemeinde wie Cyprian zogen die Flucht vor, als der Kaiser das Edikt erließ – aber sie, sie wäre so gern geblieben, hätte ihr Zeugnis abgelegt, bis zum Äußersten. Allein ihretwegen habe ich Carthago verlassen, habe gehofft, dass es auf einer felsigen Insel wie Corsica sicherer wäre. Wenn ich sie nicht ge-

waltsam mit mir aufs Schiff genommen hätte, wäre sie mir nie gefolgt.«

Wie starr hatte ich seine Berührung über mich ergehen lassen. Doch nun wurde sein Griff immer fester, deuchte mich nicht mehr nur Halt suchend.

»Lass mich los!«, rief ich, erschrocken darüber, dass meine Stimme nicht betroffen klang, sondern unwirsch. Nicht allein Scheu und Unbehagen leiteten mich, sondern Ekel – und die Ahnung von Grauen, das von ihm auf mich überschwappen würde, wenn er mich noch länger hielte.

Doch er ließ mich nicht los. Er schien es aus mir herauspressen zu wollen – jenes Fünkchen Hoffnung, das er noch nicht aufgeben wollte.

»Ich weiß nicht, wann sie begonnen hat, diese Welt so zu verachten«, begann Eusebius wieder zu sprechen. »Nein, nicht die ganze Welt. Sie liebt ihren Bruder, aber sie muss nicht für ihn sorgen. Ich … ich habe sie angefleht: Sie müsse doch gar kein Fleisch opfern, sagte ich; sie müsse nichts davon essen und auch nicht den Opferwein auf das Wohl des Kaisers und der Götter trinken. Es heißt … es heißt, es würde Gaetanus schon reichen, wenn sie nur bereit wäre, Weihrauchkörner auf den Feuerherd zu streuen.«

Er ließ nicht ab von mir, aber er hob nun den Kopf, und als ich in sein gefurchtes Gesicht blickte, da sah ich es vor mir: jenes Bild, wie Eusebius verzweifelt auf sie einredete und wie sie ihn aus den harten blauen Augen anstarrte, trotzig, hochmütig, fordernd, verächtlich, stolz, siegessicher. Sie war so vieles, von dem sich nicht sagen ließ, ob es eine Schwäche oder Stärke war, ob es einen für sie einnahm oder vielmehr abstieß. Ob er sie gepackt hatte, an den Händen gezogen, an den Haaren? Ich konnte Eusebius das nicht so recht zutrauen, jedoch musste er verzweifelt gewesen sein. So verzweifelt wie jetzt.

»Aber das tut sie nicht«, stellte ich fest.

»Auf den Knien habe ich sie angefleht. ›Tochter, erbarme dich meiner grauen Haare‹, habe ich gesagt, ›erbarme dich deines Vaters, wenn du mich noch für wert hältst, dein Vater zu heißen!‹ Sie hat den Kopf geschüttelt.«

Sein Griff wurde wieder fester, als wäre allein ich es, die ihn vor dem Ertrinken bewahrte.

»Lass mich los!«

»Mein armes, armes Kind…«

»Ich habe gesagt, du sollst mich loslassen!«

»Mein armes…«

Das Atmen fiel mir schwer, ich hatte das Gefühl zu ersticken. »Sie hat kein Mitleid verdient!«, rief ich. »Sie hat sich aus freien Stücken entschieden!«

»Weißt du nicht, was sie mit ihr tun werden? Sie werden sie…«

»Ich will es nicht hören!«

Wieder hob er den Kopf – und diesmal sah er mich überrascht an. Erstmals schien er überhaupt zu gewahren, wen er vor sich hatte – in jenem Augenblick, da ich es beinahe vergaß. Ich dachte nicht mehr daran, dass er ein reicher Kaufmann war und ich nur Sklavin, dass er ein Gast war und ich ihn zu ehren hatte. Ich sah nur einen Menschen vor mir, der mich beharrlich festhielt und mir – was noch schlimmer war – etwas sagen wollte, was zu hören ich nicht ertragen würde. Da hieb ich ihm die Hände auf die Brust und stieß ihn von mir fort.

XVI. Kapitel

Malta, Frühsommer 1284

Gaspares Stimme floss in den Raum, verbreitete sich in jede Ritze, ohne auf Widerstand zu stoßen. Sie erzeugte kein Echo, Wort für Wort verflüchtigte sich; doch weil immer wieder ein neues nachkam, gingen sie nicht aus. Caterinas Kehle war noch rau. Nicht weil er sie tatsächlich gepackt, nicht weil er tatsächlich zugedrückt hatte – eher der Ahnung wegen, er könnte es tun.

»Mein Stiefvater hat meinen Vater getötet«, begann er plötzlich.

Er hatte sie losgelassen, viel langsamer, zögerlicher, als er sich auf sie gestürzt hatte. Immer noch hielt sie die Augen geschlossen, sie hatte nicht zugesehen, wie er wieder zu sich kam, sich erhob, sich steif auf seinen Stuhl setzte. Erleichterung durchflutete sie – nicht nur, weil er sie nicht getötet hatte, sondern weil er sie nicht länger berührte.

»Ja, mein Stiefvater hat meinen Vater getötet«, wiederholte er, und da erst machte sie die Augen auf. Er starrte vor sich hin, nicht länger zornig, nur erstaunt. Sie konnte nicht entscheiden, was ihn erstaunte, dass er sie geschlagen hatte oder dass er diesen Satz ausgesprochen hatte. Es folgten weitere Worte, jedes einzelne zögerlich, als wollte er es eigentlich für sich behalten, zugleich so selbstverständlich, dass er sich dem Reden nicht entziehen konnte – und sie sich nicht dem gebannten Zuhören.

»So war es. Ich kann es nicht beweisen, aber ich glaube es fest. Beide stammten nicht aus dem Adel, sondern nur aus Patrizierfamilien. Aber in Genua, woher mein Stiefvater kommt, und in Pisa, wo mein Vater aufwuchs, spielt das keine große Rolle. Meine Mutter wurde in Lerici geboren, einer umkämpften Stadt. Lange Zeit befand sich Lerici im Besitz von Pisa, doch dann wurde sie von Genua in einem grausamen Krieg erobert. Um meine Mutter wurde ebenfalls gekämpft – nicht von zwei Stadtstaaten, sondern von den beiden Männern, die aus diesen stammten. Mein Vater war siegreich, er nahm sie zur Frau. Wenig später wurde ich geboren, und ich wuchs – wie jeder Pisaner – mit dem Wissen auf, dass Genua zu hassen war.«

Redend blickte er an ihr vorbei, ähnlich wie in vergangenen Stunden, da er über seine Mutter Leonora gesprochen hatte.

»In den Jahren meiner Kindheit, so erfuhr ich später, ging ein Riss durch Genua«, fuhr er fort, »ein Teil der Familien, die Spinolas und die Dorias, waren ghibellinisch, sie wollten einen Kaiser aus dem Stauferhaus. Die Fieschi und die Grimaldi hingegen waren guelfisch, sie unterstützten die Welfen, was gleichsam hieß, auch Charles d'Anjou. Letztere setzten sich durch und bestimmten die Verbannung meines Stiefvaters Onorio Balbi, weil jener der ersteren Partei angehört hatte. Damit begann mein Unglück. Denn Onorio wandte sich, wie viele seinesgleichen, die von der Heimat verstoßen wurden, Pisa zu, paktierte also mit deren größtem Feind. Und Pisa nahm sie gerne auf, die verstoßenen Genuesen, weil es hoffte, es könnte damit Zwietracht schüren. Das bedeutete, dass Onorio in die Nähe meiner Mutter kam, der einst umworbenen, aber verlorenen Braut, glücklich an der Seite ihres Gatten, glücklich als meine Mutter…«

So sehr hörte Caterina auf seine Stimme, dass sie fast taub für andere Geräusche wurde. Erst nach einer Weile begriff sie, dass es diese nicht gab. Die Peitsche schwieg, Ray auch. Kurz ängstigte sie der Verdacht, dass er womöglich nicht nur seine Strafe ausgestanden hatte, sondern diese ihn das Leben gekostet hatte. Erst jetzt gewahrte sie den eigenen Schmerz in ihrem Gesicht, griff hoch, fühlte ihre geschwollene Wange, dort, wo Gaspares Faust sie zweimal getroffen hatte. Ihre Haut fühlte sich dick und weich an, sicherlich war sie rot, vielleicht sogar schon blau gefärbt.

»Ich weiß nicht, wie Onorio es anstellte, aber eines Tages war mein Vater verschwunden. Er war ja Kaufmann, er verließ das Haus und kehrte nicht wieder zurück. Drei Jahre wartete meine Mutter auf ihn, und ich mit ihr. Dann fügte sie sich der Ahnung, dass einer der Sümpfe, in die das Land um unsere Stadt immer mehr versank, ihn verschlungen haben müsste wie manch anderen auch. Ich freilich konnte mir nicht vorstellen, dass mein Vater nicht um die Gefährlichkeit der Sümpfe wusste. Von Kindheit an hat jeder Pisaner gelernt, dass wir uns von ihnen fernhalten müssen, weil dort die Mücken sind – und mit ihnen jene schreckliche Krankheit, die das Fieber bringt. Nein, ich glaube nicht, dass mein Vater einfach so verschwunden ist. Ich glaube, er ist ermordet worden.«

Caterinas Zungenspitze fuhr in einen Mundwinkel, leckte das Blut, das dort verkrustet war. Es war die einzige Regung, die sie sich erlaubte. Sie war sich gewiss – würde sie nicken, geschweige denn eine Frage stellen, so würde sein Redefluss abreißen. Er würde sie anblicken, und vielleicht würde er gewahren, dass dieses Mädchen ihn erneut zu etwas trieb, was er nicht wollte.

Solcherart aber blieb er in jenem kurzen Augenblick gefangen, der geprägt war von Gewalt, von Schonungslosigkeit – und Offenheit.

»Und so wie meinen Vater hat Onorio auch mich, der ich dessen einziger Erbe war, beiseiteschaffen lassen. Auf diese Weise konnte er sich nicht nur meine Mutter aneignen, sondern auch das ganze Vermögen, das mein Vater hinterlassen hatte. Ich kann mich noch erinnern an jenen letzten Tag, da ich in Pisa weilte. Ich habe es seitdem nicht mehr gesehen, und ich kann dir gar nicht sagen, wie sehr ich es manchmal vermisse. Die Piazza dei Miracoli mit dem Dom Santa Maria Assunta, dem Baptisterium, wo ich getauft worden bin, und jenem schiefen Glockenturm. Es heißt, es gibt Pläne, weiter daran zu bauen, gleichwohl er sich so erbärmlich nach Südosten neigt... Nun, ich weiß es nicht, denn ich war seit Ewigkeiten nicht mehr dort. Onorio fädelte es so ein, dass ich von einem Freund unserer Familie mit einer Botschaft zum Hafen geschickt wurde. Auf dem Weg dorthin erwarteten mich die Häscher. Aus Genua hatte er sie bestellt. Wiewohl von der Stadt verstoßen, nützte er seine Beziehungen dorthin, um mir zu schaden – ohne Anstand, ohne Rückgrat. Ich wurde entführt und in den Kerker geworfen, nicht weil ich ein Verbrechen begangen hatte, sondern weil ich Pisaner war. Solches geschah oft – auch auf anderer Seite. Man machte sich einen Spaß daraus, die Söhne reicher Familien zu rauben und den Erzfeinden Lösegeld abzupressen. Doch mich kaufte niemand frei. Onorio versprach meiner Mutter, alles für mich zu tun, um ihr am Ende traurig mitzuteilen, dass ich in einem der Gefängnisse zu Tode gebracht worden sei. Er stand ihr in der Trauer bei, und am Ende heiratete sie ihn. In den ersten Jahren meiner Haft habe ich jeden Tag zur Jungfrau Maria gebetet, weil sie die Stadtpatronin von Pisa ist. Ich habe zu ihr gebetet, sie möge mir die Freiheit schenken. Doch das hat sie nicht getan. Dann habe ich aufgehört zu beten und mir die finsteren, stinkenden, heißen Tage vertrieben, da ich Hunger litt und Ratten an meinen Zehen kauten, wenn ich sie nicht rechtzeitig erschlug, indem ich Rache schwor. Ich weiß nicht, wann ich sie üben werde. Ob in diesem Leben oder im nächsten. Aber ich werde es tun, wenn die Zeit reif ist. Magst du auch sagen, dass es keine Gerechtigkeit gibt, ich werde sie dennoch ertrotzen.« Er machte eine kurze Pause. »Was dir geschehen ist, tut mir leid. Heute würde ich es nicht mehr zulassen, denn du zeigst Mut und Willensstärke, und das gefällt mir. Leider kann ich's nicht rückgängig machen. Genauso wenig wie ich Onorio all die Jahre, die er als Gatte meiner Mutter nun schon lebt, nicht wieder rauben kann. Aber eines Tages werde ich ihn töten. Ich werde ihn töten.«

Er wiederholte den Satz noch einige Male, gleich so, als würden seine Worte dann unwiderruflich werden.

Doch schließlich verloschen sie, flackernd wie ein zitterndes Flämmchen, das im Windhauch immer kleiner wird und schließlich verglimmt. Er schwieg lange.

»Die Jahre im Kerker müssen bitter gewesen sein«, sagte Caterina irgendwann leise.

Eigentlich hatte sie nur Verständnis für sein Leid bekunden wollen, keine Anteilnahme. Zu fremd war ihr die Erfahrung, über die er sprach – zumindest solange er es tat. Doch dann, in der Stille, hatte sie plötzlich an ein anderes, ähnliches Schweigen denken müssen, gewiss nicht so dunkel, so beklemmend, so schmutzig, so einsam wie das, das er im Kerker erlebt hatte – aber nicht minder leer und irgendwie beängstigend.

Das Schweigen ihrer Mutter Félipa, die sich den Befehlen ihres Mannes gefügt hatte und die Welt gleich ihm als Sündenpfuhl, nicht als Ort der Sehnsüchte empfunden hatte. Ihr eigenes Schweigen, wenn sie dem Vater lauschte, seinen Ausführungen über das Leben und dass es gefährlich war. Er hatte recht gehabt, so recht, das wusste sie heute besser als je zuvor. Und doch dachte sie, dass er sie zugleich belogen und um das betrogen hatte, was auch Gaspare fehlte, um jene sanfte, vorsichtige, behütete Begegnung mit der Welt. Sie waren beide von dieser Welt fortgesperrt gewesen, um dann brutal hineingestoßen zu werden, ohne Zeit der Gewöhnung, ohne Zeit, an Gefühlen erstmals zu schnuppern. Ohne Mittelmaß hatten diese Gefühle sie getroffen, hatten sich mit all dem Starken, Wuchtigen verbündet, das die rohen Schicksalsmächte, die Feinde des Alltäglichen, zusammenzubrauen imstande sind.

Die Sonne, die Gaspare getroffen haben musste, als er endlich freigelassen wurde, war wohl nicht einfach nur warm gewesen, sondern so grell, dass sie ihn fast blind machte. Und die Weite des Himmels, in die sie gestarrt hatte, als sie zum ersten Mal im Freien stand – sie hatte keine Freiheit verheißen, nur beklemmende Unendlichkeit.

»Der Kerker«, sagte Gaspare plötzlich. »Der Kerker war nicht das Schlimmste, was er mir angetan hat. Nein, nicht das Schlimmste. Onorio weiß gar nicht, was er noch angerichtet hat.«

»Was denn?«, fragte sie. »Was?«

Akil hatte Ray in die kleine Kammer im Vorderschiff geschleift. Wortlos brachte er Caterina dorthin, als sie von Gaspare kam. Er musste ihr nichts von Rays Zustand erzählen – sie konnte es mit eigenen Augen sehen: Der ganze Rücken glich einem riesigen Batzen rohen, blutigen Fleisches, das sich verkrustete, langsam schwarz wurde. Es roch säuerlich, aber vielleicht kam das auch vom Angstschweiß, der nun langsam auf der Stirn eintrocknete und eine weiße, salzige Schicht hinterließ. Die Ohnmacht schien ihn nicht gänzlich von der Tortur erlöst zu haben; seine Augen waren zwar geschlossen, aber über seine aufgebissenen Lippen drang ein Stöhnen.

Caterina kniete sich neben ihn. »Weißt du, was zu tun ist, Akil?«, fragte sie besorgt. »Du hast gesagt, dass du in deinem Land die weisen Männer beobachtet hast, die der Heilkunst mächtig sind. Und kannst du dich doch noch daran erinnern, was Ray selbst gemacht hat, als er den Mann mit der gebrochenen Schulter versorgte?«

Akil schien zunächst ratlos wie sie.

»Wasser«, murmelte er dann, »wir müssen seine Wunden damit waschen, sie dürfen nicht schmutzig werden. Danach ist's wohl besser, sie nicht zu verbinden, sondern sie von frischer Luft trocknen zu lassen. Und Wein. Ray hat auch Wein genommen zum Reinigen, und später Olivenöl. ... Ich kann mich entsinnen ... als ich klein war ... und ein Balken des Schiffs, an dem mein Vater baute, mich getroffen hat, da hat mich meine Mutter mit weißem Talg eingerieben, und hernach hat es im ganzen Raum nach Myrrhe geduftet.«

Sehnsüchtig klang seine Stimme.

»Nun, Myrrhe haben wir nicht«, meinte Caterina, »aber Wein – kannst du welchen besorgen? Und hat Ray nicht auch gesagt, dass Salz eine reinigende Wirkung hat?«

Akil nickte, gleichwohl er nicht sofort aufsprang, um das Gewünschte zu besorgen. Stattdessen blieb er hocken, den Blick starr auf Rays Rücken gerichtet, der nun kein Blut mehr spuckte, jedoch eine sämige, helle Flüssigkeit. Nie hatte Caterina sonderliche Anteilnahme in Akils Gesicht gelesen, nun blitzte jedoch in seiner Miene etwas auf, was von einer schmerzlichen Erinnerung kündete ...

Er hatte nie erzählt, wie es sich genau zugetragen hatte, dass er versklavt und aus seiner Heimat verschleppt worden war. Vielleicht dachte er eben daran – und an die Wunden jener, deren Los es gewesen war zu sterben.

»Warum hilfst du uns, Akil?«, fragte sie, weil sie nicht wagte, daran zu rühren, zugleich aber hoffte, er möge mehr verraten.

»Weil ihr Gaspares Gefangene seid ... wie ich«, stellte er jedoch lediglich fest.

»Aber du hältst ihn doch für einen guten Herrn. Du hättest ihm nie zuwidergehandelt, wie Ray es getan hatte.«

Eben zuckte Rays Nacken. Wieder flossen unverständliche Silben ächzend über seine Lippen. Seine Augen waren geschlossen, seine Stirn schweißbedeckt. Caterina hoffte für ihn, dass er noch lange in jenem Halbschlaf gefangen bleiben möchte, der zwar unruhig war, jedoch die schlimmsten Schmerzen dämpfte.

»Ich halte ihn nicht für einen guten Herrn«, murmelte Akil. »Aber man kann ihn durchschauen. Er lebt nach einer gewissen Ordnung.«

Caterina nickte. »Und er trägt Bürden, schwere Bürden.«

Kurz dachte sie, dass es helfen würde, Akil zu erzählen, was vorhin in Gaspares Kajüte vorgefallen war, was er zu ihr gesagt hatte oder zumindest Teile davon. Alles hatte er ihr ja nicht gesagt, auf ihre letzte Frage, was denn das Schlimmste sei, was Onorio Balbi ihm angetan hatte, nicht geantwortet.

Doch ehe sie sich durchringen konnte, sich Akil anzuvertrauen, stellte jener fest: »Ja, er trägt Bürden … wie wir die unseren.«

Das eben noch aufgewühlte Gesicht war wieder teilnahmslos. Auch seine Stimme war bar des Gefühls, und Caterina ging auf, dass es das war, was sie am meisten an ihm schätzte: dass er hilfsbereit war, ohne Mitleid zu zeigen; dass er Kummer litt, ohne dabei laut zu sein; dass jede Regung beherrscht ausfiel, jedoch würdevoll. Von Akil war kein Trost zu erhoffen – aber auch keine Entblößung. Sie dachte sich, dass sie mit ihm über alles sprechen könnte, was geschehen war, über jede schmutzige, schmerzhafte Einzelheit – ohne vor Schande zu vergehen. Zugleich aber bestand keine Notwendigkeit, mit ihm darüber zu sprechen, denn nichts schien ihm verborgen zu bleiben. Er war ein Knabe, ein Kind noch – und zugleich ein uralter Mensch.

Wendig stand er auf, um nach draußen zu gehen und jene Dinge aufzutreiben, mit denen er Rays Wunden behandeln wollte.

Caterina blieb neben Ray sitzen, wagte kaum, sich zu regen, als könnte schon ein Luftzug seine Schmerzen vergrößern. Sein Stöhnen schien leiser zu werden, doch just als sie meinte, es würde verklingen und er in eine noch schwärzere, noch bodenlosere Dunkelheit versinken, da schlug er die Augen auf und schreckte hoch. Seine Wunden gaben ein grässlich schmatzendes Geräusch von sich, als sein Rücken sich anspannte. Ächzend ließ er den Kopf wieder sinken.

»Dieser Verfluchte!«, stöhnte er. »Oh, dieser Verfluchte!«

Er verschränkte seine Hände hinter dem Nacken, wahrscheinlich jene Haltung, die ihn am wenigsten schmerzte. Vorsichtig legte Caterina kurz ihre Finger auf seinen Kopf, um zu bekunden, dass sie an seiner Seite war, dass sie ihm Trost spendete.

»Es ist vorbei«, murmelte sie. »Es ist vorbei ... du hast es ausgestanden.«

Langsam strich sie über sein verschwitztes Haar, auch über seine Hände. Er erbebte, als würde er weinen, doch als er sprach, war da kein Schluchzen, nur Grimm ... und Ohnmacht.

»Es war so schrecklich«, nuschelte er. »So schrecklich. Wie sie mich festgehalten haben. Nicht nur einer. Allesamt. Ich konnte gar nicht ihre Hände zählen, es waren so viele, so viele. Und keine andere Aufgabe schienen sie zu haben, keinen Zweck zu erfüllen, als mir wehzutun. So weh. Ich dachte, ich müsste sterben, nach dem ersten Schlag schon dachte ich das. Kein Mensch überlebt das, dachte ich, ich auch nicht. Aber es ging weiter, immer und immer wieder. Oh, dieses grässliche Zischen. Und sie lachten, manche von ihnen lachten. Sie feuerten sich gegenseitig an!«

Sie hörte zu, bis er geendigt hatte. Sie unterbrach ihn nicht, so als gingen seine Worte an ihr vorbei. Dann freilich, erst in der Stille, trafen sie sie mit ganzer Wucht, anstatt sich lautlos zu verflüchtigen. Und Bilder waren da. Gefühle. Vom harten, rauen Holz, auf dem sie lag, den Schiefern, die ihre Haut stachen, der Geruch nach Teer, übermächtig und erstickend. Ihre Schreie, so erbärmlich. In ihrer Erinnerung klangen sie kaum lauter als das Quietschen einer Maus.

»Das sagst du mir?«, fragte sie, nicht, um ihn anzuklagen, einfach nur, um die Stille zu unterbrechen und was diese heraufbeschwor. »Ich habe Schlimmeres erlebt. Und es weniger verdient als du.«

Rays Nacken krümmte sich, erbebte wieder. Als er diesmal weitersprach, war sein Grimm von Scham belegt.

»Es tut mir leid... es tut mir so leid... Aber vielleicht hast du mehr Kraft als ich. Ich habe meine Kraft verloren auf diesem verdammten Schiff. Du weißt, wofür du lebst, während es mir einzig ums Überleben ging. Du willst deinen Schatz bewahren.«

Caterina zog unwillkürlich ihre Hand zurück. In all den letzten Stunden hatte sie nicht mehr an die Reliquie gedacht, die sie – nach der überstürzten Flucht – schon verloren wähnte. Nun, da sie unfreiwillig zurückgekehrt war auf das Schiff, befand sich die Reliquie wieder in ihrem Besitz. Caterina versuchte sich zu freuen, doch diese Freude war lahm. »Gaspare hat versprochen, uns freizulassen. Und ich bin sicher, er wird es trotz allem tun. Nicht heute. Nicht hier. Aber irgendwann.«

»Bevor oder nachdem er uns totgeschlagen haben wird?«, fragte Ray bitter.

»Du hast ihn mit deiner Flucht herausgefordert!«

»Und doch hat er kein Recht, uns hier als Sklaven zu halten! ... Ich zahl's ihm heim, ich schwöre dir, ich zahle ihm das heim!«

Das Reden schien ihm schwerzufallen, und doch hielt er an seinem Racheschwur fest, offenbar von Stolz getrieben – von kindischem, unnützem Stolz, wie es sie jäh deuchte.

»Ach Ray«, seufzte sie. Sie wollte ihn schelten und klang stattdessen mitleidig, als sie fortfuhr. »Wie willst du dich denn rächen? Du bist nicht länger Herr deiner Taten. Du bist Gaspare ausgeliefert... so wie ich. Du machst es nicht besser, wenn du daran verzweifelst.«

Er antwortete nicht darauf, stöhnte nur. Wieder griff sie nach seinen Händen, streichelte über sein Haar, ratlos, unsicher; sie wusste nicht, was sie tun sollte, um ihm seine Lage leichter zu machen, und als er auf ihre Berührung nicht reagierte, ließ sie ihn schließlich los, richtete sich auf, wandte sich ab.

»Geh nicht weg!«

Sie dachte, sie habe ihn falsch verstanden, hielt verdutzt inne.

»Geh nicht weg!«, wiederholte er da jedoch flehend. »Ich bin doch auch bei dir geblieben … an jenem Tag!«

Da kniete sie sich wieder zu ihm, reichte ihm die Hand, fühlte diesmal, wie er seine Finger darum schlang, sie festhielt. Sie erwiderte den Druck ohne Zögern; das Unbehagen, das sie befiel, wenn Gaspares Körper ihr zu nahe kam, war ihr in Rays Gegenwart fremd, selbst jetzt, da er von solch grässlichen Wunden gezeichnet war. Ja, an dem Tag, von dem er sprach, war ihre Welt zersplittert gewesen, und Rays Wärme war das Einzige gewesen, das nicht Teil der Zerstörung war. Auch jetzt war die Welt noch zersplittert – aber sie hatte eine geheime Lust entdeckt, nach diesen Splittern zu greifen, sich daran bis ins Blut aufzuschlitzen, zu spüren, wie es warm über ihre Wangen rann. Als Zeichen, dass sie lebte und fühlte. Oder zumindest zu beobachten, wie Gaspare es tat – zu leben, zu fühlen, sich seiner Vergangenheit zu stellen, ganz gleich, wie sehr sie schmerzte.

Sie leckte über ihre Lippen, gewahrte jetzt erst, dass sie noch geschwollen waren von seinen Schlägen, schmeckte Blut.

Aber ihr war nicht nach Weinen zumute, nicht nach Klagen. Sie hielt Rays Hand fest, sie dachte an Gaspare und wie er sie fast erschlagen hätte. Das Widersinnigste war, dass die Erinnerung daran nicht wehtat.

In der schwülen, schweren Luft heilten Rays Wunden schlecht. Immer wieder platzten sie aufs Neue auf, sämig gelbes Blut trat aus. Er ächzte viel, sprach jedoch wenig.

Caterina hatte erwartet, er würde weiterhin auf Gaspare fluchen und Rache schwören, doch das tat er nicht, vielleicht, weil er nicht selbstmitleidig sein wollte, vielleicht, weil er die Ohnmacht seiner Lage begriffen hatte und nicht länger vergebens dagegen anzugehen suchte.

Caterina war froh über sein Schweigen. Nur manchmal stimmte es sie ein wenig unbehaglich – erinnerte es sie doch an jene Zeit, bevor er sie auf Davides Schiff geschleppt hatte, als er an seinem Plan gesponnen, ihn ihr aber verschwiegen hatte. Manchmal starrte sie ihn forschend an, fragte sich, was wirklich hinter seiner Stirne vorging, aber da sie nie in ihn drang, bekam sie von ihm nichts anderes zu hören als Stöhnen und Ächzen.

Es machte ihr nichts aus, ihn zu pflegen, die blutigen Striemen mit in Wein, Wasser oder Olivenöl getränkten Leinenfetzen abzutupfen – doch ebenso froh war sie, seiner leidenden, zermürbenden Gegenwart zu entkommen.

Zu ihrem Erstaunen forderte Akil sie eines Tages auf, sie zu begleiten und mit ihm die Insel Malta zu erkunden. Sie konnte sich nicht vorstellen, dass Gaspare ihr das gestatten würde, aber Akil nickte bekräftigend und meinte: »Ray sollte sich hüten, sich auch nur einen Schritt fortzubewegen. Doch Gaspare vertraut darauf, dass du zurückkehren wirst, solange du ihn auf dem Schiff weißt.«

Caterina verzog nachdenklich die Stirne und fragte sich, wie Gaspare auf solch eine Idee kam. Nie hatte sie ergründen wollen, was genau sie an Ray band – und kam nun doch nicht umhin, es zu tun: Würde sie sich im Zweifelsfall tatsächlich verpflichtet fühlen, bei ihm zu bleiben? Wie stand sie zu ihm, dass ein anderer es für unmöglich hielt, sie könne ihn verlassen?

Freilich nutzte sie die Möglichkeit gerne, dem Anblick von Rays geschundenem Rücken zu entkommen – und den neuen Aufenthaltsort kennenzulernen.

»Warum soll Gaspare ausgerechnet auf Malta ein Ritterlehen

empfangen?«, hatte sie Akil am Abend zuvor gefragt. »Und welche Feindschaft besteht zwischen ihm und diesem Ramón?«

Der Knabe zuckte mit den Schultern. »Ich weiß nicht viel: Als man ihn aus dem Genueser Gefängnis entließ, wäre er wohl am liebsten nach Pisa gegangen, um seinen Stiefvater zu erschlagen, doch er fürchtete dessen Macht, der er – halbblind, geschwächt, verlottert – nichts würde entgegensetzen können. Ein Freund seines Vaters – ein Kaufmann wie dieser – hat ihm die Fracht eines seiner Schiffe anvertraut, und er bewährte sich auf hoher See. So hat es ihn schließlich nach Collo verschlagen, nicht nur meine Heimat, sondern pisanischer Handelsstützpunkt. Dort war er oft und – wie ich dir schon erzählt habe – auch zu dem Zeitpunkt, da König Pere die Stadt besetzte.«

»Und so hat er den König getroffen und sein Vertrauen erworben«, fuhr Caterina an seiner statt fort.

»Was nicht heißt«, meinte Akil, »dass auch König Peres Gefolgsleute Sympathie für ihn hegen. Während jener Besatzung von Collo, heißt's, ist es zu einem großen Streit zwischen Gaspare und einem von ihnen gekommen.«

Der Anflug eines Schattens huschte über Akils sonst so höflich geglättetes Gesicht. Nur ein einziges Mal hatte sie bislang eine ähnliche Gemütsanwandlung bei ihm erlebt – und damals war es um seine eigene Vergangenheit gegangen, seine Versklavung, über die er nie ausführlich berichtet hatte.

»Hatte es mit dir zu tun?«, fragte Caterina leise.

»Was tut das jetzt zur Sache?«, gab Akil wieder ausdruckslos zurück, um hernach nicht weiter darüber zu sprechen. »Fest steht, dass Ramón zum Kreise jener gehört, die Gaspare seitdem hassen.«

Am nächsten Morgen verließen sie beide das Schiff – »Ich musste Gaspare mein Wort geben. Er weiß, dass das genügt!«, hatte Akil erklärt –, erforschten den Hafen (es war jener von Marsa, wie sie später erfuhr) und die nächstgelegenen Dörfer, und hier stieß Akil nicht nur auf festen Boden aus hellem Stein, roter Erde oder verdörrtem Gras, sondern auf ein Stück Heimat.

Einst hatten die Römer die Insel beherrscht, dann die Vandalen, dann die Byzantiner, schließlich die Araber, die die Insel Malitah nannten und die deutlichsten Spuren hinterließen. Sie brachten Baumwolle und Zitrusfrüchte, nutzten die schon bestehenden römischen Straßen und Castelle, vor allem in Rabat, aber gründeten obendrein ihre eigene Hauptstadt Mdina. Dort vermischte sich die arabische Sprache mit der italienischen und der französischen, und das Sprachgemisch, das daraus entstand, blieb ebenso bestehen wie manche Minarette der Moscheen. Mochte Malta vom normannischen Roger von Sizilien erobert werden, der neben Sizilien auch Kalabrien und Apulien sein Eigen nannte, mochte Kaiser Friedrich II. sie schließlich an den Genuesen Wilhelm Grassus übergeben haben. Mochte Charles d'Anjou die Insel einnehmen, um von ihr aus Sizilien zurückzuerobern, und Pere von Aragón sie nun wieder seinem Rivalen entrissen haben – auf Malta lebten weiterhin viele Muslime, ungeachtet der Klagen mancher Bischöfe und des Trachtens vieler Herrscher, die die Heiden zu ködern versuchten, indem sie den Christen die Steuerfreiheit schenkten, den Muslimen aber nicht.

Es gab Zeiten, da sich die muslimische Bevölkerung davon einschüchtern ließ, vor allem, wenn nicht nur Steuernachteil, sondern obendrein Vertreibung angedroht wurde. Viele von ihnen ließen sich dann taufen, um freilich in friedlicheren Zeiten wieder zu dem Bekenntnis zurückzufinden, dass Allah der einzige Gott war und Muhammad sein Prophet. Dem Reichtum der Insel tat dies keinen Abbruch, sondern nutzte es vielmehr. Der Handel mit den Muslimen in Nordafrika florierte ebenso wie jener mit den Christen auf Griechenland und Sardinien.

Und so begegnete Caterina einer fremd anmutenden Welt,

als sie mit Akil die Hauptstadt Mdina kennenlernte, kaum einen halben Tagesmarsch von Marsa entfernt und auf einem Hügel liegend, von dem aus man fast die ganze Insel betrachten konnte.

Wiewohl die Stadt die »schweigende« genannt wurde, vereinten sich viele Stimmen und Laute zu einem steten Brummen und Summen: Händler, die durcheinanderschrien, berittene Aragónische Soldaten, die durch die engen Gässchen strömten, das Meckern der Ziegen, die an Stricken zum Verkauf gezerrt wurden, das Gezwitscher von in Käfigen gefangenen Vögeln. Das alles spielte sich in engen Gässchen ab – für Caterina ein unentwirrbares Labyrinth. Nicht weiter als einen Pfeilwurf konnte man sehen – dann schlugen die Sträßchen schon einen Bogen. Folgte man ihnen, dann mochte es leicht geschehen, dass man irgendwo in einer Sackgasse endete, den Weg zurück nahm und sich – was Wunder – an einem anderen Ort wiederfand als dem Ausgangspunkt. Caterina war sich alsbald gewiss: Würde man den Willen haben, die Stadt im Norden zu verlassen, so war es sicher, dass man im Süden herauskäme. Die kundige Bevölkerung hatte einst solche Gässchen errichtet, um in all den Jahrhunderten der verschiedenen Angreifer Herr zu werden; jene wurden gar oft in den vielen Winkeln und Sackgassen in die Irre geführt und dann von droben mit Säcken und Mobiliar erschlagen.

Seinerzeit, als Caterina von der Einsamkeit ihrer Kindheit in die Welt gestoßen worden war und diese sich vor allem in den Städten wie Carcassonne und Perpignan als laut und aufdringlich erwiesen hatte, hatte sie die Menschenmassen gescheut, hatte dem Lärm zu entfliehen versucht – und sei es nur, indem sie die Augen schloss. Auch jetzt hielt sie sich an Akil fest aus Angst, sie könnte ihn verlieren und hier allein zurückbleiben – und konnte doch zugleich ihren Blick nicht senken, saugte das Treiben auf, nicht nur eingeschüchtert, sondern auch beglückt darüber, dass es etwas gab, was heftig und stürmisch und belebend war – ohne ihre unmittelbare Anteilnahme zu fordern. Sie konnte zuschauen, sie konnte davon schmecken, aber sie wurde nicht überschwemmt und mitgerissen wie von den Bedrohungen und den Brüchen des eigenen Lebens.

Akils dunkle Haut indes schien sich zu röten, seine Augen glänzten. Nie hatte er Schmerz um seine verlorene Heimat gezeigt – und auch jetzt bekundete er mit keinem Wort die Freude. Aber sie war ihm anzusehen, als ihnen Menschen mit ähnlich dunkler Hautfarbe begegneten, wie Akil sie hatte, Laute formten, die in Caterinas Ohren wie Husten klangen, aber die er mühelos verstand. Lange unterhielt er sich mit Männern, die merkwürdige Kopfbedeckungen trugen – als hätte man ein Stück Stoff mehrmals um ihr Haupt geschwungen – und damit beschäftigt waren, vielerlei Waren anzupreisen oder herzustellen: bemalte Kacheln, schöne Kleider aus Wolle, Leinen und Seide, kunstvolle Gefäße aus Messing und Bronze, Bücher mit Einbänden aus Leder.

Damals, als sie von Akils Herkunft erfahren hatte, war Caterina entsetzt gewesen, mit einem leibhaftigen Heiden zu sprechen, doch auf dem Schiff hatte es so viele andere Ängste, Bedrohungen und Gefahren gegeben, dass sie schließlich viel zu froh über die Nähe und Freundlichkeit des stillen Jungen war, um beides nicht dankbar anzunehmen. Nie war er zudem durch sonderliche Gebräuche aufgefallen, nur durch seine hölzerne Sprache, sodass die Tatsache, dass er ein Ungetaufter war, nicht ins Gewicht fiel und seine Fremdartigkeit bald alltäglich wurde.

Jetzt, in dieser unbekannten Welt, ging ihr auf, dass sie selbst nicht minder andersartig war als er, gleich ihm eine Fremde, in diesem Tumult aus dunklen Händlern vielleicht sogar noch auffälliger als er. Jener Eindruck war's, der sie nicht nur dazu verführte, ihm neugierig in seine Welt zu folgen, wo neben den Muslimen im Übrigen auch Juden lebten – die bösen Gottesmörder aus den Erzählungen ihrer Kindheit, hier einfach nur Männer mit seltsam gekringelten Locken und runden Kopfbedeckungen –, obendrein fragte sie Akil zum ersten Mal nach dessen Glauben.

»Was willst du wissen?«, fragte er erstaunt.

»Ich habe gehört«, murmelte sie, »dass alle Heiden gottlos sind. Ist das wahr?«

Er schüttelte verständnislos den Kopf, erzählte, dass er an Gott glaubte, dass dessen Name Allah wäre, desgleichen, dass es eine Heiligen Schrift, den Koran, gäbe, der dem Propheten Muhammad mit Hilfe des Erzengels Gabriel direkt von Allah eingegeben worden war. Außerdem sprach er vom Willen der Gläubigen, sich ganz dem Antlitz Gottes zu verschreiben und solcherart echten und wahren Frieden zu finden, ganz gleich, was geschähe und welche Prüfungen der Allmächtige, der nicht immer gerecht und barmherzig, sondern oft schlichtweg undurchschaubar handle, dem Menschen aufgebe. Wer diesen Prüfungen standhalte, ihnen tugendhaft begegne, indem er Weisheit und Enthaltsamkeit, Mut und Gerechtigkeit an den Tag lege, der erführe zur Belohnung Glückseligkeit, Gottesnähe und den Eintritt in das Paradies.

Er endigte seufzend, und auch Caterina seufzte, nicht weil sie ihn restlos verstand, sondern weil seine Worte an etwas rührten, das sie beschädigt wähnte. Plötzlich neidete sie es ihm, dass er hier unter seinesgleichen war, zwar fremd, aber sein Bekenntnis teilend. Sie hingegen war allein, vielleicht nicht mit dem Bekenntnis, aber mit so vielen Fragen, die seine Worte in ihr aufrührten: Wie stand es mit ihrer Pflicht, den Schatz ihrer Familie an einen würdigen Bestimmungsort zu bringen? Was war davon zu halten, dass diese Pflicht ihr manches Mal so gleichgültig geworden schien? Wie tief ging der Schrecken noch, dass ihr Vater womöglich aus ketzerischem Hause stammte, oder war jener nicht längst von anderem Schrecken übertroffen worden?

Sie konnte mit niemandem darüber sprechen, weder mit Ray noch mit Gaspare, doch jetzt dachte sie, dass Akil sie verstehen würde, dass sie mit ihm bereden könnte, wie man weiterlebte, wenn man nicht nur der Familie entrissen worden war, sondern auch sämtlicher vertrauten Ordnung des Lebens, wenn man um Standfestigkeit ringen musste, ohne zu wissen, auf welchem Fleckchen Erde jemals wieder Stand zu finden sein würde.

»Wenn wir Geld hätten«, murmelte er indes wehmütig, ehe sie aussprechen konnte, was ihr auf der Seele lastete, »so könnten wir bei einem der Händler etwas kaufen; es ist bei uns Sitte, dass jene ein heißes Gesöff anbieten, welches aus frischer Minze gebraut ist…«

Caterina wich den Stößen aus, die manch einer austeilte, um leichter durch das Gewühle zu kommen.

»Was wirst du eigentlich tun, wenn Gaspare dich freilässt?«, fragte sie und musste schreien, damit er sie verstand. »Wirst du nach Collo zurückkehren, obwohl du nicht weißt, was dich dort erwartet? Wirst du nach deiner Familie suchen? Oder wirst du in einem anderen Land, wo deinesgleichen leben, neu beginnen?«

Akil zuckte die Schultern. Eigentlich hatte sie die Frage ohnehin an sich selbst gestellt: Wo war ihre Heimat, wenn Gaspare sie tatsächlich eines Tages freilassen würde? Wo war auf dieser Welt ihr Platz, nach dem, was ihr widerfahren war – und bei wem?

»Ich werde…«, setzte Akil an.

Sie hörte seine Antwort nicht mehr. Plötzlich schälte sich ein feister Arm aus der Menge, packte sie, zerrte sie fort. Sie wollte schreien, aber konnte es nicht. Schwielige Finger legten sich auf ihren Mund, und dann sah sie die Welt nur mehr durch den groben Schleier eines Hanfsacks, der ihr über den Kopf gestülpt wurde.

Corsica, 251 n. Chr.

Ich weiß nicht, wie lange ich bei Eusebius im Atrium hockte. Nachdem ich ihn zurückgestoßen hatte, war er zu Boden gefallen und dort liegen geblieben. Er hob nicht einmal den Kopf. Nur sein rasselnder Atem war hörbar, ansonsten lag sein Leib wie tot.

Ich war beschämt – zuerst von dem, was ich getan hatte, auf ihn eingeschlagen, ihn fortgestoßen. Dann, weil es mir unangenehm war, als Einzige bei ihm zu sein. Ich fühlte Blicke auf uns ruhen – doch niemand wagte es, uns nahe zu kommen.

»Du bist doch so reich!«, sagte ich schließlich, als ich das Schweigen nicht länger ertrug. »Mit deinem Reichtum könntest du Julia vielleicht retten! Du könntest irgendjemanden bestechen, damit sie freigelassen wird!«

Jetzt erst setzte er sich auf. Sein Gesicht war noch röter angelaufen.

»Reich?«, lachte er bitter. »Ich? Julia liegt mir seit Jahren in den Ohren, alles Vermögen für die Armen zu nutzen. Kaiser Philippus wusste noch, was er uns zu verdanken hatte – warum weiß es Decius nicht? Wer sorgt denn für die Bettler, für die Heimatlosen, für die Kranken, wenn nicht wir? Wenn es nach Julia ginge, wäre ich freilich selbst längst ein Bettler. Als Cyprian einst in der Gemeinde von Carthago Geld sammeln ließ, um Christen freizukaufen, die von Piraten entführt wor-

den waren, da hätte sie mich fast an den Rand des Ruins gebracht.«

»Ihr besitzt doch … diesen Schatz?«

»Wovon redest du, Mädchen?«

»Man erzählt sich …«, ich brach ab. Es schien keinen Nutzen zu haben, darauf zu dringen. Eusebius war viel zu verwirrt, viel zu aufgewühlt. Ich war es auch. Mochte ich auch noch nicht ganz begreifen, was geschehen war und was der Aufruhr bedeutete. Mochte ich auch zum ersten Mal von den Christen hören und was ihr Glauben bedeutete. Tief im Inneren ahnte ich schon jetzt, dass ich den düsteren Schicksalsmächten geholfen hatte, aus ihren dünnen Fäden Fallstricke zu spinnen, die sich bedrohlich um eine sture, entschlossene Frau zusammenzogen.

»Du hast gesagt, man hat Julia verhaftet«, sagte ich nunmehr. »Wo hat man sie hingebracht?«

»Wirst du zu ihr gehen? Wirst du versuchen, mit ihr zu reden, sie von ihrem Entschluss abzubringen?«

Seine Stimme klang nahezu bettelnd.

»Wo hat man sie hingebracht?«, wiederholte ich.

Endlich sagte er es mir, und ich erschauderte.

Es war dunkel, der Rauch verbarg die Flammen, die ihn spuckten, unter seinem schweren, dreckigen Schleier. Kaum schien ein rötliches Flackern hindurch; es war nicht stark genug, um mir den Weg zu weisen, malte einzig Schatten auf die Wände, die in diesem unruhigen Licht nicht aus Stein erbaut schienen, sondern aus Nebel.

Eusebius hatte mich bis vor den Eingang begleitet, mich hier einem Wärter überlassen, dessen Gesicht ganz hinter zotteligem Haar verborgen war, sodass man von der Ferne nicht erahnen mochte, ob er einem den Rücken oder das Gesicht zuwandte.

Ich weiß nicht, welche Unglücklichen in diesem Gefängnis –

ein unterirdischer Teil des Palastes des Proconsuls – ausharrten, von der Welt fortgesperrt, vielleicht gefoltert, vielleicht darauf wartend, dass man sie hinrichten würde. Mehr Höhle denn Gebäude schien jenes Loch zu sein, in Zeiten entstanden, da aufrührerische Einheimische sich gegen die römischen Besatzer erhoben hatten und entweder getötet oder eingesperrt oder versklavt worden waren.

Ich hatte Eusebius darum gebeten, mich allein diesen Weg gehen zu lassen. Ich wollte seine verzweifelte Stimme nicht im Ohr haben, wenn ich Julia gegenübertrat.

Warum ich es überhaupt tat?

So zielsicher war ich hierhergekommen, dass ich heute gar nicht mehr zu sagen vermag, ob es aus eigenem Willen geschah (der doch stets so zerrissen war, wenn es um Julia ging) oder weil ich mich von Eusebius dazu gedrängt fühlte, weil ich Mitleid mit ihm hatte. Ich weiß nicht mehr um meine wahren Gefühle, denn an dieser Stelle scheint mein Gedächtnis so grau verhangen, so niedrig, so beengend wie jene Kerkerhöhle.

Ich ging mit gesenktem Kopf. Ich wollte nicht zu viel sehen, auch nichts hören.

Nur diesen einen Laut – den konnte ich nicht ignorieren. Schrill, durchdringend und voller Aufruhr war er. Ein Geschrei, das mich unmenschlich deuchte. Nicht nur ich zuckte zusammen, auch der zottelige Wärter.

Der Schrei kam von Julia.

XVII. Kapitel

Malta, Frühsommer 1284

Caterina war es, als habe ihr Leib gelernt, auf größtmöglichen Schrecken zu antworten. Die Spanne, in der eine heftige, schmerzhafte Furcht an ihr zerrte, ehe sie sich der völligen Starre und Taubheit ergab, währte diesmal viel kürzer. Das Gefühl von Bedrohung und Gefahr blieb irgendwo in der Kehle stecken, anstatt ihre Gedanken zu erreichen – oder sich in einem Schrei zu entladen. Kurz wäre sie dazu noch fähig gewesen, denn als ihr der Hanfsack übergestülpt worden war, löste sich die schwielige Hand für einen Augenblick von den Lippen. Doch als ahnte sie, dass sich auf jenem lauten, wirren Markt ein Kampf nicht lohnte, tat sie weder den Mund auf, noch rang sie mit dem Angreifer. Jener hatte sie sich über die Schulter geworfen und ging mit ihr wenige Schritte, dann fühlte sie einen warmen, stacheligen Tierkörper – ein Pferd?

Sie hörte es nicht wiehern, gewahrte nur, wie sie quer darüber geworfen wurde, sodass Beine und Kopf jeweils an einer Seite hinabhingen. Das Tier deuchte sie viel weicher als ein Pferd, und als es sich in Bewegung setzte, so glich sein Gang dem Schaukeln eines Schiffs.

Ein einziges Mal versuchte sie sich aufzurichten, wollte diese Entführung denn doch nicht als endgültiges Geschick akzeptieren. Doch dann knallte unbarmherzig eine Faust auf ihren Kopf, und ihr wurde hernach so elend zumute, dass sie all ihre

Kraft darauf verwendete, gegen das Erbrechen zu kämpfen, nicht etwa um ihre Freiheit.

Wie lange der unbequeme Ritt währte?

In dem Dunkel, in dem sie verharrte – nicht tiefschwarz, sondern schmutzig braun –, wankten die Gesetze der Zeit. Alsbald schmerzte ihr Bauch so sehr, dass sie vermeinte, Stunden in dieser Lage hinter sich gebracht zu haben, obwohl das unmöglich war, denn sie hatte begonnen, die Schritte des wankenden Tieres zu zählen, und war auf keine sonderlich hohe Zahl gekommen.

Irgendwann mischte sich in das Klappern der Hufe Gerede. Eigentlich klang es mehr wie Hundegebell, rau und zerhackt.

Ob es die Sprache war, die man hier auf Malta sprach? Jenes Gemisch aus Arabisch, Französisch und Italienisch?

Akil würde es vielleicht verstehen, aber wo war Akil?

Kurz war ihre Hoffnung gespalten – richtete sich darauf, dass ihm gleiches Los wie ihr widerfahren, sie also nicht allein wäre, und galt zugleich der Möglichkeit, dass er als Zeuge dieser Entführung zum Schiff zurückgehastet und dort davon berichtet habe.

Sie konnte sich nicht entscheiden, was ihr lieber war, und ob es überhaupt hilfreich wäre, dass Akil Gaspare benachrichtigen könnte. Denn wer immer es war, der sie gepackt und wie einen Sack über das Reittier geworfen hatte – Caterina war sich nicht sicher, ob Gaspare die Macht oder den Willen hatte, diesem Einhalt zu gebieten.

Die Hoffnung, dass Akil verschont geblieben war, verflüchtigte sich ohnehin bald. Das Tier blieb stehen, jemand zerrte an ihren Händen. Kopfüber stürzte sie nach vorne, hatte Angst, mit dem Schädel auf der Erde aufzuprallen, doch ein unsanfter Griff hielt sie fest, vorerst zumindest, um sie dann schmerzhaft auf ihr Hinterteil aufprallen zu lassen. Ein Stöhnen entfuhr ihr, oder war es seines?

Durch den braunen Schleier nahm sie eine andere Gestalt wahr, die neben ihr auf dem Boden kauerte.

»Akil?«, fragte sie. »Akil?«

»Ich bin es.«

Seine Stimme klang schwach wie die eines Kindes.

»Was geschieht hier mit uns?«

»Ich weiß es nicht.«

Sie kam nicht dazu, noch mehr zu fragen. Wieder griffen fremde, unbarmherzige Hände nach ihr. Wieder wurde sie gepackt, getragen, schließlich gestoßen, offenbar in einen kleinen, engen Raum, denn die Luft war hier stickiger und heißer als draußen.

Caterina hörte ein Rumpeln, als Akil neben sie rollte, dann, wie ein Tor zugeschlagen wurde, nicht neben, sondern über ihr. Zuletzt war es still.

Wieder war es schwer, die Zeit zu messen. Sie folgte keinem regelmäßigen Takt, sondern angstvollen Fragen. Würde jemand kommen, sie holen, ihr Gewalt antun wie damals auf Gaspares Schiff?, war die erste, und mit jedem Atemzug war Caterina erleichtert, dass sich kein Geräusch vernehmen ließ.

Doch dann verstummte diese Frage, machte einer anderen Platz: Würde jemand kommen, um ihnen zu trinken zu bringen?

Nun schenkte jeder weitere Atemzug keine Erleichterung, sondern unerträgliche Anspannung, vergebliches Hoffen auf Schritte und unerträglichen Durst.

In dem kleinen Gefängnis kühlte es merklich ab, ein Zeichen, dass die Nacht angebrochen war, und wärmte sich schließlich wieder auf, als es Morgen wurde.

»Hier«, murmelte Akil und reichte ihr etwas. »Nimm den Stein und lutsche daran. Das vertreibt den Durst.«

Wiewohl sie den Hanfsack, der ihr über den Kopf gestülpt

worden war, weggezogen hatte, vermochte Caterina von dem Knaben nicht mehr zu sehen als seine Konturen. Auch die Wände des Raums ließen sich nicht erkennen, nur ertasten. Sie schienen weder aus Stein noch aus Holz errichtet worden zu sein.

»Es fühlt sich nach Lehm an«, murmelte Akil, »oder vielleicht ist's Erde. Wahrscheinlich sitzen wir gar nicht in einem Raum, sondern in einem Erdloch!«

»Aber warum?«, rief sie aus. »Warum?«

»Dass man uns in Ruhe lässt, kann nur eines zu bedeuten haben…«, setzte Akil schaudernd an.

»Was meinst du?«

»Wollte man uns auf einem Sklavenmarkt verkaufen – man hätte uns dorthin gebracht, nicht hierher. Ich kann mir auch nicht denken, dass man uns dann auf offener Straße geraubt hätte. Und würde es jemanden danach gelüsten, uns Gewalt anzutun – nun, worauf sollte dieser dann warten? Wer immer uns das antat, dem lag nicht sonderlich viel an uns persönlich, sondern vielmehr…«

Er sprach nicht weiter, aber Caterina erahnte, was er sagen wollte.

»Wird Gaspare uns suchen?«, flüsterte sie. »Wird er versuchen, uns zu retten?«

Akil zuckte mit den Schultern. Auch er hatte sich mittlerweile aus dem Hanfsack befreit. »Ich hoffe es.«

Mehr sagte er nicht, zumindest nicht zu ihr. Er begann etwas zu murmeln, mehr ein Singsang als Worte, offenbar in jener fremdländischen Sprache, mit der er aufgewachsen war. Vielleicht betete er, vielleicht sollte sie das auch tun.

Sie verschränkte die Hände ineinander, schmerzhaft fest; ihre Fingernägel stachen ins Fleisch.

Allmächtiger!, dachte sie verzweifelt. Allmächtiger, hilf mir!

Aber es kamen keine Worte über die Lippen. Sie schloss ihre

Augen; es wurde schwarz in ihr und still. Sämtlicher Frieden, den sie fand, leise, besänftigend und zugleich merkwürdig kahl, weil keine echte Tröstung verheißend, kam nicht von ihr, sondern von Akils Gemurmel. Sie wollte es nicht unterbrechen, nicht übertönen, nicht einmal in ihren Gedanken, die gleichfalls verstummten, sich einzig auf jenen Singsang ausrichteten.

Es störte Caterina nicht, dass sie ihn nicht verstand; sie war vielmehr froh, dass sie ihn nicht verstehen musste, nicht zu deuten hatte, einfach nur lauschen konnte, ganz ohne eigene Anstrengung.

Mehr und mehr sackte sie in sich zusammen, wäre fast eingeschlafen, doch mitten in Akils beschwichtigendes Gemurmel tönte plötzlich ein schriller Laut.

Stimmen. Es waren Stimmen, aufgeregt und ärgerlich und diesmal in einer Sprache, die sie verstand.

»Wo sind sie? Wohin hast du sie gebracht?«, tönte es wild.

»Gemach, gemach«, kam es beschwichtigend. »Willst du dich nach dem langen Marsch hierher nicht erst ausruhen? Gerne biete ich dir etwas zu trinken an…«

Caterina fühlte, wie ihr Mund noch trockener wurde.

»Ich habe dir schon einmal gesagt: Vergreife dich nicht an meinem Eigentum!«

»Gewiss doch! Ich hab wohl verstanden, dass dir viel an dem Mädchen liegt, Gaspare! Wenngleich mich doch ein wenig erstaunt, dass du die Frauen nun endlich für dich entdeckt hast. Ich kann es kaum glauben, nach allem, was man über dich hörte in den letzten Jah…«

»Wo sind sie?«

Das Licht traf Caterina so plötzlich wie ein Schlag. Es kam von oben, bestätigte Akils Vermutung, wonach sie in einem Erdloch gefangen gewesen waren. Obwohl Caterina zu erkennen suchte, was hier geschah, schützte sie sich doch unwillkürlich vor der Sonne, indem sie die Hände über die Augen schlug. Nur durch die schmalen Ritzen ihrer Finger erkannte sie eine Gestalt, groß und mächtig. Sie beugte sich zu ihr herunter, hob sie hoch, als hätte sie nicht mehr Gewicht als ein Kätzchen. Sie schrie verzweifelt auf, versuchte dagegen anzukämpfen, obwohl sie wusste, dass es sinnlos war. Die fremde Gestalt trug sie ohnehin nicht lange. Kaum aus dem Erdloch hochgehoben, wurde sie bereits losgelassen und fiel erneut schmerzhaft auf steinigen Boden. Das Licht blendete sie immer noch, und alles, was sie sah, schien weißlich verfärbt und von kleinen Sternchen verunstaltet, doch immerhin vermochte sie die Hand vom Gesicht zu nehmen und sich umzublicken.

Akil war gleich ihr befreit worden und rieb sich die schmerzenden Glieder. Caterina folgte seinem Blick, der starr in eine Richtung fiel – ein wenig Erleichterung blitzte darin auf, doch desgleichen auch Unbehagen, ja Furcht.

Gaspare.

Er war tatsächlich gekommen, um nach ihnen zu suchen, sie zu befreien, und wurde von einigen seiner Männer begleitet. Nie hätte Caterina gedacht, dass sie erleichtert sein könnte, diese zu sehen – wusste sie doch jene darunter, die über sie hergefallen waren. Doch hier und heute war vor allem wichtig, dass Gaspare nicht schutzlos war. Denn der feiste Ramón, der ihm gegenüberstand, war desgleichen nicht allein, sondern von seinen Leuten umgeben. Schon im Hafen von Marsa hatten sie ihn begleitet, sich damals jedoch zurückgehalten, nicht nur von ihres Herrn Befehl gezähmt, sondern vom Wissen, dass es öffentlicher Grund war, auf dem sie sich befanden. Dies jedoch schien Ramóns und folglich auch ihr Gebiet zu sein. Nicht abwartend hielten sie sich hinter ihrem Herrn, sondern kamen mit langsamen, lautlosen Schritten näher, um Gaspare und die Seinen einzukreisen.

Gaspare schien das nicht sonderlich zu beängstigen. Ihn immer noch mit zusammengekniffenen Augen musternd, fühlte Caterina förmlich die Feindseligkeit zwischen den beiden Männern. Schon bei deren erstem Zusammentreffen hatte sie erkannt, dass jene nicht nur von aktuellem Anlass gezeugt, sondern viel älter war, lange zurückreichte.

Ramón schien kein echtes Interesse an ihr zu haben. Auch jetzt beachtete er sie nicht, sein Blick war starr auf Gaspare gerichtet, und jener erwiderte ihn finster.

»Wenn du klug bist, Ramón«, setzte er heiser an, »dann lässt du sie jetzt gehen, verstanden?«

»Und wenn nicht?«, gab der andere gedehnt zurück. »Du bist hier auf meinem Land, auf meinem Grund und Boden, oder nicht?«

Seine Haut wirkte im gleißenden Sonnenlicht aufgedunsener und großporiger als damals im fahlen Mondlicht.

»Leg dich nicht mit mir an! Meine Männer wissen sich gegen jede Übermacht zu behaupten!«

Seiner Drohung folgten Taten. Schon hoben seine Gefolgsleute jene Pfeilgeschosse, die Caterina zum ersten Mal gesehen hatte, als Gaspare Davides Schiff überfiel.

»Die Pisanischen Bogenschützen!«, grinste Ramón. »In aller Welt gerühmt. Man sagte mir, dass König Pere von Aragón dich nicht zuletzt für diese außerordentlich schätzt.«

Er verschränkte die Arme über der Brust, lehnte seinen Kopf zurück, lachte, lachte immer weiter fort.

Plötzlich jenes zischende Geräusch, das Caterina schon einmal gehört hatte. Es war ein Pfeil, der schneller als ein Vogel durch die Luft glitt und haarscharf an Ramón vorbeiflitzte, schließlich auf dem Boden landete.

Caterina hatte nicht gesehen, dass Gaspare selbst ein Wurfgeschoss in der Hand hatte. Sie gewahrte es erst jetzt, als er es wieder senkte.

»War dir das Warnung genug?«, zischte er.

Ramón hatte sich an den Hals gegriffen wie seinerzeit Davide; auch er nur gestreift, nicht ernsthaft getroffen. Anders als Davide, der entsetzt das eigene warme Blut befühlt hatte, blieb Ramón aber gelassen. Wieder ertönte sein knurrendes Lachen. Gemächlich ging er ein paar Schritte zurück, bückte sich, hob den Pfeil auf, der einige Meter hinter ihm im sandigen Boden stecken geblieben war.

»Besten Dank, Gaspare«, murmelte er.

Caterinas Verwirrung spiegelte sich auf Gaspares Gesicht wider. Nicht streng und verschlossen war es mit einem Male, sondern fragend.

Doch bald klärte sich, was Ramón plante. Mit der schnellsten Bewegung, die Caterina je an ihm – der doch sonst stets der Langsamkeit den Vorzug gab – erlebt hatte, sprang er auf einen der eigenen Männer zu, packte ihn an den Haaren, um ihn zurückzuziehen, und rammte ihm mit aller Gewalt den Pfeil in die Kehle.

Ein grässliches gurgelndes Geräusch. Es klang nach Husten und Schlucken und Luftschnappen, doch jener junge Mann, den Ramón zu seinem Opfer auserkoren hatte, vermochte weder das eine noch das andere. Seine Augen traten hervor; verzweifelt blickte er auf Ramón, suchte sich an ihm, seinem Mörder, festzuhalten, hatte jedoch nicht mehr genug Kraft in den Händen. Er sackte in die Knie, während das Blut, anfangs noch gemächlich tropfend, wie eine Fontäne von ihm wegspritzte.

Ramón schien sich nicht daran zu stören, dass es ihn befleckte. Er trat nicht zurück, blickte fast mitleidig auf sein Opfer herab, und während der letzten Zuckungen seines Todeskampfes strich er ihm sogar über das Haar, sanft, beruhigend.

Schließlich erstarrte der Körper, kippte nach vorne. Das Blut fraß sich in den erdigen Boden und verdunkelte sich dort.

»Bist du wahnsinnig geworden?«

Gaspare starrte auf den Toten. Caterina auch. Gleichwohl er einen grausigen Anblick bot, hatte sie ihren Blick nicht von dem Sterbenden lösen können, so wie Akil es getan hatte, der seine Fußspitzen anstarrte.

»Bist du wahnsinnig geworden?«, rief Gaspare noch einmal.

Ramón blickte auf, jetzt ganz ohne Hast, unendlich langsam. »Schade um den Jungen«, murmelte er mit ehrlichem Bedauern. Dann wandte er sich an seine Männer. »Ihr könnt sie nun freilassen.«

Caterina und Akil wurden an den Schultern gepackt, nach vorne gezerrt, direkt vor Gaspares Füße gestoßen. Akil ließ es willig über sich ergehen, Caterina wie erstarrt. Sie ahnte, dass alles, was hier geschah, einem dunklen, gemeinen Plan folgte – aber noch wusste sie ihn nicht zu deuten.

Gaspare schien dessen Sinn eher zu erfassen, denn plötzlich wurde er noch bleicher im Gesicht.

»Du hast mich in eine Falle gelockt!«, kam es fast tonlos über seine Lippen.

Ramón war über die dunkle Blutlache gestiegen. Nun trat er gemächlich zu dem Leichnam zurück, bückte sich – schwerfällig, wie es ihm sein dicklicher Körper befahl – und zog mit einem Ruck den Pfeil aus der zerschundenen Kehle.

Wieder ein gurgelndes Geräusch, nur diesmal bar des verzweifelten Hustens und Schluckens.

Unwillkürlich schlug Caterina ihre Hände auf den Mund und war erleichtert, dass sie über Stunden nichts zu essen und zu trinken bekommen hatte. Es fehlte ihr der Mageninhalt, um sich zu übergeben.

»Wie gesagt, schade um den Jungen«, erklärte Ramón. Das Bedauern schwand aus seinem Blick; er wurde spöttisch. »Ich hätte ihm solch übles Geschick gerne erspart, hätte alles getan, um ihn zu retten. Aber leider konnte ich mich gegen deinen gemeinen Angriff nicht zur Wehr setzen, Gaspare. Du und deine

Männer waren eindeutig in der Überzahl, als ihr mich überfallen habt. Ich wusste schon immer, dass du unberechenbar bist. Nur hat niemand auf mich gehört, und so musste ich am eigenen Leib erfahren, wozu du fähig bist. Ein lächerlicher Streit um ein unscheinbares Mädchen. Und schon beschießt du mich und meine Männer mit deinen bösen Pfeilen!«

Er verschränkte seine Arme über der Brust.

»Solche Verleumdung wagst du nicht!«, fauchte Gaspare.

»Weißt du, die Wahrheit ist schlicht: Ich will dich nicht auf Malta haben. Die Insel ist zu klein für uns beide. Ich konnte dich nie leiden, schon früher nicht, und noch weniger, nachdem du mir diese kleine Meerjungfrau weggeschnappt hast. Übrigens bin ich ein fairer Mann: Ich habe sie nicht angerührt. Ich überlasse sie dir gerne – wo ich dir doch alles andere genommen habe.«

»Damit kommst du nicht durch!«

»Ach nein? Ist dies nicht dein Silberpfeil? Und können es nicht sämtliche meiner Männer beschwören, dass du ihn abgeschossen und einen der ihren tödlich verwundet hast? ... Oh ... ich vergaß zu erwähnen, wer da vor uns auf dem Boden liegt. Armer, armer Junge.«

Er beugte sich nicht noch einmal zu ihm nieder, trat stattdessen mit dem Fuß gegen den langsam erkaltenden Leib und rollte ihn damit zur Seite. Blicklos starrten die toten Augen ins gleißende Sonnenlicht; um die tiefe Wunde in der Kehle begannen schwarze, fette Fliegen zu surren.

»Er ist der Neffe eines Mannes, den du gut kennst, Gaspare. Ich glaube, unter allen Gefolgsleuten von König Pere ist er derjenige, der dich am wenigsten leiden kann. Er hat ihn mir anvertraut, weil er zwar einen rechten Mann aus ihm machen wollte, aber weil es ihn doch zu gefährlich deuchte, ihn auf seine gewaltsamen Raubzüge mitzunehmen. Nun, leider war der arme Junge auf Malta nicht so sicher, wie er's erhofft hat. Wenn er zurückkommt und vom grausamen, sinnlosen Tod seines Neffen erfährt … und wenn er erst dem König davon berichtet. Ich glaube, jener hat den Jungen auch gekannt und schien ihn zu mögen …«

»Du bist nichts als ein Stück Dreck, Ramón!«

Der andere stritt es nicht ab, sondern nickte wissend. »Das weiß ich sehr wohl. Ich habe oft genug in den Spiegel gesehen. Aber wenn Gott mich schon mit Hässlichkeit gestraft hat, so heißt das nicht, dass ich sonst alles dulden muss, was Er nach freiem Gutdünken mit mir plant. Wie gesagt: Diese Insel ist zu klein, viel zu klein für uns beide. Keinen halben Tag braucht's, sie einmal zu überqueren. Wohin du dich auch drehst, ständig stößt du aufs Meer. Langweilig ist das, sehr langweilig, aber wenn der König mich schon hier haben will, so will ich mich zumindest allein hier langweilen.«

Sprach's, drehte sich um, verweilte dann kurz.

»Jetzt habe ich noch gar nicht gesagt, wessen Neffe der arme Junge hier ist. Es ist der Neffe von …«

Er setzte eine kunstvolle Pause. Caterina hörte, dass Akil scharf den Atem einsog. Dann sprach Ramón einen Namen aus, den sie zwar schon einmal gehört hatte, aber mit dem sie nicht sonderlich viel anfangen konnte.

Ruggiero di Loria.

Er war einer der erfolgreichsten Ritter von König Pere von Aragón, hatte jene entscheidende Seeschlacht um Sizilien gewonnen, ehe der König von Collo kommend dazugestoßen war, und hatte von Trapani aus die ganze Insel erobert. Kein Fisch durchkreuzt noch das Mittelmeer, wenn er nicht die Fahne des Königs von Aragón trägt, hatte er nach seinen vielen Siegen stolz geprahlt.

Akil erzählte ihr das auf dem Rückweg zum Hafen. »Ruggiero stammt aus dem Süden Italiens, keiner weiß recht, woher. Offenbar ist er ein Nachkomme einer großen Adelsfamilie, doch er sah in seinem Lande keine Zukunft, und als Constantia von Sizilien König Pere heiratete, so war er einer ihrer Begleiter und diente sich am Hof von Aragón hoch. Er ist intrigant, er ist skrupellos – doch König Pere ist er treu ergeben. Jener hat ihm sogar eine Verwandte seiner Frau Constantia zur Gattin gegeben. Herkunft zählt für Pere nicht sonderlich viel, das war auch Gaspares Glück; es zählen einzig Treue… und der Wille zu siegen.«

Caterina konnte die karge Insel betrachten, die weitgehend flach, von kahlem, vertrocknetem Grün bedeckt – und doch nicht ohne Farben war. Der Stein, der Wiesen und Felder zerklüftete, schien im Licht zu leben. Etwas weiß glänzte er im Sonnenlicht, gelblich dort, wo Schatten auf ihn fielen. Mal ging er fast ins erdige Rot über, mal in ein schmutziges Grau. Manchmal war das Land von kleineren Erhebungen durchsetzt, geköpften Hügeln gleichend, als hätten jene, die sich in luftige Höhen recken wollten, schon nach wenigen Metern eine unsichtbare Wand im Himmel vorgefunden, die sie abschnitt. Wie Goldtupfer schließlich glänzten kleine, gedrungene Büsche mit gelben Blüten, durchbrochen dann und wann von lila Pünktchen – Blüten jener Kakteen, die ihre vielen flachen Hände selten gegen den Himmel ausstreckten, sondern damit vielmehr die Erde bedeckten. Ramón hatte recht gehabt, als er sagte, wie klein die Insel war. Egal, in welche Richtung sie ritten – schon tauchte rechts, schon links, dann vor ihnen das Meer auf, funkelnd, als wären Tausende kleiner Kristalle darüber verschüttet worden. Sie krönten die Wellenspitzen und vereinigten sich in der Ferne des Horizonts, dort, wo die See den Himmel traf, zu einem silbernen Reif.

»Aber was hat dieser Ruggiero di Loria mit Gaspare zu schaffen? Ist er wirklich sein Feind, wie Ramón sagte?«

Akil zögerte kurz, aber dann sprach er doch. »Ich habe dir doch erzählt – von meiner Heimat Collo, vom ruhmlosen Kreuzzug, zu dem König Pere aufbrach…«

»Du sagtest, die Stadt ist von Pere erobert worden … und du versklavt. Gaspare hat dich gerettet – zum Zwecke, dass du ihm sämtliche Kenntnisse über den Schiffsbau verrätst.«

»So war es«, nickte Akil, »aber damit ist längst nicht alles gesagt. Darüber, dass er mich rettete, geriet Gaspare in heftigen Streit mit Ruggiero.«

»Warum?«

»Er ist ein guter Kriegsherr, dieser Ruggiero di Loria, aber grausam, unendlich grausam. Nicht einfach nur roh und brutal, wie man im Krieg sein muss, will man siegen und überleben. Nicht einfach nur der feinsinnigen Seele bar, wie viele, die zu viel Blut gesehen haben. Der Krieg ist ihm viel mehr als nur Mittel zum Zweck. Er liebt ihn, er sucht ihn. Weil er gerne Menschen quält. Gaspare ist anders. Die Menschen sind ihm viel zu fremd, als dass er sich an ihrem Leiden erfreuen könnte.«

Akil schwieg einen Augenblick, kämpfte mit seinen Erinnerungen, spuckte sie schließlich aus.

»Ruggiero di Loria war in Collo dabei, in jenen Monaten des Sommers 1282, als Pere noch darauf hoffte, Tunis besetzen zu können. Nun, das gelang ihnen nicht, doch sie mussten irgendwie die Mannschaft beschäftigen: Zuerst taten sie das, indem sie die Männer einen Wall um Collo errichten ließen – später, als sie die Stadt freigaben, haben sie ihn wieder abgerissen. Dann haben sie sie Feuerholz sammeln lassen. Und schließlich meinte Ruggiero, dass es nicht nur darum ginge, die Monate des Wartens ohne Langeweile und Streit, den diese bedingte, zu überstehen, sondern dass es ihrer aller Recht wäre, sich zu bereichern. So begann er mit seinen Truppen den ganzen Küstenstreifen rund um Collo heimzusuchen und zu plündern. Hafer, Rinder, Ziegen und Schafe, auch Stoffe wurden gestohlen. Und er hat regelrechte Jagden auf Einheimische veranstaltet, um sie zu versklaven. Für einen Golddenar wurden Männer meines Volkes später verkauft, Frauen und Kinder waren billiger zu haben.«

Akils Gesicht verdunkelte sich, und kurz dachte Caterina, er würde nicht mehr weitersprechen.

»Ruggiero war damals noch nicht Admiral der katalanischen Flotte«, rang er sich schließlich doch mühsam ab. »Das wurde er erst im nächsten April. Vielleicht war er darum so unzufrieden in Collo ... weil die erhoffte sieg- und ruhmreiche Schlacht ausblieb. Manchmal hat er sich nicht damit begnügt, Menschen meines Volkes zu versklaven ... manchmal hatte er einfach seine Freude daran gehabt, wehrlose Gefangene abzuschlachten, vor allem jene, die versucht haben zu fliehen. Er war so stur, so versessen auf ihr Blut, dass er manchen wochenlang nachjagte, nur um sie dann zu töten.«

Caterina blickte ihn mitleidig an. »Du kennst ihn, nicht wahr?« Sie ahnte, wie die Geschichte weitergehen würde. »Du ... du bist ihm begegnet.«

»Ja, auch ich war unter jenen, die er töten wollte«, sagte Akil leise, und seine Stimme wurde brüchig. »Er meinte, ich sei in einen Aufstand verwickelt, den manche Männer meines Volkes planten. Doch er wollte es nicht einfach mit dem Schwert tun. Er ... er wollte mich von Hunden zerfleischen lassen, denn längst war so viel Blut geflossen, dass ihm das einfache Schlachten nicht mehr reichte, um seine Gier zu befriedigen.«

Er verstummte, doch Caterina hatte genug erfahren, um für ihn fortzufahren.

»Und Gaspare hat dich gerettet. Er ist dazwischengetreten.«

»Vielleicht hatte er Mitleid mit einem Knaben, wo er doch selbst einst so ein unglücklicher gewesen ist, der Willkür anderer ausgeliefert, hilflos und ohnmächtig«, murmelte Akil. »Gaspare hatte damals zwar schon das Vertrauen des Königs, aber genau genommen war er nicht sonderlich mehr als einer jener pisanischen Kaufleute, die in Collo handelten. Trotzdem war er selbstbewusst genug, um Ruggiero entgegenzutreten. Sie sind in so heftigen Streit geraten, dass nur der König sie trennen konnte, als sie mit Fäusten aufeinander einschlugen. Gleichwohl ihm Ruggiero näherstand, war König Pere von Gaspares Mut und festem Willen beeindruckt. Nicht viel später hat er ihm ein eigenes Schiff anvertraut und eine Truppe der Almogavares. Ruggiero di Loria aber hasst seitdem Gaspare.«

»Almoga… was?«

»Als König Pere zu seinem Kreuzzug aufbrach, hat er sämtliche Männer seines Volkes um sich geschart: Abenteurer, Bauern – und Menschen aus dem Gebirge. Letztere sind besonders rau und widerstandsfähig. Bekannt für ihre Reiterangriffe… und ihre Plünderungen, vor allem in der Nacht.« Wieder verdunkelte sich Akils Gesicht. »Ruggiero hat dem König immer nähergestanden – doch auch auf Gaspare wollte jener nicht verzichten, hat sich nur überlegt, wie er die beiden voneinander fernhalten könnte. Zwar hat Gaspare noch an der Schlacht um Sizilien teilgenommen, aber während Ruggiero dort blieb, später versuchte, Kalabrien zu erobern, schließlich bei Neapel über die Franzosen siegte, da schickte Pere Gaspare lieber auf Fahrten durchs Mittelmeer. Er hat auch zu vermeiden versucht, Gaspare in jenen Handel einzubeziehen, der sich zwischen Sizilien und Tunis entspann. Gaspare schließlich nach Malta zu befehlen deuchte ihn eine gute Idee. Denn Malta wurde von Corrado Lancia erobert, nicht von Ruggiero, und obwohl jener dessen Schwager ist, gab es nie ein Zerwürfnis zwischen Corrado und Gaspare.«

Er zuckte die Schultern, bekundend, dass dieses Vorhaben dank Ramóns gemeinem Plan gründlich schiefzugehen drohte. Mochte König Pere im Streit um einen Sklaven nicht zu des ein oder anderen Gunsten entscheiden – wenn es um den Mord an Lorias Neffen ging, würde er es gewiss tun und jenen unterstützen, der ihm näherstand.

Caterina schüttelte den Kopf, aber die Bilder ließen sie nicht los. Weder der Anblick, wie Ramón dem armen Mann den Pfeil in die Kehle gerammt hatte. Noch jene, die Akil heraufbeschworen hatte, als er ihr seine Geschichte erzählte. Wie viel Leid. Wie viel Blut. Wie viel Ungerechtigkeit.

»Und jetzt?«, fragte sie leise.

Akil zuckte die Schultern.

»Ramón wird Ruggiero seine Lügen auftischen, und jener wird alles tun, damit Gaspare sich nie wieder bei König Pere blicken lassen kann. Er wird das Lehen hier in Malta verlieren und wahrscheinlich eilig von hier fliehen, um später nie wieder eine der Inseln zu betreten, die in Pere von Aragóns Machtbereich fallen.«

»Denkst du wirklich, dass ...«

»Selbst wenn der König ihm vergeben würde – wenn Ruggiero davon erfährt, dann wird er Jagd auf ihn machen. Gaspare wird Sizilien meiden müssen, die Insel Pantelleria, Kalabrien ...«

»Aber ...«

»Und noch weniger kann er sich in jenen Ländern blicken lassen, wo Charles d'Anjou die Macht hält, weil er auf Seiten von dessen ärgstem Feind gekämpft hat.«

»Aber ...«

»In Pisa hat er keine Freunde, dort lauert nur sein Stiefvater, der alles tun würde, den unliebsamen Erben ein zweites Mal aus dem Weg zu schaffen. Und für die Genuesen war er immer schon nichts weiter als ein Pirat. Ich denke, dass ihm nichts anderes übrig bleibt, als diese Rolle zu erfüllen.«

Homo viator.

Jenes Wort fiel Caterina ein, das Ray dereinst für sich gebraucht hatte. Ein Heimatloser sei er – und genau das, was die Menschen in ihm sehen wollten.

Der restliche Weg verlief schweigend. Akil war in seinen düsteren Erinnerungen gefangen – und offenbar war das auch Gaspare. Caterina warf dann und wann einen vorsichtigen Seitenblick auf ihn, der bislang noch kein Wort zu ihr gesprochen hatte, suchte zu ergründen, wie tief ihn dieser Schlag traf. Seine Schultern schienen schmaler zu sein als sonst, so tief ließ er sie hängen, aber sein Gesicht war ausdruckslos wie immer.

Erst als sie wieder am Hafen von Marsa ankamen, konnte Caterina den Mut aufbringen, auf ihn zuzugehen. Sie wusste nicht, was sie ihm sagen sollte. Sie wusste nicht, ob er ihr die Schuld an den Ereignissen gab, ob sie sein Hader, seine Rache treffen würden.

»Du hast mich gerettet«, murmelte sie, und es war aufrichtig gemeint. »Es tut mir leid, dass es dich so viel gekostet hat…«

Als er seinen Blick hob, war jener tot.

Dann sagte er etwas, was sie nicht verstand.

»Hab Dank, Caterina, hab Dank.«

Heimelig und schützend deuchte Caterina ihre Kammer, als sie endlich auf die Bonanova zurückgekehrt war; kein Gefängnis mehr, sondern nach allem, was geschehen war, ein Zufluchtsort.

Ray schien auf sie gewartet zu haben, wenngleich er seine Ungeduld und Sorgen nicht eingestand. Als sie den Raum betrat, waren seine Augen hungrig und zugleich angsterfüllt auf die Tür gerichtet gewesen – um sogleich wegzusehen, als er sie wohlbehalten erblickte und sie zu reden anhub. Auf Gaspares Erwähnung reagierte er mit sichtbarer Gleichgültigkeit, bekundend, dass er mit dessen Geschick nichts zu tun haben wollte. Doch Caterina scherte sich nicht darum, sprach in einem fort, nicht der Logik zeitlicher Abläufe folgend, sondern alles durcheinanderwerfend: die grausame Ermordung von Ruggiero di Lorias Neffen, ihre Verschleppung, Gaspares nun wohl unvermeidliche Verbannung von der Insel, die Ängste, die sie in dem Erdloch hatte ausstehen müssen. Sie erzählte es nicht nur einmal, sondern mehrmals, in verschiedenen Varianten, mal aufgeregt, mal wütend, mal neugierig, mal verwirrt.

Zuletzt lauschte Ray gebannt.

»Man … man hat dir doch nichts getan?«, fragte er mit leiser Sorge.

»Ist es nicht genug, dass man mich fesselte und über ein sonderbar schaukelndes Tier warf? Ich weiß nicht einmal, ob's ein Pferd war.«

»Gewiss … aber …«

»Nein, sonst hat man mir nichts getan!«, sagte sie. »Aber wenn Gaspare mich nicht gerettet hätte …«

»Darauf hat es Ramón doch angelegt, oder nicht?«, knurrte Ray unwirsch.

»Gaspare hätte es nicht tun müssen! Und dass er's tat – oh, was hat es ihm nur eingebracht!«

Ray zuckte die Schultern. »Das geschieht ihm recht«, meinte er nicht ohne Schadenfreude.

»Du hast doch keine Ahnung!«, stieß sie heftig aus.

Sie hatte selbst keine. Sie wusste nicht, warum Gaspare ihr vorhin gedankt hatte. Er hatte kein weiteres Wort zu ihr gesagt, sich nicht erklärt, hatte sie einfach stehen gelassen und war verschwunden, freilich ohne Grimm, den sie in diesem Augenblick doch erwartet hatte, stattdessen mit einem versonnenen Lächeln, dem keinerlei Verbitterung anzusehen war, jedoch – Erleichterung.

»Was regst du dich auf?«, sprach indessen Ray fort. »Für jeden Sünder die gerechte Strafe – das ist doch, was du glaubst und willst. Nun, dann müsstest du dieser Tage doch ein fortwährendes Freudenfest feiern. Mir hat man den Rücken zu Brei geschlagen für meinen finsteren Verrat an dir, der dich in solch abscheuliche Lage brachte. Und Gaspare fällt in Ungnade bei seinem König, weil er einst so herzlos war, dich seinen Männern vorzuwerfen. Ist das nicht ein Zeichen dafür, dass es doch einen Gott gibt und dass der gerecht ist?«

Sprach's und zuckte wieder mit den Schultern.

Caterina setzte sich zu ihm, nicht länger aufrecht gehalten von der erregenden Erzählung, sondern plötzlich unendlich müde. Doch nun, da sie darüber schwieg, schienen sich die Eindrücke des Tages erst recht zu verknäulen.

»Es … es ist nicht so einfach …«, setzte sie an, aber wusste nicht, was sie sagen wollte.

Kurz sehnte sie sich ein wenig nach jener Leere, die sie empfunden hatte, als Akil neben ihr gebetet hatte, wohingegen sie kein Wort an Gott zu richten vermocht hatte. Keine fordernde, bedrohliche Leere war das gewesen, kein Loch, das jäh vor einem aufragt und in das man stürzen kann. Eher ein mildes, freundliches Niemandsland, zu eintönig, als dass sich dessen Erforschung lohnte. Nur zuzuhören war angeraten, kein eigenständiges Handeln und Entscheiden.

Die jetzige Stille hingegen war beklemmend, weil fordernd. Sie schien etwas von ihr zu erwarten, vielleicht Worte, vielleicht … Tränen, um ihre Seele von den Schrecken des Tages zu säubern.

Doch als es ihr schon feucht in die Augen stieg, da überkam sie jene altbekannte Furcht, dass dieses reinigende Seelenwasser auch sämtlichen Morast aufwühlen könnte, der unter dem gegenwärtigen Schrecken wartete. Hastig schluckte sie die Tränen. Es schmerzte in der Kehle und ging auch nicht lautlos vonstatten. Ein leises Schluchzen erklang.

»Hehe«, murmelte Ray da plötzlich, nicht länger gereizt, sondern sanft. »Hehe, du musst doch nicht weinen. Du hattest große Angst, als dich die fremden Männer verschleppten, nicht wahr?«

Seine Stimme war ihr so nah, auch sein Körper. Fast konnte sie ihn spüren, und er suchte auch noch letzten Abstand zu überbrücken, indem er sich trotz seines verletzten Rückens zu ihr schob, vorsichtig, aber entschlossen, sie zu umarmen.

Da stiegen ihr neue Tränen auf, noch heftiger und heißer als vorher. Doch wenn sie sich darein fallen ließ – wie tief würde sie wohl tatsächlich fallen? Nur in seine Arme? Warteten nicht all die Dämonen auf ein Zeichen ihrer Schwäche, warteten darauf, rücksichtslos ihre Seele zu erobern und zu zerfleischen? Und woher kam dieses fast kitzelnde Grummeln in ihrem Magen, das da auf seine Berührung antwortete, auf das Gefühl von seiner Haut, wie sie auf ihrer rieb?

»Lass mich in Ruhe!«, fuhr sie ihn an und rückte ab.

Ray presste die Lippen aufeinander.

»Du darfst dich nicht bewegen!«, versuchte sie ihr Handeln zu rechtfertigen. »Deine Wunden könnten aufplatzen.«

»Ich kann dich trösten, wann immer ich will!«, meinte er.

»Aber ich brauche deinen Trost nicht«, erklärte sie schärfer, als sie es wollte.

Lang blieb es still zwischen ihnen.

»Gut so«, murmelte er schließlich. »Dann eben nicht. Aber ich, ich bräuchte etwas. Dringend sogar, weil ich's so lange nicht mehr hatte. Ein Fass Wein zum Saufen, eine Hure, die ihre Schenkel spreizt, und endlich wieder meine Freiheit, damit ich die Menschen an der Nase herumführen kann.«

Er sprach es grimmig, vielleicht, weil er sie einfach nur schockieren und herausfordern wollte wie einst. Diese Freude wollte sie ihm nicht machen.

»Auf diesem Schiff findest du sicher keine Hure, und das mit dem Wein würde ich sein lassen«, murmelte sie, und ihre Stimme klang wie ausgekühlt. »Soweit ich mich erinnern kann, verträgst du nicht allzu viel davon.«

Ray schien andere Worte erwartet zu haben, Empörung oder Tadel, denn er blickte verwirrt hoch. Doch ehe er etwas sagte, huschte Akil in ihre Kammer, sanft und leise wie immer.

»Gaspare«, murmelte er in Caterinas Richtung. »Es ist vielleicht besser, du kommst zu ihm …«

Sie war beim plötzlichen Erscheinen des Knaben zusammengezuckt. »Hat er nach mir geschickt?«, fragte sie unbehaglich.

»Nein«, sagte Akil. »Aber er verhält sich so, als hätte er den Verstand verloren.«

Corsica, 251 n.Chr.

Ich folgte dem gequälten, erbärmlichen, unmenschlichen Schrei, der aus der Tiefe des Kerkers zu uns drang, in dem Julia hockte. Es scheint erstaunlich, dass ich sogleich erkannte, aus wessen Kehle er stammte, denn er hatte nichts mit dem Klang gemein, der ihrer Stimme sonst so eigentümlich war. Ich trieb den Wärter zur Eile an. Die Stufen waren uneben und glitschig; das Licht in diesem höhlenartigen, unter der Erde liegenden Gemäuer wurde immer dunstiger. Und doch erkannte ich alsbald den Grund für ihr Schreien.

Immer hatte ich sie als Herrin der Lage erlebt, nun war sie ihnen ausgeliefert, jenen Männern, die kurz vor mir den gleichen dunklen, rauchigen Weg gegangen waren, vielleicht auf Befehl eines Christenfeindes, vielleicht aus eigenem Gutdünken, weil man einer Feindin Roms schließlich zusetzen konnte, ohne jemals dafür bestraft zu werden, ganz gleich, ob sie nun aus gutem Hause ist oder nicht. Womöglich war es gerade Letzteres, was sie reizte.

Sie waren zu dritt – und sie ganz alleine.

Als ich und der zottelige Wärter eintrafen, da hatte ich den Eindruck, man wolle sie nicht bloß schänden, sondern zerreißen. Der eine hielt Julia an den Armen gepackt, die beiden anderen hatten jeweils ein Bein zu fassen bekommen, und während solcherart nicht nur ihr Leib erbärmlich gezerrt wurde, sondern auch ihre Tunika zerriss, stritten sie sich, welcher der Erste sein sollte, der sie bekam.

Ich war entsetzt über das, was ich sah. Und konnte zugleich den Blick nicht davon wenden. Fahl war Julias Haut, vom grauen Schleier bedeckt, der hier allem die Farbe nahm. Dass ihr Leib dürr und sehnig war, hatte ich früher nur erahnen, vielleicht an ihren Händen sehen können. Nun gewahrte ich, dass sie kaum Brüste hatte; einzig das Runde der dunklen Warzen hob sich ein wenig. Ihr Bauch war straff und glatt, ihre Hüften schmal wie die eines Jungen. Ja, einem solchen glich sie gänzlich, nur zwischen den Beinen nicht, wo trotz ihrer hellen Haare sich dichte, dunkle Locken über ihrer Scham kräuselten.

Ich fühlte, wie ich glühend rot wurde. Ich hatte nackte Menschen gesehen, und auch erlebt, wie sie sich paarten – doch Julia entblößt zu sehen war etwas anderes. Es war mir unangenehm, und zugleich, ich kann es nicht leugnen, war eine diebische Lust dabei, sie in dieser Lage zu erleben, schwächer, so viel schwächer als ich – wohingegen sie doch immer jene gewesen war, die ihr Leben zu beherrschen schien, nicht nur das Leben, auch den Tod. Letzteren fürchtete sie nicht, ja, sie schien ihn sogar anzustreben.

Aber der Tod hat so viele Gesichter, und das Heldenhafte ist sein seltenstes. Das, was ihm vorausgeht, schmeckt meist nach Elend, nach Siechtum, nach Einsamkeit – oder nach Gewalt.

Das hast du nicht gewollt, oder?, ging mir durch den Kopf, fast höhnend, voller Genugtuung, als wäre ihr Entschluss, für den Glauben ins Gefängnis zu gehen, eine persönliche Kränkung wider mich.

Beides währte nicht lange, fiel von mir ab, kaum dass nun einer der Männer ihr Bein losließ und – offenbar zum Ersten erwählt – sich zwischen ihre Schenkel hockte.

»Aufhören!«, rief ich. »Sofort aufhören! Wenn Felix Gaeta-

nus davon erfährt, seid ihr alle des Todes, gleich, wessen sie selbst sich schuldig gemacht hat!«

Ich war erstaunt, wie kraftvoll meine Stimme klang. Sie erreichte mühelos die Männer, ließ sie herumfahren, mich skeptisch anschauen. Ihre Mienen waren anfangs ärgerlich, dann ängstlich. Sie schienen am Blick des Kerkermeisters deuten zu wollen, ob ich befugt war, ihnen zu befehligen, doch jener war unter der Flut der zotteligen Haare verborgen. Dass er sich nicht regte und einmischte, mochte ihnen anfangs noch Zeichen dafür sein, dass ihm ihr Verhalten gleichgültig war – dann verstanden sie, dass sie die Folgen alleine würden zu tragen haben.

Julia fiel polternd zu Boden, als sie sie losließen. Murrend und enttäuscht erhoben sich die Männer, trabten an mir vorbei; ich fühlte ihre giftigen Blicke. Der Kerkermeister folgte ihnen nach draußen, dann war ich allein mit ihr.

Sie blickte hoch.

»Du hast mich gerettet«, murmelte sie. »Du hast mich gerettet, Krëusa.«

XVIII. Kapitel

Mittelmeer, Sommer 1284

Gaspare hatte etwas mit Ray gemein. Auch er vertrug den Wein nicht. Als Caterina zu ihm kam, war sein bleiches Gesicht von roten Flecken übersät. Er hatte beide Hände gegen die Schläfen gepresst, hielt damit den Kopf gestützt, und als er kurz hochblickte, gewahrte sie, dass auch seine Augen gerötet waren.

Caterina blieb abwartend stehen. Er sagte nichts, lud sie auch nicht mit einer Geste zum Näherkommen ein, sondern senkte rasch wieder seinen Blick. Sie folgte diesem, sah den Kelch Wein vor ihm stehen. Nie hatte sie selbst Wein geschmeckt, einst nur Rays säuerlichen Atem gerochen, wenn er zu viel davon getrunken hatte. Es hatte sie immer angewidert. Heute hingegen dachte sie zum ersten Mal, was es für ein Labsal wäre, etwas Starkes zu schmecken, egal ob Saures oder Bitteres oder Scharfes.

»Warum, Gaspare«, setzte sie an. »Warum hast du mir vorhin gedankt, als wir zum Schiff zurückkamen? Du ... du warst es doch, der mich gerettet hat. Und aus diesem Grund steckst du nun in größten Schwierigkeiten, du ...«

»Willst du davon?«, unterbrach er sie und hob den Kelch, als hätte er ihre vorigen Gedanken erahnt.

Sie schüttelte den Kopf, nicht ohne Bedauern. »Mein Vater sagte stets, es sei eine Sünde, die Sinne zu betäuben und den Geist zu verwirren.«

»Ha!«, lachte Gaspare, es klang bitter. »So war meine Mutter nicht. Sie war sehr sinnesfreudig. Sie hat viel gesoffen, vor allem nach dem Tod meines Vaters.«

Fragend hob Caterina den Blick. Immer hatte er mit Wehmut über Leonora gesprochen, mit Respekt und Sehnsucht – nie so verächtlich. Sie wusste nicht, was dies nun zu bedeuten hatte, aber er blieb ohnehin nicht lange bei diesem Thema.

»Weißt du«, setzte er an, »es gibt mehr als nur ein Gefängnis in Genua. Genau genommen ist die Stadt seit mehr als drei Jahrzehnten geteilt. Es gibt die Alte Stadt, die Civitas, welche das eigentliche Zentrum ausmacht, und den Burgus, eigentlich nur die Vorstadt, die sich darum herum angesiedelt hatte und schließlich aus allen Nähten platzte, sodass man auch ihr manche Rechte zusprach. All jene Familien, die es im alten Genua zu nichts brachten, spielten sich hier als Mächtige auf. Die Guercis, del Mores, Sardenas. Und die Lomellinis. Letztere waren es, mit denen mein Stiefvater paktierte. Ich … ich habe es nicht einmal in das Gefängnis der Civitas gebracht. Ich blieb in einem viel erbärmlicheren hängen.«

Kurz hob er den Blick; die vielen kleinen roten Äderchen in seinen Augen machten den Blick weicher und feuchter. Der säuerliche Geruch nach Wein stieg ihr noch stärker, noch verlockender in die Nase. Gerne wollte sie den Geist verwirren. Gerne ihre Sinne betäuben. Und wenn es eine Sünde wäre … nun, was zählte es noch?

Doch sie ergriff den Kelch immer noch nicht, blieb nicht um Gottes willen nüchtern, aber wegen Gaspare. Sie wollte in der Lage sein, seine sonderbare Laune zu deuten, als ihr im Zustand des Rausches ausgeliefert zu sein.

»Du hast einmal gesagt, dass das Gefängnis nicht das Schlimmste gewesen ist, was dir dein Stiefvater angetan hat. Was hast du damit gemeint?«

Das Geräusch, das seinen Lippen entfuhr, klang wie ein Kichern, aber er antwortete nicht auf ihre Frage, sondern auf eine andere.

»Du wolltest wissen, warum ich dir dankbar bin?«, setzte er an. »Obwohl ich doch durch Ramóns gemeine Intrige mein Ansehen verliere? O ja, ich bin dir dankbar. Der Tag hat mir meine Augen geöffnet, mir ist so vieles klar geworden … Du willst also tatsächlich keinen Wein?«

Sie schüttelte den Kopf.

»Was ist dir klar geworden?«

Er versenkte die Lippen in dem Kelch. Als er ihn wieder absetzte, glänzten sie bläulich wie so oft.

»Als man mich endlich aus dem Kerker freiließ, da dachte ich, die Sonne würde mich verbrennen. Ich habe sie acht Jahre nicht gesehen. Acht Jahre! Das kann kein Mensch aushalten, diese gleißenden Strahlen. Ich werde blind, dachte ich. Aber eigentlich war ich schon blind. Im Kerker hatten meine Augen nicht viel zu tun, sie gewöhnten sich daran, faul zu sein. Jetzt mussten sie erst wieder mühsam erlernen, mit der hellen Welt zurechtzukommen. Und meine Haut. Sie lief am ersten Tag so rot an, dass ich meinte, sie würde verbrennen. Erst später lernte ich, sie zu schützen.«

»Gaspare …«

»Lass mich weiterreden! Ich konnte nicht in Genua bleiben, ich konnte nicht nach Pisa gehen; mein Stiefvater hätte mich am gleichen Tag erschlagen. Vielleicht hast du gehört, dass sich ein Freund meines Vaters erbarmte, mich zum Kaufmann machte. Aber eigentlich wollte ich kein Kaufmann sein, verstehst du? Ich wollte nicht handeln, ich wollte töten. Meinen Stiefvater wollte ich töten, aber die Zeit war noch nicht gekommen, sie war noch nicht reif. Ich hatte das Kämpfen nicht gelernt, also übte ich es – ich übte, indem ich genuesische Schiffe überfiel, sie ausraubte, manchmal die Mannschaft tötete oder zumindest einen Teil davon. Ich habe das nicht gern gemacht, verstehst du?

Es hat mir keine Lust bereitet so wie Ruggiero di Loria. Aber … aber es hat mir auch nicht leidgetan.«

Er schüttelte den Kopf, als wollte er Erinnerungen abwehren. Es schien ihm zu gelingen, denn als er fortfuhr, war seine Stimme ausgekühlt.

»Ich war bald bekannt als Feind der Genuesen, was widersinnig ist, denn eigentlich wollte ich mich nie an ihnen rächen … nur an meinem Stiefvater. Doch dann begegnete ich Pere von Aragón, der glaubte, ich schlüge seine Schlacht – nicht nur jene gegen einen Stadtstaat, der war ihm schließlich gleich, sondern jene gegen Charles d'Anjou. Er sprach davon, dass er Sizilien erobern wolle. In seiner Gefolgschaft könne ich reiche Beute machen, hat er mir versprochen, dereinst ein Lehen bekommen. Weißt du was? Es war mir so gleich! Ich wollte nie Besitz! Aber zugleich wusste ich: Meine Zeit ist noch nicht gekommen, sie ist nicht reif, ich habe noch nicht zu kämpfen gelernt, wie aber könnte ich das besser als im Dienste des Königs. Und so kam es, dass Jahr um Jahr verging, ohne dass ich begann, endlich meine Rache zu üben. Ich dachte stets, ich würde warten, weil ich geduldig bin. Aber vielleicht war ich nicht geduldig – vielleicht habe ich mich nur einlullen lassen von König Peres Wohlwollen, vom Ritterlehen, das er mir in Aussicht stellte. Die Wahrheit freilich ist: Was soll ich auf Malta? Wie sinnlos lange hätte ich noch gezögert, wie sinnlos lange mich begnügt, fremde Genuesen zu meucheln … wenn es nicht heute zu diesem … Vorfall gekommen wäre.«

»Du willst also nach Pisa zurückkehren, um Onorio Balbi zu töten?«

Eine Weile hockte Gaspare still. Dann fegte jäh seine Hand durch die Luft, stürzte den Weinkelch nicht nur um, sondern schlug ihn mit ganzer Wucht vom Tisch. Rot wie Blut spritzte der Wein hoch. »Nein!«, schrie er.

Caterina zuckte zusammen. »Aber ich dachte …«

»Ich will Onorio töten – aber ich will Pisa nie wiedersehen!«, zischte er plötzlich. »Ich will meine verdammte Mutter niemals wiedersehen!«

Sie schwieg ratlos, trat schließlich näher, um seinen Gesichtsausdruck zu erforschen, daran etwas abzulesen, was Sinn in seine wirren Andeutungen bringen konnte.

Da schnellte seine Hand wieder vor, diesmal, um sie zu packen, sie zu sich herzuzerren. Sein Griff war schmerzhaft fest. Bläulich traten Adern auf seinem Handrücken hervor, als er immer verkrampfter zupackte.

»Du tust mir weh!«

Sie versuchte nicht, sich loszureißen, das hatte keinen Sinn, sondern führte nur dazu, dass sie seinen Körper noch deutlicher fühlte. Stattdessen versteifte sie sich, versuchte ihn einfach nicht wahrzunehmen, seinen Atem nicht zu fühlen, das Pochen seines Herzens nicht zu hören. Eine Ahnung stieg in ihr auf, ebenso dumm und widersinnig wie absolut: Wen er berührt, der stirbt. Vielleicht nicht auf plötzliche, schmerzhafte Weise. Vielleicht langsam verderbend, so wie ihm selbst die einstmals kindlich gesunde Seele abhandengekommen war.

Doch ehe diese Ahnung zur Gewissheit wurde, das Grauen überhandnahm, ließ er sie los.

»Ich habe nie gelernt, eine Frau zu halten«, bekannte er schließlich. »Es hat mich nie danach verlangt.«

Sie rieb sich ihre schmerzenden Handgelenke, als könnte sie damit jegliche Erinnerung an seine Berührung tilgen.

»Meine Mutter war schön, aber sie war fett«, fuhr er leise fort. »Ihre Haut war wunderschön weiß, aber schwammig. Sie klebte stets, weil ihr ständig zu heiß war. Nicht nur der Schweiß klebte, auch die duftenden Essenzen, mit denen sie sich einrieb, manchmal brannte es mir in der Nase, wenn ich ihr zu nahe kam. Ich wollte diesen Geruch nicht einatmen. Ich wollte ihr nicht zu nahe kommen. Aber der fette Leib meiner Mutter war viel wuchtiger als meiner. Wie hätte ich ihr entfliehen können, wenn sie sich auf mich legte? Ich hatte das Gefühl, sie würde mich ersticken, ihre nasse, schwere Haut mich einhüllen wie ein Leichentuch, das man – einmal gestorben – niemals wieder loswird. Meine Mutter war eine sinnliche Frau. Sie liebte das Essen, den Wein, den Tanz, die Musik. Sie liebte meinen Vater, und vor allem liebte sie seinen Leib. Nachdem er verschwunden war, hat sie nicht ausgehalten, allein zu schlafen. Sie ließ nach mir schicken, auf dass ich mit ihr im Bett liege. Doch damit begnügte sie sich nicht. Sie wollte mich fühlen, sie streichelte mich, streichelte mich überall, am ganzen Körper, ich musste meine Kleidung ablegen, und auch sie machte sich nackt. Und dann legte sie sich auf mich. Es … es kam niemals … niemals zur Begattung, verstehst du, so weit ging sie nicht. Sie hatte Angst vor der Hölle, und sie wusste, dass eine Sünde wider die Natur sie dorthin bringen würde. Aber ebenso große Angst hatte sie vorm Alleinsein. Sie wollte mich haben, mich besitzen, mich einhüllen, mich vergraben. Sie hatte schwere Brüste; spitz und hart waren ihre Warzen, die sich in meine schmächtige Brust bohrten. Die Haare ihrer Scham kitzelten mich; auch sie rochen nach diesen stark duftenden Essenzen. Manchmal dachte ich, ich müsste mich übergeben, aber ich konnte mich nicht rühren. Ich habe mich so geekelt, verstehst du, so geekelt?«

Caterina wusste, was er meinte. Mit jedem Wort, das er sprach, erwachte gleicher Ekel in ihr, galt diesmal nicht nur ihm, sondern verknüpfte sich mit Erinnerungen, mit der Ohnmacht, unter Leibern zu liegen, schwitzenden, schnaufenden, von ihnen erdrückt zu werden.

»Ja, ich habe mich geekelt«, sprach er fort, »ich habe ihren schweren Leib so sehr gehasst. Aber dann, als ich von ihr getrennt war, als ich in diesem finsteren, heißen Gefängnis hockte … da dachte ich manchmal an sie, begann, mich nach ihr zu sehnen, wurde gierig darauf, ihren Leib zu spüren. Er kam zu mir in meinen Träumen, und mein Ekel vermischte sich mit Lust. Ich hasste sie, aber ich war so einsam, so gottverlassen, dass ich sie doch auch begehrte, weil ihrer der einzige Leib war, an den ich mich so gut erinnern konnte. Ich rief ihren Namen, und während ich an sie dachte, nässte mein Samen meine Hosen. Es war erniedrigend, so erniedrigend! Dies war meine schlimmste Folter: Dass ich mir so sehr wünschte, ihren Leib zu fühlen! Dass ich mit jeder Faser danach lechzte! Dass ich zwar nicht vergaß, was sie mir angetan hatte, aber es mich nicht länger ein Vergehen deuchte, sondern etwas, was ich mir wünschte!«

Er seufzte lange und tief, dann furchte sich seine Stirne.

»Er wusste es nicht – aber Onorio Balbi hat mich um meinen Ekel betrogen, um die Verachtung, die ich einst als Kind für sie empfand. Das werde ich ihm nie verzeihen. Dass ich über Jahre vergessen habe, wie widerwärtig sie mir war. Erst nach und nach, als ich in Freiheit war, ist es mir wieder eingefallen.«

»Nicht immer dürfen wir hassen, wie wir wollen«, murmelte Caterina.

Sie sprach es leichtfertig aus, mehr ihm zum Troste als für sich selbst, doch als er nichts sagte, sondern die Worte im Schweigen stehen blieben, so begann sie ihre Bedeutung auch für sich selbst zu ergründen.

Oft hatte sie Gaspare in den letzten Wochen angesehen, hatte sich ihm zwar nicht nah, aber ähnlich gefühlt, hatte Wunden geahnt wie ihre eigenen und die gleiche mechanische Nüchternheit erlebt, die sie so gut kannte. Nur sein Hass, sein tiefer, grollender, unerschütterlicher Hass war ihr fremd. Er hatte sich ihm offenbar ohne Zögern hingegeben – sie hingegen hatte ihn seit jener Stunde, da sie zu sich gekommen war und begriffen hatte, was man ihr angetan hatte, gemieden, ahnend, dass solcher Hass nur Einsamkeit bringen würde und Ray der Einzige war, der sie vor dieser Einsamkeit schützte.

»Ja«, bekräftigte sie, »ja, nicht immer dürfen wir hassen, wie wir wollen.« Sie hasste Ray nicht, sie hatte es nie getan, und wenn ihr das jemals das Gefühl eingebracht hatte, sie wäre solcherart zu kurz gekommen, um etwas betrogen worden, was die Gerechtigkeit ihr eigentlich zusprach, so war sie in diesem Augenblick erleichtert, ihm nicht nachgegeben zu haben. Gaspare hatte sich seinem Hass ergeben, hatte ihn trotzig gehegt und gepflegt – und war so allein, dass er selbst einem Mädchen wie ihr sein Innerstes anvertraute.

Er blickte auf. »Geh jetzt!«, befahl er schroff.

»Was wirst du tun?«

Er sagte es ihr nicht.

Die nächsten Tage vergingen, ohne dass Gaspare sein neues Reiseziel offenbarte. Er rief sie auch nicht wieder zu sich. Unruhig war die See unter einem bedeckten Himmel; Caterina und Ray bekamen das mehr als einmal schmerzlich zu spüren, wenn sie durch jähe Stöße in ihrem engen Raum hin und her geworfen wurden. Ständig drang durch die Ritzen Gischt, sammelte sich zu Tropfen, perlte auf den Boden, wo alsbald übel riechende Pfützen standen. Nicht den lebendigen, salzigen Duft des Meeres verbreiteten diese, sondern den Geruch nach verdorbenem Fisch, der auch dann noch im schwülen Raum hängen blieb, als sie längst verdampft waren.

Als Rays Rücken – mit der Zeit von Narben, nicht mehr von frischen Wunden übersät – ihm endlich wieder erlaubte aufzustehen, schritt er unruhig auf und ab wie schon einst, wenngleich weniger gereizt und wortkarger. Fast kindlich trotzig war er ihr früher erschienen. Nun war er einsilbig, steckte im Grimm fest, anstatt jenen auszuspucken.

Caterina sah ihm dabei zu, gleichfalls wortlos und mit der Zeit bedauernd, dass er nichts sagte, dem sie etwas entgegensetzen konnte, dass er sich der Ohnmacht, dem Ausgeliefertsein ihrer Lage vermeintlich fügte, anstatt lauthals dagegen zu wettern. Erstmals fühlte sie lähmende Langeweile – ein Zustand, der ihr bislang auf dem Schiff fremd gewesen war und mit dem sie nicht umgehen konnte. Er machte das enge Loch, in dem sie hockten, noch trostloser, die Luft noch schwüler, Rays schweigendes Schreiten noch nervenaufreibender. Es zehrte an ihren Kräften, und das hatten Furcht und Aufruhr zwar auch stets getan, aber zugleich sämtliche Sinne geschärft. Jetzt hingegen schienen jene fortwährend zu schlafen.

Sie versuchte zu beten, und manchmal gelang es ihr auch, wiewohl die gemurmelten Worte nie freihändig standen, sich stets an störende Erinnerungen anzulehnen schienen. Sie kamen immer wieder, spulten die Ereignisse der letzten Tage und Wochen vor ihr ab, doch anstatt sie mit Grauen zu erfüllen, fügten sie sich dem matten Gleichmaß des Tages, begannen langsam zu verblassen.

Während sie vergebens darauf wartete, dass Ray sein Schweigen durchbrechen oder Gaspare sie wieder zu sich rufen würde, war auf den dritten der Reisegefährten am meisten Verlass: Akil brachte ihnen Essen wie stets – und nach ein paar Tagen auch endlich Nachricht, wohin es ging.

Erneut steuerte Gaspare eine der Mittelmeerinseln an, diesmal eine, auf die weder Pere von Aragón noch Charles d'Anjou Anspruch angemeldet hatten: Korsika.

»Warum ausgerechnet dorthin?«, fragte Caterina erstaunt. Gaspare hatte zwar mehr als deutlich gemacht, dass er nicht wieder nach Pisa wollte – zugleich jedoch, dass es ihn nach Rache an Onorio Balbi dürstete.

»Für seine Zwecke ist's der richtige Plan«, sprach Akil, der – wie immer – mehr wusste als sie. »Offenbar hat er einen entfernten Verwandten, der auf Korsika lebt, oder zumindest einen Freund von einem solchen. Wenn ich es recht bedenke, scheint das der Bruder von jenem Kaufmann zu sein, der Gaspare einst nach der Zeit im Kerker bei sich aufgenommen hat. Nun, über jenen lassen sich beste Kontakte zur alten Heimat knüpfen, und auf diese Weise kann er nachforschen, was Onorio Balbi im Genauen treibt.«

»Ist Korsika denn in Pisas Hand?«

»Teils, teils, soviel ich weiß. Einst haben die Sarazenen die Insel beherrscht. Und wenn's gegen die Heiden ging, dann schafften es auch langjährige Feindinnen wie Pisa und Genua sich zusammenzutun. Gemeinsam haben sie Korsika erobert.«

Akil klang mehr spöttisch als bitter. »Doch kaum hatten sie den letzten Heiden in Stücke geschlagen«, fuhr er fort, »da richteten sie die Waffen gegeneinander, weil sie über die Beute in Streit gerieten. Einer eurer Päpste, ich weiß nicht, welcher, hat die korsischen Bistümer unter die Verwaltung Pisas gestellt, woraufhin Genua diese Rechte für sich forderte. Ein jahrelanger Krieg begann. Genuesen eroberten einige der Städte, dann gingen sie wieder in pisanische Hand. Hab's nicht wirklich durchschaut. Fest steht, dass Gaspares Reiseziel eine Stadt namens Ajaccio ist, wo jener Vertraute lebt und handelt… Wenn es denn der Himmel gestattet.«

Schon machte das Schiff wieder einen Ruck, und Ray – auf und ab schreitend in der ungeschützteren Position als die beiden Hockenden – wurde durch den Raum geschleudert.

»Verdammt!«, rief er.

Alsbald beruhigte sich der Wellengang wieder.

»Warum soll's der Himmel denn nicht gestatten?«, fragte Caterina.

Akil zuckte mit den Schultern. »Frag mich nicht. Ich kenne mich mit Schiffen aus. Nicht mit der See. Fest steht, dass die Männer schon seit Tagen gegen eine Strömung anrudern, aber es ihnen kaum gelingt. Es sind zu wenige dazu. Die Mannschaft ist deutlich geschrumpft…«

»Wie?«, fragte Caterina verwirrt, der das entgangen war. »Aber warum?«

»Gaspare hat seinen Männern auf Malta freigestellt, auf der Insel zu bleiben oder bei ihm. Nur wenige haben sich ihm, einem wohl bald Verfemten angeschlossen – und das auch nur, weil sie sich auf Korsika mehr erhofften als auf Malta.«

»Seine Männer haben ihm also nicht die Treue gehalten«, stellte Caterina fest.

»Warum sollten sie auch? Gaspare war immer ihr Herr... nie ihr Freund. Und nun nach dem Zerwürfnis mit Ramón...«, Akil machte eine kurze Pause, ehe er fortfuhr: »Auf jeden Fall sieht es so aus, als könnte die Bonanova den vorbestimmten Kurs nicht einhalten und als würden wir die Insel nicht wie geplant im Westen erreichen, sondern im Osten.«

Anders als Caterina, die Akil neugierig zuhörte, stellte Ray keine Fragen, wenngleich sie, seitdem sie die Neuigkeiten erfahren hatten, manchmal das Gefühl hatte, dass sein Blick auf ihr ruhte. Doch sobald sie ihn forsch erwiderte, wich er ihr aus und gab vor, sich mit irgendetwas zu beschäftigen: Entweder stierte er in den Wasserkrug, als gäbe es dort Interessantes zu erschauen, pulte das Schwarze unter seinen Fingernägeln hervor oder versuchte, sein zerfleddertes Gewand an einzelnen Fäden zusammenzubinden, auf dass es nicht gänzlich aufriss.

Ein einziges Mal wandte er sich an sie, wollte wissen, wie sie ihr Geschick einschätzte: Ob sie damit rechne, dass Gaspare sie beide freiließe, wenn sie die Insel Korsika erreichten?

»Ich weiß es nicht«, gab Caterina zu, überrascht, dass sie darüber nicht längst schon selbst nachgedacht hatte. Erst jetzt fiel ihr auf, dass sie seit Tagen keinen einzigen Gedanken an das Morgen verschwendet hatte. Nur durch die kleine Lücke des jeweiligen Tages blickte sie auf die Welt und sah von ihr nicht eben mehr, als diese Lücke an Durchsicht bot. Sie hatte keine Lust, sich vorzubeugen, den Kopf durch sie durchzuzwängen.

»Was für ein Schuft!«, stieß Ray ungeduldig aus. »Was für ein Schuft, uns derart im Ungewissen zu belassen!«

»Auch wenn er uns noch nicht auf Korsika freilassen sollte – ich bin mir sicher, irgendwann wird er sein Versprechen halten«, sagte sie gleichgültig. »Und ... und dann kannst du endlich wieder machen, was du willst!«

»Und was soll ich nach deiner Meinung tun?«, fragte er, und es klang gehetzt. »Sag es mir!«

Verwundert blickte sie hoch. »Ich dachte, es läge dir so viel daran, dich selber durchzubringen. Und hierfür Menschen zu betrügen. Oder hast du Angst, du hättest es verlernt?«

Unwillkürlich reckte er seinen Arm nach hinten, befühlte die Narben auf seinem Rücken; manche von ihnen waren immer noch rissig und feucht. Er verzog schmerzlich sein Gesicht.

»Bin ich noch der Alte?«, fragte er unvermittelt.

Sie hatte ständig darauf gewartet, dass sie wieder miteinander sprächen – doch nun stimmte es sie gereizt, anstatt wohltuende Unterbrechung vom Schweigen zu sein.

»Sieh dich an«, bemerkte sie knapp. »Dir mag Schlimmes widerfahren sein. Aber du kannst stehen und Schritte machen, du kannst essen und atmen, du kannst schlafen und reden. Warum solltest du nicht ganz der Alte sein? Alles geht doch seinen gewohnten Gang. Auch für mich.«

Kopfschüttelnd blickte er auf sie herab. »Du bist so kalt geworden, Caterina! Ist das meine Schuld? Oder bist du's immer gewesen? Fromm und ängstlich, das auch, aber zugleich so ... stur, so unerbittlich, so hart.«

Sie antwortete nicht, doch er hörte nicht auf zu fragen.

»Wer gibt dir die Kraft, Caterina, dass du all das so viel besser durchstehen kannst als ich? Ist es Gott? Ist es dein Glaube? Ist es die Heilige Julia, deren Reliquie du mit dir trägst? Hast du dir eigentlich überlegt, ob sie es ist, die uns nun nach Korsika führt?

Es war doch diese Insel, auf der sie das Martyrium erlitten hat, nicht wahr?«

Sie blickte ihn überrascht an. Bislang hatte sie keine Verbindung zwischen ihrem Reiseziel und ihrem Schatz gesehen. Erst jetzt ging ihr jenes wundersame Geschick auf, vielleicht nur ein Zufall, vielleicht aber auch eine Fügung des Allmächtigen.

Noch während sie überlegte, ob Ray insgeheim über diesen Umstand spottete oder die Ernsthaftigkeit, mit der er seine Worte gesprochen hatte, echt war, fuhr er bereits mit einem trockenen Bekenntnis fort: »Du hast eine Bestimmung, Caterina. Ich nicht.«

Caterina blickte erstaunt hoch. »Aber du hast doch …«

»Nichts habe ich jemals ordentlich zustande gebracht!«, fiel er ihr ins Wort. »Mein größtes Vermögen war stets zu vertuschen, dass ich nichts tauge, dass ich alles nur ein bisschen kann – und hier auf diesem verfluchten Schiff nicht einmal das.«

Seine Hand löste sich von den verkrusteten Narben.

»Ich habe mich nie schlecht gefühlt dabei, nie«, fuhr er fort. »Da konnten mir Menschen wie du noch so oft sagen, dass ich ein Nichtsnutz sei und ein Sünder. Alles ist leicht, wenn man nur weiß, wer man ist, wenn man sich nichts vormacht. Ich habe mir nie etwas vorgemacht; ich wusste um meine Schwächen und Mängel – und ich wusste auch, dass ich mich durchbringen kann …«

Er blieb vor ihr stehen, blickte auf sie hinab, plötzlich so sehnsüchtig, als könnte sie ihm zurückgeben, was er verloren wähnte.

»Ray, hör auf, ich bin müde«, murmelte sie.

»Willst lieber schlafen, als mit mir zu reden? Lieber schlafen, als mich zu beschimpfen? Ach, beschimpf mich doch! Sag, dass alles Übel von mir kommt! Dass ich uns selbst das alles eingebrockt habe! Fordere mich heraus!«

»Lass es gut sein, Ray, lass es gut sein.«

Er wandte sich ab, rang seine Hände, entfernte sich mit unruhigen Schritten.

»Ach verdammt!«, rief er plötzlich aus, als sie schon dachte, er würde schweigen. »Ach verdammt, ich möchte einfach nur wieder… das Leben spüren! Ich möchte es besitzen, und ich möchte es verschleudern, ganz wie es mir gefällt, und ich möchte nie wieder an dieses enge, stickige Loch hier denken und…«

Er brach ab. Sie erwartete, dass er ähnliche Wünsche benennen würde wie vor einigen Tagen. Dass er Wein zum Saufen wolle. Huren, die für ihn ihre Schenkel spreizten.

Doch er sprach nicht weiter. Mit festen Schritten kam er auf sie zu, packte sie an der Hand und zerrte sie in die Höhe. Sie hatte das nicht erwartet, sich nicht dagegen wappnen können, weil es so schnell geschah. Kaum stand sie, nahm er mit einer weiteren heftigen Bewegung ihren Kopf zwischen seine Hände und presste sein Gesicht daran. Sie wusste nicht, was ihr geschah, da fühlte sie seine Lippen fordernd und hungrig auf ihren. Schon einmal hatte er sie geküsst, jedoch nur auf die Stirne, zu weich und zu sanft, als dass dahinter sonderlich mehr zu erahnen gewesen wäre als der brüderliche Wunsch, ihr Wärme und Trost einzuhauchen. Nun schien es, als wollte er sich diese Wärme zurückholen, roh und gierig. Er begnügte sich nicht nur damit, seine Lippen auf den ihren zu reiben, sondern presste auch seine Zunge dagegen, und sie war zu überrumpelt, um sich dagegen zu wehren. Ihre Lippen öffneten sich, gewährten der forschen Zunge Einlass. Rau fühlte sich jene an, salzig… und irgendwie kitzlig. Ein eigentümliches Kribbeln stieg ihr in den Kopf, löste die Starre, mit der sie anfangs auf seine plötzliche Umarmung reagierte.

Sie riss den Kopf zurück. »Wie kannst du nur!«, zischte sie, doch noch ehe sie den Mund wieder schließen konnte, hatte er den seinen wieder darauf gesenkt, wieder mit hungrig mahlenden Bewegungen, heiß und feucht. Sie hatte nicht das Gefühl, er würde sie küssen, sondern sie langsam aufessen. Gewiss würde ihre Haut platzen, zum nackten Fleisch würde er vorstoßen, es verzehren, sich daran stärken. Vielleicht blieb am Ende nichts von ihr übrig als eine erbärmliche leere Hülle. Doch was immer er ihr rauben wollte – es schien nicht zu schwinden, sondern mehrte sich. Wärme, so viel Wärme. Jene war wendig; schlich sich am aufkommenden Ekel vorbei; hüllte seine Gier ins Gewand der Vertrautheit. Zwar war jene so ähnlich: den gewaltsamen Händen, die sie gepackt gehalten hatten, den rohen Körpern, die den ihren bestiegen und zerrissen hatten – aber sie zeigte sich nicht feindselig. Sie war von einem Geruch begleitet, den sie kannte. Kam in einem Leib, an den gepresst sie so oft gelegen hatte. Gehörte zu einer Stimme, die sie getröstet hatte.

Jetzt war sie nicht mehr sicher, ob er sich ihrer Stärke bemächtigte oder ob nicht in Wahrheit sie es war, die etwas von ihm geschenkt bekam: Erregung, Hast, Ungeduld, alles schmerzhaft – fast so schmerzhaft wie der Aufruhr, der sie in ähnlicher Wucht so oft getroffen hatte, nur weicher, geschmeidiger, süßer. Es tat weh, aber nicht so, wie es sich anfühlt, wenn eine Wunde geschlagen wird, sondern wenn man sie reinigt, den Schmutz mit heißem, klarem Wasser ausspült, brennend, aber mit dem Willen zu heilen.

Ein Gedanke ging ihr durch den Kopf, der sie ebenso unpassend wie richtig deuchte, ein Gedanke an Gaspare. Nicht weil Rays Berührung an seine erinnerte, sondern weil ihr aufging: So müsste sich ein Weib Gaspare nähern, einfach ungeniert und selbstbewusst über seine Steifheit, seine Todesstarre, seinen Weltekel hinweggehen, müsste ihn nehmen, ihn packen, ihm Lebenskraft einhauchen. Ray mochte in den letzten Wochen oft erbärmlich gewirkt haben, selbstmitleidig und ohnmächtig, ständig auf die Seite der Verlierer gezwungen und von jenen getrennt, die das Leben mit kühler Macht beherrschten, so wie es Gaspare vermeintlich tat. Aber all das hatte seinen Leib nicht erfasst, nicht dessen natürlichen Drang, sich Nähe zu verschaffen, hungrig und entschlossen.

Irgendwann war es vorbei. Sie wusste nicht, wer als Erster vom anderen abgelassen hatte. Ihr Kopf brummte, ihr schwindelte. Hatte sie geatmet in jener Zeitspanne?

Röte stieg ihr ins Gesicht. Sie wagte nicht, ihn offen anzusehen, tat es nur aus dem Augenwinkel, gewahrend, dass auch er an ihr vorbeisah, verlegen und scheu.

Sie hörte, wie er mehrmals den Mund öffnete, zum Reden ansetzte, nichts herausbekam. Doch ehe das Schweigen unerträglich wurde, schien plötzlich der Boden unter ihnen zu beben, nicht länger dem Takt von sanften Wellen folgend, sondern einem heftigen Stoß, der durch die ganze Bonanova ging.

Ein beängstigendes Krachen ertönte. Dann wurde Ray, der eben noch so dicht vor ihr stand, von unsichtbarer Macht zurückgerissen und quer durch den Raum geschleudert.

»Ein Sturm, gewiss ist es ein Sturm!«

»Unsinn! Das kann kein Sturm sein! Ein solcher taucht doch nicht aus dem Nichts auf! Er hätte sich angekündigt!«

»Wir sind auf hoher See – wer weiß, welche Gesetzmäßigkeiten hier herrschen! Bist doch schon öfter durch den Raum geschleudert worden, wenn eine Bö uns traf!«

»Das hier ist anders. Und sind wir tatsächlich noch auf hoher See?«

Seit mehreren Augenblicken gingen die Worte hin und her, oft verschluckt von jenem Krachen, Poltern, Murren, das dem heftigen Schlag gefolgt war. Kein zweites Mal war das Schiff so abrupt auf eine Seite gekippt, dass einer von ihnen durch den kleinen Raum geschleudert wurde, und doch schien der Boden nicht aufzuhören zu zittern, wankte mal nach rechts, mal nach links, als befände sich unter ihm kein glattes Meer, sondern eine sich drehende Kugel. Bei jeder Bewegung ächzte das Schiff wie ein alter Mann mit schmerzenden Knochen, manchmal klang es mehr wie ein Knirschen, manchmal wie ein Brechen.

»O Gott!«, stieß Ray aus. »O Gott!«

Er blickte nach oben, als käme von dort Antwort, indessen Caterina verzweifelt an die verschlossene Türe klopfte. Sie ließ sich nicht öffnen – entweder weil sie verschlossen war, was in den letzten Wochen kaum mehr vorgekommen war, oder weil sie klemmte. »Akil!«, schrie sie panisch. »Akil! Hörst du uns? Hört uns irgendjemand?«

Plötzlich ein Zischen, als wäre irgendwo ein Feuer aufgelodert. Es verklang, doch im nächsten Augenblick ging ein neuerlicher Ruck durch das ganze Schiff. Ohne einen Schritt getan zu haben, landete Caterina direkt in Rays Armen. Erneut ein Zischen, und jetzt auch ein Schreien aus Menschenkehlen, laut, gehetzt; manches klang nach Schmerzenslauten, aber es mischten sich auch Befehle darunter.

Im nächsten Augenblick nahm Caterina einen Schatten aus dem Augenwinkel war, doch ehe sie hochblicken konnte, gewahren, dass sich ein Balken aus der Decke löste, hatte Ray sie schon zu Boden geworfen, bedeckte ihren Körper mit seinem. Sie lag wie erstarrt, dachte daran, dass ihr Ähnliches schon einmal geschehen war – als der Vater starb und das brennende Haus sie beinahe unter sich begraben hatte. Nur war sie damals allein gewesen, heute nicht. Rays heftige Atemzüge beruhigten sie erst – und erfüllten sie dann umso mehr mit Angst.

»Lass mich los!«, schrie sie spitz. »Wir müssen hier raus!«

»Das Schiff wird angegriffen, hörst du das nicht! Ich glaube, es sind brennende Pfeile, die es treffen!«

»Dann müssen wir umso schneller hier raus!«

»Heiliger Antonius von Padua, steh uns bei!«

Verständnislos blickte Caterina ihn an, ehe ihr einfiel, dass jener Heilige den Menschen im Falle des Schiffbruchs und der

Kriegsnöte beistand. Freilich minderte das nicht ihr Erstaunen, dass ausgerechnet Ray diesen anrief.

Seine Stimme erstickte alsbald. Wieder wankte das Schiff, sodass Caterina fürchtete, es könne sich mitsamt der engen Kammer auf den Kopf stellen. Unwillkürlich suchte sie nach etwas zu fassen, was Halt gewähren konnte, tastete den rauen Boden ab. Das spitze Holz stach in ihre Hände, sie merkte es kaum. Jede kleinste Faser, jede Ritze schien tauglich, sich daran festzukrallen – doch mit dem nächsten Stoß wurden sie wieder durch den ganzen Raum geschleudert. Diesmal stieß sie mit dem Kopf gegen eine der Wände, vielleicht war es auch die Decke oder der Boden. Während sie lag und es kurz finster um sie wurde, wusste sie nicht mehr, wo oben und unten war.

»Caterina!«

Ray kroch zu ihr, presste ihr etwas in die Hand, das nicht minder rau als der Boden war. Es riss ihre Hände noch mehr auf. Caterina stöhnte.

»Ich hab ein Tau gefunden, du musst es festhalten, lass es nur nicht los!«

Sie tat es, ohne zu verstehen, welchen Sinn das haben sollte. Wenn sie sich nirgendwo festhalten konnte – wo wollte er dann das Tau anbinden?

Beim nächsten wuchtigen Stoß freilich krampfte sie trotzdem ihre Hände so fest darum, dass sie ertaubten. Das Knirschen, das diesmal ertönte, kam nicht vom tiefen Schiffsbauch, sondern unmittelbar rechts von ihr.

»Vorsicht!«, schrie Ray. Sie duckte sich, ohne das Tau loszulassen. Eben noch hatte es sich gespannt und Halt geboten, nun wand es sich wie eine Schlange. Caterina fühlte, wie Rays Hände sie umfingen, versuchten, sie von irgendeiner Gefahr wegzuzerren. Wieder rutschte ein Schatten an ihr vorbei, nur nicht lautlos wie ein solcher, denn er traf krachend auf die Wand.

»Das war die Tür«, erklärte Ray, »wir können raus.«

Jetzt erst verstand sie, woran er das Tau festgemacht hatte. Anstatt ihnen Halt zu gewähren, hatte es ihr enges Gefängnis geöffnet.

Geschrei schwappte von draußen herein, wieder jenes Zischen, wie es nur von Feuer kam, und kaltes, salziges Wasser. Feucht und glitschig war der Boden stets gewesen, doch nie hatte Caterina in einer solchen Lache gestanden. Für gewöhnlich wurde die Nässe, die von unten her hochstieg, von jenem Sand aufgesaugt, mit dem der Hohlraum unter dem Hauptmast vollgeschüttet war. Doch heute schien sie von allen Seiten zu kommen.

»Hinauf!«, schrie Ray. »Wir müssen nach oben.«

Er packte sie, zerrte sie hoch, hielt sich kurz am Türstock fest, um während eines neuerlichen Wankens des Schiffes Halt zu finden.

Caterina folgte ihm blindlings, der einzige Gedanke, der ihr noch durch den Kopf hämmerte, war: Lass ihn nicht los, lass ihn nur nicht los!

Stöße trafen sie. Von anderen Leibern? Von Kisten? Dann standen sie unter freiem Himmel, und kurz erhaschte Caterina ein wirres Bild vom Treiben auf dem Deck. Zwei der Armbrustschützen drehten sich in heller Aufregung im Kreis, schienen verzweifelt zu überlegen, in welche Richtung sie ihre Geschosse ausrichten sollten, insgeheim wohl ahnend, dass der unbekannte Feind mittlerweile wieder zu weit entfernt war und die übliche Taktik – die fremde Besatzung niederzumähen und dann deren Deck zu stürmen – nicht aufgehen würde. Einer der Matrosen indessen schüttete aus einer kleinen Ampulle Öl in die unruhigen, schwarzen Wellen und klagte dabei herzergreifend gen Himmel. Erst viel später, als dieser Augenblick längst vorüber war, begriff Caterina, dass er zu Gott gebetet hatte und die Flüssigkeit wohl ein heiliges Öl gewesen sein musste, wie es viele Seefahrer bei sich trugen, um sich das Meer gnädig zu stimmen.

Jetzt freilich hatte sie andere Sorgen, als dies eigentümliche Verhalten näher zu ergründen.

Wieder kaltes Wasser. Immer wieder geriet Caterina in große Pfützen, manchmal klatschte es auch auf ihren Kopf, und sie hielt die Luft an, um es nicht schlucken zu müssen. Kalt wie das Wasser war die Nachtluft.

»Gott sei's gedankt!«, hörte sie Ray murmeln und wusste nicht, welchen Umstand er meinte – dass sie im Freien waren oder dass das Schiff nicht mehr gar so bedrohlich wankte. Kein lautes Knirschen ertönte mehr, nur das Züngeln von Flammen. Sie mussten vom Heck kommen, denn hier am Vorderschiff war nichts von ihrer Hitze zu spüren. Caterina drehte sich um, versuchte sich zu orientieren, merkte wieder, wie sie den sicheren Boden unter den Füßen verlor, diesmal nicht, weil das Schiff schaukelte, sondern endgültig in Schieflage kippte. Ihre Füße begannen zu rutschen, sie klammerte sich noch fester an Ray.

»Willst du mich erdrücken?«, rief er aus, wiewohl er sie selber nicht minder hart packte.

Dann noch eine Stimme. Ganz nah bei ihnen.

»Caterina!« Es war Akil. »Wir sind in ein Gefecht geraten, sind angegriffen worden. Es war nicht gegen uns gerichtet, sie haben auch schon wieder abgelassen. Aber der Rammsporn einer der Galeeren hat uns getroffen ... die Bonanova sinkt.«

»Vorsicht!«

Ray warf sich zur Seite, ohne sie dabei loszulassen. Ähnlich wie vorhin der Türbalken war ein dunkler Gegenstand auf sie zugestürzt, nur knapp an ihnen vorbeizielend, und fiel nun krachend nach hinten. Erst jetzt erkannte Caterina weitere Männer der Besatzung, die wie der Rest verzweifelt versuchten, ihre Waffen in Gebrauch zu nehmen, sei's zum Angriff auf die fremden Schiffe oder zur Verteidigung gegen deren Besatzung: Lanzen, Degen und Bögen, Armbrust und Pfeile, Schilder und Harnische. Vielleicht ahnten sie nicht, dass es längst sinnlos war.

Oder vielleicht wussten sie es, aber wollten wenigstens kämpfend untergehen. Schon wurden einige der Männer vom sich gefährlich neigenden Deck geschleudert und von den schwarzen, wogenden Fluten verschlungen.

»Akil!«

»Ich bin hier«, antwortete der Junge. »Wir müssen vom Schiff!«

»Aber ...«

»Da vorne ist die Küste. Es ist nicht weit. Könnt ihr schwimmen?«

Er wartete ihre Antwort nicht ab. Kurz sah Caterina im flackernden Lichtschein sein Gesicht, auch heute nicht aufgeregter als sonst, höflich, bedauernd. Er zuckte die Schultern, um zu bekunden, dass er nun vor allem auf sein Wohl achten müsste, nahm Anlauf und sprang über die Reling.

Caterina hörte ein Platschen, dann nichts mehr.

»Akil!«

»Komm, wir müssen hinterher!«

»Niemals, es ist viel zu weit!«

»Ich habe dich doch auch in Malta ...«

Etwas unschlüssig beugte sich Ray über die Reling, suchte im schwarzen, abgründigen Wasser nach Akil, doch jener war verschwunden.

»Also los!«, meinte er, aber es klang zaudernd.

»Nein, es ist viel zu weit, so viel Kraft hast du nicht, mich mitzunehmen. Allein schaffst du es.«

»Ich werde dich ganz sicher nicht hierlassen.«

Das Schiff geriet noch mehr in Schieflage. Das Knirschen wurde ohrenbetäubend, verschluckte fast ihre Worte.

»Du bist einer, der sich durchbringt, Ray!«, rief sie dagegen an. »Folg Akil ... ohne mich!«

Er zögerte immer noch. »Ich werde nicht ...«

»Doch, du wirst!« Diesmal kam der Einspruch nicht von Caterina, sondern von jener Gestalt, die sich ihnen mühsam von hinten näherte, das Schiff wie einen Berg besteigend.

»Gaspare!«

»Du springst und schwimmst zum Ufer!«, erteilte jener – wie immer kaum mehr als raunend – den Befehl. »Ich kümmere mich um sie.«

»Aber wie willst du …«

»Eines der kleinen Rettungsboote ist noch ungebraucht. Sie sind an den beiden Seiten des Vorschiffs festgebunden. Gewiss ist zumindest eines davon heil geblieben.«

Gaspare wartete nicht ab, dass Ray seinen Vorschlag bejahte, packte Caterina, zog sie von ihm weg. Sie kämpfte gegen das Verlangen, bei Ray zu bleiben, sich an ihm festzukrallen, desgleichen wie er mit sich rang, ob er sie gehen lassen sollte. Zuletzt sah sie ihn hilflos stehen, ihr nachsehen; sie konnte sich nicht mehr vergewissern, ob er vom Schiff sprang oder nicht, denn schon ward sie von Gaspare hochgehoben, in eines jener Boote gesetzt, die vorne am Bug festgebunden waren. Der Schrecken presste ihr Tränen in die Augen, vielleicht auch die Angst um Ray.

»Was immer auch geschieht, du musst dich festhalten!«, befahl er, ehe er zurücktrat.

»Gaspare!«

Wie Ray konnte sie auch ihn nicht länger sehen, doch ehe sie sich aufrichten konnte, gab es einen solchen Ruck, dass sie zu Boden fiel. Sie krümmte sich, gehorchte dem Befehl, sich festzuhalten. Offenbar hatte Gaspare eines der Taue durchgeschnitten, das dieses Boot ans Schiff band. Noch freilich hatte es das Meer nicht erreicht, hing erschreckend schief in der Luft. Sie erwartete einen zweiten Ruck, das Klatschen, wenn das Boot auf dem Wasser aufprallen würde.

Doch nichts dergleichen geschah. Das Boot wankte hin und her, sie hörte Gaspare fluchen, drehte sich um, sah, wie der Bug des Schiffes, bislang vom schweren Hinterteil in die Luft gezerrt, auf sie zustürzte.

»O Gott, nein!«

Das Schiff musste in der Mitte entzweigebrochen sein. Sie duckte sich noch tiefer, schien zu fallen, endlos tief zu fallen, dann jenes Klatschen, das sie schon erwartet hatte, doch viel heftiger. Zugleich fiel etwas auf sie, drückte sie unter das Wasser. Ein stechender Schmerz durchfuhr ihr Bein.

Nicht loslassen!, dachte sie, suchte den Kopf zu heben, sich aus den salzigen Fluten zu kämpfen. Endlich gelang es ihr. Der Teil des Bootes, an dem sie sich festhielt, war heil geblieben, trieb auf der Oberfläche.

Nicht loslassen!, dachte sie wieder. Sie versuchte sich umzudrehen, zu erkennen, was ihr Bein verletzt hatte, doch sie erblickte nur Wasser, kaltes, schwarzes, welliges Wasser. Das kleine Boot war ebenso entzweigebrochen wie der Rumpf des Schiffes, und während die vordere Hälfte ihren Oberkörper trug, hingen ihre Beine ins Meer. Sie strampelte, was den heftigen Schmerz verstärkte. Verzweifelt stöhnte sie auf.

Nicht loslassen, dachte sie wieder. Ich darf nur nicht loslassen…

Corsica 251 n.Chr.

Julia erholte sich schneller von dem Schrecken als ich. Jener überkam mich erst jetzt, da es vorüber war, verwischte die letzten Spuren des Hohns. Kraftlos sank ich auf meine Knie – wohingegen sie sich schon wieder aufrichtete und hastig den Stoff ihres Kleides über ihren Leib zog. Ihre Bewegungen waren entschlossen und kraftvoll, nur ihre Stimme zitterte ein wenig.

»Hab Dank, hab Dank, dass du mich gerettet hast«, wiederholte sie wieder und wieder. Das, was folgte, ging verwirrend durcheinander, einzelne Worte, die sich nicht zu Sätzen fügten. »Der Leib … die Schale des Geistes … zu Bruch gegangen … der Geist ist verloren.« Und wieder: »Hab Dank, Dank … für die Rettung, hab Dank.«

Sie seufzte, rieb sich die Augen. Ob sie weinte?

Ich wünschte es mir. Es hätte sie mir nähergebracht, obwohl ich mir gar nicht gewiss war, ob und warum ich das wollte. Vielleicht weil es ein Band gab, viel stärker als meine Eifersucht, mein Befremden, mein Unbehagen, viel stärker als mein Verrat – gezeugt von der Tatsache, dass sie es war, die mich immer gesehen, die mich beim Namen gerufen hatte?

»Das hätte nicht geschehen müssen …«, setzte ich mit zittriger Stimme an.

»Der Leib ist das Gefäß unseres Geistes. Wir müssen es rein halten, heiligen.«

Ich nickte, als würde ich verstehen, was sie meinte. Die Wahrheit war – ich verstand es nicht –, und kurz fragte ich mich, ob ich ihr mit meinem Einsatz eben tatsächlich geholfen und ihre Lage nicht womöglich verschlimmert hatte. Es war keine Genugtuung, die mich bei der Vorstellung befiel, die Männer hätten sie schänden können. Ich dachte vielmehr, dass es sie vielleicht hätte retten können, zumindest ihr Leben. Beschmutzt, erniedrigt hätte sie vielleicht jene Entschlossenheit verloren, mit der sie den Tod suchte.

Nur – was wäre dann von ihr übrig geblieben? Wie viel von ihrer Stärke? Wie viel von ihrer Besonderheit?

Jene Stärke schien sie nun wiedergefunden zu haben.

»Fabianus ist tot«, sagte sie plötzlich.

»Wer ist das?«

»Man nennt ihn Episkopos. Er ist der Bischof von Rom. Das ist ein ähnliches Amt, wie Quintillus es hier bekleidet. Oder wie jener Pontianus, der gemeinsam mit dem Priester Hyppolitus einst von Kaiser Maximus Thrax nach Sardinien deportiert wurde, weil er nicht von seinem Glauben ablassen wollte. Sie mussten in den Minen hart schuften, aber sie haben ihr Los ertragen, dazu auserwählt, den Glauben auf den beiden Inseln zu verkünden oder dort zu stärken, wo er schon die ersten Anhänger gefunden hatte.« Ihre Stimme, bislang nüchtern, wurde bei den folgenden Worten hitziger. »Dieser Pontian hat nicht gezögert, für seinen Glauben einzutreten, und Fabianus war sogar bereit, für diesen Glauben zu sterben. Schon vor einem Jahr wurde er hingerichtet – wir haben es erst jetzt erfahren. Kaiser Decius hat das sehr erbost. Es heißt, er habe gesagt: ›Lieber will ich hören, dass mir ein Rivale den Thron streitig macht, als dass es noch einmal einen Bischof von Rom gibt.‹ Aber es wird wieder einen geben, glaube mir, das wird es – wenn wir uns nur nicht verängstigen lassen, wenn wir nicht zögern, auf Gott zu vertrauen, wenn wir geradestehen für …«

»Was ist mit Quintillus geschehen, was mit Marcus?«, unterbrach ich sie, von ihrer entschlossenen Rede nicht nur verstört, sondern irgendwie verärgert, als raubte sie mir solcherart viel zu verfrüht den Triumph, mich ganz kurz als die Stärkere gefühlt zu haben.

»Sie sind ins Landesinnere geflohen«, antwortete sie abfällig. »Die Römer scheuen die Berge. Und es gibt hier viele Menschen, die die Römer hassen und froh sind, wenn sie Verfolgte unterstützen können.« Jetzt erst hörte sie auf, an ihrer Kleidung zu zupfen. Wiewohl zerfleddert, bedeckte die Tunika ihre Blöße. Sie trat dichter zu mir her, und ich roch noch die Spuren des Angstschweißes.

»Warum bist du nicht mit ihnen gegangen?«, fragte ich.

Ich konnte den Laut nicht deuten, der kurz und heftig über ihre Lippen trat. Vielleicht war es ein spöttisches Lachen. Vielleicht der Ausdruck von Verachtung für die anderen, wiewohl sie diese – aus Respekt vor einem Mann wie Quintillus, der erfahren genug war, um zu wissen, was er tat – nicht in Worte fassen wollte.

»Ich fürchte den Tod nicht!«, erklärte sie heftig. »Er hat keinen Stachel mehr. Wir wurden mit Gott versöhnt durch den Tod seines Sohnes, und genauso werden wir gerettet durch seine Auferstehung.«

Ich schüttelte langsam den Kopf.

»Du musst an deinen Vater denken, hast du denn kein Mitleid mit ihm?«

»Mein Vater kann mir nicht schenken, was Gott mir gibt.«

»Aber was ist das, Julia, was?«

Ich sprach ihren Namen aus, so wie sie es immer gewollt hatte – und so wie sie meinen stets nannte.

»Mein Gott würde auch dich beschenken, Krëusa«, sagte sie. »Die Welt missachtet dich; für die meisten Menschen bist du nichts als ein unwichtiges, kleines Sklavenmädchen, das, wenn

es stürbe, schon am nächsten Morgen vergessen sein würde. Aber mein Gott vergisst dich nicht. Ihm ist es gleich, ob du Sklavin oder Freie bist, ob Mann oder Frau, ob arm oder reich. Mein Gott sieht dich, wie ich dich gesehen habe. Er ruft dich bei deinem Namen, hörst du ihn denn nicht?«

Die Brust wurde mir eng, ich weiß nicht, ob von ihren Worten oder von der bedrückend schweren Luft. Was schert mich dein Gott, wenn ich doch Gaetanus will, wollte ich rufen, doch nichts dergleichen trat über meine Lippen.

»Du darfst nicht sterben«, flehte ich stattdessen. »Du darfst nicht sterben! Das Leben ist doch schön, für dich zumindest könnte es das sein; du bist jung, du bist eine vermögende Frau …«

Kurz hatte sie mir lächelnd zugehört. Dann schüttelte sie heftig den Kopf. »Mein Reichtum ist nicht von dieser Welt, Krëusa.«

»Aber«, fragte ich, »aber du … du besitzt doch noch diesen Schatz? So ist es doch, oder?«

XIX. Kapitel

Korsika, Sommer 1284

Caterina schlug die Augen auf.

Etwas hatte sie geweckt, ein Geräusch, so störend laut, dass es bis in die Tiefen jenes Schlundes vorgedrungen war, in dem sie steckte, schließlich sogar dessen Grund erreichte, wiewohl sie vermeint hatte, die Schwärze wäre so bodenlos wie das unheimliche Meer. Es leckte noch an ihr; sie fühlte, wie Wellen sachte über ihren Füßen zusammenschlugen. Aber ihre Hand ruhte auf Sand, grobkörnig und klamm.

Erleichtert schloss sie die Augen wieder, nickte ein, wurde erneut gestört. Diesmal war es leichter, die Laute zu beschreiben.

Marktfrauen, dachte sie. Es klingt wie das Gezeter von Marktfrauen, schrill … und lästig.

Stöhnend versuchte sie sich aufzurichten, fühlte den ganzen Körper erbeben, als würde er noch auf der See herumtreiben und von Wellen geschüttelt. Ein dumpfer Schmerz durchzuckte ihr rechtes Bein, und mit ihm kehrte die Erinnerung wieder, in hektischen, kurzen Bildern, abgehackt und ohne Reihenfolge. Akil … ins Wasser springend. Sie … in jenes Boot gekauert. Ray … wie er aufs schwarze, unergründliche Meer starrte und sich nicht aufraffen konnte hineinzuspringen.

Das Ufer … der Strand … die Insel. Warum kreischten die Marktweiber fortwährend, anstatt sie in Ruhe über alles nachdenken zu lassen?

Sie versuchte den Mund zu öffnen, ihnen etwas zuzurufen. Dass sie ihr Maul halten sollten. Dass sie schlafen wollte. Sie war so müde, so müde.

Es kam kaum mehr als ein Krächzen heraus. Die Lippen fühlten sich zerschunden an, die Zunge trocken und geschwollen, die Kehle verätzt vom salzigen Wasser, das nun auch in den Augen brannte.

Das Gezeter der Marktfrauen hielt an, aber ihre Ohren wurden taub dafür. Wie bin ich auf diesen Markt geraten?, dachte sie noch, dann wurde ihr wieder schwarz vor Augen.

Als sie zur Besinnung kam, zeterten die Marktfrauen immer noch. Freilich stellte sich bei genauem Hinhören heraus, dass die Stimmen zu tief und dunkel waren, um Weibern zu gehören. Wieder öffnete Caterina die geschwollenen Augen, wieder tasteten ihre Hände nach dem Boden, fühlten Staub, sehr viel Staub. Ach nein, es war kein Staub, es war Sand, das hatte sie bereits festgestellt.

Sie lag auf festem Grund … und sie war nicht allein. Irgendjemand war in ihrer Nähe, man schrie und stritt.

Diesmal klang das Gezeter vertraut.

»Du hast sie losgelassen! Du hast dich nicht um sie geschert, sondern sie einfach ersaufen lassen! Ach, hätte ich sie dir nur niemals anvertraut!«

»Spiel dich nicht so auf! Scheinst mir einer zu sein, der vor allem an sich selbst denkt und nicht lange überlegt, ob er einen anderen mit durchbringen soll.«

»Ich zumindest hätte sie nicht losgelassen! Und dir – dir ging es doch auch um nichts anderes, als selbst zu überleben.«

Caterina blinzelte, sah in der Ferne zwei Gestalten. Ihr Kopf war so benommen, dass sie nicht recht einschätzen konnte, wie weit sie von ihr entfernt waren. Aber sie erkannte ihre Gesichter.

Ray und Gaspare.

»Ich habe versucht, sie zu retten, als ich sie ins Boot setzte, verstehst du nicht?«, rief Gaspare eben heiser. »Es war doch nicht meine Schuld, dass es entzweibrach. Und jetzt halt endlich dein Maul!«

Sie hielten Abstand zueinander, standen steif, als wäre eine unsichtbare Grenze zwischen ihnen gezogen worden.

»Willst du mir das Reden verbieten?«, gab Ray zurück. »Was gibt dir die Macht dazu? Schau dich nur um – wir sind ganz allein hier. Oder siehst du irgendeinen von deinen Männern, die meinen Rücken zu Brei gepeitscht haben, he? Die sind entweder ertrunken oder aber an einem anderen Ort gestrandet! Und ist deine Mannschaft nicht ohnehin schon geschrumpft, lange bevor wir in diesen Kampf gerieten? Weil sie lieber auf Malta bleiben wollten, als einem wie dir zu dienen?«

Gaspare verharrte auf seinem Fleckchen Sand, aber ballte die Hände zu Fäusten. »Der Herr im Himmel muss sich wirklich prächtig darüber amüsieren, dass ausgerechnet uns beide die Strömung hierher trieb«, zischte er bitter. »Aber glaub mir: Ich brauche meine Männer nicht, ich werde auch allein mit dir fertig.«

»Versuch's doch, und du wirst dich wundern! Ich habe mich jahrelang gegen weit schlimmeres Gesindel durchgesetzt, als du es bist. Ich habe nie zu kämpfen gelernt wie ein Ritter – aber ich weiß, wo es am meisten wehtut und mit welchen Tricks man genau dort zuschlägt.«

»Das glaube ich gern, dass du in einer Sache gut bist, die nichts mit Können zu tun hat, sondern nur mit Betrügen.«

»Wage nicht, über mich zu richten! Du nicht! Wenn Caterina ertrunken ist, so ist das allein deine Schuld!«

»Ich habe ihr geholfen, soweit es mir möglich war! Tut mir leid, dass ich danach Sorge tragen musste, mein eigenes Leben zu retten! Und was gibt dir das Recht, mich dafür anzuklagen? Wie stehst du überhaupt zu ihr?«

»Sie gehört zu mir!«

»Das hat ihr auch eine Menge Gutes eingebracht, nicht wahr? So viel Freude, so viel Lebensglück!« Es klang höhnend.

»Du verdammter Hurensohn! Du warst es doch, der ...«

Caterina hatte versucht, den Streit der beiden Männer zu unterbrechen, ihre Aufmerksamkeit auf sich zu ziehen und ihnen zu zeigen, dass ihr Streit jeglichen Grundes entbehrte, da sie ja noch lebte. Doch ihre Zunge fühlte sich immer noch geschwollen an, schien den ganzen Mund auszufüllen, sämtliche verbleibende Feuchtigkeit aufzusaugen. Da es ihr nicht gelang zu reden, versuchte sie sich auf die Ellbogen zu stützen, sich langsam aufzusetzen. Zunächst schaffte sie es nicht, ihren Muskeln schien sämtliche Kraft entzogen zu sein. Doch dann rollte sie sich von dem Stück Holz herunter, das sie getragen hatte, lag nun auf dem Rücken und konnte zumindest so weit den Kopf heben, um ihre restliche Gestalt zu mustern. Als ihr Blick auf das Bein fiel, in dem es immer noch dumpf pochte, schrie sie auf. Von den Zehen bis zum Knie ging ein langer Riss, aus dem es fortwährend blutete.

Wiewohl erstickt, war der Laut, der da aus ihrem Mund brach, doch durchdringend genug, um die beiden Männer zu erreichen. Gleichzeitig fuhren sie herum, gleichzeitig verließen sie ihren Kampfplatz. Ray war jedoch der Erste, der auf sie zustürzte, sich niederkniete, ihren Kopf mit seinen Händen stützte.

»Caterina, mein Gott, Caterina! Wir dachten, du wärst ertrunken und ich würde dich nie wieder ...«

»Mein Bein«, murmelte sie, ließ kraftlos den Kopf auf seinen Schoß sinken und schloss wieder die Augen.

Sie wusste später nicht mehr, wie lange sie in jenem Dämmerschlaf gefangen blieb, ob Stunden, Tage. Manchmal schreckte sie hoch, nahm wahr, wie Ray ihr Bein behandelte. Er wusch es mit Wasser, von dem sie anfangs fürchtete, es würde schrecklich brennen. Sie zuckte zusammen, noch ehe es die Wunden netzte.

»Keine Angst«, murmelte Ray beschwichtigend, »es kommt nicht vom Meer, sondern von einem kleinen Fluss. Gaspare hat ihn entdeckt, gleich in der Nähe.«

Die letzten Worte verkündeten Lob, aber klangen nicht so.

Immer wieder drangen Wortfetzen an sie heran, die sie beim ersten Hören von keifenden Marktfrauen zu stammen wähnte und die von einem fortwährenden Streit kündeten. Mochte der Anlass dafür auch nicht mehr der sein, dass sie selbst ertrunken war – Ray und Gaspare blieben sich doch spinnefeind.

Indessen Ray einen Teil seines Gewandes in kleine Streifen riss und ihr verwundetes Bein damit bandagierte, war Gaspare offenbar die Aufgabe zugefallen, nicht nur frisches Wasser zu besorgen, sondern auch etwas zu essen. Er versuchte sich im Fischfang – doch dessen Ergebnis stimmte Ray nicht minder mürrisch als Gaspares Trachten, Feuer zu machen.

»Soll das ein Fisch sein?«, hörte Caterina ihn schimpfen. »Da ist ja überhaupt kein Fleisch dran! Ha! Und Feuer kannst du noch weniger machen! Kommst mir vor wie Meeresgetier, das japsend gestrandet ist und hier nun nicht überleben kann.«

Gaspare antwortete diesmal nicht, sondern starrte ihn nur finster an.

Caterina fröstelte. Blinzelnd erkannte sie, wie Ray trockenes Holz, das Gaspare offenbar vom Landesinneren zusammengetragen hatte, aufeinanderschichtete, mit ausgedörrten Blättern bedeckte und mit Steinen stützte. Dann ließ er einen der Holzstäbe blitzschnell zwischen den Händen zwirbeln. Sobald eine verheißungsvolle Rauchsäule hochstieg, blies er heftig, und nach einer Weile knisterten tatsächlich erste blaue Flämmchen und wuchsen rasch zu einem rot-gelben Meer.

»Siehst du!«, höhnte er in Gaspares Richtung. »So macht man das!«

Gaspare zuckte nur mit den Schultern. Dass sich ihre Rollen vertauscht hatten, auf fremdem Boden nicht länger er der Herr über die Lage war, wie er es unzweifelhaft auf dem Schiff gewesen war, und stattdessen Ray mit seiner vielfältigen Erfahrung auftrumpfte, wie der Überlebenskampf zu gewinnen sein würde, deuchte ihn keinen Kommentar wert zu sein.

»Wir können hier nicht bleiben«, meinte er schließlich, »ich sollte nach meinen Männern suchen, obwohl die wahrscheinlich denken, ich sei tot, und sich wohl in alle Winde verstreut haben – gesetzt den Fall, sie sind nicht ersoffen…«

Diesmal befand sich Ray im Nachteil. Es dauerte eine Weile, ehe er sich die Frage abrang: »Wo sind wir hier überhaupt?«

Anders als Ray zeigte Gaspare keinen Triumph, dem anderen etwas an Wissen oder Fertigkeit voraus zu haben. »Ich wollte an der Westküste an Land gehen, doch wir sind zu weit östlich abgetrieben. Und dann kam der Angriff… Kann nicht sagen, wo wir gestrandet sind. Vielleicht bei Mariana, vielleicht schon am Cap Corse, vielleicht weiter südlich, bei Aleria oder an der Spitze der Insel, wo sich Bonifacio befindet.«

»Ist das gut oder schlecht?«, fragte Ray, steckte den mageren Fisch auf ein Holzstäbchen und hielt ihn übers Feuer.

Gaspare blickte zuerst in die eine, dann in die andere Richtung. Trotz der anhaltenden Schmerzen in ihrem Bein versuchte Caterina, sich aufzurichten und es ihm gleichzutun.

Sie sah nicht viel mehr als den Strand, nicht gerade, sondern eine kleine, runde Bucht, begrenzt von Bäumen und Sträuchern, die von schwarzen Mückenschwärmen umsurrt wurden. Der Himmel war diesig, das Meer spiegelte sein ödes Grau.

»Akil meinte, dass Korsika geteilt ist«, warf sie ein, dachte erstmals, seit sie aus der Ohnmacht erwachte, an den Knaben und wünschte sich von Herzen, er hätte – gleich ihnen – das sichere Ufer erreicht. »Denkst du, dass wir im genuesischen oder pisanischen Bereich gelandet sind?«

Gaspare zuckte die Schultern. »Aleria ist pisanisch, Mariana nicht. Calvi und Saint Florenz ebenso wenig. Diese Orte liegen freilich an der Nordküste. Um Bonifacio, das die Genuesen einst befestigt haben, wird fortwährend gestritten. Ich habe gehört, die korsischen Adeligen und Stammeshäuptlinge schlagen sich mal auf die eine, mal auf die andere Seite, je nachdem, wie's ihnen selbst zugutekommt. Ich habe keine Ahnung, wie's im Moment steht.«

»Großartig!«, zischte Ray. »Was willst du nun tun?«

Gaspare warf ihm einen grimmigen Blick zu, aber antwortete dann doch: »Ich werde morgen aufbrechen, werde versuchen herauszufinden, wo wir uns befinden. Vielleicht … vielleicht können wir uns später nach Ajaccio durchschlagen, und dort schließlich leben Menschen, die ich kenne.«

Sprach's und wandte sich ab, ohne auf Rays Zustimmung zu warten. Unwillkürlich ballte jener seine Hand zur Faust und hob sie drohend gegen Gaspares Rücken.

»Ray!«, rief Caterina streng.

»Was ist?«, gab Ray gereizt zurück. »Er hat uns doch in diese verdammte Lage gebracht.«

Caterina sagte nichts mehr, hob nur mahnend die Brauen. Ray ließ seine geballte Faust sinken, aber der Ärger schwand nicht aus seinem Gesicht. Wiewohl nicht länger auf engem Raum gefangen, begann er wieder unruhig auf und ab zu schreiten und hinterließ dabei tiefe Spuren im Sand.

Caterina lehnte sich an einen der schroffen Felsen, schloss die Augen, versuchte wieder zu schlafen. Sie hatte nicht den Eindruck, dass es ihr gelang, denn die Schmerzen in ihrem Bein ließen nicht nach, sondern pochten unaufhörlich. Sie fror nicht länger, aber das Beben, das von tief drinnen kam, hörte nicht auf. So stark war es, dass sie stets aufs Neue aufschreckte, vermeinte, sie würde noch auf dem Wasser schaukeln, anstatt auf Sand zu liegen. Doch obwohl sie keine echte Ruhe fand, musste sie zwischenzeitig eingenickt sein. Als sie wieder einmal die Augen aufriss, sich vergewissern wollte, dass sie in Sicherheit war und nicht mehr auf hoher See, war es stockdunkel geworden. Sie versuchte aufzustehen, doch der verletzte Fuß war nicht stark genug, um sie zu tragen. Ächzend fiel sie zurück, erstaunt, dass der raue Fels, an den sie gelehnt war, plötzlich so weich war.

Dann erst gewahrte sie, dass es Ray war, der – alter Gewohnheit folgend – zu ihr gekrochen war, um an ihrer Seite zu schlafen. Sie sah sich um, ob auch Gaspare in der Nähe lag, konnte ihn aber nirgendwo entdecken. Offenbar hatte sich jener einen etwas entfernteren Schlafplatz gesucht, nicht sonderlich daran interessiert, ob sie eine bequeme Bettstatt fand und wer ihr diese womöglich bot. Sie war zu müde, um darüber nachzudenken – aber irgendwie war sie erleichtert, dass sie Gaspares steifen Körper nicht in unmittelbarer Nähe wusste. Aufseufzend ließ sie sich auf Rays weiche Brust sinken, schloss wieder die Augen, und diesmal war es leichter, den Schlaf heraufzubeschwören, auch wenn er nicht namenlos tief war, sondern Träume heraufbeschwor, vom brechenden Schiff, von der tiefen See, von Gaspare und wie jener vom erwachsenen Mann zum Kind schrumpfte und unter seiner Mutter begraben lag. Diese war in Caterinas Träumen nicht einfach nur fett wie in seinen Erzählungen, sondern ein einziger Koloss, eigentlich nur aus Fleisch bestehend, nicht aus einzelnen Gliedern. Caterina wurde es enger um die Brust, sie vermeinte zu ersticken, fuhr auf. In ihrem Mund schmeckte es salzig, als hätte sie noch einen weiteren Schwall Meerwasser abbekommen – oder war es Schweiß? Von ihrer Angst oder von Fieber? Sie tastete mit der Zunge die trockenen Lippen ab, und noch halb im Schlaf gefangen, fiel ihr ein, dass Ray sie geküsst hatte, ehe das Schiff angegriffen worden und gesunken war.

Verwirrt blieb sie liegen, erwartete schlaflos das Morgengrauen – und fühlte, als es die Nacht zurückdrängte, einen Druck auf ihrem Magen. Zuerst dachte sie, dass Rays Hand dorthin gerutscht sein müsse, um nun schwer auf ihrem Leib zu liegen, doch als sie sich aufrichtete, genauer hinsah, gewahrte sie ein Bündel.

»Mein Gott!«, stieß sie aus. Sie griff danach, öffnete es. Es war tatsächlich die Reliquie, das kleine goldene Kästchen, das fast gänzlich heil geblieben zu sein schien, nur einen der Rubine verloren hatte. Die Glasscheibe, hinter der sich die Cedula befand, war eingedrückt und die Beschriftung darum unleserlich.

Einen Augenblick dachte sie, dass dies nichts anderes als ein Wunder sein könnte, gewiss bewirkt von der Heiligen Julia von Korsika, die nicht zulassen wollte, dass ihr Vermächtnis in den Tiefen des Meeres verschollen wäre. Doch dann fiel ihr ein, dass es Ray gewesen sein musste, dem es irgendwie gelungen war, ihren Schatz zu bewahren, den sie schon verloren glaubte.

»Hast du das Kästchen …«, setzte Caterina an. Sie drehte sich um, doch Ray lag nicht mehr an ihrer Seite. Bereits ausgekühlt war sein Platz. Ächzend erhob sie sich, was ihr erneut einen stechenden Schmerz in ihrem Bein einbrachte, doch anders als gestern konnte sie wieder halbwegs gerade darauf stehen.

»Ray!«, rief sie. Sie erblickte ihn nicht, weder hinter einem der anderen Steine noch irgendwo am Strand. Immer noch hockte Dunst über dem Meer, doch er war nicht stark genug, um den Blick zu verschleiern.

»Ray!«, rief sie wieder.

Ihr Rufen weckte Gaspare. Als er an ihre Seite trat, fiel ihr auf, dass das schwarze Tuch, das er gewöhnlich um den Kopf gebunden hatte, fehlte. Struppig standen seine Haare davon ab, ein befremdlicher Anblick.

»Ray!«

Gaspare zuckte die Schultern zum Zeichen, dass auch er ihn

nicht gesehen hatte. Mehrmals hinkte Caterina den Strand auf und ab – aber Ray blieb verschwunden.

»Er hat sich aus dem Staub gemacht, so sieht's aus«, stellte Gaspare nüchtern fest. Eine Weile hatte er ihre Suche schweigend verfolgt, nun machte er eine wegwerfende Geste, zum Zeichen, dass sich diese nicht lohnen würde. »Er denkt wohl, er wäre ohne uns besser dran«, fügte er hinzu, »und vielleicht hat er sogar recht.«

Sein zweifelnder Blick traf Caterinas Bein. Sie selbst achtete wenig auf das Humpeln, spürte gar keinen Schmerz mehr darin, so heftig war ihre Empörung – weil Ray sie einfach allein gelassen hatte und ein wenig weil Gaspare einen so scheußlichen Verdacht aussprach.

»Ray hätte mich nie im Stich gelassen!«, rief sie unwillkürlich.

»Was macht dich so sicher, dass es nicht so ist? Traust du … traust du diesem Burschen etwa?«

Gaspare sprach nicht triumphierend, eher mitleidig.

Caterina rang kleinlaut die Hände. »Ich weiß es nicht, aber … aber ich kann es mir einfach nicht vorstellen. Gewiss ist er ein Schuft und Betrüger, der …«

»Der keine Skrupel kennt und keine Bindung«, fiel er ihr ins Wort.

»Was maßt ausgerechnet du dir ein Urteil an?«

»Mir ist es gleich, wohin er verschwunden ist und warum. Aber dir scheint daran gelegen … und dich frage ich also: Was bedeutet er dir?«

Caterina blickte zu Boden. Ihre Schritte hatten Fußabtritte im Strand hinterlassen; die von Ray hingegen waren nicht mehr zu erkennen, längst fortgespült vom trüben Wasser.

»Ich weiß es nicht«, sagte sie schlicht und humpelte zurück zur Feuerstelle.

Anders als Ray ließ Gaspare sie nicht allein, sondern gab vorerst den Plan auf, das Land zu erkunden. Besser war's abzuwarten, bis ihr Bein geheilt war, schlug er ihr vor, dann könnten sie miteinander von hier fortgehen, nach Menschen suchen, nach dem nächsten Dorf.

Schulterzuckend fügte sie sich, wollte die Hoffnung nicht laut bekunden, die da in ihr aufblitzte – dass Ray gewiss zurückkehren würde, wenn sie nur hier, an jenem Ort, wo sie gestrandet waren, warteten.

Doch der Tag verging, fortwährend diesig, schließlich in der Dämmerung vermodernd, ohne dass sich jemand ihrer Feuerstelle genähert hätte. Stumpfsinnig blickte Caterina in die Flammen und begann trotz der Wärme zu frieren.

Gaspare bemerkte ihr Beben. »Ich hoffe, du hast kein Fieber«, murmelte er. Er sah sie ehrlich besorgt an, aber er hob nicht die Hand, um die Temperatur ihrer Stirne zu fühlen, so wie Ray es wohl getan hätte.

Schlimmer noch, als ihn zu vermissen, war, sich einzugestehen, wie sehr sie es tat – vor allem am Abend, in der Dunkelheit, da Gaspare sich auf der anderen Seite des Feuers zur Ruhe bettete, zumindest, soweit es auf dem steinig-sandigen Boden, von dem kalt die Meeresfeuchte hochstieg, möglich war.

Ratlos sah Caterina ihm dabei zu, überlegte kurz vorzuschlagen, dass es besser wäre, näher beisammen zu liegen, so wie Ray und sie es immer getan hatten, um sich gegenseitig Wärme zu spenden. Doch dann schwieg sie, gewiss, dass Gaspares knöcherner Leib ihr ohnehin nicht so etwas wie Geborgenheit schenken konnte.

Wenn sie mit ihm sprach, wenn sie seinen toten Blick suchte, ein Gefühl dahinter ahnte, gar eine Ähnlichkeit mit ihrem eigenen Geschick – dann, ja dann fühlte sie sich ihm nahe, viel näher, als sie Ray je sein konnte, der sein Leben nicht ähnlich nüchtern zu betrachten und zu deuten vermochte, der sämtliche

Schläge, die es ihm eintrug, mit Gereiztheit, mit Unruhe beantwortete, nicht mit diesem stillen, trotzigen Weltschmerz.

Aber wenn sie schweigend nebeneinandergelegen hatten, dann hatte Ray ihr Geborgenheit und Vertrautheit geschenkt, nicht mit Worten, allein mit seinem tröstenden, wärmenden Leib und der Selbstverständlichkeit, mit der er sie hielt.

Während sie mit offenen Augen dalag, gewiss, dass nicht nur der Schmerz in ihrem Bein den Schlaf fernhielt, wurde ihr die Kehle eng. Nicht weinen, befahl sie sich, um sich vor dem ganzen Ausmaß des Jammers zu schützen, nicht weinen.

Mit Mühe konnte sie ihre Tränen verkneifen.

Öde waren die beiden Tage, die folgten. Caterina verbrachte sie damit, indem sie entweder nach Ray Ausschau hielt oder ihr Bein anstarrte, das eine mit zunehmender Hoffnungslosigkeit, das andere gleichgültig. Ihre Wunde verkrustete, das Fleisch darum herum glänzte nicht länger gefährlich rot, sondern matt. Aber sie konnte sich der Heilung nicht erfreuen. Wenn Gaspare feststellen würde, dass sie wieder unbeschwert laufen konnte – so würde er sie gewiss von diesem Ort wegbringen, und wie sollte Ray sie dann jemals wiederfinden? Aber würde er es überhaupt versuchen? Ach, wo war er nur, wo war er?

Sie wünschte, sie hätte etwas zu tun – so wie Gaspare. Weiterhin übte er sich im Fischfang, und die Beute, die er so heranschaffte, war zwar meist grätiges Meeresgetier, aber ausreichend, um den schlimmsten Hunger zu vertreiben. Zudem suchte er den Strand danach ab, ob die Wellen etwas von seinem Schiff herangespült hatten. Anfangs fand er nur zersplitterte Holzteile, zwei Fässer, die in die Brüche gegangen waren und sämtlichen Inhalt an die See verloren hatten, schließlich aber auch Fetzen des Segels. Er riss den harten Stoff in Streifen, band sich selbst damit die zerfetzte Kleidung zusammen und gab auch ihr davon, damit sie es ihm gleichtun konnte.

Caterina war dankbar für die Beschäftigung und dafür, dass sie nicht mehr in Fetzen laufen musste, gleichwohl die Luft sich rasch erhitzte, als sich am nächsten Tag der Dunst verzog und dahinter ein tiefblauer Himmel erschien.

»Einen Eimer bräuchte ich jetzt«, stellte Gaspare fest, »um Wasser zu holen.«

Bis jetzt hatte er es nicht anders getan, als sein Hemd sich vollsaugen zu lassen und es – an den Strand zurückgekehrt – auszuwringen.

Caterina blickte abschätzig auf das eine zerborstene Fass, das Gaspare eben hochhielt, um zu prüfen, ob es sich denn für diesen Zweck eignete. Caterina konnte sich nicht vorstellen, dass es taugte, gewiss waren die Ritzen nicht zu stopfen. Ray würde es vielleicht können, Ray wüsste, was zu tun war, aber Ray …

Sie seufzte.

»Ich habe dir doch gesagt«, meinte Gaspare, der offenbar ihre Gedanken erahnen konnte, »dass er nicht zurückkommt.«

Caterina zuckte zusammen. »Soll es mich trösten, dass du es wusstest – und ich vergebens auf Gegenteiliges hoffte?«, fragte sie gereizt.

»Will doch nur sagen: Warum sich auf einen Taugenichts verlassen, der …«

»Soll ich mich etwa auf dich verlassen?«, fiel sie ihm scharf ins Wort.

Er trat zu ihr her. Sein ansonsten bleiches Gesicht wirkte erstmals, seit sie ihn kannte, von der Sonne gerötet. Nur die Lippen waren bläulich verfärbt wie eh und je.

»Ich werde versuchen, dich zu beschützen. Ich … ich kenne dich nun. Ich werde nicht zulassen, dass dir je wieder Schlimmes zustößt.«

»Ach ja?«, stieß sie bitter aus. »Ich dachte, du würdest alle Frauen hassen, sie würden dich anekeln.«

»Das habe ich nie gesagt!«

»Richtig, du hasst nur deine Mutter. Oder nein: Du würdest sie gerne hassen, aber du schaffst es nicht. Du hast dich ja trotz allem nach ihr gesehnt im finsteren Kerker.«

Er wandte sich schweigend ab.

»So solltest du eigentlich verstehen«, setzte sie bitter hinzu, »wie es mir mit Ray ergeht.«

Ihre Stimme kippte.

»Caterina, ich ...«

Er hob beschwichtigend die Hände, wollte noch etwas sagen, legte dann plötzlich den Kopf schief, als würde er auf etwas lauschen. Hatte er etwas gehört? Menschenstimmen, Schritte?

Es schien so. Rasch sprang er den kleinen Felsvorsprung hoch, der die Bucht abgrenzte, um mehr zu sehen, und Caterina rappelte sich ächzend hoch, um es ihm gleichzutun. Sie brauchte viel länger als Gaspare, um mit ihrem schmerzenden Bein voranzukommen. Als sie ihn endlich erreicht hatte, blickte er starr in eine Richtung.

»Ray!«, rief Caterina.

Die Worte erstarben ihr noch auf den Lippen.

Ray war tatsächlich zurückgekehrt. Aber er war nicht allein, sondern in Gesellschaft eines Mannes, von dem sie gehofft hatte, sie müsste ihn ihr Leben lang nie wieder sehen. Jener schien sich ausschütten zu wollen – vor lauter Schadenfreude.

»Ray, was hast du ...«, setzte sie mit schreckgeweiteten Augen an.

»Was für ein Fang«, fiel ihr der Mann da bereits grinsend ins Wort, »was für ein Fang! Hätte es nie für möglich gehalten, dass du, Gaspare, mir doch noch mal ins Netz gehst!«

Corsica, 251 n.Chr.

»Ja«, sagte Julia auf meine Frage hin, »ja, natürlich besitze ich meinen Schatz noch. Ich bin reicher als je zuvor, Krëusa. Denn mein Schatz ist mein Glaube. Du weißt, dass ich nicht von hier stamme, sondern aus Carthago, dort lebt ein Mann mit Namen Cyprian, er war Bischof – und mein Lehrer. Wen Gott reich macht, sagte jener, den kann kein Mensch arm machen.«

Ich runzelte meine Stirne. Ich weiß nicht, wie es ihr gelang, in mir so häufig zugleich Faszination und Misstrauen, Sympathie und Empörung zu erzeugen. Ich bewunderte sie in dem einen Augenblick – und konnte sie hassen im nächsten. Jetzt zumindest, da sie mir die Wahrheit über ihren Schatz sagte, tat ich es.

»Aber du hast mir doch einst versprochen, mich freizukaufen?«, rief ich, nicht unbedingt enttäuscht, weil sie mich einer echten Hoffnung beraubt hatte, sondern verbittert. Ich hatte mir die Freiheit nicht gewünscht, sondern Gaetanus' Achtung. Und ich fühlte mich betrogen, dass die, die diese Achtung Gaetanus' unverdient gewonnen hatte, nun nicht einmal das Versprechen dieser Freiheit einhalten konnte.

Wie so oft prallte meine Empörung an ihr ab. »Ja, das habe ich«, sagte sie lächelnd. »Von den Fesseln der Sünde und des Todes. Wo der Geist des Herrn wirkt, da ist Freiheit.«

»Aber ich dachte, du wolltest mich vom Sklavenlos erlösen!«, bestand ich.

Wieder griff sie mühelos auf ein Zitat zurück, von dem ich erst heute weiß, dass es der Heiligen Schrift der Christen entstammt. »Die ganze Schöpfung soll von der Sklaverei und Verlorenheit befreit werden zur Freiheit und Herrlichkeit der Kinder Gottes«, sagte sie.

»Aber Gaetanus' Sklavin müsste ich dennoch bleiben«, stellte ich trotzig fest, obwohl ich mit diesem Umstand nie gehadert hatte.

»Was lohnte es sich auch, diese Welt zu ändern?«, gab sie zurück. »Wir müssen Barmherzigkeit üben, das wohl, wir müssen fest stehen in unserem Glauben, bis der Herr wiederkommt, und das kann zu jeder Stunde geschehen. Er wird es dann sein, der die Welt neu macht, der sämtliche Ordnung aufhebt, an die sich die kleinmütigen Menschen klammern. Glaub mir, es wird bald geschehen. Die Zeichen zeigen es.«

»Aber dein Vater … er hat gesagt, er müsse für deinen Bruder sorgen. Er hat den Göttern geopfert. Und Quintillus und Marcus sind doch auch geflohen. Warum willst du nicht dein Leben retten?«

»Es ist nicht gut, dass die Gemeinde nicht einig handelt. Wer die Kirche Christi zerreißt und teilt, kann nicht das Kleid Christi besitzen. Auch das hat Cyprian gesagt.«

»Bitte … Julia …«

»Bedränge mich doch nicht. Mögen meine Brüder und Schwestern im Glauben für ihre Entscheidung geradestehen – ich halte sie für falsch, und ich habe keine Angst vor dem Tod. Er ist kein Untergang, sondern ein Übergang: vom Erdenwanderweg hinein in die Ewigkeit. Und bis dahin werde ich nichts Unrechtes tun, um meine Seele zu beschmutzen.«

»Du hast gestohlen! Du hast von Gaetanus' Tafel Brot genommen, ich habe es gesehen!«

Wieder jenes milde Lächeln, das sie noch unangreifbarer machte als der harte Blick oder die schrille Stimme. »Ich würde niemandem sein Essen rauben, der es braucht. Aber es herrscht so viel nutzloser Überfluss in Gaetanus' Haus. Und weißt du, es ist nicht verboten, vermögend zu sein, irdische Dinge zu besitzen. Aber man muss sie sinnvoll einsetzen! Die Armen sollen schmecken, dass du reich bist, die Bedürftigen sollen schmecken, dass du wohlhabend bist. Tische Christus auf! ... Viele meiner Brüder und Schwestern leben in Armut. Ich teile mein Brot mit ihnen – und ich dachte, wenn ich auch das von Gaetanus mit ihnen teilte, so könnte ich auch seine Seele retten.«

»Meine Seele kannst du nicht retten«, murmelte ich und setzte endlich das hinzu, was mir eigentlich auf dieser Seele lag. »Ich habe dich verraten, Julia. Ich war es, die Gaetanus erzählt hat... von euren Zusammenkünften... von eurem Herrn und dass er Feuer auf die Erde werfen will. Ja, ich habe dich verraten, ich bin eine elende Verräterin. Es ist meine Schuld, dass du nun hier im Kerker bist.«

»Ach Krëusa, du bist keine Verräterin! Du bist ein Werkzeug Gottes!«

Ich schüttelte den Kopf. Ich hätte sie packen und schütteln wollen, um sie zu erreichen. Stattdessen tat ich es mit jenen Worten, die mir noch gewaltsamer erschienen als ein tätlicher Angriff. »Julia, verstehst du denn nicht? Ich wollte dich... loswerden. Und auch... auch wenn es nun ganz anders in Erfüllung geht als gedacht, so habe ich genau dieses Ziel erreicht. Wenn du stirbst, dann ist es meine Schuld.«

Sie hörte mir gar nicht zu. »Weißt du, wie ich sterben werde, Krëusa?«, fragte sie stattdessen. »Gott schenkt mir seine Gnade in ganz besonderem Maße!«

Plötzlich schien sich mein Magen zu drehen. Ich wusste nicht, was diese Übelkeit bedingte, der enge Raum, das Gefühl von Ohnmacht, die Ahnung, was sie gleich sagen würde.

Ich beugte mich nach vorne und erbrach mich.

XX. Kapitel

Korsika, Sommer 1284

»Was für ein Fang! Was für ein Fang!«

Der genuesische Kaufmann Davide sprach immer aufs Neue dieselben Worte, als müsste er sein Glück mehrmals benennen, um es endlich fassen zu können. Fast misstrauisch war sein Blick kurz auf Gaspare gerichtet gewesen, als sei es vielleicht nur eine Schimäre, dass er ihn hier fand. Doch je länger er den Strand hinauf und hinab blickte, gewahrend, dass Gaspare tatsächlich allein war – wohingegen er, Davide, eine Schar kräftiger Männer mit sich führte –, desto mehr begannen seine Augen zu glänzen.

Er drehte sich zu Ray um, klopfte ihm gönnerhaft auf die Schultern. »Hast also nicht gelogen, Bursche!«

Caterina stand fassungslos da, konnte das eine nicht mit dem anderen verbinden, Rays Erscheinen und zugleich das von Davide. Es war gewiss kein Zufall; der eine hatte den anderen hergebracht, aber warum hatte er es getan, warum?

Gaspare schien schneller zu begreifen als sie. Nicht erschrocken, vielmehr resigniert senkte er seinen Blick. Er wehrte sich nicht, als zwei der Männer ihn packten, grob seine Hände auf den Rücken rissen, sie dort mit einem Strick zusammenbanden, viel enger, als es notwendig gewesen wäre. Caterina sah ihn zusammenzucken, aber kein Schmerzenslaut trat über seine Lippen. Tonlos ließ er die entwürdigende Prozedur über sich ergehen, ohne zu fragen, was Davide mit ihm vorhatte, ohne zu fragen, wie er ihn hatte finden können.

Die Antwort schien ihm wohl überflüssig, weil offensichtlich. Und langsam, langsam war auch Caterina bereit, es zu begreifen.

Sie blickte zu Davide, der auf seine übliche Art lächelte, indem er die Lippen über die spitzen Zähne zog. Freude und Häme schienen seine dunklen Augen nicht gänzlich zu erreichen, doch auch darin stand die Genugtuung geschrieben, dass das Leben einen anderen mehr kränkte als ihn. Ray stand neben Gaspare, die Hände zu Fäusten geballt, wie schon zwei Tage zuvor, als er sie drohend gegen ihn erhoben hatte. Seine Augen freilich kündeten nicht von Mut und Kampfeslust. Verlegen wich er Caterinas Blick aus.

»Nein«, murmelte Caterina tonlos, »nein, das hast du nicht getan, du… du Verräter! Du gemeiner, elender Verräter!«

Sie schwankte zwischen Wut und Fassungslosigkeit – und maßloser Enttäuschung. Nie hatte sie gänzlich aufgehört, von ihm als Schuft und Sünder zu denken, doch in den letzten Wochen war er so viel mehr geworden, ihr Vertrauter, ihr Verbündeter… der Mann, der sie geküsst hatte, ohne dass er damit Ekel und die Erinnerung an ihre Schändung heraufbeschworen hatte, nur diese hitzige, starke, lebendige Erregung.

»Warum?«, stammelte sie. »Warum?«

Ray blickte nicht auf.

Davide trat an seiner statt auf Caterina zu, musterte sie nachlässig und begann dann zu sprechen. Obwohl er sichtbares Vergnügen an dem fand, was er hier erleben durfte, blieb das übliche Nörgeln, das Caterina bei ihrer letzten Begegnung so überdeutlich gehört hatte, an seiner Stimme haften. Keine Freude dieser Welt konnte offenbar groß genug sein, es vollständig auszumerzen.

»Der Zufall trieb diesen altgeschätzten Freund in meine

Arme«, setzte er an. »Wir wollen Gott danken, dass ich just zu jener Zeit in Mariana weilte, als er hier eintraf. Vielleicht aber ist's auch Gottes Fügung und unser guter Ray das Werkzeug der Gerechtigkeit, mit dem Gott …«

»Wage nicht, von Gott zu reden!«, unterbrach ihn Caterina scharf. »Was hast du vor?«

Unmerklich zuckte Davide zusammen, gab sich überrascht von der Strenge in ihrer Stimme. Entweder hatte er sie nur falsch in Erinnerung, oder sie hatte sich gewandelt, in jenen Monaten, da ihr Leben in die Brüche gegangen war und sie gelernt hatte, auf dem Schutthaufen, der übrig geblieben war, festen Stand zu finden. Freilich fing sich Davide rasch wieder.

»Was ich vorhabe? Mit diesem Lumpen hier?«

Er deutete nachlässig auf Gaspare.

»Ich fand ja stets«, fuhr er fort und dachte nicht daran, Gott aus dem Spiel zu lassen, »ja, ich fand stets, dass das, was er am meisten verdient, ein Strick um den Hals wäre. Offenbar sieht es der Allmächtige ebenso. Warum sonst sollte er sein Geschick in meine Hände legen?«

Caterina schüttelte langsam den Kopf. »Wie konntest du?«, zischte sie in Rays Richtung, der sie immer noch nicht anblickte. »Wie konntest du das tun?«

Er antwortete nicht.

»Freilich muss man genau bedenken«, fuhr Davide an seiner statt fort, »was man mit solchem Fang anstellt. Ein simpler Geist würde auf die Idee verfallen, dass man diesen Piraten den Genuesen ausliefert, weil er jenen schließlich am meisten zugesetzt hat und er folglich in ihnen seine strengsten Richter finden würde. Aber ich frage mich … ich frage mich …«

Seine Augen lösten sich von Caterina, blieben bei Gaspare hängen, der mit undurchdringlicher Miene geradeaus starrte.

»Nun, ich frage mich also … hat dieser arme Mann nicht schon genug Zeit in einem Genueser Gefängnis verbracht?«

Er lachte trocken.

»Also dachte ich, wir sollten die korsischen Verhältnisse für meine verdiente Rache nutzen, und jene sind etwas verwirrender als auf dem Festland. Lasst es mich euch erklären, wir haben schließlich alle Zeit der Welt, oder, Gaspare? Du hast doch gewiss keine anderen Pläne!« Er lachte bissig. »Die Sache ist die … mhm … ich muss eben kurz nachdenken, wir wollen ja nichts durcheinanderbringen, auch wenn unser lieber Gaspare bald Zeit genug haben wird, darüber in Ruhe nachzudenken … Die Sache ist also die: Es gibt hier einen Mann, welcher Giudice de Cinarca heißt, manche nennen ihn auch Sinucello della Rocca. Er stammt aus einer reichen Gutsherrenfamilie, ist als junger Mann zur pisanischen Armee gegangen und hat von Pisa den Titel des Richters erhalten sowie den Auftrag, möglichst viel Land auf Korsika, das sich die Genuesen angeeignet hatten, für Pisa zurückzuerobern. Was immer er von den Pisanern gelernt haben mag, Treue gehörte nicht dazu, denn schließlich ist er von Genua bestochen worden und übergelaufen, offenbar, weil er sich von dort noch mehr Macht und noch mehr Land versprach. Diese Macht hat er dann genützt, um grausam zu knechten, wir ersparen uns die Einzelheiten – das übrigens nicht immer zum Wohlgefallen der Genuesen. Die wollten ihn wieder loswerden, woraufhin Cinarca – jetzt war er es ja schon gewohnt, wortbrüchig zu werden – nach Pisa floh. Amüsanterweise nahm man ihn dort wieder auf, anstatt ihn als Verräter aufzuhängen, weil man sich vor Genua keine Blöße geben wollte. Nun, aber Genua wollte das auch nicht – nämlich sich eine Blöße geben – und forderte Cinarca auf, den Treueid einzuhalten, den er geleistet hatte. Was Cinarca freilich verweigerte, und was die Pisaner ihm wiederum dankten, indem sie ihn mit 120 Rittern und 200 Fußsoldaten nach Korsika zurückschickten, wo er sämtliche Burgen eroberte, die die Genuesen ihm genommen hatten … Warum ich das alles erzähle?«

Er setzte eine kunstvolle Pause, die leider nur zu kurz dauerte. Caterina verstand seine Worte nicht, wollte sie auch gar nicht verstehen, wollte nur wissen, warum Ray Gaspare verraten hatte und was Davide mit Gaspare vorhatte. Sie konnte sich zwar die Antwort auf beide Fragen vorstellen – aber solange es nicht ausgesprochen war, schien weder das eine noch das andere endgültig entschieden.

Davide quälte sie jedoch mit seiner elendig langen Erzählung weiter, gewiss nur, um sie alle zu foltern, auch Ray, der zwar mit verbissenem Gesicht, aber doch mit hängendem Kopf verharrte.

»Ich erzähle das alles, um euch zu sagen, dass Genua und Pisa kurz vor einem Krieg stehen, der nicht zuletzt dieser Insel Korsika hier gilt. Genua hat fünfzig neue Galeeren bauen lassen, hat mit diesen eine Handelsschiffsgruppe der Pisaner mitsamt 28 000 genuesischen Silbermark gekapert und sie obendrein von Oberto Doria Pisa angreifen lassen. Der Veronicaturm liegt seitdem in Trümmern. Pisa wiederum hat Natta Grimaldi zum Admiral der Flotte gewählt, und jener segelte kürzlich bis vor den Hafen von Genua und schoss einen Silberpfeil auf die Stadt. Ich muss dir nicht sagen, Gaspare, welch große Beleidigung dies bedeutet. Genua hat sich alsbald dafür gerächt. Es heißt, sie haben hier in der Nähe fünf Galeeren erbeutet. Habt ihr die Schlacht bemerkt? Ich denke doch, nicht wahr? Bist schließlich schön nass dabei geworden, Gaspare!«

Er lachte dröhnend und so unbeherrscht, dass Caterina hoffte, er möge sich mit seinen spitzen Zähnen die eigene Zunge blutig beißen. Aber nun begann er den eigentlichen heimtückischen Plan kundzutun.

»Also, es steht Krieg vor der Tür – so viel wissen wir«, setzte er an und verkreuzte seine Arme über der Brust. »Was bedeutet, dass hier auf der Insel der eine dem anderen nicht traut. Und das wiederum bedeutet, dass sich die eine Seite über jeden Gefangenen des Feindes freut. Tja, wie wäre es nun, so habe ich mir überlegt, wie wäre es also, wenn die erbosten Pisaner, die gerade ihre Galeeren verloren haben, einen Genuesen in die Hand kriegten, der bei dieser Schlacht mitgekämpft, jedoch von Bord gegangen und hilflos hier gestrandet ist, he? Sei mir nicht böse, Gaspare, aber ich dachte mir, dass es viel lustiger sei, würdest du kein weiteres genuesisches Gefängnis kennenlernen, sondern ausnahmsweise ein pisanisches. Wer weiß hier schon von deiner Herkunft? Magst vielleicht Verwandtschaft in Ajaccio haben – in Aleria doch wohl nicht?«

Erstmals blickte Gaspare nicht durch ihn hindurch, sondern sah ihn direkt an. »Du willst mich als Genuesen an die Pisaner ausliefern?«

»Hast du nicht mehr Zeit in Genua verbracht als in Pisa? Wie viele Jahre waren es? Sechs, sieben, vielleicht sogar acht?« Davide wartete seine Antwort nicht ab, sondern fuhr amüsiert fort: »Das Schöne an Kriegen ist, dass die Welt in Unordnung gerät. So schnell wechselt da manch einer die Seite, so schnell weiß man nicht mehr, wer für welche Stadt kämpfte. Die korsischen Stammesführer zumindest sind sich dessen nicht sicher. Die haben schon seit jeher die Feindschaft der Besatzer genutzt, wie's ihnen passt. Sie sind allesamt Betrüger, ein wenig so, wie unser lieber Ray einer ist.«

Aufmunternd schlug er ihm auf die Schulter. Caterina sah Ray zusammenzucken, aber er stritt es nicht ab.

»Also … um es nicht endlos hinauszuzögern, erkläre ich euch nun endlich das Geschäft: Gaspare ist, wie wir gerade festlegten, einer der bösen Genuesen, die eben die Pisaner geschlagen haben. Ein gewisser Attilio de Mari, korsischer Baron und – je nachdem, wie's ihm beliebt – Verbündeter oder Gegenspieler des schon erwähnten Cinarcas, wird ihn den Pisanern in Aleria ausliefern und dafür einen seiner Freunde freibekommen. Ich wiederum bekomme von Attilio um die tausend Sous. Patriotisch, wie ich bin, werde ich sie in die genuesische Flotte stecken. Bald steht die größte Schlacht bevor, die die Entscheidung bringen soll, wem diese Insel endgültig zufällt. Ich glaube, auch dein werter Stiefvater, Gaspare, will sich an dem Krieg beteiligen. Freilich fürchte ich, dass er nicht derjenige sein wird, der dich aus dem Gefängnis befreit, Gaspare, also wird man dich dort entweder aufknüpfen oder in einem finsteren Verlies schmachten lassen… Du siehst: Es ist alles ausreichend durchdacht, und da wir nun genügend Worte darauf verschwendet haben, wird es Zeit, dass wir den schönen Plan umsetzen. Du verstehst, Gaspare, dass ich dich fortan nicht begleiten kann und leider auch nicht Zeuge deiner letzten Stunden werde. Aleria ist feindliches Gebiet. Aber sei gewiss, bei meinen Männern bist du in guten Händen. Beim letzten Mal hast du ihnen einige ihrer Freunde geraubt, und mit verkleinerter Mannschaft war's recht hart, zurück nach Genua zu gelangen. Ich bin mir gewiss, sie haben die eine oder andere Rechnung mit dir offen und werden sie mit ebenso großer Freude begleichen, wie ich es eben tat.«

Noch ehe er geendigt hatte, riss jener der Männer, der Gaspares Hände gebunden hatte, heftig an dem Strick. Gaspare konnte sich nicht aufrecht halten, fiel auf die Knie, stöhnte auf.

Hilflos blickte Caterina auf ihn nieder, dann wieder zurück auf Ray. Erstmals wich er ihrem Blick nicht aus, sondern trotzte ihr. Seine Fäuste lockerten sich.

»Ich habe doch gesagt, ich werde mich rächen«, murmelte er. »Ich habe es nicht geplant, aber als mich der Zufall zu Davide führte…«

Er brachte den Satz nicht zu Ende, wartete auch nicht ab, bis sie etwas sagen konnte, sondern lief Davide hinterher, der gemächlich einige Schritte den Strand hinaufgegangen war.

»He, Davide! Du bist mir noch etwas schuldig! Was kriege ich dafür, dass…«

Davide drehte sich um, das spitze Lächeln war aus seinem Gesicht geschwunden.

»Ach richtig, Ray, dich gibt es auch noch!« Er klang nun überdrüssig, gleichwohl er nochmals seine Zähne bleckte. »Aber weißt du, ein Verräter wie du müsste mich doch am besten verstehen. Ich habe eigentlich keine Lust, dich für irgendetwas zu bezahlen. Es ist zu lange her, dass wir ein gutes Geschäft abgeschlossen haben, und so wie du aussiehst, brauchst du ewig, um wieder auf die Beine zu kommen. Nimm's mir nicht übel, Ray, aber am meisten Nutzen bringst du mir doch ein, wenn ich dich mitsamt Gaspare an Attilio de Mari verkaufe, oder siehst du das anders?«

»Davide!«

Caterina sah, wie Ray erbleichte. Einen Augenblick lang überkam sie diebische Freude, dass er – anstatt den Judaslohn zu erhalten – sich gleichem Schicksal ausgeliefert sah wie sein Widersacher. Größer als die Genugtuung war freilich das Entsetzen, ganz allein zurückzubleiben – nun, da auch Ray gepackt, seine Hände ihm auf den Rücken gezerrt, dort festgebunden wurden. Anders als Gaspare wehrte er sich verbissen.

»Davide, das kannst du nicht machen, du hast mir zugesagt …«

»Du solltest mich kennen und wissen, dass ich keiner bin, der seine Versprechen hält«, meinte Davide noch überdrüssiger.

»Davide, du …«

»Reiz mich nicht!«, unterbrach der Kaufmann ihn knurrend. Zum letzten Mal fiel sein Blick auf Caterina, ebenso flüchtig und desinteressiert wie zuvor. »Wenn du mir keine Schwierigkeiten machst, dann verschon ich dein Mädchen und lass es laufen … 's hat deinetwegen ohnehin schon zu viel durchgemacht.« Sprach's und drehte ihnen endgültig den Rücken zu.

Augenblicklich hörte Ray auf zu strampeln, versuchte nicht wieder, seine Hände aus dem Strick zu befreien oder mit den

Beinen um sich zu treten. Seine Friedfertigkeit nützte ihm freilich wenig, denn trotzdem schlug ihm einer von Davides Männern mit der Faust in den Magen. Er krümmte sich. Verächtlich blickte Gaspare, der selbst mühsam wieder auf die Beine gekommen war, auf ihn herab.

»Gut gemacht«, hörte Caterina ihn sagen, »das hast du wirklich gut gemacht.«

Er konnte nicht lange höhnen. Denn schon fand es einer der Männer nicht ausreichend, nur Ray zu schlagen, sondern hieb auch Gaspare die Faust in den Leib.

Ein Alptraum. Endlos während wie der Tag, an dem sich Stunde an Stunde reihte, ohne dass sich etwas an der misslichen Lage änderte, ohne dass die Sonne endlich vom Himmel verrutschte und die Welt in Finsternis getaucht ward, die nichts mehr von all dem Übel erkennen ließ.

Caterina schüttelte fortwährend den Kopf, ohne dass sie die bittere Wahrheit verscheuchen konnte. Dass Ray und Gaspare einem unheilvollen Geschick entgegengeschleppt wurden. Dass der eine es selbst verschuldet hatte. Und der andere irgendwie … ja irgendwie auch.

Zuerst war sie wie erstarrt am Strand stehen geblieben, ihnen dann nachgelaufen. Sie hatte versucht, auf Davides Männer einzureden, doch jene hatten sie gar nicht erst beachtet.

»Sei still!«, hatte Gaspare schließlich gemurrt. »Sei endlich still! Oder willst du ihre Aufmerksamkeit auf dich ziehen?«

Sie hielt den Mund, aber lief ihnen trotzdem nach – wohin sollte sie sonst gehen? Was tun auf einer fremden Insel mit schroffer und felsiger Küste, klarem, jetzt in den Vormittagsstunden türkis glänzendem Wasser und in der Ferne die Ahnung von Bergen, nicht spitz, sondern merkwürdig rund, als wären es die Finger der Erdenmutter, die sie dem Himmel entgegenstreckte?

Wiewohl die Küste hier flach war, war der Weg doch holprig: Die Wurzeln von Bäumen – Pinien und Zypressen, Eichen und Kastanien – machten ihn ebenso uneben wie viele Steine, und sowohl Gaspare als auch Ray schrammten sich ihre Knie blutig, wann immer sie so grob gezogen wurden, dass sie fielen. Das geschah oft. Obwohl sie bald die Lust verloren hatten, auf sie einzuschlagen, hatten Davides Männer doch gleichbleibend Spaß daran – desgleichen wie sie während einer Rast dürsten zu lassen. Sie waren auf ein Bächlein gestoßen, das dünn, aber klar über einen Felsen blubberte, doch sie hielten beide Männer fest, als sie sich daran laben wollten.

Gaspare ertrug es starr und schweigend, Ray aber suchte mit ihnen zu handeln.

»Hört mir zu! Gegen mich werdet ihr doch keinen Groll haben! Ich bin nicht euer Feind! Könnt ihr euch nicht an mich erinnern …«

Eine Faust traf ihn ins Gesicht, brachte seinen Mund zum Schweigen und seine Nase zum Bluten.

Wie vorhin traf ihn Gaspares verächtlicher Blick, auch wenn jener sich weiterhin der Worte enthielt.

Zögernd ging Caterina zur Quelle, suchte mit ihren Händen etwas Wasser zu sammeln und zu den beiden zu bringen. Davides Männer hinderten sie nicht daran, lachten sich stattdessen halbtot, weil das meiste Wasser ihr durch die Finger rann, noch ehe sie damit Rays oder Gaspares Lippen netzen konnte. Die wenigen Schlucke, die sie ihnen dennoch bringen konnte, tranken beide durstig – Gaspare wie immer steif und distanziert und vorsichtig darauf bedacht, mit seinen Lippen nicht ihre Handinnenfläche zu berühren, Ray hingegen mit solcher Gier, dass er sich förmlich darin festzusaugen schien. Kurz hatte sie überlegt, ihm das Wasser zu verweigern, doch dann deuchte es sie, dass er bereits mehr als genug für seine Untat bestraft wurde.

Freilich schien er sein Tun nicht für eine solche zu halten.

Sein bleiches Gesicht hatte zwar nicht wieder Farbe gewonnen, seit Davide ihm seine wahren Pläne offenbart hatte, aber wann immer sein Blick auf Gaspare fiel, war jener verächtlich, als sei es durchaus lohnend, sein Leben zu verlieren, wenn denn auch der andere in einen schmachvollen Tod ginge.

Nur für einen Augenblick vergaßen sie beide ihre Verachtung und waren sich einig.

»Hör zu«, murmelte Gaspare, »hör zu, Caterina, du kannst nicht bei uns bleiben. Du bist hier ohne Schutz, ganz gleich, was Davide versprochen haben mag…«

»Aber was soll ich denn…«

»Er hat recht!«, fiel Ray ihr ins Wort. »Du verschwindest, noch ehe es den Männern einfällt, dir Gewalt anzutun, hörst du? Solange sie mit uns beschäftigt sind, werden sie dich vielleicht verschonen, doch sobald sie uns ausgeliefert haben, werden sie sich mit aller Gründlichkeit und Zeit dir zuwenden. Du musst fliehen!«

»Aber…«

»Versteck dich!«, befahl Gaspare. »Wenn sie uns tatsächlich den Gefolgsleuten von diesem Attilio de Mari übergeben, dann werden wir wohl an irgendeiner Wegkreuzung ins Landesinnere aufbrechen, wo sich die Korsen gerne zurückziehen. Du darfst uns nicht folgen, sondern bleibst einfach an der Küste, gehst sie immer weiter entlang, Richtung Süden, dann kommst du nach Aleria. Sieh zu, dass du dort Hilfe findest!«

»Aber wo denn?«, rief Caterina verzweifelt aus.

»Ein Kloster«, murmelte Ray, »geh in ein Kloster! Als ich in Mariana war, habe ich einige Benediktiner gesehen. Berichte, was dir geschehen ist, hörst du? Man wird dir helfen.«

Caterina schüttelte den Kopf.

»Vielleicht ist es Gottes Fügung!«, redete Ray auf sie ein. »Bring die Reliquie in Sicherheit… du trägst sie doch noch bei dir? Ja? Das ist gut.«

Mehr aus Gewohnheit denn willentlich hielt sie das Bündel in Händen. Ehe sie widersprechen konnte, fuhr Ray schon fort: »Ja, du bringst sie in ein Kloster. Ich bin sicher, du wirst dort Hilfe finden. Erzähl irgendeine Geschichte, die das Herz der Mönche erweicht, es wird dir schon was einfallen. Aber bleib nicht in unserer Nähe, hörst du?«

»Ja«, bekräftigte Gaspare und klang plötzlich sehr bitter. »Bleib nicht in unserer Nähe. Geh und dreh dich nicht nach uns um. So wie's ausschaut, sind wir beide Verlierer. Ich tauge nicht, mich an Onorio Balbi zu rächen. Und er taugt nicht, mich zu verraten, ohne selbst dabei draufzugehen ... Geh schnell weg von uns! Aber vergiss nicht, ein Gebet zum Himmel zu schicken, falls sie uns tatsächlich hängen.«

»Und bitte, Caterina ...«, setzte Ray hinzu, und sie war sich nicht sicher, ob er verzweifelt oder lustig klingen wollte, »behalte mich als Schlitzohr und Betrüger in Erinnerung, der ich einst war ... nicht als elender Versager!«

Es blieb ihr keine Zeit zu antworten. Davides Männer kamen, zerrten die beiden hoch, um die restliche Wegstrecke hinter sich zu bringen. Obwohl Caterina ihrem eindringlichen Ratschlag nicht zugestimmt hatte, blieb sie doch wie erstarrt hocken. Sie wagte nicht, ihnen nachzusehen. Nur solange sie den Blick starr auf ihre gekreuzten Hände richtete, vermochte sie sich einzureden, dass es wohl richtig war, endlich ihr Geschick von dem Rays und Gaspares zu lösen. Es musste sein. Sie hatten ihr beide nichts als Unglück gebracht. Eigentlich sollte sie sich glücklich schätzen, sie loszuwerden, sich nicht um sie scheren, sondern sich lieber auf das eigene Leben besinnen.

Als die Schritte, das Schnaufen, das Stöhnen endlich verklungen waren, so saß sie immer noch an gleicher Stelle, inmitten des dicht gewachsenen Buschwerks, das von Mücken umsurrt wurde. Doch ihr klarer Blick verschwamm in Tränen. Sie wusste nicht, wem ihr Kummer galt – sich selbst oder Ray oder

Gaspare oder einfach nur der grenzenlosen Einsamkeit, die von allen Seiten an ihr hochschwappte.

Worte fielen ihr ein, Worte, die ihr Vater einmal gesagt hatte. Vertrau auf Gott, und du bist nicht allein.

Aber die Erinnerung daran schenkte keinen Trost, verstärkte nur die Verlassenheit, das Gefühl von Verlust – ließ sie doch nur daran denken, dass es einst etwas gab, was ihrem Leben Halt und festen Boden gegeben hatte und jetzt so unwiederbringlich verloren war. Das Bündel mit ihrer Reliquie – sie hatte es noch bei sich, sie hatte es nicht verloren. Aber sie empfand es nicht mehr als kostbaren Besitz, nur als Erinnerung an eine Kraft, die sie einst besessen hatte.

Caterina konnte die Tränen nicht zurückhalten, nicht das Gefühl von grenzenloser Einsamkeit bezähmen, nicht den Zweifel, dass es niemanden gab, der sich um sie scherte, sei es hier auf Erden – oder droben in einem leeren Himmel.

Sie legte den Kopf auf ihre Knie und weinte jene Tränen, die sie sich nach ihres Vaters Tod ebenso verbissen hatte wie nach ihrer Schändung. Sie weinte sich kraftlos und müde, bis ihre Augen brannten und die Kehle schmerzte, und als sie endlich nicht mehr von Schluchzen geschüttelt wurde, war sie so erschöpft, dass sie sich niederlegte und augenblicklich einschlief.

Sie erwachte erst Stunden später, von einem leisen Knacken an ihrem Ohr, von einem Schatten, der sich zu ihr beugte, von einer Stimme, die in ihr Ohr sprach.

Corsica 251 n.Chr.

Ich spürte ihre Hände auf meinen Schultern. Endlich hatten jene aufgehört zu beben. Selbst als ich sämtlichen Mageninhalt aus mir herausgespien hatte, hatte das Würgen nicht nachgelassen. Es schmeckte gallig in meinem Mund, und erst jetzt merkte ich, dass meine Wangen tränenfeucht waren.

»Es tut mir leid«, murmelte ich und wusste nicht, was ich meinte. Dass ich mich hier, vor ihren Augen erbrochen, jene grauenhafte, stinkende Stätte noch mehr verwüstet hatte. Dass sie mir gesagt hatte, wie sie sterben würde. Oder dass ich es war, die zu Gaetanus gelaufen und ihm über die geheimen Zusammenkünfte berichtet hatte.

»Es tut mir leid«, wiederholte ich und wandte mich zu ihr um.

Ich suchte ihren Blick. Nicht strahlend blau waren ihre Augen wie sonst, sondern grau, als wäre sie erblindet. Vielleicht war sie das auch. Vielleicht wollte sie gar nichts mehr sehen von der Welt und ihren Reizen.

Nur – was erhoffte sie vom Jenseits, dass sie so begierig war, dorthin zu kommen, obendrein durch einen Tod, wie er schändlicher, erbärmlicher, schmerzhafter nicht sein konnte?

»Es muss dir doch nicht leidtun, dass ich heimgehe zu Gott«, murmelte sie.

»Wie kannst du dich freuen zu sterben? Noch dazu auf

diese... Art? So sterben Sklaven; so sterben üble Verbrecher, so sterben Aufständische, die keine Römer sind...«

»Gott liebt das Niedrige und das Verachtete. Jesus Christus hat sich darum gern erniedrigen lassen. Er war gehorsam bis zum Tod, bis zum Tod am Kreuz.«

»Aber...«

»Christus lässt mich teilhaben an seinem Tod. Er wird mich auch an seinem Ewigen Leben teilhaben lassen.«

»Aber...«

Diesmal unterbrach sie mich nicht. Ich brach selber ab und schwieg. Mir war nicht länger übel, mein aufgewühlter Magen hatte sich beruhigt. Ich wollte fort von hier, einfach fort von dieser Stätte – und zugleich wollte ich bleiben, von jenem Trost zehren, den sie mir spendete, allein durch ihre Gegenwart.

Warum war das so? Warum verzweifelte sie nicht, obwohl sie doch in jenem kalten Kerker hockte?

Sie muss stärker sein als ich, dachte ich plötzlich. Oder sie war frei.

Frei von der Welt. Frei von der Liebe. Frei davon, auf irgendetwas zu warten, was niemals geschehen würde.

Kurz war mir, als wäre ich in ein Gefängnis gesperrt seit jenem Tag, da ich mich gegen sie gewendet hatte, mich der Möglichkeit beraubt hatte, an dem Lauten, Entschlossenen, Herrischen teilzuhaben, das ihr Wesen ausmachte, und stattdessen in Gaetanus' dunklem, kaltem Schatten verblieben war.

»Ich liebe Gaetanus«, gestand ich unvermittelt. »Ja, ich liebe meinen Herrn. Ich will, dass er mich sieht und meinen Namen ruft. Stattdessen hast du mich gesehen. Ist dein Herr Christus stärker als die Liebe?«

»Er selbst ist die Liebe!«

»Und tatsächlich stärker als meine Liebe zu Gaetanus? Wenn du wählen könntest zwischen deinem Glauben und der Liebe zu einem Mann, was würdest du tun?«

»Sie sind weggelaufen«, murmelte sie da – offenbar meinte sie Quintillus und Marcus. »Sie sind weggelaufen, sie sind nicht für den Glauben eingetreten. Mag sein, dass andernorts die Christen mutiger sind. Aber hier… hier auf Corsica, da bin ich vielleicht die Einzige.«

Erstmals sprach sie nicht euphorisch, sondern einfach nur nachdenklich, ohne allen Triumph, nur mit der Sehnsucht, dass das, was sie tat, sich als das Richtige erweisen möge.

»Es könnte doch sein«, murmelte sie, »es könnte sein, dass ich ganz alleine auf der Welt bin, die Einzige, um den rechten Glauben zu bewahren, zu beweisen, dass dieser Glaube an Christus keine Irrlehre ist, sondern die Möglichkeit, das Ewige Leben zu gewinnen. Was ist, wenn es niemanden mehr gibt… außer mir? Also, du weißt doch, wie ich mich entscheiden würde, nicht wahr!«

Ich hatte mich aufgerichtet, nun fiel ich auf die Knie, rang die Hände. Ich kann sie nicht enttäuschen, dachte ich; nicht einmal dazu kann ich sie bewegen – dass sie denkt: Welch eigennütziges Mädchen, ich habe ihr vertraut, und sie war dessen nicht würdig, sie hat sich in eine unsinnige Liebe verrannt und mich dafür verraten. Nein, das würde sie nicht denken. Sie würde darüber hinwegsehen und an ihrem Entschluss festhalten, der mich in jenem Augenblick nicht nur völlig widersinnig, weil lebensverachtend deuchte, sondern so… überheblich. Genau betrachtet war sie das immer gewesen. Sie hatte sich oft bescheiden gezeigt, zurückhaltend, war ganz darin aufgegangen, anderen zu helfen – und zugleich war sie doch so stolz, sich ihrer selbst so sicher, war so hochmütig. Nicht weil sie als freie, wohlhabende Tochter geboren worden war, sondern weil sie mit ihrem Glauben etwas zu besitzen meinte, was die anderen blinden, dummen, kleinmütigen Menschen noch nicht begriffen hatten.

»Du musst dich nicht schämen, dass du mich verraten hast«, sagte sie leise. »Denk nicht mehr daran.«

Nie war sie mir ferner und fremder gewesen als in jenem Moment, da sie mir verzieh. Und nie wünschte ich mir so sehr, ihr nah zu sein, mich ganz in ihr zu verkriechen, Zuflucht zu nehmen in ihrer Art, die Welt zu deuten.

Sie trat zu mir her, legte erneut ihre Hände auf meine Schultern. »Krëusa, steh auf!«

Mein Name, immer wieder mein Name.

»Du hast dich entschieden«, hörte ich mich murmeln, »und käme die ganze Welt, um dich davon abzubringen, würden jene, die dich lieben, dich auf den Knien anflehen, du würdest dabei bleiben. Aber… aber was ist, wenn ich dich brauche? Du bist die Einzige, die mich… gesehen hat!«

»Krëusa«, sprach sie. »Wenn du mehr wissen willst über meinen Glauben, dann geh zu Quintillus. Suche ihn in den Bergen. Auch wenn er geflohen ist – vielleicht wird Gott ihm die Kraft geben, dir ein guter Hirte sein.«

»Lass mich nicht einfach so zurück auf dieser Welt, Julia«, sagte ich. »Ich fühle mich so allein!«

»Vertrau auf Gott, und du bist nicht allein.«

Sie breitete ihre Arme aus, und ich ließ mich hineinfallen. Ich weiß nicht mehr, ob ich mich wirklich geborgen fühlte, ich weiß nur, dass meine Augen plötzlich keine Tränen mehr spuckten – es war, als wäre mein Innerstes ausgetrocknet.

XXI. Kapitel

Korsika, Sommer 1284

Die Stadt Aleria glich einem kleinen Menschen, der in einen viel zu großen Mantel gehüllt war. Die alten Hafenanlagen der Römer waren mächtig, winzig klein jedoch die vielen Häuschen der Fischer, Handwerker und Händler, die darum herumgebaut waren und die sich nicht scherten, jenes Erbes würdig zu sein – Überreste von jener Stadt, die das erste Mal von den Vandalen und später von den Sarazenen bis auf die Grundmauern zerstört worden war.

Viele Jahre später hatten die Pisaner auf den Ruinen eine Stadtmauer errichtet und auf einem alten Römerpalast eine Zitadelle, doch anstatt von Schutz und Zuflucht zu künden, ward die Wirkung dieser Mauer von weiteren Häuschen zerstört, die sich vor ihr und nicht im sicheren Inneren niedergelassen hatten, wohl, weil die Hafenstadt aus allen Nähten platzte. Das Land war flach und sumpfig hier, an manchen Stellen von Mückenschwärmen verdunkelt; die Berge im Landesinneren waren von hier aus gesehen kaum mehr als Schatten, eher Wolken gleichend.

Noch ehe sie durch das Stadttor traten, ruhten sich Caterina und Akil eine Weile aus – im Schatten jener dürren, knorrigen Bäume, die den Strand begrenzten, hier keine kleine, runde Bucht, sondern eine kahle, langgezogene Fläche. Sie betrachteten das Getümmel aus der Ferne, waren noch geschützt vor starken Gerüchen und dem Lärm.

Seit Caterina von Akil aufgestöbert worden war, fühlte sie sich sicherer, nicht mehr der grenzenlosen Einsamkeit ausgeliefert. Alerias Anblick jedoch stimmte sie beklommen, denn während in den letzten Stunden einzig gezählt hatte, die Stadt zu erreichen, mussten sie sich jetzt fragen, was sie dort tun sollten. Ob man Ray und Gaspare schon an die Pisaner ausgeliefert hatte? Ob man sie tatsächlich in einen Kerker geworfen hatte? Und was erwartete sie dort?

Beim Hafen ging es geschäftig zu. Mehrere Schiffe liefen gerade ein, dunkle Schatten vor dem grell glitzernden Meer.

»Ob sich die Pisaner wirklich für einen Krieg rüsten?«, fragte Caterina.

»Nach dem, was Davide gesagt hat, sind wir doch schon mitten hineingeraten.«

Sie hatte ihm alles erzählt, was in den letzten Tagen geschehen war, desgleichen, wie er ihr berichtet hatte: davon, dass er an Land geschwommen war, gemeinsam mit ein paar anderen Männern Gaspares, die des Schwimmens mächtig waren, dass sich jene aber sogleich zerstreut hätten.

Sie habe gedacht, dass Gaspare größten Wert auf Treue lege, hatte Caterina bitter gesagt, und dann war jeder nur aufs eigene Wohl bedacht?

»Sie wussten doch nicht, ob er noch lebt«, hatte Akil erklärt. »Und Treue hatten sie ihm zu jenen Zeiten geschworen, da Gaspare ein Verbündeter von König Pere war. Jetzt, da er bei jenem wohl in Ungnade gefallen ist, war auch ihre Lage ungewiss.«

So war Akil allein zurückgeblieben, ziellos umhergeirrt, bis er schließlich Davides Männern begegnet war und beobachtet hatte, wie sie Ray und Gaspare gefesselt wegführten. Akil hatte sich nicht zu erkennen gegeben, sie jedoch lang genug beobachtet, um auch Caterina bei ihnen zu entdecken – und um zu ihr zu stoßen, kaum dass sie alleine war.

»Und jetzt?«, hatte sie gefragt. Keiner hatte dem anderen gegenüber die Absicht bekundet, Gaspare und Ray helfen zu wollen, vielleicht, um solcherart sowohl das Hoffnungslose als auch das Widersinnige eines solchen Unterfangens zu verschweigen. Doch wiewohl sie weder eine Idee hatten, wie man es anstellen könnte, noch einen Grund zu nennen wüssten, warum sie sich verpflichtet fühlten, liefen ihre Pläne darauf hinaus.

Akil hatte laut überlegt, ob es ratsam wäre, in Ajaccio nach dem Verwandten von Gaspares einstigem Gönner zu suchen und ihm zu berichten, was geschehen war.

»Vielleicht«, hatte er geendigt, »vielleicht kann er sie mit Geld auslösen …«

»Aber hast du jemals gehört, wie Gaspare den Namen dieses Mannes nannte? Nein? Also haben wir doch keine Hoffnung, ihn zu finden. Und außerdem ist es vielleicht viel zu weit nach Ajaccio; wir kennen die Insel beide nicht.«

»Und was sollen wir stattdessen tun?«

»Wenn man in den Süden geht, kommt man nach Aleria«, hatte Caterina erklärt, »das ist das Einzige, was ich weiß.«

So waren sie denn hier angekommen, schmutzig, müde, ratlos.

»Vielleicht ist's besser, wenn du hier wartest«, schlug Akil mit einem zögernden Blick auf ihr bleiches Gesicht vor, das auch die grelle Sonne nicht zu röten vermochte. »Ruh dich aus; ich gehe allein in die Stadt und versuche, etwas in Erfahrung zu bringen.«

Caterina nickte, obwohl die Vorstellung, wieder alleine zu bleiben, sie beklommen machte. Freilich hatte ihr Bein wieder zu schmerzen begonnen, sodass sie Akil nur ein Hindernis wäre, würde sie ihn begleiten. Er huschte fort, ohne sich umzudrehen, und als sie ihm nachblickte, überkam sie tiefe Trostlosigkeit, nicht nur ob der Einsamkeit, sondern weil sie nicht wusste, was zu tun war.

Sie dachte an Rays Rat, Unterschlupf in einem Kloster zu suchen. Doch wann immer sie sich selbst in einer von dessen nüchternen Zellen vorstellte, sah sie stattdessen jenen Kerker vor sich, in dem Gaspare seine Kindheit verbracht hatte, schwül und finster und stickig und dumpf und eng.

Wie konnte er es ertragen, wieder in einem solchen Loch zu landen? Und wie würde Ray damit zurande kommen, wo er doch gedacht hatte, endlich wieder Herr seines Lebens zu sein, nicht länger gefangen?

Es war kein echtes Mitleid, was sie für die beiden empfand, eher eine Ahnung von deren Grauen und Verzweiflung, die auf sie überzuschwappen schienen, als gäbe es ein Band zwischen den beiden und ihr, nicht von Zuneigung geknüpft, sondern von der gemeinsamen Erfahrung von Ohnmacht, Trostlosigkeit und zugleich dem Willen, dagegen anzukämpfen.

Jener Wille machte sich auch jetzt in ihr breit, ohne dass sie sich bewusst dafür entschieden hatte. Der Wille, nicht einfach hinzunehmen, was den beiden geschah, ungeachtet dessen, ob sie zu Recht oder zu Unrecht für die Missetaten ihres Lebens bestraft wurden.

Zweimal kehrte Akil zu jenem kleinen schattigen Plätzchen am Strand zurück, ohne etwas über Gaspare und Ray berichten zu können. Er brachte etwas zu essen mit: Feigen, Orangen und Pinienkerne. Caterina war sich sicher, dass er es gestohlen hatte, aber sie fragte nicht danach. Ähnlich geschickt wie Ray entfachte er später ein Feuer, und in den Nächten, die folgten, lagen sie eng beieinander, um nicht zu frieren, wenngleich nicht Haut an Haut, wie sie einst mit Ray gelegen hatte. Akil atmete ruhig, während sie, von Schmerzen im Bein und von Unruhe wach gehalten, in den unergründlich weiten Sternenhimmel starrte.

Als Akil am dritten Tage von Aleria wiederkehrte – stillschweigend war es bei der Übereinkunft geblieben, dass sie ihre Wunde schonte und er alleine aufbrach –, hatte er endlich Neuigkeiten.

Sie wusste nicht, wie er es angestellt hatte, diese zu erfahren, desgleichen wie sie sich auf dem Schiff oft gewundert hatte, wie viel er wusste. In jedem Fall erzählte er, dass man Gaspare und Ray wohl tatsächlich an den berüchtigten Attilio de Mari übergeben hätte, dass jener sie – wie von Davide vorhergesagt – gegen eigene Leute ausgetauscht hätte, die im Gefängnis schmorten, und dass die beiden schließlich dort gelandet seien. Der Kerker befände sich nicht weit vom Hafen entfernt, wäre unterster Teil der Zitadelle und jene wiederum auf alten Römermauern errichtet. Er habe mit dem dortigen Wärter gesprochen, versucht, jenen zu überzeugen, ihn zu den Gefangenen vorzulassen, doch es war ihm nicht erlaubt worden.

»Denkst du ... denkst du, dass man sie hängen wird?«, fragte Caterina.

Akil zuckte mit den Schultern. »Ich glaube nicht. Ich glaube eher, dass man sie vergisst. Vielleicht lässt man sie einfach verhungern und verdursten.«

»Gaspare hat schon einmal im Kerker gehockt«, murmelte Caterina düster.

»Der Wärter ließe sich wohl bestechen, so wie die meisten seinesgleichen. Er hat mich lange angestarrt und dann gemeint, er könne einen Ballen Wollvlies gebrauchen, seine Kleidung sei ganz löchrig.« Wieder zuckte er mit den Schultern. »Vielleicht würde er mich zu ihnen bringen, und ich könnte etwas zu essen besorgen ...«

»Woher soll ich einen solchen Ballen nehmen?«, fragte Caterina hoffnungslos.

»Weiß ich nicht. Aber in jedem Fall zeigt es, dass der Mann käuflich ist. Wenn wir ... wenn wir Geld hätten – vielleicht könnten wir sie sogar freibekommen.«

»Ha!«, lachte Caterina bitter auf. »Und woher soll ich Geld nehmen?«

Schweigend hockten sie beisammen. Zuerst blickte Caterina

stumpf in den funkelnden Horizont, dann auf den eigenen Schoß und auf das Bündel, das Ray für sie gerettet hatte. Sie hatte sich so daran gewöhnt, dass sie dessen Gewicht kaum mehr spürte. Fast war sie überrascht, es hier bei sich vorzufinden, hob es hoch, als müsste sie sich erst vergegenwärtigen, nicht ganz ohne Besitz zu sein. Vorsichtig löste sie das Leinen, zog das Kästchen heraus, zwar angeschlagen, aber durchaus noch glänzend.

Nie hatte sie mit Akil über die Reliquie gesprochen, gewiss wusste er auch gar nicht, welche Bedeutung diese für sie hatte.

»Willst du das wirklich tun?«, fragte er dennoch – als ahnte er nicht nur von dem Plan, der da plötzlich in ihr reifte, sondern auch, dass das, was sie da mit sich trug, etwas Kostbares, Besonderes für sie sein müsste.

Seine Frage säte augenblicklich Zweifel in ihr. »Du würdest es nicht tun, nicht wahr?«, fragte sie, rang um weitere Worte, sprach schließlich mehr zu sich selbst als zu ihm. »Nicht für diese beiden. Nicht für einen Betrüger und einen Krieger, der eigentlich nichts weiter ist als ein heimatloser Pirat… Nein, für die beiden würdest du deinen Glauben nicht verraten.«

Akil schwieg.

»Wenn du wählen könntest zwischen deinem Glauben und der… ich weiß gar nicht, wie ich es nennen soll: Ist es Liebe für einen der beiden Männer, ist es Gewohnheit, ist es Zuneigung? Nun, aber wenn du nun entscheiden könntest, zwischen deinem Glauben und dem Leben eines lieben Menschen, was würdest du tun?«

Immer noch antwortete er nicht.

»Zählt ihr Leben nicht auch, und zählt es nicht vielleicht noch mehr?«

Sie ließ ihren Schatz sinken. »Nach dem Tod meines Vaters«, sagte sie leise, »dachte ich, ich wäre ganz alleine auf der Welt, müsse als Einzige den rechten Glauben bewahren, beweisen, dass mein Vater kein Ketzer war. Ich dachte, ich sei nur von Feinden umgeben, vor allem aber von Sündern, Ray war ja auch einer. In seiner Gesellschaft, da fühlte es sich oft an, als wäre ich der einzige Mensch mit festem Glauben – und dieser Schatz hier war das sichtbare Zeichen dafür. Aber jetzt denke ich mir: Gibt es nicht genügend andere Menschen, die den Glauben wahren, die nie zu beten verlernen, ganz gleich, was ihnen zustößt, die viel frommer sind als ich? Ja, ich bin gewiss, dass es ebendiese Menschen gibt, aber eben niemanden … um die beiden zu retten … nur mich …«

»Es ist deine Entscheidung«, meinte Akil schlicht.

»Ja«, sagte Caterina, »ja, das ist sie. Und ich habe sie getroffen.«

Auch bei der Suche nach Davide war Akil eine unentbehrliche Hilfe für Caterina. Mühelos schien er sich auf der Insel zurechtzufinden, obgleich sie ihm doch nicht vertrauter war als ihr. Ohne darüber ein Wort zu verlieren, hatte er die Führung übernommen, sobald ihre Entscheidung gefallen war, und sie war erleichtert, ihre Kräfte einzig darauf zu verschwenden, ihm zu folgen: zuerst jenen Weg zurück, den sie in den letzten Tagen schon einmal gegangen war, dann den Punkt überschreitend, an dem sie gestrandet waren, und schließlich noch weiter in Richtung Norden.

Akil war ebenso wendig wie zäh. Kaum klagte er über Müdigkeit und Hunger; mit jener zurückhaltenden Höflichkeit, die ihm eigen war, ließ er Caterina jedes Mal den Vortritt, wenn es darum ging, die mageren, kleinen Fische zu teilen, die er aus dem Meer fing. Nur wenn es darauf ankam, den Weg zu erkunden, zu erfragen, wie man nach Mariana gelangte, jenem Ort, wo sie Davide vermutete, bestand er darauf, der Erste zu sein. Viel besser als ihr gelang es ihm obendrein zu unterscheiden, wo pisanisches Gebiet war und wo genuesisches.

Caterina fragte sich oft, wie es Akil gelang, trotz seiner stockenden Sprache und seiner dunklen Haut kein Misstrauen zu säen. Doch vielleicht wurde beides gar nicht erst wahrgenommen – so schmächtig wie der Knabe war und außerdem so unauffällig, so leise, so unterwürfig, mehr Kind als Mann.

Manchmal verglich sie Akil in jenen Tagen mit Ray; in manchem waren sie sich ähnlich, in anderem unterschiedlich. Beide hatten die Gabe, sich durchzuschlagen, auf eine Weise, die niemals von Anstrengung kündete, sondern lediglich von Leichtigkeit. Und doch war Rays Lebenserfahrung lauter, stolzer, dreister gewesen. Er hatte sich stets dafür gerühmt – Akil nicht. Er tat, was getan werden musste, ohne dafür Respekt einzufordern.

Einmal fragte Caterina, warum er das täte. Denn wiewohl sie wusste, dass sie Akil trauen konnte, dass er sich ihr – wenngleich nur zufälliger – Verbündeter zu sein wähnte, war sie sich oft nicht gewiss, was er wirklich von ihr hielt und ob er sie mochte. Hegte er echte Sympathie für sie, oder hätte er in gleicher Weise gehandelt, auch wenn sie ein ganz anderer Mensch gewesen wäre?

Gleichmütig gab er zurück: »Bist in mein Leben wie ein Gast geraten. Und in dem Land, woher ich stamme, da schützt man Gäste mit dem eigenen Leben – ganz gleich, ob man sie überhaupt eingeladen hat, ganz gleich auch, was man wirklich von ihnen hält.«

»Und was hältst du von mir?«, setzte sie unvermittelt an. »Du heißt doch nicht gut, was ich zu tun bezwecke, oder?«

Er zuckte die Schultern, zeigte jenen verschlossenen Gesichtsausdruck, welcher bekundete, dass sie ihm nichts erklären müsste, dass er sie niemals verurteilen würde – und dass ihm zugleich eine echte, tiefe Anteilnahme an ihrem Leben fehlte. Sie sprach nicht weiter. Die Grenze, die er zwischen sich und ihr zog, tat ihr gut. Verlässlicher war sie als jenes merkwürdige Band, das sie an Ray band oder das an Gaspare. Vielleicht war sie in Wahrheit längst davon gefesselt, um es einfach loszulassen.

Als sie Mariana erreichten – eine Stadt am Meer wie Aleria, jedoch nicht von flachem Land umgeben, sondern auf einem kleinen Plateau liegend, von dem man auf das wellige Blau hinabblicken konnte –, so fühlte sie sich längst nicht mehr als eine, die eine Entscheidung getroffen hatte, sondern wie eine Getriebene, die ebenso ungewollt beim genuesischen Kaufmann landete, wie sie auch auf dieser Insel gestrandet war. Dass sie ihn tatsächlich hier vorfand, deuchte sie trügerisch simpel, es erzeugte in ihr nicht nur Erleichterung, sondern zugleich Unbehagen, als könne dieses nicht nur eine wundersame Fügung bedeuten, sondern ebenso ein schlechtes Omen.

Wie so oft war es Akil, der sich umgehorcht und herausgefunden hatte, dass der genuesische Kaufmann wie fast alle seiner Zunft in der Marktbude lebte, wo er auch seinen Handel tätigte, kaum mehr als eine Spelunke, aus Holz erbaut und das so windschief, dass nicht gewiss schien, ob dieses Gebäude den nächsten Sturm überdauern würde.

Als sie die Hütte erreichten, so standen gerade zwei Burschen davor, Lastenträger offenbar, die sich ihr Geld damit verdienten, dass sie Ware ein- und ausluden. Doch anstatt sich üblichem Tagewerk zu widmen, standen sie sich reglos gegenüber, musterten einander mit kalten Augen und schienen eine schweigende Feindschaft auszukosten. Als Caterina zu ihnen trat, nach Davide fragte, regte sich nichts in ihren Mienen. Sie meinte schon, die beiden wären taub oder der Sprache nicht mächtig – da stürzten sie sich, wie auf unsichtbares Kommando hin, mit einem unwilligen Knurren aufeinander, als wollte der eine dem anderen den Schädel einschlagen. Doch da sie gleich stark waren, wurde aus dem Aufeinanderprallen keine echte Rauferei, sondern ein verbissenes Geknäuel, in dem es schlichtweg darum zu gehen schien, den anderen festzuhalten, damit er sich nicht bewegen konnte, nicht aber, um zu schlagen und zu prügeln und zu kneifen.

Unwillkürlich sprang Caterina zur Seite.

»Matteo! Giovanni!«, tönte es nörgelnd von der Tür her.

Bei ihrer letzten Zusammenkunft hatte sie Davide in ausnehmend guter Laune erlebt. Nun freilich schien der Triumph, den er über Gaspare hatte feiern können, zu lange her, um ihn vor seiner üblichen Verdrießlichkeit zu schützen. Obwohl ihn der Kampf der beiden nach draußen gelockt hatte, war Davide nicht bereit, durch mehr als nur ein paar gelangweilt klingende Worte einzugreifen. Nachdem sie nicht auf ihre Namen reagiert hatten, sich nur noch viel unbarmherziger umklammerten und jetzo – da ihre Fäuste im Griff des jeweils anderen gefangen waren – die Zähne gebrauchten, um dem jeweils anderen zuzusetzen, blieb er schulterzuckend stehen und blickte missmutig auf jenes Menschenhäuflein, das sich da blutig biss.

»So gierig sind die«, murmelte er, »da mag man meinen, sie fressen sich irgendwann gegenseitig auf. Können sich nicht mit dem begnügen, was ihnen zusteht. Müssen auch obendrein dem anderen den letzten Rest abluchsen.«

Er schüttelte den Kopf, indessen Caterina ihn überrascht anblickte. Dass ausgerechnet Davide eine Regung wie die Gier verurteilte, schien ihr nicht minder absonderlich als die kämpfenden Jungen.

Er schien ihre Gedanken zu lesen – zum gleichen Zeitpunkt, da er sie wiedererkannte –, denn trotz sichtlich trüber Laune kicherte er plötzlich auf. »Man will mir vielleicht vorwerfen, dass ich auch nicht viel besser bin«, meinte er belustigt, um schlagartig wieder ernst zu werden: »Aber die Wahrheit ist: So tief würde ich nicht sinken! Ist es doch nur ein einziger Sous, um den sie sich balgen. Das wäre mir zu wenig … und ein solcher Kampf zu dreckig obendrein.«

Angewidert starrte er auf den staubigen Boden und schüttelte wieder den Kopf. Caterina umrundete vorsichtig das Gewirr an Armen und Beinen.

»Der eine kommt zu seinem Geld, indem er kämpft, der andere, indem er betrügt«, setzte sie an.

»Spar's dir! Ich weiß, worauf du hinauswillst, und ich geb es gerne zu, dass ich zu Letzteren gehöre. Ray übrigens auch. Wie geht's ihm denn?«

Finster blickte sie ihn an, worauf er wieder ein bissiges Lachen ausstieß.

»Ach ja, ich vergaß … er hockt ja im Kerker der Pisaner in Aleria. Haben sie ihn schon aufgeknüpft?«

Caterina schüttelte den Kopf. »Seinetwegen bin ich nicht hier.«

Kurz bleckte er seine spitzen Zähne. »Was ohne Zweifel gut so ist. Denn ich kann ihm ganz gewiss nicht mehr helfen. Tut mir leid.«

»Wenn's dir leidtut, warum hast du ihn dann …«

»Ich dachte, seinetwegen wärst du nicht hier. Warum dann? Wollen wir hineingehen?«

Zögernd drehte sich Caterina nach Akil um, doch dessen Miene gab ihr keinen Hinweis, welches Verhalten er ihr anriet.

»Ich tu dir schon nichts, Mädchen!«, meinte Davide. »Hätte ich dich gewollt, hätte ich dich längst kriegen können.«

Sprach's, wandte sich ab und verschwand nach drinnen.

Da fasste sich Caterina ein Herz und folgte ihm. »Ich habe dir … ein Angebot zu machen.«

Das Licht, das durch die schmalen Holzritzen drang, zerfloss im Inneren zu einem matten Grau. Wohl ließen sich sämtliche Konturen erkennen, nicht nur die Gestalt von Davide, sondern auch der schlichte Tisch und der Stuhl, jedoch schien alles keine Farbe zu haben.

»Eine dreckige Bude!«, stieß Davide verächtlich aus. »Bin

froh, wenn ich wieder zurück auf mein Schiff komme. Sieh du nur zu, dass du nirgendwo anstreifst.«

Er ließ sich auf dem Stuhl nieder, indessen Caterina zögernd stehen blieb, gleichwohl die Möglichkeit, sich dreckig zu machen, ihr geringstes Problem war. Sie war ihm nicht gerne hineingefolgt, wollte nicht mit ihm allein sein – und wusste doch, dass es besser war, ihm das Geschäft unter vier Augen vorzuschlagen.

Davide blickte auf, doch anstatt nach dem Angebot zu fragen, von dem sie gesprochen hatte, murmelte er unwillkürlich: »Ich bin nicht wie … die.«

Seine Stimme klang erstaunlich nackt, frei von Hohn und Nörgeln.

Caterina sah ihn fragend an.

»Ich bin nicht wie diese Dreckslümmel da draußen«, bekannte er. »Für schnelles Geld würden sie töten.«

»Und wofür tötest du?«

In dem düsteren Raum waren selbst seine ansonsten blitzenden Augen dumpf. Sein Blick deuchte sie plötzlich ähnlich tot wie der von Gaspare, und wiewohl sie gewiss nicht Davides Wesen ergründen wollte, streifte Caterina erstmals die Ahnung, dass hinter seinem Spott und auch hinter dem Nörgeln, zu kurz gekommen zu sein, mit dem er fortwährend die Welt anklagte, Schwermut lauerte. Vielleicht ging ihm in solchen Momenten auf, dass die Zumutungen des Lebens nicht nur durch dessen Bösartigkeit, sondern durch eigene Fehlentscheidungen verursacht waren.

»Ich töte nicht«, antwortete er. »Das ist mir zu blutig. Ich hätte keinen Spaß daran, auch wenn du das vielleicht denkst. Selbst Gaspare – wenn sie ihn denn aufhingen – stürbe nicht meinetwegen, das hätte er sich schon selbst zuzuschreiben. Und um Ray ist's nicht schad. Wirst mir zwar sagen, er sei nicht weniger wert als ich, und vielleicht hast du damit sogar recht, aber ein Taugenichts ist er so oder so. Freilich halte ich Ray zugute, dass er immerhin das Spiel kennt. Hast du Glück, schwimmst du oben, hast du Pech, ersäufst du. Gaspare hingegen ist ein Träumer. Denkt, er hätte ein Recht darauf, verbittert gegen die Welt zu sein, weil sie ihm so zugesetzt hat. Glaubt ernsthaft, er könne sie büßen lassen. Ha!«

Der Anflug von Schwermut verschwand, er klang wieder beleidigt.

»Warum sollte er Rächer sein dürfen und unsereins nicht?«, fügte er bitter hinzu. »Ich weiß, ich weiß, ihn haben sie in ein finsteres, heißes Loch gesperrt, da war er noch ein Kind. Mir ist solches nicht geschehen. Ich war der reiche Kaufmannssohn; auf mich wartete stets ein großes Erbe. Aber das bedeutet doch noch nicht, dass ich nicht auch Träume gehabt hätte, die ich begraben musste!«

Er wandte seinen Blick von Caterina ab, blickte in den dumpfen, schlichten Raum und schien dort Bruchstücke seines Lebens zu sehen und das, wozu er sie zusammengefügt hatte.

»Der Handel ist so einfach und klar«, setzte er unwillkürlich an. »Ware, Schuldschein, Geld. Man kann betrügen, aber das, worum's geht, ist nüchtern. Die Absicht zu gewinnen fordert Verstellung, nicht das Handelsgut selbst – und das war mir immer zu langweilig. Wäre mein Bruder nicht gestorben, ich wäre Priester geworden. Und weißt du was: Es hätte mir mehr Spaß gemacht, Gott zu verkaufen, als Gewürze oder Tuch. 's ist raffinierter, irgendwie prächtiger. Das, worum es geht, kann man nicht sehen, nur andeuten, mit Gesten und Weihrauch und lateinischen Silben, die das gemeine Volk nicht versteht. Dieses Volk kommt dir auch nicht zu nahe, es scheut dich, weil es nicht will, dass du in sein dreckiges Herz siehst. Es heißt zwar, dass Gott zu den Sündern gekommen ist, nicht zu den Gerechten, aber die Pfaffen – die Pfaffen haben sich ihre eigenen Gesetze gemacht und die Arme dann doch lieber den Gerechten geöffnet, nicht den Sündern. Die Sünder scheuen sie, Gleiches gilt übrigens auch umgekehrt. Und wo in dieser Welt kannst du es ähnlich leicht erreichen: Dass du schöne, prunkvolle Kleider trägst, ein Mysterium zu wahren hast, welches kein Mensch versteht, auch du selber nicht, und dass das elende Pack dir fernbleibt?«

Er lachte hoch und schrill, ehe er in ein langes Schweigen verfiel, offenbar innewerdend, dass es sich nicht lohnte, sein Schicksal zu beklagen, zumal in Anwesenheit eines unbedeutenden Mädchens.

Caterina ahnte, dass er nicht fortfahren würde, wartete ein wenig, bis die Wirkung seiner Worte verhallt war, und kam dann auf ihr Anliegen zu sprechen: »Bist du bereit, mit mir ein Geschäft abzuschließen? Kann ich dir trauen?«

Sein Lachen klang nicht spöttisch, sondern ehrlich belustigt. »Was für eine Frage! Du weißt doch, dass ich ebenso ein Schlitzohr bin wie Ray!«

»Ja«, nickte sie, »das weiß ich. Aber trotz allem hast du mit Ray Geschäfte abgeschlossen – Geschäfte, von denen ihr beide etwas hattet. Ich bin nun an Rays Stelle hier.«

»Und was willst du mir nun für ein Angebot machen?«

»Versprichst du mir, dass du bereit bist, mich ebenso zu behandeln wie Ray? In gleicher Weise mit mir zu sprechen?«

Er starrte sie eine Weile nur schweigend an; seine dunklen Augen glänzten matt. »Damals am Strand hätte ich dich versklaven und meinen Männern vorwerfen können. Dass ich es nicht getan habe, sollte dir als Versprechen reichen.«

Sie nickte unbehaglich, ahnend, dass sie wohl nicht mehr von ihm erhoffen konnte als diese Worte. Eigentlich hatte sie auch nicht mehr erwartet, hatte über den eigentlichen Schwachpunkt ihres Plans – dass sie keine ebenbürtige Geschäftspartnerin für Davide war – auch gar nicht nachdenken wollen. Erst jetzt ging ihr warnend durch den Kopf, dass es womöglich gefährlich war, zu leichtgläubig zu sein. Auf der anderen Seite – was blieb ihr anderes übrig, jetzt, wo sie schon hier war?

»Also sprich!«, forderte er ungeduldig.

»An jenem Tag in der Nähe der Hafenstadt Collioure…«, setzte sie seufzend an, »auf deinem Schiff… weißt du noch? Ray wollte dir damals eine kostbare Reliquie verkaufen, eigentlich befand sich diese in meinem Besitz, du erinnerst dich doch?«

Davide fuchtelte unwillig mit der Hand, als könnte er solcherart die unliebsame Erinnerung verscheuchen, wie Gaspare sein Schiff überfallen hatte.

»Ungern«, knurrte er.

»Ray hat behauptet, dass es sich um Splitter des Kreuzes von Jesus Christus handelte.«

»Das soll ich dir glauben?«

Sie hob ihr Bündel, zog das kostbare Kästchen hervor. »Die Frage ist doch: Glaubt man dir?«

Davide nickte bedächtig. Wiewohl er sich nicht vorbeugte, um das Kästchen genauer zu mustern, wurde sein Blick doch wach, glänzend – und gierig.

»Ich verstehe«, sagte er und versuchte, gelangweilt zu klingen. »Du meinst also, dass ich einer sei, der keine Skrupel hat, eine Fälschung zu verkaufen. So wie du's nun tust.«

»Ja«, sagte sie schlicht. »Das Kästchen hier ist nicht mehr ganz unbeschädigt, doch wenn du die Cedula, jene Inschrift, neu anfertigen lässt, wird das seinen Wert nur vergrößern – sieht man ihm dann doch die lange, wechselvolle Geschichte an.«

Davide nickte nachdenklich. »So, so«, meinte er schließlich. »Hast dir das alles schön zurechtgelegt. Aber weißt du: Von Ray ist solches Gebaren zu erwarten, von dir freilich nicht. Ich habe dich ganz anders in Erinnerung. Wie wütend du damals auf Ray losgegangen bist! Wie du ihn beschimpft hast! Und nun – tatsächlich keine Skrupel? Das kann ich mir nicht vorstellen.«

Ihre Hände erzitterten kaum merklich. »Das ist doch meine Sache, nicht die deine.«

»Was ist dir so viel wert, dass du Skrupel dafür aufgibst?«, ließ er nicht locker.

»Das geht dich nichts an!«

»Nicht? Nun, ich kann mir schon denken, wofür du Geld brauchst. Die Wahrheit ist, ich brauche es auch. Hab's schon zu Gaspare gesagt, da braut sich was zusammen, Krieg steht vor der Tür. Pisa ist nun endgültig im Ausnahmezustand. Der venezianische Adelige Alberto Morosini ist, wie man hört, gleichzeitig zum Capitano del Popolo und zum Admiral der pisanischen Flotte ernannt worden. Und das Erste, was er tat, war, sich für den genuesischen Angriff zu rächen. Zwei Wochen ist's her, dass die pisanische Flotte Rapallo geplündert hat und dann vor dem Hafen Genuas aufgetaucht ist, gleichwohl sie Abstand hielt. Dass es zum Kampf kommen wird, wissen wir, aber dies nun war die endgültige Kriegserklärung ... Was ich übrigens für richtig halte. Solange Pisa und Genua gleich stark sind, werden sie sich im Mittelmeer zerfleischen. Erst wenn eine Stadt die andere in die Knie gezwungen hat, wird Frieden einkehren.«

Langsam stand er auf, der Stuhl knirschte. Obwohl seine Regung so zögerlich ausfiel und er stehen blieb, fühlte sich Caterina von seinem groß gewachsenen Leib bedroht. Noch lächelte er – aber was plante er?

»Ich denke, solch ein Frieden wird auf lange Sicht dem Handel förderlicher sein«, fuhr er fort, »vor allem hier auf Korsika. Hat ja nicht viel zu bieten, diese Insel. Ein wenig Getreide, ein wenig Leder, Oliven und Wein, aber das gibt's anderswo auch reichlich. Freilich, freilich, die Herren des Cap Corse haben sich darauf verlegt, Keramik und Eisenwaren herzustellen. Bislang haben sie sie einzig nach Pisa verkauft. Aber angenommen, Genua gewinnt die bevorstehende Schlacht ... dann sieht die Sache schon ganz anders aus«, er schmatzte vielsagend. »In Zeiten wie diesen lohnt es sich zu investieren. Wenn du mich also fragst, ob ich die Reliquie für Geld verkaufen könnte, an irgendeinen dummen Pfaffen – nun: dann ja. Und ob ich dieses Geld will – auch ja.«

Er löste seine Hände, die er vor der Brust verschränkt gehalten hatte, trat einen Schritt näher zu ihr hin. »Nur ob ich dir einen Teil davon geben will – nein, eigentlich will ich das nicht.«

Fast bedauernd zuckte er mit den Schultern.

Caterina wich seinem Blick aus, versteckte ihr kostbares Kästchen wieder in dem leinenen Beutel und presste ihn an sich.

»Dann ist es besser, dass ich gehe«, sagte sie schnell.

Wieder zuckte Davide mit den Schultern.

»Wohin?«, fragte er, kam noch näher. »Zu deinem erbärmlichen Jüngling da draußen? Trägt er womöglich eine weitere Kostbarkeit mit sich? Was glaubst du, was Giovanni und Matteo mit ihm machen werden, wenn ich das ihnen gegenüber behaupte? Wie weltfremd, Mädchen, bist du eigentlich?«

Alles in ihr drängte zur Flucht. Doch während sie sich noch umwandte, zur Tür hinspähte, sich ausrechnete, wie lang sie brauchen würde hinauszukommen – da wusste sie schon, dass es keinen Sinn machte. Steif blieb sie stehen, um wenigstens einen Rest von Würde zu bewahren.

»Lass mich gehen!«, verlangte sie.

Er stand nun dicht vor ihr, streckte gemächlich seinen Arm aus, stützte sich damit an der Wand ab. Unmöglich war's, jetzt noch an ihm vorbeizukommen.

»Du … du hast mir versprochen …«

»Versprochen habe ich dir gar nichts. Du solltest froh sein, dass ich nur deinen Schatz will, nicht dich selbst.«

Hektisch sah sie sich nach einem Ausweg um.

»Lass … lass mich vorbei!«

»Warum sollte ich? Ich meine, du bist hier aufgetaucht, hast mir die Reliquie angeboten. Warum sollte ich dich also wieder mit ihr gehen lassen?«

Caterina presste das Bündel noch fester an sich, vergrub es in dem zerfledderten Ausschnitt ihres Kleides. Davide grinste kurz, blickte dann gelangweilt. Er packte nicht einfach gewaltsam zu, um ihr den Schatz zu entreißen, sondern fuhr nur langsam mit der Hand zu ihrem Gesicht, streichelte es, glitt tiefer. Er schien ihren Schatz zu liebkosen, anstatt ihn ihr zu rauben.

Unter seiner Berührung zuckte sie zusammen. »Verflucht! Fass mich nicht an!«

»Zu fluchen hast du also gelernt«, spottete er, »wie die Welt läuft, aber nicht. Armes, armes Mädchen. Wer, glaubst du eigentlich, bist du? Hierherzukommen und ein Geschäft mit mir machen zu wollen? Hast du erwartet, ich würde von nun an rechtschaffen und anständig sein?«

»Nein, das habe ich nicht!«, rief sie verzweifelt. »Ich weiß sehr wohl, dass du ein Schuft bist! Aber … aber Ray hast du zumindest auch Geld geboten – warum nicht mir?«

»Aus einem einzigen Grund: Weil es die Möglichkeit gab, weitere Geschäfte mit ihm abzuschließen. Weil er mir künftig von Nutzen sein konnte, warum ihn also gänzlich verprellen? Aber du … du hast keinen Nutzen für mich außer dieser einzigen Kostbarkeit. Also gib sie mir schon! Du willst doch nicht, dass ich dir den Schatz gewaltsam entreißen muss?«

Seine Finger wurden fordernder, frecher. Er griff in ihren Ausschnitt, befühlte das nackte Fleisch ihrer Brüste, eher belustigt als begehrlich.

»Nein!«, kreischte sie und versuchte, unter seinem ausgestreckten Arm durchzulaufen. »Lass mich in Ruhe!«

Er packte sie an den Haaren, zerrte sie zurück.

»Was ist?«, knurrte er. »Soll ich Giovanni und Matteo zu Hilfe holen? Vielleicht würden sie bei dir die Gier auf Geld vergessen – und stattdessen nach deinem Leib lechzen, Mädchen!«

»Nein!«, kreischte sie wieder, versuchte, sich von ihm zu lösen, doch sein Griff war zu fest. Ihre Kopfhaut brannte, als er sie an den Strähnen zurückzerrte, derart grob, dass sie meinte, er würde ihr gleich das Genick brechen. Den Kopf konnte sie nun nicht mehr bewegen, einzig die Glieder. Sie trat um sich, traf jedoch nur die Luft, dann hatte er sie schon umschlungen, zog sie fester an sich ran, näherte sich wieder mit der einen Hand ihrem Ausschnitt.

Sämtliche Gedanken schienen aus ihrem Kopf gepustet. Nur zwei Worte nicht. Erstaunlich klar stiegen sie vor ihr auf.

Diesmal nicht. Diesmal nicht.

Sie handelte blind, zog ihr Bündel hervor, um es vor seinen Fingern zu retten, schwang es mehrmals durch die Luft. Sie hatte nicht geplant, ihn damit zu treffen, doch als sein Griff stärker wurde, ihr die Luft abdrückte, begann sie unwillkürlich um sich zu schlagen, die leere Hand zur nutzlosen Faust geballt, hingegen mit der anderen das Bündel gleich einer Schleuder nutzend.

Er lachte ob ihres ziellosen Trachtens, lockerte seinen Griff. Dann plötzlich ein dumpfer Stoß, so leise, dass sie kaum glauben konnte, ihm ernsten Schaden zugefügt zu haben.

Doch seine Hände fielen von ihr ab, sie war wieder frei, konnte sich umdrehen, gewahren, dass sie ihn mit einer der spitzen Kanten an der Schläfe getroffen hatte.

Davide starrte sie überrascht aus aufgerissenen Augen an. Doch dem Blick folgte nichts – kein Ausruf des Erstaunens, kein neuerliches Zupacken. Stattdessen kippten die schwarzen kleinen Augen ins Weiße, und sein groß gewachsener Körper fiel zu Boden.

Corsica, 251 n.Chr.

Die Tage flossen dahin, es gab keine Neuigkeiten. Eusebius kam zweimal zu Gaetanus, sprach stundenlang mit ihm. Doch ich selbst begegnete ihm nicht wieder, konnte mir nur denken, wie verzweifelt er war – und ohne Hoffnung. Er kannte seine Tochter.

»Sie… sie sagte mir, dass sie gekreuzigt werden solle«, berichtete ich Thaïs, als ich bleich und ausgelaugt wiederkehrte.

»Ja«, sagte jene, »ja, das ist wohl die vorgesehene Strafe. Aber vielleicht lässt sich Aufschub erreichen. Ich habe gehört, dass man sie mürbe zu machen versucht durch lange Kerkerhaft.«

»Julia wird nicht von ihrem Glauben abschwören. Sie sieht sich als die Einzige hier auf Corsica, die ihn zu wahren sucht.«

»Aber Gaetanus kann warten, bis er ein Urteil spricht. Und ich denke, dass es das ist, was Eusebius bei ihm auszurichten versucht.«

Ja, Gaetanus wartete, und wir harrten mit ihm. Ich verließ kaum mehr seine Villa, warum auch, es gab niemanden, der mich irgendwo erwartete. Besser war's, sich zu verkriechen; die Lust dazu war so groß, dass es mich kaum dauerte, dass Gaetanus mich nicht mehr zu sich rief, um sich von mir den Nacken massieren zu lassen. Früher wäre ich daran verzweifelt. Nun war ich froh, nicht in seine Augen sehen zu müssen, mich daran zu erinnern, wie ich mit ihm über Julia gesprochen hatte.

Ein Monat war vergangen, bis ich ihm schließlich wiederbegegnete. Er hatte mich nicht rufen lassen, er kam zu mir. Seine Miene war starr und grau.

»Mein Herr?«, fragte ich verwundert Wir waren im Atrium. »Leidest du an Schmerzen?«

Zögernd trat ich hinter ihn, bereit, die Hände auf seine Schultern zu legen, wenn er es denn wünschte. Doch er sagte nichts. Er drehte sich nur plötzlich zu mir um, und dann war nicht ich es, die ihn berührte, sondern er stürzte sich auf mich.

Seine Haltung war immer starr und aufrecht gewesen. Nun war da nur mehr ein schlaffer, schwerer, formloser Klumpen, der mich weniger umarmte als vielmehr erdrückte.

Wie riecht diese weiße Haut, wie schmeckt sie, habe ich mir oft überlegt, wenn ich ihn heimlich beobachtete. Jetzt hüllte sie mich ein wie kaltes Tuch, und ich konnte nicht daran riechen, weil ich dachte, es müsste mich ersticken.

Es währte endlos, wie wir da standen, zumindest erschien mir das so. Seine Nähe – sie war mir nicht widerwärtig, noch erschreckte sie mich; sie war einfach nur betäubend, als würde er, der stets so gleichmütig blickte und ausdruckslos zuhörte, die Menschen taub und blind machen, sobald er sie berührte.

Ich stellte keine Frage, was das absonderliche Gebaren zu bedeuten hatte, ich ahnte ja dessen Grund, ich wartete lediglich: zuerst auf ein Gefühl der Genugtuung, weil ich es war, auf die er zugestürzt war, später, als es sich nicht einstellte, darauf, endlich von seiner Schwere befreit zu werden, weil ich sonst darunter zusammenbrechen würde.

Ein wenig löste er sich schließlich von mir, packte mich dann aber am Arm und zog mich ins Tablinum, in sein Arbeits- und Schlafzimmer.

Erschöpft sieht er aus, dachte ich, so erschöpft…

Und dann dachte ich: Sie ist tot. Er hat sie sterben sehen.

Noch war dieses Wissen nicht aufgeblasen zu seiner ganzen bedrohlichen Größe, die allem anderen – Sorge und Mitleid für ihn, Triumph, dass er mich suchte – den Atem wegpresste.

Dann begann er zu erzählen.

»Sie hat nicht aufgehört zu sprechen«, tönte es in den Raum. »Sie hat immerzu geredet. Warum hat sie nicht einfach den Mund gehalten? Warum hat sie nicht geschwiegen?«

Ich fühlte, wie sich sämtliche Härchen aufrichteten, eben noch von ihm plattgedrückt, nun kündend von jenem Nein, das sich gegen seine Worte stemmte: Nein, ich will es nicht wissen müssen. Nein, sprich es nicht aus … Und nein: Komm mir nicht zu nahe.

»Ich wollte nicht dabei sein, aber sie ist eine junge Frau, sie ist freie Römerin, ein ehrenvoller Tod hätte ihr zugestanden – zumindest bei jedem anderen Vergehen. Hier galt es freilich, ein Exempel zu statuieren. Ja, ich wollte nicht dabei sein, aber ich musste. Die Korsen haben gelernt, mit uns Römern zu leben, aber sie sind ein trotziges Volk, stets bereit zu Aufruhr. Sie haben uns nie verziehen, dass einst viele ihres Volkes versklavt wurden, dass sie stets so hohe Abgaben zu leisten hatten. Eine junge Frau, die so elend stirbt, könnte sie rühren … und es musste klar sein, dass wir mit aller Entschlossenheit das Dekret des Kaisers erfüllen … wenn wir den Vorsteher der Gemeinde in unsere Hände bekommen hätten, dann hätte ich verzichten können, auch sie hinrichten zu lassen. So aber …«

Sein Blick war nicht schwarz und dunkel, er schien zerkratzt, sodass alles, was in ihn hinein- oder aus ihm herauswollte, an scharfen, rissigen Kanten vorbeischrammen musste, sich verletzte und blutig wurde. Wie vorhin dachte ich: Ich will es nicht wissen müssen. Sprich es nicht aus – doch gerade ob des Grauens, das sich in meinen Zügen ausbreitete und jenes spiegelte, das sein Antlitz zerriss, sagte er mir alles.

»Sie hat sich ihr Haar geflochten, damit es nicht offen hinge.

Niemand sollte glauben, dass sie in der Stunde ihres Todes trauern würde. Und dann, dann haben sie … sie nicht mit Nägeln festgemacht, sondern mit Stricken. Es ist weniger schmerzvoll, aber es verlängert den qualvollen Tod. Nur darum … nur darum habe ich befohlen, dass das Stück Holz unter den Füßen weggeschlagen wird. Damit sie schneller … erstickt. Damit sie zu reden aufhört.«

Ich hatte nicht das Gefühl, dass er sich mir anvertraute, vielmehr, dass er mich beschmutzte; er lud mich nicht ein, seine Erinnerung zu teilen, er warf sie auf mich. Ich weiß bis heute nicht, warum er es tat: Weil er mich strafen wollte, mich, die ich Julia verraten hatte? Weil er wusste, dass ich sie kannte, und weil er darum voraussetzte, dass ich von ihrem Ende wissen wollte? Oder weil ich einfach seine einzige Vertraute war?

»Bitte, Herr«, sagte ich, »ich will es nicht hören …«

»So viele Fliegen. Ihr Gesumme hat mich wahnsinnig gemacht. Und ihre Stimme … sie hat ihnen noch vom Kreuz herab geantwortet. Wie erbärmlich sie aussehe, und wie erbärmlich ihr Gott wohl sein müsste, hatte einer der Soldaten hochgerufen. Und sie hatte erwidert: ›Die Torheit der Welt ist Weisheit vor Gott!‹ Sie hat nicht gesprochen, wie Menschen reden, ihre Stimme hatte keinen Klang, verstehst du? Sie hat nach Luft gejapst wie ein Ertrinkender, nur dass das Ertrinken viel schneller geht. Weißt du, wie lange es gedauert hat?«

»Ich will es nicht wissen!«

Ich schrie nun. Da berührte er mich wieder. Er ließ sich nicht auf mich sinken wie vorhin; er streckte seine Hände aus, umfasste meinen Schädel damit. In meinen Ohren rauschte es.

»Acht Stunden. Ganze acht Stunden. Ihre Hände sind blau geworden, die Adern sind hervorgetreten wie schwarze Würmer. Du weißt, dass sie blaue Augen hat, nicht wahr? Du hast hineingeschaut. Aber ich habe keine blauen Augen gesehen, nur dunkle Löcher. Und ihr Haar war nicht länger blond, sondern

sah weiß aus, als wäre sie gealtert. Und dann, dann haben ihre Füße plötzlich in der Luft getreten, wurde ihr Leib stärker als ihr Wille. Sie suchten Halt, aber sie fanden ihn nicht. Ich dachte, ihre Hände würden abreißen, immer sehniger wurden sie; vielleicht, dachte ich, ist es wie mit einem Bogen, der plötzlich zerreißt. Aber sie riss nicht, sie trat nur fortwährend in die Luft, als würde sie tanzen. Der Stoff ihres Kleides verrutschte, es saß so locker, und plötzlich, plötzlich hing sie nackt.«

Bislang hatte ich ihm zuhören müssen. Nun musste ich auch mit ihm sehen. Ich erinnerte mich – an jenen Augenblick im Kerker, da die Männer ihre Kleider zerrissen hatten und sie schänden wollten, und wie der Anblick ihrer behaarten Scham mich verstört hatte und zugleich fasziniert; wie ich wegsehen wollte ob der Blöße und zugleich so lange hinstarrte, um alle Details zu erschauen.

»Warum hast du sie sterben lassen?«, rief ich.

»Ich musste es tun! Es war meine Pflicht. Ich habe mein Leben lang meine Pflicht getan.«

»Warum …«, setzte ich wieder an. Ich brachte die Frage nicht zu Ende, versuchte mich stattdessen von ihm zu lösen. Doch sein Griff war fest. Zuerst hielt er mich an meinen Armen fest, dann packte er mich am Kopf.

Er wird meinen Schädel zerdrücken, dachte ich. So fest wird er zupressen, dass er birst und alles herausrinnt, was jemals darin gedacht wurde. Oder er wird mir das Genick brechen.

Seine Nähe, auf die ich so gehofft und so lange gewartet hatte, war mir kein Labsal mehr, nur unerträglich. Gleichwohl ich noch dagegen kämpfte, überkam es mich übermächtig – das Verlangen, mich freizumachen, nach ihm zu treten, nach ihm zu schlagen.

Ehe ich es tat, lockerte sich sein Griff. Er neigte sich vor, und dann küsste er mich.

XXII. Kapitel

Korsika, Sommer 1284

»Wie ist dir? Du bist leichenblass!«

Eine Weile war Akil schweigend hinter ihr hergelaufen, hatte sie weder aufgehalten noch den Grund ihrer Flucht erfragt. Erst als sie stehen blieb, weil ihre Brust zu zerspringen schien, so begehrte er zu wissen, warum sie überstürzt aus Davides Haus gekommen war, die Reliquie an sich gerafft und einen letzten panischen Blick hinter sich werfend, als lauere dort nicht bloß der genuesische Kaufmann, sondern der Teufel selbst. Gottlob waren Giovanni und Matteo noch immer so in sich verknäult, dass sie dem Mädchen nicht mehr Aufmerksamkeit schenkten als zuvor.

»Was... was ist geschehen?«, drängte Akil. »Hat er dir das Geld nicht geben wollen? Was hat er gesagt, als du ihm... deinen Schatz gezeigt hast?«

Verständnislos starrte Caterina ihn an, als wäre sämtliche Erinnerung an den eigentlichen Grund, der sie zu Davide getrieben hatte, aus dem Gedächtnis geschabt.

Caterina keuchte; sie beugte sich nach vorne, als wollte sie sich übergeben. Dabei fiel ihr Blick auf das kleine, kostbare Kästchen, das sie immer noch mit sich trug. Sie sank auf die Knie, es am Bauch bergend, als wolle sie es zugleich beschützen wie zerquetschen.

Akil bedrängte sie nicht weiter. Ratlos stand er neben ihr,

doch gerade weil er keine Fragen mehr stellte, war es leichter, nun endlich zu reden.

»Ich habe ihn erschlagen. Ich habe ihn mit der Reliquie erschlagen.«

Sie hatte erwartet, dass Worte die Sache noch ungeheuerlicher machen würden und ihr zugleich ein Gesicht geben, das Wissen um schwerste Sünde und Entweihung ebenso bekräftigen wie den tiefen Wunsch nach Reue und Vergebung. Stattdessen klang es einfach nur lachhaft. Akil runzelte ungläubig die Stirne.

»Du hast was?«

»Ich weiß es nicht… ich habe es nicht gewollt«, stammelte sie. »Eigentlich wollte ich ihn nur wegstoßen, ihn mit meiner Faust treffen, doch ich hatte ja dieses Bündel in der Hand. Und als ich es geschwungen habe, da traf es seine Schläfe, und er sackte einfach zusammen. Ich glaube, er ist tot.«

Immer noch war Akils Stirn gerunzelt. Während sie redete, hatte sie sich ein wenig aufgerichtet, sodass er das Bündel sehen und mustern konnte.

»Nun gut«, meinte er, »das Kästchen ist spitz. Wenn du mit einer Ecke seine Schläfe getroffen hast… aber vielleicht ist er nur ohnmächtig geworden. Hast du darauf gelauscht, ob er noch atmet? Ob sein Herz noch schlägt?«

Diesmal war sie es, die ihn verständnislos anstarrte. Dass sie einen Mann, der um so viel größer war als sie selbst, zu Fall gebracht hatte, war ihr hinreichender Beweis, dass seine Lebenskraft versiegt sein musste. Doch jetzt ging ihr auf, dass Akil vielleicht recht und Davide sein Bewusstsein längst wiedergefunden hatte. Vielleicht schickte er schon Matteo und Giovanni nach ihnen aus, um das Verbrechen zu ahnden.

Dennoch schüttelte sie entschieden den Kopf. Selbst wenn ihre Kraft nicht ausgereicht hatte, ihn zu morden. Fest stand, dass sie sich an etwas zutiefst Heiligem vergriffen hatte, den kostbaren Schatz verunreinigt, dies war ein Vergehen von solcher Schwere, dass sie kurz erstaunt war, noch zu leben, so wie es der schmerzhafte Atem bekundete.

»Soll ich umkehren und schauen, was mit ihm passiert ist?«, fragte Akil.

»Nein!«, schrie sie unwillkürlich auf. »Nein!«

Akil zuckte mit den Schultern. »Warum denn nicht?«

Sie konnte ihm den Grund für diese Weigerung nicht benennen. War es die Furcht, dass er Davide tatsächlich tot vorfinden würde und ihre Sünde zweifelsfrei erwiesen wäre? Oder war es die Angst, dass Davide noch lebte und ihr die Reliquie rauben könnte, so wie er es geplant hatte?

Und es gab noch etwas Drittes, vor dem sie sich scheute, das Beunruhigendste von allem – die Ahnung nämlich, dass sie, wenn sie die Macht hätte, zwischen diesen beiden Übeln zu wählen, das erste nehmen würde. Die Ahnung auch, dass ihr Entsetzen vor der Sünde nicht minder groß war als die Genugtuung, sich aus seinen gierigen Händen gerettet zu haben.

Eben noch hatte sie gedacht, dass sie verzweifelt vor der Gewissheit davonliefe, das Heiligtum ihrer Familie auf ewig entweiht und ihrer Seele selbst mehr Lasten aufgebürdet zu haben, als sie in läuternder Buße wieder abtragen konnte. Doch während Akil verständnislos auf sie blickte, so ließ nicht die Scham sie erbeben, sondern die Gewissheit, dass diese Scham viel zu gering ausfiel, um ernsthafte Reue zu zeugen.

»Lieber Gott!«, klagte sie. »Lieber Gott, es tut mir nicht leid!«

Akil beugte sich zu ihr, als habe er sie nicht verstanden.

»Was meinst du?«

Eben noch an ihren Bauch gepresst, hob sie die Reliquie hoch, um sie so weit wie möglich von sich zu halten und argwöhnisch zu mustern, dem letzten Hoffnungsschimmer verfallen, das Heiligtum möge von sich aus jenen Respekt einfordern, den aufzubringen sie alleine nicht mehr imstande war. Doch der Himmel öffnete sich nicht, keine göttliche Stimme erklang, und sie war so abgestumpft, dass es nicht einmal zur Enttäuschung darüber reichte. Da ließ sie das Bündel fallen.

»Ich bin noch verderbter, als ich dachte!«

»Du hast doch nicht mit Absicht …«

»Das ist es nicht!«, unterbrach sie ihn scharf. »Dass ich den Schatz verkaufen wollte, das war vielleicht falsch. Dass ich Davide damit erschlagen habe, das war böse. Aber es ist noch viel schlimmer … viel schlimmer … viel schlimmer …«

Sie rang mit sich, es auszusprechen. Dass es Akil war, dem sie es sagen konnte, deuchte sie kurz der größte Akt der Blasphemie, weil er doch ein Heide war, und machte es zugleich leichter, weil er ihr viel zu fern war, als dass er aufdringlich das Ausmaß ihrer Schlechtigkeit sezieren würde.

»Es ist viel schlimmer, weil er mir nicht leidtut«, sagte sie. »Es ist viel schlimmer, weil ich mir denke, dass es Gott nur recht geschieht. Was soll ich Ihm und seinen Heiligen Ehre erbringen, wenn er mich doch in diese Lage brachte? Er hat mich nicht gerettet, er hat mich im Stich gelassen. Ist es darum nicht mein gutes Recht, mich auf seine Kosten durchzuschlagen? Du bist treuer als ich, Akil. Du betest in Stunden der Not zu deinem Gott, wiewohl er zusah, als du verschleppt und versklavt wurdest. Ich kann das nicht. Und ich denke obendrein, dass meine Sünde keine echte Sünde ist, sondern gerechte Sache, und die Wahrheit ist: Ich denke das schon lang, ob ich's mir nun eingestanden habe oder nicht. Oh, wie sehr würde mich mein Vater für meine Gedanken und Worte und für meine Taten verachten. Und doch, es wär mir vollkommen gleich, wenn er's täte.«

Akil hielt seinen Blick gesenkt – vielleicht aus Höflichkeit, vielleicht aus Verlegenheit.

»Bevor ich zu Davide aufbrach, musste ich nicht lange überlegen, um eine Entscheidung zu treffen. Doch kann man es mir wirklich anrechnen, dass ich es zu Rays und Gaspares Gunsten getan habe? Mitnichten! Ich sag dir was: Irgendwie war's mir auch eine Freude, das zu verscherbeln, was mir so lange Rückhalt war. Ich habe lang gedacht, ich lebe nur für jene Pflicht, die mir mein Vater auftrug, ich könnt's nicht anders schaffen, stark zu bleiben. Doch nun, da jegliche Ordnung zerronnen scheint, sag ich mir: Bislang bin ich ja auch irgendwie durchgekommen.«

Ihre Stimme wurde schwächer und müder. Immer noch starrte Akil unsicher an ihr vorbei.

»Was sollen wir jetzt tun?«, fragte er dann, und es klang ein wenig beklommen. »Willst du ... willst du die beiden noch retten? Und wie?«

Eine Weile blieb sie hocken, ihr Atem wurde ruhiger. Schließlich stand sie entschlossen auf.

»Lass uns zusehen, wie wir von hier wegkommen und dass wir nach Aleria zurückkehren. Ich habe eine letzte Idee ... doch ich weiß nicht, was sie taugt ...«

Der Kerkermeister war froh zu reden.

Das Angebot, das Caterina ihm machte, schien ihn nicht zu interessieren, und als Akil darauf bestand, er müsse sich entscheiden, starrte er ihn nur versonnen an, um stattdessen fortzufahren, seine Geschichte zu erzählen. Damit hatte er bereits begonnen, kaum dass er ihrer ansichtig wurde, und er nahm es gerne hin, keine interessiert lauschenden Zuhörer zu finden, Hauptsache, es waren menschliche Wesen, die weder in Gefahr waren, irre zu werden, noch zu verhungern noch zu ihrer Hinrichtung geschleppt zu werden.

Zu Letzterer könne es viel schneller – vor allem aber unauffälliger und stiller – kommen als auf dem Festland, erklärte er. Wer sich hier nicht an Gesetze hielte, der solle nicht darauf hoffen, dass jene eingehalten würden, wenn seine gerechte Strafe anstünde.

Der Raum, den er als den seinen benannte, schien eine der ehemaligen Zellen zu sein, er war jedoch von Kot, Ungeziefer und verzweifelten Inschriften gereinigt. Simone – so hieß der Mann, er hatte es ihnen mitgeteilt, ob sie es nun hören wollten oder nicht – schien den Raum lange geputzt zu haben und hatte offenbar selbst dann nicht mehr damit aufhören können, als neben den Wänden auch das hölzerne Tischlein, der Stuhl, auf dem er saß, und seine Bettstatt blankgescheuert waren. Es gab kein gemütliches Eckchen in diesem Raum, offenkundig, weil sich Staub, Dreck und lästiges Getier dort viel eher verbeißen konnten. Selbst auf einen bequemen Strohsack hatte er verzichtet; nur eine dünne Matte lag dort, wo er schlief, jedoch weder ein Kissen noch eine Decke darauf. Nur des Schimmels in den feuchten Ecken hatte er nicht Herr werden können. Dessen modriger Geruch, ein wenig durchsetzt von der salzigen Note des nahen Meeres, hing hartnäckig im Raum, dessen rundes Guckloch gerade mal groß genug war, um einen Blick nach draußen zu werfen, nicht aber, um frischem Luftzug Einlass zu gewähren.

Der Kerkermeister folgte Caterinas verwirrtem Blick durch die karge Unterkunft und brach erstmals seine Rede ab.

»Alles sauber, nicht wahr?«, lachte er stolz. »Ich kann euch sagen: Es ist die größte Kunst – die Welt sauber zu halten! Du kannst erzwingen, dass die Bösen am Galgen enden oder nie wieder die Freiheit schmecken, und dir solcherart den Unrat des Menschengeschlechts vom Leibe schaffen. Aber den Gestank wirst du dabei nicht los. Sieh dir doch die Straßen hier an! Wo du auch hintrittst, steigst du in Scheiße oder Pisse, matschiges Gemüse oder verdorbenes Fleisch, in Fischgräten oder in Gedärme von Fischen. Was die Menschen eben alles aus den Fenstern kippen. Riecht ihr so etwas hier, he? Gewiss nicht! In meinem Leben hat es nämlich schon genug gestunken!«

»Du hast vorhin von Hinrichtungen gesprochen«, versuchte Caterina ihn abzulenken, »und dass sie bisweilen ganz schnell und heimlich vonstattengehen. Ist das wahr? Und die beiden Männer, ein gewisser Raimon und ein Gaspare, ist für sie…«

Simone winkte ungeduldig, er, der solch eintönigem, schweigendem Beruf nachzugehen hatte, glaubte das größere Anrecht zu sprechen zu besitzen.

»Ja, hier auf der Insel ist alles anders als auf dem Festland«, bestätigte er, aber scherte sich im Weiteren nicht um Caterinas Frage. »Mit der Ordnung nimmt man es nicht ganz so genau, mit der Reinlichkeit noch weniger. Glaubt mir, entweder kümmerst du dich selbst darum, oder du bist verloren. Was freilich heißt, dass dir auch die Freiheit zugestanden wird, entweder in Sauberkeit zu leben oder im Dreck. Die Entscheidung darüber nimmt dir keiner ab. Und wenn du sie getroffen hast, obliegt es allein dir, danach zu leben.«

»Aber genau darum«, rief Caterina, »würde es doch keinem auffallen, wenn diese beiden Männer… einfach verschwinden würden. Seht an, was ich Euch mitgebracht habe, das müsste doch…«

Wieder winkte Simone ab, erneut bekundend, dass er nicht ausreichend gesprochen hatte, um jetzt schon auf ihr Angebot zurückzukommen. Seufzend fügte sich Caterina schließlich seiner Rede, die sie wohl oder übel über sich ergehen lassen musste.

»Woanders als hier auf dieser Insel wär's auch nicht möglich, dass einer wie ich zum Kerkermeister wird«, erklärte er verschwörerisch. »Als ich ein Junge war, habe ich einem Obsthändler fünf Orangen gestohlen. Hernach saß ich selbst für Wochen in solch einem Verlies, kalt und nass und dreckig, bis irgendeiner auf mich aufmerksam wurde und entschieden hat, meine Kräfte würden auf solche Weise bloß unnütz verschleudert. Um wie viel besser wäre ich als Ruderer auf einer Galeere aufgehoben!

Ha! Wisst ihr beide, wovon ich rede? Ich hätte mich nicht gescheut, ordentliche Muskeln zu bekommen. Arbeit schafft Ordnung. Und tagelang zu rudern, ohne den Himmel zu sehen, auch das hätte ich vermocht. Aber es ist so, dass ein gemeiner Sklave wie ich am Ruder festgebunden wird, und nicht nur, dass dann und wann eine Peitsche über seinen Rücken tanzt – nein, er darf auch niemals aufstehen, um seine Notdurft zu verrichten. Du sitzt tagelang, wochenlang, monatelang in deiner eigenen Pisse und Scheiße, und weggespült wird sie erst, wenn das Schiff leckt, weil es angegriffen worden oder in einen Sturm geraten ist und du mitsamt seiner untergehst.«

Er lehnte sich empört zurück. »Nein, nein, das war kein Leben für mich! Gott sei's gedankt, dass mir die Flucht gelang; das war, als sich andere erhoben, gegen die Behandlung protestierten, indem sie ihre Arbeit einfach niederlegten, Peitsche hin oder her. In dem Tumult ist's mir gelungen, mich frei zu machen, doch statt für Freiheit zu kämpfen, bin ich lieber ins Meer gesprungen und dachte mir: Bist wenigstens gewaschen, wenn du's auch nicht bis zum Ufer schaffst. Und irgendwie ist mir das doch gelungen; seitdem habe ich diese Insel nicht verlassen, und seht ihr: Die Menschen verachten meinen Beruf; einsam deucht er sie und grausam; sie wollen nichts sehen vom Elend der Welt und auch nichts vom Bösen. Mir freilich ist das alles gleich. Mich stört das Böse nicht. Hauptsache, ich habe mein eigenes Reich, das ich so sauber halten kann, wie ich will, versteht ihr?«

Caterina nickte in der Hoffnung, sich ihn dadurch geneigter zu stimmen.

»Gewiss«, sagte sie schnell, »doch eben drum! Eben weil Ihr das Hässliche verachtet, das Schöne aber liebt, müsste Euch doch mein … Geschenk etwas wert sein. Die Freiheit von zwei Männern, die Euch nichts bedeuten und die, ich schwör's Euch, einer üblen Verleumdung zum Opfer gefallen sind …«

»Gemach, gemach, Mädchen!«, fiel er ihr wieder ins Wort. Schon fürchtete sie, er würde sich erneut in elendig langer Litanei ergehen, die nichts mit ihrem Anliegen zu tun hatte, doch plötzlich kniff er die Augen zusammen, maß sie und bekundete: »Das sagen sie doch alle, dass sie nicht schuldig sind. Es ist immer nur Verkettung von unglücklichen Umständen, nie die eigene Tat, nicht wahr?«

»Ich schwöre Euch, in meinem Fall ...«

»Weißt du, Mädchen ...«, er riss die Augen wieder auf, lehnte sich zurück, »weißt du ... ich meine immer: 's ist nicht so leicht, zwischen Recht und Unrecht zu unterscheiden. Das kann man drehen und wenden, wie man will. Aber zwischen Schmutz und Sauberkeit, da gibt es eine deutliche Grenze. Da ist ein Unterschied so klar wie Himmel und Hölle!«

Er beugte sich, Zustimmung heischend, vor.

»Gewiss«, murmelte Caterina zermürbt. »Aber es geht hier ...«

Mit raschen Worten erklärte sie, was es mit ihrem Schatz auf sich hatte, und als sie verstummte, war der Kerkermeister endlich bereit, das kleine Kästchen genauer zu mustern. Das Gold war beschlagen, nicht glänzend; einer der kostbaren Steine fehlte, und die eine Wand war etwas eingedrückt.

»Was soll ich damit?«, fragte er schließlich. »Hättest du mir Wolle oder Leinen gebracht – ich könnte mir ein neues Wams nähen, und ich brauch dringend eins, sieh an, wie schmutzig das alte ist, wie löchrig geworden, wie sehr es stinkt.«

»Du könntest ... meine Reliquie verkaufen«, schlug Caterina vorsichtig vor.

»Ha!«, lachte er auf. »Und für einen Dieb gehalten werden? Woher sollte ich sie denn haben! Nein, nein, Mädchen, sie ist nutzlos für mich.«

»Aber versteht Ihr denn nicht ...'s ist etwas Heiliges. Es ist das Vermächtnis der Julia von Korsika, welche doch die Patronin dieser Insel ist. Es schützt Euch vor dem Bösen, vor allem Ungemach des Lebens … vielleicht auch vor dem Dreck.«

Kurz durchzuckten Erinnerungen ihren ausgelaugten Geist, alle Worte Lügen strafend. Sie selbst hatte das Heiligtum ihrer Famile nicht bewahren mögen – vor zerrissener Kleidung, vor blutenden Schenkeln, vor dreckigen Männern.

Immerhin ging nun ein Ruck durch Simone. Er strahlte sie wieder an, wie vorhin, als sie an seine Türe gepocht hatten, eingetreten waren und er die Möglichkeit gewittert hatte zu schwatzen.

»Es geht also um zwei Männer, ja?«, fragte er.

»Ja … ja, so ist es. Raimon heißt der eine. Gaspare der andere. Es seien Genuesen, wurde behauptet, doch das ist nicht war. Der eine stammt aus meiner Heimat, und der andere aus …«

»Mir fällt da was ein, Mädchen«, plapperte der Kerkermeister gutmütig, und sie schöpfte Hoffnung, dass er zwar ein geschwätziger, jedoch kein erbarmungsloser Mensch war, dass er ihr ihre Bitte nicht verwehren würde, wenngleich er die Erfüllung hinauszögerte. »Ja, Mädchen«, sagte er da jedoch schon und raubte ihr nicht nur die Hoffnung, sondern schickte sie in einen zermürbenden Kampf, »im Leben gibt's von allem zwei, und man muss sich stets entscheiden. Man folgt dem Recht oder dem Unrecht. Man wählt das Vertraute oder wagt den Aufbruch ins Fremde. Man kann sich für den Tod entscheiden, wenn man das Leben nicht erträgt, oder für die Qual, dieses Leben irgendwie auszuhalten und durchzustehen. Es gibt einen Himmel, und es gibt eine Hölle. Und es gibt die Reinlichkeit und den Dreck. Wie gesagt, am leichtesten ist die Grenze zwischen Letzteren zu ziehen.« Wieder wurde sein Blick versonnen. »Weißt du, Mädchen, ich brauch das Zeugs hier nicht. Nichts muss mir dazu verhelfen, den Himmel zu erlangen, solange ich hier den Boden scheuern kann. Aber ich will mich deinen flehenden Augen nicht verschließen. Sollst schon bekommen, was du willst, zumindest einen Teil davon – denn warum solltest du dich nicht zwischen zweierlei entscheiden müssen, so wie wir alle?«

Er musterte wieder die Reliquie, und obwohl er ein Interesse daran leugnete, blitzte es kurz in seinen Augen auf. »Ich nehme diese… diese Kostbarkeit da. Und dafür kriegst du einen der beiden Männer. Ist das nicht ein gutes Geschäft?«

Caterina hockte in jenem Staub, den Simone mit Inbrunst mied, hatte ihr Gesicht zwischen den Knien vergraben, gewahrte kaum, was rund um sie vorging – Frauen holten Wasser, Hunde kläfften und stießen ihr forsch die Schnauze ins Gesicht, Hühner gackerten. Sie kämpfte lange mit sich.

Sie hatte Akil verscheucht, wissend, dass er ihr weder helfen konnte noch wollte, und blieb über Stunden alleine mit ihrer Ratlosigkeit.

Eine Entscheidung.

Sie hatte tatsächlich erreicht, mit ihrem Verzicht auf die Reliquie, den der Vater als Verrat begreifen würde, Leben zu retten – doch eben nur eines, nicht beide.

Eine Weile hoffte sie, sie müsse darüber gar nicht erst nachdenken, der Entschluss würde wie von selbst kommen und selbstverständlich sein, so gewichtig, dass ihr gar nichts anderes übrig blieb, als danach zu handeln.

Doch obwohl viele Gedanken an ihr vorbeistreiften, waren allesamt zu nichtssagend, um ein Urteil zu erzwingen. Jeder einzelne hatte Gewicht, doch kein besonders starkes. Es war leicht, es wieder aus der Waagschale zu nehmen, das nächste dareinzulegen, zu sehen, wie die Schale sich senkte, mal in die eine, mal in die andere Richtung, doch niemals ganz zu Boden gezogen wurde. Obwohl sie in letzter Zeit selten darüber nachgedacht hatte, so war doch Ray ihr Verwandter, wenn auch ein weit entfernter – und das sprach für ihn. Der eigenen Familie sollte sie mehr verpflichtet sein als einem Fremden.

Aber war ihr Gaspare so viel fremder? Seine Leere, seine Sturheit, seine Kälte und auch sein verbissener Wunsch, die Welt einer gerechten Ordnung zu unterwerfen – es hatte ihr aus der zerkratzten Seele gesprochen, anders als Ray mit seiner Gereiztheit und Ungeduld. Oft hatte sie den Eindruck gehabt, dass jene nicht von echter Verzweiflung, von tiefstem Trübsinn gespeist ward, sondern von einem kindlichen Trotz, den sie verachtet hatte.

Gaspare hat mehr erlitten als Ray, dachte sie. Dass er erneut im Kerker gelandet ist, war nicht seine Schuld. Gebührt es ihm nicht mehr als Ray, dass er daraus befreit wird? Entspräche es nicht der Gerechtigkeit?

Aber die Welt ist nicht gerecht. Das hatte sie ihm selbst gesagt – als er Ray auspeitschen ließ. Weswegen jener durchaus einen Grund gehabt hatte, sich zu rächen. Man konnte ihm vieles vorwerfen, aber dass er Gaspare an Davide auslieferte, wog sicher nicht am schwersten, schließlich hatte er Gaspare nie die Treue oder ein Bündnis versprochen. Und war er nicht selbst auch ein Opfer von Davide geworden – vielleicht sogar noch mehr als Gaspare? Jener hatte schließlich den Grundstein für die Feindschaft mit dem genuesischen Kaufmann selbst gelegt, sie wollte gar nicht wissen, mit welchen schauderlichen Taten, hatte Davide allein aufgrund von dessen Herkunft angefeindet, obgleich er mit Gaspares traurigem Geschick nichts zu schaffen hatte. Das war nicht minder ungerecht als das, was ihm selbst zugestoßen war.

Ray hatte sie betrogen, hatte ihr die Reliquie zu rauben versucht, nicht, um ihr willentlich zu schaden, sondern aus Berechnung und Leichtsinn, beides vom Willen getragen, sich durchzubringen, zu überleben. Durfte sie ihm dieses Leben jetzt verweigern?

Gaspare hatte ihr ohne Zweifel mehr angetan an jenem Tag, da er sie den Männern überließ, doch konnte sie ihm jenes Vergehen in seiner ganzen Schwere anlasten? Damals hatte er sie nicht gekannt, war sie nichts weiter für ihn gewesen als eine Fremde, der er nichts schuldig war. Kaum freilich war sie ihm vertraut geworden, hatte er ihr nicht nur das Herz ausgeschüttet, sondern sie stets geschützt. War das nicht gegen früheren Frevel aufzurechnen? Als sie gemeinsam mit Ray geflohen war – ob es nun aus freien Stücken geschah oder nicht –, hatte Gaspare sie losbinden und nur ihn mit der Peitsche bestrafen lassen. Er hatte sie aus Ramóns Händen befreit, nicht nur das eine Mal am Hafen, sondern auch das zweite Mal, als jener sie verschleppte, was umso mehr zählte, weil er damit seine Zukunft auf Malta verspielt hatte.

Wie viel wäre Ray bereit gewesen, für sie zu verspielen? Würde er jemals ein Opfer für sie bringen?

Das konnte sie sich kaum vorstellen. Allerdings – Ray hatte sie gehalten, in all den Nächten, da ihr Leib verängstigt gezittert hatte und ihre Seele fast erfroren wäre. Vor vielen der scheußlichen Fratzen des Lebens hatte er sie nicht bewahren können – aber vor der Einsamkeit schon. Er hatte sie geküsst, und das mochte zwar anmaßend gewesen sein, gezeugt wohl weniger von Begehren als von der Gier, sich das vom Leben zu nehmen, was ihm zuzustehen schien – und zugleich aufrichtig, unverstellt, ganz ohne Zaudern.

Sie hatte kaum mehr daran gedacht, zu viel war in der Zwischenzeit geschehen. Aber jetzt fühlte sie, wie sie in Erinnerung daran erschauderte, wie Röte in ihr Gesicht stieg, und jene war nicht nur von Scham gezeugt, sondern von hitziger Sehnsucht. Auf wen sollte sie nun, da sie nicht wusste, wie es weiterging und worauf sie bauen konnte, mehr vertrauen als auf einen wie ihn? Gewiss wollte sie ihm nie wieder das eigene Geschick vollends in die Hände legen. Aber wenn es darum ging, langsam wieder zurück zu einem brauchbaren Alltag zu finden – durch jenes Labyrinth aus Ängsten und Verlorenheit und Schändung hindurch –, dann würde er wohl die beherzteren, selbstbewussteren Schritte machen.

Die vielen Gedanken verästelten sich, stießen auf eine Frage, die viel älter war als der Tag: Kann ich je wieder heil werden nach allem, was geschehen ist?

Sie wusste es nicht. Sie dachte sich nur – und diesmal kam die Antwort leicht und plötzlich und mit jener Aufdringlichkeit, mit der sie so gerne auch die andere Entscheidung gefällt hätte –: Ray kann heil werden. Viel eher und leichter als Gaspare.

Ein Schatten huschte über sie, leise, aber störend.

Sie blickte auf, gewahrte, dass das Licht trüber geworden war. Einer der streunenden Hunde, die durch Alerias Gässchen irrten, hatte sich vor ihr breitgemacht, schlug mit dem räudigen Schwanz auf den Boden und starrte sie an, als wüsste er von der Schwere ihrer Gedanken. Akil hockte daneben und kraulte seine Ohren.

Es war Akils Miene nicht anzusehen, was er an ihrer Stelle tun würde. Es blieb allein ihr überlassen, eine Entscheidung zu fällen.

»Weißt du, was du tun wirst?«, fragte er.

»Ja«, sagte sie, »ja.«

Die Gefangenschaft im Kerker schien Ray weniger zugesetzt zu haben als die auf dem Schiff. Er presste seine Augen zwar im grellen Sonnenlicht zusammen, sein Haar war so schmutzig, dass es fast grau schien, und sein Gesicht hatte eine nicht minder leblose Farbe – und doch wirkte er nicht zermürbt, sondern vor allem müde und hungrig.

Mit der ihm eigenen Geste schüttelte er sämtliche Glieder durch, drehte den Kopf erst in die eine, dann in die andere Richtung, als wollte er die Wirbel des Halses geraderücken. Zuletzt ließ er ein paar Mal seine Schultern kreisen.

»Habt ihr was zu trinken?«, fragte er schließlich. »Ich sterbe vor Durst. Im Kerker schmeckte das Wasser wie Pisse. Und zu essen brauche ich auch irgendwas. Das Brot war hart wie Stein, so es denn welches gab. Sie backen es hierzulande nicht aus Mehl, sondern aus Kastanien. Bäh! Mir scheint, ich habe ein Loch im Bauch!«

Seine Stimme klang etwas rau, aber freimütig. Einzig der fahrige Blick, mit dem er an Akil vorbeistarrte, zeugte von Verstörtheit.

Anders als Akil war Caterina nicht zu ihm getreten. Sie hatte es dem Jungen überlassen, dem Kerkermeister ihre Entscheidung kundzutun, und als er mit Ray das Gefängnis verließ, so blickte sie nicht hoch, sondern starrte zu Boden – als könne sie mit der Weigerung, die beiden anzusehen, zugleich bewirken, dass auch der Entschluss, zwar gefällt, aber immer noch auf wankelmütigen Beinen stehend, nur ein vorläufiger wäre. Noch würde er ihr nicht das ganze Gewicht der Verantwortung auflasten, dem einen der beiden die Freiheit gegeben zu haben, dem anderen aber wahrscheinlich den Tod.

Auch als Ray sie entdeckte und ihren Namen rief, blickte sie nicht hoch. Nur aus den Augenwinkeln erspähte sie, wie er näher kam, etwas zögerlich, mehr schlendernd denn entschlossenen Schrittes. Unsicher blieb er vor ihr stehen, und als sie sich nicht regte, da kniete er sich neben sie, umarmte sie einfach schweigend, nicht ganz so entschlossen wie früher, sondern zögernd. Offenbar deuchte ihn die Umarmung kein angemessenes Mittel, ihr seine Dankbarkeit auszudrücken, aber es fiel ihm kein anderes ein. Für einen Augenblick lang überflutete sie schlichte Dankbarkeit: Dafür, nicht mehr mit Akil allein zu sein, wieder den vertrauten Körper zu fühlen, in seiner stillen Gegenwart Heimat, Geborgenheit zu finden … und vielleicht noch etwas anderes – etwas von diesem hitzigen, brennenden Pulsieren, das ihr die eigene Lebendigkeit bewusst machte. Doch schon nach wenigen Augenblicken versteifte sie sich, schob ihn unwirsch von sich weg.

Er richtete sich wieder auf, suchte nach Worten, um sich über die Spannung, die plötzlich zwischen ihnen lag, hinwegzusetzen. »Ich hatte nicht gedacht, dass es dir gelingt, mich da rauszuholen!«, begann er vermeintlich leichtfertig, so als könnte nichts an seinem Selbstbewusstsein kratzen. »War keinen Tag zu früh, das kann ich dir sagen. Ich hoffe, ich werde die vielen Läuse wieder los, die ich mir eingefangen habe. Am Kopf und – na, das sage ich dir besser nicht. Du kannst dir nicht vorstellen, wie verdreckt das Stroh …«

»Halt's Maul!«

Sie schrie ihn nicht an. Sie flüsterte fast.

Ray zuckte zusammen. Jetzt erst stand sie auf, trat zu ihm, freilich nicht, um ihn nun endlich anzuschauen, sondern um an ihm vorbeizustarren, zum Kerker hin. Ein wenig mitleidig blickte er auf sie herab, um sich dann doch trotzig mit den Händen durchs Haar zu pflügen und schließlich angewidert auf den Dreck zu starren, der an seinen Finger und unter den Nägeln klebte.

»Es war kein Aushalten darin, es war unerträglich«, schnaubte er, um dann entschlossen hinzuzufügen: »Und doch muss er dir nicht leidtun. Vielleicht hat er dieses Ausmaß an Strafe nicht verdient. Aber … aber er hat dir doch so Schlimmes angetan, du kannst doch nicht ernsthaft Mitleid mit ihm …«

»Halt's Maul!«

Wieder war es nur ein Flüstern, noch giftiger als zuvor. Bis zu diesem Augenblick war ihr nicht klar gewesen, wie tief ihre Verachtung reichte. »Caterina …«, setzte Ray hilflos an.

»Ich habe dich erwählt, weil unsere Großväter Brüder waren und weil … weil …«, zischte sie. »Ach, egal aus welchem Grund! Ich hab's eben getan! Aber bild dir bloß nichts darauf ein!«

»Tue ich nicht«, antwortete er, halb trotzig, halb unbehaglich.

Erstmals fiel ihr Blick auf ihn, woraufhin er den seinen senkte. »Und doch denke ich ... doch denke ich, dass Gaspare dieses Geschick eher verdient als ich, nach allem, was er dir angetan hat.«

Kaum merklich versteifte sie sich.

»Weißt du, Ray, was mich erstaunt: Als wir uns das erste Mal trafen, so war meine Welt einfach. Hier war das Gute, dort war das Böse. Gott war Gott, und der Teufel war der Teufel. Ich wollte rechtgläubig sein und nicht die Tochter eines Ketzers, mich sauber von Schuld halten und von deinen vielen Sünden lieber gar nichts wissen. Damals hast du mich verlacht und verhöhnt und mir nicht selten zu verstehen gegeben, die Welt wär mit solch schlichter Zweiteilung nicht ausreichend zu verstehen, sei viel komplizierter, stecke voll der Widersprüche. Warum hältst du dich nun selbst nicht daran und deutest die Welt so simpel? Was weißt du schon von Gaspare?«

Zuerst duckte er sich unbehaglich, dann hob er doch den Kopf und hielt ihrem Blick stand. »Und was weißt du von ihm? Caterina, ich verstehe es schlichtweg nicht: Was ist es, was dich an ihn bindet, was du ihm zu schulden glaubst? Du magst mich verachten – und jeden Grund dazu haben –, aber warum ihn nicht noch viel mehr?«

Sie schüttelte den Kopf, bekundend, dass sie sich ihm gewiss nicht zu erklären brauchte. Doch dann sprach sie eisig kalt: »Ich weiß es nicht. Er ist stark – und dennoch zerstört. Er ist grausam – und barmherzig. Ich habe keine Ahnung, wie viele Menschen er ohne Mitleid getötet hat, aber Akil hat er seinerzeit gerettet, wusstest du das überhaupt? Er ist von allem etwas. Vielleicht bin ich das auch. Kann dir gar nicht sagen, wie ich euch beide manchmal verachte und hasse – und doch habe ich die schlimmste Sünde für euch begangen. Ich glaube, ich habe gemordet.«

Immer noch war sein Blick eigensinnig. Dennoch sah sie Verwirrung darin aufblitzen. Er schien etwas fragen zu wollen, aber scheute sich dann doch, es zu tun, begnügte sich erneut mit jener Regung, die ihm vertrauter war. Vorsichtig legte er seinen Arm um ihre Schulter, versuchte sie an sich zu ziehen, nicht unbeherrscht und gierig wie in jener Nacht vor dem Untergang der Bonanova, da er sie geküsst hatte, sondern freundschaftlich, sachte, warm.

Sie seufzte auf, wenngleich sie auch diesmal nicht zugeben wollte, wie wohlig und beschwichtigend es sich anfühlte. Wovon immer seine Umarmung kündete, war so einfach, so simpel. Doch leicht wollte sie es ihm nicht machen, ihm das Gewicht, das ihr die letzten Stunden und Tage auferlegt war, nicht einfach ersparen. Mochte er auch einer sein, der es geschickt von seinen Schultern abwälzen und hernach einen großen Bogen darum machen würde – er sollte die Last der Entscheidung spüren, die sie hatte treffen müssen.

Da schlug sie zuerst seine Hand weg und ihm dann ins Gesicht.

»Caterina …«

»Fass mich nicht an!«, schrie sie, und ihre Stimme gewann an Kraft und Farbe. »Fass mich nicht an! Ich werde dir vielleicht verzeihen, dass du Gaspare an Davide verraten hast, sowie ich dir bisher so vieles verziehen habe, Gott weiß warum. Aber erklär mir nie wieder die Welt! Nicht du! Nicht du! Du bist ein Betrüger, du hast dich immer an dieser Welt vorbeigetrickst. Selbst jetzt lässt du dich nicht wirklich von ihr berühren. Du sitzt es einfach aus – und wartest, dass du zurückkehren kannst in dein altes Leben. Ich jedoch kann das nicht. Mein altes Leben gibt es nicht mehr. Es ist alles … aus den Fugen. Es ist alles so schwer geworden. Also, komm du mir nicht und versuch mir einzureden, es wäre leicht.«

Ihre Finger zeichneten sich rot in seinem gräulichen Gesicht ab. Wiewohl er doch aus dem Kerker befreit war, schienen seine Züge jetzt erst richtig einzufallen.

»Vielleicht bist du die Stärkere von uns beiden«, warf er hilflos ein.

»Hör auf mit diesem Gejammer!«, rief sie und stampfte auf. »Erzähl mir nicht, dass der eine so und der andere anders wäre. Man ist nicht so stark, wie man sein will, sondern wie man sein muss. Rede dich nicht raus, als wäre es fremde Schicksalsmacht, die über dein Handeln bestimmt.«

»Was verlangst du denn von mir, das ich tue?«

»Was du tust?«, gab sie schrill zurück. »Es geht hier nicht um dich und um deine Taten, auch wenn du denkst, dass es das Einzige ist, was zählt!«

Abrupt drehte sie sich um, ließ ihn stehen. Ratlos blickte er ihr nach. »Wo willst du denn hin?«

Sie gab keine Antwort, machte nur eine wegwerfende Bewegung und ging mit eiligen Schritten auf jenes Tor zu, aus dem Ray eben gekommen war.

»Du kannst doch nicht in den Kerker gehen! Was treibt dich dorthin?«

Wieder gab sie keine Antwort, sondern beschleunigte nur den entschlossenen Schritt.

Die Zelle, in der Gaspare hockte, war noch feuchter als Simones Unterkunft, der Boden klebrig vom salzigen Meerwasser, das unsichtbar durch sämtliche Ritzen des Gemäuers floss, wenn die See stürmisch war. Es roch nach Algen und nach Fäulnis – ein süßlicher Geruch wie nach Verwesung. Jener stieg nicht nur vom Boden auf, der mit spärlichem Stroh bedeckt war – längst nicht mehr von frischem Gelb, sondern von glitschigem Braun –, sondern schien auch von der Decke zu kommen, auf der sich dunkle Flecken ausbreiteten.

Es war kühl, wenngleich nicht finster. Durch eine Luke, kein glattes Rund, sondern wie in den Stein gebissen, konnte man nach draußen schauen, auf das blaue Tuch des Meeres, das an manchen Stellen vom Wind aufgeschlitzt war, sodass der weiße Wellenschaum hervortrat.

Anstatt in Gaspares Gesicht zu sehen, blickte sie lange nach draußen, hoffte, er möge den Anblick erleben wie sie – als Labsal für eine Seele, die von Gefangenschaft schon viel zu lange verstört worden war und diesmal doch zumindest nicht im Dunkeln hausen musste.

Als sie sich ihm endlich zuwandte, so war denn auch sein schwarzer Blick nicht tot, sondern von Sehnsucht erweicht.

Lange rang Caterina um Worte.

»Es tut mir leid«, murmelte sie schließlich schlicht.

Gaspares bläuliche Lippen verzogen sich zu seinem freudlosen Lächeln. »Du musst das nicht sagen.«

»Er … er steht mir einfach näher. Vielleicht, weil er mein Verwandter ist. Unsere Großväter waren Brüder.«

»Ich weiß.«

Er schien noch mehr zu wissen als das – wie in längst vergangenen Augenblicken, da Furcht und Scheu vor ihm noch überwogen hatten und er zugleich ein kaputter Spiegel war, in dessen Scherben bruchstückhaft die eigene Verlorenheit, der eigene Verlust zu schimmern schien.

»Ich habe eine Bitte«, setzte er an, trat zu der Luke, starrte hinaus. Die Sonne wurde vom nahenden Abend dottergelb gefärbt. »Ich weiß nicht, wie ich sterben werde. Ob man mich hier verrotten lässt wie Unrat oder mir einen Strick um den Hals knüpft. Aber wenn es so weit ist, so will ich nicht … so will ich nicht …«

Er stockte.

»Was willst du nicht?«

»Ich habe nie bei einer anderen Frau gelegen als bei meiner Mutter. Ich kenne ihren Leib, ich kann ihn bis heute spüren … doch alle anderen Leiber sind mir fremd. Aber damit möchte ich nicht sterben – mit der Erinnerung an das Fette, Schwere, Klebrige, Feuchte, Kalte, verstehst du?«

Unwillkürlich fröstelte sie. »Was möchtest du, dass ich tue?«

»Umarme mich!«

Er sprach es kühl, mehr als Befehl denn als Bitte, so ungerührt wie in den Tagen, da sie für ihn schreiben musste.

Wieder fröstelte sie und trat dann doch beherzt auf ihn zu. Eine Weile blieben sie unschlüssig voreinander stehen, nahe genug, um des anderen Atem zu spüren, doch noch zu fern, um sich Haut an Haut zu berühren. Beide ließen die Arme hängen.

Geduldig, wiewohl zum Zerreißen angespannt, wartete Caterina darauf, dass er sie endlich an sich ziehen würde, die Umarmung einfordern. Er tat es nicht. Da stellte sie sich vorsichtig auf die Zehenspitzen, umschlang mit ihren Fingern seinen Hals und drückte ihr Gesicht an seine Brust, indessen sie sorgsam darauf bedacht war, den restlichen Leib von ihm fernzuhalten.

Er fühlte sich dünn an, sehnig und wie erwartet kalt.

Ewig schien es zu dauern, bis er sich endlich regte, auf ihre Umarmung antwortete. Er hob die Hände, ließ sie abwartend in der Luft verharren, um sie schließlich auf ihren Rücken zu senken, nicht um sie zu packen, sondern um sie vorsichtig zu streicheln. Er tat es nicht mit der ganzen Hand, sondern nur mit einzelnen Fingern.

In ihren Waden verstärkte sich ein Zittern. Vorsichtig stellte sie ihre Fersen wieder auf den Boden, was freilich das Beben nur noch verstärkte. Es stieg nach oben, nicht erregend, sondern schaudernd. Sie hoffte, er würde es nicht merken, würde nicht erkennen, wie viel Überwindung es sie kostete, an ihn gelehnt zu bleiben.

Schließlich hob er die Hände von ihrem Rücken, legte sie seitlich an ihren Kopf, zog ihn zurück, um in ihr Gesicht zu schauen. Er musterte sie ohne Verlangen, ohne echte Neugierde, eher mit verwundertem Warten darauf, ob dies etwas in ihm auslösen würde – Erinnerung an vergangenen Ekel oder Bekanntschaft mit Begierde.

Sie schloss die Augen, als sein Mund sich auf ihren senkte, rau, weich, unaufdringlich. Seine Zunge drängte sich nicht forsch zwischen ihre Lippen, er schien sie nicht kosten zu wollen. Während sich ihr Beben verstärkte, blieb sein Körper starr, war nicht bereit, sich aus der Umarmung zu lösen, jedoch auch nicht, mehr Wärme, mehr Sehnsucht daran zu verschwenden – gleich so, als warte er auf eine fremde Macht, die sie ihm näherbringen würde.

Sie dachte anfangs, dass es leicht wäre, so zu verharren, dass das Befremden, das altbekannte Grausen, das sie stets ob seiner Nähe befallen hatte, nicht echt sei. Doch gerade weil jedes Entgegenkommen seinerseits so zögerlich geschah, so vorsichtig, so ohne jegliche Lust, fühlte sie ihren Mund trocken werden, musste sie nicht nur gegen das Beben ankämpfen, sondern gegen das Verlangen, sich mit heftiger, unwirscher Bewegung von ihm zu trennen.

Wenn es doch nur ein bisschen so wäre wie mit Ray, dachte sie unwillkürlich, irgendwie leichter, irgendwie lebendiger, irgendwie lustvoller … irgendwie selbstverständlicher.

Immer noch hielt sie die Augen geschlossen, und wiewohl ihr das anfangs seine Nähe erleichterte, ließ die Finsternis sie seine unbeweglichen Lippen, die warme Luft, die aus seiner Nase trat, schließlich nur deutlicher spüren – zu deutlich.

Sie riss die Augen auf, versuchte nicht, Gaspare anzusehen, sondern den engen Raum hinter ihm. Sie sah nicht viel davon, gerade genug, um von der Tür her eine Bewegung wahrzunehmen. Zuerst dachte sie, dass es Kerkermeister Simone wäre, der gekommen war, sie zu holen.

Doch dann gewahrte sie Ray dort stehen. Seine Miene deuchte sie zerrissen von Verwirrung und von Eifersucht, von kindlichem Trotz und schmerzlicher Kränkung.

Corsica, 251 n.Chr.

Ich habe nie zuvor und nie danach die Lippen eines Mannes gespürt. Ich weiß zwar, wie sie riechen können. Mancher Atem hat mich schon getroffen, der eine warm, der andere stinkend, wieder anderer feucht. Auch nackte Haut habe ich schon gespürt. Aber ich wurde nur ein einziges Mal in meinem Leben geküsst.

Felix Gaetanus Quintus küsste mich, an jenem Tag, als Julia Aurelia gekreuzigt wurde, als sie an jenem Querbalken hängend nach vielen mühseligen Stunden erstickt war, umsurrt von Fliegen, verspottet von Soldaten – und beobachtet von diesem bleichen, ausdruckslosen Mann, der mir eben gesagt hatte, dass er sein Leben lang nur seine Pflicht tun wollte.

Er begehrte mich nicht, ganz sicher nicht; er suchte bestenfalls Trost bei mir. Vielleicht wollte er nur etwas anderes schmecken als den verdorbenen Odem des Todes, und meine Haut schien ihm wohl ausreichend frisch, lebendig, glatt.

Er küsste mich auf die Stirne, auf die Schläfen, auf die Wangen, auf den Mund, nicht liebkosend, eher saugend, nicht sonderlich gierig oder hungrig. Er schien keinen Appetit auf meinen Leib zu haben, vielleicht jedoch die Hoffnung, dass jener – wenn er sich nur ausreichend gefräßig daran labte – den eigenen so vollstopfen müsste, dass dort nichts Leeres, Löchriges, namenlos Dunkles verbleiben würde.

Seine Lippen, die ich stets als so schmal empfunden hatte, fühlten sich fleischig an, zugleich doch rau. Überall waren sie gleichzeitig, sodass ich kurz vermeinte, er bestünde aus nichts anderem als einem riesengroßen Maul. Wie gerne hätte ich mich einst von ihm verschlingen lassen! Doch nun kam mir in den Sinn, was er von Julias Tod erzählt hatte und dass er die Adern, die an ihren Händen hervorgetreten waren, mit schwarzen Würmern verglichen hatte.

Seine Lippen erinnerten mich an diese Würmer. Sie krochen auf mir herum, sie nagten an mir, und anstatt mit hektischem Atmen, mit Pulsieren zu antworten, konnte ich nur daran denken, dass gleiche Würmer am liebsten Leichname fressen, die nicht rechtzeitig verbrannt werden.

Einen Augenblick lang löste er sich von mir, starrte mich an, gewahr werdend, wer ich war und was er da tat, doch zu sehr von Sinnen, um dem Bedeutung beizumessen. Da erst begriff ich, warum Julia ihn angezogen, warum er sie begehrt hatte, warum sie ihm aufgefallen war.

Weil sie ihm ähnlich war und doch etwas hatte, was er selbst nicht besaß und vielleicht nie besessen hatte: jenes Fordernde, Willensstarke. Die Todessehnsucht einte sie, der manchmal blinde, harte Blick – doch sie hatte diesen Tod voller Lebendigkeit und Stärke gesucht, hatte ihn herausgefordert und angenommen, wohingegen er langsam von innen her vertrocknet und verkümmert war. Sie konnte ihre Pflicht oder das, was sie dafür hielt, aufrecht und entschlossen erfüllen, während er an seinen Aufgaben zerbrach. Ich weiß nicht, wann er solcherart gestorben war. Ob er von der strengen Erziehung seines Vaters gebrochen worden war, von der Erfahrung des Krieges, von seinem Abstieg. Ich wollte es auch gar nicht mehr wissen. Mir ging auf, dass er mir das, was ich mir stets von ihm erhofft hatte und warum ich ihn zu lieben geglaubt hatte – die Aufmerksamkeit, die Wertschätzung –, niemals würde geben kön-

nen. Ich musste mir all das selbst schenken, wenn ich es haben wollte, es nicht von ihm oder irgendeinem anderen Menschen erwarten.

»Bitte, Herr, lass mich los!«, forderte ich. Meine Stimme zitterte noch. »Ich will das nicht.«

Kurz schien es, als würde er gehorchen. Er wich zurück, beugte sich auch nicht wieder vor, um mich erneut zu küssen. Doch dann hob er plötzlich seine Hände, lang und dünn und kalt, legte sie mir auf meinen Nacken, so wie ich oft den seinen berührt hatte, um ihn zu massieren, ließ sie schließlich tiefer rutschen, auf meine Schultern, meine Brüste. Er drückte sie, dass es schmerzte.

»Sie haben sie ihr… abgeschnitten.«

Ich war nicht sicher, ob ich das letzte Wort verstanden hatte. Er röchelte eher, als dass er es sagte.

»Was?«, fragte ich verwirrt. Ich stand stocksteif.

»Sie haben… sie vom Kreuz genommen, als sie nicht mehr geatmet hat. Sie haben mich gefragt, was sie mit ihrem Leichnam tun sollten, ob sie ihn ihrem Vater überlassen sollten.«

»Und was, Herr, was hast du ihnen gesagt?«

Er antwortete nicht, er schrie einfach auf, so, als könnte er nicht mehr atmen, wenn er nicht sämtliche Lautstärke dareinlegte. Es ging mir auf, dass er mich nie angeschrien hatte, dass seine Stimme stets tonlos gewesen war, so wie sein Gesicht bleich. Jetzt erschienen kleine rote Flecken darauf.

»Es… es musste ein Exempel statuiert werden«, brach es schließlich aus ihm hervor, »sie… sie sollte auch im Tode keine Gnade finden, das war meine Pflicht. Also habe ich zu ihnen gesagt, sie könnten ihren Leichnam haben und mit ihm machen, was sie wollen. Da haben sie ihn herumgestoßen, als würde er noch leben, und haben ihr zwischen die Beine gegriffen, als würden sie sie schänden wollen. Und dann haben sie ihr ihre Brüste abgeschnitten und sie herumgeworfen.«

Seine Hände kneteten immer noch die meinen. Ich wusste kaum, was ich tat, als ich meine Fäuste ballte, damit auf seine Brust schlug, ihn zurückstieß.

»Und du hast dabei zugeschaut?«, rief ich.

Vorhin war er auf mich gefallen, nun sackte er einfach in sich zusammen. »Ich hatte nichts damit zu schaffen. Ich dachte, wenn man es sieht… wenn es sich herumspricht, so werden die Menschen den Kaiser fürchten. Es ist meine Pflicht, dafür zu sorgen… Aber ich verstehe nicht, warum sie sich derart… opfern konnte.«

»Sie hat es für ihren Gott getan, für ihren Glauben.«

In meinem Mund schmeckte es gallig wie damals im Kerker, als ich mich in Julias Gegenwart erbrochen hatte. Ich schluckte dagegen an, wandte mich ab, wollte nur noch fliehen.

»Bleib bei mir, Krëusa«, sagte er leise. Es klang nicht wie ein Befehl, sondern wie ein Flehen. Ohne Zögern hatte er meinen Namen genannt.

»Ich… ich muss zu Julia«, gab ich zurück, und meine Stimme war erkaltet wie mein Körper.

»Ich muss zu Julia«, sagte ich wieder mit jener kindlichen Sturheit, als würde sie schon noch lebendig sein und mich ansehen, mit mir sprechen und von ihrer Stärke künden, wenn ich nur lange genug daran glaubte.

XXIII. Kapitel

Korsika, Spätsommer 1284

Caterina hörte, dass Akil ihr folgte, und da erst bemerkte sie, dass sie geflohen war, von Gaspare und seiner steifen Umarmung, von Ray und seinem zerrissenen Blick. Das Frösteln saß ihr noch in den Gliedern; die Abendsonne war zu halbherzig, um es zu vertreiben. Und das hastige Laufen – wie oft würde sie in diesen Tagen noch zur Gejagten werden? – erhitzte sie nicht, sondern schnitt ihr in die Kehle.

»Du hältst mich für verrückt, dass ich schon wieder fliehe«, erklärte sie schnaufend Akil, als sie endlich stehen blieb.

Er zuckte nur mit den Schultern. »Wollen wir nicht auf Ray warten?«

»Pah!«, stieß sie aus. »Der kommt auch ohne uns zurecht!«

Akil hob fragend den Blick, bekundend, dass dies sicher stimmte – jedoch nicht anzunehmen war, dass sie beide ohne Ray wissen würden, was nun zu tun war.

Indessen Caterinas Atem langsam wurde, ging ihr das auch durch den Kopf. Trotzdem brachte sie es nicht über sich, wieder umzukehren. Langsamer ging sie weiter, aber immer noch bestrebt, möglichst viel Raum zwischen sich und den Kerker zu bringen.

»Er wird uns folgen«, murmelte sie, »und er wird uns finden.«

Schweigend verbrachten Caterina und Akil die Abendstunden, nachdem sie den Rastplatz der letzten Tage erreicht hatten. Caterina half Akil, Holz zusammenzutragen und aus abgeschabter Rinde ein Feuer zu entfachen. Noch karger als in den letzten Tagen fiel ihr Mahl aus, hatten sie doch heute keinen frischen Fisch.

Caterina war ohnehin nicht hungrig. Mit über den Knien verkreuzten Armen blickte sie stumpfsinnig vor sich hin. Das vormals wolkenlose Himmelsblau begann sich zu zerzausen; einige weiße Fäden waren aus dem glatten Tuch gezogen, das Gott über die Welt gespannt hatte – dünner werdende, ergrauende Haare des gealterten Tages, der schließlich sanft erlosch.

Caterina fühlte keine Unruhe, dass Ray nicht endlich zu ihnen stieß. Befriedigt dachte sie vielmehr, dass ihn das schlechte Gewissen von ihrem Lager fernhalten würde.

Erst als sich die Dunkelheit gänzlich über die Insel legte, löchrig nur am Sternenhimmel, dessen kaltes Funkeln sich im Meer spiegelte, da drehte sie sich immer wieder aufs Neue in die Richtung, aus der sie gekommen waren, suchte eine Gestalt zu erspähen, etwas zu erlauschen.

»Er wird uns folgen«, bekräftigte sie wieder, längst keine Gewissheit mehr bekundend, eher eine Hoffnung, »und er wird uns finden.«

Akil zuckte nur mit den Schultern.

Wieder verging eine Weile, doch dann, endlich, waren Schritte zu hören, trat eine Gestalt zu ihnen, lautlos, fast vorsichtig. Kaum dass Caterina den Schatten erspäht hatte, senkte sie rasch das Gesicht und blickte wieder starr auf ihre Knie. Sollte Ray nur nicht glauben, sie hätte ihn sehnsuchtsvoll erwartet, sich Sorgen gemacht. Sollte er nur nicht glauben, dass sie ihn brauchte.

Sie blickte auch nicht auf, als die Gestalt unmittelbar vor ihr stehen blieb.

Doch als eine Stimme erklang, eine ganz andere als erwartet, so zuckte sie zusammen und schrie unwillkürlich auf.

»Du?«, fragte sie entsetzt.

Eine Weile stand er wortlos, indessen sie ihn anstarrte. Gleichwohl sie ihn sofort erkannt hatte, blieb ihr Blick ungläubig – gleich so, als würde sich das Bild vor ihren Augen ändern, wenn sie es nur lange genug anzweifelte. Schließlich wandte er sich ab, trat zum Feuer, hielt fröstelnd seine Hände darüber.

»Hab euch lange nicht gefunden«, sagte er leise, als beziehe sich ihr Entsetzen einzig darauf, dass er so spät gekommen war.

Nun war's Akil, der ihn anstarrte, im Gegensatz zu Caterina scheu, indessen sie hochsprang, zu ihm lief.

»Was hast du nur getan, Gaspare? Was hast du …«

Gaspare hob beschwichtigend die Hände.

»Ich habe gar nichts getan, weiß Gott, im Kerker waren mir doch die Hände gebunden. Aber … Ray. Er ist zurückgekommen, hat mich gegen sich auslösen lassen. Der Kerkermeister war bereit dazu, keine Ahnung, was er ihm gesagt hat, und …«

»Du lügst!«

Unmöglich, dass er von jenem Ray sprach, den sie kannte! Ray hasste Gaspare von ganzem Herzen, war einzig auf sein eigenes Wohl bedacht, auf seine Freiheit, niemals würde er sich opfern, auch nicht für einen Menschen, der ihm näherstand als der Pisaner.

Gaspare zuckte mit den Schultern, bekundend, dass auch er kaum glauben konnte, was ihm da geschehen war. Als er weitersprach, starrte er statt in ihr aufgelöstes Gesicht auf seine Hände, die sich langsam erwärmten.

»Ich … ich soll dir von ihm eine Botschaft überbringen«, begann er zögerlich zu sprechen. »Er wisse, was du von ihm hältst, und in fast allen Dingen hättest du recht. Doch was du ihm zuletzt sagtest, sei nicht wahr. Dass er nur an sich denke. An jenem Tag … an jenem Tag, als meine Männer … du weißt schon … da hat er sich geschworen, alles zu tun, um dich zu schützen, dich zu befreien, dich zu rächen, ja, dich ins Leben zurückzuführen. ›Ich habe dich an Davide verraten, um sie zu rächen …‹, hat er zu mir gesagt. ›Gewiss auch ein wenig meinetwegen. Aber vor allem … für sie. Doch wenn es nicht das ist, was sie will, wenn sie vielmehr dich will, so soll sie dich auch haben. Ich habe schon so viel falsch gemacht, habe sie auf Davides Schiff gebracht, habe sie in Malta zur Flucht gedrängt – und immer ist es schiefgegangen, Gott weiß, warum. Doch diesmal bin ich kein Versager. Diesmal werde ich es richtig machen.‹«

Gerne hätte Caterina ihn erneut als Lügner beschimpft, um solcherart von sich fernzuhalten, was hinter Entsetzen und Ungläubigkeit lauerte: die Ahnung, dass die Welt, die doch bereits aus allen Fugen geraten war, ihr noch die letzte Gewissheit nahm. Sie hatte sich für Ray entschieden, hatte sich vorgemacht, sie täte es, weil ihre Großväter Brüder gewesen waren, und hatte insgeheim gewusst, dass sie doch mehr an ihn band – die vielen Nächte, die sie ruhig in seinen Armen geschlafen hatte, später die hitzige Umarmung und der Kuss, die ihr bewiesen hatten, dass ihr Körper nicht zerstört und für alle Zeiten tot war. Und wiewohl sie das wusste und es nicht ernsthaft bereut hatte, so hätte sie ihn doch auf ihre Weise dafür bestraft, hätte es ihm vorgehalten, wieder und wieder, und wäre trotz aller Veränderung in die alte, vertraute Rolle geschlüpft – die der Anklägerin, welche dem Sünder seine Vergehen vorhält. Vielleicht hätte er mit Trotz geantwortet, vielleicht mit Spott, vielleicht mit Scham. In jedem Fall wäre sie es gewesen, die austeilen konnte, und er hätte einstecken müssen. Nun deuchte es sie, alles fiele auf sie zurück, der Wunsch zu beschämen, der Wunsch zu schimpfen, der Wunsch, einen anderen für das eigene leidige Geschick verantwortlich zu machen.

»Wie konntest du ihn einfach dort zurücklassen?«, schrie sie Gaspare an. »Wie konntest du dich darauf einlassen?«

Er zog die Hände vom Feuer, blickte sie überrascht an. »Hätte ich denn mit ihm im Kerker verrotten oder mich mit ihm aufhängen lassen sollen? Welchen Sinn hätte das gemacht, wenn er doch so entschlossen war, dir einen letzten Gefallen zu tun?«

»Du hättest ihm ... du hättest ihm ...«, stammelte Caterina. Sie wusste nicht, was sie von ihm fordern sollte. Es war gewiss nicht gerecht, ihm sein Verhalten vorzuwerfen – und doch: Er war ... der Falsche.

»Caterina, verstehst du nicht? Du hast ihn erwählt, aber er hat's ausgeschlagen! Er hat mir seine Freiheit geschenkt!«

»Warum sollte er so ein Opfer bringen?«

»Hast du mir eben nicht zugehört? Er hat es für dich getan, Caterina, für dich! ... Und hätte ich etwa darauf verzichten sollen?«

Sie neigte dazu, die Frage zu bejahen, zögerte jedoch. »Ich weiß es nicht«, murmelte sie hilflos.

»Du musst dich doch nicht schlecht fühlen seinetwegen«, sagte Gaspare leise, trat zu ihr her, wiewohl er in ausreichendem Abstand blieb. »Er ist kein guter Mensch. Er ist durchtrieben, rücksichtslos und ...«

Er schien sie trösten zu wollen, doch nun, da er aussprach, was sie Ray noch vor Stunden selbst an den Kopf geworfen hatte, fand sie es gemein und empörend. »Willst du mir sagen, es wäre nicht schade um ihn?«, fuhr sie auf. »Pah! Als ob du mehr verdient hättest zu leben als er.«

»Wenn du uns beide hättest hängen sehen wollen, Caterina«, gab Gaspare zurück und klang gekränkt, »dann hättest du nichts für unsere Rettung tun dürfen.«

Sie wandte sich ab und schlug ihre Hände vors Gesicht, um nichts zu sehen. Sie hatte gedacht, die Ordnung dieser Welt könne nicht noch mehr ins Wanken geraten – nicht, nachdem sie die Reliquie verraten und Davide ermordet hatte. Jetzt aber wusste sie nicht mehr, wo das Schlechte aufhörte, das Gute begann, wer von ihnen allen der Beste wäre, wer der Selbstsüchtigste, wer das eigentliche Opfer.

Als sie den Kerker verlassen hatte, hatte Gaspare ihr schrecklich leidgetan, wiewohl sie an der schweren Entscheidung festgehalten hatte. Doch nun stand er vor ihr, indessen Ray wieder im Gefängnis hockte, vielleicht aus Trotz, vielleicht aus Stolz, vielleicht, weil er über sich hinausgewachsen war, und all ihr Bedauern galt plötzlich ihm.

»Caterina ...« Gaspares Stimme war nur mehr ein Flüstern.

»Komm mir nicht zu nahe! Hau ab!«

»Du ekelst dich vor mir, nicht wahr? Ich habe es genau gespürt.«

Sie rang mit den Händen, wieder kurz geneigt, all ihren Zorn und ihre Zerrissenheit mit wütenden Worten auf ihn abzuwälzen. Doch dann tat er ihr leid, wie er da stand, heimatlos und verloren und trotzig, zwar bemüht, sich beherrscht zu geben, und trotz allem verstört von dem, was über ihn hereingebrochen war.

»Ach, Gaspare«, seufzte sie. »Glaub mir, ich wünschte, du findest das, wonach du suchst, sei's Gerechtigkeit oder Glück oder einfach nur Vergessen. Und ich wünschte, ich könnte dich umarmen, allen Schmerz aus dir herauspressen, dir frischen Lebensodem einhauchen, und alles wäre gut. Aber ich glaube, dazu tauge ich nicht. Ich bin nicht die richtige Frau für dich.«

Sie wandte sich ab, setzte sich, schlang wie zuvor ihre Arme um die Knie, diesmal nicht nur, um sich zu wärmen, sondern um sich zu verkriechen. Eine Weile war ihr, als würde Gaspare hinter ihr stehen, sich überlegen, ob er noch etwas sagen sollte. Doch dann hörte sie, wie er sich vom Lager entfernte, frisches Holz holte, die Flammen damit nährte. Das Säuseln und Knacken des Feuers schläferte sie ein, wenngleich die Kälte zu tief hockte, um davon verscheucht zu werden. Noch im Schlaf fühlte sie sich trostlos und verloren und schreckte immer wieder von Träumen gejagt hoch: Ray kam darin vor, wie sie ihn beschimpfte und schlug, und auch Gaspare, wie er sie umarmte und sie sich zu entwinden suchte. Er aber ließ sie nicht los; seine Umarmung wurde ihr widerwärtig, erinnerte an die unbarmherzigen Griffe der Männer, die sie geschändet hatten, und deuchte sie dann ganz plötzlich weich, als besäße er keine Knochen, nur einen warmen, anschmiegsamen Leib. Sie blickte hoch, in Rays Gesicht, wie er da stand, sie verwirrt beobachtete – und dann plötzlich in Gaspares leere Hülle zu steigen schien. Sie war ihm zu klein, er drohte sie zu zerreißen, doch anstatt sie sich anzuziehen, schien er darin zu verschwinden… auf ewig… auf ewig…

Caterina zitterte, als sie erwachte. Mit verklebten Augen blickte sie sich um. Niemand war da, an dem sie sich hätte wärmen können. Gaspare war verschwunden – und Akil blickte betrübt in jene Richtung, in die er offenbar gegangen war.

»Wo… wo ist er?«, stammelte Caterina verwirrt.

Akil zuckte mit den Schultern. »Fort…«, murmelte er, und es klang ergeben wie stets. »Fort…«

»Ich laufe ihm ganz gewiss nicht nach.«

Caterina sprach erst wieder, als die Sonne hoch am Himmel stand, zuerst wärmend nach der durchfröstelten Nacht, dann unangenehm stechend. Trocken und rissig fühlte sich ihre Haut an, struppig das Haar.

Anfangs war sie froh gewesen, dass die alltäglichen Arbeiten sie davon abgehalten hatten, über Gaspares Verschwinden nachzudenken. Noch wollte sie sich nicht eingestehen, was es bedeuten könnte. Erst nachdem sie gemeinsam mit Akil Holz gesammelt hatte, sich von ihm hatte zeigen lassen, wie man trockenes Gras und dünne Äste flocht, um damit die Sonne abzuschirmen, sprach sie es aus: »Ich laufe ihm ganz gewiss nicht nach.«

Akil blickte kaum hoch. »Dies ist auch nicht der Grund, warum er gegangen ist«, stellte er fest.

Caterina ließ ihre Hände sinken. Akil ließ nicht erkennen, was er davon hielt, dass zunächst Ray sich für Gaspare hatte eintauschen lassen und dass Letzterer nun offenbar Gleiches plante. Kurz wollte sich Caterina gegen seinen Gleichmut auflehnen. Doch er sah nicht aus wie einer, der ihr Leid mit ihr tragen würde. Er würde es fallen lassen und es hernach mit jenem Ausdruck von Bedauern und Machtlosigkeit mustern.

Sie musste selbst damit fertig werden. Am Anfang verlegte sie sich darauf, dass vielleicht alles gut werden konnte, dass der Kerkermeister, gerührt über die Selbstlosigkeit, die nunmehr beide Männer aufbrachten, sie gemeinsam würde gehen lassen. Später stellte sie sich vor, dass zumindest eintreten würde, was gestern schon zu erwarten stand – dass Ray erschien, sich jener Freiheit erfreute, die sie ihm wütend zugestanden, auf die er verzichtet hatte und die nun Gaspare ihm schenkte. Das Warten rang ihr den Entschluss ab, ihn freudig zu begrüßen, ihm alles zu verzeihen, was er ihr angetan hatte, Hauptsache, er war bei ihr und sie nicht mehr allein mit einem Knaben. Immer sehnsüchtiger wurde ihr Harren und immer verzweifelter, als schließlich der Tag verglomm.

»Was denkst du, ist geschehen?«, fragte Caterina Akil. Sie verzehrte sich nach einer Erklärung, die sie trösten würde. Doch Akil mochte viele Gaben haben, jedoch nicht die, die Wirklichkeit sonniger zu deuten, als sie war.

Schulterzuckend gab er zurück: »Wenn weder der eine kommt noch der andere – was mag das anderes bedeuten, als dass der Kerkermeister, des Spiels überdrüssig, sie wieder beide eingeschlossen hat?«

Caterina verneinte nicht und wollte zugleich auch nicht zustimmen. Nicht an diesem Abend, nicht in der Nacht, nicht am nächsten Morgen, und auch noch nicht am übernächsten. Dann erst gestand sie sich ein, dass sie längst nicht mehr hoffnungsvoll in Alerias Richtung starrte, sondern nur mehr stumpfsinnig vor sich hin, dass sie sich zu mutlos, zu schwach fühlte, um weiterzuflechten.

»Was sollen wir nur tun, Akil?«, fragte sie schließlich.

Wieder verstand er es nicht, irgendwelche Hoffnungen zu beleben. Ausgereizt schienen zudem sämtliche Versuche, die Gefangenen freizubekommen, und so deutete er ihre Frage denn nicht auf deren Geschick gerichtet, sondern auf das eigene.

»Ich verstehe es, Schiffe zu bauen«, sagte er, »ich könnte hier jemandem meine Dienste anbieten. Ich würde etwas zu essen verdienen, vielleicht etwas Geld, und dann könnte ich vielleicht in meine Heimat zurückkehren – und du in die deine.«

Er sprach so bestimmt, dass sie den Eindruck hatte, er habe diesen Plan schon längst geschmiedet – und wenn sie auch keinerlei Zuversicht verspürte, als er von der Heimat sprach, war sie doch froh, dass ihre eigene Mutlosigkeit nicht auf ihn übergeschwappt war. Sie nickte, sagte sich, dass sie dieses Niemandsland, wo sie die Tage absaßen, lieber früher als später verlassen sollten.

»Am besten ist es wohl, wenn wir wieder nach Aleria aufbrechen und uns unter die Menschen mischen. Dort wollen wir dann weitersehen.«

So verließen sie das Lager, gingen schweigend und kamen bald in Aleria an. Was sie dort erwartete, war das Absonderlichste, was Caterina je erlebt hatte.

Laut und bunt war der Ort gewesen, so wie alle Hafenstädte, voll von Gerüchen, schläfrigen Katzen, streunenden Hunden. Frauen hatten Wasser getragen und Kinder hinter sich hergerufen, Fischer hatten ihre Netze geflickt und ihre Boote vorbereitet, am Hafen schließlich waren Schiffe entladen und mit neuer Fracht bestückt worden.

Jene Schiffe waren auch heute da, vielleicht andere als gestern, jedoch genug, um im Hafen den üblichen Trubel zu entfachen. Doch anstelle von diesem empfing sie eine unangenehme Stille. Die Stadt war wie ausgestorben. Keine greinenden Kinder, keine streng blickenden pisanischen Wachleute, keine Alten, die ihre gichtigen Glieder in der Sonne ausstreckten. Die Werkstätten waren verwaist wie die Brunnen, der Marktplatz entvölkert, die Fischerboote schaukelten sanft im Wasser – und waren leer.

Schon beim Stadttor, das einladend offen stand, war es Caterina seltsam vorgekommen, dass sie es als Einzige durchschritten. Noch hatte sie freilich gehofft, sie würden in der nächsten Gasse auf buntes Treiben treffen. Doch je weiter sie gingen, desto mehr zeigte Aleria sich ihnen als Geisterstadt. Als die beiden sich erstmals ansahen, in der Miene des anderen Beschwichtigung erhofften, jedoch nur auf Verwirrung stießen, ja, als sie schließlich zu sprechen begannen, so wagten sie es unwillkürlich nur zu flüstern.

»Was … was geht hier vor? Wohin sind denn alle Menschen verschwunden?«

Ratlos gingen sie weiter, suchten in den erbärmlich engen und armseligen Gassen mit den schiefen Hütten ebenso wie auf den großen Plätzen, wo die Häuser aus Stein gebaut waren.

Erschrocken zuckte Caterina zusammen, als hinter ihr plötzlich ein lauter Schlag ertönte. Als sie herumfuhren, gewahrten sie jedoch, dass es nur ein lose befestigter Fensterbalken war, der im Wind klapperte.

»Schau doch nur!«, sagte Akil und deutete auf jene Häuser, die sich gleich daneben befanden. »Sämtliche Balken sind vorgelegt. Die Menschen haben ihre Tore gut versperrt …«

»Aber warum?«

»Vielleicht sind sie fortgegangen, oder sie verstecken sich in ihren Häusern ...«

»Aber warum«, fragte sie erneut, »warum?«

Er zuckte nur mit den Schultern. Als sie zum Hafen kamen, stießen sie erstmals auf menschliche Laute, ein Zischen und Gezeter, zu hoch, um von einem Mann zu stammen. Dann Gerumpel, als würde etwas auf den Boden fallen.

Eine Weile starrten sie einander an, dann fassten sie sich ein Herz, umrundeten zwei Häuser, sahen schließlich einen Haufen abgerissener Kinder, die mit Holzstecken gegen eines der verschlossenen Häuser schlugen. Schon war in der Tür ein kleines Loch entstanden, durch das sich das Kleinste durchzudrängen suchte.

»He!«, rief Caterina. »Was macht ihr hier, was ist geschehen?«

Erschrocken fuhren die Kinder herum, eines fing an zu heulen, indessen die Ältesten es an der Hand packten, unwirsch mit sich zogen und davonliefen.

»Wartet!«, rief Akil und hastete ihnen nach. Er bekam eines der Jüngeren zu fassen, zerriss ihm den zerschlissenen Ärmel, als er es festhielt. »Was geht hier vor?«

Das Kind starrte ihn aus schreckgeweiteten Augen an, als wäre er der Leibhaftige, schlug schließlich verzweifelt die Hände vor den Kopf, als könne es sich nur so vor Schlägen schützen.

»Ich tu dir doch nichts«, versuchte Akil zu beruhigen und lockerte seinen Griff.

Da murmelte der Junge ein paar lose Wortfetzen, von der Furcht und von fremdem Akzent so zerstückelt, dass Caterina sie kaum zusammenfügen konnte. Erst als Akil den Knaben losließ und jener auf seinen nackten, dreckigen Füßen davonstob, vermochten sie mühselig deren Sinn zusammenzuklauben.

»Man hat den Menschen hier gesagt, dass sie entweder die

Stadt verlassen oder sich gut verstecken sollen«, stellte Akil fest. Den Grund hierfür wussten sie freilich immer noch nicht.

»Der Kerkermeister...«, schlug Caterina vor, »wir können zu ihm gehen, ihn fragen...«

Ihre Schritte vermengten sich mit dem Raunen des Windes, der vom Meer her kam. Er war heiß und staubig, wirbelte ihnen Sand ins Gesicht und Unrat um die Füße. Lauter noch als vorhin klapperten die Fensterbalken.

Caterina hielt sich schützend die Hand vor die Augen, konnte so nicht viel weiterschauen als auf die eigenen Füße und bemerkte nicht, wie Akil plötzlich erstarrte, stehen blieb, tonlos einen Namen flüsterte.

Erst als sie weitere Schritte gegangen war, gewahrte sie, dass er an ihrer Seite fehlte. Sie senkte den schützenden Arm, wandte sich um. »Akil?«

Immer noch stand er unbeweglich, starrte entgeistert in eine Richtung.

Sie folgte seinem Blick und fuhr zusammen. »Oh, mein Gott!«

Menschen, endlich wieder Menschen, ein ganzes Rudel Männer, nicht zerlumpt wie die Kinder, sondern in dunklen Lederwämsern, einige von ihnen trugen sogar Kettenhemden, die silbrig glänzten. Und Stiefel hatten sie alle an – fast alle. Zwei von ihnen sahen erbärmlich aus, barfüßig, mit schlotternden Hemden.

»Gaspare! Ray!«

Sie standen im Kreise der Männer, schienen mit ihnen zu reden, zu verhandeln. Caterina mochte es nur so zu deuten, dass sie um ihr Leben bettelten, dass jene Männer sie zwar aus dem Kerker befreit hatten, jedoch nur, um sie ihrer Strafe zu überführen. Akil versuchte sie aufzuhalten, sie zum Schweigen zu bringen. »Nicht, Caterina! Du kannst ihnen nicht helfen! Mach dich nicht bemerkbar...«

Doch es war schon zu spät. Inmitten der ausgestorbenen Stadt hatte ihr spitzer Schrei die Aufmerksamkeit auf sie gelenkt. Die Männer fuhren zu ihr herum, auch Gaspare und Ray. Aus dem Augenwinkel gewahrte sie, dass Ray die Hand hob, ihr ein Zeichen zu geben versuchte, doch dann war sie schon zu ihnen gelaufen.

»Bitte, bitte tut ihnen nichts!«, rief sie. »Wessen sie auch bezichtigt werden, sie sind verleumdet worden! Sie sind unschuldig!«

Zuerst standen die Männer ungerührt und mit verschlossenen Mienen, begannen dann zu grinsen, gemächlich auf sie zuzutreten. Zu spät bemerkte sie, dass sie einen Kreis um sie bildeten, ihn enger zogen, es ihr unmöglich machten zu fliehen. Jetzt erst ging ihr auf, wie wahnwitzig es war, sie herausgefordert zu haben.

»Bitte!«, stammelte sie schwach, und sie wusste nicht, ob sie noch immer für die beiden bat oder für sich selbst. Stechende Augen trafen sie, maßen sie schweigend von oben bis unten. Wann würden ihnen Hände folgen?

Sie merkte, wie ihre Knie zu zittern begannen, als plötzlich Gaspares Stimme das Schweigen durchbrach.

»Lasst sie in Ruhe! Sie ist meine Schwester!«

Er sprach in jenem leise zischenden Ton, der ihm an Bord des Schiffes zu eigen gewesen war, und anstatt darüber zu lachen, wie sie es erwartet hatte, fügten sich die Männer augenblicklich seinem Befehl, traten zurück, öffneten den Kreis.

Ray kam zu ihr gestürzt. »Caterina! Geht es dir gut?«

Sie merkte kaum, wie er sie umarmte, starrte noch immer Gaspare an, erstaunt, wie er nun mit den Fremden sprach. Sie verstand kein Wort von dem, was er sagte, nur dass die Männer ihm ernsthaft zuhörten, am Ende sogar nickten.

»Wer ... wer sind diese Männer?«

»Genuesen«, antwortete Ray.

Sie versteifte sich in seiner Umarmung, machte sich los. »Aber Aleria ist doch pisanisches Gebiet! Und wie kommt es, dass sie auf einen wie Gaspare hören?«

Es bedurfte vieler Stunden, bis Caterina die ganze Wahrheit erfasste. Die wenigen Worte, mit denen Ray sie ihr zuerst zu erklären versuchte, reichten dafür nicht aus. Von Genuesen war die Rede, immer wieder von Genuesen und davon, dass jene Ray und Gaspare befreit hätten.

»Aber wo sind all die Menschen aus Aleria?«, fragte sie ein ums andere Mal.

»Sie sind geflohen oder haben sich in ihre Häuser verkrochen, als sie vom Sieg der Genuesen hörten«, sagte Ray. »In den nächsten Tagen werden hier weitere Schiffe eintreffen und manch einen mit sich führen, der auf Plünderung aus ist.«

Gleichwohl der Lage kundiger als sie, blickte auch er sich misstrauisch um, verstört von einer leeren Stadt, die nicht nur von Angst und Flucht kündete, sondern von einem merkwürdigen Zwischenzustand, gleich so, als hätte das Leben seinen Herzschlag ausgesetzt, als würde alles stillstehen, um irgendwann mit ganzer Wucht loszubrechen. Jeder, der hiervon Zeuge war, mochte zweifeln, ob es die Ruhe vor dem Sturm zu genießen galt oder sich vor dem Kommenden zu wappnen.

Gaspare löste sich indessen von der Gruppe der Genuesen und trat zu ihnen. »Sie haben uns Kleider versprochen und etwas zu essen. Und wir können die Nacht im Haus des hiesigen Richters zubringen, der in den Westen der Insel geflohen ist.«

Er sprach nüchtern, mehr zu Ray als zu Caterina, und doch hörte sie, dass seine Stimme unmerklich zitterte, und sein Gesicht war bleicher und eingefallener als sonst. Obwohl er nicht wusste, wie er die Lage deuten sollte, schien Ray erleichtert über die Wendung und darüber, dass er aus dem Kerker befreit war. Gaspare hingegen schien von irgendetwas tief erschreckt worden zu sein. Er gab sich beherrscht, vor allem in Gegenwart der Genuesen, deren falscher Annahme, wonach er einer der ihren sei, er nicht widersprechen wollte, aber Caterina fühlte, wie verstört er war.

Was war geschehen in jenen Stunden, da Gaspare zurück in den Kerker gekommen war? Wo war der Kerkermeister und wo ihre Reliquie? Wie kam's, dass die Genuesen die Pisaner besiegt hatten – und was war es, was Gaspare derart erschütterte?

Vorerst musste Caterina auf eine Antwort warten. Sie wurden – wie versprochen – in ein Haus geführt, bekamen im dortigen schlichten Saal zu essen und zu trinken. Es war Wochen her, dass Caterina das letzte Mal saftiges Brot geschmeckt hatte, und beim ersten Bissen war ihr kurz, als könnte selbst die Glückseligkeit im Himmel nicht mehr verheißen als dieses Gefühl, endlich satt zu werden. Die Anspannung der letzten Stunden löste sich. Wiewohl sie den fremden Genuesen nicht traute, schien es tatsächlich so zu sein, dass Gaspares Worte Gewicht hatten und ihr keine unmittelbare Gefahr von ihnen drohte. Was immer in den nächsten Tagen geschehen mochte, diese eine Nacht würde sie unter einem sicheren Dach schlafen können. Als sie sich Ray zuwandte, um nun, da sie gesättigt waren, endlich all ihre Fragen zu stellen, gewahrte sie, dass er bereits, an die Wand gesunken, eingeschlafen war. In seinem Gesicht hatten sich sämtliche Spuren der Kerkerhaft geglättet.

Erleichterung durchflutete sie, nackt und schlicht: Er lebt, er ist frei.

Sie betrachtete ihn eine Weile, gab sich einen Augenblick jenem schläfrigen Wohlbehagen hin, in dem nur zählte, dass er da war.

Sie schreckte erst hoch, als Akil zu ihr trat. Unauffällig wie stets hatte er sich in den letzten Stunden verhalten und kaum ein Wort gesagt. »Gaspare«, murmelte er jetzt. »Gaspare …«

Caterina fuhr herum. Zuerst ganz in ihr Mahl versunken,

dann in Rays schlafenden Anblick, hatte sie nicht bemerkt, dass Gaspare den Raum verlassen hatte.

»Wo ist er?«, fragte sie.

»Geht draußen auf und ab. Ich denke nicht, dass er in dieser Nacht Ruhe finden wird.«

Gaspares angespanntes, weißes Gesicht kam Caterina in den Sinn und dass ihn mehr aufzuwühlen schien als nur die Tatsache, dass er – wundersam genug – von Genuesen befreit worden war.

»Weißt du, was geschehen ist?«, fragte sie.

Erneut stellte sich Akils Gabe heraus, rasch und unauffällig möglichst viele Informationen in Erfahrung zu bringen.

»Gaspare hat mir von einer großen Schlacht erzählt«, begann er und berichtete hernach von dem, was am Sankt-Sixtus-Tag kaum eine Woche zuvor geschehen war, an jenem Tag, der den Pisanern bislang als Nationalfeiertag heilig war – hatten sie doch dereinst gegen die Mauren auf den Balearen und gegen die Araber im Heiligen Land große Siege errungen – und der sich nun als schwärzester Tag ihrer Geschichte herausstellte.

»Diese Schlacht fand bei Meloria statt, einer kleinen Felseninsel, nicht weit von Livorno, und es heißt, dass es die größte und blutigste Schlacht war, die das Mittelmeer jemals gesehen hat. Eigentlich war's keine Schlacht, sondern ein Gemetzel. Sieben pisanische Galeeren sind von genuesischem Rammsporne versenkt worden, vierzig pisanische Schiffe gekapert worden. Tausende von Menschen wurden einfach in Stücke gehauen. Ebenfalls Tausende wurden in Gefangenschaft geführt. Pisa hat Korsika endgültig an Genua verloren, so wie es ausschaut.«

»Aber wohin sind die Menschen hier geflohen?«

»Einige haben sich verkrochen. Die anderen sind ins Landesinnere gegangen, kaum dass sie vom Ausgang des Krieges hörten. Sie werden die Plünderung abwarten und hernach, was über sie entschieden wird.«

»Und Gaspare und Ray wurden für Genuesen gehalten und sind deswegen befreit worden?«

»Davide sei Dank – ja«, meinte Akil. »Ray hat den Mund, wie's scheint, nicht aufgemacht – aber Gaspare selbst kennt den genuesischen Akzent besser als den seiner eigentlichen Heimat. Unmöglich, dass sie auch nur der Verdacht streifte, er könnte ein verhasster Pisaner sein.«

»Welch sonderbares Geschick!«, stieß Caterina aus und fragte sich, ob Gaspare damit haderte, dass er ausgerechnet seinen ärgsten Feinden die Freiheit verdankte.

»Gaspare meinte, dass die Genuesen ihren Sieg ihrer geschickten Taktik verdanken«, fuhr Akil indessen fort. »Eigentlich waren sie in der Unterzahl, hatten weniger Schiffe und weniger Besatzung. Aber das Kommando trug Oberto Doria – gemeinsam mit Corrado Spinolas –, und es scheint, dass die beiden ausgefuchste Seeleute sind und dass der Venezianier Alberto Morosini, der Pisa führte, ihnen nicht das Wasser reichen konnte. Zu Beginn der Schlacht gaben die Genuesen vor, schon besiegt zu sein, und flüchteten auch – doch nur zum Schein. Als die pisanischen Schiffe weit genug vorgerückt waren, gab Doria dem wartenden Angriffs-Dreieck den Befehl, zu den übrigen Genuesen aufzuschließen. Die Schlacht, die folgte, wurde zumeist von Armbrustschützen ausgetragen. Und nachdem sie mit Stahlpfeilen und Steinschleudern die Pisaner mürbegemacht hatten, wurden die Galeeren geentert. Morosini wurde von einem Pfeil getroffen.«

»Und nun?«, fragte Caterina. »Wie wird es weitergehen?«

Akil zuckte nur mit den Schultern.

»Und Gaspare«, drängte sie, »was ist es, was ihn derart quält?«

Wieder zuckte Akil mit den Schultern.

»Sprich selbst mit ihm«, sagte er schließlich.

Im vormals stillen Aleria begannen sich nun einzelne Laute zu erheben, Rufe vom Hafen her, wo ein weiteres Schiff eingelaufen war, das Bersten vom Holz der Türen, die eingetreten wurden, das Weinen eines Kindes, in das sich das spitze Rufen einer Frau mischte, offenbar die Mutter, die mit ihm zurückgeblieben war. Das Weinen des Kindes hielt an, die Schreie der Mutter verstummten, und Caterina hoffte inständig, man hätte sich ihrer erbarmt und ihr kein Leid zugefügt.

Gaspare hatte sich nicht nach ihr umgedreht, als sie zu ihm trat, doch er musste an ihren leisen Schritten erkannt haben, dass sie es war, denn plötzlich begann er zu reden.

»Pisa ist am Ende«, sagte er. »Für lange Zeit wird es am Boden liegen. Wer weiß, ob es jemals wieder hochkommt. Weißt du, was einer der Genuesen zu mir sagte?«

Erst jetzt drehte er sich zu ihr um, starrte sie lauernd an. »Er sagte, wer künftig noch einen Pisaner sehen wolle, müsse nach Genua gehen.«

Düsteres Schweigen folgte, es deuchte sie nicht nur verzweifelt, sondern auch ärgerlich. Immer noch konnte Caterina nicht ermessen, wovon seine Stimmung geleitet war, ob wirklich nur von Verbundenheit mit der einstigen Heimatstadt, von der Trauer darüber, dass sie so schmählich gescheitert war, dem Hass auf alle Genuesen, auch auf jene, die ihn befreit hatten?

»Wie die Tiere werden sie die Gefangenen halten, wie die Tiere«, fuhr er fort. »Sie werden sich denken, dass dies das entscheidende Mittel ist, Pisa für alle Zeit zu schwächen, ihm einfach die jungen, kräftigen Männer zu entziehen. Und verdammt, sie haben recht. Wie anders könnte es ihnen besser gelingen als dadurch? Doch könnte man noch grausamer handeln als solcherart? Und ich, ich lass mich obendrein von Genua retten!«

»Fühl dich doch nicht schuldig deswegen!«, rief sie überzeugt. »Du bist wegen der Genuesen im Kerker gelandet, damals wie heute. Einst war es dein Stiefvater Onorio, dann Davide. Und jetzt wurdest du von ihnen befreit. Und hast du nicht als Kind schon jene Strafe erleiden müssen, die jetzt die unterlegenen Pisaner trifft, hast sie folglich abgebüßt? Das sollte dir nicht zur Schande gereichen, sondern dich mit der Genugtuung erfüllen, dass das Walten auf dieser Welt vielleicht doch manchmal der Gerechtigkeit unterliegt!«

»Gerechtigkeit! Pah!«

Er starrte in den Abendhimmel, der gerötet war, leicht zerfranst wie in den letzten Tagen. Ganz gleich, was hier auf Erden geschah – es spiegelte sich dort droben nicht in der Gestalt dunkler Wolkentürme. Das dünne Band, das die Welt zusammenhielt, schien nicht fest genug, als dass das, was sich unten zutrug, nach oben klettern konnte, um den Himmel zu beschmutzen. Ob Gott, der Allmächtige, so unberührt und gleichgültig wie der Himmel war? Geborgen von greller Sonne, dem Dunst der Wolken oder dem Sternenhimmel, die allesamt stets Seinen Launen folgten, nicht denen der Menschenkinder, die sich so weit drunten abmühten?

»Onorio Balbi ist tot«, sprach Gaspare plötzlich in die Stille, die sich zwischen ihnen ausgebreitet hatte. »Offenbar hatte er den Befehl über eines jener Schiffe, die Ugolino della Gherardesca, der Podestà von Pisa, bereithielt – und die er nicht mehr in den Kampf führte, nachdem er ihn als aussichtslos erkannt hatte. Doch Onorio wollte sich nicht der Niederlage fügen, wollte Ruhm erwerben, drang vor und geriet in ein genuesisches Geschwader. Es hatte sich hinter einem Felsvorsprung an der Küste versteckt.«

Er lachte bitter auf, schüttelte den Kopf, als hätte der andere, gleichwohl er tot war und als Verlierer einer Schlacht gestorben, ihm immer noch das Lebensglück voraus. Offenbar war er zu sehr an diesen Gedanken gewöhnt.

»Wie ist er gestorben?«, fragte Caterina, um etwas zu sagen.

Gaspare zuckte unwirsch mit den Schultern. »Was weiß ich! Von einem Pfeil getroffen? Ersoffen? In Stücke zerhauen? Ich weiß nur, dass ich nicht mehr Rache üben kann.«

»Weil's ein anderer für dich tat.«

»Ein Genuese ... ausgerechnet. So wie ich jetzt plötzlich als Genuese gelte.«

»Onorio war auch Genuese, wenngleich er seine Heimatstadt verraten hat und nach Pisa übergelaufen ist«, sprach Caterina. »Zeugt nicht eben das davon, dass Fronten selten so klar verlaufen, wie man es hofft und wünscht, damit sich das Leben auf diese Weise leichter begreifen ließe? Ist dies nicht ein Zeichen dafür, dass Freund und Feind sich nicht immer auf den ersten Blick unterscheiden lassen?«

So wie ich nicht weiß, wer du mir bist, fügte sie im Stillen hinzu. So wie ich nicht weiß, was Ray mir so oft war.

»Eben«, sagte Gaspare schlicht, »drum sprich mir nicht von Gerechtigkeit. Du hattest recht, Caterina. Es gibt keine Gerechtigkeit, keine Logik, keine Ordnung. Darum trifft uns bitteres Unglück und manchmal auch die Gnade – beides aus Zufall. Das Leben ist ein Irrwitz.«

Wieder starrte er in den sich langsam verdunkelnden Himmel. Vielleicht war dies die einzige Gnade, die von oben kam – dass das, was sich hier unten zutrug, stets aufs Neue von der Schwärze der Nacht verborgen wurde, um am nächsten Tag – neu betrachtet – vielleicht noch schlimmer, vielleicht jedoch auch erträglicher zu werden.

»Vielleicht ist das Leben einfach nur Spiel«, meinte Caterina. »Das hat Ray einmal zu mir gesagt. Manchmal gewinnst du, manchmal verlierst du. Wenn du heulst, verpasst du den nächsten Zug.«

Sie trat dicht zu ihm hin, und sachte, vorsichtig, als wolle sie ihn nicht verschrecken, legte sie ihre Hand auf seine Schulter. Er zuckte zusammen, aber er schüttelte sie nicht ab.

»Wie wird der deine ausfallen?«, fragte sie.

Im Morgendämmern nahm sie Abschied von Akil, indessen Ray immer noch schlief. In der Nacht, als Caterina nach einem langen Gespräch mit Gaspare zu ihm zurückgekehrt war, war er kurz aufgeschreckt. »Schlaf weiter!«, hatte sie ihn beschwichtigt – gewiss, dass er seine Ruhe brauchen konnte und auch, dass er weder Gaspare noch Akil so nahe stand wie sie, um ihnen am nächsten Morgen Lebewohl sagen zu müssen.

Sie selbst hatte nicht schlafen können. Zuerst waren ihr Gaspares Worte, dass es keine Ordnung auf dieser Welt gäbe, durch den Kopf gegangen, dann die Pläne, die er machte, ein wenig unausgegoren noch, ein wenig zaudernd, aber vom gleichen grimmigen Willen getragen, wie er wohl einst nach der langen Kerkerhaft beschlossen hatte weiterzuleben. Damals hatte ihn der Wunsch nach Rache beseelt, jetzt war sein Trachten, sich – trotz allen widersinnigen Waltens der Welten – ein kleines Fleckchen so gefügig zu machen, dass er künftig darauf würde stehen können.

Kurz war sie eingenickt, doch nicht lange genug, um daraus Labsal zu ziehen. Als sie die Augen wieder auftat, war das Licht noch immer grau. Akil hatte sie vorsichtig an der Schulter berührt.

»'s ist wieder ein Schiff aus Genua gekommen«, murmelte er. »Gaspare will nicht länger hierbleiben. Wer weiß, ob unter den Fremden, die kommen, nicht einer ist, der sich an sein Gesicht erinnert. Schließlich hat er jahrelang genuesische Kaufleute überfallen und ausgeraubt.«

Caterina fuhr ruckartig auf. Als Gaspare ihr gestern seine Pläne kundgetan hatte, hatte sie nicht an Akil gedacht.

»Du gehst mit ihm, nicht wahr?«, ging es ihr nun auf, und

ebenso kurz wie heftig fühlte sie Schmerz darob, den Jungen ziehen zu lassen, mit dem sie so viel durchgestanden hatte.

»Und du… du bleibst bei ihm?«, fragte Akil zurück und deutete auf den schlafenden Ray.

Caterina erhob sich, auf dass sie draußen miteinander reden konnten.

»Ja«, sagte sie schlicht.

Auch darüber hatte sie gestern mit Gaspare gesprochen. Dass es – obwohl die Erlebnisse der letzten Tage die vorangegangene Feindschaft ein wenig ausgemerzt hatten – besser war, wenn sich die Wege der beiden Männer trennten, jeder für sich seine Pläne machte, jeder auf seine Weise zu überleben suchte. Diesmal war Caterina die Entscheidung für einen von ihnen nicht schwergefallen. »Er mag ein Schuft sein, ein Sünder, manchmal vielleicht sogar ein Tollpatsch. Aber ich gehöre zu ihm. Er ist meine Heimat«, hatte sie gemurmelt, nicht gewiss, ob dies der Grund war, der sie an Ray band, aber Gaspare hatte ohnehin nicht nachgefragt.

Das tat auch Akil nicht.

»Ich werde versuchen, mich mit Gaspare nach Ajaccio durchzuschlagen«, erzählte er. »Noch scheinen die Städte im Westen der Insel in pisanischer Hand zu sein. Er will den Verwandten seines einstigen Freundes suchen, wie schon vor langer Zeit geplant, wird ihn warnen, ihm raten, die Insel zu verlassen – und wird dies in jedem Falle selbst tun, sobald er ein Schiff hat.«

Caterina nickte. Das hatte ihr Gaspare gestern schon verraten, nicht aber, wie es weitergehen würde.

»Und dann?«, fragte sie. »Wird Gaspare heimkehren nach Pisa? Nun, da sein Stiefvater tot ist, kann er doch das Erbe seines Vaters einfordern!«

Kurz leuchtete Akils Gesicht auf. »Zuerst werde ich heimkehren. Gaspare hat es mir vor Jahren versprochen, und nun wird er versuchen, mir dabei zu helfen.«

Caterina freute sich für den Jungen, wenn sie auch daran denken musste, dass Akils Familie doch bis auf ihn durch Ruggiero di Lorias grausame Hand ausgelöscht worden war, und desgleichen, dass es diesen immer noch gelüstete, im Namen von König Pere die Stadt Tunis zu erobern. Aber sie wollte seine stille, sanfte Freude nicht zerstören und sprach diese Fragen nicht aus.

»Vielleicht werde ich nicht dorthin heimkehren, wo ich geboren wurde«, erklärte da Akil bereits, ihre Gedanken witternd, »jedoch in ein Land, wo Menschen meines Glaubens leben.«

Caterina nickte ihm zu, wünschte ihm von Herzen alles Gute.

»Und Gaspare selbst? Wird er nun nach Pisa gehen?«

»Ich glaube nicht. Ich denke, er wird durch die Meere ziehen. Ein wenig mehr handeln und ein wenig weniger morden und kämpfen als früher. Er ist als Kaufmannssohn geboren ... hat er dir nie erzählt, wovon er träumte, als sein Vater noch lebte?«

Caterina schüttelte den Kopf.

»Von einer langen, langen Reise in ein fernes Land, ich weiß nicht, wie es heißt. In jedem Falle bedarf es eines ganzen Jahres, um auch nur eine Wegstrecke zurückzulegen. Viele von denen, die dorthin aufgebrochen sind, kehrten nie wieder zurück. Doch jene, denen es gelang und die einen Hafen erreichten, welcher Kanton heißt, brachten kostbarste Ware zurück: Pfeffer und Rohseide und Porzellan. Zwei venezianische Händler sollen dorthin aufgebrochen sein, mehr als ein Jahrzehnt ist das jetzt her. Niccolò und Maffeo Polo heißen sie; wer weiß, ob sie je wiederkehren ...«

Sie verblieben schweigend, vielleicht, weil es keine Worte mehr zu sagen gab, vielleicht, weil nichts so viel Gewicht haben konnte wie der Blick, den sie sich nun zuwarfen und in dem alles lag, was sie einander dankten, was sie verband – und was sie trennte.

»Leb wohl, Akil«, sagte Caterina schließlich, auf dass das letzte Beisammensein nicht noch schmerzlicher würde.

»Leb wohl, Caterina«, gab er zurück.

Sie berührten sich nicht. Er legte seine Hand auf sein Herz und verneigte tief sein Haupt, und wiewohl ihr die Geste fremd war und sie sie nicht anders zu deuten wusste, als dass dies in seiner Heimat wohl Sitte sei, tat sie es ihm gleich.

Corsica, 251 n.Chr.

Der Geruch nach verkohltem Holz verätzte meine Kehle. Eigentlich hatte man Julias Leichnam zu verbrennen versucht, hieß es doch, dass dies die größte Schmach für die Christen wäre, doch wenngleich er nicht eingeschritten war, als man ihr die Brüste abschnitt, hatte Gaetanus zumindest das verhindert. Sie war an unbekannter Stätte verscharrt worden – und an ihrer statt hatte man das Kreuz angezündet, an dem sie gestorben war.

Es war nicht gänzlich zum Raub der Flammen geworden, sondern ragte schwarz verkohlt vor mir auf. Das Holz musste zu feucht gewesen sein, durchdrungen vom salzig-glitschigen Meerwasser. Morsch stand es da – aber aufrecht.

Ich war dankbar, dass man ihren Leichnam fortgeschafft hatte, dass ich sie hier nicht hängen sehen musste. Und doch kam ich nicht umhin, nach Spuren zu suchen, nach Blut, nach Fetzen ihrer Kleidung. Ich hustete. Und ich wusste nicht, was in mir größeres Unbehagen zeugte: die Erleichterung, dass ich diese Spuren nicht fand, sondern mein Blick nur auf schwarzes, totes Holz stieß. Oder das Bedauern, dass es keine Spuren mehr von ihr gab, als hätte es weder sie noch ihr Sterben gegeben.

Ich starrte hoch zu dem Querbalken des Kreuzes, versuchte mir vorzustellen, wie es war, dort zu hängen.

Einst war mein Leben einfach gewesen. Ich war Sklavin, Ga-

etanus mein Herr, ich wollte von ihm gesehen werden, ich wollte, dass er mich beim Namen rief, ein klares Trachten, ein benennbares Ziel.

Aber seit Julia in mein Leben getreten war, stieß ich nurmehr auf Widersprüche. Sie war warmherzig – und eiskalt. Nie hatte mich ein Mensch so angeschaut wie sie, meinen Blick gesucht, meine Gefühle erahnt – und zugleich hatte sie durch mich hindurchgestarrt, wenn sie von ihrer Überzeugung sprach, hatte mich manchmal noch weniger gesehen als Gaetanus. Sie erzürnte mich, und sie zog mich an. Ich hatte sie an Gaetanus verraten, und ich hatte sie vor der Schändung gerettet. Ich hatte sie forthaben wollen, und ich verzweifelte daran, ihren Tod bedingt zu haben, nie wieder mit ihr sprechen zu können, nie wieder von ihr getröstet und aufgerichtet zu werden …

Und Gaetanus, ja. Ich hatte ihn fortgestoßen, als er mich küsste, ich hatte ihn nicht ertragen. Ich hatte alles getan, um einen Keil zwischen ihn und sie zu treiben, doch nun, da sie tot war, da er bei mir Trost suchte, wollte ich ihn nicht mehr.

Ich schrie auf, ich breitete die Arme auseinander, als könnte ich, wenn ich mich nur lange genug freiwillig dieser Haltung aussetzte, verhindern, dass mich die Widersprüche innerlich zerrissen. Wenn ich mich nur lange genug dehnte und streckte, vielleicht würde es dann aufhören zu schmerzen.

Dass Julia immer so lebendig gewesen war und zugleich wie tot. Und dass Gaetanus, der zum ersten Mal die Fassung verloren hatte, der nun von Schmerz zerfressen wurde, dessen Herzschlag plötzlich zu spüren war, trotz allem nach Tod roch.

Das Leben ist ein Irrwitz, dachte ich. Ohne Gerechtigkeit, Logik und Ordnung. Nein, nicht ganz ohne Ordnung. Julia hatte nach einer Ordnung gelebt, auch wenn ich jene nicht kannte, nicht durchschaute – sie wäre nicht in den Tod gegangen, nicht so aufrecht und beherrscht, wenn sie zerrissen und zerrieben gewesen wäre, so wie ich mich jetzt fühlte. Sie hatte sich an etwas festgehalten, sonst hätte sie nicht ertragen, an diesem Kreuz zu hängen.

»Krëusa, was tust du da?«

Thaïs' Stimme drang in mein Elend. Ich hatte nicht bemerkt, dass sie mir gefolgt war, und nahm kaum wahr, wie sie nun neben mich trat.

»Julia war ein so verwirrender Mensch«, murmelte ich, »aber sie selbst war nicht verwirrt.«

»Krëusa ...«

Thaïs trat dicht an mich heran, ich spürte, wie sie ob der Nähe zu dem Kreuz erschauderte, gleichwohl es verbrannt gewiss viel kümmerlicher aussah als zu dem Zeitpunkt, da Julia daran hing. »Was nützte es ihr, wenn sie doch tot ist?«, fragte sie leise.

Ich schüttelte sie ab. »Und was nützt es mir, wenn ich lebe?«, gab ich heftig zurück. »Ich weiß nicht wofür, Thaïs, ich weiß nicht mit welchem Ziel. Es gibt nichts mehr, worauf ich mein Trachten richten kann. Ja, die Welt ist ein Irrwitz. Aber Julia ... Julia sprach von einer anderen Welt. Die Torheit der Welt ist Weisheit vor Gott.«

»Hör auf, so zu reden! Wer sich zum Christentum bekennt, ist des Todes!«

Ich zuckte mit den Schultern. »Sie hat versprochen, mich frei zu machen. Aber ich will nicht frei sein, ich will ...«

Ich zögerte weiterzusprechen, ließ lediglich die Arme sinken, stellte mich ganz nah an das Kreuz, auf ein kleines Fleckchen Erde, unsichtbar begrenzt von ihrem Geist, ihrer Macht. Ich fühlte es. Ich wünschte, es zu fühlen.

»Ich will mich festhalten«, sagte ich. »Und woran soll ich mich halten, festhalten ... wenn nicht an ihr?«

Thaïs schüttelte den Kopf. »Sie ist tot, Krëusa, verstehst du das nicht?«

»Sie sagte, dass ihr Gott das ewige Leben schenkt. Und auch

wenn sie tot ist – ich… ich kann doch ihr Gedächtnis bewahren.«

»Warum du?«

»Weil alle anderen fortgelaufen sind. Ich bin allein hier. Ich bin die Einzige, die von ihr erzählen kann – jenem Quintillus vielleicht. Julia sagte, ich solle zu ihm gehen, wenn ich mehr von ihrem Glauben wissen wolle. Und ich werde zu ihm gehen. Ich werde von ihr berichten – und mir berichten lassen.«

»Bist du verrückt geworden?« Sie klang nun nicht mehr flehentlich, sondern nur empört. Fast musste ich lächeln, denn plötzlich erinnerte sie mich an mich selbst und wie ich mich darüber erregt hatte, wenn Julia mit festem Willen etwas sagte, was für mich keinen Sinn ergeben hatte.

Selbst jetzt noch ergab es keinen Sinn.

»Meine Welt ist aus den Fugen«, fuhr ich fort, »aber Julia… Julia Aurelia hatte ein Ziel, eine Bestimmung, eine Aufgabe.«

»Du willst ihren Glauben?«

»Ich will ihre Sturheit… und ihren Halt. Ich will ihre Heimat.«

Thaïs blickte mich kopfschüttelnd an, umso mehr, als ich nicht länger ruhig stehen blieb. Plötzlich warf ich mich mit aller Kraft gegen das Kreuz, hörte, wie es knirschte, wie das morsche Holz brach, wie es nach hinten kippte. Ich hätte in Kauf genommen, davon erschlagen zu werden, doch es fiel auf die andere Seite, der Querbalken brach entzwei. Er konnte nun niemandes Hände mehr auseinanderzerren, nicht mehr in die eine Richtung weisen und zugleich in die genau entgegengesetzte.

Da lächelte ich, achtete nicht auf Thaïs, die mich wegziehen wollte. Ich blickte sie an und zugleich durch sie hindurch.

»Krëusa!«, rief sie. »Krëusa, was willst du tun?«

Ich gab keine Antwort. Aber ich wusste es. Ich wusste, was ich zu tun hatte. Ich griff nach dem zerborstenen Holz, brach ein Stück davon ab, störte mich nicht daran, dass es schmerzhaft in meine Finger stach.

Ein Splitter von dem Kreuz, auf dem sie ihr Martyrium erlitten hatte.

Julias Schatz.

Ihr Vermächtnis, das ich fortan wahren würde.

Epilog

Kanada, Spätsommer [illegible]

[illegible]

Epilog

Korsika, Spätsommer 1284

»Hier. Ich habe etwas für dich.«

Caterina hatte Gaspare und Akil nachgeblickt, bis sie hinter einer der leerstehenden Häuserschluchten verschwunden waren. Beide hatten sich nicht mehr zu ihr umgedreht, doch in der lautlosen Stadt hatte sie bis zuletzt ihre dumpfen Schritte auf sandigem Stein vernommen.

Ray hatte ihr eine Weile Zeit gelassen, da sie nur steif stand – dann war er zu ihr getreten, hatte sie sanft angetippt, hatte ihr schließlich ein Bündel in die Hand gedrückt. Sie sah es nicht an. Es genügte, den Stoff zu fühlen, um zu wissen, was sich darin verbarg.

»Großartig«, sagte sie. »Wir sitzen auf einer Insel fest, die bald geplündert und besetzt wird. Wir haben kein Geld, um Brot zu kaufen, und hätten wir Geld, so gäbe es doch kein Brot. Und du sorgst dich … darum?«

»Der Kerkermeister ist geflohen, als die ersten Genuesen kamen«, erklärte er schulterzuckend, »er hat alles zurückgelassen … auch deinen Schatz. Ganz gleich, ob er dir noch etwas bedeutet oder nicht – du solltest ihn nicht einfach aufgeben.«

Sie wandte sich zu ihm um, aber ergriff das Bündel nicht. »Ich glaube, wir sollten auch fliehen, Ray. Nur wohin, wohin?«

Sein Gesicht hatte die gesunde Farbe nicht wiedergefunden. Die Ereignisse der letzten Tage hatten ihn erschöpft und ausgelaugt zurückgelassen. Und dennoch wagte er ein Lächeln, vermeintlich furchtlos, kühn, ein wenig so wie einst, wenn ihn gerade das Bedrohliche des Überlebenskampfes mit Erregung erfüllte. Dies hier kannte er. Und ihr war wiederum die Erleichterung vertraut, nicht ganz allein auf dieser Welt zu sein, sondern an seiner Seite.

»Also«, wiederholte sie, »wohin?«

Caterina wusste nicht, wann genau Ray den Plan ausgeheckt hatte, den er ihr nun darlegte, desgleichen nicht, ob jener ausreichend durchdacht war – sie wusste jedoch, dass es gut war, ihm zu überlassen, der stillen, leeren Stadt etwas entgegenzuhalten, den Willen weiterzumachen, durchzukommen.

»Sie halten uns für Genuesen«, sprach er hastig. »Also wollen wir zusehen, dass wir auf einem der Schiffe dorthin kommen. Auch wenn sie siegreich aus der Schlacht von Meloria hervorgingen, haben sie doch manchen Verwundeten zu pflegen, ich habe mich dafür schon angeboten – und habe ich nicht die Schulter des einen seinerzeit wieder hingekriegt? Also müsste es auch zu schaffen sein, ein paar Pfeilwunden zu versorgen. Und von Genua ist's doch nicht weit in die Lombardei. Hast du dort nicht Verwandte, die Familie deiner Großmutter? War sie es nicht, die die Reliquie einst von einem Kloster erhalten hat?«

»Von Sankt Julia in Brescia ... ja ...«

»Nun, vielleicht sollten wir sie dorthin zurückbringen. Und wenn du sie nicht findest, diese Familie, so schlagen wir uns eben wieder nach Frankreich durch.« Er zögerte kurz. »Irgendwie ... irgendwie wird es schon gehen.«

Er grinste sie an, aber das Lächeln erreichte die Augen nicht. Ernst starrte er sie an – vielleicht, weil jenes schlichte, dreiste Vertrauen von früher, dass die Welt sich schon fügen würde, wenn er sie nur ausreichend geschickt bearbeitete, beschädigt war.

»Natürlich wird es gehen«, bemerkte sie trocken. »Wenn du nur erst wieder ein Holzwägelchen hast.«

Er lachte nervös auf, trat unruhig von einem Bein auf das andere. »Auch das sollte zu machen sein«, sprach er leichtfertig, aber es klang eher wie eine Frage, nicht wie eine Feststellung. »Was hältst du von meinen Plänen?«

Als sie ihm nicht antwortete, wurden seine Bewegungen noch fahriger. Plötzlich hob er die Hand, legte sie auf ihre Wange, streichelte darüber, ein wenig so, als stecke jene Rastlosigkeit, jene Gereiztheit in ihm, die ihn einst dazu getrieben hatte, sie zu küssen.

Sie zuckte zurück. »Tu das nicht!«

Bedauernd senkte er seine Hand, wiewohl ihr war, als könnte sie immer noch deren Abdruck fühlen. »Du hast mir also nicht verziehen.«

»Das ist es nicht«, gab sie zurück. »Aber ... aber ...« Sie rang nach Worten, wusste nicht genau, was sie vor ihm zurückweichen ließ. Sie sehnte sich nach seiner Wärme. Und wollte sich davon doch nicht einlullen lassen.

»Du hast gesagt ... du hast gesagt, du hättest mich aus dem Kerker befreit, weil unsere Großväter Brüder waren«, sagte er schließlich. »Ist das der einzige Grund? Bin ich für dich einzig ein ... Verwandter?«

»Bist du es nicht?«

Er lachte auf, aber wieder blieben seine Augen ernst. »Ich bin ein Heimatloser, Caterina, das war ich immer und werde es bleiben. Und ich bin, was die Menschen von mir wollen. Ein Spieler, ein Medicus, ein Gaukler, ein Apothecarius, ein Händler, ein Betrüger ... Und darum frage ich dich: Was willst du, das ich für dich bin? Nur ein Vetter?«

Erstmals wich sie seinem Blick aus, wollte nicht, dass er gewahrte, wie lange und hilflos sie nach Antwort rang. Sie fühlte sich wie jene leere Stadt, in der nurmehr Hunde kläfften und

Räuber streunten, die ihre Bewohner verloren hatte und zugleich Raum bot für neue, wiewohl nicht gewiss war, mit welchen Absichten diese kamen.

»Gleich, wohin es uns verschlägt«, wich Caterina seiner Frage aus, wandte sich noch weiter von ihm ab, ging ein paar Schritte von ihm fort. »Du wirst dein altes Leben wiederfinden und vielen kecken Mädchen den Kopf verdrehen, so wie du's früher tatest. Ich werde nicht die Einzige sein, die dich glauben macht, dass du noch lebst und atmest und genügend Kraft hast, den täglichen Kampf zu bestehen. Und das ... und das war doch der einzige Grund, warum du mich als Frau wahrgenommen hast, nicht nur als lästige, frömmelnde Base ...«

Er folgte ihr, umrundete sie, blieb vor ihr stehen, sodass ihr nichts anderes übrig blieb, als ebenso innezuhalten. Seine Augen glänzten traurig.

»Wer weiß«, murmelte er. »Vielleicht gab es noch einen anderen Grund. Also – bin ich nur ein Vetter für dich?«

Sie verharrten eine Weile unschlüssig. Caterina versuchte zögerlich, an ihm vorbeizugehen, doch er räumte den Platz nicht. Sie stutzte, gewahrte, dass er sich vorneigte. Ihre Leiber streiften sich nicht, ebenso wenig ihre Gesichter. Doch sie standen so nahe beieinander, dass sie seinen Atem spüren konnte, warm und ruckartig. Eine kleine Bewegung, und er würde sie küssen, würde sie begehren, würde ihr Leben einhauchen, würde sie heilen.

Sie konnte sich nicht entscheiden, ob dies bereits der richtige Zeitpunkt war, und blieb deswegen starr stehen, anstatt ihm entgegenzukommen. Und auch er wagte nicht, den letzten Abstand zu überbrücken, ließ zu, dass sie sich schließlich duckte, an ihm vorbeihuschte. Noch kurz verharrte er gebückt, als könnte sie es sich anders überlegen, zurückkommen, seine Umarmung und seinen Kuss willentlich suchen. Doch sie ging einfach weiter, an die zehn Schritte.

Dann erst war ihre Stimme wieder fest genug, um ihm über die Schultern zuzuwerfen: »Wer weiß«, wiederholte sie seine vorigen Worte. »Gib mir Zeit. Dann werden wir sehen.«

»Und dein Schatz... deine kostbare Reliquie, die du durch diese lange Irrfahrt gerettet hast?«

Er hielt das Bündel hoch, sie hatte es immer noch nicht an sich genommen.

»Nun«, sagte sie leichtfertig. »Am Ende hast du es doch gerettet, das Zeugnis vom Leben der Heiligen Julia von Korsika, die Splitter ihres Kreuzes, auf dem sie im Namen Gottes ihren Geist aushauchte... Also trage du es auch weiterhin. Ich brauche es nicht mehr.«

Rom, 257 n.Chr.

Später, viel später, als Krëusa verstummt war und man ihr keine Fragen mehr stellte, als sie das Mahl geteilt hatten in Erinnerung an jenes Mahl, das Christus mit seinen Jüngern gefeiert hatte, als manche von ihnen eingeschlafen waren – es war sicherer, die Katakomben erst im Morgengrauen zu verlassen und sich in den hektischen Straßen zu verlieren, als zu dunkler Stunde für Diebe oder Unruhestifter gehalten zu werden –, ja, da setzte sich Quintillus zu ihr und suchte das Gespräch. Er war an ihrer Seite gewesen, als sie erzählt hatte, von Julia und den Ereignissen auf Corsica, aber er hatte nur zustimmend genickt, kein Wort gesagt. Erst jetzt war er bereit, etwas zu sagen.

»Es war gut, dass du uns von Julia erzählt hast«, sagte er, »ich kannte sie auch – aber du hast sie von einer anderen Seite erlebt. Sie war eine so großartige Zeugin Christi. Sie ist uns allen als gutes Beispiel vorangegangen.«

Seine Stimme klang ruhig und bedächtig, nur sein Blick flackerte. Kaum merklich sah er an Krëusa vorbei, anstatt ihren Augen standzuhalten. Sie wusste, warum das so war. Es lag nicht an seinem Alter, das ihn gebrechlich hatte werden lassen und so schwer auf ihm lastete, dass er den Kopf meist gesenkt hielt. Vielmehr plagte ihn bis heute, dass Julia seinerzeit das Martyrium erlitten hatte, wohingegen er geflohen war. Er war nicht der Einzige gewesen, aber es war trotzdem nicht minder beschämend für ihn, zumal in vielen anderen Gemeinden während der Verfolgung nur der Klerus hingerichtet, die gewöhnlichen Mitglieder aber geschont worden waren. In Aleria war es anders gewesen.

Obwohl sein schlechtes Gewissen ihn quälte, hatte er sich Krëusa nie anvertraut – desgleichen wie sie ihm so viel verschwieg, von dem sie sich nicht sicher sein konnte, ob er es nicht doch ahnte.

Dass ihr Julias Glaube an den gekreuzigten Gott stets fremd geblieben war. Dass sie niemals diesen Gott gesucht hatte, nur dessen Sicherheit. Dass sie Julia nicht aufrichtig bewundert und geliebt hatte, wie manche hier glaubten – gewiss auch noch nach ihrem Bekenntnis in dieser Nacht –, sondern dass die Erinnerung an sie stets von einer Mischung aus Scham und Unbehagen, Misstrauen und Verwirrung, Widerwillen und auch ein wenig Neid durchsetzt war.

Und doch: Sie hatte es sich zur Aufgabe gemacht, Julia Aurelias Gedächtnis zu wahren, indem sie von ihr sprach, indem sie den kostbaren Schatz hütete, den jene hinterlassen hatte, Splitter des Kreuzes, das sie zu Tode gebracht hatte. Diese Aufgabe hatte ihr nicht Frieden geschenkt – aber das Wissen, zu welchem Zwecke sie lebte.

Die christlichen Gemeinden, das wusste sie inzwischen, verehrten die Märtyrer. Sie erzählten sich ihre Geschichte, schrieben darüber in Briefen, trafen sich an den Stätten, wo ihre Gebeine ruhten, und bekundeten größten Respekt vor allem, was jemals ihren Leib berührt hatte.

»Ja«, sagte Quintillus, »ja, es ist gut, dass du gekommen bist.«

Nach Decius' Tod war Friede auf Corsica eingekehrt; Quintillus, Marcus und die anderen verließen ihr Versteck in den Bergen. Es gab wieder eine christliche Gemeinde in Aleria, und Krëusa, die Julias Rat gefolgt war, Quintillus' Nähe zu suchen, hatte sich unauffällig darin eingefügt, sich schließlich taufen lassen, den Ruf erworben, Julias treue Gefährtin gewesen zu sein. Nur Quintillus hatte sie einst den Verrat gestanden, den sie an Julia geübt hatte – doch jener hatte schwer genug an seiner eigenen Last zu tragen, am Gefühl, seines Amtes unwürdig zu sein. Als Gaetanus schließlich zurück nach Rom kehrte, hatte sie die Gemeinde verlassen – um erst kürzlich Quintillus hier zu begegnen.

»Du weißt, dass mir nach Gaetanus' Tod die Freiheit geschenkt wurde«, sagte sie. »Doch ich fühle mich nicht frei. Ich fühle mich so verloren hier in Rom. Es ist gut, hier zu sein.«

»Denkst du noch oft an ihn?«

»An Gaetanus?« Sie schüttelte den Kopf. »Nach jenem Tag hat er nie wieder meinen Namen genannt, ich bin ihm nie wieder aufgefallen; nur in seinem Testament hat er mich bedacht, indem er mir die Freiheit schenkte. Ich glaube nicht, dass ich ihm gleichgültig war wie einst. Ich glaube, er wollte nicht an Julia denken, und in mir sah er sie ...«

Sie sprach nicht fort, aber sie fragte sich, wie seltsam diese Fügung war: dass sie diejenige geworden war, durch die die andere lebendig blieb. Einst hatte sie gewollt, dass man ihren eigenen Namen kannte. Und dann ... dann hatte sie den Wunsch zurückgestellt, um Julias Namen zu ehren.

»Du weißt, warum ich nach Rom gekommen bin«, sprach Quintillus, »ruhig waren die Jahre nach Decius' Tod, aber man sagt ...«

Er sprach es nicht aus, aber Krëusa ahnte, was er meinte. Kaiser Valerian hat erst vor kurzem Zusammenkünfte der Christen unter Todesstrafe verboten.

Nach Gaetanus' Tod hatte die reiche Patrizierin Fabia Placida Krëusa aufgenommen, getreulich der Lehre, dass in der christlichen Gemeinde die Wohlhabenden und die Bedürftigen gleich Ulme und Weinstock einander Stütze sein sollten, und jene war geschwätzig genug, um die Geschichten, die Krëusa von Julia erzählte, in der ganzen römischen Gemeinde zu verbreiten. Manchmal wusste Krëusa nicht, wie viel von diesen Geschichten wahr war, wie viel davon sie tatsächlich erlebt hatte. Manchmal fiel es ihr auch schwer, sich an anderes zu erinnern als an Julias sehnige Arme und ihre schrille Stimme, die der eines Marktweibes glich.

»Nun, ich bin also hierher nach Rom gekommen«, fuhr Quintillus fort, »um hier zu tun, was ich in Corsica versäumt habe… eine Gemeinde zu stärken, ihren Zusammenhalt zu fördern…«

Krëusa sah ihn zweifelnd an, sagte aber nichts. Sie hatte manchmal den Eindruck, Quintillus suche das Martyrium, das er einst versäumt hatte, und litt daran, dass sein Körper schwächer und schwächer werdend einem ruhigen Tod entgegenging, der ihm kein letztes Zeugnis abringen würde.

»Ich weiß nicht, ob ich in Rom bleiben werde«, sagte Krëusa. »Fabia Placidas Mann wird in die Gallia Transpadana versetzt. Wir werden in Brixia leben.«

»Vielleicht ist es besser… sicherer als hier«, murmelte Quintillus. »Du solltest schlafen.«

Krëusa nickte.

Sie wusste nicht, ob sie für ihren Gott geradestehen würde, verlangte man von ihr ein Zeichen der Glaubensstärke. Nein, gerade wie sie da saß, so war sie sich sicher, dass sie für Julias Glauben nicht sterben würde. Aber es hatte ihr ein wenig Frieden geschenkt, dafür zu leben, ein wenig Halt, ein wenig Ordnung. Es hatte ihr Julias Welt geöffnet – in der das Gute sich stark zeigte, wiewohl sich das Böse zusammenrottete, um es zu zerstören, in der es eine klare Unterscheidung zwischen Ersterem und Letzterem gab.

Sie lehnte sich zurück, schloss die Augen, aber folgte seinem Rat zu schlafen nicht – noch nicht.

»Ich habe das, was an Julia erinnert, stets bewahrt… viel-

leicht wäre es richtig, es dieser Gemeinde zu überlassen«, murmelte Krëusa. »Ich bin zumindest mit diesem Vorhaben hergekommen. Aber jetzt – ich weiß nicht, ob ich es fertigbringe. Nein, ich kann es nicht. Ihr Vermächtnis ist das Kostbarste und Teuerste, was ich je besessen habe. Ich werde es mit in den Norden nehmen. Ich … ich brauche es noch …«

Historische Anmerkung von Julia Kröhn

Als ich vor zwei Jahren Urlaub auf der Insel Korsika machte, führte mich eine Fahrt rund ums Cap Corse zu der Ortschaft Nonza und zur dortigen Kirche Sainte-Julie. Obwohl ich die Legende bereits kannte, die sich um meine Namenspatronin rankte, war es beeindruckend, eine Kirche zu betreten und anstelle des gekreuzigten Christus eine gekreuzigte Frau zu sehen. Damals reifte in mir zum ersten Mal die Idee, ihre Geschichte in einem meiner Romane aufzugreifen.

Freilich: Julia von Korsika ist eine Heilige (ihr Gedenktag wird am 22. Mai gefeiert) und keine fassbare historische Persönlichkeit. Man kann höchstens von ihrer Legende bzw. ihrer Erwähnung in den »Martyrologien« (der Auflistung von Märtyrern) Rückschlüsse auf ihr Leben ziehen, nicht aber aufgrund überprüfbarer Fakten. Und gerade der Blick auf die Legende zeigt, wie schwierig es ist, eine »wahre« Julia von Korsika aufzuspüren – scheint es doch mehrere zu geben.

Eine dieser Geschichten spielt im 7. Jahrhundert und erzählt von einer adeligen Christin, die nach dem Einfall der Vandalen im Jahr 616 an den heidnischen syrischen Kaufmann Eusebius verkauft worden ist. Als das Sklavenschiff auf Korsika landete und dort ein heidnisches Fest im Gange war, lehnte Julia die Teilnahme ab, woraufhin Felix, der Gouverneur der Insel, erkannte, dass sie Christin war, ihr die Freilassung aus der Sklaverei anbot, wenn sie zur Verehrung der Götter bereit wäre, sie jedoch foltern und kreuzigen ließ, als sie ablehnte. Die Legende berichtet weiter, dass nach der Kreuzigung die Seele in Gestalt einer Taube ihrem Körper entstieg.

Eine andere Möglichkeit ist, dass Julia etwas später gelebt hat und demnach auf Korsika von muslimischen Sarazenen getötet wurde, die die Insel immer wieder unter ihre Herrschaft bringen wollten.

Bei wieder anderen Versionen der Legende wird Julia von Korsika mit Julia von Carthago gleichgesetzt, die in einem Brief des Kirchenvaters Cyprian erwähnt wird und die zur Zeit des Kaisers Decius (249–251) das Martyrium erlitten hat. Ob diese Julia nach Korsika ausgewandert und dort gestorben ist oder ob ihre Reliquien erst später dorthin transferiert wurden, ist jedoch nicht zu entscheiden. Möglich ist auch, dass Julia nicht der Christenverfolgung unter Decius, sondern rund fünfzig Jahre später jener unter Diokletian zum Opfer gefallen ist. In dieser Legende taucht u.a. das Motiv auf, dass man – um ihren Leichnam zu schänden – ihre Brüste abgeschnitten und ins Meer geworfen hätte, an jener Stelle jedoch eine Quelle entsprungen wäre.

Angesichts dieser unterschiedlichen Zeugnisse hat die Geschichte, die ich erzählt habe, nicht den Anspruch, ein verbürgtes Leben von Julia nachzuerzählen. Vielmehr ist es die Geschichte einer fiktiven Christin der Urkirche, in der lediglich manche Elemente und Namen aus den Legenden rund um die Heilige Julia aufgegriffen werden. Ich habe sie im dritten Jahrhundert angesiedelt, da mir die Christenverfolgung unter Decius – als die erste systematische des römisches Reichs und zugleich eine, auf die die Kirche nicht vorbereitet war und auf die viele ihrer Mitglieder mit Glaubensabfall reagierten – ein interessanter Hintergrund zu sein schien. Der Bezug zum Kirchenlehrer Cyprian schuf wiederum die Möglichkeit, Julia eine »theologische Heimat« zu geben. Dass Julia in manchen Legenden als Sklavin bezeichnet wird, führte mich zum Entschluss, ihre Geschichte aus der Perspektive einer solchen zu erzählen.

Damit verwoben sind zudem auch andere Zeugnisse aus dem Urchristentum: die Verzweiflung ihres Vaters und der Versuch, die Tochter vom Martyrium abzubringen, ist ein bekanntes Motiv in Märtyrerberichten, es wird z.B. auch bei der Heiligen Perpetua aufgegriffen.

Obwohl Julia vor allem auf der Insel Korsika allgegenwärtig ist, gibt es eine starke Verehrung in Norditalien, vor allem in der Gegend der Lombardei. In Brescia z.B. wurde schon im 8. Jahrhundert ein Benediktinerinnenkloster gegründet, das sich – getreu seiner Patronin – Santa Giulia nannte. Neben Brescia ist Julia – übrigens auch Patronin der Folteropfer – auch in Bergamo und Livorno die Stadtpatronin.

Dies war für mich die Möglichkeit, das Leben von Julia mit dem von Caterina bzw. ihres Großvaters zu verknüpfen – ist doch die Flucht vieler Katharer in die Lombardei erwiesen. Manche von ihnen haben dort den katharischen Glauben weitergelebt, andere sich wieder zum Katholizismus bekannt.

Fiktiv wie das meiste von Julias Geschichte ist die Geschichte von Caterina, Ray und Gaspare, auch wenn sie mit wesentlichen Ereignissen und Persönlichkeiten ihrer Epoche verknüpft ist.

Dabei gab es vor allem zwei Herausforderungen zu meistern:

Zum einen ist es immer schwer nachvollziehbar, wie viel der »einfache« Mensch des Mittelalters tatsächlich von Politik und den geistigen Strömungen seiner Zeit wusste. Seine Stimme bzw. seine Interpretation des Geschehens ist meist nicht dokumentiert. Jene Quellen beispielsweise, die vom Alltag und der Mentalität in Südfrankreich nach den Katharerkriegen berichten, also Einblick geben, inwiefern jene das Leben nachhaltig zerstört, verändert, geprägt haben und wie präsent der katharische Glaube bzw. die Furcht vor Ketzerei nach dem Fall der letzten großen Zentren (wie Montségur) war, sind spärlich – und tendenziös. So kann man von den gut dokumentierten Inquisitionsakten vieles nur indirekt ableiten bzw. oft nur Vermutungen anstellen. Als Beispiel sind die dort festgehaltenen Zeugenaussagen zu nennen, wonach Katharer entlarvt wurden, indem man ihnen Fleisch anbot oder Tiere zum Schlachten überließ – diese sich aber weigerten. Daraus lässt sich der Schluss ziehen, dass dies ein brauchbares Mittel war, Fremde zu überprüfen und ggf. zu denunzieren – doch nicht, in welchem Ausmaß es angewendet wurde.

Auch lässt sich belegen, wie viele Katharer zu welchem Zeitpunkt verurteilt und verbrannt wurden, in welchen Gebieten der Glaube noch länger eine Rolle spielte und in welchen er sehr rasch ausgemerzt wurde. Daraus kann man aber kein endgültiges Urteil darüber ableiten, ob im Jahr 1284 grundsätzlich noch ein Klima von Denunziation und Angst herrschte, ob der Untergang der katharischen Kirche und letztlich auch der okzitanischen Kultur für die Mehrheit der Bevölkerung alltagsprägend war oder ob das für die Menschen bereits Vergangenheit war, sich diese – nicht zuletzt nach den Restitutionsprozessen unter Louis IX. – längst für einen Neuanfang gerüstet hatten. Vieles von dem, was ich beschreibe – auch die französische Willkür gegen vermeintliche Katharer, wie sie Pèire de Mont-Poix trifft –, gehört eher in den Bereich »so könnte es gewesen sein« als »so ist es gewesen«.

Das andere Problem, das sich stellte: Die Handlung meines Romans umfasst ein halbes Jahr, also eine relativ kurze Zeitspanne. Alle politischen Ereignisse, wie ich sie beschreibe oder andeute, haben eine komplexe Vorgeschichte und sind – wie z.B. der Krieg zwischen Aragón und Frankreich – nicht zu Ende gebracht. Mein Blick auf die Geschichte ist in diesem Buch folglich ein sehr punktueller, bei dem ich vieles vereinfachen und mich zudem für eine Fokussierung auf bestimme Aspekte entscheiden musste: Genua und Pisa z.B. sind nicht die einzigen Stadtstaaten, die sich ständig bekriegten; Amalfi, Venedig, Florenz u.v.a. spielen ebenfalls eine wichtige Rolle beim Kampf um die Vormachtstellung im Mittelmeer, sind in meinem Buch jedoch so gut wie gar nicht erwähnt. Ebenso musste ich manches interessante Detail – z.B. rund um Persönlichkeiten wie Pere von Aragón oder Ruggiero di Loria – auslassen, historische Fakten also relativ »nackt« belassen, um den Erzählfluss nicht zu überfrachten. Auf der anderen Seite freilich waren es gerade solche Details bzw. »Fußnoten« der Geschichte, die sich als konstituierend für die Handlung herausgestellt haben: So waren bei der Besetzung der nordafrikanischen Stadt Collo durch Pere von Aragón tatsächlich pisanische Kaufleute zugegen, die mit der muslimischen Bevölkerung verhandelten. Auf diese Weise konnte ich sehr ereignisgetreu das Schicksal von Gaspare mit dem von König Pere verknüpfen.

Auch in diesem Kontext wird relevant, was ich schon beim Katharismus erwähnte – die Schwierigkeit nämlich, dass man meist ausführlich von den Taten der Kriegsherren weiß, wenig jedoch, wie das gemeine Volk diese erlebte. Der Verlauf der Schlacht von Meloria ist ausführlich belegt; klar ist auch, dass damit Korsika an die Genuesen fiel. Doch die Lebensbeschreibung des korsischen Fischers, der in Aleria lebte und diesen Herrschaftswechsel hautnah miterlebte, gibt es nicht. Um diese »rohen« Fakten in eine Geschichte einzubetten, musste ich oft auf meine Fantasie zurückgreifen anstatt auf Quellen.

Von den vielen historischen Persönlichkeiten, die zeitgleich mit meinen Protagonisten lebten, konnte ich eine leider nur andeuten: Marco Polo, der erst später – nämlich um 1295 – von seiner langen Reise in den Fernen Orient nach Venedig zurückkehrte. Freilich zeigt gerade der Blick auf diesen ein Charakteristikum jener Zeit: die Unsicherheit, die sich aufgrund sich rasch ändernder Herrschaftsverhältnisse und damit einhergehender kriegerischer Auseinandersetzungen ausbreitete und die oft eine Basis für den Aufbruch in neue Welten schuf. Der Verlust von Gewissheiten, die Bewältigung von Zerstörung und die Reise in die Fremde waren also das, was das Leben vieler Menschen dieser Zeit prägte und was die Geschichte meiner Protagonisten ausmacht, die die Welt – getreulich dem Augustinus-Zitat, das ich diesem Buch vorangestellt habe – von so vielen unterschiedlichen Seiten erleben.

Zeittafel

Römisches Reich und Urchristentum

ca. 30:	Jesus Christus stirbt in Jerusalem den Kreuzestod. Kurz darauf verkünden seine Jünger seine Auferstehung.
ca. 33:	Stephanus stirbt als erster Jünger den Märtyrertod.
50–64:	Briefe/Missionierung des Apostel Paulus
64:	Christenverfolgung unter Nero, Tod der Apostel Petrus und Paulus. In den nächsten Jahrhunderten folgen weitere Christenverfolgungen (z.B. unter Kaiser Domitian 81–96, Trajan 98–117, Severus 193–211 u.v.a.)
bis ca. 100:	Die Schriften des Neuen Testaments werden vollendet.
244–249:	Philippus I. (genannt »der Araber«, »Arabs«) ist römischer Kaiser. Er gilt als den Christen gegenüber sehr tolerant.
248:	Cyprian, einer der großen Kirchenlehrer, wird Bischof von Carthago.
249–251:	Decius ist römischer Kaiser. Er lässt sich noch zu Philippus Arabs' Lebzeiten dazu ausrufen und besiegt diesen bei Beoae.
Herbst 249:	Ein allgemeines »Opferedikt« wird erlassen. Wer dem Befehl, für Kaiser und Götter zu

opfern, nicht folgt, wird mit Haft, Folter und Tod bedroht – der Beginn der ersten administrativ und systematisch im gesamten Römischen Reich durchgeführten Christenverfolgung.

Januar 250: Fabianus, Bischof von Rom, wird hingerichtet.

258: Cyprian stirbt in Carthago den Märtyrertod.

Katharismus in Südfrankreich

1209–1229: Katharerkriege in Südfrankreich

1229: Louis IX. und Raimon VII. von Toulouse schließen den Friedensvertrag von Paris 1233: Papst Gregor IX. gründet die Inquisition und vertraut sie den Bettelorden (Franziskaner und Dominikaner) an.

1240: Krieg um Carcassonne: Raimon Trencavel versucht, die Stadt einzunehmen, scheitert jedoch und geht endgültig ins Exil.

1242: Raymond VII. von Toulouse revoltiert gegen Ludwig IX.

1243: Raimon VII. wird erneut unterworfen, der Friede von Lorris geschlossen. Der Kreuzzug gegen Montségur beginnt.

1244: Eroberung von Montségur. Die dortigen Katharer werden verbrannt.

ab 1245: Viele der letzten Oberhäupter der katharischen Kirche fliehen in die Lombardei.

1247 sowie 1258–1268: Louis IX. ermöglicht dem okzitanischen Adel, Restitutionsansprüche zu stellen; in Prozessen wird darüber entschieden.

1271:	Nach dem Tod von Jeanne de Toulouse, Tochter von Raimon VII., fällt die Grafschaft Toulouse endgültig in französische Hand. Der »Aufstand von Toulouse«, der darauf folgt, scheitert.
1321:	Guillaume Bélibaste, der letzte namentlich bekannte »Vollkommene« aus Okzitanien, wird in Villerouge-Termenès auf dem Scheiterhaufen hingerichtet.
1329:	Der letzte bekennende Katharer wird in Carcassonne verbrannt.

Frankreich, Aragón und das Mittelmeer

1226–1270:	Louis IX. ist König von Frankreich.
1229–1235:	König Jaume I. nimmt die Baleraren ein.
1258:	Der Vertrag von Corbeil legt die Pyrenäengrenze zwischen Frankreich und Aragón fest.
1266:	Charles d'Anjou besiegt Manfred von Sizilien, den Onkel des letzten Stauferkönigs Konradin, nimmt die Insel für sich ein.
1268:	Charles d'Anjou besiegt Konradin, den Erben von Friedrich II., und erobert Neapel, wo Konradin hingerichtet wird.
1270–1285:	Philippe III. ist König von Frankreich.
1276–1285:	Pere III. ist König von Aragón.
1276–1311:	Jaume II. ist König von Mallorca.
1279:	Vertrag von Montpellier: Pere III. zwingt seinen jüngeren Bruder in die Lehnsabhängigkeit, die die Existenz einer staatsrechtlichen

	und unabhängigen »Krone Mallorcas« beendet.
1281–1285:	Martin IV. ist Papst.
1282:	Im April kommt es mit der »Sizilianischen Vesper« zum Aufstand der sizilianischen Bevölkerung gegen die Franzosen. Pere III. von Aragón landet im Juni in der nordafrikanischen Stadt Collo, von wo aus er Tunis erobern will. Er bricht jedoch den »Kreuzzug« ab, als er im August zum König von Sizilien gekürt wird, landet in Trapani und erobert von dort aus das Königreich Neapel-Sizilien. Der franzosenfreundliche Papst Martin IV. exkommuniziert Pere von Aragón und seine Verbündeten.
1283:	Der Geheimvertrag von Carcassonne wird geschlossen: Jaume II. sichert Frankreich seine Unterstützung, falls es zum Krieg mit Pere III. kommt.
1284:	Der Päpstliche Legat belehnt im Februar Charles de Valois, Sohn von Philippe III., mit dem Königtum von Aragón – eine Kriegserklärung an Pere III. Mit Hilfe einer sizilianischen Flotte werden im Frühling von Corrado Lancia die Franzosen vor Malta besiegt und diese von der Insel vertrieben. Im Juni gewinnt Ruggiero di Loria die Schlacht von Neapel, wo er führenden Franzosen und italienischen Adeligen vierzehn Galeeren raubt. Anschließend erobert er die Insel Djerba.
1284–1285:	»Aragónesischer Kreuzzug«: Mit Unterstützung von Jaume II. marschiert Philippe III. ins Roussillon ein, erobert mehrere Städte. Rug-

giero di Loria besiegt jedoch die französische Flotte. Durch eine Typhusepidemie und den Tod von sowohl Philippe III. als auch Pere III. wird der Kreuzzug beendet.

Genuas und Pisas Kampf um Korsika

8. bis 10. Jh.:	Korsika wird zum Opfer von Raubzügen und Invasionen der Araber. Diese errichten Stützpunkte auf der Insel (Campomoro, Morsiglia) und werden zur Bedrohung für die Schifffahrt im Mittelmeer.
Ende des 10. Jh.:	Durch kombinierte Attacken der Pisaner und Genuesen werden die Araber besiegt und von Korsika vertrieben.
1077:	Papst Gregor VII. überträgt die Verwaltung der Insel dem Legaten Landolphe, Bischof von Pisa.
1091:	Papst Urban II. spricht dem Erzbischof von Pisa das Recht zu, die Bischöfe von Korsika einzusetzen.
1118–1132:	Krieg zwischen Pisa und Genua. Beide beanspruchen die oberste Macht über die Inseln Korsika und Sardinien.
1133:	Papst Innozenz II. teilt die sechs Bistümer von Korsika auf Pisa und Genua auf: Genua erhält die Bistümer Accia, Mariana und St-Florent. Aléria, Ajaccio und Sagone bleiben bei Pisa.
12. Jh.:	Pisa belebt Pfarrgemeinden, vernichtet die Sarazenenstützpunkte, prägt die Insel mit der pisanisch–romanischen Kirchenbaukunst.

1195:	Die Genuesen erobern Bonifacio und befestigen die Stadt.
1248:	Die Herren vom Cap Corse begeben sich in die Abhängigkeit Pisas.
1282–1284:	Neuerlicher Krieg zwischen Pisa und Genua um Korsika und Sardinien. Er wird durch die Seeschlacht von Meloria beendet, aus der Genua siegreich hervorgeht. Korsika, Elba und Sardinien fallen an Genua. Trotz zwischenzeitlicher Besetzung Korsikas durch Aragón bleiben die Genuesen bis 1729 mehr oder weniger Alleinherrscher über Korsika.

Die Historischen Romane von

Julia Kröhn

bei btb

Die Chronistin

Roman. 603 Seiten

ISBN 978-3-442-73591-4

Eine grausige Mordserie erschüttert das Damenstift von Corbeil: Mehrere Nonnen werden erdrosselt aufgefunden. Liegt der Schlüssel zu den Verbrechen in der geheimen Chronik, die das erste Mordopfer – Sophia de Guscelin – kurz vor ihrem Tod verfasste?

Die Regentin

Roman. 603 Seiten

ISBN 978-3-442-73658-4

Die angelsächsische Fürstentochter Bathildis wird von Wikingern verschleppt und muss harte Sklavendienste verrichten. Doch dann macht der Merowingerkönig Chlodwig II. sie zu seiner Frau und Königin …